금고기관 역주 *2*

今古奇觀 ②

금고기관 역주

抱甕老人 輯 / 유정일 옮김

學古房

일러두기

1 이 책은 人民文學出版社本, 《今古奇觀》(上·下)(顧學頡 校注, 1979.)을 저본으로 삼아 아래의 주요 관련 문헌을 참고해 교감하고 주석한 완역본이다.

2 원문은 저본을 바탕으로 하되 影印本인 古本小說集成本 (抱甕老人 輯, 《今古奇觀》, 上海古籍出版社, 1990.), 繪圖本《今古奇觀》(抱甕老人 輯, 《繪圖今古奇觀》, 齊魯書社, 1985.) 등 《今古奇觀》의 주요 판본과 각 작품의 출처에 해당하는 古本小說集成本 '三言二拍'(《古今小說(全四冊)》·《醒世恆言(全四冊)》·《警世通言(全四冊)》·《拍案驚奇(全四冊)》·《二刻拍案驚奇(全四冊)》, 《古本小說集成》, 上海古籍出版社, 1990.)과 人民文學本 '三言'(馮夢龍 輯, 顧學頡 校注, 《古今小說(上·下)》·《醒世恆言(上·下)》《警世通言(上·下)》, 人民文學出版社, 1981.) 및 上海古籍本 '二拍'(凌濛初 著, 章培恒 整理·王古魯 注釋, 《拍案驚奇(上·下)》·《二刻拍案驚奇(上·下)》, 上海古籍出版社, 1985.) 등 '三言二拍' 관련 주요 판본을 찾아 교감했다.

3 笑花主人의 서문은 人民文學本《今古奇觀》에는 누락되어 있어 古本小說集成本(《今古奇觀(全四冊)》, 《古本小說集成》, 上海古籍出版社, 1990.)에 실려 있는 서문을 저본으로 삼고 繪圖本《今古奇觀》과 全圖本《今古奇觀》(抱甕老人 輯, 《全圖今古奇觀》, 中國書店, 1988.)을 참고해 교감했다. 단, 全圖本《今古奇觀》의 경우는 저본과 교감본으로 사용된 여타《今古奇觀》보다 후대의 판본인데다가 착오가 많아 서문의 교감에서만 사용했고, 본문 교감에는 사용하지 않았다.

4 주석 가운데 校勘註는 【校】로 표시했다. 일부 주석은 유정일 역주본인 《정사(상·중·하)》(서울: 학고방, 2015.)에 있는 주석을 참고하거나 그대로 사용했다. 간체자로 된 문헌은 모두 번체자로 바꿔 썼다.

5 姓氏와 號가 함께 붙어 지칭된 경우, 띄어쓰기를 원칙으로 하되 호가 이름보다 보편화된 경우에는 성과 호를 붙여 쓰기도 했으며, 성씨와 관직명이 함께 붙어 지칭된 경우에도 띄어쓰기를 원칙으로 하되 작품 안에서 혼동이 될 수 있는 경우 붙여 쓰기도 했다. '-씨'의 경우, 성을 나타낼 때에는 편의상 띄어 썼고 인명 지칭인 경우에는 붙여 썼다.

목 차

제11권

오보안(吳保安)이 집안을 버리고 포로가 된 친구를 속신시키다[吳保安棄家贖友]

▌작품 해설

이 작품은 《고금소설(古今小說)》 권8의 이야기이다. 오보안(吳保安)의 이야기는 당나라 우숙(牛肅)의 《기문(紀聞)》에서 나온 이야기로 《신당서(新唐書)》 권191 《충의열전(忠義烈傳)》에도 실려 있다. 《태평광기(太平廣記)》 권166에는 〈오보안(吳保安)〉이라는 제목으로 실려 있는데 출처는 《기문(紀聞)》이라고 했으며 내용은 《신당서·충의열전》보다 더 자세하다. 명나라 육집(陸楫)의 《고금설해(古今說海)》 권24에는 〈오보안전(吳保安傳)〉이라는 제목으로 수록되어 있고, 청나라 진세희(陳世熙)의 《당인설회(唐人說薈)》에는 〈기남자전(奇男子傳)〉이란 제목으로 수록되어 있는데 작자는 허당(許棠)으로 되어 있다. 이 작품을 바탕으로 한 명나라 심영(沈璟)의 희곡 작품 〈매검기(埋劍記)〉와 정약용(鄭若庸)의 〈대절기(大節記)〉(실전)도 있는데 〈매검기〉는 《고본희곡총간(古本戲曲叢刊)》 초집(初集)에 수록되어 있고 《원산당곡품(遠山堂曲品)》에도 소개되어 있다. 또한 조선시대 무명씨가 이 작품을 문언으로 개사하고자 한 작품이 《담자(啖蔗)》에 〈곽중상전(郭仲翔傳)〉이란 제목으로 수록되어 있기도 하다.

《금고기관》 권4의 〈배 진공이 의롭게 미인을 원래 남편에게 돌려보내다(裴晉公義還原配)〉 등과 같은 작품에서 볼 수 있듯이 역사적 인물이 소설에 등장하거나 주인공으로 소설화(小說化)되는 경우는 흔한 일이지만 반대로 소설에 등장하는 허구적인 인물이나 이야기가 정사(正史)에 수용되는 일은 매우 드문 경우이다. 본 작품의 정화 부분인 오보안 이야기의 본사는 원래 소설로 전해지다가 《신당서(新唐書)》에 편입된 사례가 된다는 점에서 특별한 의미를 지닌다.

오보안(吳保安)의 이야기는 최초로 당나라 우숙(牛肅)의 《기문(紀聞)》에 보인다. 《신당서(新唐書)·예문지(藝文誌)》에 따르면 《기문(紀聞)》은 총 10권으로 당나라 우숙(牛肅)이 지었으며 비교적 이른 시기의 당대 소설집이라고 할 수 있다. 송나라 정초(鄭樵)의 《통지(通誌)·예문략(藝文略)》에서 《기문》에 대해 언급하기를 모두 불교와 도교의 이상한 일들만을 기록했다고 했듯이 이 책의 문헌적 성격은 지괴전기류(志怪傳奇類)라고 해도 무방할 것이다. 《기문》은 이미 실전되어 120편 정도의 일문만이 《태평광기(太平廣記)》에 실려 있다. 작자인 우숙에 대해서도 자세히 알 수 없는 실정이다. 《신당서》와 《구당서》에 모두 그의 전(傳)이 보이지 않고 생몰 연대나 생평에 대한 기록도 없다. 오직 《원화성찬(元和姓纂)》 권5의 기록에 의해 그가 악주(岳州) 자사(刺史)를 역임했다는 사실을 알 수 있으며, 《태평광기》에 수록된 《기문》의 다른 일문들을 통해 그의 생몰 연대를 당현종(唐玄宗) 때부터 대종(代宗) 때까지(712~780년)로 잡아볼 수 있을 뿐이다.

《태평광기》에 수록된 《기문》의 일문을 보면 그 가운데 가장 유명한 작품은 〈오보안〉이란 제목으로 권166에 실린 이 이야기이다. 〈오보안〉은 작품 안에서 오보안과 재상 곽원진(郭元振)의 조카인 곽중상(郭仲翔)이 서로 주고받은 서신의 문체가 변문체(騈文體)로 되어 있는 것으로 보아

당나라 초·중기에 지어진 전기체(傳奇體) 소설 작품인 것으로 짐작된다. 송나라 조언위(趙彦衛)의 《운록만초(雲麓漫鈔)》 권8에서 당전기(唐傳奇)를 '사재(史才)'와 '시필(詩筆)'과 '의론(議論)'이 다 갖춰진 문체라고 한바 있듯이 〈오보안〉도 사전(史傳)과 매우 유사한 격식과 문체로 쓰여 있어 소설의 내용을 역사적 사실로 오해할 만하다. 하지만 이야기의 시작부터 끝까지 등장하는 주요 인물들 가운데 재상 곽원진 이외에 사서(史書)에서 고증해 낼 수 있는 사람은 하나도 없다. 작품 안에서 그의 조카로 소개되는 곽중상도, 그와 동향인 오보안도, 곽원진의 부탁으로 조카 곽중상을 데리고 남만(南蠻)을 정벌하러 간 요주도독(姚州都督)인 이몽(李蒙)도, 이몽의 후임인 양안거(楊安居)도 모두 《구당서》나 《자치통감(資治通鑑)》에서 찾아볼 수 없는 인물들이다. 남만이 반란을 일으켜 조정에서 이몽을 파견해 정벌하게 할 정도였으면 전쟁의 규모가 상당했을 텐데 이와 비슷한 어떤 토벌 전쟁에 대해서도 전혀 기록이 보이지 않는다. 사전(史傳)에 보이는 것은 오직 《신당서》 권191 《충의열전(忠義烈傳)》에 실린 〈오보안전(吳保安傳)〉뿐인데 그 서사 내용이 《기문》에서 나온 〈오보안전〉과 매우 흡사하며, 변문체로 된 서신 부분만을 삭제시키고 일부의 소설적 묘사를 바꿔 썼을 뿐이다. 〈곽원진전(郭元振傳)〉이 《신당서》에도 실려 있지만 곽원진에게 곽중상이란 조카가 있었다는 기록은 보이지 않는다. 이로써 볼 때 《구당서》보다 100년 정도 늦게 편찬되고 우숙의 《기문》보다 약 300년 정도 늦게 나온 《신당서》의 〈오보안전(吳保安傳)〉이 《기문》에서 나온 〈오보안〉의 허구적 인물과 이야기를 수용한 것으로 짐작된다. 이는 당나라 이공좌(李公佐)가 지은 전기소설 작품인 〈사소아전(謝小娥傳)〉이 《신당서·열녀전(列女傳)》에 수용된 예와 동일한 경우라고 할 수 있다.

　사마광(司馬光)이 〈진자치통감표(進資治通鑑表)〉에서 스스로 말하기를, 《자치통감》을 편찬할 때 "옛 사서를 두루 살펴보고 소설도 참고로 취했다.〔遍閱舊史, 旁採小說.〕"라고 밝힌 바 있듯이 보사적 성격을 지닌 일부 소설도 넓은 의미에서 역사고증의 사료로 취급했던 것이다. 《한서·예문지(藝文志)》에서 이르기를 "소설가류의 이야기들은 대개 패관야사나 길거리의 소문이나 남의 얘기를 들은 것들에서 나온다.[小說家者流, 蓋出於稗官, 街談巷語, 道聽途說者之所造也.]"라고 한 바와 같이 당시의 소설은 패관야사나 길거리에서 들은 이야기 정도로 인식되었던 것이다. 이는 우숙의 《기문(紀聞)》이라는 소설집의 제목과도 맞아떨어지는 것을 알 수 있다. 《신당서》의 수찬자도 이런 취지에서 〈오보안전〉과 〈사소아전〉을 수록했던 것이다.

■본문 역주

옛사람들의 사귐은 모름지기 마음으로 맺었건만	古人結交須結心
지금 사람들의 교제는 오로지 겉으로만 사귈 뿐이라네	今人結交惟結面
마음으로 사귀면 생사를 함께할 수 있겠지만	結心可以同死生
겉으로만 사귄다면 어찌 빈천함을 함께할 수 있으리오	結面那堪共貧賤
번화한 거리를 말 타고 분주히 오가면서	九衢鞍馬日紛紜
밤낮으로 서로 쫓아가 배웅도 하고 방문도 하며	追攀送謁無晨昏
좌중에선 호탕하게 처자식도 내주고	座中慷慨出妻子
술자리에선 궤배를 하고 춤추며 형제와 같건만	酒邊拜舞猶弟兄
작은 이익에 관련만 되면 피차 미워하는데	一關微利已交惡
하물며 큰 역경이 닥친다면 어찌 서로 친근하겠는가	況復大難肯相親
그대는 보지 못했나, 그 옛날 양각애와 좌백도가 사우(死友)2)로 불리며	君不見當年羊左1)稱死友

| 지금까지도 사전(史傳)에서 그들을 우러르는 것을 | 至今史傳高其人 |

이 사(詞)의 제목은 〈결교행(結交行)〉으로 말세에 인심이 야박하여 교제하는 것이 아주 어렵다는 것을 한탄하고 있소이다. 평소에는 술잔이 오가며 형제와 같지만 머릿니만한 일이 생겨 거기에 조금의 이해가 관련되면 곧바로 피차 돌아보지도 않지요. 진정으로 "술과 고기를 같이 먹을 형제가 천 명이 있다 해도 역경에 빠지면 한 사람도 남아있지 않는다."는 말과 같소이다. 또한 아침에는 형제였지만 저녁에는 원수가 되어 술잔을 내려놓고 문을 나서자마자 곧장 서로를 향해 활을 당기는 경우도 있소이다. 그리하여 도연명(陶淵明)3)은 교제하는 것을 그만두려 했고 혜숙야(嵇叔夜)4)는 절교를 하고자 했으며 유효표(劉孝標)5)는 〈광절교론(廣絕交

1) 양좌(羊左): 전국시대 연나라 사람이었던 羊角哀와 左伯桃를 아울러 칭하는 말이다. 《文選·廣絕交論》李善 注에서 《烈士傳》을 인용하며 "羊角哀와 左伯桃는 死友이다. 초왕이 어질다는 소리를 듣고 그를 찾으러가는 길에 雨雪을 만나자 모두 살아남을 수 없다고 여겨 左伯桃는 옷과 양식을 모두 羊角哀에게 준 뒤, 자신은 나무 구멍에 들어가 죽었다."고 했다. 馮夢龍의 《喻世明言》 권7 〈羊角哀捨命全交〉도 이 이야기를 바탕으로 한 것으로 《今古奇觀》 권12에 수록되어 있다.

2) 사우(死友): 교분이 두터워 죽어도 서로 저버리지 않을 친구를 이른다.

3) 도연명(陶淵明, 약 365~427): 東晉 때 시인으로 이름은 潛이며 자는 元亮 또는 淵明이고, 靖節先生 또는 五柳先生이라고 불리었다. 江州祭酒, 彭澤縣令 등의 벼슬을 역임한 뒤, 관직을 그만두고 은거했다. 그가 지은 〈歸去來兮辭〉에 "교유하는 것을 그만둬야지(請息交以絕遊)"라는 구절이 있다.

4) 혜숙야(嵇叔夜): 삼국시대 위나라의 사상가이자 문학가였던 嵇康(약 224~263)을 이른다. 자는 叔夜이며 竹林七賢 가운데 한 사람이다. 친구인 山濤(자는 巨源)가 관직을 그만두고 나올 때 혜강을 추천하여 자신의 자리를 대신하게 하려 했으나 혜강은 〈與山巨源絕交書〉를 써서 이를 단호히 사절했다. 이 편지는 《文選》 권43에 수록되어 있다.

5) 유효표(劉孝標): 南朝 양나라 때 학자이자 문학가였던 劉峻(463~521)을 이른다. 자는 孝標로 《世說新語》를 주석한 것으로 높이 평가된다. 東漢 때 학자 朱穆이 시속이 야박한 것을 감개하여 〈絕交論〉을 지은 적이 있었는데 劉峻은 학자였던 任昉이 죽은 뒤, 그의 아들이 곤경에 빠져 있음에도 임방의 친구들이 하나같이 도와주지 않는 것을 보고 주목의 〈絕交論〉을 본떠 〈廣絕交論〉을 지었다. 〈광절

論)〉을 지었지요. 이들은 모두 세정에 감개하여 격분하는 말을 했을 뿐이오이다. 지금부터 내가 얘기할 두 명의 친구는 서로 얼굴을 한 번 본 적도 없었으나 의기투합한 연유로 말미암아 나중에 환란 속에서도 죽음을 무릅쓰고 서로 구제해 주었으니 이것이야말로 마음으로 사귄 가장 진정한 벗이라고 할 수 있소이다. 이것은 바로 이런 말로 대변되오이다.

> 말하자면 이 얘기는 공우(貢禹)6)가 관(冠)에   說來貢禹冠塵動
> 쌓인 먼지를 털어냈던 일과
> 형가(荊軻)7)의 검에서 서늘한 빛이 났다는   道破荊卿劍氣寒
> 이야기들과 흡사하다

화설(話說), 당나라 개원(開元) 연간에 재상이었던 대국공(代國公) 곽진(郭震)8)은 자가 원진(元振)이며 하북(河北) 무양(武陽) 사람이었다. 곽진에게 곽중상(郭仲翔)이라는 조카가 있었는데 문무를 겸비하고 있었으며 평생 호방하고 의기를 숭상하여 정해진 틀에 구속받지 않았기에 그를 천거하는 자가 없었다. 그의 부친은 그가 장년이 되어도 성취가 없는

....

교론〉은 《文選》 권55에 수록되어 있다.
6) 공우(貢禹, 기원전 127~기원전 44): 서한 때 경학가로 자는 少翁이고 光祿大夫, 御史大夫 등의 벼슬을 역임했으며 후세에 貢公이라 불리었다. 《漢書·王吉傳》에 의하면, 王吉(자는 子陽)과 貢禹는 친구였는데 공우가 왕길이 관직에 있는 것을 보고 자신도 벼슬을 하려고 하자, 세상 사람들은 "王陽이 벼슬자리에 있자 공공이 冠을 터네.(王陽在位, 貢公彈冠.)"라고 했으니 친구가 取捨를 함께하는 것을 말한 것이다. 이후 '貢禹彈冠'이란 말은 뜻을 함께하는 사람을 기꺼이 보좌하려는 것을 이르게 되었다.
7) 형가(荊軻): 전국시대 말기 衛나라 사람으로 연나라 太子 丹의 부탁을 받아 진시황을 암살하려 했지만 성공을 하지 못하고 죽임을 당했다. 이 일은 《史記·刺客列傳》에 보인다.
8) 곽진(郭震, 656~713): 당나라 때 명장으로 武則天, 中宗, 睿宗, 玄宗 등의 황제를 거치면서 여러 차례 전공을 세웠으며 현종 때 代國公으로 봉해졌다. 《舊唐書》 권97과 《新唐書》 권122에 그에 대한 傳이 있는데 모두 魏州 貴鄉(지금의 河北省 邯鄲市 大名縣 일대) 사람이라고 했다.

것을 보고 서신 한 통을 써주면서 그로 하여금 경도로 가서 백부를 뵙고 진로를 구하도록 했다. 곽원진이 조카에게 말했다.

"대장부는 전석(前席)으로 급제하여 고관대작에 오르지 못해도 반초(班超)[9]와 부개자(傅介子)[10]처럼 이역에서 공을 세워 부귀를 도모해야 한다. 만약, 그저 가문을 층계로 삼으려한다면 성취를 한다 해도 어찌 원대하겠느냐?"

이에 곽중상은 "예, 예."라고 대답했다.

때마침 변경에서 경도로 보고가 왔는데 남방의 오랑캐가 반란을 일으켰다는 것이었다. 원래 무측천(武則天)[11] 황후는 즉위한 날, 자신에게 귀순하도록 인심을 매수하려고 남방 구계십팔동(九溪十八洞)[12]의 오랑캐들에게 일 년에 한 번씩 작은 포상을 하고 삼 년에 한 번씩 큰 포상을 하고 있었는데 현종(玄宗) 황제가 즉위한 뒤로는 포상을 하던 이런 상규

....

9) 반초(班超, 32~102): 東漢 때 名將으로 자는 仲升이며, 사학가 班彪의 아들이자 《漢書》를 지은 班固의 동생이다. 出使하여 西域을 평정하는 데 기여했다. 《後漢書》 권77에 그에 대한 傳이 있다.

10) 부개자(傅介子, ?~기원전 65): 西漢 때 사람이며, 出使하여 西域을 평정하는 데 기여했다. 昭帝 때 서역 정권인 龜玆와 樓蘭이 모두 흉노와 결탁하여 한나라 사신을 죽이고 재물을 겁탈하자 부개자가 자청하여 출사한 뒤, 龜玆와 樓蘭을 책망하고 흉노의 사신을 죽였다. 이 공으로 平樂監에 제수되었으며, 다시 元鳳 4년(기원전 77년)에 황금과 비단을 상으로 내린다는 명목으로 樓蘭에 가 연회에서 樓蘭王을 죽이고 한나라에 인질로 잡혀 있던 누란왕의 아들을 왕으로 세워 그 공으로 義陽侯에 봉해졌다. 《漢書》 권70에 그에 대한 傳이 있다.

11) 무측천(武則天, 624~705): 당나라 高宗의 황후로 있다가 고종이 죽고 中宗이 즉위한 뒤, 황태후가 되어 정사에 간여했다. 그 후 중종을 盧陵王으로 강등시키고 睿宗을 세우면서 자신의 세력을 키웠다. 690년에 스스로 제위에 올라 국호를 '周'로 바꾸고 '武周皇帝'라고 자칭하며 705년까지 재위에 있다가 병이 위독해져 다시 제위를 중종에게 물려주었다.

12) 구계십팔동(九溪十八洞): '溪'와 '洞'은 모두 중국 西南 지방에 있는 苗族, 侗族, 壯族 등의 소수민족들이 모여 사는 곳을 이르는 말로 '洞'은 '峒'으로 쓰기도 한다. '九溪十八洞'은 서남 변경 지역 소수민족들이 모여 사는 아홉 개의 溪와 열여덟 개의 洞을 통틀어 이르는 말이다.

들을 모두 혁파하였기에 오랑캐들이 일시에 반란을 일으켜 주현(州縣)을 습격하게 되었던 것이다. 조정에서는 이몽(李蒙)을 파견하여 요주(姚州) 도독(都督)으로 삼고 군대를 이끌고 가서 이들을 토벌하도록 했다. 이몽은 성지를 받고서 출발하기 전에 특별히 재상인 곽원진의 저택으로 가 작별 인사를 하면서 가르침을 청했다. 그러자 곽원진이 말했다.

"옛날 제갈(諸葛) 무후(武侯)[13]가 맹획(孟獲)[14]을 일곱 번 사로잡았던 것은 오로지 그 마음을 복종시키려 했던 것이지 그의 무력을 복종시키려던 것은 아니었지요. 장군께서는 마땅히 신중히 움직이셔야만 반드시 승리를 거두실 겁니다. 저의 조카 곽중상(郭仲翔)이 자못 재간이 있기에 오늘 장군과 동행하도록 그를 보내겠습니다. 나중에 난적을 격파하고 공을 세워, 마치 파리가 준마의 꼬리에 붙듯이[15] 장군을 따라 이름을 날릴 수 있었으면 합니다."

그러고 나서 곧바로 곽중상을 불러 나오게 하여 이몽과 만나도록 했다. 이몽이 보아하니 곽중상의 의용이 속되지 아니한데다가 또한 당조(當朝) 재상의 조카로 재상이 친히 그를 부탁하기까지 하기에 감히 어떻게 마다할 수가 없었다. 그래서 바로 곽중상에게 행군판관(行軍判官)의

---

13) 무후(武侯): 삼국시대 촉나라의 승상이었던 諸葛 亮(181~234)을 이른다. 자는 孔明이며 호는 臥龍으로 살아 있을 때 武鄕侯로 봉해졌고, 시호는 忠武侯이며 東晉 때 다시 武興王으로 추봉되었다. 《三國志·蜀志》 권5에 그에 대한 傳이 있다.

14) 맹획(孟獲): 삼국시대 남부 지방 소수민족의 수령으로 225년에 촉나라에 대항하여 거병을 했지만 諸葛 亮이 군대를 이끌고 가서 이른바 '七縱七擒'을 하자, 심복하여 반란을 일으키지 않았다. 《三國志·諸葛亮傳》注에서 《漢晉春秋》를 인용하며 그에 대해 언급한 바 있고, 《三國演義》에서 자세하게 부연했다.

15) 《史記·伯夷列傳》에 보이는 "顔淵은 비록 篤學하지만 준마의 꼬리에 붙어 품행이 더욱 드러난 것이다.(顔淵雖篤學, 附驥尾而行益顯.)"라는 구절에서 나온 말로 司馬貞의 索隱에 의하면 "파리가 준마의 꼬리에 붙어 천리를 갈 수 있었으니 이것으로 顔回가 孔子로 인해 명성을 날렸다는 것을 비유적으로 이르는 것이다.(蒼蠅附驥尾而致千里, 以喻顔回因孔子而名彰.)"라고 했다. 나중에 '驥尾'는 선배나 명인의 뒤를 따르는 것을 비유적으로 이르게 되었다.

직위를 맡게 했다.

 곽중상은 백부에게 작별 인사를 하고서 이몽을 따라 길에 올랐다. 검남(劍南)16)지방에 이르렀을 때 그곳에 동향인(同鄕人) 하나가 있었는데 성은 오(吳) 씨였고 이름은 보안(保安)이었으며 자는 영고(永固)로 그는 당시 검남도(劍南道) 동천(東川) 수주(遂州)에 있는 방의현(方義縣)의 현위(縣尉)를 맡고 있었다. 오보안은 비록 곽중상과 직접 만난 적은 없었지만 곽중상의 사람됨이 의기를 중시하여 사람들을 살 도와주려 한다는 것을 전부터 알고 있었기에 서신 한 통을 써서 특별히 사람을 시켜 말을 달려 곽중상에게 보내도록 했다. 곽중상이 서신을 뜯어서 보니 거기에는 이렇게 쓰여 있었다.

 불초한 저 보안은 다행스럽게도 족하와 같은 고향에서 태어났으며 비록 족하를 배알한 적은 없지만 앙모해 온 지 오래 되었습니다. 족하가 훌륭한 재능이 있어 이 장군을 도와 난적 나부랭이들을 평정시키는 일은 짧은 시일에 성공할 것입니다. 저 보안은 여러 해 동안 공부에 진력하여 미관인 현위로 외진 촉(蜀)지방에 있기에 고향과 단절되어 있습니다. 게다가 이 관직은 이미 임기가 다 차 연임을 기약하기 어렵기 때문에 선조(選曹)17)에게 제한을 당할까 걱정됩니다. 족하께서 남들의 걱정을 덜어주시고 어려움을 도와주시며 고인의 풍도가 있다는 얘기를 많이 들어 왔습니다. 지금 대군이 진군해 정벌을 하러 가기에 마침 사람을 쓸 때이니 만약 동향인 것을 생각해 작은 직책으로라도 써주시어 저 보안으로 하여 금 말채찍을 들고 모시면서 막하에서 작은 공을 세울 수 있게 해주신다면, 산언덕만한 족하의 은혜는 죽어도 감히 잊지 못할 것입니다!

 곽중상은 그가 보낸 서신의 뜻을 음미하고는 한숨을 쉬며 이렇게 생각 했다.

....

16) 검남(劍南): 당나라 때 劍南道를 이른다. 이 지역이 劍閣의 남쪽에 있어서 이렇 게 불리게 되었다. 지금의 四川省 일대이다.
17) 선조(選曹): 관리를 선발하는 일을 주관했던 관직이다.

"이 사람은 나와 일면식도 없는데 갑자기 급한 일을 내게 부탁하니 나를 깊이 잘 아는 자로다. 대장부가 지기를 만났는데 그를 위해 힘을 써주지 못한다면 어찌 부끄럽지 않겠는가?"

그리고 나서 곧바로 이몽에게 오보안의 재능을 칭찬하며 군중으로 불러들여 복무를 할 수 있게 해달라고 청했다. 이 도독은 이 말을 듣고 수주(溪州)에 문서를 내려 방의현의 위관 오보안을 관기(管記)[18]로 삼겠다고 했다.

아역을 막 보낸 뒤, 척후병이 오랑캐 반적이 창궐하여 내륙으로 다가오고 있다고 보고하기에 이 도독은 명을 내려 밤새 길을 재촉하도록 했다. 요주(姚州)에 이르렀을 때 마침 오랑캐 병졸들은 재물을 노략질하느라 방비를 하고 있지 않고 있다가 이 도독의 군대에게 엄습을 당해 모두 사방으로 흩어져 도망가 대오를 이루지 못하고 모조리 죽어 완전히 대패하게 되었다. 이 도독은 용력을 믿고 대군을 이끌고 가 승세를 타고서 오십 리를 추격해 쫓아가다가 날이 저물자 영채를 설치하고 주둔을 했다. 그러자 곽중상이 이렇게 간언했다.

"오랑캐들은 욕심이 많고 간교하기가 짝이 없습니다. 저들은 지금 전패하여 멀리 도망쳐 장군의 위엄이 이미 세워졌으니 마땅히 군대를 철수시켜서 요주로 돌아가신 뒤, 사람을 시켜 먼저 위덕(威德)을 퍼뜨리셔서 반적으로 하여금 조정에 귀순하도록 하셔야 합니다. 오랑캐 땅에 깊이 들어가면 아니 됩니다. 그들의 술책에 넘어갈까 걱정스럽습니다."

이몽이 대갈(大喝)하여 말했다.

"오랑캐 무리들은 지금 이미 간담이 서늘해져 있으니 이 기회를 타 오랑캐 지역을 깨끗이 쓸어내지 못한다면 다시 어느 때를 기다리겠나? 자네는 긴 말 말고 내가 반적들을 격파하는 거나 지켜보게."

다음 날 영채를 걷고 모두 출발을 하여 며칠을 행군했다. 오랑캐 지역

....

18) 관기(管記): 書記나 記事參軍 등과 같은, 문서를 주관했던 관직에 대한 통칭이다.

의 경계에 이르러 보니 수많은 짙푸른 산봉우리들이 첩첩이 이어져 있어 어느 길로 가야할지 알 수가 없었다. 이몽은 마음속으로 크게 의심이 되기에 명을 내려 잠시 평평하고 널찍한 곳으로 물러나 주둔하게 한 뒤, 한편으로는 그 지역에 사는 사람을 찾아 길을 물어보라고 했다. 그때 갑자기 산골짜기 속에서 징과 북 소리가 사방에서 울리더니 오랑캐 군졸들이 온 산과 들에서 몰려나왔다. 그 동(洞)의 동주(洞主)는 성은 몽(蒙)이고 이름은 세노라(細奴邏)라고 했는데 손에는 목궁(木弓)과 독화살을 들고 있었으며 그 활로 백 번을 쏘면 백 번을 적중시켰다. 그는 각 동의 오랑캐 두목들을 이끌고서 수풀을 뚫고 산봉우리를 넘어 다니는 것을 마치 새들이 날고 짐승들이 달리듯이 전혀 힘들어 하지 않았다. 당나라 군대는 산골짜기 속에 갇혀 있었는데다가 길도 낯설고 힘도 빠져 있었으니 어떻게 적군을 대적할 수 있었겠는가? 이 도독은 비록 용맹스럽긴 했지만 무용을 발휘할 길이 없고 수하의 부하들이 점점 죽어 없어지는 것을 보자 한숨을 쉬며 말하기를 "후회스럽게도 곽 판관의 말을 안 들어 개와 양 같은 놈들한테 모욕을 당하게 되었구나!"라고 한 뒤, 장화에 있던 단도를 뽑아 스스로 목을 베고 죽었다. 그의 전군(全軍)이 오랑캐 땅에서 전멸되었으니 후인이 이런 시를 남겼다.

마원(馬援)[19] 장군이 세운 구리기둥은 천고에   馬援銅柱標千古
　　계표(界標)가 되고
제갈량(諸葛亮)의 군기 게양대는 오랑캐 땅을   諸葛旗臺鎭九溪[20]

....

19) 마원(馬援, 기원전 14~49): 자는 文淵이며 한나라 명장이자 개국공신이었다. 東漢 때 남부 交趾 지방의 여자인 征側과 征貳 자매가 한나라에 대항해 거병을 하자, 光武帝의 명을 받아 伏波將軍 마원이 군대를 이끌고 가서 交趾를 평정한 뒤, 그곳에 銅柱를 세워 한나라 남방의 경계로 삼았다.

20) 제갈기대진구계(諸葛旗臺鎭九溪): '諸葛'은 삼국시대 촉나라의 丞相이었던 諸葛亮을 가리키며, '九溪'는 당시 서남지방의 소수민족을 이른다. 명나라 楊時偉의 《諸葛忠武書》 권5의 기록에 의하면, 제갈량의 주둔지는 司城 남쪽 10리에

진압했는데

무슨 일로 당나라 군대는 전멸을 하였는가	何事唐師皆覆沒
이(李) 장군이 운수가 나빴기 때문이라네	將軍姓李數偏奇[21]

또한 이 도독이 곽중상의 말을 듣지 않아 스스로 패배를 초래한 것이라고 탓하는 시도 있다. 그 시는 이러하다.

이 장군이 운수가 유독 나빠 대패한 것이 아니라	不是將軍數獨奇
고군(孤軍)이 적진으로 깊숙이 들어가 위험했던 것이라네	懸軍深入總堪危
당시에 철수를 하자는 계책을 들었다면	當時若聽還師策
설사 오랑캐 무리가 많았다 해도 뉘라서 감히 엿보기나 했겠나	總有羣蠻誰敢窺

이때 곽중상도 포로로 잡혀가게 되었다. 세노라는 그의 풍채가 범상치 않은 것을 보고 그에게 물어 곽원진의 조카라는 것을 비로소 알게 된 뒤, 본동(本洞)의 두령이었던 오라(烏羅)의 관할지로 보냈다. 원래 남방의 오랑캐들은 큰 뜻을 품고 있었던 것이 아니라 중국의 재물만을 탐냈던 것뿐이었으므로 한인(漢人)들이 포로로 잡히면 모두 각 동의 두령들에게 나눠주었는데 공이 큰 자들에게는 많이 나누어주었고, 공이 적은

....

있었으며 그 동쪽에 있던 東嶽堰 안에는 둘레 20여 丈에 높이가 6尺이 되는 흙 돈대 하나가 있었는데 사람들은 이것을 '武侯의 旗臺'라고 했다고 한다.

21) 장군성리수편기(將軍姓李數偏奇): 李 씨 성을 가진 장군이란 西漢 때의 名將이었던 李廣(?~기원전 119)을 이른다. 흉노와의 전쟁에서 여러 차례 전공을 세워 驍騎將軍 등의 벼슬을 역임하기도 했으나 흉노에게 잡히기도 했다. 元狩 4년(기원전 119)에는 漠北 전투에서 길을 잃어 참전하지 못하자 이를 부끄럽게 여겨 자살을 했으며 평생 封侯되지 못했다. '數奇'는 운명이 순탄하지 못하다는 뜻이다. 《漢書》 권54와 《史記》 권109에 있는 이광의 傳에는 모두 "李廣數奇"라는 표현이 보인다. 여기서는 이광의 고사를 빌려 똑같이 이 씨 성을 가진 장군인 이몽을 이야기하는 것이다.

자들에게는 적게 나누어주었다. 나눠서 갖은 포로들은 현우(賢愚)를 불문하고 그저 노복처럼 부려 장작을 패게 하고 풀을 베도록 했으며 말을 기르고 양을 치도록 했다. 또한 이들 포로가 많으면 서로 사고팔 수도 있었기에 한인들은 이곳에 오면 열 가운데 아홉은 죽기만을 바라며 살려고 하지를 않았다. 하지만 그들을 지키는 오랑캐 사람들이 있었으므로 죽지도 못하고 고초가 이만저만이 아니었다. 이 한바탕의 싸움으로 매우 많은 한인들이 포로로 잡혀왔는데 그 가운데에는 직위가 있는 자들이 많았다. 이에 오랑캐 우두머리는 일일이 심문하여 캐내고는 포로들이 중국으로 서신을 부치는 것을 허락해 그들의 친척이 와서 속신을 하게 하여 많은 이득을 얻으려고 했다. 어느 누군들 고향으로 돌아가려고 하지 않았겠는가? 그 얘기를 듣고 집이 부자든 가난하든 간에 모두들 고향으로 서신을 보냈다. 포로로 잡혀간 사람들의 가족들은 정말로 어쩔 방법이 없다면 그저 내버려 둘 수밖에 없겠지만 만약 친척들이 있어 여기저기서 재물을 긁어모을 수만 있다면 어느 집인들 돈을 빌려 속신을 시키려고 하지 않겠는가? 그 오랑캐 우두머리는 잔인하게 이익을 탐내 홀몸의 가난뱅이들에게도 좋은 비단으로 서른 필(匹)은 받아야만 속신을 시켜줘 돌아가도록 허락했다. 만약 그보다 한 층 위에 있는 사람이라면 그가 착취하고 싶은 대로 내야 했다. 오라는 곽중상이 당조 재상의 조카라는 것을 듣고서 몸값을 높여 천 필의 비단을 요구했다. 곽중상은 이렇게 생각했다.

"만약에 천 필의 비단을 구하려 한다면 백부님이어야 그것을 마련할 수 있을 게다. 다만 길이 아득히 머니 어떻게 서신을 보낼 수 있겠나?"

그러다가 그는 갑자기 이런 생각이 떠올랐다.

"오보안은 나의 지기로 내 그와 만난 적은 없었지만 그가 쓴 몇 줄의 글만 보고 이 도독에게 그를 힘껏 추천하여 관기(管記)로 불러들인 것이니 내가 마음 쓴 것을 그도 반드시 알 것이다. 다행히도 그가 뒤에 출발하게 되어 이 난을 당하지 않았으니 이 즈음이면 아마도 요주에 도착해 있을 것이다. 그에게 장안으로 서신을 보내달라고 간청하는 것이 좋지 않겠나?"

그는 곧 서신 한 통을 써서 곧바로 오보안에게 보냈다. 서신 속에서 고통스러운 사정과 오라가 몸값을 요구하고 있는 자세한 상황을 모두 얘기하면서 이렇게 적었다.

만약 영고(永固)께서 저를 버리지 않으시고 저의 백부에게 말을 전해 주셔서 빨리 와서 저를 속신시키도록 해 주신다면 살아서 돌아갈 수 있겠지만, 그렇지 않으면 살아서는 포로요 죽어서는 오랑캐 땅의 귀신이 될 터이니 영고께서 차마 그리하실런지요?

'영고'는 오보안의 자였다. 서신 끝에는 이런 시 한 수를 덧붙였다.

기자(箕子)22)는 노예로 지내다가 이역으로 갔으며	箕子爲奴仍異域
소무(蘇武)23)는 젊었을 때 흉노에게 갇혀	蘇卿受困在初年

....

22) 기자(箕子): 殷商 말기 때 사람으로 紂王의 숙부이다. 太師 등의 벼슬을 역임했으며 봉지가 箕 땅에 있었으므로 箕子라고 불리었다. 주왕이 무도하여 직간을 한 比干의 심장을 도려낸 것을 보고 두려워 미친 척을 하여 노예로 강등되었다. 나중에 주왕이 周나라 武王에게 토벌되어 殷商이 멸망한 후 기자는 고국을 그리워하며 주나라에 승복하지 않고 제자 등을 이끌고서 동쪽으로 와 기자조선을 세웠다. 자세한 내용은 《史記·殷本紀》에 보인다.

23) 소무(蘇武, 기원전 140~60): 자는 子卿이며 杜陵(지금의 陝西省 西安市) 사람이다. 漢 武帝 天漢 원년(기원전 100)에 中郞將으로 匈奴에 출사했다가 구금되어 19년 동안 외진 北海에서 양을 치고 살면서도 항복하지 않았다. 武帝가 죽고 昭帝가 즉위한 뒤, 한나라와 흉노는 화친을 해 한나라에서는 다시 흉노에 사신을 보내면서 소무를 비롯한 사신들을 풀어달라고 하자, 흉노는 그들은 이미 죽었다고 거짓말을 했다. 한나라 사신이 單于에게 거짓으로 말하기를, 한나라 천자가 上林苑에서 사냥을 하다가 발목에 비단 편지가 묶여 있는 기러기를 활로 쏴 잡았는데 그 편지에 소무가 어떤 늪에 있다고 쓰여 있었다 하자, 單于는 그제야 비로소 그들을 풀어주겠다고 했다. 漢 宣帝 始元 6년(기원전 81)에 소무는 한나라에 돌아갈 수 있었으며 나중에 麒麟閣十一功臣 가운데 한 사람으로 모셔졌다.

있었다네

그대가 의기로 매우 가엾게 여겨주실 줄로 아오니 　　知君義氣深相憫

원컨대 수레를 끌던 말을 풀어 속신 시켜 준 옛 현자를 본떠주시길 　　願脫征驂學古賢24)

곽중상이 서신을 다 썼을 때, 마침 요주(姚州)의 해량관(解糧官)25)이 속신이 되어 돌아가게 되었다. 곽중상은 그 기회를 타 그에게 시신을 맡겼다. 눈을 뻔히 뜨고서 남이 돌아가는 것을 보면서도 스스로는 떨쳐 날 수가 없기에 곽중상은 마음이 마치 천만 개의 화살로 뚫리는듯하여 저도 모르게 눈물이 비 오듯 쏟아졌다. 그것은 바로 이런 말로 대변된다.

다른 새 높이 날아가는 것을 보기만 할 뿐 　　眼看他鳥高飛去

몸은 새장 안에 갇혀 있으니 어찌 벗어날 수 있으리오 　　身在籠中怎出頭

곽중상이 오랑캐 땅에서 있었던 일은 이쯤 얘기해 둔다.

차설(且說), 오보안은 이 도독의 문서를 받고 곽중상이 천거해 준 것을 알았다. 그는 아내 장씨(張氏)와 아직 돌도 안 된 갓난아이를 수주(遂州)에 남겨 거기서 살게 하고, 시종 하나를 데리고 부임을 하러 재빨리 길을 나서 요주로 갔다. 거기서 이 도독이 전장에서 죽었다는 소식을 듣고서 깜짝 놀라게 되었다. 곽중상의 생사와 행방을 알 수가 없기에

....

자세한 내용은 《漢書·蘇武傳》에 보인다.

24) 원탈정참학고현(願脫征驂學古賢): '征驂'은 수레를 끌고서 먼 길을 가는 말을 이른다. 春秋 때 제나라의 현자 越石父는 추위와 굶주림으로 인하여 조나라에서 노예로 일하고 있었다. 제나라의 대부 晏子가 조나라 中牟에서 그를 보고 군자라고 여겨 자신의 수레를 끌고 있던 왼쪽 말의 고삐를 풀어 그 몸값으로 주고 그를 속신시켜 집으로 데리고 왔다고 한다. 자세한 내용은 《史記·管晏列傳》에 보인다.

25) 해량관(解糧官): 軍糧을 징수하고 운반하는 일을 주관하던 관리를 이른다.

유심히 알아보던 중에 때마침 해량관이 오랑캐 땅에서 풀려나와 곽중상의 서신을 가지고 왔다. 오보안이 서신을 뜯어보니, 너무나 처참했기에 곧바로 회신 한 통을 써서 속신할 수 있게 해 주기로 응낙했다. 그는 서신을 해량관에게 주며 기회가 되면 오랑캐 땅으로 보내달라고 부탁하여 곽중상의 마음을 위로해 주려고 했다. 그러고 나서 그는 서둘러 행낭을 꾸린 뒤, 장안으로 출발했다. 요주에서 장안까지는 삼천 여 리(里)로 동천(東川)26)은 가는 길에 있었지만 오보안은 집에 가보지도 않고 곧바로 경도로 가서 재상인 곽원진을 뵈려고 했다. 하지만 한 달 전에 곽원진이 이미 세상을 떠나 가솔들은 모두 상여를 모시고 고향으로 돌아간 것을 누군들 알았겠는가?

오보안은 매우 실망한데다가 여비도 모두 바닥이 났기에 어쩔 수 없이 노복과 말을 팔아 그 돈으로 길을 돌려 다시 수주로 갔다. 그가 처자식을 보고 목 놓아 통곡을 하자, 장씨가 그 연고를 물었다. 오보안은 곽중상이 남쪽 오랑캐 땅에 포로로 잡혀간 일을 한 차례 얘기한 뒤 이렇게 말했다.

"이제 그를 속신시켜주러 가야하는데 우리 집에는 그럴 재력이 없으니 어찌하면 좋단 말인가? 그로 하여금 외진 곳에서 학수고대를 하게 하니 내 마음이 어찌 편안하겠나?"

말을 마친 뒤 다시 또 울자, 장씨가 그를 타이르며 말하기를 "속담에 '솜씨 좋은 주부도 쌀이 없으면 죽을 끓일 수 없다.[巧媳婦煮不得沒米粥]'고 하잖습니까. 당신은 지금 능력이 마음을 따라주지 못하니 어쩔 수 없잖아요."라고 했다. 오보안이 머리를 가로저으며 말했다.

"내가 예전에 우연히도 그에게 서신 한 통을 보냈더니 그는 마음을 써 곧장 나를 천거해 주었소. 지금은 그가 생사의 고비에 달려있어 내게

----

26) 동천(東川): 오보안의 처자식이 있는 遂州는 劍南道 東川에 속해 있었으며 都督府가 있었던 곳이다. 오보안이 장안으로 가는 길에 처자식이 있는 동천을 지나지만 집을 들르지도 않았다는 뜻이다.

목숨을 맡겼는데 내 어찌 차마 그를 저버릴 수 있겠는가? 곽중상을 돌아오게 하지 못하면, 맹세컨대 나만 혼자 살지는 않을 것이오!"

그리고 나서 가산들을 모두 다 털어 그 값을 매겨보니 대략 비단 이백 필쯤이 되었기에 처자식을 내팽개쳐두고 나가 장사를 하려 했다. 한편으로는 오랑캐 땅에서 불시에 서신이 올까 걱정되어 요주 근처에서만 운영하면서 밤낮으로 분주히 사방을 떠돌았다. 몸에는 해진 옷을 입고 입에 거친 음식을 먹으면서 돈 한 푼과 곡식 한 알이라도 함부로 쓰지 않은 채 모두 비단 살 돈으로 모아나갔다. 한 필을 얻으면 열 필을 바라보고 열 필을 얻으면 백 필을 바라보았으며 백 필이 차면 곧바로 요주의 부고(府庫)에 맡겨 두었다. 자나 깨나 그저 '곽중상'이란 세 글자만 생각하며 처자식조차도 잊어버렸다. 밖에서 꼬박 십 년의 해를 보내며 겨우 칠백 필은 모았지만 아직 비단 천 필이 되기에는 부족했다. 이것은 바로 다음과 같은 시로 대변된다.

집에서 천 리 떨어진 곳에서 자잘한 이득을 쫓는 까닭은	離家千里逐錐刀
단지 서로를 알아주는 의기가 두텁기 때문이라네	只爲相知意氣饒
십 년이 지나도 오랑캐에게 빚을 갚지 못했으니	十載未償蠻洞債
어느 날에야 마음을 나눈 벗을 위로할 수 있을까나	不知何日慰心交

화두를 돌려보자. 각설(却說), 오보안의 아내 장씨는 어린아이와 함께 외롭고 쓸쓸하게 수주에 살고 있었다. 처음에는 현위였던 오보안의 얼굴을 봐서 소소하게 도와주는 사람이 있었지만 연이어 몇 년 동안 소식이 끊기자 장씨를 아는 체하는 이도 없었다. 집안에 모아 둔 것도 없이 십 년 넘게 견디다보니 홑옷에 먹을 것도 모자라게 되어 살아가기가 매우 어렵게 되었다. 그는 어쩔 수 없이 헌 가구 몇 점을 팔아 노자로 삼아, 열한 살 된 아이를 데리고서 직접 길을 물어가며 요주로 가 남편 오보안을 찾으려 했다. 밤에는 자고 아침부터 길을 가도 하루에 겨우 삼사십

리밖에 걸을 수가 없었다. 융주(戎州)의 경계에 이르러서는 이미 노잣돈이 다 떨어져 어디서 나올 데가 없었다. 구걸을 하면서 가려고 했지만 부끄럽기도 하고 익숙하지도 않았기에 박명하다고 여기며 죽어버리는 것이 낫다고 생각했다. 하지만 열한 살 먹은 애를 보노라니 차마 떼어버리지도 못하고 이 생각 저 생각을 하는 통에 날이 저물기에 장씨는 오몽산(烏蒙山) 아래에 앉아서 목 놓아 크게 울었는데 지나가던 관원이 이를 듣게 되었다. 그 관원은 성이 양(楊) 씨이고 이름은 안거(安居)로 요주 도독에 새로 임용되어, 바로 이몽이 비운 자리를 채우러 역마를 타고 장안에서 임지로 가는 길이었다. 오몽산 아래를 지나다가 통곡하는 소리를 들었는데 그 소리가 애절하기도 하거니와 부녀자의 소리이기도 하기에 거마를 세우고 장씨를 불러 까닭을 묻게 되었다. 장씨는 손으로 열한 살 먹은 아이를 이끌고서 앞으로 나아가 울면서 이렇게 하소연했다.

"첩은 수주 방의현의 현위였던 오보안의 처이며 이 아이는 바로 첩의 아들이옵니다. 첩의 지아비는 친구인 곽중상이 오랑캐 땅으로 잡혀간 까닭에 비단 천 필을 마련해 가서 그를 속신시키려고 저희 모자를 버려 둔 채, 요주에 혼자 머물면서 십 년 동안 소식이 없습니다. 첩은 가난하고 의지할 데가 없어 직접 남편을 찾으러 가는 길이온데 양식은 다 떨어지고 갈 길이 멀기에 슬퍼서 울었던 것입니다."

양안거는 마음속으로 남다른 것에 감탄하며, "이 사람이 진정한 의사(義士)로다! 내가 인연이 없어 그를 알지 못한 것이 한스럽구나!"라고 한 뒤, 곧 장씨에게 이렇게 말했다.

"부인께서는 걱정하지 마십시오. 부끄럽지만 제가 요주 도독에 임용되었으니 군(郡)에 도착하자마자 곧바로 사람을 시켜 남편분을 찾게 하겠습니다. 부인의 노잣돈은 모두 제가 책임질 것이며, 전정(前程)에 있는 역관에 당도하시면 부인의 일을 처리해 주도록 하겠습니다."

장씨는 눈물을 거두고서 절을 하며 감사했다. 하지만, 비록 양 도독이 그렇게 얘기는 했을지라도 마음속으로는 의혹을 품고 있었다. 양 도독의 거마는 마치 날듯이 가버렸고, 장씨 모자는 서로 부추기며 한 걸음 한 걸음씩 발길을 옮겨 역관 앞에 이르게 되었다. 양 도독이 이미 역관에게 이들 모자를 기다리고 있으라고 분부해 놓았기에 역관은 장씨에게 내력을 물은 뒤, 그들을 빈방으로 맞이하여 음식을 주고 쉬도록 해 주었다. 다음 날 오경에 양 도독은 먼저 말을 타고 길을 떠났다. 역관은 장씨에게 양 도독의 명을 전하면서 노잣돈으로 만전(萬錢)을 주고 수레 한 대도 마련해 준 뒤, 수레꾼을 시켜 그들을 요주 보빙역(普溯驛)으로 보내 거기에서 살도록 했다. 장씨는 마음속으로 끝없이 감격했으니 그것은 바로 이런 말로 대변된다.

좋은 사람은 좋은 사람을 만나 구원을 받고   好人還遇好人救
악한 사람은 악한 사람을 만나 괴롭힘을   惡人自有惡人磨
　　당한다오

차설(且說), 양안거는 요주에 당도하자마자 곧바로 사람을 시켜 사방으로 오보안의 행방을 수소문하게 하여 사나흘도 안 되어 그를 바로 찾을 수 있었다. 양안거는 그를 도독부(都督府)로 오도록 하게 하여 섬돌에서 내려와 그를 맞이하면서 손을 잡고 당으로 올라 노고를 위로했다. 그리고 오보안에게 이렇게 말했다.

"제가 일찍이 옛사람들 중에서 생사를 함께하는 사귐이 있다고 들었는데 오늘 족하에게서 직접 그것을 보게 되었습니다. 부인과 아드님이 족하를 찾으러 멀리서 와 지금 역사(驛舍)에 있으니 족하께서 가셔서 십 년 동안 이별해 있던 얘기를 잠시 나누시지요. 필요하신 비단 필은 제가 족하를 위해 마련하겠습니다."

그러자 오보안이 말하기를 "제가 친구를 위해 마음을 다하는 것은 원래 본분일 뿐인데 어찌 명공(明公)께 누를 끼칠 수 있겠습니까?"라고 했다. 이에 양안거가 말하기를 "공의 의로움을 흠모하여 그 뜻을 이루게 해드리고자 할 뿐입니다."라고 했다. 오보안이 머리를 조아리며 이렇게 말했다.

"명공께 두터운 정의를 입게 되니 제가 감히 굳이 사양하지 못하겠습니다. 아직도 삼분의 일이 모자라는데 비단 필 수만 채워지면 직접 오랑캐 땅으로 가서 제 벗을 속신시켜 오겠습니다. 그런 뒤에 처자식을 만나도 늦지 않을 것입니다."

당시 양안거는 임지에 막 도착하여 부고(府庫)에서 관부의 비단 사백 필을 빌려 오보안에게 주었으며 안장을 채운 말도 주었다. 오보안은 크게 기뻐하며 사백 필의 비단을 받아서 부고에 맡겨두었던 칠백 필을 합하니 그 필 수가 모두 천백 필이 되었다. 그러고 나서 말을 타고 곧장 남쪽 오랑캐 땅의 경계에 이른 뒤, 상황을 잘 아는 오랑캐를 찾아 오랑캐 지역으로 들어가 말을 전하게 했다. 그는 남은 백 필의 비단을 모두 다 쓰면서 그저 곽중상을 돌아오게 할 수만 있다면 매우 만족하다고 생각했다. 그것은 바로 이런 말로 대변된다.

이제 바로 친구를 만나게 될 것이니　　　應時還得見
이는 악양금(岳陽金)[27]보다 더 낫네　　　勝是岳陽金

각설, 곽중상이 오라의 관할 아래에 있을 때, 오라는 그가 높은 몸값으로 속신할 것이라고 기대하여 처음에는 잘 대해줘 음식이 부족하지 않았다. 하지만 일 년 넘게 지나도 말을 통하러 오는 중국인이 보이지 않기에 오라는 마음속으로 불쾌하여 곽중상에게 음식을 모두 줄이고 매일 한 끼만 주었으며, 그에게 전쟁에서 쓰는 코끼리를 돌보며 사육하도록 했다. 곽중상은 이를 견디지 못하겠는데다가 고향 생각도 간절하여 오라가 사냥을 나간 틈을 타서 성큼 발걸음을 떼어 북쪽으로 도망갔다. 오랑캐 땅은 모두 험준한 산길이었는데 곽중상은 그 길을 밤낮으로 걸어 발바닥

....

27) 악양금(岳陽金): 岳陽에서 생산된 구리라는 뜻으로 岳陽이 남쪽의 楚지방이라서 南金으로 불리기도 하며 널리 귀중한 물품을 이르기도 한다.

이 모두 다 터지게 되었다. 그때 코끼리를 치던 오랑캐 한 무리가 나는 듯이 쫓아오더니 그를 잡아서 돌아갔다. 오라는 대로하여 그를 남쪽에 있는 동(洞)의 오랑캐 두령인 신정(新丁)에게 노예로 팔았는데 그 동은 오라의 관할 지역에서 2백 리 밖에 있는 곳이었다. 신정은 가장 악랄하여 자신이 시킨 일을 조금이라도 마음에 들지 않게 하면 백 번이나 채찍질을 하였기에 곽중상은 온 몸이 검푸르게 멍들어 부어올랐다. 이렇게 맞은 것이 한두 번이 아니었으므로 그는 고통을 견디지 못해 틈을 타서 다시 또 도망하려 했다. 하지만 길이 익숙하지 않아 산간의 평지에서 그저 맴돌기만 하다가 다시 또 본동(本洞)의 오랑캐에게 따라잡혀 신정에게 받쳐졌다. 신정은 그를 쓰지 않고 다시 남쪽에 있는 한 동(洞)에 팔아 곽중상은 중원으로부터 한 걸음 더 멀리 떨어져있게 되었다. 그 동의 두령은 보살만(菩薩蠻)이라고 불리었는데 그는 더욱 사나워 곽중상이 여러 차례 도망을 가려했던 것을 알고서 길이가 오륙 척(尺)이 되고 두께가 삼사 촌(寸)이 되는 널빤지 두 조각을 가져다가 곽중상으로 하여금 거기에 두 발로 서게 하고는 널빤지까지 뚫리도록 발등에 쇠못을 박았다. 일상에는 널빤지를 끌면서 움직이도록 했으며 밤에는 토굴 속으로 들어가게 하고 토굴의 입구를 두꺼운 나무판 문짝으로 가려 덮고, 바로 그 나무판 위에서 본동의 오랑캐가 잠을 자며 그를 지켰다. 그는 조금도 몸을 돌릴 수 없었으며 못이 박힌 곳에서는 항상 피고름이 나왔으니 이는 분명 지옥에서 고통을 받는 것과 같았다. 이를 증명하는 시가 있다.

몸이 남쪽 오랑캐 땅에 팔려 더 남쪽으로 가서	身賣南蠻南更南
목쇠를 차고 토뢰에 갇히니 고통을 견디기 힘들구나	土牢木鎖苦難堪
십 년이 되어도 중원에서 서신이 오질 않아	十年不達中原信
꿈에서 심우(心友)가 그리워도 감히 말을 못하네	夢想心交不敢譚

각설, 상황을 잘 아는 그 오랑캐는 오보안의 말을 들은 뒤, 오라를 만

나러 가서 곽중상을 속신시키려는 일에 대해 얘기했다. 오라는 비단 천 필이 넉넉히 준비되어 있다는 소리를 듣고 기쁨을 주체하지 못하면서 사람을 시켜 남쪽에 있는 동(洞)으로 가 곽중상을 되사오라고 했다. 그 동의 두령 신정은 다시 그 사람을 데리고 보살만의 동(洞)으로 가서 몸값 을 치르고는 곽중상의 두 발에 박혀 있던 못을 집게로 뽑아냈다. 그 못은 살에 박힌 지 오래되고 고름이 마른 뒤라서 마치 원래 거기서 생겨난 것과 같았는데 그때 다시 뽑아내려하니 그 아픔은 못을 박을 때보다 더 참기 힘들었으며 피가 땅바닥 가득 흘렀다. 곽중상이 그 즉시로 기절을 한 뒤, 한참 뒤에 비로소 깨어나서도 한 걸음도 뗄 수가 없게 되자, 두 명의 오랑캐는 부득이하게 그를 가죽포대에 담아서 맞들고는 오라의 관 할지로 보냈다. 오라는 넉넉히 비단을 받고서 살아있든 죽어있든 간에 곽중상을 오보안이 보낸 사람에게 넘겼으며 그 사람은 다시 그를 오보안 에게 넘겼다.

오보안은 곽중상을 넘겨받자 마치 혈육을 만난 듯했다. 이 두 친구는 이 날이 되어서야 비로소 얼굴을 알게 되었다. 얘기를 나눌 겨를도 없이 각기 서로 눈을 뜨고 바라보다가 머리를 감싸 안고 통곡을 하며 꿈속에 서 만난 것이 아닌가 의심하기도 했다. 곽중상이 오보안에게 감사했음은 말할 필요도 없다. 오보안은 곽중상의 모습이 초췌해 반은 사람이요, 반 은 귀신같은 모습을 하고 있는 데다가 두 발도 움직일 수 없는 것을 보고 매우 처참한 마음이 들었다. 그리하여 그에게 말을 양보해 타게 하고 스스로는 뒤따라 걸으면서 함께 요주성(姚州城)에 이른 뒤, 양 도독에게 보고했다.

원래 양안거는 일찍이 곽원진의 문하에서 막료로 지낸 적이 있었기에, 곽중상과는 서로 알지는 못했지만 두 집안 간의 교분이 있던 터였다. 게다가 그는 정인군자(正人君子)로 사람이 죽었다고 해서 마음을 바꾸 는 사람이 아니었기에 곽중상을 보자마자 기쁨을 이기지 못했다. 양안거 는 곽중상으로 하여금 목욕을 하게 하고 갈아입을 새 옷을 주었으며,

종군 의생(醫生)에게 그의 두 발에 있는 상처를 치료하도록 했다. 이렇게 곽중상은 좋은 음식을 먹으며 쉬었더니 한 달도 안 되어 예전처럼 회복되었다.

차설(且說), 오보안은 오랑캐 지역에서 돌아온 뒤에야 비로소 보빙역으로 가서 처자식과 만났다. 당초 이별을 할 때에는 아들이 아직 강보에 있었지만 이제 열한 살이 되어 있자, 세월이 빨리 흐른 것에 대해 그는 마음속으로 감상에 젖었다. 양안거는 오보안이 행한 의기로 인해 그를 매우 존경하여 사람들 앞에서 항상 칭찬했으며, 장안의 현귀한 자들에게 서신을 써 그가 집안을 버려두고 친구를 속신시켜준 일을 칭송했다. 또한 그에게 돈과 양식을 후하게 주며 다시 관직을 받을 수 있도록 그를 경도로 보냈다. 요주의 모든 관리들은 도독이 이렇게 마음 써주는 것을 보고 오보안에게 재물을 후하게 주지 않은 자가 없었다. 곽중상은 예전대로 도독부의 판관으로 남았으며, 오보안은 사람들이 준 재물의 절반을 나누어 곽중상이 사용할 수 있도록 남겨주었다. 곽중상은 거듭 사양을 했지만 오보안이 따르지 않기에 받을 수밖에 없었다. 오보안은 양 도독

오보안이 아들을 만난 장면, 1929년 소엽산방본(掃葉山房本), 《전도금고기관(全圖今古奇觀)》 삽도

에게 감사한 뒤, 가솔들과 함께 장안으로 출발했다. 곽중상은 요주의 경계 밖까지 나가 배웅하고 통곡을 하면서 그와 작별을 했다. 오보안은 가솔들을 예전처럼 수주에 남겨두고 단신으로 경도로 가서 승진을 하여 가주(嘉州) 팽산현(彭山縣) 현승(縣丞)의 직위를 받았다. 가주는 서촉(西蜀) 지방에 있었으므로 가솔들을 맞이하기도 편리했으니 오보안이 기쁜 마음으로 임지로 간 일은 더 이상 얘기하지 않겠다.

재설(再說), 곽중상은 오랑캐 땅에 오래 있었기에 그곳의 속사정을 잘 알고 있었다. 오랑캐의 부녀자들은 모두 자색이 뛰어났지만 몸값은 오히려 사내들보다 낮았다. 이에 곽중상은 삼 년을 재임하면서 계속 사람을 보내 오랑캐 동(洞)으로 가서 젊은 미인들을 사오도록 하여 그 인원은 모두 열 명이 되었다. 그리고 스스로 그들에게 가무를 가르치고 고운 옷과 아름다운 장신구로 꾸민 뒤에 특별히 양안거에게 받쳐 그를 모시게 함으로써 그 은덕에 보답하려 했다. 그러자 양안거가 웃으며 말했다.

"제가 사람의 목숨을 중시하고 의리를 높이 생각하기 때문에 즐거이 아름다운 일을 이루실 수 있도록 한 것뿐입니다. 보답을 운운하신다면 저를 시정잡배로 대하시는 것이 아니겠습니까?"

이에 곽중상이 말했다.

"명공의 인덕(仁德)을 입어 미천한 이 몸이 다시 살아난 것이기에 특별히 오랑캐 땅의 미인을 구해 공께 바쳐 저의 작은 마음을 표하는 것입니다. 만약 명공께서 사양하신다면 저는 죽어도 눈을 감지 못할 겁니다."

양안거는 곽중상의 뜻이 간절한 것을 보고서 이렇게 말했다.

"제게 가장 아끼고 사랑하는 어린 딸내미가 있으니 나이가 어린 아이 하나만 어쩔 수 없이 받아 딸내미와 짝이 되도록 해 주고 나머지 미인들은 감히 말씀대로 하지는 못하겠습니다."

곽중상은 나머진 아홉 명의 미인들을 양 도독 휘하에 있는 아홉 명의 심복 장교들에게 내려줘 양공의 덕을 드러냈다.

당시 조정에서 대국공(代國公)의 군공(軍功)을 추념하여 그의 자질(子

姪)들을 발탁하려 했다. 이에 양안거는 표(表)를 올려 이렇게 상주했다.

> 옛 재상 곽진의 적질(嫡姪) 곽중상은 당초 이몽에게 간언을 하며 승패를 예견했고 나중에는 오랑캐 땅에 잡혀갔음에도 불구하고 지조를 굳게 지켰사옵니다. 십 년 뒤에 다시 고향으로 돌아와 세 해 동안 막부에서 힘을 썼습니다. 음덕도 논해야 하는데다가 그의 공도 마땅히 표상되어야 하옵니다.

이로 인하여 곽중상은 울주(蔚州) 녹사참군(錄事參軍)[28]의 관직에 제수되었다. 집을 떠난 뒤로부터 그때까지 모두 십오 년의 세월이 흘렀다. 곽중상의 부친과 처자식들은 집에서 그가 오랑캐 땅으로 잡혀갔다는 소리를 들은 뒤로 깜깜 무소식이었기에 죽은 지 오래된 줄로만 생각하고 있었다. 그러다가 갑자기 집으로 온 그의 친필 서신을 보게 되었는데 그 서신에서 가솔들을 맞이하여 임지인 울주로 갈 것이라고 하자, 온 집안사람들이 한없이 기뻐했다.

곽중상은 울주에서 이 년 동안 관직을 지내면서 크게 명성을 얻어 대주(代州)의 호조참군(戶曹參軍)[29]으로 승진되었다. 다시 삼 년이 지나고 나서 그의 부친이 병에 걸려 세상을 뜨자, 영구를 모시고 고향인 하북(河北)으로 돌아갔다. 그는 상례를 마친 뒤, 홀연히 한탄을 하며 이렇게 말했다.

"내가 오공(吳公)이 속신시켜준 덕에 여생을 살 수 있게 된 것인데, 연로하신 부친께서 집에 계셨던 까닭으로 봉양해 드리는 것을 도모하느

---

28) 녹사참군(錄事參軍): 晉나라 때부터 公府에 설치된 벼슬로 여러 관서들의 文簿를 주관하고 선악을 규찰하는 일을 맡았다. 후대에는 군대를 거느리는 자사들의 막료가 되기도 했으며 줄여서 錄事라고도 했다. 수나라 초기부터는 郡官이 되었는데 한나라 때 州郡의 主簿에 해당했다. 당송 때에도 사용했으며 京府에 있을 경우 司錄參軍이라고 개칭했다.

29) 호조참군(戶曹參軍): 民戶를 주관하는 관원으로 府에서는 戶曹參軍이라고 했고, 州에서는 司戶參軍이라고 했으며 縣에서는 司戶라고 했다. 자세한 내용이 《通典·職官十五》 등에 보인다.

라, 사사로이 입은 은혜에 보답할 틈이 없었다. 하지만 이제 부친께서도 돌아가시고 상복도 벗었으니 어찌 은인을 도외시할 수 있겠는가?"

곽중상은 오보안이 임지에서 돌아가지 않고 있다는 것을 알아내고는, 곧 그를 만나러 직접 가주(嘉州) 팽산현(彭山縣)으로 갔다.

뜻밖에도 오보안은 임기를 다 채운 뒤로 집이 가난하여 다시 임용을 받으러 경도로 갈 여력이 없었기에 그대로 팽산현에서 살다가 육 년 전에 역병을 앓아 부부가 모두 죽어 황룡사(黃龍寺) 뒤편의 공터에 거칠게 매장되어 있었다. 그의 아들 오천우(吳天祐)는 어려서부터 모친의 가르침에 따라 글을 터득하고 공부를 했었기에 팽산현에서 아이들을 가르치며 살고 있었다. 곽중상은 이 소식을 듣고서 슬픔에 젖어 울음을 그치지 못했다. 곧 삼베 상복을 만들어 입은 뒤, 허리에는 삼띠를 띠고 손에는 상장(喪杖)을 짚고서 황룡사 안으로 걸어 들어가 무덤을 향해 울부짖으며 예를 갖춰 제를 올렸다. 제를 마치고는 오천우를 찾아 만난 뒤, 자신이 입고 있던 옷을 벗어 입혀 주면서 그를 아우라고 부르며 귀장(歸葬)하는 일을 의논했다. 글을 지어 오보안의 혼령에게 고한 뒤, 흙무덤을 파헤쳐 보니 해골 두 구만이 남아있었다. 곽중상은 통곡을 그치지 않았으며 옆에서 지켜보던 사람들도 눈물을 흘리지 않는 자가 없었다. 곽중상은 오보안 부부의 해골을 담기 위해 미리 비단주머니 두 개를 준비했다. 그리고 그 뼈의 순서를 잃어 장사를 지낼 때 금방 알아보기가 어렵게 될까 걱정되어 뼈마디마다 먹으로 표기하여 비단 주머니에 넣어서 그것들을 모두 대바구니 하나에 담은 뒤, 자신이 직접 등에 지고 갔다. 오천우는 자기 부모의 해골이기에 자신이 메는 것이 합당하다고 여겨 그 대바구니를 빼앗으려 했으나 곽중상은 놓아주지 않으면서 이렇게 울며 말했다.

"영고는 나를 위해 십 년을 분주했으니 지금 내가 잠시 그의 유골을 메는 것은 조금이나마 내 마음을 다하는 것일 뿐이라네!"

곽중상은 가는 길 내내 울면서 객관에 이를 때마다 반드시 대바구니를 윗자리에 안치해 둔 채 술과 음식으로 제를 올리고 나서야 비로소 오천우와 함께 밥을 먹었다. 밤에도 대바구니를 잘 안치한 뒤, 비로소 잠을 청했다. 가주(嘉州)에서 위군(魏郡)까지 무릇 수천 리 길이었지만 전부 걸어서 갔다. 그의 두 발은 비록 낫기는 했지만 일찍이 못으로 널빤지에 박혀 혈맥에 손상을 입었던지라 며칠을 계속해 걸어가니 발등이 모두 검푸르게 부어올랐으며 그 속에 통증이 생겨 점차로 걸어가지 못하게 되었다. 그래도 남의 힘을 빌리지 않겠다고 마음먹고서 억지로 참으며 길을 갔다. 그 증거가 되는 시가 있다.

은덕에 보답할 길이 단지 분상(奔喪)30)밖에 없으니 　酬恩無地只奔喪

밤낮으로 유골을 등에 지고 서둘러 길을 가네 　負骨徒行日夜忙

멀리서 바라보니 양평(陽平)은 수천 리 밖이라 　遙望陽平數千里

어느 날에야 고향에 당도할지 모르겠구나 　不知何日到家鄉

　곽중상은 갈 길이 먼데 어찌해야 좋을지 몰랐다. 날이 저물어 객관으로 가서 묵었다. 그는 술과 음식을 유골을 넣은 대바구니 앞에 진설해 놓고는 눈물을 머금은 채 재배를 한 뒤, 경건하게 애걸하며 이렇게 빌었다.

　"원하건대, 오보안 부부의 혼령께서 영험을 드러내시어 저 곽중상의 발병을 즉시 낫게 해주소서. 그리하여 저의 발걸음이 편해져 조속히 무양에 도착해 장사를 지낼 수 있도록 해 주십시오."

　오천우도 옆에서 거듭해 절을 올리며 기도를 했다. 다음 날이 되어 일어나서 보니 곽중상은 두 발이 가볍고 강건해진 것을 느낄 수 있었으며 무양현까지 걸어갔으나 전혀 아프지 않았다. 이것은 바로 오보안의 혼령뿐만이 아니라 천신께서도 길인(吉人)을 보우하신 것이었다.

30) 분상(奔喪):《禮記·奔喪》孔穎達 疏에 따르면 "타지에 있으면서 喪을 당했다는 소식을 듣고 달려가는 예를 이른다.(以其居他國, 聞喪奔歸之禮.)"고 했다. 임금이나 부모 또는 尊長의 상이 있어 조문을 하거나 장례를 치르기 위해 외지로부터 가는 것을 모두 奔喪이라고 칭했다.

재설(再說), 곽중상은 고향집에 도착한 뒤, 오천우를 만류하여 함께 살도록 했으며 정당(正堂)를 청소하고 오보안 부부의 신위를 설치했다. 수의와 시신을 덮는 이불과 관곽(棺槨) 등을 마련해 다시 입관을 하고 출상을 한 뒤, 스스로 상복을 입고서 오천우와 함께 묘막을 지키며 제사를 올렸다. 토공을 고용하여 무덤을 만들도록 했으며 일체의 장구(葬具)들은 이전에 부친을 장사지낸 것과 같이 했다. 또한 비석 하나를 세워 오보안이 가정을 버려두고 친구를 속신시켜준 일에 대해 상세히 기술하여 그곳을 오가며 비문을 읽는 자들로 하여금 그의 훌륭함을 모두 다 알게 했다. 또한 오천우와 함께 삼 년의 시묘살이를 했으며 그 삼 년 사이에 오천우에게 경서를 가르쳐 학문에 정통하게 하여 출사할 수 있게

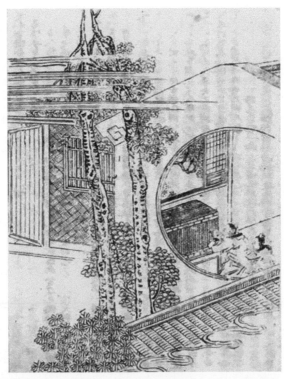

곽중상이 오천우를 데리고 오보안 부부의 유골을 향해 기도하는 장면, 민국 10년, 상해광아서국(上海廣雅書局), 《신증전도족본금고기관(新增全圖足本今古奇觀)》 삽도

했다. 삼 년 뒤, 그는 장안에 가서 관직을 수여받아야 했는데 오천우가 아직 집도 없고 장가를 들지도 못한 것이 마음에 걸렸다. 그리하여 종씨 가운데 현덕한 조카딸을 택하여 오천우 대신 납채를 하고 동쪽 집채를 나눠줘 오천우가 성혼하여 살 수 있도록 했다. 또한 가산의 절반을 오천우에게 나눠주고 살림을 하게 했다. 그것은 바로 이런 시로 대변된다.

지난날엔 친구를 위해 처자식을 버려뒀지만 　　　昔年爲友抛妻子
지금은 바뀌어 고아로 남겨진 그의 아들이 　　　今日孤兒轉受恩
　은혜를 받았네
모과를 던져주고 패옥을 보답으로 받은 것처럼 　　正是投瓜[31]還得報
선한 자는 선한 마음을 지닌 자를 저버리지 　　　善人不負善心人
　않는다네

　곽중상은 탈상을 한 뒤, 관직을 받으러 경도로 가서 남주(嵐州) 장사(長史)[32]의 벼슬을 받았고 거기에 조산대부(朝散大夫)[33]의 산직(散職)도 더해졌다. 곽중상은 오보안이 끊임없이 그리워 상소문을 올렸는데 그 대략은 이러했다.

　　신이 듣기로 선행이 있으면 반드시 권면하는 것이 국가의 법도를 굳건히 하는 것이요, 은혜를 입으면 반드시 보답을 하는 것 또한 필부의 의로움이라 했사옵니다. 신은 예전에 고(故) 요주 도독 이몽을 따라 오랑캐 외적을 막으러 가 첫 전투에서 승리를 거두었사옵니다. 신은 적진으로

....

31) 투과(投瓜):《詩經·衛風·木瓜》에 있는 "내게 木瓜를 던져주기에 아름다운 패옥으로 보답을 하네.(投我以木瓜, 報之以瓊琚.)"라는 구절에서 나온 말로 작은 선물을 주는 것을 가리킨다.
32) 장사(長史): 관직명으로 秦나라 때부터 역대에 걸쳐 모두 설치되어 있었으며 보통 막료와 비슷한 역할을 했다.
33) 조산대부(朝散大夫): 수나라 때부터 있었던 散官의 명칭으로 唐宋 때에는 종5품 이하의 文階官을 朝散大夫라고 불렀다. 원나라 때에는 종4품 이하였으며 명나라 때 폐지되었다. 자세한 내용은 《通典·職官三四》에 보인다.

깊이 들어가는 것은 마땅치 않다고 하며 응당 신중해야 한다고 했으나 이를 대장군이 듣지 않아 전군이 전멸을 하였사옵니다. 신은 중화(中華)의 세족으로서 멀리 떨어진 이역에서 곤궁에 빠진 포로가 되었사옵니다. 오랑캐 놈들이 이익을 탐하여 비단으로 포로들을 속환하라고 요구하며, 신은 재상의 조카라고 해서 비단 천 필을 달라고 했사옵니다. 하지만 신의 집은 만 리 밖에 떨어져 있었던지라 서신을 전할 길이 없어 십 년 동안 갖은 고난을 겪고 몸에 상처를 입어 눈물을 흘리지 않을 때가 없었사옵니다. 소무(蘇武)처럼 포로로 양을 치며 살 뜻이 있었지만 서신을 보낼 기약이 없었습니다. 이때 수주 방의현의 현위(縣尉) 오보안이 요주에 막 이르렀습니다. 그는 비록 신과 동향사람이기는 했지만 일면식도 한 번 없었사온데 그저 의기로 서로 흠모하여 신의 속환을 도모하려고 온갖 방법으로 돈을 마련하느라 수년 동안 집안을 버려두었사옵니다. 그는 얼굴이 초췌해지고 처자식이 추위와 굶주림에 시달리고 있었음에도 죽음에 임박한 소신을 구해줘 다시 살길을 터주었사옵니다. 이런 그의 큰 은덕에 대해 아직 보답하기도 전에 그는 갑자기 세상을 떠났사옵니다. 신은 지금 요행히도 관직에 있는데 오보안의 아들 천우는 거친 음식을 먹고 허름한 옷을 입으며 가난하게 살고 있사옵니다. 신은 이를 마음속으로 부끄럽게 여기고 있습니다. 게다가 천우는 나이가 젊고 학문이 깊어 임용을 감당하기에 족하오니 원컨대, 신의 관직을 오천우에게 넘겨줘 국가의 권선 규칙과 신이 은덕을 보답하는 의리를 한꺼번에 이루고 싶사옵니다. 신은 기꺼이 물러나 한가히 날을 보내도 종신토록 원망하지 않을 것이옵니다. 삼가 죽음을 무릅쓰고 속마음을 드러내옵니다!

이때가 천보(天寶)[34] 십이 년이었다. 상소문은 조정으로 들어간 뒤 예부(禮部)로 내려가 상세하게 토의되었으며 이 일로 온 조정의 관원들이 놀라게 되었다. 비록 오보안이 먼저 은혜를 베풀기는 했지만 곽중상의 의기도 또한 쉽지 않은 것이기에 진정 사우(死友)라고 해도 부끄럽지 않은 것이었다. 이로 인해 예부에서는 상소문을 다시 올려 곽중상의 인품을 극찬하면서 경박한 사회 기풍에 격려가 될 수 있도록 격식을 파하

....

34) 천보(天寶): 당나라 玄宗의 연호로 742년부터 756년까지이다.

여 그의 상소에 따르는 것이 마땅하다고 했다. 시험 삼아 오천우를 남곡현(嵐谷縣) 현위로 임명하고 곽중상은 그대로 예전의 관직을 맡도록 했다. 남곡현은 남주와 이웃해 있었기에 두 사람으로 하여금 조석으로 만날 수 있게 하여 그들의 정의를 위로했으니 이것은 예부의 관원들이 마음을 쓴 것이었다. 조정에서는 이를 윤허하였으며, 곽중상은 오천우에게 수여한 직첩(職牒)을 받고 황은에 감사한 뒤, 경도를 떠났다. 그는 무양현으로 돌아와서 직첩을 오천우에게 준 뒤, 제사를 준비해 두 집안의 무덤에 절을 올리며 이 일을 고했다. 길일을 택하여 두 집안 가솔들은 같은 날에 함께 길에 올라 서경(西京)으로 부임하러 갔다.

그때에는 특별한 일 하나가 있으면 원근에 그 얘기가 전해졌는데 모두들 오보안과 곽중상의 교분은 옛날의 관중(管仲)과 포숙아(鮑叔牙)[35]나 양각애(羊角哀)와 좌백도(左伯桃)라도 이들에게 미치지 못할 것이라고 했다. 나중에 곽중상은 남주에서, 오천우는 남곡현에서 모두가 선정의 업적을 이루어 각각 승진해갔다. 남주 사람들은 이 일을 추모하여 그들을 위해 '쌍의사(雙義祠)'를 세우고 오보안과 곽중상에게 제사를 지냈다. 무릇 마을에서 서약할 일이 있으면 모두들 그 사당으로 가서 기도를 드렸으며 지금까지도 향불이 끊이지 않는다. 이를 증거하는 시가 있다.

빈번히 손을 잡는다고 해서 친한 것이 아니며	頻頻握手未爲親
어려움이 닥쳐야만 비로소 의기가 참인지 알 수 있다네	臨難方知意氣眞
곽중상과 오보안의 참된 의기를 한번 보시오	試看郭吳眞義氣
원래 이들은 평소부터 교분을 맺어왔던 사람은 아니었다네	原非平日結交人

....

35) 관중(管仲)과 포숙아(鮑叔牙)는 모두 춘추시대 제나라의 대신으로 서로 교분이 매우 두터웠다. 管仲은 일찍이 "나를 낳아준 이는 부모이지만 나를 알아준 이는 포숙아이다.(生我者父母, 知我者鮑子也.)"라고 말한바 있다. 자세한 이야기는 《史記·管晏列傳》에 보인다.

第十一卷 吳保安棄家贖友

　　古人結交須36)結心, 今人結交惟結面. 結心可以同死生, 結面那堪共貧賤? 九衢鞍馬日紛紜, 追攀送謁無晨昏. 座中慷慨出妻子, 酒邊拜舞猶弟兄. 一關微利已交惡, 况復大難肯相親? 君不見當年羊、左稱死友, 至今史傳高其人!

　　這篇詞名爲《結交行》, 是歎末世人心險薄, 結交最難. 平時酒盃往來, 如兄若弟; 一遇虱大的事, 才有些利害相關, 便爾我不相顧了. 眞個是"酒肉兄弟37)千個有, 落難之中無一人." 還有朝兄弟、暮仇敵, 才放下酒盃, 出門便彎弓相向的. 所以陶淵明欲息交, 嵇叔夜欲絶交, 劉孝標又做下《廣絶交論》: 都是感慨世情, 故爲忿激之談耳. 如今我說的兩個朋友, 却是從無一面的; 只因一點意氣上相許, 後來患難之中, 死生相救, 這纔算做心交至友. 正是:

　　　　說來貢禹冠塵動, 道破荊卿劍氣寒.

　　話說大唐開元年間, 宰相代國公郭震, 字元振, 河北武陽人氏. 有姪兒郭仲翔, 才兼文武, 一生豪俠尙氣, 不拘繩墨, 因此沒人擧薦他. 父親見他年長無成, 寫了一封書, 教他到京參見伯父, 求箇出身之地. 元振謂曰: "大丈夫不能掇巍科, 登上第, 致身靑雲, 亦當如班超、傅介子, 立功異域, 以取38)

------

36) 【校】須(수): 人民文學本·繪圖本《今古奇觀》에는 "須"로 되어 있고, 古本小說集成本《今古奇觀》과 《古今小說》 각 판본에는 "惟"로 되어 있다.

37) 【校】兄弟(형제): 人民文學本·繪圖本《今古奇觀》에는 "兄弟"로 되어 있고, 古本小說集成本《今古奇觀》과 《古今小說》 각 판본에는 "弟兄"으로 되어 있다.

38) 【校】取(취): 《今古奇觀》 각 판본에는 "取"로 되어 있고, 《古今小說》 각 판본에는 "博"으로 되어 있다.

富貴. 若但借門第爲階梯, 所就豈能遠大乎?" 仲翔唯唯. 適邊報到京, 南中
洞蠻作亂. 原來武則天娘娘革命之日, 要買囑人心歸順, 只這九溪十八洞
蠻夷每年一小犒賞, 三年一大犒賞. 到玄宗皇帝登極, 把這犒賞常規都裁
革了, 爲此羣蠻一時造反, 侵擾州縣. 朝廷差李蒙爲姚州都督, 調兵進討.
李蒙領了聖旨, 臨行之際, 特往相府辭別, 因而請教. 郭元振曰: "昔諸葛武
侯七擒孟獲, 但服其心, 不服其力. 將軍宜以愼重行之, 必當制勝. 舍姪郭
仲翔頗有才幹, 今遣與將軍同行, 俟破賊立功, 庶可附驥尾以成名耳." 即呼
仲翔出, 與李蒙相見. 李蒙見仲翔一表非俗, 又且當朝宰相之姪, 親口囑託,
怎敢推委, 即署仲翔爲行軍判官之職. 仲翔別了伯父, 跟隨李蒙起程. 行至
劍南地方, 有同鄉一人, 姓吳名保安, 字永固, 見任東川隂州方義尉. 雖與
仲翔從未識面, 然素知其爲人義氣深重, 肯扶持濟救[39]人的; 乃修書一封,
特遣人馳送於仲翔. 仲翔拆書讀之. 書曰:

> 不肖保安[40], 幸與足下生同鄉里, 雖缺展拜, 而慕仰有日. 以足下大才,
> 輔李將軍以平小寇, 成功在旦夕耳. 保安力學多年, 微[41]官一尉, 僻在劍
> 外, 鄉關夢絶; 況此官已滿, 後任難期, 恐厄選曹之格限也. 稔聞足下分憂
> 急難, 有古人風. 今大軍征進, 正在用人之際, 倘垂念鄉曲, 錄及細微, 使
> 保安得執鞭從事, 樹尺寸於幕府; 足下丘山之恩, 敢忘銜結[42]!

....

39) 【校】救(구): 《今古奇觀》 각 판본과 古本小說集成本《古今小說》에는 "救"로 되어
  있고, 人民文學本《古今小說》에는 "拔"로 되어 있다.
40) 【校】不肖保安(불초보안): 《今古奇觀》 각 판본에는 "不肖保安"으로 되어 있고,
  《古今小說》 각 판본에는 "吳保安不肖"로 되어 있다.
41) 【校】微(미): 人民文學本·繪圖本《今古奇觀》에는 "微"로 되어 있고, 古本小說集
  成本《今古奇觀》과 《古今小說》 각 판본에는 "僅"으로 되어 있다.
42) 銜結(함결): 銜環結草의 준말이다. '銜環結草'는 '結草銜環'이라고도 하며 '銜環'
  과 '結草'는 모두 '은혜를 갚다'는 의미이다. '銜環'의 고사는 吳均의 《續齊諧記》
  에 보이는데 대략 이런 내용이다. 東漢 사람인 楊寶라는 자가 어렸을 때, 華陰山
  북쪽에서 黃雀 한 마리가 올빼미에게 공격을 받아 나무 밑에 떨어져 있는 것을
  보고서 그것을 집으로 가져와 黃花를 먹이로 주었다. 100여 일이 지나자 황작은
  깃털이 다 자라 날아갔는데 그날 밤에 黃色 옷을 입은 童子가 나타났다. 동자는
  스스로 서왕모의 使者라고 하면서 白玉環 네 개를 楊寶에게 주며 "이 백옥환처
  럼 그대의 자손을 결백하게 하고 三公의 지위까지 오르게 할 것입니다."라고
  했다고 한다. '結草'는 魏顆의 고사로 《左傳·宣公十五年》에 보이는데 대략 이런

仲翔玩其書意, 歎曰: "此人與我素昧平生, 而驟以緩急相委, 乃深知我者. 大丈夫遇知己而不能與之出力, 寧不負愧乎?" 遂向李蒙誇獎吳保安之才, 乞徵來軍中效用. 李都督聽了, 便行下文帖, 到遂州去, 要取方義尉吳保安爲管記[43]. 纔打發差人起身, 探馬報蠻賊猖撅, 逼近內地. 李都督傳令星夜趲行. 來到姚州, 正遇著蠻兵搶擄財物, 不做準備, 被大軍一掩, 都四散亂竄, 不成隊伍, 殺得他大敗全輸. 李都督恃勇, 招引大軍, 乘勢追逐五十里, 天晚下寨. 郭仲翔諫曰: "蠻人貪詐無比, 今兵敗遠遁, 將軍之威已立矣, 宜班師回州, 遣人先[44]播威德, 招使內附, 不可深入其地, 恐墮詐謀之中." 李蒙大喝道[45]: "羣蠻今已喪膽, 不乘此機掃淸溪洞, 更待何時? 汝勿多言, 看我破賊." 次日, 拔寨都起. 行了數日, 直到烏蠻界上, 只見萬山疊翠, 草木蒙茸, 正不知那一條是去路. 李蒙心中大疑, 傳令暫退平衍處屯紮, 一面尋覓土人, 訪問路徑. 忽然山谷之中, 金鼓之聲四起, 蠻兵滿[46]山遍野而來. 洞主姓蒙名細奴邏, 手執木弓藥矢, 百發百中, 驅率各洞蠻酋, 穿林渡嶺, 分明似鳥飛獸奔, 全不費力. 唐兵陷於谷[47]中, 又且路生力倦, 如何抵敵. 李都督雖然驍勇, 奈英雄無用武之地, 手下爪牙, 看看將盡, 歎曰: "悔

내용이다. 위무자의 아들인 위과는 그의 부친이 죽은 뒤, 부친이 총애했던 시첩을 순장시키지 않고 시집을 가게 했다. 그 후, 輔氏(지금의 陝西省 大荔縣)에서 벌어진 전투에서 한 노인이 풀을 묶어 적장인 杜回의 말발굽을 걸리게 하여 晉나라 장군이었던 위과가 杜回를 생포할 수 있었다. 그날 밤, 그 노인이 꿈에 나타나 자신은 이전에 시집보낸 시첩의 아비로 은혜를 갚고자 한 일이라고 말했다 한다.

43) 【校】管記(관기): 古本小說集成本《今古奇觀》과《古今小說》각 판본에는 "管記"로 되어 있고, 人民文學本·繪圖本《今古奇觀》에는 "營記"로 되어 있다. 후문에 나오는 '管記'도 동일하다.

44) 【校】先(선): 《今古奇觀》각 판본에는 "先"으로 되어 있고, 《古今小說》각 판본에는 "宣"으로 되어 있다.

45) 【校】道(도): 人民文學本·繪圖本《今古奇觀》에는 "道"로 되어 있고, 古本小說集成本《今古奇觀》과《古今小說》각 판본에는 "曰"로 되어 있다.

46) 【校】滿(만): 人民文學本·繪圖本《今古奇觀》에는 "滿"으로 되어 있고, 古本小說集成本《今古奇觀》과《古今小說》각 판본에는 "瀰"로 되어 있다.

47) 【校】谷(곡): 人民文學本·繪圖本《今古奇觀》에는 "谷"으로 되어 있고, 古本小說集成本《今古奇觀》과《古今小說》각 판본에는 "伏"으로 되어 있다.

不聽郭判官之言, 乃爲犬羊所侮!" 拔出靴中短刀, 自刺其喉而死. 全軍皆沒
於蠻中. 後人有詩云:

> 馬援銅柱標千古, 諸葛旗臺鎭九溪. 何事唐師皆覆沒? 將軍姓李數偏奇.

又有一詩, 專咎李都督不聽郭仲翔之言, 以自取敗. 詩云:

> 不是將軍數獨奇, 懸軍深入總堪危. 當時若聽還師策, 總有羣蠻誰敢窺?

其時郭仲翔也被擄去. 細奴邏見他丰神不凡, 叩問之, 方知是郭元振之
姪, 遂給與本洞頭目烏羅部下. 原來南蠻從無大志, 只貪圖中國財物. 擄掠
得漢人, 都分給與各洞頭目, 功多的分得多, 功少的分得少. 其分得人口,
不問賢愚, 只如奴僕一般, 供他驅使, 斫柴削[48]草, 飼馬牧羊; 若是人口多
的, 又可轉相買賣. 漢人到此, 十箇九箇只願死, 不願生. 却又有蠻人看守,
求死不得, 有恁般苦楚. 這一陣廝殺, 擄得漢人甚多. 其中多有有職位的.
蠻酋一一審出, 許他寄信到中國去, 要他親戚來贖, 獲其厚利. 你想被擄的
人, 那一箇不思想還鄉的? 一聞此事, 不論富家貧家, 都寄信到家鄉來了.
就是各人家屬, 十分沒法處置的, 只得罷了; 若還有親有眷, 挪移補湊得來,
那一家不想借貸去取贖! 那蠻酋忍心貪利, 隨你孤身窮漢, 也要勒取好絹
三十疋, 方准贖回; 若上一等的, 憑他索詐. 烏羅聞知郭仲翔是當朝宰相之
姪, 高其贖價, 索絹一千疋. 仲翔想道: "若要千絹, 除非伯父處可辦. 只是
關山迢遞, 怎得寄箇信去?" 忽然想着: "吳保安是我知己, 我與他從未會面,
只爲見他數行之字, 便力薦於李都督, 召爲管記, 我之用情, 他必諒之. 幸
他行遲, 不與此難. 此際多應已到姚州, 誠央他附信於長安, 豈不便乎?" 乃
修成一書, 逕致保安. 書中具道苦情, 及烏羅索價詳細: "倘永固不見遺棄,
傳語伯父, 早來見贖, 尚可生還; 不然, 生爲俘囚, 死爲蠻鬼, 永固其忍之
乎!" 永固者, 保安之字也. 書後附一詩云:

오보안(吳保安)이 집안을 버리고 포로가 된 친구를 속신시키다[吳保安棄家贖友]

---

48) 【校】削(삭):《今古奇觀》각 판본에는 "削"으로 되어 있고,《古今小說》각 판본에
는 "割"로 되어 있다.

箕子爲奴仍異域, 蘇卿受困在初年. 知君義氣深相憫, 願脫征驂學古賢.

仲翔修書已畢, 恰好有簡姚州解糧官被贖放回. 仲翔乘便, 就將此書付之, 眼睜睜[49]看着他人去了, 自己不能奮飛, 萬箭攢心, 不覺淚如雨下. 正是:

眼看他鳥高飛去, 身在籠中怎出頭?

不題郭仲翔蠻中之事. 且說吳保安奉了李都督文帖, 已知郭仲翔所薦, 留妻房張氏和那新生下未週歲的孩兒, 在遂州住下. 一主一僕, 飛身上路, 趕來姚州赴任. 聞知李都督陣亡消息, 喫了一驚; 尙未知仲翔生死下落, 不免留心[50]打探. 恰好解糧官從蠻地放回, 帶得有仲翔書信. 吳保安拆開看了, 好生凄慘, 便寫回書一紙, 書中許他取贖; 留在解糧官處, 囑他覷便寄到蠻中, 以慰仲翔之心. 忙整行囊, 便望長安進發. 這姚州到長安三千餘里, 東川正是簡順路. 保安迤不回家, 直到京都求見郭元振相公. 誰知一月前, 元振已薨, 家小都扶柩而回了. 吳保安大失所望, 盤纏罄盡, 只得將僕馬賣去, 將來使用; 覆身回到遂州, 見了妻兒, 放聲大哭. 張氏問其緣故. 保安將郭仲翔失陷南中之事, 說了一遍, "如今要去贖他, 爭奈自家無力. 使他在窮鄉懸望, 我心何安!" 說罷又哭. 張氏勸止之曰: "常言'巧媳婦煮不得沒米粥. 你如今力不從心, 只索付之無奈了." 保安搖首曰: "吾向者偶寄尺書, 即蒙郭君垂情薦拔; 今彼在死生之際, 以性命托我, 我何忍負之? 不得郭回, 誓不獨生也!" 於是傾家所有, 估計來也値[51]得絹二百疋, 遂撇了妻兒, 欲出外爲商. 又怕蠻中不時有信寄來, 只在姚州左近營運. 朝馳暮走, 東趁西奔, 身穿破衣, 口喫粗糲, 雖一錢一粟, 不敢妄費, 都積來爲買絹之用. 得一望十, 得十望百; 滿了百疋, 就寄放姚州府庫. 眠裏夢裏, 只想著"郭仲翔"三

....

49) 【校】睜睜(정정): 人民文學本·繪圖本《今古奇觀》에는 "睜睜"으로 되어 있고, 古本小說集成本《今古奇觀》과《古今小說》각 판본에는 "盼盼"으로 되어 있다.

50) 【校】心(심): 人民文學本·繪圖本《今古奇觀》에는 "心"으로 되어 있고, 古本小說集成本《今古奇觀》과《古今小說》각 판본에는 "身"으로 되어 있다.

51) 【校】也値(야치): 人民文學本·繪圖本《今古奇觀》에는 "也値"로 되어 있고, 古本小說集成本《今古奇觀》과《古今小說》각 판본에는 "止直"으로 되어 있다.

字, 連妻子都忘記了. 整整的在外過了十箇年頭, 剛剛的湊得七百疋絹, 還未足千疋之數. 正是:

　　離家千里逐錐刀, 只爲相知意氣饒. 十載未償蠻洞債, 不知何日慰心交?

　　話分兩頭. 却說吳保安妻張氏, 同那幼年孩子, 孤孤恓恓的住在遂州. 初時還有人看縣尉面上, 小意兒周濟他; 一連幾年不通音耗, 就沒人理他了. 家中又無積蓄, 捱到十年之外, 衣單食缺, 萬難存濟, 只得並這52)幾件破家火, 變賣盤纏, 領了十一歲的孩兒, 親自問路, 欲往姚州, 尋取丈夫吳保安. 夜宿朝行, 一日只走得三四十里. 比到得戎州界上, 盤費已盡, 計無所出, 欲待求乞前去, 又含羞不慣, 思量薄命, 不如死休; 看了十一歲的孩兒, 又割捨不下: 左思右想. 看看天晚, 坐在烏蒙山下, 放聲大哭, 驚動了過往的官人. 那官人姓楊名安居, 新任姚州都督, 正頂著李蒙的缺, 從長安馳驛到任, 打從烏蒙山下經過, 聽得哭聲哀切, 又是箇婦人, 停了車馬, 召而問之. 張氏手攙着十一歲的孩兒, 上前哭訴曰: “妾乃遂州方義尉吳保安之妻. 此孩兒即妾之子也. 妾夫因友人郭仲翔陷沒蠻中, 欲營求千疋絹往贖, 棄妾母子, 獨53)住姚州, 十年不通音信. 妾貧苦無依, 親往尋取, 糧盡路長, 是以悲泣耳.” 安居暗暗歎異道: “此人眞義士! 恨我無緣識之!” 乃謂張氏曰: “夫人休憂. 下官忝任姚州都督, 一到彼郡, 即差人尋訪尊夫. 夫人行李之費, 都在下官身上. 請到前途驛館54)中, 當與夫人設處.” 張氏收淚拜謝; 雖然如此, 心下尚懷惶惑. 楊都督車馬如飛去了. 張氏母子相扶, 一步步捱到驛前. 楊都督早已分付驛官伺候, 問了來歷, 請到空房, 飯食安置. 次日五鼓, 楊都督起馬先行. 驛官傳楊都督之命, 將十千錢贈爲路費, 又備下一輛車兒, 差人夫送至姚州普泗驛中居住. 張氏心中感激不盡. 正是:

....

52) 【校】這(저): 人民文學本·繪圖本《今古奇觀》에는 “這”로 되어 있고, 古本小說集成本《今古奇觀》과 《古今小說》 각 판본에는 “迭”로 되어 있다.

53) 【校】獨(독): 人民文學本·繪圖本《今古奇觀》에는 “獨”으로 되어 있고, 古本小說集成本《今古奇觀》과 《古今小說》 각 판본에는 “久”로 되어 있다.

54) 【校】驛館(역관): 人民文學本·繪圖本《今古奇觀》에는 “驛館”으로 되어 있고, 古本小說集成本《今古奇觀》과 《古今小說》 각 판본에는 “館驛”으로 되어 있다.

好人還遇好人救, 惡人自有惡人磨.

說楊安居一到姚州, 便差人四下尋訪吳保安下落, 不三四日便尋着了. 安居請到都督府中, 降階迎接, 親執其手, 登堂慰勞. 因謂保安曰: "下官嘗55)聞古人有死生之交, 今親見之足下矣. 尊夫人同令嗣遠來相覓, 見在驛舍, 足下且往暫敘十年之別. 所需絹疋若干, 吾當爲足下圖之." 保安曰: "僕爲友盡心, 固其分內, 奈何累及明公乎?" 安居曰: "慕公之義, 欲成公之志耳." 保安叩首曰: "旣蒙明公高誼, 僕不敢固辭. 所少尙三分之一, 如數即付, 僕當親往蠻中, 贖取吾友, 然後與妻孥相見, 未爲晚也." 時安居初到任, 乃於庫中撮借官絹四百疋, 贈與保安; 又贈他全副鞍馬. 保安大喜, 領了這四百疋絹, 并庫上七百疋, 共一千一百之數, 騎馬直到南蠻界口56), 尋箇熟蠻, 往蠻中通話. 將所餘百疋絹, 盡數把57)他使費, 只要仲翔回歸, 心滿意足. 正是:

應時還得見, 勝是岳陽金.

却說郭仲翔在烏羅部下, 烏羅指望他重價取贖, 初時好生看待, 飲食不缺. 過了一年有餘, 不見中國人來講話, 烏羅心中不悅, 把他飲食都裁減了, 每日一餐, 着他看養戰象. 仲翔打熬不過, 思鄕念切, 乘烏羅出外打圍, 拽開脚步, 往58)北而走. 那蠻中都是險峻的山路; 仲翔走了一日一夜, 脚底都破了, 被一般看象的蠻子, 飛也似起來, 捉了回去. 烏羅大怒, 將他轉賣與南洞主新丁蠻爲奴, 離烏羅部二百里之外. 那新丁最惡, 差使小不遂意, 整百皮鞭, 鞭得滿身59)靑腫. 如此已非一次. 仲翔熬不得痛苦, 捉箇空, 又想

....

55) 【校】嘗(상): 人民文學本《今古奇觀》에는 "嘗"으로 되어 있고, 古本小說集成本·繪圖本 《今古奇觀》과 《古今小說》 각 판본에는 "常"으로 되어 있다.

56) 【校】口(구):《今古奇觀》각 판본과 古本小說集成本《古今小說》에는 "口"로 되어 있고, 人民文學本 《古今小說》에는 "只"로 되어 있다.

57) 【校】把(파):《今古奇觀》각 판본에는 "把"로 되어 있고,《古今小說》각 판본에는 "托"으로 되어 있다.

58) 【校】往(왕): 人民文學本·繪圖本《今古奇觀》에는 "往"으로 되어 있고, 古本小說集成本《今古奇觀》과 《古今小說》각 판본에는 "望"으로 되어 있다.

逃走; 爭奈路徑不熟, 只在山凹內盤旋, 又被本洞蠻子追著了, 拿去獻與新丁. 新丁不用了, 又賣到南方一洞, 去一步遠一步了. 那洞主號菩薩蠻, 更是利害: 曉得郭仲翔屢次逃走, 乃取木板兩片, 各長五六尺, 厚三四寸, 叫仲翔把兩隻脚立在板上, 用鐵釘釘其脚面, 直透板內, 日常帶著兩板行動, 夜間納土洞中, 洞口用厚木板門遮蓋, 本洞蠻子就睡在板上看守, 一毫轉動不得, 兩脚被釘處, 常流膿血, 分明是地獄受罪一般. 有詩爲證:

> 身賣南蠻南更南, 土牢木鎖苦難堪. 十年不達中原信, 夢想心交不敢譚.

却說熟蠻領了吳保安言語, 來見烏羅, 說知求贖郭仲翔之事. 烏羅曉得絹足千疋, 不勝之喜, 便差人往南洞轉贖郭仲翔回來. 南洞主新丁, 又引至菩薩蠻洞中交割了身價, 將仲翔兩脚釘板, 用鐵鉗取出釘來. 那釘頭入肉已久, 膿水乾後, 如生成一般; 今番重復取出, 這疼痛比初釘時更自難忍, 血流滿地. 仲翔登時悶絕, 良久方醒, 寸步難移; 只得用皮袋盛了, 兩簡蠻子扛擡著, 直送到烏羅帳下. 烏羅收足了絹疋, 不管死活, 把仲翔交付了[60]熟蠻, 轉送吳保安收領. 保安接著, 如見親骨肉一般. 這兩簡朋友, 到今日方纔識面. 未暇敘話, 各睜眼看了一看, 抱頭而哭, 皆疑以爲夢中相逢也. 郭仲翔感謝吳保安, 自不必說. 保安見仲翔形容憔悴, 半人半鬼, 兩脚又動撣不得, 好生棲慘, 讓馬與他騎坐, 自己步行隨後, 同到姚州城內, 回復楊都督. 原來楊安居曾在郭元振門下做簡幕僚, 與郭仲翔雖未廝認, 却有通家之誼; 又且他是簡正人君子, 不以存亡易心: 一見仲翔, 不勝之喜. 教他洗沐過了, 將新衣與他更換; 又教隨軍醫生, 醫他兩脚瘡口, 好飲好食將息, 不勾一月, 平復如故.

且說保安從蠻界回來, 方纔到普淜驛中, 與妻兒相見. 初時分別, 兒子尚在襁褓, 如今十一歲了, 光陰迅速, 未免傷感於懷. 楊安居爲吳保安義氣上, 十分敬重, 每每對人誇獎. 又寫書與長安貴要, 稱他棄家贖友之事; 又厚贈

....

59) 【校】滿身(만신): 人民文學本·繪圖本《今古奇觀》에는 "滿身"으로 되어 있고, 古本小說集成本《今古奇觀》과 《古今小說》각 판본에는 "背部"로 되어 있다.

60) 【校】了(료): 人民文學本·繪圖本《今古奇觀》에는 "了" 자가 있고, 古本小說集成本《今古奇觀》과 《古今小說》각 판본에는 없다.

資糧, 送他往京師補官. 凡姚州一郡官府, 見都督如此用情, 無不厚贈. 仲翔仍留爲都督府判官. 保安將衆人所贈, 分一半留下與仲翔使用[61]. 仲翔再三推辭, 保安那裏肯依, 只得受了. 吳保安謝了楊都督, 同家小往長安進發. 仲翔送出姚州界外, 痛哭而別. 保安仍留家小在遂州, 單身到京, 陞補嘉州彭山丞之職. 那嘉州乃[62]是西蜀地方, 迎接家小又方便, 保安歡喜, 赴任去訖, 不在話下.

再說郭仲翔在蠻中日久, 深知款曲, 蠻中婦女, 儘有姿色, 價反在男子之下. 仲翔在任三年, 陸續差人到蠻洞購求年少美女, 共有十人, 自己教成歌舞, 鮮衣美飾, 特獻與楊安居伏侍, 以報其德. 安居笑曰: "吾重生高義, 故樂成其美耳. 言及相報, 得毋[63]以市井見待耶!" 仲翔曰: "荷明公仁德, 微軀再造, 特求此蠻口奉獻, 以表區區. 明公若見辭, 仲翔死不瞑目矣!" 安居見他誠懇, 乃曰: "僕有幼女, 最所鍾愛, 勉受一小口爲伴, 餘則不敢如命." 仲翔把那九箇美女, 贈與楊都督帳下九箇心腹將校, 以顯楊公之德. 時朝廷正追念代國公軍功, 要擢[64]用其子姪. 楊安居表奏:

> 故相郭震嫡姪仲翔, 始進諫於李蒙, 預知勝敗; 繼陷身於蠻洞, 備著堅貞. 十年復返於故鄉, 三載效勞於幕府; 蔭旣可敘, 功亦宜酬.

於是郭仲翔得授蔚州錄事參軍. 自從離家到今, 共一十五年了. 他父親和妻子在家, 聞得仲翔陷沒蠻中, 杳無音信, 只道身故已久; 忽見親筆家書, 迎接家小臨蔚州任所, 擧家歡喜無限. 仲翔在蔚州做官兩年, 大有聲譽, 陞遷代州戶曹參軍. 又經三載, 父親一病而亡. 仲翔扶柩回歸河北, 喪葬已畢,

---

61) 【校】分一半留下與仲翔使用(분일반류하여중상사용): 人民文學本·繪圖本 《今古奇觀》에는 "分一半留下與仲翔使用"으로 되어 있고, 古本小說集成本《今古奇觀》과 《古今小說》 각 판본에는 "分一半與仲翔留下使用"으로 되어 있다.

62) 【校】乃(내): 人民文學本·繪圖本 《今古奇觀》에는 "乃"로 되어 있고, 古本小說集成本《今古奇觀》과 《古今小說》 각 판본에는 "仍"으로 되어 있다.

63) 【校】毋(무): 人民文學本·繪圖本 《今古奇觀》에는 "毋"로 되어 있고, 古本小說集成本《今古奇觀》과 《古今小說》 각 판본에는 "無"로 되어 있다.

64) 【校】擢(탁): 人民文學本·繪圖本 《今古奇觀》에는 "擢"으로 되어 있고, 古本小說集成本《今古奇觀》과 《古今小說》 각 판본에는 "錄"으로 되어 있다.

忽然歎曰: "吾賴吳公見贖, 得有餘生, 因老親在堂, 方謀奉養, 未暇圖報私恩; 今親沒服除, 豈可置恩人於度外乎?" 訪知吳保安在宦所未回, 乃親到嘉州彭山縣看之. 不期保安任滿家貧, 無力赴京聽調, 就便在彭山居住, 六年之前, 患了疫症, 夫婦雙亡, 藁葬在黃龍寺後隙地. 兒子吳天祐, 從幼母親教訓讀書識字, 就在本縣訓蒙度日. 仲翔一聞此信, 悲啼不已. 因制縗麻之服, 腰絰執杖, 步至黃龍寺內, 向塚號泣, 具禮祭奠. 奠畢, 尋吳天祐相見, 即將自己衣服, 脫與他穿了, 呼之爲弟, 商議歸葬一事. 乃爲文以告於保安之靈, 發開土堆, 止存枯骨二具, 仲翔痛哭不已. 旁觀之人, 莫不墮淚. 仲翔預製下練囊二個, 以裝保安夫婦骸骨. 又恐失了次第, 斂葬時一時難認, 逐節用墨記下, 裝入練囊, 總貯一竹籠之內, 親自背負而行. 吳天祐道是他父母的骸骨, 理合他馱, 來奪那竹籠. 仲翔那肯放下, 哭曰: "永固爲我奔走十年, 今我暫時爲之負骨, 少盡我心而已!" 一路且行且哭, 每到旅店, 必置竹籠於上座, 將酒飯澆奠過了, 然後與天祐同食. 夜間亦安置竹籠停當, 方敢就寢. 自嘉州到魏郡, 凡數千里, 都是步行. 他兩脚曾經釘板, 雖然好了, 終是血脈受傷, 一連走了幾日, 脚面都紫腫起來, 內中作痛, 看看行走不動, 又立心不要別人替力, 勉強捱去. 有詩爲證:

> 酬恩無地只奔喪, 負骨徒行日夜忙. 遙望陽平[65]數千里, 不知何日到家鄉!

仲翔思想前路正長, 如何是好. 天晚就店安宿, 乃設酒飯於竹籠之前, 含淚再拜, 虔誠哀懇: "願吳永固夫婦顯靈, 保佑仲翔脚患頓除, 步履方便, 早到武陽, 經營葬事." 吳天祐也從旁再三拜禱. 到次日起身, 仲翔便覺兩脚輕健, 直到武陽縣中, 全不疼痛, 此乃神天護佑吉人, 不但吳保安之靈也.

再說仲翔到家, 就留吳天祐同居, 打掃中堂, 設立吳保安夫婦神位, 買辦衣衾棺槨, 重新殯斂, 自己戴孝, 一同吳天祐守幕祭[66]弔. 僱匠造墳, 凡一

---

65) 【校】陽平(양평): 《今古奇觀》 각 판본과 古本小說集成本 《古今小說》에는 "陽平"
　　 으로 되어 있고, 人民文學本 《古今小說》에는 "平陽"으로 되어 있다.

66) 【校】祭(제): 《今古奇觀》 각 판본에는 "祭"로 되어 있고, 《古今小說》 각 판본에는
　　 "受"로 되어 있다.

切葬具, 照依先葬父親一般. 又立一道石碑, 詳記保安棄家贖友之事, 使往來讀碑者, 盡知其善; 又同吳天祐盧墓三年. 那三年中教訓天祐經書, 得他學問精通, 方好出仕. 三年後, 要到長安補官; 念吳天祐無家未娶, 擇宗族中姪女有賢德者, 替他納聘, 割東邊宅院子讓他居住成親. 又將一半家財, 分給天祐過活. 正是:

昔年爲友抛妻子, 今日孤兒轉受恩. 正是投瓜還得報, 善人不負善心人.

仲翔起服到京, 補嵐州長史, 又加朝散大夫. 仲翔思念保安不已, 乃上疏. 其略曰:

臣聞有善必勸者, 固國家之典; 有恩必酬者, 亦匹夫之義. 臣向從故姚州都督李蒙進禦蠻寇, 一戰奏捷. 臣謂深入非宜, 尙當持重, 主帥不聽, 全軍覆沒. 臣以中華世族, 爲絶域窮囚[67]. 蠻賊貪利, 責絹還俘, 謂臣宰臣之姪, 索至千疋; 而臣家絶萬里, 無信可通, 十年之間, 備嘗艱苦, 肌膚毀傷[68], 靡刻不淚. 牧羊有志, 射雁無期. 而遂州方義尉吳保安, 適至姚州, 與臣雖係同鄕, 從無一面; 徒以意氣相慕, 遂謀贖臣: 經營百端, 撇家數載, 形容憔悴, 妻子饑寒, 救[69]臣於垂死之中, 賜臣以再生之路. 大恩未報, 遽爾淹沒. 臣今幸沾朱紱, 而保安子天祐, 食藿懸鶉, 臣竊愧之. 且天祐年富學深, 足堪任使. 願以臣官讓之天祐, 庶幾國家勸善之典, 與下臣酬恩之義, 一擧兩得. 臣甘就退閒, 沒齒無怨. 謹昧死披瀝以聞!

時天寶十二年也. 疏入, 下禮部詳議. 此一事, 鬨動了擧朝官員. 雖然保安施恩在前, 也難得郭仲翔義氣, 眞不愧死友者矣. 禮部爲此覆奏, 盛誇郭仲翔之品, 宜破格俯從, 以勵澆俗. 吳天祐可試嵐谷縣尉, 仲翔原官如故. 這嵐谷縣與嵐州相鄰, 使他兩箇朝夕相見, 以慰其情. 這是禮部官的用情

----

67) 【校】囚(수):《今古奇觀》각 판본에는 "囚"로 되어 있고,《古今小說》각 판본에는 "困"으로 되어 있다.

68) 【校】傷(상): 人民文學本·繪圖本《今古奇觀》에는 "傷"으로 되어 있고, 古本小說集成本《今古奇觀》과《古今小說》각 판본에는 "剔"으로 되어 있다.

69) 【校】救(구):《今古奇觀》각 판본에는 "救"로 되어 있고,《古今小說》각 판본에는 "拔"로 되어 있다.

處. 朝廷依允. 仲翔領了吳天祐告身一道, 謝恩出京, 回到武陽縣, 將告身
付與天祐. 備下祭奠, 拜告兩家墳墓. 擇了吉日, 兩家宅眷, 同日起程, 向西
京到任. 那時做一件奇事, 遠近傳說, 都道吳郭交情, 雖古之管鮑羊左, 不
能及也. 後來郭仲翔在嵐州, 吳天祐在嵐谷縣, 皆有政績, 各陞遷去. 嵐州
人追慕其事, 爲立"雙義祠", 祀吳保安郭仲翔. 里中凡有約誓, 都在廟中禱
告, 香火至今不絶. 有詩爲證:

　　　頻頻握手未爲親, 臨難方知意氣眞. 試看郭吳眞義氣, 原非平日結交人.

제12권

양각애(羊角哀)가 목숨을 버려 친구를 돕다[羊角哀捨命全交]

▌작품 해설

　이 작품은 《고금소설(古今小說)》 권7의 이야기이다. 입화(入話)인 관중(管仲)과 포숙아(鮑叔牙)의 이야기는 《사기(史記)》 권62 〈관안열전(管晏列傳)〉에 나온다. 사마정(司馬貞)의 《사기색은(史記索隱)》에서는 《여씨춘추(呂氏春秋)》에 나온다고 했으나 현전하는 《여씨춘추》에는 보이지 않는다. 이외에도 《예문유취(藝文類聚)》 권21에도 수록되어 있고, 《고금사문유취(古今事文類聚)》 별집(別集) 권28에도 〈지아자포숙(知我者鮑叔)〉이라는 제목으로 보이는데 《열자(列子)》에서 나왔다고 했으며, 《군서유편고사(群書類編故事)》 권17에도 〈관포상교(管鮑相交)〉라는 제목으로 실려 있고 《한시외전(韓詩外傳)》에서 나왔다고 했다.

　정화(正話)인 양각애(羊角哀)와 좌백도(左伯桃)의 이야기는 《후한서(後漢書)》 권29 〈신도강전(申屠剛傳)〉에 대한 이현(李賢)의 주(注)에 보이며 출처는 《열사전(烈士傳)》이라고 했다. 《문선(文選)》 권55 〈광절교론(廣絶交論)〉의 주(注)와 당나라 이항(李亢)의 《독이지(獨異志)》 권하

(卷下)에는 양각애가 의복과 식량을 좌백도에게 양보하고 혼자 굶어죽은 이야기만 간략하게 기록되어 있다. 또한《육조사적편류(六朝事跡編類)》권하(卷下)에는 〈형장군묘(荊將軍廟)〉와 〈좌백도묘(左伯桃墓)〉로 나오고,《순천부지(順天府志)》권8《명환(名宦)》부(部)에도 보이는데 출처는《석진지(析津志)》라고 했다. 이밖에도《관중유우지(關中流寓志)》와《광여기(廣與記)》등에도 실려 있다. 이 이야기를 각색한 화본소설로는《청평산당화본(淸平山堂話本)》《의침집(欹枕集)》상(上)에 실려 있는 〈양각애사전형가(羊角哀死戰荊軻)〉가 있으며 《보문당서목(寶文堂書目)》에도 기록되어 있다. 이 이야기를 바탕으로 한 희곡작품으로는 원나라 무명씨의 잡극 〈양각애귀전형가(羊角哀鬼戰荊軻)〉[《야시원서목(也是園書目)》에 수록], 명나라 무명씨의 전기(傳奇) 희곡작품 〈금란의(金蘭誼)〉[《곡해총목제요(曲海總目提要)》권31], 청나라 설단(薛旦)의 전기(傳奇) 희곡작품인 〈전형가(戰荊軻)〉[《전기품(傳奇品)》권하] 등이 있으며, 지금까지도 각종 지방희(地方戲) 가운데 이 이야기를 다루고 있는 희곡작품들이 보인다.

세부적인 내용에 있어서《고금소설》권7에 실려 있는 작품과《금고기관》권12의 작품 사이에는 약간의 거리가 발견된다.《고금소설》권7에서는 양각애가 좌백도에게서 의복과 식량을 받고서 혼자 길을 나선 뒤 좌백도가 죽는 것으로 내용이 전개되지만, 본편인《금고기관》권12에서는 좌백도가 숨진 뒤에야 비로소 양각애가 의복과 식량을 가지고 가는 것으로 변개되어 양각애의 행동에 대한 당위성과 의로움을 강화시키고 있다.

정화(正話)의 본사가 보이는 이현(李賢)의 주(注)는 다음과 같다.

《열사전》에 이렇게 되어 있다.

"양각애와 좌백도 두 사람은 사우(死友)였으며 함께 초(楚)나라로 가서 벼슬을 하려고 했다. 길이 험하고 진눈깨비를 만나 갈 수 없는 데다가 배고픔과 추위로 함께 다 살 수는 없다고 스스로들 생각했다. 좌백도가 양각애에게 이르기를 '모두 죽으면 뼈를 수습해 줄 사람이 없구려. 손을 가슴에 얹고 생각하건대 내 그대만 못해 산들 소용없고 그대의 능력만 버릴까 걱정되니 기꺼이 통나무 속에 들어가 있으리다.'라고 했다. 양각애는 그의 말에 따랐고 좌백도는 통나무 속으로 들어가 죽었다. 초나라 평왕(平王)은 양각애의 어짊을 아껴 상경(上卿)의 예로써 좌백도를 장사 지내게 했다. 양각애가 꿈에서 좌백도에게 이르기를 '그대의 은혜를 입어 후히 장사지내졌으나 형장군(荊將軍)의 무덤과 가까이 있어 괴롭힘을 당하고 있소. 이 달 15일에 한 판 크게 싸워서 승부를 볼 것이오.'라고 했다. 양각애는 그 날이 오자 병마를 진설해 그 묘지로 가서 오동나무 인형 세 개를 만들고는 자살을 하여 저승으로 가 좌백도를 따랐다."(《烈士傳》曰 : "羊角哀, 左伯桃二人爲死友, 欲仕於楚, 道阻, 遇雨雪不得行, 饑寒, 自度不俱生. 伯桃謂角哀曰 : 俱死之後, 骸骨莫收, 內手捫心, 知不如子. 生恐無益而棄子之能, 我樂在樹中.' 角哀聽之, 伯桃入樹中而死. 楚平王愛角哀之賢, 以上卿禮葬伯桃. 角哀夢伯桃曰 : '蒙子之恩而獲厚葬, 正苦荊將軍冢相近. 今月十五日, 當大戰以決勝負.' 角哀至期日, 陳兵馬詣其冢, 作三桐人, 自殺, 下而從之.")

　이외에도 다수의 문헌에서 양각애와 좌백도의 이야기를 다루고 있다. 그 중에는 이현의 주와 같이 서한(西漢) 유향(劉向)의 《열사전》을 인용한 경우가 적지 않지만 이야기의 완결성 측면에서 볼 때, 이현의 주를 정화의 본사로 보는 것이 가장 적절하다.

　양각애와 좌백도 이야기의 전승과 서사 맥락에 대한 이해를 돕기 위해 몇 가지 생각해 봐야할 문제가 있다. 우선, 두 사람이 실존 인물이었는지에 대한 문제이다. 여기에 대해 확언하기는 어렵지만 양각애와 좌백도는 모두 정사(正史)에는 보이지 않은 인물들이라는 점은 분명하다. 이들의 이야기를 기록한 가장 이른 시기의 문헌인 유향의 《열사전》도 실전되어 이를 인용한 몇몇 문헌을 통해 추측할 수밖에 없는 상황이다. 정화의 내용과는 다르게 수(隋)나라 우세남(虞世南)의 《북당서초(北堂書鈔)》 권152 《천부(天部)·설편(雪篇)》에서 《고사전(高士傳)》을 인용한 것을 보면 양각애가 좌백도에게 식량을 양보해 먼저 죽었다고 기술되어 있으며, 송나라 이방(李昉)의 《문원영화(文苑英華)》 권816, 송나라 악사(樂

史)의 《태평환우기(太平寰宇記)》 권11과 권90 등의 기록에도 양각애가 먼저 죽은 것으로 되어 있어 이야기 전승에 있어서 착란도 발견된다. 본 작품을 비롯한 현존하는 대부분의 문헌에는 좌백도가 양각애에게 식량을 양보한 뒤 추위와 굶주림으로 먼저 죽었다고 기술되어 있으며 민간 전설에서도 대부분 이와 같다.

이 이야기의 시대적 배경에 대해서도 따져 봐야할 문제가 있다. 2004년 중국 호남성(湖南省) 장사시(長沙市) 동패루(東牌樓)에서 발굴된 후한(後漢) 시기의 간독(簡牘)에서 '양각애'와 '좌백도' 두 사람의 이름이 적힌 목간(木簡)이 발견된 것을 볼 때 적어도 동한 때에는 이들 두 사람의 이야기가 전파되었다는 것을 알 수 있다. 《후한서》 이현의 주에는 이들 이야기의 시대적 배경이 '초평왕(楚平王)' 시대로 되어있지만 그저 '초왕(楚王)'이라고 기술된 문헌이 많은 데다가 〈양각애사명전교(羊角哀捨命全交)〉에서는 춘추시대 '초원왕(楚元王)'이라고 기술하고 있어 시대적 배경에 대해서도 짚고 넘어갈 필요가 있다. 춘추시대 초나라의 왕계(王系)를 보면 평왕(平王)만 있었지 원왕(元王)은 존재하지 않았다. 또한 '초원왕(楚元王)'이라고 하면 한고조(漢高祖) 유방(劉邦)의 이복 아우였던 유교(劉交, ?~기원전 179)가 떠오르지만 유교는 전한(前漢) 때 초(楚)지방으로 분봉(分封)된 제후왕(諸侯王)이었지 춘추시대 인물은 아니었다. 《법원주림(法苑珠林)》 권97과 《태평어람(太平御覽)》 권886에 인용된 〈상복요기(喪服要記)〉에 공자(孔子)와 노애공(魯哀公, 기원전 494~476 재위)의 대화에서 양각애와 좌백도가 언급된 것으로 봐서 《후한서》 이현의 주와 같이 이 두 사람은 초평왕(楚平王, 기원전 528~516 재위) 때의 인물로 보는 것이 타당할 것이다.

남아있는 문제가 하나 더 있다. 그것은, 양각애와 좌백도가 초평왕 재위 기간에 모두 죽었다면 이들보다 300년이나 뒤의 인물로 진시황(秦始皇)의 암살 시도를 하다가 죽임을 당한 형가(荊軻, ?~기원전 227)가 어떻게 먼저 죽어서 저승에서 좌백도를 괴롭혔다는 것인지에 대한 문제이다.

《후한서》이현의 주를 보면, 그저 '형(荊) 장군(將軍)의 묘'라고만 했지 '형 장군'이 진시황 때의 형가라고는 확실히 밝히지 않았다. 그 당시에 '형(荊)' 씨 성을 가진 용맹한 장군이 또 있었는지에 대한 여부는 현존 문헌 기록으로는 알 수 없지만 분명한 사실은 원시문헌에는 구체적으로 '형가(荊軻)'라고 쓰지 않았다는 점이다. 양각애와 좌백도의 이야기에서 언급된 '형 장군'을 진시황 때의 '형가'라고 구체적으로 밝히기 시작한 것은 송나라 때부터의 일이다. 장돈이(張敦頤)의 《육조사적편류(六朝事跡編類)》권하 〈형장군묘(荊將軍廟)〉에서 《열사전》의 양각애와 좌백도 이야기를 인용하면서 "구경(舊經)에서 이르기를 형가의 묘라고 했다.〔舊經云荊軻廟也.〕"라고 했으며, 악사(樂史)의 《태평환우기(太平寰宇記)》권11에서는 '형장군묘(荊將軍廟)'에 대해 "바로 육국(六國)의 형가이다.〔即六國荊卿也.〕"라고 한 바가 그것이다. 명(明)나라 진요문(陳耀文)은 《천중기(天中記)》권20 〈붕우(朋友)〉에서 이 문제에 대해 《열사전》의 양각애와 좌백도 이야기를 인용한 뒤 "민간에서 형가라고 한 것은 잘못된 것이다.〔俗謂荊軻誤.〕"라고 변정했다. 이야기 전승과정에서 이런 착오는 이 이야기의 전승자들이 '형 장군'이라고 한 원시문헌의 기술 내용을 바탕으로 형가의 용맹함과 열사(烈士)로 죽음을 맞이한 역사적 사건을 무의식적이며 무비판적으로 착종해 생긴 것으로 보인다.

《고금소설(古今小說)》영인본 권7에 실린 〈양각애사명전교(羊角哀捨命全交)〉에 달려 있는 미비(眉批)를 보면, 좌백도의 혼령이 나타나 저승에서 형가와 고점리(高漸離) 두 사람과 싸워 이기지 못한 것을 기술할 때 '환(幻)'이라고 평가하고 있다. '환(幻)'이란 사실이 아니라는 말이다. 소설 결말 부분의 비주(批注)에서도 이런 문제에 대해 다음과 같이 분명히 언급하고 있다.

《열사전》에는 단지 양각애가 초나라에 이르러 상대부가 되고 경의 예로써 좌백도를 장사를 지낸 뒤 스스로 목숨을 끊고 따라 죽은 것만 기술했지 스스로 형가와 싸운 일에 대해서는 언급하지 않았다. 게다가 양각애는 형가와 고점리보다 이전에 죽었다.〔《傳》但云角哀至楚爲上大夫, 以卿禮葬伯桃, 角哀自殺以殉, 未聞自戰荊軻之事. 且角哀死在荊軻, 高漸離之前.〕

이와 같은 문제를 일으킨 이유에 대해서도 언급하기를 "아마도 작자는 형가가 연나라 태자 단(丹)의 일을 그르친 것에 대해 분기하여 양각애를 빌어 형가에게 창피를 주려 했던 것 같다.〔作者蓋憤荊軻誤太子丹之事, 而借角哀以愧之耳.〕"라고 했다. 이 비주를 남긴 사람이 《고금소설(古今小說)》의 작가 풍몽룡이라고 할 때 그 또한 역사적 사실과 소설적 허구 사이의 거리를 충분히 인식하고 있었던 것이다. 이 이야기는 《고금소설》 당시 이미 잡극을 비롯한 다양한 장르를 통해 광포되어 고정화된 내용으로 받아들여진데다가 화본소설 같은 재미를 위한 허구적 문학작품을 역사적 사실로 굳이 재단할 필요가 없었기 때문에 이런 판단을 했던 것으로 보인다. 독자는 고전소설 작품에 드러나는 역사적 사실과 허구적 내용 사이에 어쩔 수 없이 존재하는 이런 서사적 거리를 인식할 필요가 있다.

▌본문 역주

손바닥을 뒤집는 대로 구름도 되었다가 비도 내렸다가	翻手爲雲覆手雨
하고많은 경박함을 어찌 셀 필요가 있겠는가	紛紛輕薄何須數
그대는 보시게나, 관중과 포숙아의 가난했을 때의 사귐을	君看管鮑貧時交
지금 사람들은 이러한 도를 마치 흙처럼	此道今人棄如土[1]

....

1) 이 시는 당나라 시인 杜甫의 〈貧交行〉으로 《全唐詩》 권216 등에 수록되어 있다.

버리는구나

옛날 제(齊)나라에 자가 이오(夷吾)인 관중(管仲)과 자가 선자(宣子)인 포숙(鮑叔)이 있었다. 두 사람은 어려서부터 빈천한 신분으로 교분을 맺었다. 나중에 포숙아가 먼저 제환공(齊桓公)의 문하에서 쓰임을 받아 현달하게 된 뒤, 그는 관중을 천거하여 수상(首相)이 되게 했는데 그 직위는 자기보다 위에 있었다. 시종일관 두 사람은 한 마음으로 국정을 보좌했다. 관중은 일찍이 이런 말 몇 마디를 한 적이 있었다.

"내 일찍이 세 번을 전쟁에 나갔다가 세 번을 모두 패해 도망쳤음에도 포숙은 나를 겁쟁이라고 생각하지 않았으니 내게 연로하신 어머니가 계신 것을 알고 있었기 때문이었다. 내가 일찍이 세 번을 출사했다가 세 번을 다 쫓겨났음에도 포숙은 나를 못났다고 생각하지 않았으니 내가 때를 만나지 못한 것을 알고 있었기 때문이었다. 내 일찍이 포숙과 담론(談論)2)을 했지만 포숙은 나

청대(淸代), 고원(顧沅), 《고성현상전략(古聖賢像傳略)》, 〈관경중상(管敬仲像)〉

양각애(羊角哀)가 목숨을 버려 친구를 돕다[羊角哀捨命全交]

원시는 이렇다. "翻手作雲覆手雨, 紛紛輕薄何須數? 君不見管鮑貧時交, 此道今人棄如土."
2) 《史記·管晏列傳》에 근거해 볼 때, 여기서 '담론(談論)'이란 "일찍이 내가 포숙을 위해 어떤 일을 도모하다가 그를 더욱 곤궁하게 했다.(吾嘗爲鮑叔謀事而更窮

를 어리석다고 생각하지 않았으니 시운이 유리할 때가 있고 불리할 때가 있다는 것을 알았기 때문이다. 일찍이 포숙과 더불어 장사를 했었는데 이익을 나눌 때 내가 더 많이 가져도 포숙은 나를 탐욕스럽다고 생각하지 않았으니 내가 가난한 것을 알고 있었기 때문이었다. 나를 낳은 이는 부모지만 나를 알아준 이는 포숙이로다!"

그래서 옛사람들은 마음을 알아주는 사귐이라고 하면 반드시 관중과 포숙을 일컬었다.

오늘 얘기할 친구 두 사람은 우연히 만나 의형제를 맺었으며, 각자 자기 목숨을 버리고 만고에 이름을 남겼다. 춘추시대 초(楚)나라 원왕(元王)이 유도(儒道)를 숭상하고 현사(賢士)를 초빙하자 천하의 사람들 가운데 그 소문을 듣고 모여드는 자가 셀 수 없을 정도로 많았다. 서강(西羌)3) 적석산(積石山)에 한 현사(賢士)가 있었는데 성은 좌(左) 씨이고 이름은 백도(伯桃)였다. 어렸을 적에 부모를 여의고 공부에 힘써 세상을 구할 재능을 길렀으며 백성을 편안하게 할 학문을 배웠으나 나이가 사순에 가깝도록, 중원에서 제후들이 서로 병탄하며 인정을 베푸는 자는 적고 패권을 믿고서 행동하는 자들이 많았기에, 일찍이 출사를 하지 않고 있었다. 이후 초나라 원왕이 인의를 숭상하고 현사를 두루 구한다는 소리를 듣고 책 한 보따리를 가지고 고향의 이웃들과 친구들에게 작별인사를 나눈 뒤, 곧장 초나라를 향해 출발했다. 천천히 길을 가다가 옹주(雍州) 땅에 이르렀는데 때는 한겨울로 거센 폭풍우가 휘몰아쳤다. 서강월(西江月)4) 사패의 사(詞) 한 수가 있으니 겨울날 비가 오는 경치를 이렇

困)"는 내용을 이르는 것이다.

3) 서강(西羌): 서한 때 소수민족이었던 羌人에 대한 호칭이었으며, 동한 때에는 金城, 隴西, 漢陽 등의 지역이나 거기에 사는 羌人을 가리키기도 했다.

4) 서강월(西江月): 본래 당나라 敎坊의 곡이었는데 나중에 詞牌로 쓰였으며 〈江月令〉, 〈白蘋香〉, 〈步虛詞〉 등이라도 불리었다. '서강월'이라는 명칭은 이백의 시 〈蘇臺覽古〉에 있는 구절인 "只今唯有西江月"에서 비롯되었다.

게 읊었다.

매서운 찬바람이 얼굴을 벨 듯하고	習習悲風割面
부슬부슬 내리는 보슬비가 옷을 적시네	濛濛細雨侵衣
얼음을 재촉하고 눈을 부르는 추위가 맹위를 떨치니	催冰釀雪逞寒威
타시절의 온화함과는 견줄 수가 없구나	不比他時和氣
산색은 밝지 않고 늘 어두우며	山色不明常暗
햇볕은 가끔씩 드러나나 희미하기만 하니	日光偶露還微
하늘 끝 나그네는 모두들 돌아갈 생각을 하고	天涯遊子盡思歸
길 위의 행인들은 길 나온 것을 후회할 것이라네	路上行人應悔

좌백도는 비바람을 무릅쓰고 하루 내내 길을 갔으므로 옷이 모두 젖었다. 점차 날이 저물어가기에 마을을 향해 걸어가면서 하룻밤 묵을 곳을 찾으려고 했다. 멀리 대나무 숲속 다 떨어져가는 창문에서 등불 빛이 새어나오는 것이 보이기에 곧장 그곳으로 가보니 나지막한 울타리가 초가집 한 칸을 둘러싸고 있었다. 울타리 문을 밀어 열고 들어가 나무판자 문을 가볍게 두드리자 안에 있던 사람이 문을 열고 나왔다. 좌백도는 처마 밑에 서 있다가 황망히 예를 갖춘 뒤, 이렇게 말했다.

"소생은 서강 사람으로 성은 좌 씨이고 이름은 백도라고 합니다. 초나라로 가려고 하는데 예기치 않게 도중에 비를 만난데다가 객관을 찾을 수도 없습니다. 내일 아침에 곧 떠날 것인데 하룻밤만 묵도록 허락해 주실지 모르겠습니다."

그 사람은 이 말을 듣고 황망히 답례를 한 뒤, 좌백도를 방안으로 맞이했다. 좌백도가 들어가서 보니 침상 하나만이 있었고 그 위에는 서책들이 쌓여 있었으며 그 이외에 다른 물건들은 없었다. 좌백도가 그 또한 선비인 것을 알고서 배례를 하려하자, 그 사람이 말하기를 "아직 예를 차릴 때가 아닙니다. 옷가지를 말리시도록 불을 피울 테니 그러고 나서 말씀을 나누시지요."라고 했다. 그날 밤, 그 사람은 대나무를 태워 불을 피웠으며 좌백도는 옷을 말렸다. 그 사람이 술과 음식을 갖춰 좌백도에게 대접했는데 그 성의가 아주 은근하고 두터웠다. 좌백도가 곧 그의 성명을 물었더니 그 사람이 이렇게 말했다.

"소생은 성이 양(羊) 씨이고 이름은 각애(角哀)라고 합니다. 어려서 부모님을 여읜 뒤, 이곳에서 홀로 살고 있습니다. 평소 독서를 너무 좋아하여 농사가 모두 황폐하게 되었지요. 오늘은 운 좋게도 먼 곳에서 현사(賢士)가 오셨는데 집이 빈한한지라 대접해 드릴 것이 없는 게 그저 한스럽습니다. 바라건대 죄를 용서하십시오."

좌백도가 말했다.

"흐려 비가 오는 마당에 몸을 가릴 곳을 빌려주셨을 뿐만 아니라 또한 음식까지 차려주셨는데 이 감사함을 어찌 잊겠습니까?"

그날 밤, 두 사람은 한 침상에 누워 가슴속에 있는 학문을 함께 이야기 나누느라 밤새 잠을 이루지 못했다. 날이 밝을 때에 이르러서도 비가 그치지 않자 양각애는 좌백도를 집에 머물도록 하고는 그가 가지고 있는 모든 것들을 다 털어 대접했으며, 두 사람은 의형제를 맺게 되었다. 좌백도가 양각애보다 나이가 다섯 살 더 많았기에 양각애는 좌백도를 형으로 모셨다.

삼일을 쭉 머물고 있었더니 비가 그치고 길이 말랐다. 이에 좌백도가 말했다.

"아우님은 군왕을 보좌할 재능을 가지고 있고 나라를 다스릴 뜻을 품고 있는데도 사적에 이름을 남기는 것을 도모하지 않은 채 기꺼이 임천(林泉)에서 늙어가려 하니 매우 안타깝네."

양각애가 말하기를 "출사를 하려 하지 않는 것이 아니라 기회를 만나지 못했을 뿐입니다."라고 하자, 좌백도가 말하기를 "지금 초왕이 간절하게 현사를 찾고 있는데 아우님이 그런 마음이 있다면 어찌 나와 함께 가려하지 않는가?"라고 했다. 이에 양각애가 말하기를 "원컨대 형님의 말씀을 따르고자 합니다."라고 했다. 약간의 여비와 식량을 챙긴 뒤, 초가집을 버리고서 두 사람은 함께 남쪽을 향해 출발했다. 길을 가다가 며칠도 안 되어 또다시 흐리고 비오는 날을 만나 객관에 발이 묶이게 되었다. 여비는 다 떨어지고 달랑 건량 한 보따리만 있었다. 두 사람은 번갈아 그것을 어깨에 지고서 비를 무릅쓰며 길을 갔다. 비도 그치지 않고 바람도 세게 불더니 비가 큰 눈으로 변했다. 그 광경이 어떠했냐 하면 바로 이러했다.

바람은 눈의 찬기를 더하고	風添雪冷
눈은 바람의 위세를 쫓아가네	雪趁風威
광풍에 버들개지 분분히 흩날리듯	紛紛柳絮狂飄
거위 깃털들이 어지럽게 춤추듯	片片鵝毛亂舞
진중을 돌격하여 공중에서 싸우는 듯하니	鬪空攪陣
동서남북을 분간할 수가 없구나	不分南北西東
땅을 덮고 하늘 가득히	遮地漫天
세상 모든 빛깔들을 흰빛으로 바꾸었네	變盡靑黃赤黑
매화 찾는 시객(詩客)에겐 아취가 있지만	探梅詩客5)多淸趣
길 가는 행인은 넋이 나갈 듯하구나	路上行人欲斷魂

두 사람은 기양(岐陽)을 지나 양산(梁山)을 거쳐 가는 길에 나무꾼들에게 길을 물어보니 그곳으로부터 백여 리(里) 안으로는 인가가 전혀 없는 심산광야(深山曠野)로 늑대와 호랑이들이 무리를 지어 다닌다고 하며 모두들 가지 말라고 했다. 좌백도가 양각애에게 말하기를 "아우님 생각은 어떠한가?"라고 하자, 양각애가 말하기를 "자고로 '사생유명(死生有命)'이라 했습니다. 이미 여기까지 왔으니 오로지 앞길만 보고 후회하며 물러설 생각은 하지 말도록 하죠."라고 했다.

....

5) 탐매시객(探梅詩客): 당나라 때 시인 孟浩然(689~740)은, 눈 오는 날에는 항상 당나귀를 타고 매화를 찾으러 다녔다고 한다. 자세한 내용은 명나라 程羽文의 《詩本事·詩思》와 청나라 張岱의 《夜航船》권1 등에 보인다.

심산광야(深山曠野)에 있는 양각애와 좌백도, 1929년 소엽산방본(掃葉山房本),
《전도금고기관(全圖今古奇觀)》 삽도

　　그들은 다시 하루를 가다가 밤이 되어 고묘(古墓) 속에서 묵었다. 입
고 있는 옷가지들이 얇아 찬바람이 뼛속까지 파고들었다. 다음 날에는
눈이 더욱더 펑펑 내려 산속에서는 한 척(尺) 넘게 쌓이는 것 같았다.
좌백도가 추위를 견디다 못해 이렇게 말했다.

　　"내 생각에 여기로부터 백 여리 안에는 인가가 전혀 없고 건량도 부족
하며, 옷도 얇고 먹을 것도 모자라네. 만약 한 사람만 혼자서 가면 초나
라에 도착할 수 있겠지만 두 사람이 함께 가면 설사 얼어 죽지 않는다하
더라도 도중에 반드시 굶어 죽어서 초목과 더불어 썩게 될 것이니 뭐가
좋겠는가? 내가 입고 있는 옷을 벗어줄 테니 아우님이 그것을 입고서
혼자 이 건량을 가지고 진력하여 길을 가게나. 나는 정말 갈 힘이 없으니
차라리 여기에 죽겠네. 아우님은 초왕을 만나면 반드시 중용될 것이니
그때 다시 와서 나를 묻어 줘도 늦지 않을 것이네."

　　그러자 양각애는 "그런 법이 어디 있습니까? 우리 두 사람이 비록 한
부모에게서 태어나지는 않았지만 의기가 혈육을 넘습니다. 제가 어찌

차마 혼자 가서 출세를 구할 수 있겠습니까?"라고 하고는 좌백도의 말을 받아들이지 않은 채 그를 부축하고 갔다. 십 리도 가지 못하고 좌백도가 말하기를 "눈보라가 더욱 세차지니 어찌 갈 수 있겠는가? 일단 길가에서 쉴만한 곳을 찾아 보세나."라고 했다. 마침 고목이 된 뽕나무 한 그루가 있었는데 자못 눈을 피할 수 있어 보였다. 그 나무 밑에는 한 사람만이 들어갈 수 있기에 양각애는 좌백도를 부축해서 안으로 들어가 앉도록 했다. 좌백도는 한기를 막기 위해 양각애를 시켜 부싯돌로 불을 피우고 마른 가지들을 태우도록 했다. 양각애가 땔감을 주워 와서 보니 좌백도 는 알몸으로 발가벗은 채, 몸에 입고 있던 옷들을 다 벗어 한 무더기를 쌓아놓고 있었다. 양각애가 크게 놀라며 말하기를 "형님 왜 이러시는 겁니까?"라고 하자, 좌백도가 말하기를 "내가 생각해도 방법이 없으니 아우님은 스스로를 그르치지 마시게나. 속히 이 옷들을 입고 건량을 지 고서 갈 길을 가게. 나는 여기에서 죽기만을 기다리겠네."라고 했다. 양 각애가 그를 부둥켜안고 큰 소리로 울며 말하기를 "우리 두 사람이 생사 를 함께해야지 어찌 떨어질 수 있겠습니까?"라고 했다. 좌백도가 말하기 를 "만약 둘 다 굶어죽는다면 해골은 누가 묻어 주겠는가?"라고 하자, 양각애가 말하기를 "그렇다면 형이 입을 수 있게 제가 옷을 벗어드리고 형은 이 건량을 가지고 가십시오. 제가 차라리 여기서 죽겠습니다."라고 했다. 좌백도가 말했다.

"나는 평소 병이 많지만 아우님은 젊고 건장하여 나보다 훨씬 나은데 다가 가슴속에 품은 학문도 내가 미치지 못하네. 만약 아우가 초나라 군왕을 만나게 되면 반드시 높은 관직에 오르게 될 것이니 내가 죽은들 어찌 말할거리나 되겠는가? 아우는 오래 지체하지 말고 속히 가는 것이 마땅하네."

양각애가 말하기를 "지금 형은 뽕나무 속에서 굶어죽어 가는데 저 혼 자 공명을 얻으러 가면 매우 의롭지 못한 사람이 되니 저는 그렇게는 못합니다."라고 하자, 좌백도가 말했다.

"내가 적석산을 떠나 아우 집에 이르렀을 때부터 마치 옛 친구를 만난 것과 같았네. 아우의 포부가 비범한 것을 알고서 출사를 하라고 권했지만 불행하게도 눈보라에 막혔으니 이는 내 천명이 다한 것이지. 만약 아우까지 여기서 죽게 한다면 그것은 나의 죄가 되는 게야."

그는 말을 마치고 나서 앞에 있는 시내에 뛰어들어 빠져죽으려고 했다. 양각애는 좌백도를 안고 통곡하면서 옷으로 그를 감싼 뒤, 다시 뽕나무 고목 속으로 부추겨 들어가게 했다. 좌백도가 옷가지들을 밀어내기에 양각애가 다시 그에게로 가서 타이르려고 할 때, 좌백도는 이미 얼굴색이 변하고 사지에 궐랭(厥冷)[6]이 생기더니 양각애에게 어서 가라고 손짓을 하며 입에서 말도 꺼낼 수 없게 되었다. 양각애가 재차 그를 옷으로 감싸주려고 했지만 좌백도는 이미 한기가 주리(腠理)[7]까지 스며들어 손발이 꼿꼿해지고 호흡이 간당간당해지며 점차 숨이 끊어져갔다. 양각애는 생각하기를 "내가 만약 여기서 오랫동안 연연하게 되면 나 또한 얼어 죽을 것이니 내가 죽은 뒤엔 누가 형님을 묻어 줄 것인가?"라고 한 뒤, 눈 속에서 좌백도를 향해 재배를 하고는 울면서 이렇게 말했다.

"못난 아우가 가거든 형님께서 혼령의 힘으로 도와주십시오. 조금이라도 이름을 얻으면 반드시 후히 장례를 치러 드릴 것입니다."

좌백도는 대답을 하는 것처럼 고개를 끄덕이더니 잠시 뒤, 숨이 끊어졌다. 양각애는 어쩔 수 없이 옷과 건량을 가지고서 한 발짝 걷다가 다시 뒤를 한 번 돌아보며 슬피 울면서 길을 떠났다. 뽕나무 고목 속에서 죽은 좌백도를 후인이 찬미한 시가 있다.

추위가 닥쳐 눈이 삼 척 쌓여 있는데 　　　　　　寒來雪三尺

----

6) 궐랭(厥冷): 逆冷이라고도 하며 中醫에서 수족이 손끝부터 팔꿈치까지, 발끝부터 무릎까지 차가워지는 증상을 이른다.
7) 주리(腠理): 中醫에서 피부와 피하 근육 사이의 틈이나 피부와 근육의 결을 腠理라고 하며, 이는 氣血이 흐르는 곳이라고 한다.

두 사람이 천 리 길을 떠나네	人去途千里
먼 길을 설한으로 시달리는데	長途苦雪寒
하물며 쌀 주머니엔 미곡조차 없구나	何況囊無米
건량을 합치면 한 사람은 살지만	幷糧一人生
함께 가면 둘이 모두 죽게 되네	同行兩人死
둘 다 죽으면 좋은 게 무엇인가	兩死誠何益
하나가 살면 의지할 데라도 있게 되지	一生尙有恃
어질다, 좌백도여	賢哉左伯桃
제 목숨을 버리고 남을 이루게 하는구나	隕命成人美

양각애는 추위를 견뎌가며 허기를 요기만으로 때우면서 초나라에 도착한 뒤, 객관에서 머물며 쉬었다. 그리고 다음 날 도성에 들어가서 어떤 사람에게 물었다.

"초나라 군왕께서 현인을 구한다고 들었는데 어떻게 해야 하는지요?"

그 사람이 답하기를 "궁문(宮門) 밖에 객관 하나를 만들어서 상대부(上大夫)[8] 배중(裴仲)으로 하여금 천하의 선비들을 맞아들이라고 했습니다."라고 했다. 양각애가 곧장 그 객관으로 갔더니 마침 상대부가 수레에서 내리고 있기에 양각애는 그의 앞으로 가서 읍했다. 배중은 그가 옷은 남루하나 기개가 비범한 것을 보고 황망히 답례하며 묻기를 "현사께서는 어떻게 오셨습니까?"라고 했다. 양각애가 말하기를 "소생은 성이 양 씨이고 이름은 각애라고 하며 옹주(雍州) 사람입니다. 귀국에서 현사를 구한다는 소문을 듣고 귀복(歸服)하러 왔습니다."라고 했다. 배중은 그를 객관 안으로 맞이한 뒤, 술과 음식을 차려 올리도록 하고 그곳에서 묵게 했다. 다음 날 배중은 양각애를 보려고 객관으로 와서 평소 가슴속에 품고 있던 의문들을 자세히 물으면서 그의 학문이 어떠한지를 시험했다. 양각애는 온갖 질문들에 대해 물이 흐르듯 막힘없이 대답했다. 배중

---

8) 상대부(上大夫): 주나라 때 왕실과 제후국에서는 官階를 卿, 大夫, 士 세 가지로 나누고 그것을 다시 上, 中, 下 세 등급으로 구분했다.

은 크게 기뻐하며 궁으로 들어가 원왕에게 이를 상주했다. 원왕이 즉시 그를 불러 만나보고는 부국강병의 방도에 대해 물었다. 양각애는 우선 열 가지 대책에 대해 진술하였는데 모두가 당세(當世)의 급선무들이었다. 원왕은 크게 기뻐하며 어연을 베풀어 그를 대접한 뒤, 중대부(中大夫)의 벼슬을 제수하고 황금 백 냥과 채색비단 백 필을 하사했다. 그러자 양각애가 재배를 하며 눈물을 흘리는 것이었다. 원왕이 크게 놀라며 묻기를 "경이 통곡하는 까닭이 무엇인가?"라고 하자, 양각애는 좌백도가 옷을 벗어주고 건량을 양보해 준 일들에 대해 하나하나 자세히 상주했다. 원왕은 그의 말을 듣고 슬프게 여겼으며 대신들도 모두 안타깝게 여겼다. 원왕이 말하기를 "경은 어떻게 했으면 하는가?"라고 하자, 양각애가 말하기를 "청컨대 신이 휴가를 내고 그곳으로 가서 좌백도를 장사 치러준 뒤, 다시 돌아와 대왕을 모실 수 있도록 해 주십시오."라고 했다. 원왕은 곧 이미 죽은 좌백도에게 중대부의 벼슬을 내리고 장례 치를 비용을 후하게 내린 뒤, 사람을 시켜 양각애를 따라 수레를 타고 함께 가도록 했다. 양각애는 원왕에게 작별인사를 올리고 나서 곧바로 양산(梁山) 지역으로 갔다. 그리고 이전에 뽕나무 고목이 있던 곳을 찾아보니 과연 좌백도의 시신이 그대로 있는 것이 보였으며 얼굴 모양새도 살아 있을 때와 같았다. 양각애는 재배를 하고 곡을 한 뒤, 시종들을 불러 마을의 어르신들을 모이게 하고 장지(葬地)를 물가 근처의 평지로 택했다. 그곳은, 앞으로는 큰 시내를 마주하고 뒤로는 높은 절벽에 의지하고 있었으며 좌우로는 산봉우리들로 둘러싸여 있었기에 풍수가 매우 좋았다. 곧 향을 넣은 물로 좌백도의 시신을 목욕시키고 대부의 의관을 차려 입힌 뒤, 관(棺)과 외곽(外槨)에 안치하고 나서 무덤에 안장했다. 사방에 담장을 쌓고 나무를 심었으며 무덤에서 삼십 보 떨어진 곳에 사당을 지었다. 그리고 그곳에 좌백도의 의용을 소상으로 만들어 놓았으며 화표주(華表柱)를 세우고 현액을 걸었다. 담장 옆에는 기와집을 지어놓고 사람을 시켜 묘지를 지키도록 했다. 다 짓고 나서 사당에 제사를 마련하고 아주 애절하게 곡을 하자, 그 동네 노인들과 시종들 가운데 눈물을 흘리지 않는 사람이 없었다. 그들은 제사가 다 끝나자 각자 흩어져 갔다.

그날 밤, 양각애는 등촉을 밝혀 놓고 앉아 그지없이 한탄을 하고 있었다. 이때 홀연 한 차례 음산한 바람이 쏴하고 불더니 촛불이 꺼졌다가 다시 밝아졌다. 양각애가 그곳을 봤더니 어떤 사람이 등촉의 그림자 안으로 다가오려다가 머무적거리는 것이 보였으며 은근히 곡소리도 들리는 것이었다. 양각애가 꾸짖으며 말하기를 "누구길래 감히 야심한 밤에 침입을 하는 게냐?"라고 했으나 그 사람은 아무 말도 하지 않았다. 양각애가 일어나서 그를 보았더니 바로 좌백도였다. 이에 크게 놀라며 묻기를 "멀지 않은 곳에서 형님의 혼령이 오늘 이 아우를 보러 오신 데에는 필시 까닭이 있을 듯합니다."라고 하자, 좌백도가 말했다.

"감사하게도 아우님께서 나를 기억해 벼슬길에 막 나가자마자 상주를 하여 장사를 지내준 데다가 높은 관직도 주고, 좋은 관곽(棺槨)과 수의와 이불도 주어 모든 일이 완전무결하게 되었네. 다만, 묘지가 형가(荊軻)9)의 무덤 가까이에 있구려. 그 사람이 살아있을 때 진시황(秦始皇)을 척살하려고 하다가 성공을 하지 못하고 피살당하자, 고점리(高漸離)10)가 그의 시신을 이곳에 묻어 주었다네. 그 자의 혼령은 매우 사나워 매일 밤마다 검을 들고 와서 내게 욕하며 말하기를 '너는 얼어 죽고 굶어 죽은 사람인데 어찌 감히 내 무덤 위쪽에 무덤을 만들고 거하면서 내 풍수를

....

9) 형가(荊軻, ?~기원전 227): 전국시대 말기 衛나라 사람으로 燕나라 太子 丹의 부탁을 받아 진시황을 암살하려 했으나 성공하지 못하고 죽임을 당했다. 자세한 내용이 《史記·刺客列傳》에 보인다.

10) 고점리(高漸離): 전국시대 燕나라 사람으로 筑(악기의 일종)을 잘 탔으며 荊軻의 친구였다. 진시황이 그가 축을 잘 연주한다는 소문을 듣고 불러다가, 이전의 죄를 용서하는 대신 그의 눈을 멀게 한 뒤, 축을 연주하도록 했다. 진시황이 그의 축을 연주하는 솜씨로 인해 가까이하자, 고점리는 납덩어리를 넣은 축으로 진시황을 때려죽이려 했지만 맞추지 못하고 죽임을 당했다. 자세한 내용이 《史記·刺客列傳》에 보인다.

빼앗는 것이냐? 만약 다른 곳으로 옮겨가지 않으면 내가 네 무덤을 파헤치고 시신을 들 밖으로 던져버릴 테다!'라고 하더군. 내가 이렇게 위난을 당하고 있기에 특별이 아우님에게 알려 이 화를 모면할 수 있도록 내 무덤을 다른 곳으로 개장을 했으면 하네."

양각애가 다시 물어보려 했지만 바람이 일더니 갑자기 사라지는 것이었다. 양각애는 사당에서 놀라 깨어나 보니 꿈이었으며 그 일을 전부 기억할 수 있었다. 날이 밝자 그는 다시 마을 어르신들을 불러다가 가까운 곳에 다른 무덤이 있는지를 물어보았다. 마을 어르신들이 말하기를 "소나무 그늘에 형가의 무덤이 있고 무덤 앞에는 사당이 있습니다."라고 했다. 양각애가 말하기를 "그 사람은 진시황을 척살하려 하다가 성공을 하지 못하고 죽임을 당했는데 어찌된 연고로 그의 무덤이 여기에 있습니까?"라고 하자, 마을 어르신들이 이렇게 말했다.

"고점리는 이곳 사람인데 형가가 피살되어 시신이 들 밖에 버려진 것을 알고서 그의 시신을 훔친 뒤, 여기에 매장했습니다. 매번 혼령이 나타나기에 이곳에 사는 사람들은 여기에 사당을 짓고 사시로 제사를 올리며 복을 빌고 있지요."

양각애는 그 말을 듣고 꿈에서 있었던 일을 믿게 되었다. 그리하여 시종을 데리고 곧장 형가의 사당으로 가서 그의 신상(神像)을 가리키면서 이렇게 욕을 했다.

"너는 연(燕)나라의 일개 필부로 연나라 태자의 봉양을 받으면서 이름난 미인들과 귀중한 보물들을 모두 다 누린 뒤, 중대한 임무에 맞는 좋은 계책은 생각하지도 않고 진나라로 들어가 일을 시행하려다가 목숨 잃고 나라를 그르쳤다. 그러고도 되레 이곳으로 와서 고을 사람들을 놀라게 하고 미혹시켜 제사를 받으려 하는구나! 나의 형님인 좌백도는 당대 이름난 유자로 인의와 염절(廉節)을 갖춘 선비인데 너는 어찌하여 감히 핍박을 하는 것이더냐? 재차 그리하면 나는 너의 사당을 허물고 무덤을 파헤쳐 네 근본을 영원히 끊어낼 것이다!"

욕을 다하고 나서 양각애는 다시 좌백도의 무덤 앞으로 와서 빌며 말하기를 "만약 형가가 오늘 밤에 다시 오거든 제게 알려 주셔야 합니다."라고 했다. 사당으로 돌아와 그날 밤 촛불을 밝히며 기다리고 있었더니 과연 좌백도가 찾아와 목멘 소리로 이렇게 알리며 말하는 것이었다.

"아우님께서 이렇게 해준 것은 감사하지만 형가에게는 따르는 시종들이 아주 많아 어떻게 할 수가 없네. 그 시종들은 모두 이곳 사람들이 바친 것이지. 아우님께서 풀을 묶어 인형을 만든 뒤, 채색비단으로 옷을 만들고 손에는 무기를 들게 하고서 무덤 앞에서 불살라 주면 되네. 내가 그 도움을 받으면 형가가 다시는 침해할 수 없을 게야."

말을 다하고 나서 그는 곧 사라져 버렸다. 양각애는 밤새 사람들을 시켜 풀을 묶어 인형을 만들게 한 뒤, 그 인형들에게 채색비단으로 옷을 만들어 입히고 칼과 창 등의 무기를 들게 했다. 그리고 그런 인형 수십 개를 무덤 옆에 세워두고 불태우며 빌기를 "별일이 없으시다 해도 알려 주시기 바랍니다."라고 하고서 사당으로 돌아왔다. 그날 밤, 비바람 소리가 들렸는데 마치 사람들이 적과 싸움을 하는 것과 같았다. 양각애가 문을 나와서 보니 좌백도가 도망쳐 오면서 이렇게 말하는 것이었다.

"아우가 태워준 인형들은 쓸모가 없었네. 형가에게는 그를 도와주는 고점리도 있더군. 머지않아 내 시신이 무덤 밖으로 버려질 것이니, 바라건대 아우님께서 일찌감치 다른 곳으로 개장해 줘 이 화를 모면하게 해주시게나."

양각애가 말하기를 "이 자가 어찌 감히 우리 형님을 이렇듯 능멸을 하는 것인가! 제가 힘을 다해 형님을 도와서 그와 싸우겠습니다."라고 하자, 좌백도가 말했다.

"아우는 이승 사람이고 우리들은 모두 저승의 귀신이네. 이승 사람이 비록 용맹하다 해도 인간 세상에 멀리 떨어져 있는데 어찌 저승의 귀신과 싸울 수 있겠는가? 꼴풀로 만든 사람들은 그저 고함치는 것을 도울 수만 있지 저런 강한 혼령을 물리칠 수는 없네."

양각애가 말하기를 "형님께서 일단 돌아가 계시면 내일 제가 알아서 조처하겠습니다."라고 했다. 다음 날 양각애는 다시 형가의 사당으로 가서 크게 욕하며 신상을 때려 부쉈다. 사당을 태우려고 막 불을 댕기려고 하는 참에 마을 어르신들 여러 명이 와서 거듭 애걸하며 말하기를 "이 사당은 마을에서 제사지내는 것이니 만약 범하게 되면 백성들에게 화가 미칠까 두렵습니다."라고 했다. 잠깐 사이에 그곳 사람들이 모두 모여 애걸하기에 양각애는 그들의 뜻을 꺾을 수 없어 부득이하게 그만두었다. 사당으로 돌아와 상주문 한 편을 써서 초왕에게 감사를 올리며 이렇게 말했다.

> 전에 좌백도가 신에게 건량을 줬기에 그로 인해 살아남아 성왕을 만나 뵙게 된 것이며, 높은 벼슬을 받았으니 평생 만족하옵니다. 후세에 신이 마음을 다해 보답할 수 있도록 용납하여 주시옵소서.

그 언사의 뜻은 매우 간절했다. 그는 상주문을 시종에게 맡긴 뒤, 좌백도의 무덤 앞에 가서 한바탕 통곡을 하고서 종자에게 이렇게 말했다.

"나의 형님께서 형가의 강한 혼령에게 핍박을 당해 가실 곳이 없으니 참을 수 없는 일이다. 형가의 사당을 불사르고 무덤을 파헤치고 싶지만 이곳 사람들의 뜻을 저버리게 될까 두렵구나. 차라리 죽어서 저승 귀신이 되어 내 힘으로 형님을 도와 저 형가의 혼령과 싸울 것이다. 너희들은 내 시신을 이 무덤의 오른쪽에 묻거라. 나는 형님과 삶과 죽음을 같이하면서 형님께서 건량을 주신 의로움에 보답할 것이다. 돌아가 초나라 군왕께는, 부디 내 진언을 들으시어 강산(江山)과 사직(社稷)을 영원토록 보존하시길 간청 드린다고 아뢰라."

양각애는 말을 마치고는 차고 있던 검을 뽑아 스스로 목을 베고 죽었다. 종자들이 서둘러 구하려 했지만 미처 구할 수는 없었다. 속히 수의와 관을 마련해 장사지낸 뒤, 좌백도의 무덤 곁에 묻어 주었다.

그날 이경(二更)에 비바람이 크게 일고 천둥과 번개가 번갈아 치며 고함소리와 죽이는 소리가 수십 리(里)까지 들렸다. 새벽이 되어 가보았더니 형가의 무덤 위가 벼락으로 갈라져 불에 탄듯했으며 백골이 무덤 앞에 흩어져 있었다. 무덤가에 있던 송백은 뿌리째 뽑혀졌고 사당은 안에서 갑자기 불이 나 공터가 되었다. 마을 어르신들은 크게 놀라며 모두가 양각애와 좌백도의 무덤 앞으로 가서 향을 피우고 절을 올렸다. 종자가 초나라로 돌아가 이 일을 원왕께 상주하자, 원왕은 양각애의 의로움에 감동하여 관리를 보내 무덤 앞에 사당을 짓도록 했으며, 그를 상대부(上大夫)로 추봉하고 어필로 '충의지사(忠義之祠)'라고 쓴 편액도 하사한 뒤, 그곳에 비를 세워 이 일을 기록했다. 지금까지도 이곳에서는 향불이 끊이질 않고 있으며 형가의 혼령은 그 뒤로부터 나타나지 않았다. 그곳 사람들은 사시로 제사를 올렸는데 기도를 하면 매우 영험이 있었다. 이 일을 읊은 이런 고시(古詩)가 있다.

고래로 인의는 천지를 감쌀 수 있지만	古來仁義包天地
그건 겨우 방촌쯤이나 되는 사람의 마음속에 있다네	只在人心方寸間
두 선비의 사당 앞엔 가을 해 맑은데	二士廟前秋日淨
영령은 항상 차가운 달빛과 짝하누나	英魂常伴月光寒

第十二卷 羊角哀捨命全交

翻手爲雲覆手雨, 紛紛輕薄何須數? 君看管鮑貧時交, 此道今人棄如土.

　昔時齊國有管仲, 字夷吾; 鮑叔, 字宣子. 兩箇自幼時以貧賤結交. 後來鮑叔先在齊桓公門下信用顯達, 擧薦管仲爲首相, 位在已上. 兩人同心輔政, 始終如一. 管仲曾有幾句言語道: “吾嘗三戰三北, 鮑叔不以我爲怯, 知我有老母也. 吾嘗三仕三見逐, 鮑叔不以我爲不肖, 知我不遇時也. 吾嘗與鮑叔談論, 鮑叔不以我爲愚, 知時有利有不利也. 吾嘗與鮑叔爲賈, 分利多, 鮑叔不以我爲貪, 知我貧也. 生我者父母, 知我者鮑叔!”11) 所以古人說知心結交, 必曰管鮑.

　今日說兩箇朋友, 偶然相見, 結爲兄弟. 各捨其命, 留名萬古. 春秋時, 楚元王崇儒重道, 招賢納士, 天下之人, 聞其風而歸者, 不可勝計. 西羌積石山有一賢士, 姓左, 雙名伯桃, 幼亡父母, 勉力攻書, 養成濟世之才, 學就安民之業, 年近四旬, 因中國諸侯互相呑幷, 行仁政者少, 恃强霸者多, 未嘗出仕. 後聞得楚元王慕仁好義, 遍求賢士, 乃攜書一囊, 辭別鄕中鄰友, 逕奔楚國而來. 迤邐來到雍地, 時値隆冬, 風雨交作. 有一篇西江月詞, 單道冬天雨景:

　習習悲風割面, 濛濛細雨侵衣. 催冰釀雪逞寒威, 不比他時和氣. 山色

---

11) 《史記 · 管晏列傳》에는 管仲의 말이 다음과 같이 기록되어 있다. “管仲曰: ‘吾始困時, 嘗與鮑叔賈, 分財利多自與, 鮑叔不以我爲貪, 知我貧也. 吾嘗爲鮑叔謀事而更窮困, 鮑叔不以我爲愚, 知時有利不利也. 吾嘗三仕三見逐於君, 鮑叔不以我爲不肖, 知我不遭時也. 吾嘗三戰三走, 鮑叔不以我爲怯, 知我有老母也. 公子糾敗, 召忽死之, 吾幽囚受辱, 鮑叔不以我爲無恥, 知我不羞小節而恥功名不顯於天下也. 生我者父母, 知我者鮑子也.’”

不明常暗, 日光偶露還微. 天涯遊子盡思歸, 路上行人應悔.

左伯桃冒雨蘯風, 行了一日, 衣裳都沾濕了. 看看天色黃昏[12], 走向村間, 欲覓一宵宿處, 遠遠望見竹林之中, 破窗透出燈光, 徑奔那箇去處. 見矮矮籬笆, 圍著一間草屋. 乃推開籬障, 輕叩柴門. 中有一人, 啓戶而出. 左伯桃立在簷下, 慌忙施禮曰: "小生西羌人氏, 姓左, 雙名伯桃. 欲往楚國, 不期中途遇雨, 無覓旅邸之處, 求借一宵, 來早便行. 未知尊意肯容否?" 那人聞言, 慌忙答禮, 邀入屋內. 伯桃視之, 止有一榻, 榻上堆積書卷, 別無他物. 伯桃已知亦是儒人, 便欲下拜. 那人云: "且未可講禮, 容取火烘乾衣服, 却當會話." 當夜燒竹爲火, 伯桃烘衣, 那人炊辦酒食, 以供伯桃, 意甚勤厚. 伯桃乃問姓名, 其人曰: "小生姓羊, 雙名角哀, 幼亡父母, 獨居於此, 平生酷愛讀書, 農業盡廢. 今幸遇賢士遠來, 但恨家寒乏物爲款, 伏乞恕罪." 伯桃曰: "陰雨之中, 得蒙遮蔽, 更兼一飲一食, 感佩何忘." 當夜二人抵足而眠, 共話胸中學問, 終夕不寐. 比及天曉, 淋雨不止, 角哀留伯桃在家, 盡其所有相待, 結爲昆仲. 伯桃年長角哀五歲, 角哀拜伯桃爲兄.

一住三日, 雨止道乾. 伯桃曰: "賢弟有王佐之才, 抱經綸之志, 不圖竹帛, 甘老林泉, 深爲可惜." 角哀曰: "非不欲仕, 奈未得其便耳." 伯桃曰: "今楚王虛心求士, 賢弟既有此心, 何不同往?" 角哀曰: "願從兄長之命." 遂收拾些小路費粮米, 棄其茅屋, 二人同望南方而進. 行不兩日, 又値陰雨, 羈身旅店中, 盤費罄盡, 止有行糧一包, 二人輪換負之, 冒雨而走. 其雨未止, 風又大作, 變爲一天大雪. 怎見得? 你看:

風添雪冷, 雪趁風威. 紛紛柳絮狂飄, 片片鵝毛亂舞. 鬥[13]空攪陣, 不分南北西東; 遮地漫天, 變盡靑黃赤黑. 探梅詩客多淸趣, 路上行人欲斷魂.

二人行過岐陽, 道經梁山路, 問及樵夫, 皆說從此去百餘里, 並無人烟,

....

12) 【校】黃昏(황혼): 《今古奇觀》각 판본에는 "黃昏"으로 되어 있고, 《古今小說》각 판본에는 "昏黃"으로 되어 있다.

13) 【校】鬥(투): 人民文學本·繪圖本《今古奇觀》에는 "鬥"로 되어 있고, 古本小說集成本《今古奇觀》과 《古今小說》각 판본에는 "團"으로 되어 있다.

盡是深¹⁴⁾山曠野, 狼虎成羣, 只好休去. 伯桃與角哀曰: “賢弟心下如何?” 角
哀曰: “自古道: ‘死生有命.’ 旣然到此, 只顧前途¹⁵⁾, 休生退悔.”

又行了一日, 夜宿古墓中, 衣服單薄, 寒風透骨. 次日, 雪越下得緊, 山中
彷彿盈尺. 伯桃受凍不過, 曰: “我思此去百餘里, 絶無人家, 行糧不敷, 衣
單食缺, 若一人獨往, 可到楚國, 二人俱去, 縱然不凍死, 亦必餓死於途中,
與草木同朽, 何益之有? 我將身上衣服脫與賢弟穿了, 賢弟可獨賫此粮, 於
途强挣而去. 我委的行不動了, 寧可死於此地. 待賢弟見了楚王, 必當重用,
那時却來葬我未遲.” 角哀曰: “焉有此理! 我二人雖非一父母所生, 義氣過
於骨肉. 我安忍獨去而求進身耶?” 遂不許, 扶伯桃而行. 行不十里, 伯桃曰:
“風雪越緊, 如何去得? 且於道旁尋個歇處.” 見一株枯桑, 頗可避雪, 那桑下
止容得一人, 角哀遂扶伯桃入去坐下. 伯桃命角哀敲石取火, 蓺些枯枝, 以
禦寒氣. 比及角哀取了柴¹⁶⁾火到來, 只見伯桃脫得赤條條的, 渾身衣服, 都
脫¹⁷⁾做一堆放著. 角哀大驚曰: “吾兄何爲如此?” 伯桃曰: “吾尋思無計, 賢
弟勿自誤了. 速穿此衣服, 負糧前去. 我只在此守死.” 角哀抱持大哭曰: “吾
二人死生同處, 安可分離?” 伯桃曰: “若皆餓死, 白骨誰埋?” 角哀曰: “若如
此, 弟情願解衣與兄穿了, 兄可齎糧去, 弟寧死於此.” 伯桃曰: “我平生多
病, 賢弟少壯, 比我甚强; 更兼胸中之學, 我所不及. 若見楚君, 必登顯宦;
我死何足道哉! 弟勿久滯, 可宜速往.” 角哀曰: “今兄餓死桑中, 弟獨取功
名, 此大不義之人也, 我不爲之.” 伯桃曰: “我自離積石山至弟家中, 一見如
故, 知弟胸次不凡, 以此勸弟求進; 不幸風雪¹⁸⁾所阻, 此吾天命當盡. 若使

....

14) 【校】深(심):《今古奇觀》각 판본에는 “深”으로 되어 있고,《古今小說》각 판본에
는 “荒”으로 되어 있다.

15) 【校】途(도): 人民文學本·繪圖本《今古奇觀》에는 “途”로 되어 있고, 古本小說集
成本《今古奇觀》과《古今小說》각 판본에는 “進”으로 되어 있다.

16) 【校】柴(시): 古本小說集成本·繪圖本《今古奇觀》과《古今小說》각 판본에는
“柴”로 되어 있고, 人民文學本《今古奇觀》에는 “些”로 되어 있다.

17) 【校】脫(탈): 人民文學本·繪圖本《今古奇觀》에는 “脫”자가 있고, 古本小說集成
本《今古奇觀》과《古今小說》각 판본에는 없다.

18) 【校】雪(설): 人民文學本·繪圖本《今古奇觀》에는 “雪”로 되어 있고, 古本小說集
成本《今古奇觀》과《古今小說》각 판본에는 “雨”로 되어 있다.

弟亦亡於此, 乃我[19]之罪也." 言訖, 欲跳前溪覓死. 角哀抱住痛哭, 將衣擁護, 再扶至桑中. 伯桃把衣服推開. 角哀再欲上前勸解時, 但見伯桃神色已變, 四肢厥冷, 口不能言, 以手揮令去. 角哀再將衣服擁護, 伯桃已是寒入腠理, 手直足挺, 氣息奄奄, 漸漸欲絶.[20] 角哀尋思: "我若久戀, 亦凍死矣; 死後誰葬吾兄?" 乃於雪中再拜伯桃而哭曰: "不肖弟此去, 望兄陰力相助. 但得微名, 必當厚葬." 伯桃點頭半答, 少頃氣絶. 角哀只得取了衣糧, 一步一回顧, 悲哀哭泣而去.[21] 伯桃死於桑中. 後人有詩賛云:

寒來雪三尺, 人去途千里. 長途苦雪寒, 何況囊無米? 幷糧一人生, 同行兩人死. 兩死誠何益? 一生尙有恃. 賢哉左伯桃, 隕命成人美.

角哀捱著寒冷, 半饑半飽, 來至楚國, 於旅邸中歇定. 次日入城, 問人曰: "楚君招賢, 何繇而進?" 人曰: "宮門外設一賓館, 令上大夫裴仲接納天下之士." 角哀迤投賓館前來, 正値上大夫下車. 角哀乃向前而揖. 裴仲見角哀衣雖襤縷, 器宇不凡, 慌忙答禮. 問曰: "賢士何來?" 角哀曰: "小生姓羊, 雙名角哀, 雍州人也; 聞上國招賢, 特來歸投." 裴仲邀入賓館, 具酒食以進, 宿於館中. 次日, 裴仲到館中探望, 將胸中疑義盤問角哀, 試他學問如何. 角哀百問百答, 談論如流. 裴仲大喜. 入奏元王. 王即時召見, 問富國強兵之道. 角哀首陳十策, 皆切當世之急務. 元王大喜. 設御宴以待之, 拜爲中大夫, 賜黄金百兩, 彩緞百疋. 角哀再拜流涕. 元王大驚而問曰: "卿痛哭者, 何也?" 角哀將左伯桃脫衣幷糧之事, 一一奏知. 元王聞其言, 爲之感傷. 諸大臣皆爲痛惜. 元王曰: "卿欲如何?" 角哀曰: "臣乞告假, 到彼處安葬伯桃已畢, 却回來事大王." 元王遂贈已死伯桃爲中大夫, 厚賜葬資, 仍差人跟隨角哀車騎同去. 角哀辭了元王, 迤奔梁山地面, 尋舊日枯桑之處, 果見伯桃

---

19) 【校】我(아):《今古奇觀》각 판본에는 "我"로 되어 있고,《古今小說》각 판본에는 "吾"로 되어 있다.

20) 【校】《今古奇觀》각 판본에는 "角哀再將衣服擁護, 伯桃已是寒入腠理, 手直足挺, 氣息奄奄, 漸漸欲絶."이란 구절이 있고,《古今小說》각 판본에는 없다.

21) 【校】《今古奇觀》각 판본에는 이 구절이 "伯桃點頭半答, 少頃氣絶. 角哀只得取了衣糧, 一步一回顧, 悲哀哭泣而去."로 되어 있고,《古今小說》각 판본에는 "伯桃點頭半答, 角哀取了衣糧, 帶泣而去."로 되어 있다.

死屍尙在, 顏貌如生前一般. 角哀乃再拜而哭, 呼左右喚集鄕中父老, 卜地於浦塘之原, 前臨大溪, 後靠高崖, 左右諸峯環抱, 風水甚好. 遂以香湯沐浴伯桃之屍, 穿戴大夫衣冠, 置內棺外槨, 安葬起墳. 四圍築牆栽樹, 離墳三十步, 建享堂22), 塑伯桃儀容, 立華表柱, 上建牌額, 牆側蓋瓦屋, 令人看守. 造畢, 設祭於享堂, 哭泣甚切. 鄕老從人, 無不下淚. 祭罷, 各自散去.

　角哀是夜明燈燃燭而坐, 感歎不已. 忽然一陣陰風颯颯, 燭滅復明. 角哀視之, 見一人於燈影中, 或進或退, 隱隱有哭聲. 角哀叱曰: "何人也? 輒敢黃夜而入!" 其人不言. 角哀起而視之, 乃伯桃也. 角哀大驚, 問曰: "兄陰靈不遠, 今來見弟, 必有事故." 伯桃曰: "感賢弟記憶, 初登仕路, 奏請葬我23), 更贈重爵, 並棺槨衣衾之美, 凡事十全; 但墳地與荊軻墓相連近. 此人在世時, 爲刺秦王不中, 被戮. 高漸離以其屍葬於此處. 神極威猛, 每夜仗劍來罵吾曰: '汝是凍死餓殺之人, 安敢建墳居吾上肩, 奪吾風水! 若不遷移他處, 吾發墓取屍, 擲之野外!' 有此危難, 特告賢弟, 望改葬於他處, 以免此禍." 角哀再欲問之, 風起, 忽然不見. 角哀在享堂中一夢驚覺, 盡記其事. 天明, 再喚鄕老, 問此處有墳相近否? 鄕老曰: "松陰中有荊軻墓, 墓前有廟." 角哀曰: "此人昔刺秦王不中, 被戮24), 緣何有墳於此?" 鄕老曰: "高漸離乃此間人, 知荊軻被害, 棄屍野外, 乃盜其屍, 葬於此地. 每每顯靈, 土人建廟於此, 四時享祭, 以求福利." 角哀聞其言, 遂信夢中之事. 引從者逕奔荊軻廟, 指其神而罵曰: "汝乃燕邦一匹夫, 受燕太子奉養, 名姬重寶, 儘汝受用, 不思良策, 以副重托, 入秦行事, 喪身誤國; 却來此處驚惑鄕民, 而求祭祀! 吾兄左伯桃當代名儒, 仁義廉節25)之士, 汝安敢逼之! 再如此, 吾當毀其廟而發其塚, 永絶汝之根本!" 罵訖, 却來伯桃墓前祝曰: "如荊軻今夜再來, 兄當報我." 歸至享堂, 是夜秉燭以待, 果見伯桃硬咽而來, 告曰: "感

22) 享堂(향당): 祭堂과 같은 말로 조상의 위패나 신상 등을 모시는 사당을 이른다.

23) 【校】我(아):《今古奇觀》각 판본에는 "我"로 되어 있고,《古今小說》각 판본에는 "吾"로 되어 있다.

24) 【校】戮(륙):《今古奇觀》각 판본에는 "戮"으로 되어 있고,《古今小說》각 판본에는 "殺"로 되어 있다.

25) 【校】節(절): 人民文學本·繪圖本《今古奇觀》에는 "節"로 되어 있고, 古本小說集成本《今古奇觀》과《古今小說》각 판본에는 "潔"로 되어 있다.

賢弟如此, 奈荊軻從人極多, 皆土人所獻. 賢弟可束草爲人, 以彩爲衣, 手執器械, 焚於墓前. 吾得其助, 使荊軻不能侵害." 言罷不見.

角哀連夜使人束草爲人, 以彩爲衣, 各執刀槍器械, 建數十於墓側, 以火焚之, 祝曰: "如其無事, 亦望回報." 歸至享堂, 是夜聞風雨之聲, 如人戰敵. 角哀出戶觀之, 見伯桃奔走而來, 言曰: "弟所焚之人, 不得其用. 荊軻又有高漸離相助. 不久, 吾屍必出墓矣. 望賢弟早與遷移他處殯葬, 免受此禍." 角哀曰: "此人安敢如此欺淩吾兄! 弟當力助以戰之!" 伯桃曰: "弟陽人也, 我皆陰鬼, 陽人雖有勇烈, 塵世相隔, 焉能戰陰鬼乎? 雖芻草之人, 但能助喊, 不能退此强魂." 角哀曰: "兄且去, 弟來日自有區處." 次日, 角哀再到荊軻廟中大罵, 打毀神像; 方欲取火焚廟, 只見鄉老數人再四哀求曰: "此乃一村香火, 若觸犯之, 恐貽禍於百姓." 須臾之間, 土人聚集, 都來求告. 角哀拗他不過, 只得罷了. 回到享堂, 修一道表章, 上謝楚王, 言: "昔日伯桃幷糧與臣, 因此得活, 以遇聖主, 重蒙厚爵, 平生足矣; 容臣後世盡心圖報." 詞意甚切. 表付從人, 然後到伯桃墓前大哭一場, 對從者曰: "吾兄被荊軻强魂所逼, 去往無所[26], 我[27]所不忍. 欲焚廟掘墳, 又恐拂土人之意. 寧死爲泉下之鬼, 力助吾兄, 戰此强魂. 汝等可將吾屍葬於此墓之右, 生死共處, 以報吾兄幷糧之義. 回奏楚君, 萬乞聽納臣言, 永保山河社稷." 言訖, 掣取佩劍, 自刎而死. 從者急救不及, 速具衣棺殯殮, 埋於伯桃墓側.

是夜二更, 風雨大作, 雷電交加, 喊殺之聲, 聞數十里. 淸曉視之, 荊軻墓上震裂如焚[28], 白骨散於墓前, 墓邊松柏和根拔起, 廟中忽然起火, 燒做白地. 鄉老大驚, 都往羊左二墓前焚香展拜. 從者回楚國, 將此事上奏元王. 元王感其義重, 差官往墓前建廟, 加封上大夫, 敕賜廟額曰: "忠義之祠". 就立碑以記其事. 至今香火不斷. 荊軻之靈, 自此絕矣. 土人四時祭祀, 所禱

....

26) 【校】所(소): 人民文學本·繪圖本《今古奇觀》에는 "所"로 되어 있고, 古本小說集成本《今古奇觀》과 《古今小說》 각 판본에는 "門"으로 되어 있다.

27) 【校】我(아):《今古奇觀》 각 판본에는 "我"로 되어 있고,《古今小說》 각 판본에는 "吾"로 되어 있다.

28) 【校】震裂如焚(진렬여분): 人民文學本·繪圖本《今古奇觀》에는 "震裂如焚"으로 되어 있고, 古本小說集成本《今古奇觀》과 《古今小說》 각 판본에는 "震烈如發"로 되어 있다.

甚靈. 有古詩云:

古來仁義包天地, 只在人心方寸間. 二士廟前秋日淨, 英魂常伴月光寒.

제13권

심 소하가 부친이 친필로 쓴 〈출사표〉를
다시 마주하게 되다[沈小霞相會出師表]

▌작품 해설

이 작품은 《고금소설(古今小說)》 권40의 이야기이다. 《명사(明史)》 권 209에 실린 〈심련전(沈鍊傳)〉에 이 작품과 관련된 기본적인 역사적 사실이 기록되어 있지만 심 소하(沈小霞)의 첩에 대한 언급은 보이지 않는다. 심 소하의 첩이 계책을 써서 남편을 돕는 내용은 명나라 강영과(江盈科)의 《명십육종소전(明十六種小傳)》 권3 〈심소하첩(沈小霞妾)〉에 보인다. 풍몽룡(馮夢龍)의 《지낭보(智囊補)》 권26 《규지부(閨智部)·웅략(雄略)》과 《정사(情史)》 권4 《정협류(情俠類)》에도 〈심소하첩(沈小霞妾)〉이란 제목으로 수록되어 있는데 출처는 모두 강진지(江進之)['進之'는 江盈科의 字다]의 〈심소하첩전(沈小霞妾傳)〉이라고 밝히고 있다. 이밖에도 청나라 장귀승(張貴勝)의 《견수집(遣愁集)》 권13에도 수록되어 있으며, 민국시대 조수군(曹繡君)의 《고금정해(古今情海)》 권7 《정중협(情中俠)》에도 〈심소하(沈小霞)〉란 제목으로 수록되어 있는데 《정사유략(情史類略)》에서 나왔다고 했다. 또한 민국시대 무명씨의 《고금규원일사(古

今閨媛逸事)》권1에는 〈종부지기지(縱夫之機智)〉란 제목으로 수록되어 있기도 하다. 제갈량의 〈출사표(出師表)〉에 관한 화소는 이상의 문헌들에서 모두 보이지 않는 것으로 봐서 화본소설에서 부연한 내용인 듯하다. 이 이야기를 각색한 희곡 작품으로는 〈출사표(出師表)〉가 있으며 《곡해총목제요(曲海總目提要)》권41에 소개되어 있다.

▌본문 역주

한가로이 서재에서 고금의 책을 읽다가	閒向書齋閱古今
사람의 마음을 감동시키는 특이한 일을 우연히 보았다네	偶逢奇事感人心
충신이 되레 간신에게 눌려	忠臣反受奸臣制
능욕을 당한 영웅이 옷자락에 온통 눈물을 적시는구나	骯髒英雄淚滿襟
인수를 풀지 말고	休解綬[1]
관모에 꽂는 비녀도 일단은 던져버리지 마시오	慢投簪[2]
종래로 일월(日月)이 어찌 항상 흐리기만 했던가	從來日月豈常陰
종국에는 화복의 응보가 마땅히 있을 것이니	到頭禍福終須應
하늘의 도는 바름과 어긋남을 가려낼 수 있음이라	天道還分貞與淫

　화설(話說), 명나라 가정(嘉靖) 연간에는 성인(聖人)[3]이 재위하고 있었으므로 바람과 비가 알맞았으며 나라가 태평하고 백성의 생활이 평안

....

1) 해수(解綬): '印綬를 풀어놓다'는 뜻으로 '관직을 그만두다'는 의미이다. 解印綬 또는 解印이라고도 한다.
2) 투잠(投簪): '冠을 머리에 고정시키는 비녀를 던져버리다'는 뜻으로 '벼슬을 그만두다'는 의미이다.
3) 성인(聖人): 명나라 世宗 朱厚熜(1507~1567)을 가리킨다. 嘉靖은 그의 연호로 1522부터 1566년까지이다.

했다. 다만, 간신 하나를 잘못 쓴 까닭에 조정이 어지럽고 태평스럽지 못하게 될 뻔했다. 그 간신이 누구냐면, 성은 엄(嚴)이요, 이름은 숭(嵩)[4]으로 호는 개계(介溪)였고 강서(江西) 분의(分宜) 사람이었다. 황제에게 아첨하여 총애를 받았으며 환관(宦官)과 교통하여 비위를 맞췄고, 부지런히 재를 지내며 청사(靑詞)[5]를 써서 올린 까닭에 급속히 현귀하게 되었다. 엄숭은 됨됨이가 겉으로는 삼가는 척했지만 속으로는 시기가 많고 정이 없어 대학사(大學士)였던 하언(夏言)[6]을 모함하고 그를 대신해 스스로 수상(首相)[7]이 되었다. 권세가 대단했으므로 조야에서는 모두들 그를 똑바로 바라보지도 못했다. 그의 아들 엄세번(嚴世蕃)[8]은 벼슬이 관생(官生)[9]에서 곧바로 공부시랑(工部侍郎)이 되었다. 엄세번은 됨됨이

....

4) 엄숭(嚴嵩, 1480~1567): 명나라 世宗 때의 재상으로 자는 惟中이고 호는 勉庵이며 袁州府 分宜縣(지금의 江西省 分宜縣) 사람이다. 재상으로 20년 동안 국정을 전권하면서 황제의 비위를 잘 맞춰 私利를 도모했고 이견이 있는 사람들을 배척했다. 만년에 세종에게 소외되어 치사한 뒤, 가산도 몰수되었으며 隆慶 원년에 죽었다. 《明史·奸臣傳》에 그에 대한 전이 실려 있다.

5) 청사(靑詞): 도사가 하늘에 기도를 하거나 神將을 부를 때 쓰는 부적을 이르는 말로 '靑辭'라고 쓰기도 한다. 축문을 붉은 글씨로 靑藤紙에 적었으므로 '靑詞' 또는 '綠素'라고 했다. 명나라 황제 가운데 도교를 신봉하는 자가 많았으므로 靑詞를 잘 썼던 嚴嵩이 총애를 받았던 것이다.

6) 하언(夏言, 1482~1548): 명나라 세종 때의 사람으로 자는 公謹이며 호는 桂洲이고 시호는 文愍이다. 禮部尙書, 太子少師, 武英殿大學士 등의 관직을 역임했으며 성격이 정직해 직간을 하였기에 嚴嵩의 모함을 받아 처형된 뒤, 隆慶 초년(1567)에 누명을 씻고 사후 복직되었다. 《明史》 권196에 그에 대한 전이 실려 있다.

7) 수상(首相): 宰相들 가운데 首位에 있는 자를 이른다.

8) 엄세번(嚴世蕃, 1513~1565): 嚴嵩의 아들로 자는 德球이며 호는 東樓이다. 國子監에서 공부한 뒤 尙寶司少卿, 太常寺卿, 工部侍郎 등의 관직을 역임했다. 엄숭이 失勢한 뒤, 엄세번도 추방되었으나 추방지로 가지 않고 계속해 고향에서 사치스런 생활을 하다가 발견되어 처형되었다.

9) 관생(官生): 명나라 때 고급 관리의 자제로서 蔭襲을 받은 자를 官生이라고 했다. 《明史·選擧志一》에 의하면, 1품부터 7품까지의 문관들은 모두 한 명의 아들에게 음습을 할 수 있었으나 나중에는 경도에 있는 3품 이상의 관리로 점차 제한되었다고 한다.

가 더욱 악랄한데다가 소인배들의 재주가 조금 있어 견문이 넓고 기억력이 좋았으며 생각을 잘해내고 셈을 잘했으므로 엄숭은 그의 말을 가장 잘 들었다. 무릇 어려운 큰일이 있으면 엄숭은 반드시 그와 상의를 했기에 조정에서는 이들을 '큰 승상(大丞相)'과 '작은 승상(小丞相)'이라고 불렀다. 이들 부자는 서로 도와 나쁜 짓을 하며 권력을 잡고 뇌물을 받으며 매관매직했다. 관원들 가운데 부귀를 구하려는 자들은 뇌물을 후하게 바치고 그의 문하에 의탁해 의자(義子)가 되면 곧장 현귀한 자리로 승직되었다. 이로 인해 불초한 사람들이 분주히 모여들어 그의 집은 마치 저잣거리와 같았으며, 육과(六科) 십삼도(十三道)10)의 아문(衙門)에는 모두 그의 심복들과 앞잡이들로 채워졌다. 그에게 맞서는 사람이 있기만 하면 바로 기이한 화를 당하곤 했으니 가볍게는 형장을 받거나 유배를 갔으며, 무겁게는 살육을 당했다. 그가 이렇게 매우 사나웠기에 목숨을 아끼지 않은 사람만이 입을 열어 바른말을 할 수 있었다. 진정 관용봉(關龍逢)11)이나 비간(比干)12) 같이 군왕에게 십분 충성을 하고 나라를 사랑하는 사람이 아니라면 차라리 조정을 그르친들 어찌 감히 재상에게 미움을 살 수 있겠는가? 당시 무명씨가 시사(時事)를 개탄하여 신동시(神童詩)13)를 바꿔 이렇게 네 구로 읊었다.

....

10) 육과(六科) 십삼도(十三道): '六科'는 明淸 때 있었던 六科給事中을 가리키는 것으로 吏, 戶, 禮, 兵, 刑, 工 6부의 일을 감찰하고 과오를 규탄하는 일을 관장했다. '十三道'는 十三道의 감찰어사를 가리킨다. 감찰 기관인 都察院에서는 전국을 江西道, 浙江道, 福建道, 四川道, 陝西道, 雲南道, 河南道, 廣西道, 廣東道, 山東道, 湖廣道, 貴州道, 交趾道 등으로 나누어(시기에 따라 변화가 있음) 각 道에 3명에서 5명의 감찰어사를 두고 소할 지역을 순찰하도록 했다. 육과와 십삼도는 모두 감찰을 관장하던 기관들이었다.
11) 관용봉(關龍逢): 국정을 돌보지 않고 향락에 빠져 있던 夏桀에게 직간을 했다가 죽임을 당한 夏나라의 현인이다.
12) 비간(比干): 商나라 紂王의 叔父로 少師 등의 관직을 역임했다. 紂王에게 여러 차례 직간을 하다가 심장이 도려내지는 죽임을 당했다.
13) 신동시(神童詩): 어린 아이들에게 처음 글공부를 시키면서 가르쳐주던 시로 전

어릴 때 부지런히 공부를 하지 말라	少小休勤學
돈만 있으면 입신할 수 있으니	錢財可立身
그대는 보시게나, 엄 재상이	君看嚴宰相
돈 많은 자만 기필코 기용하는 것을	必用有錢人

또 네 구를 고쳐 이렇게 읊었다.

천자가 권귀(權貴)를 중시하니	天子重權豪
입을 떼 말만 하면 화근이 되네	開言惹禍苗
만 가지가 다 하품(下品)이요	萬般皆下品
오직 아부만이 최고라네	只有奉承高

엄숭 부자가 황제의 총애를 믿고 탐학(貪虐)하여 그 죄악이 산더미 같았으므로 충신 하나가 나오게 되었다. 그 충신은 놀라운 일들을 해냈고 대단한 얘깃거리를 남겼으며, 몸은 한 시대를 살다가 죽었지만 만고에 이름을 날렸다. 그것은 바로 이런 말로 대변된다.

| 집안에 효자가 많으면 부모가 안락하고 | 家多孝子親安樂 |
| 나라에 충신이 있으면 세상이 태평하네 | 國有忠臣世太平 |

그 사람은 성은 심(沈)씨요, 이름은 련(鍊)[14]이며 별호는 청하(靑霞)로 절강(浙江) 소흥(紹興) 사람이었다. 그는 문무에 모두 재능이 있었으며 제세안민(濟世安民)에 뜻을 두고 있었다. 어려서부터 제갈공명의 인품을

하는 바에 따르면 송나라 때 신동이었던 汪洙가 지었다고 한다. 原詩의 첫째 수는 "少小須勤學, 文章可立身. 滿朝朱紫貴, 盡是讀書人."이며, 그 둘째 수는 "天子重英豪, 文章敎爾曹. 萬般皆下品, 惟有讀書高."이다.

14) 심련(沈鍊, 1507~1557): 명나라 때 사람으로 자는 純甫이며 호는 靑霞이고 會稽 (지금의 浙江省 紹興市) 사람이었다. 嘉靖 17년(1538)에 진사급제한 뒤 溧陽知 縣과 錦衣衛經歷를 지냈으며 상소문을 올려 嚴嵩의 열 가지 죄상을 탄핵했다. 《明史》 권209에 그에 대한 전이 실려 있다.

흠모하여 공명 문집에 있는 〈전출사표(前出師表)〉와 〈후출사표(後出師表)〉를 평소 암송하기를 좋아했으며 손으로 직접 수백 번을 베껴서 방안의 이곳저곳에 붙여 놓기도 했다. 매번 술을 마신 후엔 곧바로 소리 높여 그것을 외우다가 "몸을 굽혀 수고로움을 다하다가 죽은 후에야 그만둘 것입니다.[鞠躬盡瘁, 死而後已.]"라는 구절에 이르러서는 왕왕 장탄식을 하며 크게 통곡을 한 뒤에 그만두곤 했다. 이런 일들을 일상으로 삼았기에 사람들은 모두 그를 '광생(狂生)'이라 불렀다. 가정(嘉靖) 연간 무술(戊戌)년에 진사에 급제하여 지현(知縣)의 직위를 제수받아 모두 세 곳에서 지현을 지냈으니 그 세 곳이 어디냐 하면 율양현(溧陽縣), 치평현(茌平縣), 청풍현(淸豐縣) 등이었다. 이 세 차례 임직을 하여 잘 다스린 바는 다음과 같은 시로 대변된다.

서리(胥吏)는 엄숙히 법만을 따르고	吏肅惟遵法
관원은 청렴하여 돈을 좋아하지 않네	官淸不愛錢
권세가가 모두 함부로 하지 못했으니	豪强皆斂手
백성들은 다 편안히 잠을 잘 수 있다네	百姓盡安眠

　심련은 천성이 강직하여 상관에게 아부를 하려 하지 않아 금의위경력(錦衣衛經歷)[15]으로 좌천되었다. 경도에 이르러 엄씨 집안이 뇌물을 받으며 바르지 못한 것을 보고 그는 마음속으로 매우 분노하게 되었다. 어느 날, 엄씨 집에서 잔치가 있었는데 거기서 엄세번의 거만한 모습을 보고 그는 이미 한껏 불쾌해져 있었다. 술을 마시는 중에 엄세번이 미친 듯이 큰 소리를 지르면서 방약무인하게 큰 술잔을 빨리 돌리며 다 마시지 못한 자들에게는 벌을 내리는 것이었다. 그 큰 술잔은 대략 십여 냥

....

15) 금의위경력(錦衣衛經歷): '錦衣衛'는 명나라 때 황궁을 호위하던 禁衛軍과 황제의 의장을 관장하던 관서이다. 나중에 수사, 체포, 심리 등의 일도 겸관했으며 직접 황제에게 명을 받았다. '經歷'은 錦衣衛의 속관으로 문서출납의 일을 담당했다.

(兩) 들이였지만 좌중에 있던 손님들은 엄세번의 위세를 두려워하여 감히 마시지 않은 사람이 없었다. 마(馬) 씨 성을 가진 한 급사(給事)16)가 있었는데 태생적으로 술을 마시지 못했음에도 엄세번은 일부러 큰 술잔을 그의 면전으로 돌렸다. 그가 술을 마시지 않게 해달라고 거듭 청했지만 엄세번은 이를 허락하지 않았다. 입에 술을 조금 대자 마 급사는 곧바로 얼굴이 붉어지고 눈썹이 찡그러지며 고통을 견딜 수 없게 되었다. 엄세번은 직접 하석으로 내려가 그의 귀를 잡아당겨 큰 술잔으로 술을 부어 먹였다. 마 급사는 어찌할 수 없이 숨을 참아가며 몇 모금으로 연거푸 그 술을 다 마셨다. 술을 안 마셨으면 괜찮았을 텐데 마시자마자 그는 곧 하늘이 아래에 있고 땅이 위에 있는 듯, 벽이 모두 빙빙 도는 듯 머리가 무거워지고 발이 가벼워져 서 있을 수가 없었다. 그러자 엄세번은 손뼉을 치면서 하하대고 웃는 것이었다. 심련은 불평이 가슴에 가득 쌓이자 갑자기 소매를 걷고 일어나 그 큰 술잔을 빼앗아서 술을 가득히 따른 뒤, 다시 엄세번의 면전으로 가서 말했다.

"마 사간(司諫)께서 노선생(老先生)이 내려주신 술을 받고 답례를 하지 못할 정도로 이미 취했으니 하관이 그를 대신하여 노선생께 술 한 잔을 올립니다."

엄세번이 놀라서 손을 들며 막 사양하려는 참에 심련이 화난 표정과 목소리로 이렇게 말했다.

"이 술잔을 다른 사람들도 마실 수 있다면 당신도 마실 수 있을 것이오. 다른 사람들은 당신을 무서워하지만 나 심련은 당신을 무서워하지 않소!"

그러고서 똑같이 엄세번에게도 귀를 잡아당겨서 입에 술을 들어부었

---

16) 급사(給事): '給事中'의 준말로 秦漢 때는 列侯나 將軍 등에게 내린 加官으로 황제의 측근을 모시면서 정무를 參議하고 顧問의 역할을 했는데 殿中에서 일을 수행했기에 給事中이라 불리었다. 魏晉 이후로 정식 관직이 되었고 隋唐 이후로는 門下省의 요직이 되어 政令의 違失을 바로 잡는 일을 관장했다.

기에 엄세번은 한 번에 술을 다 들이킬 수밖에 없었다. 심련은 술잔을 탁자에 던지고서 그와 똑같이 손뼉을 치며 하하대고 웃었다. 관원들은 두려워서 얼굴이 사색이 되었고 한 사람 한 사람씩 머리를 숙이며 감히 소리도 내지 못했다. 엄세번이 취한 척하며 먼저 작별을 하고 가자, 심련은 배웅도 하지 않은 채로 의자에 앉아서 탄식하며 이렇게 말했다.

"에이! '한나라와 적은 양립할 수 없다!'[漢賊不兩立]'17) '한나라와 적은 양립할 수 없어!'"

연거푸 일고여덟 번을 이렇게 읊었는데 이 구절 또한 〈출사표〉에서 나온 말로 그가 엄씨 집안을 조조(曹操) 부자에 비유한 것이었다. 사람들은 엄세번이 들을까 두려워하며 심련 대신에 두 손에 땀을 쥐었다. 심련은 전혀 개의치 않고 다시 술을 가져다가 연이어 몇 잔을 마시고 마음껏 취하고 나서야 비로소 자리에서 일어났다. 그는 잠을 자다가 오경(五更)에 깨어난 뒤, 이렇게 생각했다.

"엄세번 이 놈이 내 성질에 당해서 억지로 술을 먹었으니 필시 내게 앙심을 품고서 암암리에 흉계를 꾸밀 게야. 이미 시작한 일은 끝을 봐야 하는 데다가 이왕 원망을 살 바에야 선수를 치는 것이 낫다. 엄숭 부자가 저지른 악행은 천인공노할 일이지만 조정의 총애와 믿음이 매우 확고하여 나 같은 미관말직으로는 말을 해도 도움이 안 될 것이라 생각하고 있었지. 그래서 기회를 엿보다가 손을 대려 하고 있었으나 이제는 더이상 기다릴 수가 없다. 장자방(張子房)18)이 박랑사(博浪沙)에서 추(椎)

---

17) 한적불양립(漢賊不兩立): 諸葛亮의 〈後出師表〉에서 나온 말이다. 황족인 劉備가 대표하는 한나라(蜀漢)는 國賊인 曹操와 양립할 수 없으므로 반드시 曹操를 사멸시켜야 한다는 의미이다. 여기서는 이 말을 빌려 嚴嵩을 국적이라 하면서 그를 죽여야만 명나라가 살 수 있다는 것이다.

18) 장자방(張子房): 秦漢 때의 장수인 張良(?~기원전 189)을 가리킨다. 子房은 그의 字이며 韓나라 사람이었다. 秦始皇이 韓나라를 멸망시키자 장량은 이를 복수하려고 力士와 더불어 博浪沙(지금의 河南省 陽武縣 동남쪽)에서 연추로 진시황을 죽이려 했지만 맞추지 못하고 도망한다. 나중에 한고조 유방을 보좌해 진나라

로 진시황(秦始皇)을 가격하려 했던 것처럼 비록 맞추지 못한다 하더라도 사람들에게 본보기라도 되는 것이 좋겠다."

베개 위에서 상소할 내용을 생각해 날이 밝을 때가 되어 생각을 다 정리했다. 그는 잠자리에서 일어나 향을 피우고 세수를 한 뒤, 상소문을 써내려가기 시작했다. 상소문에서 엄숭 부자가 권세를 거머쥐고 뇌물을 받고 극도의 흉악한 짓을 하며 군왕을 속이고 나라를 그르치는 등의 열 가지 죄상을 갖춰 말했다. 그리하여 천하에 사죄를 할 수 있게 그를 주살하도록 청했다.

그랬더니 성지가 이렇게 내려왔다.

> 심련은 대신을 비방하여 명예를 얻으려하니 금의위에서 엄히 장 백 대를 때려 평민으로 강등시키고 도성 밖으로 유배를 보내도록 하라.

엄세번은 사람을 시켜 금의위의 관리에게 반드시 심련을 때려죽이라고 분부하도록 했다. 다행스럽게도 그곳의 장관은 줏대가 있는 사람으로, 성은 육(陸) 씨이고 이름은 병(炳)[19]이라 했는데 평소 심련의 기절(氣節)을 매우 존경하고 있었다. 게다가 심련이 그의 부하 속관이기도 해서 서로 사이좋게 지냈기에 되레 그는 심련을 도와 때리는 시늉만 하고 그리 심하게 매질하지는 않았다. 심련은 호부(戶部)에서 보안주(保安州)[20]의 평민으로 적을 올린 뒤, 곤장을 맞아 상처를 입은 채 당일로 행장을 수습해 처자식을 데리고 수레 한 대를 얻어 경도의 성문을 나서

심 소 하 가 부 친 이 친 필 로 쓴 〈출 사 표〉 를 다 시 마 주 하 게 되 다〔沈 小 霞 相 會 出 師 表〕

....

를 멸망시키고 천하를 평정한 공으로 개국공신이 되어 留侯로 봉해졌다. 자세한 내용은 《史記》 권55에 〈留侯世家〉에 보인다.

19) 육병(陸炳, 1510~1560): 명나라 때 사람으로 자는 文明이다. 그의 조부와 부친은 모두 錦衣衛에서 벼슬을 했으며 모친은 명나라 세종의 유모였다. 세종을 불에서 구조한 적이 있기에 총애를 받았으며 錦衣衛副千戶 등의 벼슬을 역임했다. 《明史》 권307에 그에 대한 전이 실려 있다.

20) 보안주(保安州): 지금의 河北省 張家口市 涿鹿縣 일대로 內蒙古 지역과 가깝다.

보안주를 향해 출발했다. 원래 심련의 부인 서씨(徐氏)는 네 명의 아들을 낳았으니 맏아들 심양(沈襄)은 소흥부(紹興府)의 늠선수재(廩膳秀才)[21]로 줄곧 고향 집에 머물고 있었고, 차남 심곤(沈袞)과 그 아래 심포(沈褒)는 아버지의 임지로 따라와 공부를 하고 있었으며, 어린 아들 심질(沈褧)은 나이가 겨우 한 살이었다. 이들 가족 다섯 식구가 유배 길에 올랐으나 조정 있는 문무 관리들은 엄씨 집안이 무서워 한 사람조차도 나와서 배웅을 하지 않았다. 증거가 되는 시가 있다.

상소문 하나로 천자를 거슬러	一紙封章忤廟廊
쓸쓸히 짐을 들고 궁벽한 곳으로 들어가네	蕭然行李入遐荒
지기(知己)도 감히 말안장을 붙잡으며 　배웅하지 못하니	相知不敢攀鞍送
권세 부리는 간신을 거스르다 재앙을 당할까 　두렵기 때문이라네	恐觸權奸惹禍殃

유배 가는 길에서 겪은 고생이야 일일이 말할 필요도 없다. 다행히도 보안 땅에 도착했으나 이 보안주는 선부(宣府)[22]에 속해 있던 변두리 지역이었던지라 내지(內地)의 번화함에는 비할 수 없어 그곳 타향의 풍경은 쓸쓸함만이 눈에 들어왔다. 게다가 연일 흐리고 비가 내려 천지가 어두컴컴했기에 더욱더 처참해 보였다. 민가 하나를 세내어 살려고 했지

....

21) 늠선수재(廩膳秀才): 明淸 때 秀才는 附學生員, 增廣生員, 廩膳生員 등으로 나뉘었는데 廩膳生員은 매달 나라에서 어느 정도의 식비를 받을 수 있었으므로 廩膳秀才라고 불리었고 수학 연한을 채우면 貢生이 될 수 있었다. 자세한 내용은 《明史 · 選擧志一》에 보인다.

22) 선부(宣府): 명나라 때 변방의 요충지였던 宣府衛(지금의 河北省 張家口市 일대)를 가리킨다. '衛'는 明代 군대 編制의 일종으로 보통 요충지에 설치되었으며 오천육백 인이 1衛가 되었다. 五軍都督府에 속했으며 都司가 통솔했다. 주둔지 지명 뒤에 '衛'자를 붙여 '~衛'라 불렀는데 나중에 그것이 지명으로 쓰이게 된 경우도 많았다. 명나라 洪武 26년(1393)에 몽골을 방어하기 위해 宣府衛가 설치되었는데 이 宣府衛는 다시 左, 右, 前 三衛로 나뉘었다.

만 이끌어줄 지인도 없어 어느 곳에 몸을 둬야 좋을지 알 수 없었다. 갈팡질팡하고 있는 즈음에 어떤 사람이 작은 우산을 쓰고 앞으로 다가오는 것이 보였다. 그 사람은 길옆에 놓아둔 짐과 심련의 범상치 않은 외모를 보고서 걸음을 멈추고 심련을 한 차례 쳐다본 뒤, "나리께서는 존성(尊姓)이 어떻게 되시는지요? 어디서 오신 겁니까?"라고 묻는 것이었다. 심련이 답하기를 "성은 심 씨이고 경도에서 왔습니다."라고 했더니, 그 사람이 또 말하기를 "소인이 듣기로 경도에 심 경력이란 분이 상소문을 올려 엄숭 부자를 죽이려고 했다 하는데 혹시 나리께서 바로 그 분이 아니신지요?"라고 했다. 심련이 답하기를 "바로 접니다."라고 하자, 그 사람이 말했다.

"오랜 시간을 앙모해 왔는데 운 좋게도 만나 뵙게 되었습니다. 여긴 말씀 나눌 곳이 아닌데다가 저희 집이 여기서 멀지 않으니 일단 가족 분들과 함께 저희 집으로 가 계시면서 다시 계획을 해 보시지요."

심련은 그가 매우 은근한 것을 보고서 그의 말에 따를 수밖에 없었다. 얼마 가지 않아 바로 도착했는데 그 사람의 집은 비록 큰 저택은 아니었지만 정교하고 아담했다. 그 사람은 심련에게 읍을 하고 중당(中堂)으로 맞이한 뒤, 머리 숙여 절을 올렸다. 심련이 황급히 답례를 하며 묻기를 "족하는 누구시기에 이렇게 제게 잘해주는 겁니까?"라고 하자, 그 사람이 말했다.

"소인은 성이 가(賈) 씨이고 이름은 석(石)으로 선부위(宣府衛)에 사는 일개 사인(舍人)²³⁾입니다. 형님이 선부위의 천호(千戶)²⁴⁾로 있다가 몇 해 전에 세상을 뜨셨으나 자식이 없기에 소인이 그 벼슬을 물려받아야 했지요. 국적(國賊) 엄숭이 권력을 장악하여 벼슬을 물려받을 사람들

---

23) 사인(舍人): 宋元 이후 현귀한 집안의 자제에 대한 속칭이다.
24) 천호(千戶): 명나라 때 무관의 관직명으로 正職과 副職으로 나뉘었는데 정직은 정5품, 부직은 종5품이었다.

은 모두가 후한 뇌물을 줘야 했기에 저는 벼슬을 원치 않았습니다. 조상의 음덕을 입어 척박하나마 밭 수 묘(畝)가 있으므로 농사를 지으면서 날을 보내고 있습니다. 며칠 전, 귀하께서 엄씨를 탄핵했다고 들었는데 이는 곧 천하의 충신과 의사(義士)만이 할 수 있는 일이지요. 또한 듣기로 이곳에 적을 두게 되었다고 하기에 한 번 뵙기를 갈망하고 있었는데 뜻밖에 하늘이 만나게 해 주셨으니 이는 삼생(三生)의 행운입니다.”

말을 마치고 나서 그는 또 엎드려 절을 하려 했다. 심공은 거듭해 그를 부축하여 일어나게 한 뒤, 심곤과 심포로 하여금 그와 만나도록 했다. 가석은 아내를 시켜 심 부인을 안채로 맞이해 편히 쉴 수 있게 했으며, 짐을 부린 뒤 수레꾼들을 보내고 장객(莊客)[25]에게 분부하여 돼지를 잡고 술을 마련해 심공의 일가족을 대접하도록 했다. 가석이 말했다.

“이렇게 비오는 날이라 아마도 귀하께서 어디 가실 곳이 없을 테니 저희 집에서 쉬셔야만 할 것 같습니다. 마음 편히 약주나 넉넉히 드시고 여로의 피곤함을 푸십시오.”

심련이 사양하며 말하기를, “물위의 부평초처럼 우연히 만났을 뿐인데 이렇게 대접해 주시고 묵게도 해주신다니 어찌 감당할런지요?”라고 하자, 가석이 말하기를 “시골집에서 마련한 거칠고 하찮은 음식이라 푸대접한다고 꺼리지는 마십시오.”라고 했다. 그날 손님과 주인은 술을 주거니 받거니 하며 세상 돌아가는 일들에 대해 개탄하지 않을 수 없었다. 두 사람은 서로 의기투합해 이야기를 나누며 일찍 만나지 못한 것을 한탄하기만 했다.

하룻밤을 보내고 나서 다음 날 아침에 심련은 일어나 가석에게 말하기를 “제가 집을 한 채 구해서 가솔들을 살게 하려는데 번거로우시겠지만 사인께서 이끌어주십시오.”라고 했더니 가석이 말하기를 “어떤 집을 구

....

25) 장객(莊客): 佃農(소작농)과 雇農(고용농)에 대한 통칭이다. 장객은 경작 이외에 다른 노역도 맡았으며 田莊을 보호하는 책임도 있었다.

하려 하십니까?"라고 했다. 심련이 답하기를 "댁에서 살고 계신 이 집만한 것이면 아주 좋겠습니다. 집세는 말씀하시는 대로 따르겠습니다."라고 하자, 가석은 "별일 아니군요."라고 말한 뒤, 나가서 한 바퀴 돌아보고 다시 돌아와서 이렇게 말했다.

"세를 내놓은 집들은 많지만 더럽고 지대가 낮아 금방 마음에 드는 것을 찾기가 어렵습니다. 귀하께서 차라리 저희 집에서 얼마 동안 사시지요. 저는 가솔들을 데리고 외가로 가서 살면 됩니다. 귀하께서 조정으로 돌아가실 때까지 기다렸다가 제가 다시 들어오겠습니다. 그렇게 하는 것이 좋지 않겠습니까?"

심련이 말하기를 "후의를 입었는데 어찌 감히 사인 댁을 차지하겠습니까? 그건 절대 안 됩니다."라고 하니, 가석이 말했다.

"소인은 비록 시골의 농사꾼이지만 자못 옳고 그른 것은 알고 있습니다. 귀하가 충의지사(忠義之士)이신 것을 사모하여 추종해 모시려고 했으나 그렇게 하지 못했습니다. 오늘 천행을 얻어, 초가집 몇 칸을 귀하가 사시도록 내놓아 현자를 존경하는 마음을 조금이나마 드러내려 하는 것이니 사양하실 필요가 없습니다."

말을 마치고 그는 황급히 장객들을 시켜 수레를 밀게 하는 한편 말과 당나귀들을 이끌고서 짐을 부리도록 했다. 이렇게 장객들 한 무리는 옷가지와 귀중품들을 옮겨 갔으며, 집에서 쓰는 나머지 집기 등은 모두 심공이 쓰도록 남겨두었다. 심련은 그가 호탕해 시원시원한 것을 보고 매우 미안한 마음이 들어 그에게 의형제를 맺자고 했다. 이에 가석이 말하기를 "소인은 일개 시골농사꾼인데 어찌 감히 분수에 넘게 귀한 벼슬아치에게 빌붙겠습니까?"라고 하자, 심련이 말하기를 "대장부가 서로 의기투합하는 데 어찌 귀천이 있겠습니까?"라고 했다. 이리하여 가석은 심련보다 다섯 살 아래였기에 심련을 형으로 삼게 되었다. 심련은 아들 두 명으로 하여금 가석을 의숙(義叔)으로 모시도록 했으며, 가석도 처자식을 불러내어 서로 모두 만나게 한 뒤, 일가친척이 되었다. 가석은 심련과 함께 밥을 먹은 뒤, 곧바로 처자식을 데리고서 장인인 이씨의 집에 갔으니 그로부터 심련은 가석의 집에서 살게 되었다. 당시 어떤 사람이, 가석이 집을 빌려 준 일에 대해 찬탄하는 시를 지었는데 그 시는 이러하다.

서로 우연히 만났어도 정의(情誼)가 참되니	傾蓋[26]相逢意氣眞
이사해 집을 내어 줘가며 친근한 정을 드러내네	移家借宅表情親
세간에선 허다한 친척과 벗들이	世間多少親和友
재산을 다투고 있으니 죽도록 부끄럽구나	競産爭財愧死人

각설(却說), 보안주의 사람들은 심 경력이 상소문을 올려 재상 엄숭을

심련이 활을 쏘는 장면, 1929년 소엽산방본(掃葉山房本), 《전도금고기관(全圖今古奇觀)》 삽도

----

26) 경개(傾蓋): 《史記·魯仲連鄒陽列傳》에 "俗諺에 이르기를 '백발이 되도록 만났 어도 서로 마음을 알지 못하면 새로 사귄 사람과 같고, 길에서 우연히 만났어도 수레의 일산이 기울 정도로 서로 수레를 맞대고 마음을 나누어 얘기를 나누면 오래전부터 친하게 지내왔던 사람과 같다.'고 했습니다.(諺曰: '白頭如新, 傾蓋如 故.')"라는 말이 보인다. 司馬貞의 索隱에서 《志林》을 인용해 말하기를, "'傾蓋' 라는 말은 길을 가다가 우연히 만나서 수레를 나란히 한데 모으고 두 일산이 닿을 정도로 기울인다는 뜻이기에 '傾'이라 했다."고 했다.

탄핵했다가 이곳으로 추방되어 왔다는 소문을 듣고서 사람마다 그를 앙모하여 모두 와서 배알하며 서로 다투어 얼굴을 보려 했다. 땔나무와 쌀을 가져다 도와주는 자들도 있었고, 술과 음식을 가져와 심공을 대접하려는 자들도 있었으며, 자식을 보내 그의 문하에서 가르침을 듣게 하는 자들도 있었다. 심련은 매일 그곳 사람들과 더불어 충효대절과 예부터 전해 오는 충신의사들에 대한 이야기를 강론하면서 슬픈 내용에 다다라서는 어떨 때는 머리카락이 쭈뼛한 채로 탁자를 치면서 크게 소리 지르기도 했으며, 또 어떨 때에는 비장하게 노래하며 길게 탄식하고는 콧물과 눈물을 뒤섞어 흘리기도 했다. 그곳의 젊은이들과 노인들은 이를 모두 귀를 쫑긋하고 들으며 매우 좋아했다. 심련이 국적 엄숭에 대해 욕을 할 때면 사람들은 일제히 소리를 지르며 맞장구를 쳤다. 그리고 그 가운데 입을 다물고 있는 자가 있으면 사람들은 그에게 불충불의(不忠不義)하다고 욕을 하기도 했다. 한 번 그렇게 즐기던 것이 그 이후로는 일상이 되어 버렸다. 또한 심 경력이 문무를 겸비하고 있다는 소리를 듣고는 모두들 와서 그와 함께 활을 쏘러 가자고 했다. 심련은 사람들에게 볏짚 인형 세 개를 만들어 천으로 싸게 한 뒤, 하나에는 "당나라 간신 재상 이림보〔唐奸相李林甫〕27)"라고 쓰고 다른 하나에는 "송나라 간신 재상 진회〔宋奸相秦檜〕28)"라고 썼으며, 마지막 하나에는 "명나라 간신 재상 엄숭〔明奸相嚴嵩〕"이라고 쓰고서 그 세 개 인형들을 과녁으로 삼았다. 그리고 이림보를 쏠 때에는 소리 높여 "국적 이림보는 내 화살을

27) 이림보(李林甫, 683~752): 당나라 宗室로 권모술수에 능했으며 開元 연간에 禮部尙書, 中書令 등의 벼슬을 역임하며 권력을 쥐었다.

28) 진회(秦檜, 1090~1155): 송나라 때 대표적인 講和派로 자는 會之이며, 북송 欽宗 때 左司諫, 御史中丞 등의 벼슬을 역임했다. 정강 2년에 徽宗과 欽宗을 함께 금나라로 잡혀간 뒤, 금나라에서 신임을 받았다. 南宋 高宗 때 臨安(지금의 浙江省 杭州市)으로 돌아가 금나라와 강화를 주장하면서 岳飛 등을 비롯한 主戰派의 장수들을 모함하고 반대파를 배척했다. 남송 때에 이르러 參知政事 등을 역임했고 두 번 재상을 맡았으며 19년 동안 국정을 한손에 쥐고 전횡했다.

받거라!"라고 욕을 했으며, 진회와 엄숭을 쏠 때에도 모두 다 그런 식으로 했다. 북방사람들은 성격이 솔직해 심련의 이 말을 듣고 웅성거리기만 했을 뿐, 엄씨 집안에 알려질까 전혀 염려하지는 않았다.

예로부터 말하기를 "남모르게 하려면 그 일을 하지 않은 것밖에 없다."고 했다. 세상에는 오로지 권세가 있는 집안에 새로운 소문을 고해 받치는 사람들이 매우 많기에 일찍이 누군가가 이 일을 엄숭 부자에게 알렸다. 엄숭 부자는 심련을 매우 밉게 여겨 둘이 상의한 끝에 어떤 구실을 찾아 죽여야만 근심을 면할 수 있을 것이라고 생각했다. 때마침 선대총독(宣大總督)²⁹⁾ 자리가 비어 있기에 엄 승상은 이부(吏部)에 분부하여 그 빈자리를 자신의 문하(門下)에 있던 의자(義子)인 양순(楊順)에게 맡기도록 했다. 이부에서는 엄숭의 말대로 시랑(侍郎)이었던 양순을 보내 선대총독 자리에 가도록 했다. 양순이 떠나기에 앞서 인사를 하러 엄씨 저택에 갔더니 엄세번은 술을 마련해 놓고 전송을 하며 술자리에서 다른 사람들을 물리친 뒤, 그에게 부탁하기를 심련의 과실을 조사하라고 했다. 양순은 명을 받고 "예, 예."라고 말하고서 출발을 했다. 이것은 바로 이런 시로 대변된다.

독약은 다 만들어 오직 그것을 탈 술만 필요하고	合成毒藥惟需酒
칼은 다 주조되어 그걸 들고 내리칠 손만을 기다리네	鑄就鋼刀待舉手
가여워라, 충의로운 심 경력	可憐忠義沈經歷
아직도 인형을 놓고서 큰소리를 치고 있구나	還向偶人誇大口

각설, 양순이 임지에 이른 지 얼마 되지 않아서 대동(大同)³⁰⁾의 오랑캐

─────────────────────

29) 선대총독(宣大總督): 명나라 때 관직명으로 '總督宣大山西等處軍務兼理糧餉'의 준말이다. 宣大와 山西 등의 지역의 軍務를 관장하는 직위였다.
30) 대동(大同): 지금의 山西省 大同市로 산서성 북부에 있으며, 당시 이민족 거주지였던 蒙古 지역과 인접되어 있다.

수령 엄답(俺答)[31]이 부하들을 이끌고서 응주(應州)[32] 지방으로 쳐들어
와 노략질을 하며 연달아 사십여 개의 작은 성(城)을 격파하고 사내와
부녀자들을 무수히 잡아갔다. 양순은 그들을 구원하러 감히 출병도 하지
못하고 있다가 오랑캐가 물러난 뒤에야 비로소 군대를 파견해 추격할
계획을 세웠다. 그리고 징을 치고 북을 두드리며 깃발을 날리고 폭탄을
터뜨리면서 한바탕 허세를 떨었지만 그곳에는 오랑캐 그림자 하나도 보
이지 않았다. 양순은 실기하여 벌을 받을까 두려웠으므로 비밀리에 장졸
들에게 일러 전란을 피해 있던 평민들을 잡아 그들의 머리를 오랑캐처럼
깎은 뒤, 참수를 하여 오랑캐의 수급인 양 전공(戰功)으로 병부(兵部)에
보고하도록 했다. 그때 얼마나 많은 무고한 백성들이 죽었는지는 알 수가
없다. 심련은 이 일을 듣고 마음속으로 크게 노하여 서신 한 통을 써서
중군관(中軍官)[33]에게 일러 양순에게 보내달라고 했다. 중군관은 심 경력
이 화를 불러일으키는 흉신이라는 것을 알고 있었는데 서신에 무슨 말을
썼는지 알지도 못한 채로 어찌 심련을 위해 그것을 전달해 주었겠는가?
심련은 평민의 옷차림을 하고서 군영의 문 앞에서 양순이 나오기를 기다
리고 있다가 직접 그것을 건네주었다. 양순이 받아서 보니 서신에서 대략
이렇게 말했다.

> 한 사람의 공명(功名)은 지극히 작은 것이나 백성의 목숨은 지극히
> 큰 것이다. 평민을 죽여 공로를 사칭하니 양심에 어찌 차마 그리할 수
> 있는 것인가? 오랑캐 도적을 만나면 단지 노략질만 당할 뿐이지만 우리
> 군사를 만나면 되레 죽임을 당하니 장수의 죄악은 오랑캐보다 더 심하구
> 나!

31) 엄답(俺答, 1507~1582): 명나라 때 몽골 지방 소수민족인 韃靼의 수령으로 북방
변경 지역에서 명나라와 여러 번 충돌을 일으켰다.
32) 응주(應州): 지금의 山西省 朔州市 應縣 일대 지역으로 山西省 북부에 있으며
蒙古와 가까워 역사상 충돌이 잦았다.
33) 중군관(中軍官): 명나라 때 總督과 巡撫의 侍從武官이다.

서신 뒤에는 시 한 수도 붙였는데 그 시는 이러했다.

백성을 죽여 임금에게 보고한 뜻이 무엇이던고   殺生報主意何如
공명을 이루기 위해선 만인의 해골이 필요하단   解道功成萬骨枯34)
　　걸 이제야 알겠노라
들어보시오, 전쟁터 비바람 이는 밤에   試聽沙場風雨夜
제 머리 찾으려는 원혼들이 서로 부르는 소리를   冤魂相喚覓頭顱

양순은 서신을 보고 대로하여 그것을 갈기갈기 찢어버렸다.

각설, 또한 심련은 제문(祭文) 한 편을 써서 문하에 있는 제자들을 데리고 제례를 마련한 뒤, 하늘을 바라보며 원혼들을 위해 제사를 올렸다. 〈새하음(塞下吟)〉이라는 시도 지었는데 그 시는 이러했다.

오랑캐가 왔다고 봉화를 구름 속에 높이 피워   雲中一片虜烽高
　　올리더니
변경으로 나간 장군이 이미 공로를 세웠다   出塞將軍已著勞
　　하는구나
선우는 죽이지 않고 백성을 주살하니   不斬單于35)誅百姓
가련케도 억울하게 죽은 이의 피가 서슬 퍼런   可憐冤血染霜刀
　　칼을 물들이네

또 다른 시에서는 이렇게 읊었다.

원래는 살기 위해 오랑캐를 피해 왔다가   本爲求生來避虜

....

34) 해도공성만골고(解道功成萬骨枯): 당나라 때 시인 曹松의 〈己亥歲二首〉 가운데 첫째 수 結句를 개작한 것이다. 原詩는 다음과 같다. “澤國江山入戰圖, 生民何計樂樵蘇. 憑君莫話封侯事, 一將功成萬骨枯.” ‘一將功成萬骨枯’는 ‘한 장수의 공로는 수만 병사의 해골로 이룩된 것이다’라는 뜻이다. ‘解道’는 ‘알다’라는 뜻으로 “解道功成萬骨枯”는 ‘공명을 이루기 위해선 만인의 해골이 필요하단 걸 이제야 알겠노라.’라는 뜻이다.

35) 선우(單于): 한나라 때 북방 소수 민족이었던 흉노의 왕을 말한다.

오랑캐는 피했으나 되레 죽임을 당한 걸 그 누가 알겠는가	誰知避虜反戕生
백성의 머리를 오랑캐 수급으로 가장할 줄을 진작에 알았다면	早知虜首將民假
오랑캐가 왔을 때 따라가지 않은 것이 후회스럽네	悔不當時隨虜行

양 총독 부하 가운데 그의 심복인 지휘(指揮)[36]가 있었는데 성은 나(羅) 씨였고 이름은 개(鎧)였다. 그는 이 시와 제문을 베껴서 비밀리에 양순에게 올렸다. 양순은 그것을 보고 더욱더 앙심을 품게 되어 첫 번째 시 가운데 몇 글자를 고쳤는데 그 시는 이렇다.

오랑캐가 왔다고 봉화를 구름 속에 높이 피워 올려	雲中一片虜烽高
변경을 나간 장군은 괜스레 공로를 세웠구나	出塞將軍枉著勞
차라리 오랑캐의 힘을 빌려 아첨하는 국적을 없앴다면	何似借他除佞賊
상방도(上方刀)[37]을 내려달라 주청할 필요도 없다네	不須奏請上方刀

양순은 밀서를 써서 고친 시와 함께 밀봉한 뒤, 나개를 시켜 엄세번에게 보냈다. 그 밀서에는 심련이 재상 부자에 대하여 원한을 품고서 용사와 검객 등과 은밀히 결탁하여 원수를 갚을 기회를 틈타고 있다고 썼으며, 지난번에 오랑캐가 쳐들어왔을 때 그가 네 구의 시를 읊었는데 그

....

36) 지휘(指揮): 指揮使의 준말로 명나라 때 군사경비 단위인 '衛'에 설치했던 무관 직의 이름이다.

37) 상방도(上方刀): 尙方刀로 쓰기도 한다. 漢나라 때 제왕이 쓰는 기물을 제조하는 관서로 '尙方'이 있었기에 황제가 쓰는 칼을 '上方刀' 또는 '尙方刀'라고 했으며 검을 '尙方劍'이라고 칭했다. 천자가 대신을 파견해 중대한 사건을 다스리게 할 때 항상 全權을 부여하는 의미에서 그에게 上方刀 혹은 上方劍을 내려주었다.

시에 오랑캐의 힘을 빌려 간신을 제거한다는 말이 있는 것으로 봐서 상궤에 어긋나는 일을 꾀하고 있다고 했다. 엄세번은 서신을 보고 크게 놀라서 곧바로 그의 심복인 어사(御史) 노해(路楷)와 상의했다. 노해가 말하기를 "제가 그곳으로 가서 안찰하도록 해주신다면 상국(相國)을 위해 이 큰일을 해결해 드리겠습니다."라고 하자, 엄세번은 크게 기뻐하며 즉시 도찰원(都察院)에 분부하여 노해를 선대(宣大)[38]의 순안(巡按)[39]으로 삼게 했다. 노해가 떠나기에 앞서 엄세번이 술을 마련한 뒤, 전송하며 말했다.

"양공에게 마음을 합쳐 협력하라고 말을 전해 주시오. 만약에 이 심복지환(心腹之患)을 없애주기만 한다면 후백(侯伯)의 세습 작위로 보답할 것이외다. 결단코 두 분과의 약속을 저버리지 않겠소."

노해는 승낙을 한 뒤, 하루도 안 되어 칙명을 받고서 임지인 선부로 내려가 양 총독과 만났다. 그는 엄세번이 부탁한 말들을 일일이 양순에게 알려 주었다. 양순이 말하기를 "제가 이 일 때문에 조석으로 생각하느라 침식을 잊을 정도지만 그 자를 사지로 몰아넣을 좋은 계책이 없어 한스럽습니다."라고 했다. 그러자 노해가 말하기를 "피차 유심히 생각해 보십시다. 첫째는 엄공 부자의 부탁을 저버리지 말아야 하고, 둘째는 이것이 우리 스스로가 부귀해질 기회이니 놓치면 안 된다는 것이지요."라고 했다. 양순이 말하기를 "그 말이 옳습니다. 만약, 우리가 손 댈 수 있는 게 있으면 서로에게 알리도록 하지요."라고 했다. 그들은 그날 각자 헤어진 뒤 처소로 돌아갔다.

양순은 노해가 한 말을 생각하느라 밤새 잠을 이루지 못했다. 다음

....

38) 선대(宣大): 宣府(지금의 河北省 宣化縣 일대)와 大同(지금의 山西省 大同市)을 합쳐 이르는 말이다.

39) 순안(巡按): 명나라 때 巡按御史의 준말로 황제를 대신해 지방을 순찰하는 監察御史를 가리킨다. 吏治를 考核하고 중대한 안건을 심리했으며 知府 이하의 관원들은 모두 그의 명령에 따랐다.

날 아침에 그가 등청을 하자, 중군관이 보고하기를 "지금 울주위(蔚州衛)[40]에서 잡은 요적(妖賊)[41] 두 명을 원문(轅門)[42] 밖에 압송을 해와 나리의 명을 기다리고 있습니다."라고 했다. 양순이 "들게 하라."고 말했더니 압송을 해온 관리가 큰절을 하고서 문서를 전해 올렸다. 양순은 그것을 뜯어서 보고는 "하하"대며 크게 웃었다. 이 두 명의 요적은 염호(閻浩)와 양윤기(楊胤夒)라고 하는 자들로 요인(妖人)인 소근(蕭芹)[43]의 일당들이었다.

원래 소근은 백련교(白蓮敎)[44]의 우두머리로 전부터 오랑캐 땅을 드나들면서 항상 향을 피워 사람들을 홀리고 오랑캐 추장 엄답을 속여 자기에게 기이한 법술이 있다고 말하면서 주문을 외워 사람을 곧장 죽일 수도 있고 고함을 질러 성을 무너뜨릴 수도 있다고 했다. 오랑캐 추장은 매우 우둔하여 그에게 홀딱 넘어가 그를 국사(國師)로 받들었으며, 그의 일당들은 수백 인에 달해 하나의 영채(營寨)를 이루고 있었다. 엄답이 몇 차례 침범해 왔을 때에도 모두 소근이 그에게 길안내를 해준 것으로

....

40) 울주위(蔚州衛): 명나라 洪武 7년(1374)부터 설치된 衛所로 지금의 河北省 張家口市 蔚縣 일대이다.

41) 요적(妖賊): 요사스러운 말로 대중을 미혹시키고 소란을 일으키려는 사람을 낮잡아서 이르는 말이다.

42) 원문(轅門): 제왕이 巡狩할 때 머무는 곳은 여러 대의 수레로 울타리를 삼았다. 출입하는 곳은 수레 두 대를 위로 세워 끌채가 서로 마주하게 하고서 그것을 출입문으로 삼았는데 그 문을 '轅門'이라고 했다. 나중에 군대를 거느리는 장수의 營門이나 지방 고급 관서의 대문을 일러 轅門이라고 칭하기도 했다.

43) 소근(蕭芹, ?~1551): 본래 山西 大同左衛 軍鎭에 속했던 사람으로 일찍부터 白蓮敎를 신봉했으며 나중에 白蓮敎의 두목이 되어 수백 명의 교도를 거느리고 명나라를 배반하여 蒙古로 도망한 뒤, 몽고군이 大同을 침범할 때 도움을 줬다.

44) 백련교(白蓮敎): 송나라 고종 소흥 3년에 茅子元에 의해 창립된 불교 白蓮宗에서 유래되었으며 원·명·청대에 성행하여 가칭 '彌勒下生'이라했던 민간 비밀종교단체를 가리킨다. 내부의 파벌이 심했고 계급이 엄격했으며, 원나라 말년 '홍건적의 난'과 명나라 가정 연간 江南, 山西, 內蒙古 일대에서 일어났던 농민봉기 및 청나라 가정 연간에 발발했던 '백련교도의 난' 등과 같은 농민봉기에서 항상 조직 도구가 되었다.

중국은 누차에 걸쳐 피해를 당하고 있었다. 이전에 시랑(侍郎) 사도(史道)[45]가 총독으로 있을 때 통역관을 보내 오랑캐 우두머리인 탈탈(脫脫)에게 후하게 뇌물을 주며 이렇게 말한 적이 있었다.

"바라건대 우리 천조(天朝)에서는 그대들과 우호를 맺어 우리의 포목과 식량을 그대들의 말과 교환하며 그것을 '마시(馬市)'라 이름하고 쌍방이 싸움을 멈춰 각기 안락을 누렸으면 합니다. 그리되면 좋은 일이겠지요. 다만 소근이 가운데서 방해를 하여 우호 관계를 이룰 수 없게 될까 걱정이 됩니다. 본래 소근은 중국에서 무뢰한 소인배로 법술이 전무하고 그저 교활하기만 한 사기꾼일 뿐이었습니다. 그는 그대들을 꾀어 지방을 노략질하게 하고는 가운데서 자기 일을 도모하려는 것입니다. 만약 그대들의 낭주(郞主)[46]께서 믿지 못하시겠다고 하거든 소근에게 법술을 부려보게 하시지요. 정말로 고함을 질러서 성을 무너뜨릴 수 있고 주문으로 사람을 죽일 수 있다면 그때는 마땅히 중용해야겠지만, 만약에 주문을 외워도 사람이 죽지 않고 고함을 질러도 성이 무너지지 않는다면 분명히 사기일 것입니다. 그때 그를 포박하여 천조로 보내는 것이 좋지 않겠습니까? 그러면 우리 천조에서는 낭주의 덕에 감사하여 반드시 후한 상금을 줄 것입니다. 게다가 마시가 열리면 해마다 무궁무진한 이득을 볼 수 있을 테니 약탈하는 것보다는 훨씬 나을 겁니다."

탈탈은 머리를 끄덕이며 "옳습니다."라고 한 뒤, 이를 낭주인 엄답에게 말했다. 엄답은 크게 기뻐하며 소근과 만나기로 약속하고 기병 천 명을 데리고서 우위(右衛)로 들어가 그에게 고함을 질러 성을 무너뜨리는 재주를 시험해 보이라고 했다. 소근은 반드시 실패할 것이라는 것을 스스로 알았기에 옷차림을 바꾸고 밤새 그곳을 벗어나 도망을 가다가,

---

45) 사도(史道, 1485~1553): 명나라 때 사람으로 자는 克弘이고 호는 鹿野이다. 兵科給事中, 兵部侍郎, 太子少保, 兵部尙書 등의 벼슬을 역임했다.
46) 낭주(郞主): 북방 소수민족에서 君主를 칭하는 말이다.

거용관(居庸關)47)을 지키던 장수의 검문에 걸려 그의 일당이었던 교원 (喬源), 장반륭(張攀隆) 등과 함께 잡혀서 사 시랑의 관할로 압송되었다. 그 일당은 매우 많아 산섬(山陝)48)과 기남(畿南)49) 지역 곳곳에 모두 있다고 자백했는데 전부터 각 지역에서는 이들을 수색해 잡으려 하고 있던 터였다.

이날 잡혀온 염호와 양윤기도 그 가운데 이름난 요범(妖犯)50)들이었 다. 양 총독은 그들을 잡아 압송해 온 것을 보고서, 첫째는 이것도 그가 임기에 세운 한 공로되기도 했고 둘째는 이를 명목으로 삼아 심련을 연 루시켜 해칠 수도 있게 되었으니 어찌 기뻐하지 않을 수가 있겠는가? 그날 밤, 양순은 곧바로 어사 노해를 후당(後堂)으로 맞이한 뒤, 이렇게 의론했다.

"다른 명목으로는 심련을 어떻게 할 수 없겠지만 백련교로 오랑캐와 내통했다는 이 일 한 가지만은 성상께서 가장 노여워하시는 것이지요. 이제 요적(妖敵) 염호와 양윤기의 자백 가운데 심련의 이름도 집어넣고 서 염호 등이 평소 심련을 스승으로 섬겼다고만 말하면 됩니다. 심련이 벼슬을 잃은 것을 원망해 염호 등으로 하여금 환술을 부리도록 선동하고 오랑캐와 결탁하여 역모를 꾸미고 있다고 하는 겁니다. 천행으로 오늘 잡혔으니 성상께 후환을 없애기 위해 주살을 하도록 청을 올립시다. 먼 저 밀서로 엄 승상 댁에 알려서 승상으로 하여금 형부(刑部)에 당부를 하여 속히 비준하는 공문을 보내오도록 하지요. 아마도 이번에는 반드시 심련의 목숨이 남아나지는 못할 겁니다."

---

47) 거용관(居庸關): 關門의 이름으로 '軍都關', '薊門關'이라고도 불리었으며 만리 장성의 중요한 관문으로 지세가 험준하다. 지금의 北京市 昌平區에 있다.
48) 산섬(山陝): 山西와 陝西를 아울러 이르는 말로 지금의 山西省과 陝西省이다.
49) 기남(畿南): 海河 이남 南運河 양안의 河北省 동남부와 山東省 德州市 동부 지역을 이른다.
50) 요범(妖犯): 요술을 부려서 사람을 현혹시키는 짓을 한 범죄자라는 뜻이다.

노해가 손뼉을 치면서 "묘책입니다! 묘책예요!"라고 말했다. 두 사람은 당장 상소문 원고를 의론한 뒤, 동시에 그것을 보내기로 약속했다. 엄숭이 먼저 상소문 원고와 밀서를 보고 나서 곧 엄세번으로 하여금 형부에 전언을 하라고 했다. 형부상서(刑部尙書) 허론(許論)51)은 주견이 없고 쓸모없는 늙은이였기에 엄씨 댁 분부라는 얘기를 듣고 감히 나태하게 할 수 없어 비준을 하는 공문을 서둘러 보내면서 양순과 노해 두 사람의 의견을 모두 따랐다. 내려온 성지(聖旨)는 이러했다.

> 요범(妖犯)은 현지의 순안어사가 즉시 참형에 처하도록 하라. 양순에게는 공음을 내려 그의 아들 한 명에게 금의위 천호(千戶)가 되도록 하게 하고, 노해에게는 공로로 세 등급의 직위를 올려준 뒤 경당(京堂)52)의 관직이 비기를 기다렸다가 임용하도록 하라.

화두(話頭)를 돌려보자. 각설, 양순은 상소문을 보낸 뒤, 비밀리에 사람을 시켜 심련을 잡아다가 하옥시켰다. 심련의 부인 서씨와 아들인 심곤과 심포는 두려워 어찌할 바를 몰라 의숙인 가석을 급히 찾아가 상의했더니 가석이 이렇게 말했다.

"이는 필시 양순과 노해 두 놈이 엄씨 집을 위해 복수를 하려는 뜻일 겁니다. 하옥을 시킨 것으로 봐서 반드시 중죄를 뒤집어 씌워서 무함했을 것이고요. 두 도련님은 지금 빨리 먼 곳으로 도망가십시오. 엄씨 집 권세가 쇠락하기를 기다린 뒤에야 비로소 나오실 수 있을 겁니다. 만약

---

51) 허론(許論, 1487~1559): 명나라 때 사람으로 자는 廷議이며 南京大理寺丞, 右副都御史, 兵部尙書 등의 벼슬을 지냈다. 董康의 《曲海總目提要》 권41 〈出師表〉 조에 따르면 "小說에서 許論을 刑部尙書라고 했는데 이는 잘못된 것이다. 그 당시에는 심련의 사건이 변경에 관련된 기밀 사건이라서 곧장 兵部로 보내져 처리를 했다. 許論은 沈鍊에게 죄를 내려 公議의 비난을 많이 받았다."고 했다.
52) 경당(京堂): 明淸 시대에 일부 고위 관직이나 관서의 장관을 칭하는 말로 '京卿'이라고 불리기도 한다.

이곳에서 살면 양순과 노해 두 놈들이 절대로 가만히 두지 않을 겁니다."

심곤이 말하기를 "부친이 어떻게 되는지 아직 보지도 못했는데 어떻게 갈 수가 있겠습니까?"라고 하자, 가석이 말했다.

"춘부장께서는 원수의 손에 걸려 결코 보전하실 수가 없을 겁니다. 도련님은 조상의 제사를 중히 여기셔야지 어찌 작은 효도에 얽매이다가 스스로 멸문지화를 자초하실 수 있겠습니까? 모부인께도 잘 말씀드려 일찌감치 해를 피해 몸을 보전하실 계획을 세우도록 하시지요. 춘부장 어른 쪽은 제가 알아서 사람에게 부탁해 보살펴드릴 것이니 괘념치 마시고요."

심씨 두 아들이 가석의 말을 모친에게 전했더니 모친이 이렇게 말했다.

"너희 아버지가 죄 없이 하옥되었는데 어찌 차마 버려두고 갈 수 있겠느냐? 가 숙부는 비록 우리와 교분이 두텁지만 결국 바깥사람이다. 내 생각에 양순과 노해 두 놈들은 엄씨에게 아부를 하는 것이어서 너희 아버지를 적대할 뿐이겠지 설마하니 처자식까지 연루시키겠느냐? 만약에 너희들이 죄를 받을까 두려워 도망을 친 뒤, 아버지가 돌아가시게 되면 유해를 거둘 사람이 없게 되어 후세 사람들이 대대로 너희들을 불효자라고 욕할 게다. 그러면 무슨 면목으로 사람살이를 하겠는가?"

서 부인은 말을 마치고 나서 큰 소리로 그지없이 울기 시작했으며, 심곤과 심포도 일제히 통곡을 했다. 가석은 서 부인이 그의 말을 받아들이지 않았다는 소리를 듣고는 탄식하며 집으로 돌아갔다.

며칠이 지난 뒤, 가석이 확실히 알아보았더니 아니나 다를까 심련은 백련교의 일당으로 잡혀 들어가 사형으로 판결이 났다는 것이었다. 심련이 옥중에서 계속해 큰 소리로 욕을 하자, 양순은 자신들이 꾸민 일이 사리에 어긋난다는 것을 스스로 알고서, 정해진 처형 시일에 심련을 처형하게 되면 많은 사람들 앞에서 심한 욕을 해대 자신들의 체면을 구기게 될까 두려웠다. 이에 미리 옥관에게 심련의 질병문서를 만들어 달라고 한 뒤, 옥중에서 심련의 목숨을 끊어버렸다. 가석이 이 말을 서 부인에게 알리자 모자가 통곡한 바는 말할 필요도 없다. 가석은 잘 알고 지내는 교분이 있는 사람들이 많았던 덕에 심련의 시신을 돈으로 사서 빼내며 옥졸에게 당부하기를 "만약 관부에서 효수(梟首)를 하겠다고 하면 다른 사람의 머리로 대처해 주시오."라고 했다. 그리고 심곤 형제가 모르게 은밀히 관을 마련해 시신을 입관한 뒤, 공터에 묻었다. 일을 다 마치고 나서 가석이 비로소 심곤에게 말하기를 "춘부장 어르신의 유체는 이미 보전되었습니다. 장지는 일이 잠잠해질 때까지 기다렸다가 알려드리겠습니다. 지금은 아직 누설할 때가 아니지요."라고 하자, 심곤 형제는 감사하기를 그치지 않았다. 가석이 다시 그들 형제 두 사람에게 도망가라고 간곡히 설득하자 심곤이 말했다.

"숙부의 집을 오랫동안 차지해 온 것을 잘 알기에 마음이 편치 못합니다. 다만 모친의 뜻을 어찌할 수가 없습니다. 시비가 조금 가라앉은 뒤 영구를 옮겨갔으면 하시기에 머뭇거리며 결정을 내리지 못하고 있습니다."

그러자 가석이 노하여 말했다.

"나 가석은 평생 동안 사람을 위해 일을 도모하면 온 마음을 다해 왔습니다. 지금 한 말도 모두 심씨 집안을 위해서이지 오랫동안 집을 차지하고 있다고 해서 나가라고 종용하는 것이겠습니까? 형수님께서 뜻을 이미 정하셨다면 감히 나도 강요할 수는 없지요. 다만 내게 작은 일이 생겨 곧 멀리 출타해 일 년이나 반년 정도 동안 돌아오지 못할 것이니 두 도령과 형수께서는 조심해서 편히 있으면 됩니다."

심련이 해서체 친필로 쓴 〈전출사표〉와 〈후출사표〉가 각각 한 장씩 벽에 붙여져 있는 것을 보고 가석이 말하기를 "이 두 폭의 글씨를 떼어서 내게 주면 가는 길에 기념으로 삼겠습니다. 훗날 만나게 되면 이것을 신표로 삼지요."라고 했다. 심곤은 곧 두 장의 글씨를 떼어서 두 손으로 접어 가석에게 건네주었다. 가석은 그것을 소매 속에 숨겨두고 눈물을 흘리며 이별했다. 원래 가석은, 양순과 노해 두 놈이 악심을 품고서 심련을 죽이고도 필시 거기서 그만두지 않고 심련과 교분이 두터운 자기도 반드시 연루시킬 것이라고 생각하고 있었다. 이에 미리 도망하여 하남(河南) 지방에 있는 친족 집에서 잠시 머물게 되었다. 이에 대해서는 자세히 얘기하지 않기로 한다.

각설, 노해는 형부로부터 온 공문 답서를 본 뒤, 이제 성지도 있는 터라 곧바로 옥에서 염호와 양윤기를 끌어내 참수하고 아울러 심련의 머리도 베어 동시에 효시(梟示)했다. 심련의 진짜 시신은 이미 가석에게 팔려 갔다는 것을 누가 알겠으며 관부에서 또한 어찌 식별해 낼 수 있었겠는가? 여기에 대해서는 자세히 얘기하지 않기로 한다.

재설(再說), 양순은 단지 아들에게 공음이 내려진 것에 그친 것을 보고는 마음속으로 만족하지 않아 곧 노해에게 말하기를 "당초에 엄(嚴) 동루(東樓)가 내게 약속하기를 일이 성사되는 날엔 후백의 작위로 보답하겠다고 했는데 지금에 와서 식언을 한 것은 무슨 까닭인지 모르겠습니다."라고 했다. 그러자 노해가 한참을 깊이 생각하다가 답했다.

"심련은 엄씨 집안의 크나큰 원수인데 지금은 그저 심련만을 주살했고 그의 아들까지는 미치지 않았으니 풀만 베고 뿌리를 뽑지 않은 것과 같아서 싹이 다시 날 수 있지요. 상국께서 우리에 대해 만족해하시지 않은 까닭은 아마도 여기에 있을 겁니다."

이에 양순이 말했다.

"만약 그렇다면 어려울 것이 뭐가 있겠습니까? 지금 다시 상소문을 올려, 심련은 비록 주살되었지만 그 아들도 사정을 알고 있었을 터이니 마땅히 연좌시켜 가산을 몰수해야 국법을 펼 수 있으며 사람들로 하여금 무서움을 알게 할 수 있다고 말합시다. 그리고 심련과 함께 활로 풀인형을 쏘던 몇몇 미치광이들도 찾아내고, 그에게 집을 빌려준 자도 모두 잡아와 치죄하여 엄씨 부자의 화를 풀어준다면 이전 말한 대로 보상을 해달라고 한들 무슨 핑계를 댈 수 있겠습니까?"

그러자 노해가 이렇게 말했다.

"그 계책, 정말 훌륭하군요. 일이 지체되면 안 되니 그의 가솔들이 아직 여기에 있을 때를 타서 일망타진하는 것이 통쾌하지 않겠습니까? 다만 그의 아들이 소문을 듣고 도망을 갈까 걱정되는군요. 그리되면 또 힘들어지니까요.”

양순은 “매우 명철하신 고견입니다.”라고 말한 뒤, 한편으로는 상소문을 써서 조정에 주청하고 다시 보고문첩을 써서 엄숭의 저택으로 보내 이를 알리면서 효순(孝順)의 뜻을 스스로 기술했다. 다른 한편으로는 미리 보안주 지주(知州)에게 공문을 보내서 심련의 가솔들을 유심히 지켜보며 도망치지 못하도록 했다. 그리고 황제의 비답이 내려지기만을 기다렸다가 곧바로 가서 실행하려 하고 있었다. 이를 시에서 이렇게 읊었다.

망가진 둥지엔 온전한 알은 본래 적고	破巢完卵從來少
풀을 벤 뒤엔 뿌리도 뽑아내기 마련이라네	削草除根勢或然
안타깝게도 충량지신(忠良之臣)을 억울하게 죽이고는	可惜忠良遭屈死
또다시 그 가솔들을 가지고 권세가에 아부를 하는구나	又將家屬媚當權

다시 며칠이 지나자 성지가 내려왔다. 지주(知州)는 구금 영장을 받고서 사람들을 시켜 심련의 가솔들을 잡아들였으며, 또한 평소에 심련과 왕래를 했던 사람들의 이름을 찾아내 그들도 한 사람씩 잡아들였다. 하지만 가석만은 미리 출타를 했기에 도주 중에 있다고 보고할 수밖에 없었다. 이로써 볼 때 가석이 기미를 잘 알아챘다는 것을 알 수 있다. 당시 사람이 그를 찬미해 지은 시에서 이렇게 읊었다.

의기(義氣)가 가석만한 자 드문데다	義氣能如賈石稀
몸을 보존해 멀리 피했으니 기미도 잘 알아챘구나	全身遠避更知幾
공중에 그물을 쳐둔다 해도	任他羅網空中布
선금(仙禽)53)이 하늘 밖으로 날아가는 걸 어쩌겠는가	爭奈仙禽天外飛

각설, 양순은 심곤과 심포가 잡혀온 것을 보고 친히 그들을 국문하면서 오랑캐와 내통한 실정을 자백하라고 했다. 두 사람은 소리 높여 억울하다고 했으니 어찌 자백을 하려 했겠는가? 양 총독에게 혹독한 고문을 당하고 온몸에 멀쩡한 살갗이 남아있지 않을 정도로 매질을 당해 심곤과 심포는 견디지 못하고 나란히 형장 아래에서 목숨을 거뒀다. 가련하게도 두 젊은 도령이 모두 왕사성(枉死城)[54]으로 들어갔구나! 그들과 동시에 잡혀온 사람들은 모두 공모죄에 처해졌으니 연루되어 죽은 자들이 어찌 수십 명뿐이었겠나? 어린 아들 심질은 아직도 강보 속에 있었으므로 면죄되어 모친 서씨를 따라 별도로 변경 극지인 운주(雲州)로 유배되어 보안주에 거주하는 것이 허용되지 않았다.

노해는 다시 양순과 이렇게 상의했다.

"심련의 맏아들 심양은 소흥부에서 이름난 수재인데 그가 급제를 할 시엔 반드시 우리들에게 원한을 품게 될 것입니다. 그도 한꺼번에 제거하여 영원히 후환을 없애버리는 것이 좋겠습니다. 그러면 상국께 우리가 마음을 쓴 것도 알려드릴 수 있겠지요."

양순은 그의 말에 따라 곧장 절강으로 문서를 보내 흠범(欽犯)[55]으로 심양을 치죄할 수 있도록 잡아오게 했다. 그리고 심복인 경력 김소(金紹)에게 분부하여 문서를 가지고 갈 재능 있는 아역을 뽑은 뒤, 그로 하여금 도중에 기회를 봐서 심양을 죽이고 그곳에서 병사했다는 보고서를 받아 복명하라고 일렀다. 일이 성사가 되면 아역에게도 후한 상을 내리고 김소에게도 파격 승진을 할 수 있도록 천거해 주겠노라 약속했다.

김소가 명을 받고 서둘러 돌아간 뒤, 경험 많고 능력 있는 아역을 유심

---

53) 선금(仙禽): 鶴을 가리키는 말로 仙人이 학을 많이 타고 다닌다고 하여 仙禽이라 불리었다. 《藝文類聚》권90에서 《相鶴經》을 인용하며 말하기를 "鶴은 陽鳥인데 陰에서 노닐며 羽族의 우두머리이고 仙人이 타는 준마이다."라고 했다.

54) 왕사성(枉死城): 억울하게 죽은 귀신이 저승에서 사는 곳을 이른다.

55) 흠범(欽犯): 聖旨를 받아 잡는 범인을 이른다.

히 살펴 뽑았는데 그들은 다름 아닌 장천(張千)과 이만(李萬)이라는 자들이었다. 김소는 그들을 관사로 불러다가 술과 음식으로 대접하면서 자기 돈 이십 냥을 내주었다. 이에 장천과 이만이 말하기를 "소인들이 어찌 공로도 없이 감히 상을 받을 수 있겠습니까?"라고 하자, 김소가 말했다.

"이 은전은 내가 주는 것이 아니라 양 총독 나리께서 너희에게 내리신 것이다. 너희들에게 공문을 가지고 소흥으로 가서 심양을 잡아오라 하셨다. 도중에 그 자에 대해 방심하지 말고 여차저차 하면 돌아와서도 또한 큰 상이 있을 게다. 만약에 너희들이 태만하게 되면 총독 나리의 관아는 호락호락한 데가 아니니, 너희 두 사람이 스스로 가서 복명을 하라."

이에 장천과 이만이 말하기를 "총독 나리의 명이시니 더 말할 나위도 없지요. 나리께서 명하신 것이라 해도 소인들이 어찌 감히 어기겠습니까?"라고 했다. 두 사람은 은자를 받고 김 경력에게 감사했다. 그리고 본부(本府)에서 공문을 받은 뒤, 서둘러 길을 나서 남방으로 출발했다.

각설, 심양은 호가 소하(小霞)로 소흥 부학(府學)의 늠선수재(廩膳秀才)였다. 그는 고향집에 있으면서, 부친이 상소한 일로 인해 죄를 받고서 장성 밖으로 쫓겨나 평민이 되었다는 소리를 오래전에 듣고는 매우 염려가 되어 직접 보안주로 가 한 번 뵈려하고 있었다. 하지만 집안을 주관할 사람이 없었기에 이러지도 저러지도 못하고 있었던 것이다. 그러던 중 어느 날 갑자기 본부(本府)의 아전이 와서 변명할 틈도 주지 않고 심양을 포박하여 관아로 끌고 갔다. 지부(知府)는 사람을 시켜 공문을 심양에게 자세히 보여준 뒤, 심양을 회답공문서와 함께 범인을 잡으러온 아역에게 넘겨주며 가는 길에 조심하라고 당부했다. 심양은 이때서야 비로소 부친과 두 아우 모두가 이미 비명에 죽었고, 모친 또한 변경 극지로 멀리 쫓겨났다는 사실을 알고서 목 놓아 크게 울었다. 통곡을 하며 관부의 문을 나와서 보니 일가 어른들과 아이들이 모두 그곳에서 한데 엉켜 울고 있었다. 원래 공문서에 "성지를 받들어 가산을 몰수하라"는 말이 있었기에 본부(本府)에서는 이미 현위(縣尉)를 시켜 가산을 봉인하고 식구들을 모두 쫓아냈다. 심 소하는 이를 듣고 정말 고통에 고통이 더해져 숨을 쉴 수가 없을 정도로 통곡했다. 삽시간에 친척들이 모두 와서 그와 작별 인사를 나누었는데 이번에 가면 안 좋은 일이 많을 거고 좋은 일은 적을 것이라는 걸 빤히 알면서도 할 수 없이 위로의 말을 건넸다. 심 소하의 장인 맹춘원(孟春元)은 은자 한 봉지를 꺼내 두 명의 아역에게 건네주며 가는 길에 사위를 보살펴 달라고 했다. 아역은 적다고 받지 않다가 맹 낭자가 금비녀 한 쌍을 더 보태자 그제야 받아 넣었다. 심 소하가 눈물을 머금은 채 아내 맹씨에게 당부했다.

"내 이번에 가면 살 가망보다 죽을 가망이 더 많으니 당신은 내 염려는 하지 말고 그저 죽었다 생각하고 친정집에서 사시오. 당신은 글과 예법을 아는 집안에서 나서 재가할 일은 없을 것이기에 나도 마음이 놓이는구려!"

그리고 소처(小妻) 문숙녀(聞淑女)를 가리키며 계속해 말했다.

"저 아이는 나이도 젊고 갈 곳도 없기에 개가를 하도록 하는 것이 마땅하네. 하지만 내 나이 서른에 자식이 없다가 저 아이가 임신한 지 두 달 반이 되었으니 나중에 혹시라도 아들을 낳게 되면 심씨 가문의 대를 이을 것이오. 부인, 평소 부부로 지낸 내 얼굴을 봐서 당신이 얼마 동안 장인어른 댁으로 저 아이도 데리고 가서 사시게나. 열 달이 다 차기를 기다렸다가 사내아이나 계집아이를 낳거든 그때 당신이 편할 대로 저 애를 보내면 되오."

그러자 말이 아직 끝나기도 전에 문숙녀가 말했다.

"서방님 무슨 말씀을 하시는 거예요? 당신이 천리 밖으로 가는데 아침저녁으로 돌봐드리는 가족이 없다면 어찌 마음이 놓이겠습니까? 마님께서는 그냥 친정으로 가시고 저는 머리가 엉클어지고 얼굴에 때가 앉더라도 가시는 길에 서방님을 모시며 가고자합니다. 첫째는 서방님을 적적하지 않게 해드릴 수 있고, 둘째는 마님의 걱정을 조금이라도 덜어드릴 수 있을 테니까요.”

　심 소하가 말하기를 “동반할 가족이 하나 있는 건 나도 원치 않은 것은 아니나 이번에 가면 불행한 일을 당할 것이 뻔한데 타향에서 함께 죽도록 너를 연루시켜서 뭐하겠는가?”라고 하자, 문씨가 말했다.

　“아버님께서는 조정에서 벼슬을 하셨지만 서방님께서는 줄곧 집에 계셨던 것을 누군들 모릅니까? 아버님께서는 옳지 못한 일을 하셨다고 모함을 당하셨으나 서방님은 고향집에 떨어져 있었는데 어찌 공모자이겠습니까? 첩이 서방님을 도와 관청으로 가서 변호하면 죽을죄까지는 결코 안 될 겁니다. 설사 하옥되신다 해도 첩이 밖에 남아 보살펴 드릴 수 있잖아요.”

　맹씨 또한 남편이 염려되기도 하고 문씨의 말을 듣고 보니 일리도 있기에 남편에게 문씨를 데리고 함께 가라고 극력으로 설득했다. 심 소하는 평소 문숙녀가 재치가 있고 지략이 있는 것을 좋아한데다가 맹씨도 간청을 하는 것을 보고 어쩔 수 없이 허락했다.

　그날 밤 사람들은 일제히 맹춘원의 집으로 가서 묵었다. 다음 날 아침, 장천과 이만은 길을 떠나자고 재촉했다. 문씨는 베옷으로 갈아입고 검은 천으로 머리를 두르고서 맹씨와 이별한 뒤, 등에 짐을 지고 심 소하를 따라 갔다. 그때 이별의 고통은 말할 필요도 없다. 길을 가면서 문씨는 심 소하와 한 걸음도 떨어져 있지 않았으며, 차와 음식을 모두 자신이 직접 가져다주었다. 장천과 이만은 이들 부부에게 처음에는 좋게 말을 했지만 양자강을 건넌 뒤, 서주(徐州)에서부터 육로를 걷게 되자 고향과 이미 멀어졌다고 생각하고는 인상을 쓰고 허세를 부리며 큰 소리를 질러대면서 점차 괴롭히기 시작했다. 문씨가 이를 보고 몰래 남편에게 말했다.

　“저 두 명의 흉악한 아역을 보니 호의를 품고 있지 않은 것 같아요. 저는 아녀자라서 길을 잘 모르니 앞길에 황량하고 외진 들판이 나오면 꼭 조심히 방비를 하셔야 합니다.”

　심 소하는 비록 머리를 끄덕이기는 했지만 마음속으로는 그저 반신반의했다.

또 며칠을 더 가니 두 아역은 계속해 서로 귀에 입을 대고 소곤거리면서 남몰래 의론을 했으며, 그들 보따리 속에 서리 같이 흰빛이 감도는 왜도(倭刀) 한 자루가 있는 것도 보였다. 이에 심 소하는 갑자기 마음이 동하여 무서워지기 시작하자, 문씨에게 이렇게 말했다.

"자네가 말하길 이 흉악한 아역들이 마음이 선하지 않다고 했는데 나도 그렇다는 것을 많이 느끼네. 내일이면 제녕부(濟寧府) 경계 안으로 들어가게 될 것이고 제녕부를 지나게 되면 바로 태행산(太行山)과 양산박(梁山泊)[56]인데 그 길은 모두 황야로 강도들이 출몰하는 곳이지. 만약 그곳에 이르러 저들이 흉사(凶事)를 벌리기라도 하면 자네도 나를 구해줄 수 없고 나도 자네를 구해줄 수가 없으니 어쩌면 좋겠는가?"

문씨가 답하기를 "그러면 벗어날 무슨 계책이라도 있으시거든 서방님께서 편하신 대로 알아서 하세요. 저를 여기에 남겨두신다 한들 저 두 아역들이 잡아먹기야 하겠습니까?"라고 하자, 심 소하가 말했다.

"제녕부 동문(東門) 안에 풍(馮) 주사(主事)[57]라는 사람이 있는데 정우(丁憂)[58]로 집에 있다네. 그 사람은 의협심이 아주 많은데다가 내 부친과 아주 친한 동년(同年)[59]이지. 내일 내가 가서 의탁을 하면 그 분은

....

56) 양산박(梁山泊): 梁山濼으로 쓰기도 하고 지금의 山東省 東平縣과 鄆城縣 사이에 있는 梁山 밑의 큰 호수이다.
57) 주사(主事): 관직명으로 명나라 때 중앙 6부의 諸司에 설치되었으며, 홍무 29년(1396)에는 정6품 司官으로 되었고 진사에서 임용하거나 지방 현령 가운데에서 陞任하기도 했다. 주로 문서 잡무를 관리했지만 郎中과 員外郎의 직무를 분담하기도 했으므로 실권이 있었다.
58) 정우(丁憂): 전통시대에 부모상을 당하면 자녀는 복상을 하면서 3년 동안 벼슬을 하거나 혼인을 하거나 연회에 가거나 과거에 응시를 하지도 않았는데 이를 丁憂라고 한다.
59) 동년(同年): 과거 시험에서 같은 과목에 급제한 사람을 칭하는 말로 명청 시대 향시나 회시에서 급제하여 같은 방목에 오른 자를 모두 동년이라고 했으며, 급제자들끼리 서로를 年兄이라고 칭했다.

반드시 받아줄 걸세. 다만 자네가 아녀자이기에 저 포악한 두 아역을 상대할 역량이 없을까 걱정이지. 자네를 연루시켜 고생을 시키면 내 마음이 어찌 편하겠는가? 자네에게 저들을 상대할 역량이 있다고 하면 마음 놓고 가겠네만, 만약 그렇지 않다면 자네와 생사를 함께하는 것도 천명으로 마땅하니 죽어도 원망하지 않겠네."

이에 문씨가 말하기를 "서방님께선 길이 있으면 그냥 가시면 됩니다. 저는 스스로 알아서 할 테니 염려치 마세요."라고 했다. 이렇게 이들 부부는 몰래 상의를 했다. 장천과 이만은 하루를 고생한 터라 술을 잔뜩 먹고 드르렁대고 코를 골며 깊이 잠들었기에 이를 전혀 알지 못했다.

다음 날 일찍 일어나 길을 나서려고 하자, 심 소하가 장천에게 묻기를 "제녕까지 가려면 앞으로 얼마나 남았습니까?"라고 하니, 장천은 "사십 리(里)밖에 안 남았으니 반나절이면 도착할 수 있을 게요."라고 했다. 이에 심 소하가 말했다.

"제녕 동문 안에 사는 풍 주사는 내 부친과 같은 해에 급제한 분입니다. 그 분이 전에 경도에 계실 적에 부친에게 은자 이백 냥을 빌렸지요. 여기 증서가 있습니다. 그가 북신관(北新關)[60]을 관리했었으니 집에 은자가 있을 겁니다. 내가 가서 전에 빌려준 것을 달라고 하면 그 분은 내가 곤경에 빠져 있는 것을 보고 반드시 서슴없이 갚을 것입니다. 은자를 받으면 가는 길에 여비로도 넉넉히 쓸 수 있을 것이니 고생하는 것을 면할 수 있겠지요."

장천은 좀 곤란한 듯한 기색을 보였으나 이만은 입에서 나오는 대로 응낙을 한 뒤, 장천에게 귓속말로 이렇게 말했다.

"내 보기에 저 심 도령은 충후한 사람이야. 게다가 아끼는 첩과 짐이 모두 여기에 있으니 별일 없을 거요. 한 번 갔다 오게 하여 은자를 가져올 수 있다면, 그것도 다 우리 두 사람의 복이지. 안 될 것이 뭐 있겠어?"

---

60) 북신관(北新關): 京杭運河에 있는 중요한 關口로 지금의 浙江省 杭州市에 있다.

장천이 말하기를 "그렇다면 객관으로 가서 짐을 내려놓고 쉬면서 내가 낭자를 지키고 있을 테니 자네는 심 도령을 따라 함께 가면 결코 차질이 없을 걸세."라고 했다.

여기에 대해서는 더 이상 지루하게 자세히 얘기하지는 않기로 한다.

사시(巳時)[61]가 되었을 즈음에 이들은 일찌감치 제녕성 외곽에 이르러 깨끗한 객관을 고른 뒤, 짐을 내려놓았다. 심 소하가 곧 말하기를 "어느 분이 나와 같이 동문에 갔다 오시겠습니까? 돌아와서 밥을 먹어도 늦지 않을 겁니다."라고 하자, 이만이 말하기를 "내가 같이 가겠소. 혹시 그 집에서 술과 음식을 대접할지도 모르오."라고 했다. 그러자 문씨가 남편에게 일부러 이렇게 말했다.

"속담에 이르기를 '사람을 대하는 낯빛은 지위고하에 따라 다르며, 인정에는 냉온이 있다.'고 하듯이 풍 주사가 비록 아버님께 빚을 졌지만 아버님이 돌아가시고 서방님도 어려움 속에 있는 것을 보고 누가 쉽사리 돈을 돌려주겠습니까? 괜히 남에게 혐오와 천대를 받을 뿐이죠. 차라리 식사를 하신 뒤, 갈 길을 재촉하는 것만 못합니다."

심 소하가 말하기를 "여기서 성을 들어가면 동문에서 멀지 않은 길이니 어쨌든 한번 갔다 오는 데 밑질 게 뭐 있겠는가."라고 하자, 이만은 은자 이백 냥이 탐이 나서 그에게 가야한다고 하며 힘껏 부추겼다. 이에 심 소하가 문씨에게 이렇게 당부했다.

"인내심을 가지고 잠시 앉아 있게나. 만약 내가 빨리 돌아오게 된다면 기대할 것도 없겠지만, 그 분이 호의로 만류하며 대접을 한다면 필시 뭐라도 도와주는 것이 있을 걸세. 그럼 내일은 가마 한 대를 얻어 자네가 타고 갈 수 있게 해주겠네. 며칠 동안 짐승을 타고 오는 것을 봤더니

---

61) 사시(巳時): '巳牌'와 같은 말로 아침 아홉시부터 열한시까지를 이른다. 옛날에 하루를 열두 시각으로 나누어 十二支로 표시했는데 관아의 문 앞에 시간을 알리는 牌를 걸어 놓았으므로 某時를 某牌라고 일렀다. 이에 '巳時'를 '巳牌'라고도 한 것이다.

자네가 매우 불편해 하는 것 같더구먼."

　문씨가 그 틈에 남편에게 눈짓을 하며 다시 또 말하기를 "서방님, 일찍 돌아오셔서 저로 하여금 오래 기다리게 하지 마세요."라고 하자, 이만이 웃으며 말하기를 "몇 시진(時辰)이나 갔다 온다고 그렇게 할 말이 많은가? 정말 지긋하지 못하네!"라고 했다. 문씨는 남편이 나간 것을 보고 일부러 이만을 불러 되돌아오게 하고는 그에게 당부하기를 "만약 풍씨 댁에서 밥을 대접해 오래 앉아있게 되면 제발 재촉 좀 해주세요."라고 하자, 이만이 답하기를 "말하지 않아도 알고 있다네."라고 했다. 이만이 섬돌을 내려갔을 즈음에 심 소하는 이미 길을 어느 정도 가고 있었다. 이만은 부주의한데다가 제녕은 그가 항상 다녔던 익숙한 길이고 동문에 있는 풍 주사의 집도 알고 있었기에 전혀 의심을 하지 않았다. 그는 몇 걸음을 가다가 갑자기 또 변이 급하기에 변소를 찾아 편히 용변을 본 뒤, 천천히 동문 쪽으로 갔다.

　각설, 심 소하는 뒤를 돌아다보니 이만이 보이지 않기에 단숨에 풍 주사의 집으로 달려 들어갔다. 심 소하가 구원을 받으려다보니 마침 풍 주사는 대청에 홀로 있는 중이었다. 두 사람은 경도에 있었을 때 잘 알고 지냈기에 이때 만나게 되자 매우 놀라지 않을 수 없었다. 심 소하가 읍을 하지도 않고 풍 주사의 옷소매를 잡아당기며 말하기를 "사람이 없는 데로 가서 말씀 드리겠습니다."라고 하기에 풍 주사는 그의 말뜻을 알아채고 곧바로 서재 안으로 데리고 들어갔다. 심 소하가 목 놓아 크게 통곡하자, 풍 주사가 말하기를 "조카, 할 말이 있거든 빨리 말해. 슬픔에만 젖어 있다가 큰일을 그르치지 말고."라고 했다. 심 소하는 울면서 이렇게 하소연했다.

　"부친께서 국적 엄숭에게 모함을 당한 얘기는 이미 말씀드릴 필요도 없습니다. 부친의 임지로 따라가 있던 두 아우는 모두 양순과 노해에게 죽임을 당했지요. 저만 고향집에 남아있어 저들이 다시 소흥부로 공문을 보내 저를 잡아다가 문죄하려 합니다. 한 집안의 후사가 곧 끊어지게 됐습니다. 그리고 두 아역도 불선한 마음을 품고서 양순과 노해 두 놈의 명을 받아, 앞에 있는 태행산이나 양산 등지에 이르러 남몰래 제 목숨을 해칠까 두렵습니다. 그래서 한 계책을 생각해내 백부님께 의탁하려고 빠져 나왔습니다. 백부님께서 저를 보호해 주실 계책을 내주신다면 하늘에 계신 돌아가신 부친의 혼령도 반드시 감사하실 겁니다. 만약 백부님께서 저를 보호해 주실 수 없으시다면 저는 여기서 곧바로 섬돌을 들이받고 죽어버릴 것입니다. 백부님 앞에서 죽는 것이 간적(奸賊)의 손에 죽는 것보다 훨씬 낫습니다."

풍 주사가 말했다.

"조카님 꺼릴 것 없네. 우리 집 안방 뒤에 한 겹의 복벽이 있으니 거기에 몸을 충분히 숨길 수 있을 게야. 다른 사람이 찾아낼 수 없는 곳이지. 내가 조카를 그 안으로 들어가게 해줄 테니 일단 며칠 동안 거기에 있게나. 내 알아서 하겠네."

심양이 절을 올려 감사하며 말하기를 "백부님은 저를 다시 살게 해주신 부모님이십니다!"라고 했다. 풍 주사는 친히 심양의 손을 잡고 안방으로 데리고 간 뒤, 바닥판 하나를 들어내자 지하 갱도 하나가 보였다. 그리로 내려가 오륙십 보 정도를 걸어갔더니 곧바로 빛이 보였고 자그마한 방 세 칸이 있었다. 사방은 모두 누각과 담장으로 둘러싸여 있었으며 과연 인적이 닿지 않는 곳이었다. 매일 음식은 모두 풍 주사가 친히 가지고 왔다. 그 집의 가법이 매우 엄격했으니 누가 감히 한 마디라도 누설을 했겠는가? 그것은 바로 이런 시로 대변된다.

깊은 산속이라 표범이 숨을 만하고	深山堪隱豹
버드나무 빽빽하니 까마귀가 숨을 수 있네	柳密可藏鴉
추포하려 쫓아오는 한나라 아전을 걱정할 필요도 없어라	不須愁漢吏
도와줄 노 지방의 주가(朱家)62)가 있지 않나	自有魯朱家

차설(且說), 그날 이만은 변소에 갔다 온 뒤, 동문에 있는 풍씨 집으로 갔다. 문 앞에 이르러 늙은 문지기에게 묻기를 "댁의 나리께서는 안에 계십니까?"라고 하자, 문지기가 말하기를 "안에 계십니다."라고 했다. 이만이 다시 묻기를 "댁의 나리를 뵈러 온 흰옷 입고 있는 사람을 혹시 보셨습니까?"라고 하니 문지기가 말하기를 "지금 서재에 만류해 놓고 식사를 대접하고 있습니다."라고 했다. 이만은 그 말을 듣고 더욱더 마음이 놓였다. 미시(未時)[63]가 되어갈 때까지 기다리고 있었더니 아니나 다를까 대청에서 흰옷을 입고 있는 한 사람이 나왔다. 이만이 급하게 앞으로 가서 보았더니 심양이 아니었으며 그 사람은 곧장 대문을 나서 가버리는 것이었다. 이만은 기다리다가 짜증을 참지 못하겠기도 하고 배가 고프기도 하여 어쩔 수 없이 늙은 문지기에게 묻기를 "댁의 나리께서 식사 대접을 한다는 사람은 어찌하여 들어가서 앉아있기만 하고 나오지는 않는 겁니까?"라고 하자, 늙은 문지기가 말하기를 "방금 전에 나간 사람이 아닌가요?"라고 했다. 이만이 묻기를 "나리의 서재 안에 또 다른 손님이 있습니까?"라고 하자, 늙은 문지기가 답하기를 "그건 모르겠네요."라고 했다. 이만이 "방금 전 흰옷을 입은 자는 누구죠?"라고 물으니 늙은 문지기가 답하기를 "나리의 처남인데 자주 오시죠."라고 했다. 이만이 "지금 나리는 어디 계십니까?"라고 묻자, 늙은 문지기가 답하기를 "나리께서는 항상 식사를 하신 뒤에는 반드시 한잠 주무셔야 하니 이 시간이면 잠이 들어 계실 겁니다."라고 했다. 이만은 서로 말이 통하지 않은 것을 보고 마음속으로 이미 조금 불안하기 시작했으므로 곧장 문지기에게 이렇게 말했다.

....

62) 주가(朱家): 漢나라 초기 魯 지방의 俠士로 집에서 豪士 백여 명을 기르고 있었다고 한다. 《史記·遊俠列傳》에 의하면, 項羽가 劉邦에게 패배한 뒤 유방이 큰 상금을 걸고 항우의 부하였던 季布를 잡으려고 했으나 朱家가 그를 도와 벗어나게 해주었다고 한다.

63) 미시(未時): 未牌와 같은 말로 오후 한 시부터 세 시까지를 이른다.

"영감님께 솔직히 말씀드리는데 저는 선대 총독 나리께서 파견한 사람입니다. 지금 소흥부에 이름은 심양이라 하고 호는 소하라고 하는 심 도령이 있는데 그는 성지(聖旨)에 의해 잡은 범인으로 제가 제녕으로 압송해 왔지요. 그가 말하기를, 댁의 나리는 자기 부친과 같은 해에 급제를 했으므로 자신과는 숙부와 조카 사이라고 하며 제게 나리를 뵈러 간다고 했습니다. 제가 그와 함께 댁에 도착하여 그 사람이 들어간 뒤로 한참을 기다려도 나오지 않으니 반드시 서재 안에 아직 있을 겁니다. 영감님께서 아직 모르시는 것 같으니 번거로우시겠지만 가서서 빨리 나오라고 한 번 재촉을 해주시지요. 길을 가야 하니까요."

나이든 문지기가 일부러 이렇게 말했다.

"무슨 말씀을 하는 건지 모르겠습니다. 조금도 알아듣지 못하겠네요."

이만이 화를 참으면서 한 차례 더 자세하게 얘기를 하자 늙은 문지기는 그가 보는 앞에서 퉤하고 침을 뱉으며 말했다.

"어디서 귀신 씻나락 까먹는 소리를 하고 있어! 무슨 심 도령인가가 언제 여기에 왔다는 건가! 나리께서는 지금 상중이시기에 외부 손님들을 일체 만나지 않으시는데. 이 문을 지키는 것이 내 책임이기에 여기를 출입하는 사람들은 모두 내가 나리께 아뢰거늘 무슨 귀신얘기 같은 소리를 하는 거야! 너 혹시 낮도둑 아니야? 억지로 무슨 관부 아역 행세를 하면서 뭘 훔치려는 건가? 어서 물러가, 내게 치근거리지 말고!"

이만은 이 말을 듣고 더욱더 조급해져 곧장 화를 내면서 말했다.

"심양은 조정에서 잡으려는 중대한 범인이오. 장난치는 게 아닙니다. 댁의 나리께 나와 보시라고 하면 내 할 말이 있소이다!"

늙은 문지기는 "나리께서 지금 주무시고 계신데 일 없이 누가 감히 고하러 가겠나? 네 놈이 상황 파악을 너무 못하네!"라고 말한 뒤, 천천히 제 갈 데로 가버렸다. 이에 이만은 이렇게 생각했다.

"이 문지기 늙은이, 정말 사리에 밝지 못하구먼! 말 한마디만 전해달라고 하는데 정말 까탈스럽네. 짐작하건대 심양은 반드시 안에 있을 게야. 내가 총독의 명을 받드는 것이지 사사로운 일을 하는 것이 아닌데 쳐들어간들 겁날 게 뭐 있나!"

이만이 곧장 우악스럽게 대청으로 쳐들어가 문병(門屛)을 치면서 큰 소리로 "심 도령, 가십시다!"라고 불러봤으나 아무 대답이 없었다. 연이어 몇 번을 부르자 안에서 어린 가동(家童) 하나가 나와서 "문지기는 어디에 있어? 누구를 들여보내 대청에서 떠들게 하는 거야?"라고 묻는 것이었다. 이만이 가동을 불러서 얘기를 하려는 참에 그 가동은 문병 뒤를 둘러보다가 서편으로 가버렸다. 이만은 "혹시 서재가 서편에 있는 건가? 내가 직접 가서 봐야겠다. 무서워할 게 뭔가!"라고 생각한 뒤, 대청 뒤로 돌아서 서편으로 가보니 긴 회랑이 나왔다. 이만은 사람이 없는 것을 보고 앞으로 가기만 했는데 집채가 깊숙하고 문들이 복잡하게 되어 있었으며 부녀자들이 자못 오가고 있었다. 이만이 감히 들어가지 못하고 다시 대청으로 돌아왔더니 밖에서 떠들썩한 소리가 들렸다. 대문 앞으로 나가서보니 장천이 이만을 찾으러왔다가 보이지 않기에 거기서 문지기와 말다툼을 하고 있는 것이었다. 장천은 이만을 보자마자 변명할 틈도 주지 않고 곧장 화를 내며 말했다.

"아주 훌륭한 짝이로세! 그저 술과 음식만 거머먹고 본래 해야 할 일은 하지 않네! 사시(巳時)에 성으로 들어와서 지금 신시(申時)[64]가 다 끝나 가는데 아직도 여기서 빈둥거리며, 빨리 길을 가게 범인을 재촉하지 않고 뭘 기다리는 겐가?"

이만이 말하기를 "풰! 술과 음식이 어디 있어? 그 사람 그림자조차 안 보이네!"라고 했다. 장천이 말하기를 "네가 그와 함께 성으로 들어왔잖아."라고 하자, 이만이 말했다.

"내 단지 변소에 한 번 갔다 온 사이에 그 놈이 몇 걸음을 앞서가 내가 따라가지 못하고 곧장 이곳으로 쫓아왔소. 문지기가 얘기하기를

64) 신시(申時): 오후 3시부터 5시까지를 이른다.

흰옷을 입은 사람이 서재에서 식사를 하고 있다고 하기에 반드시 그일 거라고 생각을 했지. 그런데 지금까지 기다려도 나오지 않고 문지기도 주인에게 통보를 하지 않아 맹물 한 잔도 얻어먹지 못했소. 형님이 내 대신 여기서 잠시 기다리고 있으시오. 내 객관에 가서 배를 좀 채우고 다시 오리다.”

그러자 장천이 말했다.

“너처럼 이렇게 일 못하는 사람도 다 있구나! 그가 어떤 범인인데 그 냥 혼자 가도록 내버려 둔거야? 서재라 해도 그를 따라 들어갔어야지. 이제 와서 그가 안에 있는지 없는지 어떻게 알아? 그런데도 넌 한가한 얘기나 하고 있구나! 이건 네 책임이지 나와는 무관한 일이다.”

말을 마치고 나서 그는 곧장 가버렸다. 이만은 장천을 쫓아가서 붙잡고 말했다.

“그 사람은 안에 있을 거며 어디 갈 곳도 없을 거요. 함께 여기 있으면 서 나를 도와 말 한마디라도 거들어 그가 나오도록 재촉하는 것이 도리지. 자기는 배불리 먹고서 어찌 그리 급히 가려 하오?”

장천이 말했다.

“그 사람의 소실이 객관에 있는데 방금 여관 주인에게 지켜봐달라고 당부는 해뒀지만 마음이 놓이지 않네. 그는 심양의 코를 꿰어 놓은 밧줄 같아서 그 소실이 있는 한, 심양이 안 올까 걱정할 필요가 없지.”

이만은 “형님 말이 맞소”라고 말했다. 장천이 먼저 간 뒤, 이만은 배고 픔을 참으면서 저녁때까지 기다렸으나 아무런 소식이 없었다.

점차 해가 저물어가자 이만은 배가 너무 고파 옆집에 간식가게가 있는 것을 보고 윗도리를 벗어 몇 문(文)[65]어치의 화소(火燒)[66]와 바꿔 먹었

....

65) 문(文): 돈을 세는 양사로 동전 하나를 一文이라고 했다.
66) 화소(火燒): 간식거리의 일종인 소병(燒餅; shāo bǐng)을 이른다. 밀가루를 반죽 하여 원형 또는 사각형의 넓적한 모양으로 만든 구운 빵의 일종이다. 표면에는 참깨를 뿌리기도 하며, 크기는 작은 것도 있고 큰 것도 있다. 모양은 둥근 것이

다. 시간이 얼마 지나지 않아서 대문을 닫는 빗장 소리가 들리기에 급히 달려가서 보니 풍씨 집 대문은 이미 닫혀 있었다. 이에 이만은 이렇게 생각했다.

"내 평생 아역을 해왔지만 이렇게 천대받은 적이 없었어. 주사가 얼마나 대단한 벼슬이라고 문지기가 저렇게 위세를 떨어? 그 심 도령도 웃긴 사람이야. 마누라하고 짐은 다 객관에 있는데 여기서 묵을 것 같으면 한마디 소식이라도 보내와야지. 일이 이미 이렇게 된 이상 어쩔 수 없으니 처마 밑에서 하룻밤을 아무렇게나 보낸 뒤, 날이 밝기를 기다렸다가 사리를 아는 집사가 나오면 그와 얘기를 해야겠네."

때는 시월이라 비록 아주 춥지는 않았지만 밤중에 한바탕 바람이 일고 추적추적 빗방울이 조금 내려 이만은 옷이 모두 젖어있었기에 매우 처연했다.

날이 밝고 비가 그칠 때까지 참고 있었더니 장천이 다시 오는 것이 보였다. 장천은 문씨가 서너너덧 차례나 재촉을 해서 온 것이었다. 그는 공문서와 압송문서를 지니고 와서 이만과 상의한 뒤, 풍 주사 집 대문이 열리기만을 기다렸다가 문을 확 밀어젖히고 들어가 대청에서 소란을 피우며 큰 소리를 질러댔다. 늙은 문지기가 그들을 막지 못하자 순식간에 집안의 노소(老少)들이 모두 모여와 왁자지껄하니 매우 떠들썩했다. 길거리를 가던 사람들도 그 집 안에서 떠드는 소리를 듣고 모여들어 대문을 둘러싼 채 구경을 했다. 이때 이를 들은 풍 주사가 안에서 느긋한 걸음걸이로 나오는 것이었다. 차설, 그 풍 주사는 어떠한 모양새였는고 하니 바로 이러했다.

머리엔 치자나무 꽃을 꽂고, 판판하게 꺾어 접은 흰 두건을 쓰고서,
송송 뚫린 거친 삼베로 지은 두루마기를 입은 뒤, 허리엔 삼줄로 중띠를

대부분이며 소를 넣은 것도 있고 넣지 않는 것도 있다.

띠고 짚신을 신고 있네.

집안 하인들은 풍 주사의 기침소리를 듣고 일제히 "나리께서 나오셨다!"라고 말한 뒤, 모두 양쪽으로 나눠 섰다. 풍 주사가 대청으로 나와서 묻기를 "무슨 일로 떠들어대는 게냐?"라고 하자, 장천과 이만이 앞으로 가서 절하며 말했다.

"풍 나리, 소인들은 선대총독 나리의 공문을 받자와 소흥으로 가서 흠범(欽犯)인 심양을 잡았습니다. 여기 제녕부를 지날 때, 그가 말하기를 풍 나리와는 자기 부친과 같은 해에 급제한 사이로 나리의 조카라고 하면서 나리를 뵈러가겠다고 하기에 소인들은 감히 막지 못하고 나리를 뵈러 가도록 허락을 했습니다. 그런데 어제 상오(上午)에 댁에 이른 뒤로부터 지금까지 나오지 않아 노정의 기한을 놓칠 것 같습니다. 집사들은 소인들을 대신해 나리께 아뢰려하지도 않았습니다. 나리께서 은혜를 베풀어 주시어 길을 갈 수 있도록 속히 그를 내보내 주십시오."

장천은 곧 품에서 압송문서와 공문을 꺼내 풍 주사에게 올렸다. 풍 주사는 그것을 보고서 "그 심양이라는 자가 혹시 경력 심련의 아들인가?"라고 물었다. 이만이 말하기를 "맞습니다."라고 하자, 풍 주사는 양 손으로 두 귀를 가리고 혀를 한 번 내밀고는 이렇게 말했다.

"너희 배군(配軍)[67]들, 무서운 걸 너무 모르는구나! 그 심양이란 자가 조정의 흠범이라면 그래도 괜찮겠지만 그는 엄 상국의 원수인데 누가 감히 그를 집에 있도록 용납을 하겠느냐? 그가 어제 우리 집에 온 적이 어디 있는가? 이런데도 너희들은 그렇게 함부로 말을 하는 겐가! 관부에서 알게 되어 엄 승상 댁으로 얘기가 전해지면 내가 어떻게 그의 책망을 감당하겠느냐? 너희 두 배군은 자기 스스로 조심하지는 않고, 얼마나

....

67) 배군(配軍): 본래 流刑으로 인해 변방을 지키게 된 군졸을 이르는 말이었으나 '군바리'란 말처럼 군인을 낮잡아서 칭하는 말로도 쓰였다.

돈을 받았는지 모르겠지만, 중요 범인을 놓아주고서 되레 나한테 뒤집어 씌우려고 하는구나!"

그러고 나서 가동을 불러서 "이 배군들을 마구 때려서 쫓아내고, 대문을 닫거라! 이런 쓸데없는 시비에 휘말리지 말고! 엄 승상 댁에서 알게 되면 장난이 아니다!"라고 했다. 풍 주사는 한편으로 욕을 하면서 집 안으로 걸어 들어갔다. 모든 하인들이 주인의 명을 받아 너도나도 함께 밀어냈으므로 장천과 이만은 순식간에 대문 밖으로 밀려나오게 되었다. 문을 닫은 뒤에도 떠들썩하게 마구 욕하는 소리가 여전히 들려왔다.

장천과 이만은 서로 얼굴을 쳐다보면서 입을 벌린 채 다물 수가 없었으며 나온 혀를 넣을 수가 없었다. 장천은 이만을 탓하며 말하기를 "어제 네가 힘을 다해 부추겨서 그를 성안으로 들어가게 했으니 이제 너 혼자 가서 그를 찾아라!"라고 했다. 이만이 말하기를 "일단 원망하지 말고 함께 가서 그의 마누라한테 물어보면 혹시 어찌된 영문인지 알 수 있을 게야. 그때 다시 와서 찾으면 되지."라고 했다. 장천이 말했다.

"그 말이 맞다. 그들은 금슬이 좋은 부부인지라 어젯밤엔 서방이 돌아오지 않자, 그 아낙은 몰래 눈물을 흘리며 두 세 시진(時辰) 동안 혼자 앉아서 목이 빠져라하고 기다리더군. 자기 서방의 행적을 마누라가 어찌 모르겠어?"

두 사람은 이렇게 말하면서 부리나케 성 밖으로 나온 뒤, 다시 객관으로 돌아왔다.

각설, 문씨가 객관 방 안에 있다가 아역의 목소리를 듣고서 급히 걸어 나와 묻기를 "우리 서방님은 어찌 오시지 않았나요?"라고 했다. 장천이 이만을 가리키며 말하기를 "이 사람한테 물어보시오."라고 했다. 이만은 어제 변소에 가서 용변을 보는 바람에 한 걸음 늦게 풍 주사 집에 도착해 처음에는 여차저차한 일이 생겼으며 그 뒤로는 그러저러한 일이 있었다는 것을 자세히 이야기해 주었다. 장천이 말했다.

"오늘 아침에 빈속으로 성에 들어간 뒤, 뱃속에 울화만 잔뜩 채우고

왔소. 댁의 서방은 정말 그 집에 없을 것 같소이다. 그래도 반드시 어디
갈 곳이 있었을 텐데 설마하니 낭자한테 말하지 않았겠소? 낭자! 늦기
전에 빨리 말해 주시오, 우리가 가서 찾을 수 있게.”

말이 아직 끝나지도 않았는데 문씨는 눈물을 머금은 채 양 손으로 두
아역을 붙잡고서 소리 질러 말하기를 “그래, 그래! 내 남편을 돌려줘!”라
고 하자, 장천과 이만이 이렇게 말했다.

“당신 남편이 자기 스스로 무슨 백부인가를 뵈러 간다고 하기에 우리
가 호의로 갔다 오도록 허락한 것인데 어디로 간 것인지 모르는 거지.
그가 우리까지 연루시켜 여기서 조급하게 하기만 하고 찾을 수 없게 했
는데 당신은 오히려 우리한테 남편을 내놓으라고 다그치다니! 설마 우
리가 그를 숨겨두었겠는가? 정말 웃기는 말을 하고 있네!”

그러고서 옷소매를 털고는 화가 난 표정으로 한 쌍의 호랑이처럼 자리
에 앉았다. 문씨는 밖으로 걸어 나가 입구를 막고 두 발로 땅을 동동
구르며 목 놓아 크게 울면서 억울하다고 소리를 질러댔다.

객관 노주인이 이를 듣고 황급히 그를 타이르자 문씨가 말했다.

“어르신께서 사정을 몰라 그러신가본데 제 남편은 나이 서른에도 자
식이 없어 저를 첩으로 들였지요. 제가 그 사람을 따른 지는 이 년이
되었으며, 다행히 잉태를 한 지는 석 달 남짓 되었습니다. 남편이 저를
떼어둘 수 없기에 제가 천리 길을 따라오게 된 것이고 오는 길 내내 촌보
도 떨어져 있지 않았습니다. 어제 여비가 모자라기에 남편이 백부님인가
를 만나 뵈러 간다고 하자 이(李) 패두(牌頭)[68]가 함께 따라갔지요. 어젯
밤 내내 돌아오지 않기에 저는 이미 의심을 하고 있었는데 오늘 아침에
저 두 사람만 돌아왔으니 필시 우리 남편을 모해했을 것입니다. 어르신
께서 저를 위해 주장 좀 해 주십시오. 저는 제 남편을 돌려줘야 그만

----

68) 패두(牌頭): 元나라 때 군대 編制의 기본단위로 ‘牌’가 있었는데 그 우두머리를
牌頭라고 불렀다. 나중에 ‘牌頭’는 아역 혹은 군사에 대한 존칭으로 쓰이게 되었다.

둘 겁니다."

　객관 노주인이 말하기를 "낭자, 조급해 하지 마시오. 저 패두와 댁의 남편과는 평소에 원한도 없었고 과거에 원수진 일도 없는데 무슨 까닭으로 그의 목숨을 해치려 하겠소?"라고 하자, 문씨는 울음소리를 더 구슬프게 하며 이렇게 말했다.

　"어르신께서는 모르시겠지만 제 남편은 엄 상국의 원수입니다. 저 두 사람은 필시 엄씨 댁의 부탁을 받고 온 것이거나 아니면 엄씨 댁에 가서 공로를 보고하려고 했을 겁니다. 어르신께서 상리대로 생각해 보십시오. 제 남편은 만 리 길에도 저를 여기까지 데리고 왔는데 어찌 일언반구의 말도 없이 갑자기 가버리겠습니까? 설사 그 사람이 간다고 해도 함께 따라갔던 이(李) 패두가 어찌 그 사람을 놓아주었겠습니까? 엄씨 댁에 아부를 하려고 내 남편을 죽인 것은 그렇다쳐도 홀몸의 아녀자인 저는 누구를 바라보고 살라고요? 어르신, 사람을 죽인 저 두 도적놈들을, 어르신을 번거롭게 해드리는 것입니다만, 저와 함께 관부로 가게 하여 억울함을 호소하게 해 주십시오."

　장천과 이만은 문씨가 울고 하소연하는 것에 몇 마디 변명을 하려했지만 도중에 끼어들 새가 없었다. 객관 노주인은 문씨의 말을 듣고 일리가 있기에 그도 의심을 품지 않을 수 없게 되었으며 문씨를 가련하게 여기기 시작했다. 그리하여 어쩔 수 없이 문씨를 타이르며 말하기를 "낭자는 말이 그렇다 해도 남편이 아직 죽지 않았을지도 모르니 좌우간 하루를 더 기다려 봐요."라고 했다. 문씨가 말하기를 "어르신 말씀대로 하루를 기다려보는 건 괜찮겠지만 사람을 죽인 저 흉범들이 기회를 틈타 도망을 가면 누가 책임지겠습니까?"라고 하자, 장천이 말하기를 "과연 네 남편을 모해하고 도주를 하려 했다면 우리 두 형제가 뭘 하려고 다시 여기에 왔겠나?"라고 했다. 문씨가 말하기를 "너희들이 내가 아녀자라서 주견이 없는 것을 보고 업신여겨 나를 속이려하는 것이겠지. 똑바로 말해봐, 내 남편의 시신은 어디에 있는 거냐? 어차피 관아에 가면 나한테 실상을 밝혀야할 게다!"라고 했다. 객관 노주인은 문씨가 입심이 대단한 것을 보고 더 이상 감히 말을 할 수가 없었다. 객관 안으로, 구경하러 온 자들이 잠깐 사이에 사오십 명이 모여들었다. 아녀자가 이렇게 애달파하는 것을 듣자, 사람들은 두 아역에게 분노하여 모두가 말하기를 "낭자가 억울함을 호소하려고 한다면 우리가 댁을 병비도(兵備道)69)로 데리고 가겠소."라고 했다. 그러자 문씨가 사람들을 향해 허리 굽혀 절을 한 뒤, 울면서 말했다.

"여러분들, 길에서 억울한 일을 당한 사람을 보시고 도와주셔서 감사합니다. 불쌍하게도 저는 홀몸으로 곤경에 빠졌으니 길을 안내해 주십시오. 번거로우시겠지만 저 대신 이 두 흉도들을 함께 잡아가 주시고 도망가게 놔주지 마십시오."

그러자 사람들이 말하기를 "상관없소이다. 우리가 책임지겠소!"라고 했다. 장천과 이만은 사람들에게 변명을 하려 했지만 일언반구도 꺼내기 전에 사람들이 곧바로 이렇게 말했다.

"두 패두는 변명할 필요도 없소이다. 그런 일이 없었으면 없는 것이고 있었으면 있는 것이잖소. 만약 그런 일이 없었다면 이 낭자를 따라 관아로 가도 무서울 것이 없지 않소이까?"

문씨는 울면서 걸어갔으며, 사람들은 장천과 이만을 둘러싼 채 한 떼로 엉켜서 전부가 병비도 앞에 이르렀으나 병비도는 아직 문이 열려 있지 않았다.

바로 그날은 송안을 받는 날이었다. 문씨가 흰 베치마를 두르고 곧장 울타리 문으로 쳐들어가서 보니 대문 앞에 큰 북이 시렁에 놓여 있었으며 그 큰 북 시렁에는 북채 하나가 걸려 있었다. 문씨가 북채를 손에 쥐고서 북을 마구 두드리자 하늘을 진동하는 소리가 울려퍼졌다. 중군관

69) 병비도(兵備道): 명나라 때 중요한 지역에 설치했던 兵備를 관장하는 관직을 이른다. 여기서는 그 관서를 가리킨다.

(中軍官)은 놀라서 혼이 다 나갔으며 문지기도 넋을 잃었다. 이들이 일제히 달려와 밧줄로 문씨를 포박하면서 꾸짖기를 "이 아낙네 정말 간도 크네!"라고 했다. 문씨가 땅에 쓰러져 통곡하면서 말하기를 "하늘만큼 억울합니다!"라고 했다. 대문 안에서 외치는 소리가 들리더니 문이 열렸다. 왕(王) 병비(兵備)가 대청에 좌정하고 있으면서 북을 두드린 자가 누구냐고 물었다. 중군관이 문씨를 데리고 안에 들어가자, 문씨는 울면서 하소연을 했다. 가문이 불행히도 변고를 당하여 집안의 부자 세 명이 비명의 죽음을 당했으며, 단지 남편 심양만이 남았지만 어제 길을 가던 중에 아역에게 모해를 당한 일 등을 한 차례 낱낱이 자세하게 얘기해 주었다. 왕 병비가 장청과 이만을 앞으로 나오라고 큰 소리로 부른 뒤, 그들에게 연고를 물었다. 장천과 이만이 말 한 마디를 할 때마다 문씨는 곧바로 말을 잘라가며 반박을 했다. 문씨의 말이 구구절절 일리가 있었으므로 장천과 이만은 말뺌을 할 수 없었다. 왕 병위가 생각하기를 "엄씨 집의 세력이 대단해서 몰래 꾀하여 사람을 죽이는 일도 왕왕 있으니 이 일도 그렇지 않다고는 장담하기 어렵지."라고 하고, 곧 중군관을 시켜 세 사람을 압송하여 본주(本州)로 보내 조사하고 심문하도록 했다.

본주의 지주(知州)는 성이 하(賀) 씨였는데 그는 그 공무를 받고서 감히 태만하게 할 수 없었으므로 즉시 객관 주인을 잡아와 네 사람의 진술을 들었다. 문씨는 두 아역이 남편을 모해했다고 한마디로 잘라 말했으며, 이만은 변소에 갔다 오느라 한 걸음 늦어 범인을 놓쳤다고 자백했다. 장천과 객관 주인은 모두 사실대로 한 차례 얘기를 했다. 지주는 망설이며 결정을 내리지 못하고 생각하기를 "저 아낙도 매우 애절한 것을 보니 사실인 것 같고, 장천과 이만도 인정을 하지 않는구나."라고 했다. 그렇게 한 차례 생각을 하고 나서 네 사람을 빈방에 가둬둔 뒤, 풍 주사를 떠보려고 가마를 타고 그를 만나러 갔다.

풍 주사는 지주가 찾아온 것을 보고 황급히 대청으로 그를 맞이했다. 차를 마신 뒤, 하 지주가 심양의 일을 꺼내자 '심양'이란 두 글자만 듣고도 풍 주사는 바로 두 귀를 막으면서 이렇게 말하는 것이었다.

"그는 엄 상국의 원수이고, 저와 그의 부친은 비록 한 해에 급제를 했으나 평소 교분이 없었습니다. 나리께서 제게 하문하지 말아주십시오. 엄씨 댁에서 알게 되면 저까지 연루될까 두렵습니다."

풍 주사는 말을 마치고 일어나며 말하기를 "나리께서는 공무가 있으실 터이니 오래 앉아계시라고 감히 만류하지 못하겠습니다."라고 했다. 하 지부는 일이 재미없게 되자, 하는 수 없이 풍 주사와 헤어진 뒤, 가마에서 이렇게 생각했다.

"풍공이 저렇게 엄씨 집을 두려워하는 것으로 봐서 심양은 반드시 그의 집에 없을 게야. 아역에게 해를 당했을지도 모르거나 그렇지 않으면 풍공에게 의탁하러 갔다가 받아들여지지 않기에 다른 아는 사람의 집으로 갔을지도 모르지."

그리고 관아로 돌아간 뒤, 그는 다시 또 네 사람을 불러냈다. 문씨에게 묻기를 "네 남편이 풍 주사 말고 본주에서 또 아는 사람이 있느냐?"라고 하자, 문씨가 답하기를 "이곳엔 아는 사람이 전혀 없습니다."라고 했다. 지주가 묻기를 "네 남편은 언제 간 것이냐? 저 장천과 이만이 언제 와서 네가 묻는 것에 답을 해주었더냐?"라고 하자, 문씨가 이렇게 답했다.

"남편은 어제 점심을 먹기 전에 갔고, 이만과 함께 객관 문을 나섰습니다. 신시(申時)가 되어서 장천은 두 사람에게 갈 길을 재촉하러 간다고 제게 거짓말을 한 뒤, 그도 성 안으로 들어갔다가 날이 어두워진 후에야 돌아왔습니다. 그리고 나서 장천이 제게 말하기를 '우리 이 씨 형제가 댁의 남편하고 같이 풍 주사 집에서 묵게 되었구려. 내일 내가 일찍 가서 그들이 성에서 나오도록 재촉하겠소.'라고 했습니다. 오늘 아침에 장천은 오전 내내 나가있다가 이만과 함께 두 사람은 돌아왔지만 제 남편만은 보이지 않으니 모해한 사람이 저들이 아니면 누구이겠습니까? 만약 제 남편이 풍씨 댁에 있지 않았다면, 어제부터 이만이 바로 찾았어야 했으며 장천도 조급했어야 했거늘 어찌 좋은 말로 저를 안심시켰겠습니까? 그 사정은 알 만합니다. 반드시 장천과 이만 두 사람은 길에서 미리 약속을 해놓고 이만으로 하여금 밤을 틈타 손을 쓰라고 했을 겁니다. 오늘 아침에 장천이 성으로 들어가 두 사람이 이른 시간을 틈타 시신을 다 묻은 뒤, 객관으로 돌아와서 저한테 답을 한 것일 겁니다. 바라건대 청렴한 나리께서 고명한 판단을 내려 주십시오."

그러자 하 지주가 말하기를 "네 말이 옳다."라고 했다. 장천과 이만이 막 변명을 하려 하자, 지주가 대갈하여 말하기를 "너희들은 아역노릇을 하면서 무슨 일을 한 것이냐? 만약 계책을 써서 죽인 것이 아니라면 반드시 돈을 받고 풀어준 것일 테니 무슨 할 말이 있겠느냐?"라고 한 뒤, 큰 소리로 명을 내려 수하로 하여금 장천과 이만에게 곤장 삼십 대씩을 매섭게 때리도록 했다. 피부가 찢기고 살이 터지며 선혈이 솟구쳐 흘렀지만 장천과 이만은 복죄를 하지 않았다. 문씨가 곁에서 그저 애달프게 통곡하기만 하자 지주는 그를 불쌍히 여겨 주릿대를 가져오라 하여 두 아역에게 주리를 틀도록 했다. 두 아역이 사실 심양을 모사하지 않았던 지라 비록 고통스럽다 한들 어찌 자백을 하겠는가? 연이어 주리를 두 차례 틀었지만 복죄를 하지 않자, 지주가 다시 주리를 틀려는 순간, 장천과 이만은 고통을 견디지 못하고 거듭 애걸하며 이렇게 말했다.

"심양은 사실 아직 죽지 않았으니 나리께서 기한을 정하신 뒤, 사람을 시켜 소인들을 데리고서 그를 찾아 문씨에게 돌려주면 되지 않겠습니까."

지주도 판단을 내리지 못하고 있었기에 그의 말에 따를 수밖에 없었다. 일단 문씨를 비구니절로 보내 그곳에 머물게 하고는 네 명의 민장(民 壯)70)을 시켜 장천과 이만 두 사람을 쇠사슬로 묶은 뒤 심양을 찾도록 했으며 닷새에 한 번씩 비교(比較)71)를 받도록 했다. 그리고 객관 주인은

70) 민장(民壯): 징모되어 부역을 하는 장정을 이른다.
71) 비교(比較): 옛날 관부에서 범인을 잡거나 조세를 징수할 때 기한을 정해 아역을

집으로 돌아가도록 석방해 주고, 상황을 모두 병비도에 자세히 보고하자 병비도에서도 그렇게 하도록 해주었다. 네 명의 민장들은 장천과 이만을 한 쇠사슬에 묶어 번갈아 지켜가며 다녔다. 장천과 이만이 가지고 있던 몇 량의 여비는 모두 민장들에게 털려 술과 음식을 사는 데 쓰였고 왜도 (倭刀) 한 자루도 전당 잡혀 술을 사 마시는 데 쓰였다. 이 임청(臨淸)이 란 곳 또한 큰 지역이라서 드넓었으므로 오가는 사람이 천만에 이르렀으 니 어디 가서 심 도령을 찾겠는가? 그저 일시적으로 형벌에서 벗어나는 방법에 불과했을 뿐이었다.

문씨는 비구니 절에 머물고 있다가 닷새째가 되자 다시 또 관아로 가 서 죽니 사니하며 통곡을 했다. 이에 지주는 어쩔 수 없이 장천과 이만을 책벌할 수밖에 없었다. 이 두 사람은 비교의 기한을 연이어 십 여 차례나 연장했기에 죽비(竹批)[72]로 얼마나 많이 매질을 당했는지 모른다. 기어 갈 수도 없을 정도로 매를 맞아 장천은 병들어 죽었으며, 홀로 남아있게 된 이만은 비구니 절로 가서 문씨에게 절을 하며 애걸할 수밖에 없었다.

"다급해서 말을 안 할 수가 없습니다. 사실 임무를 받고 올 때, 경력으 로 있는 김소가 양 총독의 명을 구두로 전하기를, 나더러 댁의 남편을 중도에 죽인 뒤, 현지 관아에서 결상(結狀)[73]을 받아 회보(回報)하라고 했습니다. 우리 두 사람은 비록 입으로는 응낙을 했지만 어찌 이런 모진 일을 하려고 했겠습니까? 댁의 남편이 무슨 까닭으로 갑자기 도주를 했 는지는 모르나 정말이지 우리와는 무관합니다. 저 푸른 하늘에 맹세코, 반 글자라도 헛된 말이 있으면 우리 온 집안이 멸문지화를 당할 겁니다. 지금 관부에서 닷새에 한 번씩 비교를 하여 형제인 장천이 이미 맞아죽

재촉했는데 기한이 되었음에도 임무를 완수하지 못했을 경우, 아역에게 벌을 내렸으며 이렇게 아역의 일을 점검했던 것을 '比' 혹은 '比較'라고 했다.

72) 죽비(竹批): 형구의 하나로 죄인을 매질하기 위한 대나무 몽둥이를 이른다.

73) 결상(結狀): 무엇에 대해 증명을 하거나 담보를 하거나 해결한 상황을 드러내는 내용으로 이루어진, 관청에 제출하는 문서를 이른다.

었는데 나까지 고생하다 죽으면 너무 억울합니다. 댁의 남편은 확실히 죽지 않았으니 나중에 부부가 상봉하게 될 날이 있을 겁니다. 제발 부탁인데 관아로 가서 울고불고하지 마십시오. 내게 기한을 넉넉하게 줘서 천한 목숨을 보전하게 해주면 음덕(陰德)이 될 것입니다!"

그러자 문씨가 말했다.

"당신이 내 남편을 모해하지 않았다는 말만으로는 확실히 믿기가 어려워요. 기왕 내게 이렇게 말을 했으니 일단 관아로 가서 호소는 하지 않을 테니 여유를 가지고 찾으세요. 단, 당신들은 스스로 서둘러 마음을 쓰며 태만하지 말았으면 합니다."

이만은 거듭해 "예, 예."라고 말하며 돌아갔다. 그 증거가 되는 시가 있다.

은자 스무 냥에 흉모를 꾀했건만	白金廿兩釀凶謀
도중에 죄수를 잃게 될 줄 누군들 생각이나 했으리오	誰料中途已失囚
쇠사슬에 묶여 매를 맞고 감금돼 견디질 못하겠으니	鎖打禁持熬不得
비구니 절에서 아낙네에게 애걸을 하는구나	尼庵苦向婦人求

관부에서 기한을 정해 놓고 심양을 잡아오라 한 것은 첫째, 그가 총독 관아에서 찾는 중요 범인이기 때문이었으며 둘째, 아낙네가 날마다 애걸하기 때문이었다. 그래서 급하고도 엄격하게 비교한 것이었지만 이때 이만은 목숨이 끊어질 때가 아직 안 되었는지 때마침 살 기회가 생겼던 것이다.

각설, 총독 양순과 어사 노해 두 사람은 밤낮으로 상의해 가며 엄씨 집에 아첨하여 하루아침에 후작으로 봉해지기를 기대하고 있었다. 그런데 조정에 병과(兵科) 급사중(給事中)으로 오시래(吳時來)[74]라는 자가 있어 그가 양순이 평민을 함부로 죽이고서 공로로 사칭한 일을 소문으로 듣고 탄핵하는 상소를 마음을 다해 올리며 노해가 양순과 함께 패를 지어 간악한 짓을 한다고 탄핵할 줄을 그 누가 알았겠는가? 가정(嘉靖) 황제는 바야흐로 그때 복을 비는 법사를 베풀려고 있었는데 양순이 평민을 살해하여 상서로운 기운을 크게 해쳤다는 말을 듣고 대로하여 금의위로 하여금 그들을 경도로 압송해 문죄하도록 했다. 엄숭은 황제가 노하여 어떻게 할지 예측할 수 없는 것을 보고 이들을 일시에 구해 보호해 주지는 못했다. 하지만 그가 중간에서 조정을 해준 덕에 두 사람은 삭탈관직 되어 평민으로 강등되는 데 그치게 되었다. 가소롭게도 양순과 노해는 사람을 죽여 가며 아첨을 했다가 이때에 이르러 괜스레 사람들에게 웃음거리가 되었으니 무슨 이득이 있었던가?

재설(再說), 하 지주도 양 총독이 파직되었다는 소식을 듣고 이 사건을 냉담히 보게 되었다. 게다가 이제 문씨도 계속 와서 울며 호소를 하지도 않고 두 아역 가운데 하나가 죽어 이만만이 남아서 끊임없이 애걸복걸했기에 하 지주는 분부를 내려 이만의 쇠사슬을 풀어주라고 했다. 그리고 그에게 도주범을 체포하는 문서를 주며 신경을 써서 찾아보라고만 했으니 이는 분명 이만을 풀어주려는 뜻이었다. 이만은 그 체포문서를 받고 마치 사면장을 받은 듯이 몇 번을 거듭해 머리를 조아리고는 관아의 문을 나서자마자 연기처럼 달아나버렸다. 이만은 가지고 있는 여비도 없어 구걸을 하며 돌아갈 수밖에 없었으니 그 자세한 얘기는 하지 않기로 한다.

각설, 심 소하는 풍 주사 집의 복벽 안에서 여러 달을 머물면서도 바깥 소식에 대해 모르는 것이 없었다. 모두 풍 주사가 소식을 수소문해 들은 뒤 그에게 알려 준 것이었다. 문씨가 비구니 절에서 기거하고 있다는

----

74) 오시래(吳時來, 1527~1590): 명나라 때 사람으로 자는 維修이며 호는 悟齋이다. 刑科給事中으로 있을 때 嚴嵩의 일당인 兵部尚書 許論, 宣大總督 楊順, 巡按御史 路楷 등이 모두 그의 탄핵으로 인해 파면되었으며 나중에 또 嚴嵩 부자를 탄핵했다가 수자리를 하게 되었다. 이후 복직되어 工科給事中, 吏部侍郎, 左都御史 등의 벼슬을 지냈다.

소식을 듣고 마음속으로 기쁘게 여겼으며, 일 년 남짓 지나서는 장천과 이만이 모두 도망해 사라져 이 공무에 대해 점점 흐지부지된 것도 알게 되었다. 풍 주사는 특별히 안쪽 서재 세 칸을 정리한 뒤 심양으로 하여금 그 안에서 책을 읽게 하면서 다만 밖으로 나가지는 못하게 했으므로 바깥사람들 가운데 이를 아는 자가 없었다. 풍 주사는 삼 년의 거상 기한이 찬 뒤에도 심 도령이 집에 있었기에 다시 벼슬을 하러 나가지 않았다.

세월은 쏜살같이 흘러 심 소하가 풍 주사 집에 계속해 머문 지도 팔 년이 되었다. 엄숭의 부인 구양씨(歐陽氏)가 세상을 떠나자 엄세번은 모친의 영구를 모시고 고향으로 돌아가지 않으려고 부친을 부추겨 상소문을 올리게 하여 자신을 남게 해 부친을 봉양해야 한다고 했다. 그러면서 그는 상중에도 희첩들을 끼고 밤낮으로 술을 마시며 즐겼다. 가정 황제는 천성이 매우 효성스러웠기에 이 일을 알고는 마음속으로 심히 불쾌해 했다. 당시에 남도행(藍道行)[75]이라는 방사(方士)가 있었는데 부란(扶鸞)[76] 법술을 잘 부렸다. 천자가 그를 불러, 그에게 신선을 모셔다가 자신을 보좌하는 신하들이 현명한지를 묻도록 했다. 이에 남도행이 아뢰었다.

"신이 부르는 신선은 상계의 진선(眞仙)으로 정직하여 아부를 하지 않사옵니다. 만일, 키 밑에 쓰여진 점사(占辭)의 판단이 성심에 거슬려도 소신의 죄를 용서해 주시옵소서."

....

75) 남도행(藍道行): 명나라 때 유명한 도사로 扶乩로 점치는 것을 잘해 도교를 독신했던 가정 황제의 신임을 받았다. 황제 앞에서 嚴嵩을 공격한 일로 보복을 당해 옥사했다. 《明史·佞倖傳》에 그에 대한 기록이 보인다.

76) 부란(扶鸞): '扶乩' 또는 '扶箕'와 같은 말로, 일종의 점치는 방법이다. '扶'는 '부축하다'는 뜻이고 '乩'는 '점을 친다'는 뜻으로 전설에서 신선이 鸞鳳을 타고 온다고 하여 扶鸞이라고도 했다. 방사가 고무래와 유사한 '丁'자 모양의 세 갈래 나무기구를 만들어 손잡이 부분에 끈으로 송곳을 달아 드리운 뒤, 두 사람이 그 기구의 양쪽을 각각 집게손가락 위에 얹어놓고 신을 내리게 하면 송곳이 흔들리는 대로 밑에 있는 모래를 담은 접시에 글씨가 쓰여지게 되고 그 글씨를 가지고 점을 쳤다. 민간에서는 간편하게 키(箕)에 젓가락 하나를 꽂아서 점을 치기도 했으며, 보통 음력 정월 보름날 밤에 많이 했다.

그러자 가정 황제가 말했다.

"짐은 바로 하늘이 품고 계신 정론(正論)을 들으려고 하는 것인데 경(卿)과 무슨 상관인가? 어찌 경을 탓할 리가 있겠는가?"

남도행이 부적을 쓰고 주문을 외우자 신령스러운 키가 저절로 움직이며 열여섯 글자를 써냈는데 그 글은 이러했다.

높은 산에 풀이 무성하며	高山番草
부자(父子)가 모두 재상이라네	父子閣老[77]
해와 달이 빛을 잃고	日月無光
하늘과 땅이 뒤집혀버렸네	天地顚倒

가정 황제가 이를 보고 남도행에게 말하기를 "경이 풀어보라."라고 했다. 남도행이 아뢰기를 "소신은 우매하여 풀지 못하옵니다."라고 하자, 가정 황제가 말했다.

"짐은 그 뜻을 알겠노라. '高山(고산)'이란 말은 '山[뫼 산]' 자에 이어 '高[높을 고]' 자가 있으니 이는 곧 '嵩[높을 숭]' 자가 되는 것이고, '番草(번초)'라는 말은 '番[차례 번]' 자 위에 초두머리[艹]가 있으니 이는 곧 '蕃[우거질 번]' 자가 되는 것이기에 이 글자들은 엄숭(嚴嵩)과 엄세번(嚴世蕃) 부자 두 사람을 가리키는 것이다. 짐은 그들이 전권을 하여 나라를 그르친다는 소리를 오래전부터 들어왔는데 오늘 신선께서 기미를 짐에게 보여주셨으니 마땅히 즉각 처분을 내려야겠다. 경은 바깥사람들에게 누설하지 말라."

남도행은 머리를 조아리며 "어찌 감히 그러하겠사옵니까?"라고 말한 뒤, 상을 받고 나갔다. 이로부터 가정 황제가 점차로 엄숭을 멀리하기

----

77) 각로(閣老): 본래 당나라 때 中書舍人 가운데 경력이 오래된 자들과 中書省, 門下省의 속관들에 대한 敬稱이었는데 五代, 宋代 이후부터는 宰相에 대한 호칭으로도 쓰였다.

시작하자, 어사 추응룡(鄒應龍)78)이 기회가 생긴 것을 보고서 그들을 탄
핵하는 상소문을 올렸다.

엄세번은 아비의 세력을 빙자하여 매관매직을 하며 수많은 악행을
범하였사오니 마땅히 육시를 해야 하옵니다. 그의 아비 엄숭은 못된 아들
을 지나치게 아껴 결당해 현자들을 덮어 가렸으니 마땅히 빨리 물러나게
하여 위정(爲政)의 근본을 맑게 하셔야 하옵니다.

가정 황제가 상소문을 보고 크게 기뻐하며 즉각 추응룡을 통정사(通
政司)79) 우참의(右參議)로 승직시켰다. 엄세번은 법사(法司)에 투옥시킨
뒤, 군졸로 충원시키는 벌을 내리도록 했으며 엄숭은 고향으로 돌아가도
록 했다. 얼마 지나지도 않아서 강서(江西) 순안어사(巡按御史) 임윤(林
潤)80)이 다시 상소문을 올려 엄세번이 군대로 가지 않고 집에 있으면서
더욱더 횡포를 부리며 민간의 전답을 강점하고 간인(奸人)들을 키우며
오랑캐와 사통해 모반을 꾀한다고 했다. 성지가 내려오자 삼법사(三法
司)81)에서 심문을 하게 되었다. 심문하는 관리가 실정을 확인한 뒤 다시
상소문을 올려 엄세번은 즉시 참형에 처해졌고 가산도 몰수되었다. 엄숭
은 양제원(養濟院)82)으로 보내져 그곳에서 여생을 마치도록 했으며 그

....

78) 추응룡(鄒應龍): 명나라 때 사람으로 자는 雲卿으로 御史, 兵部侍郎, 太常寺卿
   등의 벼슬을 지냈다. 《明史》 권210에 그에 대한 전이 실려 있다.
79) 통정사(通政司): 명청 때 상소문과 申訴 문서 등을 검사하는 중앙기관으로 그
   장관은 通政使였으며 부직으로는 副使와 參議가 있었다. 자세한 내용은 《明史
   ·職官志二》에 보인다.
80) 임윤(林潤, 1531~1570): 명나라 때 사람으로 자는 若雨이며 南京監察御史, 南京
   通政司參議, 太常寺少卿, 右僉都御史 등의 벼슬을 역임했다. 《明史》 권210에
   그에 대한 전이 있다.
81) 삼법사(三法司): 法司는 사법과 형옥을 주관하는 관서를 이른다. 명나라 때 刑部,
   都察院, 大理寺를 합쳐 三法司라고 했으며 중대한 사건은 이 세 기관에서 심판
   했다.
82) 양제원(養濟院): 일종의 복지시설로 가족이 없고 가난한 사람들을 수용하는 곳

들 부자에게 해를 입었던 신하들은 모두 누명을 벗겨주었다.

풍 주사는 이 기쁜 소식을 듣고 황급히 심양에게 알려 준 뒤, 그를 밖으로 내보내주었다. 심양이 비구니 절로 가서 문숙녀를 찾아 부부가 서로 만나자 머리를 감싸 안고 통곡했다. 문씨는 집을 떠날 때 임신을 한 지 석 달째였었는데 비구니 절에서 아들 하나를 낳아, 이때에 이르러 그 아이의 나이는 이미 열 살이 되어있었다. 문씨는 직접 아이에게 책 읽는 것을 가르쳐 주었기에 아이는 오경(五經)을 이미 외울 수 있었으니 심양은 기쁘기 그지없었다. 풍 주사는 바야흐로 관직을 다시 수여 받으려고 경도로 가면서 심양에게 함께 가서 부친의 억울함을 송사하라고 했으며, 문씨를 자기 집으로 잠시 맞이하여 거주할 수 있도록 했다.

심양은 풍 주사의 말에 따라 북경으로 갔다. 풍 주사는 먼저 통정사(通政司) 참의(參議) 추응룡을 배알하여 심련 부자의 억울한 사정을 얘기한 뒤, 그에게 심양이 쓴 억울함을 호소하는 소장을 보여주자 추 참의는 전력으로 이 일을 떠맡아 주었다. 다음 날 심양은 소장을 통정사에 등기시켜 보냈다. 성지가 내려오기를, 심련은 충성을 했음에도 죄를 받았으니 원래의 관직으로 복원시키고 한 등급을 승진시켜 그 충직함을 표창한다고 했다. 처자식은 원적(原籍)으로 복귀시켰으며 몰수된 재산은 부현(府縣)의 관리가 원래의 액수대로 되돌려주도록 했다. 또한 심양은 늠생(廩生)이 된 지 오래되었기에 공생(貢生)이 되게 했으며 어명으로 지현(知縣)의 버슬을 수여했다. 심양은 상소문을 다시 올려 성은에 감사하며 그 상소문에서 이렇게 아뢰었다.

> 신의 아비 심련은 이전에 보안주에 있을 때 선대 총독이었던 양순이 평민을 살육해 공로를 사칭한 것을 목격하여 탄식하는 시를 읊었사옵니다. 때마침, 어사였던 노해가 암암리 엄세번의 부탁을 받아 선대를 순안

....

이었다.

(巡按)하면서 양순과 함께 모의해 신의 아비를 극형에 처하도록 모함하고 신의 두 아우도 함께 죽였으며 신 역시 죽음을 면치 못할 뻔했사옵니다. 억울하게 죽임을 당한 시신은 장례를 치르지도 못했으며 위태롭게도 종족 이 거의 멸절되었으니 화를 당한 참상이 신의 집안만큼 되는 자가 없을 것이옵니다. 지금 엄세번은 처형되었지만 양순과 노해는 고향에서 편안 하게 목숨을 보존하고 있어 변경에 있는 수만 호(戶)의 원골(怨骨)들은 한을 머금고도 풀지 못하고 있으며, 신의 집안에 있는 세 사람의 원혼도 슬픔을 머금고 호소하지 못하고 있사오니 형전(刑典)을 엄숙하게 하고 인심을 위로하는 길이 아닌 것 같아 두렵사옵니다.

상소를 비준하는 성지가 내려져 양순과 노해를 경도로 다시 잡아들여 사형으로 판결하고 형부의 감옥에 감금시킨 뒤, 처형을 기다리도록 했다.

심양은 풍 주사에게 작별인사를 하러 와서, 직접 운주로 가 모친과 동생 심질(沈裦)을 경도로 맞이해 풍 주사의 거처와 가까운 곳에 거주하 게 한 뒤, 다시 보안주로 가서 부친의 유해를 찾아 등에 지고 돌아와 매장을 하려 한다고 했다. 이에 풍 주사가 말했다.

"자당 어르신께서 계신 곳에 대해서는 이미 소식을 알아보았는데 운 주에서 건강히 무탈하게 계신다 하네. 자네 아우도 이미 그곳의 주학(州 學)에서 공부를 하고 있고. 내가 사람을 보내 맞이해 오도록 하겠네. 춘 당 어르신의 유골이 긴요하니 자내는 속히 그곳으로 가서 유골을 찾아 이리로 모셔온 뒤, 자당 어르신을 뵈면 되겠구먼."

심양은 풍 주사의 명을 받고 곧바로 보안주로 가서 연이어 이틀 동안 수소문을 해봤지만 전혀 종적이 없었다. 사흘째 되던 날, 피곤하여 남의 집 대문 앞에 앉아있었는데 어떤 노인이 안에서 나오더니 그를 집안으로 맞이해 차를 대접하는 것이었다. 대청에 두루마리 하나가 걸려 있는 것 이 보였는데 해서(楷書)로 쓴 제갈공명의 〈전·후출사표〉였다. 끝에 연월 이 쓰여 있었지만 성명은 적혀있지 않았다. 심 소하가 그것을 눈 한 번 돌리지도 않고 보고 또 보자 노인이 말하기를 "손님께서는 어찌 그렇게 보시는 겝니까?"라고 했다. 심양이 "노인장께 여쭙겠습니다만 이 글씨는 누가 쓴 것인지요?"라고 물었더니 노인이 말하기를 "그것은 나의 망우(亡友)인 심 청하가 쓴 것이지요."라고 했다. 심 소하가 묻기를 "어찌하여 노인장께 남겨지게 되었습니까?"라고 하자, 노인이 이렇게 답했다.

"이 늙은이의 성은 가 씨이고 이름은 석이외다. 당초 심 청하가 이곳으로 추방되어 왔을 때 바로 우리 집에서 우거를 하셨지요. 이 늙은이는 그와 의형제를 맺고 교분이 가장 두터웠다오. 예기치 않게 횡화(橫禍)를 당하셔서 나도 연루될까 두려워 하남으로 도망을 갔었지요. 이 〈전·후출사표〉 두 장을 한 폭에 표구하여 상시로 펴서 보면 내 형님의 얼굴을 뵙는 듯합니다. 양 총독이 파면된 뒤에야 비로소 이 늙은이는 고향으로 돌아올 수 있었지요. 형수이신 서 부인과 어린 아들 심질은 운주로 옮겨 살게 되었기에 내가 항상 그들을 보러 가고 있습니다. 근자에 엄씨 집안이 망했다는 소리를 듣고 내 형님의 누명도 반드시 씻길 것이라고 생각해 이미 사람을 시켜 운주에 이 소식을 전하게 했다오. 심 도령이 부친의 영구를 옮기러 올까 싶어 이 두루마리를 대청에 걸어 놓아 그가 자기 부친의 유필을 알아보게 하려는 것이지요."

심 소하가 노인의 말을 다 듣고 나서 급히 땅에 엎드려 절을 하며 "은혜로우신 숙부님!"이라고 불렀다. 가석이 황급히 그를 부축해 일으키고는 "족하는 뉘신지요?"라고 하자, 심 소하가 말하기를 "조카 심양입니다. 이 두루마리는 돌아가신 부친께서 쓰신 겁니다."라고 했다. 이에 가석이 말했다.

"양순 그 놈이 사람을 시켜 소홍부로 가서 조카님도 잡아오게 해 일망타진할 흉계를 쓰려 한다는 소리를 들었다네. 그래서 난 조카님도 그 놈의 독수(毒手)에 걸려든 줄 알고 있었는데 어떻게 몸을 보전했는지 모르겠구먼?"

심 소하가 제녕에서 있었던 일들을 한 차례 자세하게 얘기하자, 가석은 "풍 주사라는 분께서 쉽지 않은 일을 하셨네."라고 말하고는 곧바로 가동에게 분부를 내려 음식을 차려 대접하라고 했다. 심 소하가 묻기를

"부친의 영구가 모셔져 있는 곳을 숙부님께서는 필시 알고 계실 터이니 절 한 번 올릴 수 있게 부디 일러주십시오."라고 했다. 그러자 가석이 말했다.

"조카님 부친이 옥중에서 억울하게 돌아가시고 나서 내가 시신을 훔쳐내 매장한 뒤, 아직까지 감히 사람들에게 알리지 못하고 있었네. 오늘 조카님께서 영구를 고향 땅으로 옮겨드리려고 여기에 왔으니 내가 마음을 쓴 것도 헛되지는 않구먼."

말을 마치고 나서 문을 막 나서려는데 밖에서 한 젊은 도령이 말을 타고 오는 것이 보였다. 가석이 그를 가리키며 말하기를 "공교롭게도 만났구나, 만났어! 마침 조카님의 아우가 왔네."라고 했다. 그 젊은 도령이 바로 심질이었으니 그는 말에서 내려 이들과 만나게 되었다. 가석이 심 소하를 가리키며 심질에게 말하기를 "이 분이 바로 큰 형님이신 심양이네."라고 했다. 이 날 되어서야 비로소 형제가 서로 알게 되었으니 마침 꿈속에서 상봉한 듯이 황홀하여 서로 머리를 감싸 안고 통곡을 했다.

가석이 길잡이가 되어 세 사람이 함께 심 청하의 묘소에 이르렀는데 알아볼 수 없을 정도로 난잡하게 풀이 나 있어 봉분이 조금 솟아있는 것만 보였다. 가석이 심씨 형제를 데리고 절을 올리게 하자, 형제는 모두 땅에 엎드려 통곡을 했다. 가석이 잠시 동안 그들을 달래며 말하기를 "이제 큰일을 상의해야 하니 지나치게 상심하지 마시게."라고 하자, 심씨 형제는 그제야 비로소 눈물을 거뒀다. 가석이 말했다.

"조카님 댁의 둘째와 셋째 형제는 당시 비명에 죽은 뒤, 옥졸이었던 모공(毛公)이 인의(仁義)의 마음으로 그들이 무고하게 해를 당한 것을 가엾게 여겨 그 시신들을 성곽 서쪽으로부터 삼 리(里) 떨어진 곳에 대충이나마 묻어 주었다네. 모공은 비록 이미 세상을 떠났지만 나도 그곳을 알고 있지. 만약, 부친의 영구를 모시고 돌아갈 것이라면 형들의 영구도 함께 모시고 가서 부자의 혼백들이 서로 의지하게 하는 것이 어떨까 하는데 두 사람 생각은 어떠한가?"

심씨 형제가 말하기를 "숙부님께서 말씀하신 바와 저희 형제의 뜻이 딱 들어맞습니다."라고 했다. 그들은 당일로 다시 가석과 함께 성곽 서쪽으로 가서 두 형제가 묻혀있는 곳을 보고 슬픔을 이길 수 없었다. 다음 날 따로 관을 준비하고 길일을 택해 시신을 파낸 뒤, 다시 염을 하여 안치해 두었다. 세 사람의 낯빛은 마치 살아있는 듯 전혀 썩지 않았으니 이는 충의(忠義)의 기운으로 인한 것이었다. 두 형제가 비통해 하며 통곡한 일에 대해서는 말할 필요도 없다. 이들은 당장 수레를 준비하여 영구 세 구를 싣고 가석에게 작별 인사를 올린 뒤, 길을 떠나려고 했다. 이별에 앞서 심양이 가석에게 말하기를 "저 〈출사표〉 두루마리는 제가 가져가서 사당에 모셔두고 싶은데 거절하지 않으셨으면 합니다."라고 하자, 가석은 흔쾌히 허락하며 그것을 걷어서 그에게 주었다. 심씨 형제는 초당에서 가석에게 절을 올리며 감사한 뒤, 눈물을 떨구며 이별했다. 심질은 먼저 영구를 모시고 장가만(張家灣)으로 가서 그것을 실을 배를 찾았다. 심양은 다시 북경으로 와서 모친인 서 부인을 뵙고 상황을 말씀 드리고는 풍 주사에게 절을 올리며 감사한 뒤, 길을 떠나려고 했다.

이때 경도의 관원들은 심 청하의 충의를 추념하며, 심 소하 모자가 영구를 모시고서 먼 길을 가야하는 것을 가엾게 여겨 감합(勘合)[83]을 주는 자도 있었고 부의금을 주는 자도 있었으며 또한 여비를 주는 자도 있었다. 심 소하는 단지 감합 한 장만 받고서 나머지는 모두 받지 않았다. 장가만에 이르러 관선(官船)으로 갈아 탄 뒤, 물이 얕은 곳에서는 역참에서 부역꾼 백 명을 동원해 밧줄로 배를 끌게 하니 배가 아주 빠르게 나갔

83) 감합(勘合): 군대를 파견할 때 대나무로 符契를 만들어 그 위에 도장을 찍은 뒤, 이를 두 조각으로 쪼개 한 쪽은 황제의 명을 받아 장수에게 명령을 전달하는 사람에게 주었으며 다른 한 쪽은 군대를 지휘하는 장수에게 주었다. 군대에 황제의 명령이 전달될 때 이 두 조각을 합쳐 진위를 검증했는데 이런 부계를 '勘合'이라고 한다. 명나라 역참에서도 관원이 출행을 할 때 勘合을 사용하여 人夫, 馬匹, 車船, 飮食, 給養 등도 보급 받았으며 이 감합은 돈으로도 살 수 있었다.

다. 며칠도 안 되어서 제녕부에 도착한 뒤, 심양은 배를 잠시 강가에 정박하도록 했다. 그리고 혼자 성 안으로 들어가 풍 주사의 집으로 가서, 풍 주사가 가솔들에게 잘 있다고 쓴 서신을 전해 주었다. 풍 주사 집에 있던 문숙녀와 열 살 된 아들을 데리고 배로 돌아와 먼저 영구에 절을 올리게 한 뒤, 서 부인과 만나도록 했다. 서씨는 손자가 그렇게 큰 것을 보고 기쁨을 말로 표현할 수 없었다. 당초에는 가문이 멸절되었다고 생각했는데 이때에 이르러서는 떡하니 아들과 손자도 있고 지난날 원수들은 모두 제 명대로 살지 못하고 죽어 응보를 받았으니 하늘의 이치가 분명하여 악인은 결국 손해를 보고 좋은 사람은 결국 이득을 본다는 것을 알게 되었다.

곁가지 한담은 이만 해둔다. 절강 소흥부에 이르자 심양의 장인 맹춘원은 딸 맹씨를 데리고 이십 리 밖에까지 나와서 이들을 맞이했다. 일가의 혈육이 다시 상봉하여 희비가 갈마들었으며, 영구를 실은 배를 부두에 정박하자 부현의 관원들이 모두 가서 조문을 하였다. 옛 가산은 이미 명확히 조사해 되돌려 주었다. 심씨 형제가 영구를 모셔다가 선산에 묻고 다시 삼 년 상을 치르자 효성이 지극하다고 칭찬하지 않은 사람이 없었다. 무안(撫按)[84]은 또한 심련을 위해 그의 충성을 표창하는 사당을 짓고 봄가을로 제사를 올렸다. 심련이 친필로 쓴 〈출사표〉의 두루마리는 지금까지도 사당에 모셔져 있다. 탈상을 한 날에 심양은 경도에 가서 관직을 받고 지현(知縣)이 된 뒤, 청렴하고 바르게 벼슬을 하여 황당지부(黃堂知府)[85]의 관직까지 승직했다. 문씨가 낳은 아들은 소년에 과거 급

---

84) 무안(撫按): 명청 시대에 巡撫와 巡按을 아울러 이르는 말이었다. '巡撫'는 중앙에서 지방으로 파견된 관원으로 지방의 각종 사무를 보았으며, 명의상 지방 행정 장관은 아니었지만 실제로는 軍政을 쥐고 있던 관직이었다. '巡按'은 각지로 보내진 監察御史인 巡按御史의 준말이다.

85) 황당지부(黃堂知府): 知府衙門의 대청이 노란 색이었으므로 '知府'를 黃堂知府라고 부르기도 했다.

제하여 숙부인 심질과 같은 해에 진사(進士)가 되었으며, 그 집안은 자손 대대로 선비집안의 가풍이 끊어지지 않았다. 풍 주사가 심양을 구해준 일에 대해 경도에서는 모두 그의 의기(義氣)를 중히 여겼으며 풍 주사는 벼슬이 이부상서(吏部尙書)에까지 올랐다. 홀연 어느 날, 풍 주사의 꿈에서 심 청하가 찾아와 절을 하며 이렇게 말하는 것이었다.

"상제께서 제가 충직한 것을 가엾게 여기셔서 이미 북경 성황(城隍)[86]의 직책을 주셨습니다. 연형(年兄)을 남경 성황으로 삼으실 것이니 내일 오시(午時)에 부임하러 가시게 될 겁니다."

풍 주사는 꿈에서 깨어나 매우 의아하게 여겼다. 다음 날 오시가 되자 맞이하러 온 가마가 홀연 그에게 보였으며 그는 병 없이 세상을 떠났다. 두 공은 모두 신선이 된 것이었다. 증거가 되는 시도 있는데 그 시는 이러하다.

생전에 충의로웠던 유골에는 아직도 향기 　남아 있고	生前忠義骨猶香
정신과 넋은 신선이 되어 만고까지 드날리네	精魄爲神萬古揚
간웅(奸雄)이 지옥에 떨어질 것을 헤아렸나니	料得奸雄沉地獄
하늘의 응보는 저절로 훤히 드러나는구나	皇天果報自昭彰

....

86) 성황(城隍): 민간신앙과 도교에서 모시는 城池를 지키는 신이다. 대부분 죽은 현지의 유명 인사나 영웅을 城隍神으로 모시고 제사를 올리며 가호를 빈다.

第十三卷 沈小霞相會出師表

閒向書齋閱古今, 偶逢奇事感人心. 忠臣反[87]受奸臣制, 骯髒英雄淚滿襟. 休解綬, 慢投簪, 從來日月豈常陰? 到頭禍福終須應, 天道還分貞與淫.

話說國朝嘉靖年間, 聖人在位, 風調雨順, 國泰民安, 只爲用錯了一箇奸臣, 濁亂了朝政, 險些兒不得太平. 那奸臣是誰? 姓嚴, 名嵩, 號介溪, 江西分宜人氏. 以柔媚得幸, 交通宦官, 先意迎合, 精勤齋醮, 供奉靑詞, 緣此驟致貴顯. 爲人外裝曲謹, 內實猜刻, 讒害了大學士夏言, 自己代為首相. 權尊勢重, 朝野側目. 兒子嚴世蕃綠官生直做到工部侍郎. 他爲人更狠, 因[88]有些小人之才, 博聞强記, 能思善算, 介溪公最聽他的說話. 凡疑難大事, 必須與他商量. 朝中有"大丞相""小丞相"之稱. 他父子濟惡, 招權納賄, 賣官鬻爵. 官員求富貴者, 以重賂獻之, 拜他門下做乾兒子, 即得陞[89]遷顯位. 由是不肖之人, 奔走如市. 科道衙門, 皆其心腹牙爪. 但有與他作對的, 立見奇禍, 輕則杖謫, 重則殺戮, 好不利害! 除非不要性命的, 纔敢開口說句公道話兒. 若不是眞正關龍逢比干, 十二分忠君愛國的, 寧可誤了朝廷, 豈敢得罪宰相! 其時有無名子感慨時事, 將神童詩改成四句云:

少小休勤學, 錢財可立身. 君看嚴宰相, 必用有錢人.

---

87) 【校】反(반): 人民文學本·繪圖本《今古奇觀》에는 "反"으로 되어 있고, 古本小說集成本《今古奇觀》과 古本小說集成本《古今小說》에는 "番"으로 되어 있으며, 人民文學本《古今小說》에는 "翻"으로 되어 있다.

88) 【校】因(인):《今古奇觀》각 판본에는 "因"으로 되어 있고,《古今小說》각 판본에는 "但"으로 되어 있다.

89) 【校】陞(승):《今古奇觀》각 판본에는 "陞"으로 되어 있고,《古今小說》각 판본에는 "超"로 되어 있다.

又改四句, 道是:

> 天子重權豪, 開言惹禍苗. 萬般皆下品, 只有奉承高.

只爲嚴嵩父子恃寵貪虐, 罪惡如山, 引出一個忠臣來, 做出一段奇奇怪怪的事迹, 留下一段轟轟烈烈的話柄, 一時身死, 萬古名揚. 正是:

> 家多孝子親安樂, 國有忠臣世太90)平.

那人姓沈, 名鍊, 別號靑霞, 浙江紹興人氏. 其人有文經武緯之才, 濟世安民之志. 從幼慕諸葛孔明之爲人. 孔明文集上有前出師表, 後出師表. 沈鍊平日愛誦之, 手自抄錄數百篇, 室中到處粘壁. 每逢酒後, 便高聲背誦; 念到"鞠躬盡瘁, 死而後已", 往往長歎數聲, 大哭而罷, 以此爲常, 人都叫他是狂生. 嘉靖戊戌年中了進士, 除授知縣之職. 他共做了三處知縣. 那三處? 溧陽, 茌91)平, 淸豐. 這三任官做得好. 眞個是:

> 吏肅惟遵法, 官淸不愛錢. 豪强皆斂手, 百姓盡安眠.

因他生性忼直, 不肯阿奉上官, 左遷錦衣衛經歷. 一到京師, 看見嚴家贓穢狼藉, 心中甚怒. 忽一日値公宴, 見嚴世蕃倨傲之狀, 已是九分不樂92). 飲至中間, 只見嚴世蕃狂呼亂叫, 旁若無人, 索巨觥飛酒, 飲不盡者罰之. 這巨觥約容十餘兩93), 坐客懼世蕃威勢, 無94)人敢不吃. 只有一個馬給事,

....

90) 【校】太(태):《今古奇觀》각 판본에는 "太"로 되어 있고,《古今小說》각 판본에는 "泰"로 되어 있다.

91) 【校】茌(치):《今古奇觀》각 판본에는 "茌"로 되어 있고,《古今小說》각 판본에는 "莊"으로 되어 있다.

92) 【校】已是九分不樂(이시구분불락): 人民文學本·繪圖本《今古奇觀》에는 "已是九分不樂"으로 되어 있고, 古本小說集成本《今古奇觀》에는 "已自九分不樂"으로 되어 있으며,《古今小說》각 판본에는 "已自九分不像意"로 되어 있다.

93) 【校】約容十餘兩(약용십여량): 人民文學本《今古奇觀》에는 "約容十餘兩"으로 되어 있고 古本小說集成本·繪圖本《今古奇觀》에는 "約容酒十餘兩"으로 되어 있으며,《古今小說》각 판본에는 "約容酒斗餘兩"으로 되어 있다.

94) 【校】無(무):《今古奇觀》각 판본에는 "無"로 되어 있고《古今小說》각 판본에는

天性絶飲; 世蕃故意將巨觥飛到他面前. 馬給事再三告免, 世蕃不許95). 馬給事略沾唇, 面便發赤, 眉頭打結, 愁苦不勝. 世蕃自去下席, 親手揪了他的耳朶, 將巨觥灌之. 那給事出於無奈, 悶著氣, 一連幾口吃96)盡. 不吃也罷, 纔吃下時, 覺得天在下, 地在上, 牆壁都團團轉動, 頭重脚輕, 站立不住. 世蕃拍手呵呵大笑. 沈鍊一肚子不平之氣, 忽然揎袖而起, 搶那隻巨觥在手, 斟得滿滿的, 走到世蕃面前, 說道: "馬司諫承老先生賜酒, 已沾醉不能爲禮. 下官代他酬老先生一杯." 世蕃愕然, 方欲舉手推辭, 只見沈鍊聲色俱厲道: "此杯別人吃得, 你也吃得! 別人怕著你, 我沈鍊不怕你!" 也揪了世蕃的耳朶灌去, 世蕃一飲而盡. 沈鍊擲杯于案, 一般拍手呵呵大笑. 嚇97)得衆官員面如土色, 一個個低著頭不敢則聲. 世蕃假醉, 先辭去了. 沈煉也不送, 坐在椅上, 歎道: "咳! '漢賊不兩立!' '漢賊不兩立!'" 一連念了七八句. 這句書也是出師表上的說話, 他把嚴家比著曹操父子. 衆人只怕世蕃聽見, 到替他捏兩把汗. 沈鍊全不爲意, 又取酒連飲幾杯, 盡醉方散. 睡到五更醒來, 想道: "嚴世蕃這廝, 被我使氣, 逼他飲酒, 他必然記恨來暗算我. 一不做, 二不休, 有心只是一怪, 不如先下手爲强. 我想嚴嵩父子之惡, 神人怨怒, 只因朝廷寵信甚固, 我官卑職小, 言而無益. 欲待覷箇機會, 方纔下手, 如今等不及了; 只當張子房在博浪沙中椎擊秦始皇, 雖然擊他不中, 也好與衆人做箇榜樣." 就枕上思想疏稿, 想到天明已就98). 起身99)焚香盥手, 寫起奏疏100). 疏中101)備說嚴嵩父子招權納賄, 窮凶極惡, 欺君誤國十大

"沒"로 되어 있다.

95) 【校】許(허):《今古奇觀》각 판본에는 "許"로 되어 있고,《古今小說》각 판본에는 "依"로 되어 있다.

96) 【校】吃(흘): 人民文學本·繪圖本《今古奇觀》에는 "吃"로 되어 있고, 古本小說集成本《今古奇觀》과《古今小說》각 판본에는 "吸"으로 되어 있다.

97) 【校】嚇(혁): 人民文學本·繪圖本《今古奇觀》에는 "嚇"으로 되어 있고, 古本小說集成本《今古奇觀》과《古今小說》각 판본에는 "唬"로 되어 있다.

98) 【校】已就(이취):《今古奇觀》각 판본에는 "已就"로 되어 있고,《古今小說》각 판본에는 "有了"로 되어 있다.

99) 【校】身(신):《今古奇觀》각 판본에는 "身"으로 되어 있고,《古今小說》각 판본에는 "來"로 되어 있다.

100) 【校】寫起奏疏(사기주소):《今古奇觀》각 판본에는 "寫起奏疏"로 되어 있고,

罪, 乞誅之以謝天下. 聖旨下道: “沈鍊謗訕大臣, 沽名釣譽, 著錦衣衛重打
一百, 發去口外[102]爲民.” 嚴世蕃差人分付錦衣衛官校, 定要將沈鍊打死.
虧[103]得堂上官是箇有主意的人. 那人姓陸, 名炳, 平時極敬重沈公的氣節;
況且又是屬官, 相處得好的; 因此反加周全, 好生打箇出頭棍兒[104], 不甚利
害. 戶部注籍保安州爲民. 沈鍊帶著棒瘡, 即日收拾行李, 帶領妻子, 雇著
一乘[105]車兒, 出了國門, 望保安進發. 原來沈公夫人徐氏, 所生四箇兒子:
長子沈襄, 本府廩膳秀才, 一向留家; 次子沈袞, 沈褒, 隨任讀書; 幼子沈
裘[106]年方週歲. 嫡親五口兒上路. 滿朝文武, 懼怕嚴家, 沒一箇敢來送行.
有詩爲證:

　　一紙封章忤廟廊, 蕭然行李入遐荒. 相[107]知不敢攀鞍送, 恐觸權奸惹禍
殃.

　一路上辛苦, 自不必說. 且喜到了保安地方[108]. 那保安州屬宣府, 是箇

....

　　《古今小說》각 판본에는 “寫就表章”으로 되어 있다.

101) 【校】疏中(소중): 《今古奇觀》각 판본에는 “疏中”으로 되어 있고, 《古今小說》
　　각 판본에는 “表上”으로 되어 있다.

102) 口外(구외): ‘口北’과 같은 말로 長城 이북 지역을 널리 칭한다.

103) 【校】虧(휴): 《今古奇觀》각 판본에는 “虧”로 되어 있고, 《古今小說》각 판본에
　　는 “喜”로 되어 있다.

104) 出頭棍兒(출두곤아): ‘出頭棒子’와 같은 말로 아역이 죄인에게 뇌물을 받은
　　뒤, 형장에서 곤장을 칠 때 힘을 많이 줘 세게 치는 시늉만 하고 실제로는
　　그다지 아프지 않게 매질을 하곤 했는데 이렇게 곤장을 치는 방법을 ‘打出頭棍
　　兒’라고 불렀다.

105) 【校】乘(승): 人民文學本·繪圖本 《今古奇觀》에는 “乘”으로 되어 있고, 古本小
　　說集成本 《今古奇觀》과 《古今小說》각 판본에는 “輛”으로 되어 있다.

106) 【校】沈裘(심질): 人民文學本·古本小說集成本 《今古奇觀》과 《古今小說》각
　　판본에는 “沈裘”로 되어 있고, 繪圖本 《今古奇觀》에는 “沈帙”으로 되어 있다.
　　후문에 나오는 沈裘도 이와 같다.

107) 【校】相(상): 古本小說集成本·繪圖本 《今古奇觀》과 《古今小說》각 판본에는
　　“相”으로 되어 있고, 人民文學本 《今古奇觀》에는 “但”으로 되어 있다.

108) 【校】地方(지방): 《今古奇觀》각 판본에는 “地方”으로 되어 있고, 《古今小說》
　　각 판본에는 “州了”로 되어 있다.

邊遠地方, 不比內地繁華, 異鄉風景, 擧目淒涼. 況兼連日陰雨, 天昏地黑, 倍加慘戚. 欲賃間民房居住, 又無相識指引, 不知何處安身是好. 正在彷徨之際, 只見一人, 打著[109]小傘前來, 看見路旁行李, 又見沈鍊一表非俗, 立住了脚, 相了一回, 問道: "官人尊姓? 何處來的?" 沈鍊道: "姓沈. 從京師來." 那人道: "小人聞得京中有箇沈經歷, 上本要殺嚴嵩父子, 莫非官人就是他麼?" 沈鍊道: "正是." 那人道: "仰慕多時, 幸得相會. 此非說話之處, 寒家離此不遠, 便請攜寶眷同行, 到寒家權下, 再作區處." 沈鍊見他十分殷勤, 只得從命. 行不多路, 便到了. 看那人家, 雖不是箇大人[110]宅院, 却也精雅[111]. 那人揖沈鍊至於中堂, 納頭便拜. 沈鍊慌忙答禮, 問道: "足下是誰? 何故如此相愛?" 那人道: "小人姓賈名石, 是宣府衛一個舍人. 哥哥是本衛千戶, 先年身故無子, 小人應襲. 爲嚴賊當權, 襲職者都要重賂, 小人不願爲官. 托賴祖蔭, 有數畝薄田, 務農度日. 數日前, 聞閣下彈劾嚴氏, 此乃天下忠臣義士也. 又聞編管在此, 小人渴欲一見, 不意天遣相遇, 三生有幸!" 說罷又拜下去. 沈公再三扶起, 便教沈袞, 沈褒與賈石相見. 賈石敎老婆迎接沈奶奶到內宅安置. 交卸了行李, 打發車夫等去了. 分付莊客宰豬整[112]酒, 款[113]待沈公一家. 賈石道: "這等雨天, 料閣下也無處去, 只好在寒家安歇了. 請安心多飮幾盃, 以寬勞頓." 沈鍊謝道: "萍水相逢, 便承款宿, 何以當此?" 賈石道: "農莊粗糲, 休嫌簡慢." 當日賓主酬酢, 無非說些感慨時事的說話. 兩邊說得情投意合, 只恨相見之晚.

　過了一宿, 次早, 沈鍊起身, 向賈石說道: "我要尋所房子, 安頓老小, 有

109) 【校】著(저):《今古奇觀》각 판본에는 "著"로 되어 있고,《古今小說》각 판본에는 "個"로 되어 있다.

110) 【校】大人(대인): 人民文學本·繪圖本《今古奇觀》에는 "大人"으로 되어 있고, 古本小說集成本《今古奇觀》에는 "大夫"로 되어 있으며,《古今小說》각 판본에는 "大大"로 되어 있다.

111) 【校】雅(아):《今古奇觀》각 판본에는 "雅"로 되어 있고,《古今小說》각 판본에는 "緻"로 되어 있다.

112) 【校】整(정):《今古奇觀》각 판본에는 "整"으로 되어 있고,《古今小說》각 판본에는 "買"로 되어 있다.

113) 【校】款(관): 人民文學本·繪圖本《今古奇觀》에는 "款"으로 되어 있고, 古本小說集成本《今古奇觀》과《古今小說》각 판본에는 "管"으로 되어 있다.

煩舍人指引." 賈石道: "要什麼樣的房子?" 沈煉道: "只像宅上這一所, 十分足意了, 租價但憑尊敎." 賈石道: "不妨事." 出去踅了一回, 轉來道: "賃房儘多[114], 只是齷齪低窪, 急切難得中意. 閣下不若就在草舍權住幾時. 小人領著家小, 自到外家去住. 等閣下還朝, 小人回來. 可不穩便?" 沈煉道: "雖承厚愛, 豈敢占舍人之宅? 此事決不可." 賈石道: "小人雖是村農, 頗識好歹. 慕閣下忠義之士, 想要執鞭隨[115]鐙, 尚且不能. 今日天幸降臨, 權讓這幾間草房與閣下作寓, 也表我小人一點敬賢之心, 不須推遜." 話畢, 慌忙分付莊客, 推箇車兒, 牽箇馬兒, 帶箇驢兒, 一夥子將細軟家私搬去. 其餘家常動使家火, 都留與沈公日用. 沈煉見他慨爽, 甚不過意, 願與他結義爲兄弟. 賈石道: "小人一介村農, 怎敢僭扳貴宦?" 沈煉道: "大丈夫意氣相投[116], 那有貴賤?" 賈石小沈煉五歲, 就拜沈煉爲兄. 沈煉敎兩箇兒子拜賈石爲義叔. 賈石也喚妻子出來, 都相見了, 做了一家兒親戚. 賈石陪過沈煉吃飯已畢, 便引著妻子到外舅李家去訖. 自此沈煉只在賈石宅子內居住. 時人有詩嘆賈舍人借宅之事. 詩曰:

傾蓋相逢意氣眞. 移家借宅表情親. 世間多少親和友, 競產爭財愧死人!

却說保安州父老, 聞知沈經歷爲上本參嚴閣老貶斥到此, 人人敬仰, 都來拜望, 爭識其面. 也有運柴運米相助的, 也有攜酒餚來請沈公吃的, 又有遣子弟拜於門下聽敎的. 沈煉每日間與地方人等, 講論忠孝大節, 及古來忠臣義士的故事. 說到傷[117]心處, 有時毛髮倒豎, 拍案大叫; 有時悲歌長歎, 涕淚交流. 地方若老若小, 無不聳聽歡喜. 或時唾罵嚴賊, 地方人等齊

---

114) 【校】多(다):《今古奇觀》각 판본에는 "多"로 되어 있고,《古今小說》각 판본에는 "有"로 되어 있다.

115) 【校】隨(수):《今古奇觀》각 판본에는 "隨"로 되어 있고,《古今小說》각 판본에는 "墜"로 되어 있다.

116) 【校】投(투):《今古奇觀》각 판본에는 "投"로 되어 있고,《古今小說》각 판본에는 "許"로 되어 있다.

117) 【校】傷(상): 人民文學本·繪圖本《今古奇觀》에는 "傷"으로 되어 있고, 古本小說集成本《今古奇觀》에는 "間"으로 되어 있으며,《古今小說》각 판본에는 "關"으로 되어 있다.

聲附和. 其中若有不開口的, 衆人就罵他是不忠不義. 一時高興, 以後率以
爲常. 又聞得沈經歷文武全材, 都來合他去射箭. 沈鍊敎把稻草扎成三箇
偶人, 用布包裹, 一寫"唐奸相李林甫", 一寫"宋奸相秦檜", 一寫"明奸相嚴
嵩", 把那三箇偶人做箇射鵠. 假如要射李林甫的, 便高聲罵道: "李賊看箭!"
秦賊、嚴賊都是如此. 北方人性直, 被沈經歷耺得熱鬧了, 全不慮及嚴家知
道. 自古道: "若要人不知, 除非己莫爲118)." 世間只有權勢之家, 報新聞的
極多. 早有人將此事報知嚴嵩父子. 嚴嵩父子深以爲恨, 商議要尋箇事頭,
殺却沈鍊, 方免其患. 適値宣大總督員缺, 嚴閣老分付吏部, 敎把這缺與他
門下119)乾兒子楊順做去. 吏部依言, 就把那120)侍郎楊順差往宣大總督. 楊
順往嚴府拜辭, 嚴世蕃置酒送行. 席間屛人而語, 托他要查沈鍊過失. 楊順
領命, 唯唯而去. 正是:

> 合成毒藥惟需酒, 鑄就鋼刀待擧手. 可憐忠義沈經歷, 還向偶人誇大口!

却說楊順到任不多時, 適遇大同韃虜俺答, 引衆入寇應州地方, 連破了
四十餘堡, 擄去男婦無算. 楊順不敢出兵救援, 直待韃虜去後, 方纔遣兵調
將, 爲追襲之計. 一般篩鑼擊鼓, 揚旃放礮, 鬼混一場121), 那曾看見半箇韃
子的影兒! 楊順情知失機懼罪, 密諭將士, 拿122)獲避兵的平民, 將他劗頭斬
首123), 充做韃虜首級, 解往兵部報功. 那一時, 不知殺死了多少無辜的百

---

118) 【校】若要人不知 除非己莫爲(약요인부지 제비기막위): 人民文學本·繪圖本
《今古奇觀》에는 "若要人不知 除非己莫爲"으로 되어 있고, 古本小說集成本
《今古奇觀》과 《古今小說》 각 판본에는 "若要不知 除非莫爲"로 되어 있다.

119) 【校】門下(문하): 古本小說集成本《今古奇觀》과 《古今小說》 각 판본에는 "門
下"로 되어 있고, 人民文學本·繪圖本《今古奇觀》에는 "門人"으로 되어 있다.

120) 【校】把那(파나): 人民文學本·繪圖本《今古奇觀》에는 "把那"로 되어 있고, 古
本小說集成本《今古奇觀》에는 "將那"로 되어 있으며, 《古今小說》 각 판본에는
"將楊"으로 되어 있다.

121) 【校】鬼混一場(귀혼일장): 《今古奇觀》 각 판본에는 "鬼混一場"으로 되어 있고,
《古今小說》 각 판본에는 "都是鬼弄"으로 되어 있다.

122) 【校】拿(나): 《今古奇觀》 각 판본에는 "拿"로 되어 있고, 《古今小說》 각 판본에
는 "搜"로 되어 있다.

123) 劗頭斬首(잠두참수): '劗'은 '자르다'는 뜻으로 劗頭斬首는 '머리카락을 깎고서

姓. 沈鍊聞知其事, 心中大怒, 寫書一封, 敎中軍官送與楊順. 中軍官曉得沈經歷是簡惹124)禍的太歲125), 書中不知寫甚麼說話, 那裏肯與他送進126). 沈鍊就穿了靑衣小帽, 在軍門伺候楊順出來, 親自投遞. 楊順接來看時, 書中大略說道:

　　一人功名事極小, 百姓性命事極大. 殺平民以冒功, 於心何忍? 況且遇韃賊止於擄掠, 遇我兵反加殺戮, 是將帥之惡, 更甚於韃虜矣!

　書後又附詩一首. 詩云:

　　殺生報主意何如? 解道功成萬骨枯! 試聽沙場風雨夜, 冤魂相喚覓頭顱.

楊順見書大怒, 扯得粉碎.
　却說沈鍊又做了一篇祭文, 率領門下子弟, 備了祭禮, 望空祭奠那些冤死之鬼. 又作《塞下吟》云:

　　雲中一片虜烽高, 出塞將軍已著勞. 不斬單于誅百姓, 可憐冤血染霜刀!

又詩云:

....

참수를 하다'는 뜻이다. 漢人들은 머리카락을 틀어 올렸으며, 韃靼 사람들은 머리 주변을 깎고 정수리 윗부분만 머리카락을 남겨 땋았기에 楊順은 漢人 백성들의 머리를 베어 韃靼 사람들의 수급으로 가장하려고 머리카락을 깎은 것이었다.

124) 【校】惹(야):《今古奇觀》각 판본에는 "惹"로 되어 있고,《古今小說》각 판본에는 "攪"로 되어 있다.

125) 太歲(태세): 歲星紀年法에서 '歲星(즉 木星)'은 서쪽에서 동쪽으로 운행하므로 12辰의 방향과 상반되기 때문에 고대 점성가들은 목성과 정반대로 운행하는 가상의 歲星을 만들어 내고 이를 '太歲' 혹은 '歲陰'이나 '太陰'이라 했으며, 매년 太歲가 소재하는 위치로 紀年했다. 점성가들은 太歲의 神을 '歲神'이라고 했는데 한나라 때부터 太歲神이 있는 방위와 그 반대의 방위에는 모두 建造, 移徙, 嫁娶, 远行 등을 하면 안 되고 그것을 어기면 반드시 凶事가 있을 것이라 여겼다. 나중에 흉악하고 사나운 사람을 '太歲'라고 비유적으로 이르기도 했다.

126) 【校】進(진):《今古奇觀》각 판본에는 "進"자가 있고,《古今小說》각 판본에는 없다.

本爲求生來避虜, 誰知避虜反戕生! 早知虜首將民假, 悔不當時隨虜行!

楊總督標下有個心腹指揮, 姓羅名鎧, 抄得此詩並祭文, 密獻於楊順. 楊順看了, 愈加怨恨, 遂將第一首詩改竄數字, 詩曰:

雲中一片虜烽高, 出塞將軍枉著勞. 何似借他除佞賊? 不須奏請上方刀.

寫就密書, 連改詩封固, 就差羅鎧送與嚴世蕃. 書中說沈鍊恨着[127]相國父子, 陰結死士劍客, 要乘機報仇. 前番韃虜入寇, 他吟詩四句, 詩中有借虜除佞之語, 意在不軌. 世蕃見書大驚, 即請心腹御史路楷商議. 路楷曰: "不才若往按彼處, 當爲相國了當這件大事." 世蕃大喜, 即分付都察院, 便差路楷巡按宣大. 臨行, 世蕃治酒款別, 說道: "煩寄語楊公, 同心協力; 若能除却這心腹之患, 當以侯伯世爵相酬, 決不失信於二公也." 路楷領諾. 不一日, 奉了欽差敕命[128], 來到宣府到任, 與楊總督相見了. 路楷遂將世蕃所托之語, 一一對楊順說知. 楊順道: "學生爲此事, 朝思暮想, 廢寢忘餐, 恨無良策, 以置此人於死地." 路楷道: "彼此留心. 一來休負了嚴公父子的付託, 二來自家富貴的機會, 不可挫過." 楊順道: "說得是. 倘有可下手處, 彼此相報." 當日相別去了.

楊順思想路楷之言, 一夜不睡. 次早坐堂, 只見中軍官報道: "今有蔚州衛拿獲妖賊二名, 解到轅門外, 伏聽鈞旨." 楊順道: "喚進來." 解官磕了頭, 遞上文書. 楊順拆開看了, 呵呵大笑. 這二名妖賊, 叫做閻浩、楊胤夔, 係妖人蕭芹之黨. 原來蕭芹是白蓮教的頭兒, 向來出入虜地, 慣以焚[129]香惑衆, 哄騙虜酋俺答, 說自家有奇術, 能咒人使人立死, 喝城使城立頹. 虜酋愚甚, 被他哄動, 尊爲國師. 其黨數百人, 自爲一營. 俺答幾次入寇, 都是蕭芹等爲之嚮道. 中國屢受其害. 先前史侍郎做總督時, 遣通事[130]重賂虜中頭目

127) 【校】恨著(한저): 人民文學本·繪圖本《今古奇觀》에는 "恨著"로 되어 있고, 古本小說集成本《今古奇觀》과 《古今小說》 각 판본에는 "怨恨"으로 되어 있다.

128) 【校】命(명): 《今古奇觀》 각 판본과 古本小說集成本《古今小說》에는 "命"으로 되어 있고, 人民文學本《古今小說》에는 "令"으로 되어 있다.

129) 【校】焚(분): 人民文學本·繪圖本《今古奇觀》에는 "焚"으로 되어 있고, 古本小說集成本《今古奇觀》과 《古今小說》 각 판본에는 "燒"로 되어 있다.

脫脫, 對他說道: "天朝情願與你通好, 將俺家布粟, 換你家馬, 名爲'馬市', 兩下息兵罷戰, 各享安樂, 此是美事; 只怕蕭芹等在內作梗, 和好不終. 那蕭芹原是中國一箇無賴小人, 全無術法, 只是狡僞. 哄誘你家搶掠地方, 他於中取事. 郎主若不信, 可要蕭芹試其術法. 委的喝得城頹, 咒得人死, 那時合當重用; 若咒人人不死, 喝城城不頹, 顯是欺誑. 何不縛送天朝? 天朝感郎主之德, 必有重賞. 馬市一成, 歲歲享無窮之利, 煞强如搶掠的勾當." 脫脫點頭道: "是." 對郎主俺答說了. 俺答大喜, 約會蕭芹, 要將千騎隨之, 從右衛而入, 試其喝城之技. 蕭芹自知必敗, 改換服色, 連夜脫身逃走, 被居庸關守將盤詰, 並其黨喬源、張攀隆等拿住, 解到史侍郎處. 招稱妖黨甚衆, 山陝畿南, 處處俱有. 一向分頭緝捕. 今日閻浩、楊胤夔亦是數內有名妖犯. 楊總督看見獲解到來, 一者也算他上任一功, 二者要借這箇題目牽害沈鍊, 如何不喜? 當晚就請路御史來後堂商議道: "別箇題目擺佈沈鍊不了, 只有個白蓮敎通虜一事, 聖上所最怒. 如今將妖賊閻浩、楊胤夔招中, 竄入沈鍊名字, 只說浩等平日師事沈鍊. 沈鍊因失職怨望, 敎浩等煽妖作幻, 勾虜謀逆. 天幸今日被擒, 乞賜天誅, 以絕後患. 先用密稟, 稟知嚴家, 敎他叮囑刑部作速覆本. 料這番沈鍊之命, 必無逃矣." 路楷拍手道: "妙哉! 妙哉!" 兩箇當時就商量了本稿, 約齊了同時發本. 嚴嵩先見了本稿及稟貼, 便敎嚴世著傳語刑部. 那刑部尙書許論, 是箇罷軟沒用的老兒, 聽見嚴府分付, 不敢怠慢, 連忙覆本, 一依楊路二人之議. 聖旨倒下: 妖犯著本處巡按御史卽時斬決; 楊順蔭一子錦衣衛千戶; 路楷紀功, 陞遷三級, 俟京堂缺推用.

話分兩頭. 却說楊順自發本之後, 便差人密地裹拿沈鍊下於獄中. 慌得徐夫人和沈襃, 沈褒沒做理會, 急尋義叔賈石商議. 賈石道: "此必楊路二賊爲嚴家報仇之意. 旣然下獄, 必然誣陷以重罪. 兩位公子及今逃竄遠方, 待等嚴家勢敗, 方可以[131]出頭. 若住在此處, 楊路二賊, 決不干休." 沈襃道: "未曾看得父親下落, 如何好去?" 賈石道: "尊大人犯了對頭, 決無保全之理.

---

130) 通事(통사): 통역하는 사람을 이른다.

131) 【校】以(이): 人民文學本·繪圖本《今古奇觀》에는 "以"자가 있고, 古本小說集成本《今古奇觀》과 《古今小說》각 판본에는 없다.

公子以宗祀爲重, 豈可拘於小孝, 自取滅絶之禍? 可勸令堂老夫人, 早爲遠害全身之計. 尊大人處, 賈某自當央人看覻, 不煩懸念." 二沈便將賈石之言對徐夫人說知. 徐夫人道: "你父親無罪陷獄, 何忍棄之而去? 賈叔叔雖然相厚, 終是箇外人. 我料楊路二賊奉承嚴氏, 不[132]過與你爹爹作對, 終不然累及妻子? 你若畏罪而逃, 父親倘然身死, 骸骨無收, 萬世罵你做不孝之子, 何顔在世爲人乎!" 說罷, 大哭不止. 沈袞, 沈褒, 齊聲慟哭. 賈石聞知徐夫人不允, 歎息[133]而去.

過了數日, 賈石打聽的實, 果然扭入白蓮敎之黨, 問成死罪. 沈鍊在獄中大罵不止. 楊順自知理虧, 只恐臨時處決, 怕他在衆人面前毒罵, 不好看相; 預先問獄官責取病狀, 將沈鍊結果了性命. 賈石將此話報與徐夫人知道. 母子痛哭, 自不必說. 又虧賈石多有識熟人情, 買出屍首, 囑咐獄卒: "若官府要梟示時, 把箇假的答應." 却瞞著沈袞兄弟, 私下備棺盛殮, 埋於隙地. 事畢, 方纔向沈袞說道: "尊大人遺體已得保全, 直待事平之後, 方好指點與你知道, 今猶未可洩漏." 沈袞兄弟感謝不已. 賈石又苦口勸他弟二人逃走. 沈袞道: "極知久占叔叔高居, 心上不安; 奈家母之意, 欲待是非稍定, 搬回靈柩; 以此遲延不決." 賈石怒道: "我賈某生平, 爲人謀而盡忠, 今日之言, 全是爲你家門戶, 豈因久占住房, 說發你們起身之理? 旣嫂嫂老夫人之意已定, 我亦不敢相强. 但我有一小事, 即欲遠出, 有一年半載不回. 你母子自小心安住便了." 覻著壁上貼得有前, 後《出師表》各一張, 乃是沈鍊親筆楷書. 賈石道: "這兩幅字可揭來送我, 一路上做箇記念. 他日相逢, 以此爲信." 沈袞就揭下二紙, 雙手摺疊, 遞與賈石. 賈石藏於袖中, 流淚而別. 原來賈石算定楊路二賊設心不善, 雖然殺了沈鍊, 未肯干休. 自己與沈鍊相厚, 必然累及; 所以預先逃走, 在河南地方宗族家權時居住. 不在話下.

却說路楷見刑部覆本, 有了聖旨, 便於獄中取出閣浩、楊胤夔斬訖, 並要割沈煉之首, 一同梟示. 誰知沈煉眞屍已被賈石買去了, 官府也那裏辨驗

....

132) 【校】不(불): 人民文學本·繪圖本《今古奇觀》에는 "不"로 되어 있고, 古本小說集成本《今古奇觀》과 《古今小說》 각 판본에는 "亦不"로 되어 있다.

133) 【校】息(식): 人民文學本·繪圖本《今古奇觀》에는 "息"으로 되어 있고, 古本小說集成本《今古奇觀》과 《古今小說》 각 판본에는 "惜"으로 되어 있다.

得出? 不在話下.

　　再說楊順看見止於蔭子, 心中不滿, 便向路楷說道: "當初嚴東樓許我事成之日, 以侯伯爵相酬; 今日失言, 不知何故?" 路楷沉思半晌, 答道: "沈鍊是嚴家緊對頭, 今止誅其身, 不曾波及其子, 斬草不除根, 萌芽復發. 相國不足我們之意, 想在於此." 楊順道: "若如此, 何難之有? 如今再上簡本, 說沈鍊雖誅, 其子亦宜知情, 還該坐罪, 抄沒家私, 庶國法可伸, 人心知懼. 再訪他同射草人的幾箇狂徒, 並借屋與他住的, 一齊拿來治罪, 出了嚴家父子之氣, 那時却將前言取償, 看他有何推托." 路楷道: "此計大妙. 事不宜遲, 乘他家屬在此, 一網打[134]盡, 豈不快哉! 只怕他兒子知風逃避, 却又費力." 楊順道: "高見甚明." 一面寫表申奏朝廷, 再寫稟帖到嚴府知會, 自述孝順之意. 一面預先行牌保安州知州, 著用心看守犯屬, 勿容逃逸. 只候旨意批下, 便去行事. 詩曰:

　　　　破巢完卵從來少, 削草除根勢或然. 可惜忠良遭屈死, 又將家屬媚當權.

　　再過數日, 聖旨下了. 州官[135]奉著憲牌, 差人來拿沈鍊家屬; 並查平素往來諸人姓名, 一一挨拿. 只有賈石名字, 先經出外, 只得將在逃開報. 此見賈石見幾之明也. 時人有詩贊云:

　　　　義氣能如賈石稀, 全身遠避更知幾. 任他羅網空中布, 爭奈仙禽天外飛.

　　却說楊順見拿到沈袞, 沈褒, 親自鞫問, 要他招承通虜實迹. 二沈高聲叫屈, 那裏肯招? 被楊總督嚴刑拷打, 打得體無完膚, 沈袞, 沈褒熬鍊不過, 雙雙死於杖下. 可憐少年公子, 都入枉死城中! 其同時拿到犯人, 都坐簡同謀之罪. 累死者何止數十人! 幼子沈襄尙在襁褓, 免罪, 隨著母徐氏, 另徙在雲州極邊, 不許在保安居住.

....

134)【校】打(타):《今古奇觀》각 판본에는 "打"로 되어 있고,《古今小說》각 판본에는 "而"로 되어 있다.

135)【校】官(관):《今古奇觀》각 판본에는 "官"으로 되어 있고,《古今小說》각 판본에는 "裏"로 되어 있다.

路楷又與楊順商議道: "沈鍊長子沈襄, 是紹興有名秀才. 他時得第[136], 必然銜恨於我輩. 不若一並除之, 永絶後患. 亦要相國知我用心." 楊順依言, 便行文書到浙江, 把做欽犯, 嚴提沈襄來問罪. 又分付心腹經歷金紹, 擇取有才幹的差人, 齎文前去; 囑他中途伺便, 便行謀害, 就所在地方討箇病狀回繳. 事成之日, 差人重賞, 金紹許他薦本超遷. 金紹領了臺旨, 汲汲而回, 著意的選兩名積年幹事的公差, 無過是張千李萬. 金紹喚他到私衙, 賞了他酒飯, 取出私財二十兩相贈. 張千李萬道: "小人安敢無功受賜?" 金紹道: "這銀兩不是我送你的, 是總督楊爺賞你的, 叫你齎文到紹興去拿沈襄. 一路不要放鬆他, 須要如此如此, 這般這般, 回來還有重賞. 若是怠慢, 總督老爺衙門不是取笑的, 你兩箇自去回話." 張千李萬道: "莫說總督老爺鈞旨, 就是老爺分付, 小人怎敢有違!" 收了銀子[137], 謝了金經歷, 在本府認領下公文, 疾忙上路, 往南進發.

却說沈襄號小霞, 是紹興府學廩膳秀才. 他在家久聞得父親以言事獲罪, 發去口外爲民, 甚是掛懷, 欲親到保安州一看, 因家中無人主管, 行止兩難. 忽一日, 本府差人到來, 不由分說, 將沈襄鎖縛, 解到府堂. 知府敎把文書與沈襄看了備細, 就將回文和犯人交付原差, 囑他一路小心. 沈襄此時方知父親及二弟俱已死於非命, 母親又遠徙極邊. 放聲大哭. 哭出府門, 只見一家老小, 都在那里, 攪做一團的啼哭. 原來文書上有"奉旨抄沒"的話, 本府已差縣尉封鎖了家私, 將人口盡皆逐出. 沈小霞聽說, 眞是苦上加苦, 哭得咽喉無氣. 霎時間, 親戚都來與小霞話別, 明知此去多凶少吉, 少不得說幾句勸解的言語. 小霞的丈人孟春元, 取出一包銀子, 送與二位公差, 求他路上看顧女婿. 公差嫌少不受. 孟氏娘子又添上金簪子一對, 方纔收了. 沈小霞帶著哭, 分付孟氏道: "我此去死多生少, 你休爲我憂念, 只當我已死一般, 在爺娘家過活. 你是書禮之家, 諒無再醮之事, 我也放心得下." 指著小妻聞淑女說道: "只這女子, 年紀幼小, 又無處著落, 合該叫他改嫁, 奈我三

136) 【校】第(제): 人民文學本·繪圖本《今古奇觀》에는 "第"로 되어 있고, 古本小說集成本《今古奇觀》과 《古今小說》각 판본에는 "地"로 되어 있다.

137) 【校】子(자): 人民文學本·繪圖本《今古奇觀》에는 "子"로 되어 있고, 古本小說集成本《今古奇觀》과 《古今小說》각 판본에는 "兩"으로 되어 있다.

十無子, 他却有兩個半月的身孕. 他日倘生得一男, 也不絕了沈氏香烟. 娘子, 你看我平日夫妻面上, 一發帶他到丈人家去住幾時. 等待十月滿足, 生下或男或女, 那時憑你發遣他去便了." 話聲未絕, 只見聞氏淑女[138]說道: "官人說那裏話! 你去數千里之外, 沒個親人朝夕看覷, 怎生放下? 大娘自到孟家去, 奴家情願蓬首垢面, 一路伏侍官人前行. 一來官人免致寂寞, 二來也替大娘分得些憂念." 沈小霞道: "得個親人做伴, 我非不欲; 但此去多分不幸, 累你同死他鄉何益?" 聞氏道: "老爺在朝爲官, 官人一向在家, 誰人不知? 便誣陷老爺有些不的的勾當, 家鄉隔絕, 豈是同謀? 妾幫著官人到官申辯, 決然罪不至死. 就使官人下獄, 還留賤妾在外, 尚好照管." 孟氏也放丈夫不下, 聽得聞氏說得有理, 極力攛掇丈夫帶淑女同去. 沈小霞平日素愛淑女有才有智, 又見孟氏苦勸, 只得依允. 當晚[139]衆人齊到孟春元家歇了一夜. 次早, 張千李萬催促[140]上路. 聞氏換了一身布衣, 將靑布裹頭, 別了孟氏, 背著行李, 跟著沈小霞便走. 那時分別之苦, 自不必說.

一路行來, 聞氏與沈小霞寸步不離, 茶湯飯食, 都親自搬取. 張千李萬初時還好言好語, 過了揚子江, 到徐州起旱, 料得家鄉已遠, 就做出嘴臉來, 呼么喝六[141], 漸漸難爲他夫妻兩箇來了. 聞氏看在眼裏, 私對丈夫說道: "看那兩箇潑差人, 不懷好意. 奴家女流之輩, 不識路徑, 若前途有荒僻曠野的所在, 須是用心隄防." 沈小霞雖然點頭, 心中還只是半疑不信. 又行了幾日, 看見兩箇差人不住的交頭接耳, 私下商量說話; 又見他包裹中有倭刀一口, 其白如霜: 忽然心動, 害怕起來, 對聞氏說道: "你說這潑差人其心

....

138) 【校】女(여):《今古奇觀》각 판본에는 "女"로 되어 있고,《古今小說》각 판본에는 "英"으로 되어 있다.

139) 【校】晚(만):《今古奇觀》각 판본에는 "晚"으로 되어 있고,《古今小說》각 판본에는 "夜"로 되어 있다.

140) 【校】促(촉):《今古奇觀》각 판본에는 "促"으로 되어 있고,《古今小說》각 판본에는 "趲"으로 되어 있다.

141) 呼么喝六(호요갈륙): '呼幺喝六' 또는 '呼紅叫六'으로 쓰기도 한다. '么'와 '六'은 모두 주사위의 점수로 '么'는 1점이며 보통 주홍색으로 칠한다. 주사위를 던질 때 이기려는 마음으로 항상 자신이 원하는 점수를 큰 소리로 외치기 때문에 나중에 '呼么喝六'은 기세를 부리며 큰 소리를 지르는 것을 이르게 되었다.

不善, 我也覺得有七八分了. 明日是濟寧府界上, 過了府去, 便是太行山梁山泊, 一路荒野, 都是響馬[142]出入所之. 倘到彼處, 他們行凶起來, 你也救不得我, 我也救不得你, 如何是好?” 聞氏道: “旣然如此, 官人有何脫身之計, 請自方便; 留奴家在此, 不怕那兩箇潑差人生呑了我.” 沈小霞道: “濟寧府東門內有箇馮主事, 丁憂在家. 此人最有俠氣, 是我父親極相厚的同年. 我明日去投奔他, 他必然相納. 只怕你婦人家, 沒志量打發這兩箇潑差人, 累你受苦, 於心何安? 你若有力量支持他, 我去也放膽. 不然, 與你同生同死, 也是天命當然, 死而無怨.” 聞氏道: “官人有路儘走; 奴家自會擺布, 不勞掛念.” 這裏夫妻暗地商量. 那張千李萬辛苦了一日, 喫了一肚酒, 齁齁的熟睡, 全然不覺.

次日早起上路, 沈小霞問張千道: “前去濟寧還有多少路?” 張千道: “只有[143]四十里, 半日就到了.” 沈小霞道: “濟寧東門內馮主事, 是我年伯[144]. 他先前在京師時, 借過我父親二百兩銀子, 有文契在此. 他管過北新關, 正有銀子在家. 我若去取討前欠, 他見我是落難之人, 必然慨付. 取得這項銀兩, 一路上盤纏, 也得寬裕, 免致吃苦.” 張千意思有些作難. 李萬隨口應承了, 向張千耳邊說道: “我看這沈公子是忠厚之人; 況愛妾行李都在此處, 料無他故. 放他去走一遭, 取得銀兩, 都是你我二人的造化, 有何不可?” 張千道: “雖然如此, 到飯店安歇行李, 我守住小娘子在店上, 你緊跟著同去, 萬無一失.”

話休絮煩. 看看已牌時分, 早到濟寧城外, 揀個潔淨店兒, 安放了行李. 沈小霞便道: “那一[145]位同我到東門走遭, 轉來吃飯未遲.” 李萬道: “我同你

<hr />

142) 響馬(향마): ‘도적’을 이른다. 떼를 지어 길을 막고 도적질을 하는 자들은 말에 방울을 매달거나 강탈하기 전에 소리가 나는 화살을 쏘아 소리를 냈기에 이렇게 불리게 된 것이다.

143) 【校】有(유): 人民文學本·繪圖本《今古奇觀》에는 “有”자가 있고, 古本小說集成本《今古奇觀》과 《古今小說》각 판본에는 없다.

144) 年伯(연백): 과거 시험에서 同榜으로 같이 급제한 자를 ‘同年’이라고 했으며, 급제자들은 서로를 ‘年兄’이라고 칭했다. ‘年伯’은 부친과 같이 급제한 同年에 대한 경칭이며, 同年의 아들을 ‘年侄’ 또는 ‘年姪’이라고 불렀다.

145) 【校】那一(나일):《今古奇觀》각 판본에는 “那一”로 되어 있고,《古今小說》각

去. 或者他家留酒飯也不見得." 聞氏故意對丈夫道: "常言道: '人面逐高低,
世情看冷暖.' 馮主事雖然欠下老爺銀兩, 見老爺死了, 你又在難中, 誰肯唾
手交還? 枉自討箇厭賤. 不如吃了飯, 趕路為上." 沈小霞道: "這裏進城到
東門不多路, 好歹去走一遭, 不折了什麼便宜." 李萬貪了這二百兩銀子, 一
力擡掇該去. 沈小霞分付聞氏道: "耐心坐坐, 若轉得快時, 便是沒想頭了.
他若好意留款, 必然有些齎發, 明日雇箇轎兒抬你去. 這幾日在生口上坐,
看你好生不慣." 聞氏覷箇空, 向丈夫丟箇眼色. 又道: "官人早回, 休教奴久
等則箇." 李萬笑道: "去多少時? 有許多說話? 好不老氣!" 聞氏見丈夫去了,
故意招李萬轉來, 囑付道: "若馮家留飯, 坐得久時, 千萬勞你催促一聲." 李
萬答應道: "不消分付." 比及李萬下階時, 沈小霞已走了一段路了. 李萬托
著大意, 又且濟寧是他慣走的熟路, 東門馮主事家, 他也認得, 全不疑惑.
走了幾步, 又裏急起來, 覷箇毛坑上, 自在方便了, 慢慢的望東門而去.

却說沈小霞回頭看時, 不見了李萬, 做一口氣急急的跑到馮主事家. 也
是小霞合當有救, 正值馮主事獨自在廳. 兩人京中舊時熟識, 此時相見, 吃
了一驚. 沈襄也不作揖, 扯馮主事衣袂道: "借一步說話." 馮主事已會意了,
便引到書房裏面. 沈小霞放聲大哭. 馮主事道: "年姪有話快說, 休得悲傷,
誤其大事." 沈小霞哭訴道: "父親被嚴賊誣[146]陷, 已不必說了. 兩箇舍弟隨
任的, 都被楊順路楷殺害, 只有小姪在家, 又行文本府提去問罪. 一家宗祀,
眼見滅絕! 又兩箇差人心懷不善, 只怕他受了楊路二賊之囑, 到前邊太行
梁山等處暗算了性命, 尋思一計, 脫身來投老年伯. 老年伯若有計相庇, 我
亡父在天之靈, 必然感激! 若老年伯不能遮護, 小姪便就此觸階而死. 死在
老年伯面前, 強似死於奸賊之手!" 馮主事道: "賢姪不妨. 我家臥室之後, 有
一層複壁, 盡可藏身, 他人搜檢不到之處. 我送你在內, 權住數日. 我自有
道理." 沈襄拜謝道: "老年伯便是重生父母!" 馮主事親執沈襄之手, 引入臥
房之後, 揭開地板一塊, 有箇地道, 從此而下, 約走五六十步, 便有亮光, 有
小小廊屋三間, 四面皆樓牆圍裹, 果是人迹不到之處. 每日茶飯, 都是馮主

판본에는 "你二"로 되어 있다.

146) 【校】誣(무): 《今古奇觀》 각 판본에는 "誣"로 되어 있고, 《古今小說》 각 판본에
는 "屈"로 되어 있다.

事親自送入. 他家法極嚴, 誰人敢洩漏半箇字! 正是:

　　深山堪隱豹, 柳密可藏鴉. 不須愁漢吏, 自有魯朱家.

　　且說這一日, 李萬上了毛坑, 望東門馮家而來. 到於門首, 問老門公道: "你147)老爺在家麼?" 老門公道: "在家裏." 又問道: "有個穿白的官人來見你老爺, 可曾相會148)?" 老門公道: "正在書房裏留149)飯哩." 李萬聽說, 一發放心. 看看等到未牌, 果然聽上走一個穿白的官人出來. 李萬急走150)上前看時, 不是沈襄. 那官人逕自出門去了. 李萬等得不耐煩, 肚裏又飢, 不免問老門公道: "你說老爺留飯的官人, 如何只管坐了去, 不見出來?" 老門公道: "方纔出去的不是?" 李萬道: "老爺書房中還有客沒有?" 老門公道: "這到不知." 李萬道: "方纔那穿白的是甚人?" 老門公道: "是老爺的小舅, 常常來的." 李萬道: "老爺如今在那裏?" 老門公道: "老爺每常飯後, 定要睡一覺, 此時正好睡哩." 李萬聽得話不投機, 心下早有二分慌了, 便道: "不瞞大伯說, 在下是宣大總督老爺差來的. 今有紹興沈公子, 名喚沈襄, 號沈小霞, 係欽提人犯, 小人提押到於貴府. 他說與你老爺有同年叔姪之誼, 要來拜望. 在下同他到宅, 他進去了, 在下等候多時, 不見出來, 想必還在書房中. 大伯, 你還不知道, 煩你去催促一聲, 敎他快快出來, 要趕路哩151)." 老門公故意道: "你說的是甚麼說話? 我一些不懂." 李萬耐了氣, 又細細的說了一遍. 老門公當面的一啐, 罵道: "見鬼! 何嘗有什麼沈公子到來! 老爺在喪中, 一槪不接外客. 這門上是我的干係152), 出入都是我通稟. 你却說這等鬼話!

....

147) 【校】你(니):《今古奇觀》각 판본에는 "你"로 되어 있고,《古今小說》각 판본에는 "主事"로 되어 있다.

148) 【校】可曾相會(가증상회):《今古奇觀》각 판본에는 "可曾相會"로 되어 있고,《古今小說》각 판본에는 "曾相見否"로 되어 있다.

149) 【校】留(유): 人民文學本·繪圖本《今古奇觀》에는 "留"로 되어 있고, 古本小說集成本《今古奇觀》과《古今小說》각 판본에는 "喫"으로 되어 있다.

150) 【校】走(주): 人民文學本·繪圖本《今古奇觀》에는 "走"자가 있고, 古本小說集成本《今古奇觀》과《古今小說》각 판본에는 없다.

151) 【校】哩(리):《今古奇觀》각 판본에는 "哩"로 되어 있고,《古今小說》각 판본에는 "走"로 되어 있다.

你莫非是白日撞153)麼? 強裝什154)麼公差名色, 搯摸東西的! 快快請退, 休
纏你爺的帳!" 李萬聽說, 愈加著急, 便發作起來道: "這沈襄是朝廷要緊的
人犯, 不是當耍的. 請你老爺出來, 我自有話說!" 老門公道: "老爺正瞌睡,
沒甚事, 誰敢去稟! 你這獠子155), 好不達時務!" 說罷, 洋洋的自去了. 李萬
道: "這箇門上老兄好不知事! 央他傳一句話, 甚作難. 想沈襄定然在內. 我
奉軍門鈞帖, 不是私事, 便闖進去, 怕怎的!" 李萬一時粗莽, 直撞入廳來,
將照壁拍了一156)拍, 大叫道: "沈公子, 好走動了!" 不見答應. 一連叫喚了
數聲, 只見裏頭走出一箇年少的家童, 出來問道: "管門的在那裏? 放誰在
廳上喧嚷?" 李萬正要叫住他說話, 那家童在照壁後張了張兒, 向西邊走去
了. 李萬道: "莫非書房在那西邊? 我且自去看看, 怕怎的!" 從廳後轉西走去
原來是一帶長廊. 李萬看見無人, 只顧望前而行. 只見屋宇深邃, 門戶錯雜,
頗有婦人走動. 李萬不敢縱步, 依舊退回廳上, 聽得外面亂嚷. 李萬到門首
看時, 却是張千來尋李萬不見, 正和門公在那裏鬥口. 張千一見了李萬, 不
由分說, 便怒157)道: "好夥計! 只貪圖酒食, 不幹正事! 巳牌時分進城, 如今
申牌將盡, 還在此閒蕩, 不催趲犯人出城去, 待怎麼?" 李萬道: "呸! 那有什
麼酒食? 連人也不見箇影兒!" 張千道: "是你同他進城的." 李萬道: "我只登
了箇束, 被蠻子上前了幾步, 跟他不上, 一直趕到這裏, 門上說有箇穿白的
官人在書房中留飯, 我說定是他了. 等到如今不見出來, 門上人又不肯通
報, 淸水也討不得一盃吃. 老哥, 煩你在此等候等候, 替我到下處醫了肚皮

....

152) 【校】係(계):《今古奇觀》각 판본에는 "係"로 되어 있고,《古今小說》각 판본에
는 "紀"로 되어 있다.

153) 白日撞(백일당): 대낮에 남의 집에 쳐들어가 강도질을 하는 사람을 '白日鬼'
또는 '白日撞'이라고 불렀다.

154) 【校】什(십): 人民文學本·繪圖本《今古奇觀》에는 "什"자가 있고, 古本小說集
成本《今古奇觀》과《古今小說》각 판본에는 없다.

155) 獠子(요자): '獠'는 '흉악하다'는 뜻이다. '獠子'는 '흉악한 놈'과 같은 의미로
욕하는 말이다.

156) 【校】一(일):《今古奇觀》각 판본에는 "一"로 되어 있고,《古今小說》각 판본에
는 "又"로 되어 있다.

157) 【校】怒(노):《今古奇觀》각 판본에는 "怒"로 되어 있고,《古今小說》각 판본에
는 "罵"로 되어 있다.

再來." 張千道: "有你這樣不幹事的人! 是甚麼樣犯人, 却放他獨自行走! 就是書房中, 少不得也隨他進去. 如今知他在裏頭不在裏頭? 還虧你放慢線兒講話! 這是你的干係158), 不關我事!" 說罷, 便走. 李萬趕上扯住道: "人是在裏頭, 料沒處去. 大家在此幫說句話兒, 催他出來, 也是箇道理. 你是吃飽的人, 如何去得這等要緊?" 張千道: "他的小老婆在下處, 方纔雖然囑付店主人看守, 只是放心不下, 這是沈襄穿鼻的索兒, 有他在, 不怕沈襄不來." 李萬道: "老哥說得是." 當下張千先去了. 李萬忍着肚飢守到晚, 並無消息. 看看日沒黃昏, 李萬腹中餓極了, 看見間壁有箇點心店159)兒, 不免脫下衣衫, 抵當幾文錢的火燒來吃. 去不多時, 只聽得扛門聲響 急跑來看, 馮家大門已閉上了. 李萬道: "我做了一世的公人, 不曾受這般嘔氣. 主事是多大的官兒, 門上直恁作威作勢! 也有那沈公子好笑: 老婆行李都在下處, 旣然這裏留宿, 信也該寄一箇出來. 事已如此, 只得在房簷下胡亂過一夜, 天明等箇知事的管家出來, 與他說話." 此時十月天氣, 雖不甚冷, 半夜裏起一陣風, 簌簌的下幾點微雨, 衣服都沾濕了, 好生悽楚. 挨到天明雨止, 只見張千又來了. 却是聞氏再三再四催逼他來的. 張千身邊帶了公文解批, 和李萬商議, 只等開門, 一擁而入, 在廳上大驚小怪, 高聲發話. 老門公阻攔160)不住. 一時間, 家中大小都聚集來, 七張八嘴, 好不熱鬧. 街上人聽得宅裏鬧炒, 也聚攏來圍住大門外閒看. 驚動了馮主事161), 從裏面踱將出來. 且說馮主事怎生模樣?

　　頭戴梔子花, 匾摺孝頭巾, 身穿反摺縫稀眼粗麻衫, 腰繫麻繩, 足著草履.

....

158) 【校】係(계): 《今古奇觀》각 판본에는 "係"로 되어 있고, 《古今小說》각 판본에는 "紀"로 되어 있다.

159) 點心店(점심점): 點心은 떡이나 밀가루로 만든 과자류에 대한 통칭으로 '點心店'은 그런 종류의 식품을 파는 가게를 이른다.

160) 【校】阻攔(조란): 人民文學本·繪圖本 《今古奇觀》에는 "阻攔"으로 되어 있고, 古本小說集成本《今古奇觀》과 《古今小說》각 판본에는 "攔阻"로 되어 있다.

161) 【校】驚動了馮主事(경동료풍주사): 《今古奇觀》각 판본에는 "驚動了馮主事"로 되어 있고, 《古今小說》각 판본에는 "驚動了那有仁有義守孝在家的馮主事"로 되어 있다.

衆家人聽得咳嗽響, 道一聲: "老爺來了!" 都分立在兩邊. 主事出廳問道: "爲甚事喧嚷?" 張千李萬向前施禮道: "馮爺在上[162], 小的是奉宣大總督爺公文來的, 到紹興拿得欽犯沈襄. 經由貴府, 他說是馮爺的年姪, 要來拜望, 小的不敢阻擋, 容他進見. 自昨日上午到宅, 至今不見出來, 有誤程限. 管家們又不肯代稟, 伏乞老爺天恩, 快些打發上路." 張千便在胸前取出解批和官文呈上. 馮主事看了, 問道: "那沈襄可是沈經歷沈鍊的兒子麼?" 李萬道: "正是." 馮主事掩著兩耳, 把舌頭一伸, 說道: "你這班配軍, 好不知利害! 那沈襄是朝廷欽犯, 尙猶自可; 他是嚴相國的仇人, 那箇敢容納他在家! 他昨日何曾到我家來? 你却亂話! 官府聞知, 傳說到嚴府去, 我可[163]當得起他怪的? 你兩箇配軍, 自不小心, 不知得了多少錢財, 買放了要緊人犯, 却來圖賴我!" 叫家童: "與我[164]亂打那配軍出去! 把大門閉了! 不要惹這閒是非! 嚴府知道, 不是當耍!" 馮主事一頭罵, 一頭走進宅去了. 大小家人奉了主人之命, 推的推, 攙的攙, 霎時間被衆人擁出大門之外. 閉了門, 兀自聽得嘈嘈的亂罵. 張千, 李萬, 面面相覰, 開了口, 合不得; 伸了舌, 縮不進. 張千埋怨李萬道: "昨日是你一力攛掇, 敎放他進城; 如今你自去尋他!" 李萬道: "且不要埋怨. 和你去問他老婆, 或者曉得他的路數, 再來抓尋便了." 張千道: "說得是. 他是恩愛的夫妻. 昨夜漢子不回, 那婆娘暗地流淚, 巴巴的獨坐了兩三箇更次. 他漢子的行藏, 老婆豈有不知?" 兩箇一頭說話, 飛奔出城, 復到飯店中來.

却說聞氏在店房裏面, 聽得差人聲音, 慌忙移步出來, 問道: "我官人如何不來?" 張千指李萬道: "你只問他就是." 李萬將昨日往毛廁出恭, 走慢了一步, 到馮主事家, 起先如此如此, 以後這般這般, 備細說了. 張千道: "今早空肚皮進城, 就吃了這一肚寃氣. 你丈夫想是眞箇不在他家了. 必然還有

....

162) 在上(재상): '上位' 즉 '윗자리에 있다'는 뜻으로 어른이나 상사에게 쓰는 존댓말이다.

163) 【校】可(가):《今古奇觀》각 판본에는 "可"로 되어 있고,《古今小說》각 판본에는 "是"로 되어 있다.

164) 【校】我(아):《今古奇觀》각 판본에는 "我"로 되어 있고,《古今小說》각 판본에는 "他"로 되어 있다.

箇去處, 難道不對小娘子說的? 小娘子, 趁[165]早說來, 我們好去抓尋." 說
猶未了, 只見聞氏噙著眼淚, 一雙手扯住兩箇公人, 叫道: "好, 好! 還我丈
夫來!" 張千李萬道: "你丈夫自要去拜什麼年伯, 我們好意容他去走走, 不
知走向那裏去了, 連累我們在此著急, 沒處找[166]尋; 你倒問我要丈夫! 難道
我們藏過了他? 說得好笑!" 將衣袂掣開, 氣忿忿的對虎一般坐下. 聞氏到
走在外面, 攔住出路, 雙足頓地, 放聲大哭, 叫起屈來. 老店主聽得, 慌
忙[167]解勸. 聞氏道: "公公有所不知. 我丈夫三十無子, 娶奴爲妾. 奴家跟
了他二年了, 幸有三箇多月身孕; 我丈夫割捨不下, 因此奴家千里相從, 一
路上寸步不離. 昨日爲盤纏缺少, 要去見那年伯, 是李牌頭同去的. 昨晚一
夜不回, 奴家已自疑心. 今早他兩箇自回, 一定將我丈夫謀害了. 你老人家
替我做主, 還我丈夫便罷休!" 老店主道: "小娘子休得性急. 那牌頭[168]與你
丈夫, 平[169]日無怨, 往日無仇, 著甚來由, 要壞他性命?" 聞氏哭聲轉哀, 道:
"公公, 你不知道. 我丈夫是嚴閣老的仇人. 他兩箇必定受了嚴府的囑託來
的, 或是他要去嚴府請功. 公公, 你詳情: 他千鄉萬里, 帶著奴家到此, 豈有
沒半句說話, 突然去了? 就是他要走時, 那同去的李牌頭, 怎肯放他? 你要
奉承嚴府, 害了我丈夫不打緊; 叫奴家孤身婦女, 看著何人? 公公, 這兩箇
殺人的賊徒, 煩公公帶著奴家, 同他去官府裏[170]叫冤." 張千李萬被這婦人
一哭一訴, 就要分析幾句, 沒處插嘴. 老店主聽見聞氏說得有理, 也不免有

---

165) 【校】趁(진): 古本小說集成本《今古奇觀》과 《古今小說》 각 판본에는 "趁"으로
　　 되어 있고, 人民文學本 · 繪圖本《今古奇觀》에는 "你"로 되어 있다.

166) 【校】找(조): 人民文學本 · 繪圖本《今古奇觀》에는 "找"로 되어 있고, 古本小說
　　 集成本《今古奇觀》과 《古今小說》 각 판본에는 "抓"로 되어 있다.

167) 【校】慌忙(황망): 人民文學本 · 繪圖本《今古奇觀》에는 "慌忙"으로 되어 있고,
　　 古本小說集成本《今古奇觀》과 《古今小說》 각 판본에는 "忙來"로 되어 있다.

168) 【校】牌頭(패두): 人民文學本 · 繪圖本《今古奇觀》에는 "牌頭"로 되어 있고, 古
　　 本小說集成本《今古奇觀》에는 "牌長"으로 되어 있으며,《古今小說》 각 판본에
　　 는 "排長"으로 되어 있다.

169) 【校】平(평): 《今古奇觀》 각 판본에는 "平"으로 되어 있고,《古今小說》 각 판본
　　 에는 "前"으로 되어 있다.

170) 【校】裏(리): 人民文學本 · 繪圖本《今古奇觀》에는 "裏"로 되어 있고, 古本小說
　　 集成本《今古奇觀》과 《古今小說》 각 판본에는 "處"로 되어 있다.

些疑心, 到可憐那婦人起來. 只得勸道: “小娘子說便是這般說, 你丈夫未曾死也不見得, 好歹再等候他一日.” 聞氏道: “依公公等候他[171]一日不打緊, 那兩箇殺人的凶身, 乘機走脫了, 這干係却是誰當?” 張千道: “若果然謀害了你丈夫要走脫時, 我弟兄兩箇又到這里則甚?” 聞氏道: “你欺負我婦人家沒張智, 又要指望奸騙我. 好好的說, 我丈夫的屍首在那里? 少不得當官也要還我箇明白!” 老店官見婦人口嘴利害, 再不敢言語. 店中閒看的, 一時間聚了四五十人. 聞說婦人如此苦切, 人人惱恨那兩箇差人, 都道: “小娘子要去叫冤, 我們引你到兵備道去.” 聞氏向著衆人深深拜福, 哭道: “多承列位路見不平, 可憐我落難孤身, 指引則箇. 這兩箇凶徒, 相煩列位替奴家拿他同去, 莫放他走了.” 衆人道: “不妨事, 在我們身上!” 張千李萬欲向衆人分剖時, 未說得一言半字, 衆人便道: “兩箇牌[172]長不消辯得. 虛則虛, 實則實; 若是沒有此情, 隨著小娘子到官, 怕他則甚?” 婦人一頭哭, 一頭走. 衆人擁著張千李萬, 攪做一陣的, 都到兵備道前. 道裏尚未開門.

　　那一日正是放告日期. 聞氏束了一條白布裙, 逕搶進柵門, 看見大門上架著那大鼓, 鼓架上懸著箇槌兒, 聞氏搶槌在手, 向鼓上亂撾, 撾得那鼓振天的響. 唬得中軍官失了三魂[173], 把門吏喪了七魄, 一齊跑來, 將繩縛住, 喝道: “這婦人好大膽!” 聞氏哭倒在地, 口稱: “潑天冤枉!” 只見門內吆喝之聲, 開了大門, 王兵備坐堂, 問擊鼓者何人. 中軍官將婦人帶進. 聞氏且哭且訴, 將家門不幸遭變, 一家父子三口死於非命. 只剩得丈夫沈襄, 昨日又被公差中途謀害, 有枝有葉的細說了一遍. 王兵備喝[174]張千李萬上來, 問

171) 【校】他(타): 人民文學本·繪圖本《今古奇觀》에는 “他”자가 있고, 古本小說集成本《今古奇觀》과《古今小說》각 판본에는 없다.

172) 【校】牌(패):《今古奇觀》각 판본에는 “牌”로 되어 있고,《古今小說》각 판본에는 “俳”로 되어 있다.

173) 三魂(삼혼): 도교에서는 사람에게 三魂과 七魄이 있다고 믿는다. 사람의 형체에 붙어 존재하는 精氣를 일러 ‘魄’이라 하고, 사람의 형체에서 이탈해 존재할 수 있는 精氣를 이르러 ‘魂’이라 한다.《雲笈七籤》권54의 기록에 의하면, 三魂은 爽靈, 胎元, 幽精을 가리키며, 七魄은 尸狗, 伏矢, 雀陰, 呑賊, 非毒, 除穢, 臭肺를 이른다고 한다.

174) 【校】喝(갈): 人民文學本·繪圖本《今古奇觀》에는 “喝”로 되어 있고, 古本小說集成本《今古奇觀》과《古今小說》각 판본에는 “喚”으로 되어 있다.

其緣故. 張千李萬說一句, 婦人就剪一句. 婦人說得句句有理, 張千李萬抵搪不過. 王兵備思想道: "那嚴府勢大, 私謀殺人之事, 往往有之, 此情難保其無." 便差中軍官, 押了三人, 發去本州勘審. 那知州姓賀, 奉了這項公事, 不敢怠慢. 即時扣了店主人到來, 聽四人的口詞. 婦人一口咬定: 二人謀害他丈夫. 李萬招稱爲出恭慢了一步, 因而相失. 張千、店主人都據實說了一遍. 知州委決不下: "那婦人又十分哀切, 像箇眞情; 張千李萬又不肯招認." 想了一回, 將四人閉於空房, 打轎去拜馮主事, 看他口氣若何. 馮主事見知州來拜, 急忙迎接歸廳. 茶罷, 賀知州提起沈襄之事; 纔說得"沈襄"二字, 馮主事便掩著兩[175]耳道: "此乃嚴相公仇家, 學生[176]雖有年誼, 平素實無交情. 老公祖[177]休得下問, 恐嚴府知道, 有累學生." 說罷, 站起身來道: "老公祖旣有公事, 不敢留坐了." 賀知州一場沒趣, 只得作別. 在轎上想道: "據馮公如此懼怕嚴府, 沈襄必然不在他家. 或者被公人所害, 也不見得; 或者去投馮公, 見拒不納, 別走箇相識人家去了, 亦未可知." 回到州中, 又取出四人來. 問聞氏道: "你丈夫除了馮主事, 州中還認得有何人?" 聞氏道: "此地並無相識." 知州道: "你丈夫是甚麼時候去的? 那張千李萬幾時來回復你的說話?" 聞氏道: "丈夫是昨日未吃午飯前就去的, 却是李萬同出店門. 到申牌時分, 張千假說催趲上路, 也到城中去了, 天晚方回來. 張千兀自向小婦人說道: '我李家兄弟跟著你丈夫, 馮主事家歇了. 明日我早去催他出城.' 今早張千去了一箇早晨, 兩人雙雙而回, 單不見了丈夫, 不是他謀害了是誰? 若是我丈夫不在馮家, 昨日李萬就該追尋了; 張千也該著忙, 如何將好言語穩住小婦人? 其情可知. 一定張千李萬兩箇在路上預先約定, 却叫李萬乘夜下手. 今早張千進城, 兩箇乘早將屍首埋藏停當, 却來回復我小婦人. 望靑天爺爺明鑒!" 賀知州道: "說得是." 張千李萬正要分辨, 知州相公喝道: "你做公差, 所幹何事? 若非用計謀死, 必然得財買放, 有何理說?" 喝叫手下將張李重責三十. 打得皮開肉綻, 鮮血迸流, 張千李萬只是不招. 婦

---

175) 【校】兩(량): 人民文學本·繪圖本《今古奇觀》에는 "兩"으로 되어 있고, 古本小說集成本《今古奇觀》과 《古今小說》 각 판본에는 "雙"으로 되어 있다.

176) 學生(학생): 명청 시대 선비나 관원이 자신을 겸손하게 칭하는 말이다.

177) 老公祖(노공조): 명청 시대 지방장관에 대한 존칭이다.

人在旁, 只顧哀哀的痛哭. 知州相公不忍, 便討夾棍[178], 將兩箇公差夾起.
那公差其實不曾謀死, 雖然負痛, 怎生招得? 一連上了兩夾, 只是不招. 知
州相公再要夾時, 張李受苦不過, 再三哀求道: "沈襄實未曾死, 乞爺爺立箇
限期, 差人押小的找[179]尋沈襄, 還那聞氏便了." 知州也沒有定見, 只得勉
從其言. 聞氏且發尼姑菴住下. 差四名民壯, 鎖押張千·李萬二人, 追尋沈
襄, 五日一比. 店主釋放寧家. 將情具由申詳兵備道, 道裏依繳了[180]. 張千
李萬, 一條鐵鍊鎖著, 四名民壯, 輪番監押. 帶得幾兩盤纏, 都被民壯搜去
爲酒食之費; 一把倭刀, 也當酒吃了. 那臨清去處又大, 茫茫蕩蕩, 來千去
萬, 那裏去尋沈公子? 也不過一時脫身之法.

　聞氏在尼姑菴住下, 剛到五日, 准准的又到州裏去啼哭, 要生要死. 州守
相公沒奈何, 只苦得比[181]較差人. 張千李萬, 一連比了十數限, 不知打了
多少竹批, 打得爬走不動, 張千得病身死, 單單剩得李萬, 只得到尼姑菴來
拜求聞氏道: "小的情極, 不得不說了. 其實奉差來時, 有經歷金紹口傳楊總
督鈞旨, 教我中途害你丈夫, 就所在地方, 討箇結狀回報. 我等口雖應承,
怎肯行此不仁之事? 不知你丈夫何故忽然逃走, 與我們實實無涉. 靑天在
上, 若半字虛情, 全家禍滅! 如今官府五日一比, 兄弟張千, 已自打死, 小的
又累死, 也是冤枉. 你丈夫的確未死, 小娘子他日夫婦相逢有日. 只求小娘
子休去州裏啼啼哭哭, 寬小的比限, 完全狗命, 便是陰德!" 聞氏道: "據你說
不曾謀害我丈夫, 也難准信. 旣然如此說, 奴家且不去稟官, 容你從容査訪.
只是你們自家要上緊用心, 休得怠慢." 李萬喏喏連聲而去. 有詩爲證:

....

178) 夾棍(협곤): 두 가닥의 나무막대기로 죄인의 다리에 주리를 틀어 형벌을 가하
　　는 刑具로 주릿대를 가리킨다.

179) 【校】找(조): 人民文學本·繪圖本《今古奇觀》에는 "找"로 되어 있고, 古本小說
　　集成本《今古奇觀》과 《古今小說》각 판본에는 "揰"로 되어 있다.

180) 【校】道裏依繳了(도리의격료): 人民文學本《今古奇觀》과 《古今小說》각 판본에
　　는 "道裏依繳了"로 되어 있고, 繪圖本《今古奇觀》에는 "道由依繳了"로 되어
　　있으며, 古本小說集成本《今古奇觀》에는 이 구절이 빠져 있다.

181) 【校】比(비): 《今古奇觀》각 판본에는 "比"로 되어 있고, 《古今小說》각 판본에
　　는 "批"로 되어 있다.

白金廿兩釀兇謀, 誰料中途已失囚? 鎖打禁持熬不得, 尼菴苦向婦人求.

官府立限緝獲沈襄, 一來爲他是總督衙門的緊犯, 二來爲婦人日日哀求, 所以上緊嚴比. 今日也是那李萬不該命絶, 恰好有箇機會.

却說總督楊順, 御史路楷, 兩箇日夜商量, 奉承嚴府, 指望旦夕封侯拜爵. 誰知朝中有箇兵科給事中吳時來, 風聞楊順橫殺平民冒功之事. 把他盡情劾奏一本, 並劾路楷朋奸助惡. 嘉靖爺正當設醮祝釐, 見說殺害平民, 大傷和氣, 龍顔大怒, 著錦衣衛扭解來京問罪. 嚴嵩見聖怒不測, 一時不及救護, 到底虧他於中調停, 止於削爵爲民. 可笑楊順路楷殺人媚人, 至此徒爲人笑, 有何益哉! 再說賀知州聽得楊總督去任, 已自把這公事看得冷了; 又聞氏連次不來哭禀; 兩箇差人又死了一箇, 只剩得李萬, 又苦苦哀求不已. 賀知州分付打開鐵鏈, 與他箇廣捕文書[182], 只敎他用心緝訪, 明是放鬆之意. 李萬得了廣捕文書, 猶如捧了一道赦書, 連連磕了幾箇頭, 出得府門, 一道煙走了. 身邊又無盤纏, 只得求乞而歸. 不在話下.

却說沈小霞在馮主事家複壁之中, 住了數月, 外邊消息, 無有不知. 都是馮主事打聽將來, 說與小霞知道. 曉得聞氏在尼姑菴寄居, 暗暗歡喜. 過了年餘, 已知張千李萬都逃了, 這公事漸漸懶散. 馮主事特地收拾內書房三間, 安放沈襄在內讀書, 只不許出外, 外人亦無有知者. 馮主事三年孝滿, 爲有沈公子在家, 也不去起復做官.

光陰似箭, 一住八年. 値嚴嵩一品夫人歐陽氏卒, 嚴世蕃不肯扶柩還鄉, 唆父親上本留已侍養; 却於喪中簇擁姬妾, 日夜飮酒作樂. 嘉靖爺天性至孝, 訪知其事, 心中甚是不悅. 時有方士藍道行, 善扶鸞之術. 天子召見, 叫他請仙, 問以輔臣賢否. 藍道行奏道: "臣所召乃是上界眞仙, 正直無阿. 萬一箕下判斷, 有忤聖心, 乞恕微臣之罪." 嘉靖爺道: "朕正願聞天心正論, 與卿何涉? 豈有罪卿之理?" 藍道行書符念咒, 神箕自動, 寫出十六箇字來, 道是:

高山番草, 父子閣老; 日月無光, 天地顚倒.

----

182) 廣捕文書(광포문서): 지역에 제한을 두지 않고 도주범을 추적하여 체포할 수 있게 하는 증명서를 이른다.

嘉靖爺爺看了, 問藍道行道: "卿可解之." 藍道行奏道: "微臣愚昧未解."
嘉靖爺道: "朕知其說. 高山者, 山字連高, 乃是嵩字; 番草者, 番字草頭, 乃
是蕃字; 此指嚴嵩嚴世蕃父子二人也. 朕久聞其專權誤國, 今仙機示朕, 朕
當即爲處分. 卿不可洩於外人." 藍道行叩頭, 口稱"不敢". 受賜而出. 從此
嘉靖爺漸漸疏了嚴嵩. 有御史鄒應龍, 看見機會可乘, 遂劾奏: "嚴世蕃憑藉
父勢, 賣官鬻爵, 許多惡迹, 宜加顯戮. 其父嚴嵩溺愛惡子, 植黨蔽賢, 宜亟
賜休退, 以淸政本." 嘉靖爺見疏大喜, 即陞遷應龍爲通政右參議. 嚴世蕃
下法司, 擬成充軍之罪, 嚴嵩回籍. 未幾, 又有江西巡按御史林潤, 復奏嚴
世蕃不赴軍伍, 居家愈加暴橫, 强占民間田産, 畜養奸人, 私通倭虜, 謀爲
不軌. 得旨, 三法司提問. 問官勘實覆奏, 嚴世蕃即時處斬, 抄沒家財. 嚴嵩
發養濟院終老. 被害諸臣, 盡行昭雪.

　　馮主事得此喜信, 慌忙報與沈襄知道, 放他出來. 到尼姑菴訪問那聞淑
女. 夫婦相見, 抱頭而哭. 聞氏離家時懷孕三月, 今在菴中生下一孩子, 已
十歲了. 聞氏親自教他念書, 五經皆已成誦, 沈襄歡喜無限. 馮主事方上京
補官, 教沈襄同去訟理父冤. 聞氏暫迎歸本家園上居住. 沈襄從其言, 到了
北京. 馮主事先去拜了通政司鄒參議, 將沈鍊父子冤情說了, 然後將沈襄
訟冤本稿送與他看. 鄒應龍一力擔當. 次日, 沈襄將奏本往通政司掛號投
遞. 聖旨下, 沈鍊忠而獲罪, 准復原官, 仍進一級, 以旌其直; 妻子召還原籍;
所沒入財産, 府縣官照數給還; 沈襄食廩年久, 准貢, 敕授知縣之職. 沈襄
復上疏謝恩, 疏中奏道:

　　　　臣父鍊向在保安, 因目擊大總督楊順, 殺戮平民冒功, 吟詩感歎. 適値
　　御史路楷陰受嚴世蕃之囑, 巡按宣大, 與楊順合謀, 陷臣父於極刑, 並殺臣
　　弟二人, 臣亦幾乎不免. 冤屍未葬, 危宗幾絶, 受禍之慘, 莫如臣家. 今嚴
　　世蕃正法, 而楊順, 路楷, 安然保首領於鄉, 使邊廷萬家之怨骨, 銜恨無伸;
　　臣家三命之冤魂, 含悲莫控: 恐非所以肅刑典而愍人心也.

　　聖旨准奏, 復提楊順路楷到京, 問成了[183]死罪, 監禁[184]刑部牢中待決.

----

183) 【校】了(료): 人民文學本·繪圖本《今古奇觀》에는 "了"자가 있고, 古本小說集
　　成本《今古奇觀》과《古今小說》각 판본에는 없다.

沈襄來別馮主事, 要親到雲州, 迎接母親和兄弟沈褒到京, 依傍馮主事寓所相近居住. 然後往保安州訪求父親骸骨, 負歸埋葬. 馮主事道: "老年嫂[185]處適纔已打聽箇消息, 在雲州康健無恙. 令弟沈褒, 已在彼遊庠了. 下官當遣人迎之. 尊公遺體要緊, 賢姪速往訪問, 到此相會令堂可也." 沈襄領命, 逕往保安, 一連尋訪兩日, 並無踪跡. 第三日, 因倦借坐人家門首. 有老者從內而出, 延進草堂喫茶. 見堂中掛一軸子, 乃楷書諸葛孔明兩次[186]《出師表》也. 表後但寫年月, 不着姓名. 沈小霞看了又看, 目不轉睛, 老者道: "客官爲何看之?" 沈襄道: "動問老丈, 此字是何人所書?" 老者道: "此乃吾亡友沈青霞之筆也." 沈小霞道: "爲何留在老丈處?" 老者道: "老夫姓賈名石. 當初沈青霞編管此地, 就在舍下作寓. 老夫與他八拜之交[187], 最相契厚. 不料後遭奇禍, 老夫懼怕連累, 也往河南逃避, 帶得這二幅《出師表》, 裱成一幅, 時常展視, 如見吾兄之面. 楊總督去任後, 老夫方敢還鄕. 嫂嫂徐夫人和幼子沈褒, 徙居雲州, 老夫時常去看他. 近日聞得嚴家勢敗, 吾兄必當昭雪, 已曾遣人往[188]雲州報信. 恐沈小官人要來移取父親靈柩, 老夫將此軸懸掛在中堂, 好叫他認認父親遺筆." 沈小霞聽罷, 連忙拜倒在地, 口稱: "恩叔." 賈石慌忙扶起道: "足下果是何人?" 沈小霞道: "小姪沈襄. 此軸乃亡父之筆也." 賈石道: "聞得楊順這廝差人到貴府來提賢姪, 要行一網打盡之計. 老夫只道也遭其毒手, 不知賢姪何以得全?" 沈小霞將濟寧[189]

184) 【校】禁(금):《今古奇觀》각 판본에는 "禁"자가 있고, 古本小說集成本《古今小說》에는 闕字 되어 있으며, 人民文學本《古今小說》에는 이 글자가 없다.

185) 年嫂(연수): 年兄의 부인을 가리키는 말로 여기서는 풍 주사가 심련의 부인 즉 심양의 어머니를 칭하는 말이다.

186) 【校】次(차): 古本小說集成本《今古奇觀》과 《古今小說》각 판본에 "次"로 되어 있고, 人民文學本·繪圖本《今古奇觀》에는 "張"으로 되어 있다.

187) 八拜之交(팔배지교): 본래 '八拜'는 예전부터 대대로 교분이 있는 집안의 어른에게 행하는 절을 이르는데 그런 집안의 친구는 異姓의 형제와 마찬가지라는 의미에서 의형제를 맺는 것을 '八拜'라고도 했다. 이로 인해 의형제를 '八拜之交'라고 칭하기도 한다.

188) 【校】往(왕): 人民文學本·繪圖本《今古奇觀》에는 "往"으로 되어 있고, 古本小說集成本《今古奇觀》과 《古今小說》각 판본에는 "去"로 되어 있다.

189) 【校】濟寧(제녕):《今古奇觀》각 판본에는 "濟寧"으로 되어 있고,《古今小說》

事情備細說了一遍. 賈石口稱"難得", 便分付家童治飯款待. 沈小霞問道:
"父親靈柩, 恩叔必知, 務求[190]指引一拜." 賈石道: "你父親屈死獄中, 是老
夫偷屍埋葬, 一向不敢對人說知. 今日賢姪來此搬回故土, 也不枉老夫一
片用心." 說罷, 剛欲出門, 只見外面一位小官人, 騎馬而來. 賈石指道: "遇
巧! 遇巧! 恰好令弟來也." 那小官便是沈襄, 下馬相見. 賈石指沈小霞道:
"此位乃大令兄諱襄的便是." 此日弟兄方纔識面, 恍如夢中相會, 抱頭而
哭. 賈石領路, 三人同到沈靑霞墓所, 但見亂草迷離, 土堆隱起. 賈石引二
沈拜了, 二沈俱哭倒在地. 賈石勸了一回道: "正要商議大事, 休得過傷." 二
沈方纔收淚. 賈石道: "二哥、三哥, 當時死於非命, 也虧了獄卒毛公存仁義
之心, 可憐他無辜被害, 將他屍藁葬於城西三里之外. 毛公雖然已故, 老夫
亦知其處. 若扶令先尊靈柩回去, 一起帶回, 使他父子魂魄相依, 二位意下
如何?" 二沈道: "恩叔所言, 正合愚弟兄之意." 當日又同賈石到城西看了,
不勝悲感. 次日另備棺木, 擇吉破土, 重新殯殮. 三人面色如生, 毫不朽敗,
此乃忠義之氣所致也. 二沈悲哭, 自不必說. 當時備下車仗, 抬了三箇靈柩,
別了賈石起身. 臨別, 沈襄對賈石道: "這一軸《出師表》, 小姪欲問恩叔取去
供養祠堂, 幸勿見拒." 賈石慨然許了, 取下掛軸相贈. 二沈就草堂拜謝, 垂
淚而別. 沈襄先奉靈柩到張家灣, 覓船裝載. 沈襄復身又到北京, 見了母親
徐夫人, 回復了說話. 拜謝了馮主事起身.

此時, 京中官員, 無不追念沈靑霞忠義, 憐小霞母子扶柩遠歸, 也有送勘
合的, 也有贈賻金的, 也有餽賻儀[191]的. 沈小霞只受勘合一張, 餘俱不受.
到了張家灣, 另換了官座船, 驛遞起人夫一百名牽纜[192], 走得好不快! 不一
日, 來到濟寧. 沈襄分付座船, 暫泊河下, 單身入城到馮主事家, 投了主事
平安書信, 園上領了聞氏淑女幷十歲兒子下船, 先參了靈柩, 後見了徐夫

....

각 판본에는 "臨淸"으로 되어 있다.

190) 【校】務求(무구): 人民文學本·繪圖本《今古奇觀》에는 "務求"로 되어 있고, 古
　　本小說集成本《今古奇觀》과《古今小說》각 판본에는 "乞煩"으로 되어 있다.

191) 賻儀(신의): 남에게 여비로 주는 돈을 이른다.

192) 牽纜(견람): 물이 얕거나 위험한 여울에서 배가 좌초되거나 바닥에 얹히는
　　것을 방지하기 위해 인력으로 밧줄을 배에 묶고 강가에서 그 밧줄을 끌어당기
　　며 가는 것을 가리킨다.

人. 徐氏見了孫兒如此長大, 喜不可言. 當初只道滅門絶戶, 如今依然有子有孫; 昔日冤家皆惡死見報, 天理昭然, 可見做惡人的到底吃虧, 做好人的到底便宜.

閒話休題. 到了浙江紹興府, 孟春元領了女兒孟氏, 在二十里外迎接. 一家骨肉重逢, 悲喜交集, 將喪船停泊馬頭, 府縣官員都往唁弔[193]. 舊時家產, 已自淸查給還. 二沈扶柩葬於祖塋, 重守三年之制. 無人不稱大孝. 撫按又替沈鍊建造表忠祠堂, 春秋祀祭. 親筆《出師表》一軸, 至今供奉祠堂之中. 服滿之日, 沈襄到京受職, 做了知縣. 爲官淸正, 直陞到黃堂知府. 聞氏所生之子, 少年登科, 與叔父[194]沈袞同年進士. 子孫世世書香不絶. 馮主事爲救沈襄一事, 京中重其義氣, 累官至吏部尙書. 忽一日, 夢見沈靑霞來拜, 說道: "上帝憐某忠直, 已授北京城隍之職. 以[195]年兄爲南京城隍, 明日午時上任." 馮主事覺來, 甚以爲疑. 至明[196]午忽見轎馬來迎, 無疾而逝. 二公俱已爲神矣. 有詩爲證, 詩曰:

　　生前忠義骨猶香, 精[197]魄爲神萬古揚. 料得奸雄[198]沉地獄, 皇天果報
　　自昭彰.

193) 【校】唁弔(언조): 人民文學本·繪圖本《今古奇觀》에는 "唁弔"로 되어 있고, 古本小說集成本《今古奇觀》과 《古今小說》각 판본에는 "弔孝"로 되어 있다.

194) 【校】叔父(숙부): 人民文學本·繪圖本《今古奇觀》에는 "叔父"로 되어 있고, 古本小說集成本《今古奇觀》과 《古今小說》각 판본에는 "叔叔"으로 되어 있다.

195) 【校】以(이):《今古奇觀》각 판본에는 "以"로 되어 있고,《古今小說》각 판본에는 "屈"로 되어 있다.

196) 【校】明(명):《今古奇觀》각 판본에는 "明"으로 되어 있고,《古今小說》각 판본에는 "日"로 되어 있다.

197) 【校】精(정):《今古奇觀》각 판본에는 "精"으로 되어 있고,《古今小說》각 판본에는 "魂"으로 되어 있다.

198) 【校】雄(웅): 人民文學本·繪圖本《今古奇觀》에는 "雄"으로 되어 있고, 古本小說集成本《今古奇觀》과 《古今小說》각 판본에는 "魂"으로 되어 있다.

제**14**권

송금랑(宋金郎)이 전립(氈笠)으로 인해 부인과 다시 상봉하다〔宋金郎團圓破氈笠〕

▌**작품 해설**

　이 이야기는 《경세통언(警世通言)》 권22의 〈송 소관이 전립으로 인해 부인과 다시 상봉하다(宋小官團圓破氈笠)〉로 1편의 편수시사(篇首詩詞) 뒤 곧바로 정화(正話)로 들어가는 구조로 되어 있다. 본사(本事)는 명나라 왕동궤(王同軌)의 《이담(耳談)》 권1에 〈무기위금삼(武騎尉金三)〉이라는 제목으로 나오고, 《이담류증(耳談類增)》 권8에는 〈무기위금삼중혼(武騎尉金三重婚)〉이라는 제목으로 보이는데 주인공의 이름은 ‘금삼(金三)’으로 되어 있다. 《정사(情史)》 권3에 〈금삼처(金三妻)〉라는 제목으로 수록되어 있으며 출처는 《이담(耳譚)》이라고 했다. 이 이외에도 명나라 유중달(劉仲達)의 《홍서(鴻書)》 권36, 청나라 조길사(趙吉士)의 《기원기소기(寄園寄所寄)》 권10에도 수록되어 있다. 또한 《고금규원일사(古今閨媛逸事)》 권4에는 〈파전은어(破氈隱語)〉라는 제목으로, 《고금정해(古今情海)》 권17에는 〈금삼처(金三妻)〉라는 제목으로 실려 있으며, 청나라 유월(俞樾)의 《다향실속초(茶香室續鈔)》 권16에도 간략한 줄

거리가 기재되어 있다. 조선시대 무명씨가 〈송금랑단원파전립(宋金郎團圓破氈笠)〉을 바탕으로 삼아 문언으로 개사하고자 한 작품이 《담자(啖蔗)》에 〈파전립기(破氈笠記)〉라는 제목으로 수록되어 있기도 하다.

널리 알려진 바와 같이 《금고기관》은 삼언이박(三言二拍)에 실려 있는 120편 작품들 중에서 대표적인 작품으로 40편을 뽑아 엮은 정선본(精選本)이다. 《금고기관》의 편자는 정선하는 과정에서 40편의 작품을 단순히 뽑아 옮기기만 한 것이 아니라 일부 세부적인 내용을 수정하고 보완하기까지 했다는 점은 매우 주목할 만한 사실이다. 이 작품은 바로 그런 흔적이 뚜렷이 남아 있는 작품으로 남자 주인공인 송금(宋金)이 폐병에 걸려 치유할 수 없게 되자 장인과 장모의 속임수에 넘어가 버림을 받고 아내 의춘(宜春)과 이별한 뒤 다시 부자가 되어 전(錢) 원외(員外)라는 가명으로 장인의 배에 승선해 수절하고 있던 아내와 재회하는 내용이다. 《경세통언》 권22 소재 작품을 보면, 의춘은 전 원외가 남편인 것을 확인하고는 욕을 하면서 "매정한 전(錢) 낭군[薄倖錢郞]"이라고 부르는 대목이 나온다. 이때 작중에서 의춘은 이미 전 원외가 바로 자기 남편인 송금이라는 사실을 확신하고 있는 상태였기에 "전(錢) 낭군[錢郞]"이라고 부르는 것은 합당치 않다. 《금고기관》의 편자는 이런 문제를 인식하여 본편에서는 "매정한 전(錢) 낭군[薄倖錢郞]"을 "매정한 사내[薄倖兒郞]"로 수정했다. 《담자》를 보면 이 대목을 "박정한 낭군[薄情]"이라고 하여 《경세통언》의 합당치 않은 표현을 따르지 않고 있다. 좀더 세밀히 살펴보기 위해 《경세통언》 권22와 《금고기관》 권14 그리고 《담자》의 〈파전립기(破氈笠記)〉에서 같은 장면에 대한 묘사를 표로 보이면 다음과 같다.

출처	예시(1)	예시(2)
警世通言	話分兩頭. 且說劉有才那日哄了女壻上岸, 撥轉船頭, 順風而下, 瞬息之間, 已行百里. 老夫婦兩口暗暗歡喜. 宜春女兒猶然不知, 只道丈夫還在船上, 煎好了湯藥, 叫他喫時, 連呼不應. 還道睡着在船頭, 自要去喚他. 却被母親劈手奪過藥甌, 向江中一潑, 罵道: "癆病鬼在那裏? 你還要想他!" 宜春道: "眞個在那裏?" 母親道: "你爹見他病害得不好, 恐沾染他人, 方才哄他上岸打柴, 逕自轉船來了." 宜春一把扯住母親, 哭天哭地叫道: "還我宋郎來!" 劉公聽得艄內啼哭…	再說宋金住在南京一年零八個月, 把家業掙得十全了
今古奇觀	話分兩頭. 且說宜春女那日見父親教丈夫上岸打柴, 心下思想: "爹好没分曉! 恁般一个病人, 教他去打柴! 欲要叫丈夫莫去, 又恐違拗了父母." 正在放心不下, 却見父親忙忙的撐船下舵, 撥轉船頭, 離岸揚帆. 宜春驚叫: "爹爹! 丈夫在岸上, 如何便開船?" 却被母親兜臉一啐, 道: "誰是你丈夫, 那癆病鬼, 你還要想他!" 宜春驚嚷道: "爹, 媽! 這怎麼説?" 劉嫗道: "你爹見他病害得不好, 恐沾染他人, 特地算計, 斷送這癆病骷髏." 宜春氣塞咽喉, 淚如泉湧, 急跑出艙, 連忙扯解掛帆繩索, 欲下帆轉船. 被母親抵死抱住, 拖到後艄. 宜春跌脚搥胸, 叫天叫地, 哭道: "還我宋郎來!" 爭嚷之間, 順風順水, 船已行數十里. 劉老走來勸道…	再說宋金住在南京二年有餘, 把家業掙得十全了. 思想丈人丈母雖是狼毒, 妻子恩情却是割舍不下, 並不起別娶之念
啖蔗	宜春那日見父親教丈夫打柴, 心下思想: 爺好没分曉! 教恁般一个病人, 送去斫柴. 要叫丈夫莫去, 又恐違拗親命. 正放心不下, 却見父親忙忙撐船, 移岸揚帆. 驚叫: "丈夫在岸上, 如何開船?" 却被母親向臉一批, 曰: "誰是你丈夫! 那癆病鬼, 你還要想他?" 宜春聽得氣塞, 淚如湧泉, 急跑出艙, 欲下帆轉船. 被母親抵死抱住, 拖到後艄. 宜春跌脚搥胸, 叫地大哭. 爭嚷之間, 順風順水, 船已行數十里. 劉老曰…	金郎久在南京, 思妻子恩情, 割捨不下, 不起別娶之念.

표를 통해서 알 수 있듯이《경세통언》에서는 장인 유유재(劉有才)가 사위를 외딴 섬에 버리려고 작정한 뒤 그를 시켜 기슭으로 올라가서 땔감을 구해오라고 시키는데 이런 사실에 대해서 딸 의춘은 모르고 있었던

것으로 기술되어 있다. 이와 달리 《금고기관》에서는 이 부분에 대해서 더 세밀하게 묘사하여 의춘은 그 사실을 알고서 속으로 남편을 걱정하기도 하며 아버지를 원망하지만 부모를 거역하게 될까 걱정돼 말리지 못하는 것으로 되어 있다. 그리고 《경세통언》에서는 의춘은 아버지가 남편을 버렸다는 것을 알고는 그저 통곡하고 남편을 돌려달라고만 할 뿐이지만, 《금고기관》에서는 의춘은 통곡을 하며 직접 가서 돛을 내리고 배를 돌리려고 하다가 어머니에게 붙잡혀 성공하지 못하는 것으로 묘사되어 있다. 이런 사실을 놓고 볼 때 《경세통언》에서 묘사된 의춘보다 《금고기관》에서 그려진 의춘은 남편을 구하려고 온갖 노력을 다하여 인의롭지 못한 부모의 행동에 대해 더욱더 저항하는 적극적인 여성 이미지로 그려졌다는 사실을 알 수 있다. 송금이 부자가 되어 아내 의춘을 다시 찾으려고 하는 대목에서도 《경세통언》에서는 특별한 이유를 설명하지 않고 있는 반면, 《금고기관》에서는 서술자 목소리를 통해 "장인과 장모는 비록 악독하긴 했지만 그는 아내와의 은정을 끊어버릴 수 없어 다시 장가갈 생각은 전혀 하지 않고 있었다."라고 기술하고 있다. 《경세통언》과 《금고기관》이 이렇게 차이를 보이는 대목에서 《담자》는 한결같이 《금고기관》의 내용을 따르고 있어 세부적인 문구까지 동일한 것을 확인할 수 있다. 《담자》의 저본(底本)은 《경세통언》이 아니라 《금고기관》이었던 것이다. 다만 《담자》에서는 《금고기관》의 일부 자세한 묘사를 생략하고 있으며 조선인이 이해하기 어려운 백화 투의 표현을 삭제하거나 문어체로 바꿔 쓴 흔적을 확인할 수 있다. 예컨대 "말하다"의 뜻으로 쓰인 '도(道)'를 '왈(曰)'로 바꾸고, "그의 모친은 딸 얼굴에 침을 뱉으며〔被母親兜臉一唾〕"라는 표현을 "그의 모친은 딸 얼굴을 때리며〔被母親向臉一批〕"로 바꾼 경우가 그것이다.

　이 작품은 전반에 걸쳐 불교적 색채를 강하게 띠고 있다. 송금의 아버지 송돈(宋敦)은 본래 자식이 없었는데 병들어 외롭게 죽은 노승(老僧)을 장사 치러준 덕에 상제(上帝)의 명에 따라 그 노승이 아들 송금으로 태어나게 되는 것으로 이야기가 시작된다. 나중에 송금이 병이 들어 버림을 받고 죽을 지경에 이르렀을 때에도 《금강경》을 외워 병을 치유하며 아내와 재회한 뒤에는 아내까지 신심이 생겨서 남편에게 가르침을 받아 부부가 함께 늙을 때까지 송경을 하기도 한다. 작품의 말미에 나오는 주제를 제시하는 편미시(篇尾詩)에서도 "금강경이 재난을 없애고[金剛經消除災難]"라는 구절이 보인다. 이런 견지에서 볼 때 작자인 풍몽룡이 실제로 불교를 신봉하거나 이 작품이 포교를 위해 지어진 것이 아닌가 하는 오해를 불러일으킬 수 있다. 하지만 이 작품 전반에 깔려 있는 불교적 색채는 교화(敎化)를 목적으로 한 소설적 장치의 일종이라고 보는 것이 타당하다. 가일거사(可一居士) 즉 풍몽룡의 《성세항언》〈서(序)〉를 보면 그가 유석도(儒釋道) 삼교의 관계에 대해 이렇게 언급하고 있기 때문이다.

　　유교를 숭상하는 시대에도 불교와 도교를 폐하지 않는 것은 세속에 맞춰 어리석은 자들을 인도하는 데 혹여 이를 빌릴 수 있을지도 모르기 때문이니 불교와 도교를 유교의 보조로 삼는 것은 가당한 일이다. 《유세명언》, 《경세통언》, 《성세항언》을 육경(六經)과 국사(國史)의 보조로 삼는 것 또한 가하지 않겠는가?[崇儒之代, 不廢二敎, 亦謂導愚適俗, 或有藉焉. 以二敎爲儒之輔可也, 以《明言》,《通言》,《恆言》爲六經國史之輔, 不亦可乎?]

❚본문 역주

인연이 아니면 억지로 구하려 하지 말라	不是姻緣莫強求
부부의 인연은 미리 정해진 것이라 우려할 필요가 없다네	姻緣前定不須憂
파도가 하늘까지 솟아올라도	任從波浪翻天起
바다를 평온히 건너는 배도 있다네	自有中流穩渡舟

화설(話說), 정덕(正德)[1] 연간 소주부(蘇州府) 곤산현(崑山縣) 대로에 한 사람이 살고 있었는데 그는 성이 송(宋) 씨였고 이름은 돈(敦)이었으며 원래 벼슬아치 집안의 후예였다. 아내 노(盧)씨와 함께 부부 두 사람은 생업을 하지 않고 조상으로부터 물려받은 전답에 의존해 저절로 들어오는 조금의 세를 받아 살고 있었다. 이들은 나이가 마흔이 넘도록 사내아이 계집아이 할 것 없이 자식을 하나도 낳지 못하고 있었다. 하루는 송돈이 아내에게 이렇게 말했다.

"자고로 이르기를 '늙을 때를 대비해 아이를 키우고, 굶주림을 방비하기 위해 곡물을 쌓는다.'고 하잖소. 당신과 나 사이엔 나이가 사순이 넘도록 아직껏 자식 하나가 없는데 세월은 쏜살같이 흐르고 눈 깜빡하는 사이에 머리는 백발이 되어가니 우리가 죽으면 누가 장사를 치러주지?"

그는 말을 마치고 나서 자기도 모르게 눈물을 흘렸다. 이에 노씨가 이렇게 말했다.

"송씨 가문은 조상 대대로 선량하여 악업을 지은 적이 없는 데다가 당신은 독자이기도 하니 하늘이 당신 집안의 대를 절대 끊지는 않을 겁니다. 애가 들어서는 데에도 이르고 늦은 때가 있기 마련이어서, 만약 애가 들어설 때가 아닌데 들어서면 길러 장성시키더라도 도중에 잃게 될 것이니 헛수고만하여 괜히 슬피 울 일만 더할 뿐입니다."

송돈이 머리를 끄덕이며 "그 말이 옳소."라고 말하고 나서 눈물을 닦은 흔적이 채 마르기도 전에 사랑채에서 기침 소리가 들리더니 "옥봉(玉峯), 집에 있소이까?"라고 그를 부르는 것이었다. 원래 근자의 풍속에 크고 작은 집안을 막론하고 사람들은 전부 별명이 하나씩 있어 그것으로 서로를 불렀으니 '옥봉'은 곧 송돈의 별명이었다. 송돈은 귀를 기울이고 듣고 있었던지라 그 사람이 자신을 두 번째 부를 때 곧장 목소리로 그가 유순천(劉順泉)이라는 것을 알았다. 이 유순천의 이름은 두 글자로 '유재

----

1) 정덕(正德): 명나라 武宗 朱厚照의 연호로 1505년부터 1521년까지이다.

(有才)'였다. 그의 조상들은 대대로 큰 배 한 척을 부리며 사람들과 화물들을 실어 각 성(省)으로 나르는 일을 해왔다. 수로 운수로 번 돈을 많이 가지고 있었으며 온전한 가업을 모두 다 배 위에 마련해 놓고 있었다. 바로 그의 배만 하더라도 온통 향남목(香楠木)으로 만든 것이어서 수백 금의 값어치가 있었다. 강남(江南)은 물이 많은 지역이라서 이를 생업으로 하는 사람들이 많았다. 유유재는 송돈과 마음이 가장 잘 맞는 친구였기에 송돈은 그의 목소리인 것을 알고서 얼른 사랑채로 나왔다. 이들은 피차 읍할 필요도 없이 서로 보며 공수만 한 뒤, 제각기 앉아 차를 마셨다. 이런 얘기들은 자세히 말할 필요도 없겠다.

송돈이 말했다.

"순천께서 오늘 어떻게 짬이 다 나셨습니까?"

유유재가 답했다.

"옥봉한테 뭐 좀 빌리려고 일부러 찾아왔지요."

송돈이 웃으며 말하기를 "그 훌륭한 배에서 뭐가 모자란다고 도리어 변변치 못한 저희 집에 오셔서 빌리시려는 겁니까?"라고 하자, 유유재가 말하기를 "다른 물건들은 손댈 일 없는데 단지 이 물건만은 댁에 여럿 있기에 감히 찾아와서 입을 벌리는 겁니다."라고 했다. 송돈이 말하기를 "정말로 제 집에 있는 거라면 절대 아까워하지 않겠습니다."라고 하자, 유유재가 그 물건에 대해서 천천히 얘기를 꺼냈는데 그것은 바로 이것이었다.

등 뒤에 지는 것이지만 조서가 아니요	背後並非擎詔[2]
가슴 앞으로 지는 것이나 배두렁이가 아니라네	當前不是圍胸
연노란 천으로 촘촘하게 바느질해 꿰매고	鵝黃細布密針縫
정갈한 손으로 들고서 공양을 하네	淨手將來供奉

．．．．．．．．．．．．．．．．．．．．．．．．．．．．

2) 배후병비경조(背後並非擎詔): 황제가 내린 조서는 노란 천으로 싸서 사자가 등에 지고 다녔기 때문에 이렇게 말한 것이다.

환원(還愿)3)할 때 일찍이 지전(紙錢)을 담은	還愿曾裝冥鈔
적이 있었고	
신에게 기도를 할 때 함께 그 장엄한 의용을	祈神幷襯威容
가까이 했지	
명산 고찰은 거의 다 따라다녀	名山古刹幾相從
향로에서 풍기는 향내가 배어있다네	染下爐香浮動

　　원래 송돈 부부 두 사람은 자식을 낳기가 어려워 도처로 후사를 얻게
해달라고 기도를 하며 분향하러 다녔기에 노란 베보자기와 베자루를 만
들어 거기에 지마(紙馬)4)와 지전 따위 등을 담아두곤 했다. 분향하러
갔다 온 뒤에는 그 보자기와 자루들을 집 안에 있는 불당에 걸어 놓았으
니 자못 그 정성이 지극했다. 유유재는 송돈보다 나이가 다섯 살 더 많아
마흔 여섯 살이었으며 아내 서씨 사이에 또한 자식이 없었다. 그는, 휘주
(徽州)의 어떤 소금장사가 후사를 얻기 위해 소주(蘇州) 창문(閶門)5) 밖
에 진주낭낭(陳州娘娘)6)의 묘(廟)를 새로 지었는데 거기서 분향과 기도
가 끊이지 않는다는 소문을 듣고, 마침 배를 몰고 풍교(楓橋)7)로 가서

....

3) 환원(還愿): 본래 신에게 가호를 빌며 약속했던 바를 이행하는 것을 이르는 말이
　　지만 여기서는 신에게 소원을 비는 것을 뜻한다.
4) 지마(紙馬): 제사를 지낼 때 쓰는 神像을 그린 종이로 제사가 끝난 뒤에는 불로
　　태웠다. 제사를 지낼 때에는 보통 희생과 幣帛을 쓰는데 秦나라 풍속에서는
　　말(馬)을 썼고 나중에는 木馬를 쓰게 되었다. 당나라 사람 王璵가 종이를 幣로
　　삼아 紙馬로 귀신에게 제사를 지냈다고 한다. 후세에 각판하여 오색 종이에
　　신상이나 불상을 찍어서 팔았는데 이를 '紙馬'라고 했다. 일설에 따르면 옛날에
　　神像을 그릴 때 神佛이 탈 수 있도록 말을 그려 넣었기에 '紙馬'라고 불리었다고
　　도 한다.
5) 창문(閶門): 蘇州(지금의 江蘇省 蘇州市)의 서쪽 성문으로 그 근처는 번화가였다.
6) 진주낭낭(陳州娘娘): 청나라 徐昻發의 《畏壘筆記》 권3 〈碧霞元君〉 조에 이런
　　내용이 보인다. "세상에서 태산의 신을 碧霞元君이라고 하는데 이는 천제의
　　장녀이다. 또 玄女라고 불리기도 하고 陳州娘娘이라 불리기도 한다."
7) 풍교(楓橋): 다리 이름으로 지금의 江蘇省 蘇州市 閶門 寒山寺 근처에 있다.
　　원래 封橋라고 했는데 당나라 시인 張繼의 〈楓橋夜泊〉으로 인해 '楓橋'라고
　　불리게 되었다.

손님들을 맞이할 기회가 있기에 그곳에 가서 향을 올리려고 했다. 하지만 미리 베보따리와 베자루를 만들어 놓지 않았으므로 일부러 송씨 집으로 와서 그것을 빌려달라고 한 것이었다. 유유재가 그 연고를 말하자, 송돈은 깊은 생각에 빠져 아무 말도 하지 않았다. 유유재가 말했다.

"옥봉께서 설마하니 아까워하는 마음이 있는 건 아니겠지요? 만약에 더럽히거나 망가뜨리면 하나 당 두 개씩 배상하리다."

송돈이 말했다.

"어찌 그럴 리가 있겠습니까? 단 한 가지, 진주낭낭의 묘가 영험하다고 하니 저도 그 배를 타고서 함께 가고 싶은데 언제 가는 것인지 모르겠습니다."

유유재가 말하기를 "즉시 곧 갑니다."라고 하자, 송돈이 말하기를 "보자기와 자루는 집사람도 따로 하나씩 가지고 있어 모두 두 개씩이니 충분히 나눠서 쓸 수 있습니다."라고 했다. 유유재는 "그렇다면 너무 좋군요."라고 말했다. 송돈이 안으로 들어가 아내에게 군성(郡城)에 가서 향을 올리려 한다고 말해 주었더니 유씨도 매우 기뻐했다.

송돈은 불당의 벽에 걸어뒀던 베보자기와 베자루를 두 개씩 가져다가 각각 하나는 남겨서 자기가 쓰고 나머지 각각 하나씩은 유유재에게 빌려주었다. 유유재가 말했다.

"제가 먼저 배로 가서 기다리고 있을 테니 빨리 오십시오. 배는 북문(北門) 대판교(大坂橋)에 밑에 대어져 있습니다. 푸대접을 해도 불평하지 않으실 거라면 차려 놓은 소반(素飯)을 먹으면 되니 쌀을 가져올 필요는 없습니다."

송돈은 응낙을 하고서 당장 서둘러 향촉과 지마, 지전(紙錢) 등을 마련해 보따리를 싼 뒤, 새로 지은 흰색 호주(湖紬)[8]로 만든 도포(道袍)를 입고 북문으로 나가 배를 탔다. 순풍을 맞아 배가 반나절도 안 되어 칠십

---

8) 호주(湖紬): 湖州(지금의 浙江省 湖州市) 지방에서 난 견사 직물의 통칭이다.

리(里) 길을 갔으므로 쉽사리 도착하게 되었다. 날이 이미 저물었기에 배를 풍교에 정박해 놓았다. 풍교는 사방에서 온 상인들이 모여드는 곳으로 선수(船首)와 선미(船尾)가 서로 이어져 끝이 보이지 않았으니 옛 사람이 이를 읊은 시9)가 있다.

> 달은 지고 까마귀 울며 서리는 하늘에 가득한데 　　月落烏啼霜滿天
> 강가의 단풍나무와 고깃배의 등불을 마주한 　　　 江楓漁火對愁眠
> 　채 시름 속에 잠이 드네
> 고소성(姑蘇城) 밖 한산사(寒山寺)에서 　　　　　　姑蘇城外寒山寺
> 한밤중에 울리는 종소리 객선까지 들려오누나 　　　夜半鐘聲到客船

두 사람은 다음 날 새벽에 일어나 배 안에서 세수를 하고 소식(素食)을 좀 먹은 뒤 입과 손을 닦고는 두 보자기에 지전을 싸고 베자루에는 지마와 축문을 넣어 목에 걸었다. 뱃머리에서 나와 진주낭낭의 묘 앞으로 천천히 걸어가다 보니 날이 막 밝는 것이었다. 묘의 대문은 열려있었지만 대전의 문은 아직 닫혀 있었다. 두 사람이 양쪽 회랑(回廊)을 빙 돌며 한 바퀴 구경을 해보니 정말 정연하게 지어져 있는 묘였다. 찬탄을 하고 있는 차에 끼익하고 대전의 문이 열리더니 곧 묘축(廟祝)10)이 나와서 그들을 대전으로 맞이했다. 참배객들이 아직 오지 않은 때라서 촛대에 불이 붙여져 있지 않았으므로 묘축은 유리등(琉璃燈)11)을 내려다가 불씨를 얻어 촛불을 밝힌 뒤, 두 사람으로부터 축문을 받아 그들을 대신해 축도해 주었다. 두 사람은 향을 피우고 예배를 마치고 나서 각기 수십 문(文)의 돈을 꺼내 묘축에게 사례하고 지전을 태운 뒤, 묘문을 나섰다. 유유재는 송돈에게 다시 배로 가자고 했지만 송돈이 사절하기에 그 자리

---

9) 이 시는 당나라 張繼의 〈楓橋夜泊〉으로 《全唐詩》 권242에 수록되어 있다.
10) 묘축(廟祝): 사당이나 불당 등에서 香燭을 관리하는 사람을 이른다.
11) 유리등(琉璃燈): 유리로 만든 기름등으로 사찰에서 많이 사용했다.

에서 보따리와 자루를 되돌려주었다. 두 사람은 서로에게 감사를 한 뒤 헤어졌다.

유유재는 손님을 맞으러 풍교로 갔으며, 송돈은 날이 아직 이른 것을 보고 누문(婁門)[12]으로 가서 배를 타고 집으로 가려 했다. 송돈이 발걸음을 막 옮기려고 할 때 담장 밑에서 신음소리가 들렸다. 가까이 가서 보니 묘 담장 옆에 갈대거적으로 나지막하게 친 장막 안에 병든 한 노화상이 누워 있었는데 병색이 짙어 죽기라도 할 듯, 불러도 응대를 않고 물어도 대답이 없었다. 송돈은 마음속으로 불쌍하게 여겨 그를 빤히 바라보았다. 옆에서 한 사람이 다가와 말하기를 "객인 양반, 그저 보기만 하면 뭐해요? 아니면 좋은 일을 하고 가시든가."라고 했다. 송돈이 말하기를 "어떻게 하면 좋은 일을 하는 겁니까?"라고 하자, 그 사람이 말했다.

"이 스님은 섬서(陝西)에서 온 분인데 나이는 칠십팔 세로 자신은 평생 동안 육식을 하지 않았다더군요. 매일《금강경》을 송독하기만 했습니다. 3년 전부터 여기에 암자를 지으려고 동냥을 해왔지만 시주를 하는 사람이 없었지요. 저 갈대거적으로 장막을 치고 살면서 송경(誦經)을 계속해왔습니다. 여기 소반(素飯)을 파는 반점이 있는데 스님은 거기서 매일 오전에 한 끼씩만 먹고 정오가 지나면 먹지를 않았습니다. 그를 가련하게 생각하는 사람들이 돈과 쌀을 조금 시주하면 그는 곧 그것으로 반점의 밥값을 갚고 한 푼도 남기지 않았지요. 근자에 이 병에 걸려 반달 동안 음식을 먹지 않았습니다. 이틀 전만 해도 입을 열어 말을 할 수 있었기에 우리가 그에게 묻기를 '이렇게 고생을 하시는데 왜 빨리 떠나시지 않으십니까?'라고 했더니, '인연이 아직 닿지 않아 이틀을 더 기다려야 하오이다.'라고 하더군요. 오늘 아침부터는 말조차도 못하니 곧 죽음을 기다리는 것이지요. 객인 양반이 이 스님을 가련하게 여긴다면 알따란 관이라도 사서 화장을 시켜주는 것이 곧 좋은 일을 하는 겁니다. 그가 '인연이 아직 닿지 않았다'고 말했는데 혹 그 인연이 바로 객인 양반일지도 모르지요."

송돈이 속으로 생각하기를 "내 오늘 후사를 빌러 왔으니 좋은 일 한 가지를 하고 돌아가면 하늘과 신령님께도 알리게 되는 것이다."라고 했다. 그리하여 곧 그 사람에게 묻기를 "이곳에 관을 파는 가게가 있소이까?"라고 하자, 그 자가 말하기를 "바로 골목으로 나가면 있는 진삼랑(陳三郎)의 집이오이다."라고 했다. 이에 송돈이 말하기를 "번거롭겠지만 족하께서도 함께 가서 봐주시지요."라고 하자, 그 사람은 길을 안내해 송돈을 진씨 집으로 데리고 갔다. 가게에서 진삼랑은 톱질을 하는 목공을 시켜 나무를 토막 내고 있던 참이었다. 송돈을 데리고 간 사람이 말하기를 "삼랑, 내가 손님 하나 소개시켜 줄게."라고 하자, 진삼랑이 말했다.

"손님께서 관을 짤 판재를 보시려거든, 저희 가게에는 진짜로 무원(婺源)에서 나온 목재를 더 많이 써서 만든 쌍판재가 안쪽에 있습니다. 만약 다 만들어진 것을 원하시면 가게 안에서 마음대로 고르시지요."

송돈이 말하기를 "다 만들어진 것을 사려고요."라고 하자, 진삼랑이 관 하나를 가리키며 말하기를 "이것은 가장 좋은 것으로 값이 족히 세 냥(兩)은 나갑니다."라고 했다. 송돈이 아직 값을 깎기도 전에 그를 데리고 온 사람이 말하기를 "이 손님이 갈대거적으로 장막을 치고 있던 노화상에게 좋은 일을 하려고 시주를 하려는 것이기에 자네도 절반의 공덕이 있을 것이니 터무니없는 값을 부르지 마시게."라고 했다. 진삼랑이 말했다.

"좋은 일을 하시는 거라면 저도 감히 많이 부르지 못하지요. 본전대로 한 냥 육 전(錢)으로 하지요. 한 푼이라도 더 적으면 안 됩니다."

송돈은 "이 값도 적당합니다."라고 말하고 나서 갑자기 이런 생각이 들었다.

"허리띠 끝에 은 한 조각을 가지고 왔는데 대략 무게가 오륙 전(錢)

쯤 될 게고 향을 태우고 남은 돈은 동전(銅錢) 백 개도 안 되니 다 모아서 준들 값의 반도 안 되겠네. 내게 방법이 생각났다. 유순천의 배가 풍교에 서 멀리 있지는 않다."

이에 곧바로 진삼랑에게 말하기를 "값은 말한 대로 하겠으나 다만 친 구한테 가서 빌려와야겠습니다. 조금 있다가 바로 오겠습니다."라고 했 다. 오히려 진삼랑은 그냥 "손님 편하실 대로 하십시오."라고 했지만 송 돈을 데리고 온 사람은 불쾌해 하며 이렇게 말했다.

"객인 양반은 자비심이 생겼다가 이젠 또 벗어날 계책을 쓰는구려. 신변에 가지고 있는 은자가 없는데 뭐 하러 와서 본 것이오?"

말이 아직 끝나지도 않았는데 길거리엔 많은 사람들이 계속해 지나가 면서 노화상이 불쌍하다고 하며 반달 전만 하더라도 그가 경 읽는 소리 를 들었는데 오늘 아침에 죽었다고 발하는 것이었다. 그것은 바로 이런 말로 대변된다.

> 숨만 붙어 있으면 갖은 일 다 할 수 있으나 　　三寸氣在千般用
> 일단 숨이 끊어지면 만사가 모두 끝이라네 　　一旦無常萬事休

송돈을 데리고 온 사람이 말하기를 "객인 양반께선 저 사람들이 말하 는 걸 듣지 못하셨소? 그 노화상은 이미 죽어 저승에서 당신이 장사를 치러주기를 눈 뜬 채로 기다리고 있어요!"라고 했다. 송돈은 입으로 비 록 말은 하지 않았지만 마음속으로 다시 이렇게 생각했다.

"내 이미 이 관을 점찍었는데 만약 풍교에 갔다가 유순전이 배에 없으 면 그가 돌아오기를 마냥 기다릴 수도 없지. 게다가 속담에 '값은 하나며 손님을 택하지는 않는다[價一不擇主]'는 말이 있듯이 만약 다른 손님이 생겨 값을 좀더 주고 이 관을 사가면 내가 저 스님에게 약속을 저버리는 것이 되지. 됐다, 됐어!"

그러고 나서 송돈은 곧 은자를 꺼냈는데 그것은 딱 한 조각이었다. 그는 저울을 달라고 하여 한번 달아본 뒤, "다행이네."라고 말했다. 원래 그 은자 조각은 원보(元寶)[13] 은덩어리를 조각낸 것 가운에 정 중앙의 조각이라서 보기엔 적게 나갈 것 같았지만 달아보니 무게가 많이 나가 7전이 넘었다. 그는 먼저 진삼낭에게 은자를 받아두라고 한 뒤, 몸에 입고 있던 새로 지은 흰색 호주(湖紬) 도포를 벗어주며 이렇게 말했다.

"이 옷은 값이 한 냥이 넘는데 만약 그 값이 안 되는 것 같아 받기가 싫다면, 일단 이것을 저당 잡아두고 나중에 제가 되찾으러 다시 오겠습니다. 만약 쓸모가 있다면 값을 이것으로 받아주시지요."

진삼낭은 "그렇다면 저희 가게에서 외람되이 받겠으니 따진다고 탓하지는 마십시오."라고 말한 뒤, 은자와 옷을 받아두었다. 송돈은 다시 상투에서 은비녀 하나를 뽑았는데 무게가 대략 2전이 나갔다. 그리고 그것을 자기에게 길을 안내해준 사람에게 건네주며 말하기를 "이 비녀를, 번거로우시겠지만, 동전(銅錢)으로 좀 바꿔줘 장사 치르는 데 쓸 잡비로 쓸 수 있게 해 주십시오."라고 했다. 당시 가게에서 구경을 하던 사람들이 모두 다 말하기를 "어렵게도 저 손님이 좋은 일을 하셨네요. 큰일은 저 분이 맡았으니 나머지 작은 일들은 우리 동네에서 돈을 조금씩 모아서 도와야합니다."라고 하고, 모두들 돈을 모으러 갔다. 송돈은 다시 갈대거적으로 된 장막 옆으로 가서 보았더니 아니나 다를까 그 노승이 죽어있는 것이었다. 송돈은 저도 모르게 두 눈에서 눈물이 나오며 무슨 연고인지 알 수는 없었지만 마음속으로 매우 슬프고 괴로워, 분명 친척이 죽은 것만 같았다. 그는 차마 더 이상 볼 수가 없어 눈물을 머금은 채 그 자리를 떴다. 누문에 이르렀을 때 항선(航船)[14]은 이미 출항을 하였기에 스스로 작은 배 한 척을 불러 당일로 집에 돌아왔다.

송돈의 아내는 남편이 밤늦게 돌아와, 몸에 입고 있던 도포도 없어진

....

13) 원보(元寶): 옛날에 말굽 모양으로 주조한 큰 은 덩어리로, 화폐로 유통할 수 있었다.
14) 항선(航船): 두 곳을 정기적으로 왕래하며 승객과 화물을 운송하는 큰 배를 이른다.

채 얼굴도 근심스럽고 괴로워하는 기색을 띠고 있는 것을 보고서 사람들과 다툼이 있었던 것으로만 생각하고 황급히 나와 어떻게 된 일인지 물었다. 송돈은 머리를 저으며 말하기를 "말하자면 얘기가 길어요!"라고 한 뒤, 곧장 불당으로 가서 베보자기 두 개와 베자루 두 개를 걸어놓고 부처님 앞에서 머리를 한 번 조아렸다. 그리고 방으로 들어와 앉아서 차를 달라고 하여 마신 뒤, 비로소 말문을 열어 노화상의 일을 아내에게 자세히 이야기해 주었다. 아내는 "그렇게 하셔야지요."라고 말하고 나서 그를 탓하지도 않았다. 송돈은 아내가 현량한 것을 보고 우수에 잠겨 있던 마음이 다시 기뻐졌다. 그날 밤 부부 두 사람이 오경(五更)15)까지 잠을 자다가 송돈은 꿈에서 그 노화상이 찾아온 것을 보았는데 그가 감사하며 이렇게 말하는 것이었다.

"시주님의 명은 자식도 없고 수명도 여기까지이나 선심을 베푼 까닭에 상제께서 수명을 6년 더 연장하라 명하셨습니다. 노승도 시주님과 한 가닥 인연이 있으니 댁의 아들로 환생하여 관을 덮어주신 은덕에 보답하고 싶습니다."

노씨도 황금나한 하나가 방안으로 들어오는 꿈을 꾸어 몽중에 소리를 지르는 바람에 남편 또한 놀라 잠에서 깼다. 부부는 각자가 꾼 꿈을 말한 뒤, 반신반의하며 찬탄해 마지않았다. 그것은 바로 이런 시로 대변된다.

오이를 심으면 오이가 나고　　　　種瓜還得瓜
콩을 심으면 콩이 난다네　　　　種荳還得荳
사람들에게 선심을 베풀라 권하는 까닭은　勸人行好心
자기가 한 일은 자기가 응보를 받기 때문이라네　自作還自受

15) 오경(五更): 옛날에 저녁부터 새벽까지 하룻밤의 시간을 甲, 乙, 丙, 丁, 戊 등 다섯 구간으로 나눴는데 그것을 '五更' 또는 '五鼓', '五夜'라고 한다. 그 중 특히 다섯 번째 更 즉, 날이 곧 밝아지려할 때를 이르기도 한다.

그 뒤로 노씨는 회임하여 열 달이 다 찬 뒤, 아들 하나를 낳았는데 꿈에서 황금나한을 보았기에 아명을 금랑(金郎)이라고 했으며 정식 이름은 송금(宋金)이라고 불렀다. 이들 부부의 기쁨은 물론 말할 필요도 없었다. 이즈음 유유재도 딸 하나를 낳았는데 아명을 의춘(宜春)이라고 했다. 두 아이는 각각 자랐으며 어떤 자가 이 두 집더러 인척 관계를 맺으라고 부추기자 유유재는 마음속으로 그리되길 원했다. 하지만 송돈은 그가 뱃사공 출신으로 명문귀족이 아닌 것을 꺼림칙하게 여겨 입으로는 비록 말하지 않았지만 심중으로는 허락하려하지 않았다. 그러다가 송금이 바야흐로 여섯 살이 되었을 때 송돈은 병에 걸려 일어나지 못하고 죽게 되었다.

예부터 이르기를 "집안의 모든 일을 흥하게 하는 것은 모두 주인의 명에 달려있다.[家中百事興, 全靠主人命.]"고 했듯이 열 명의 아녀자도 한 명의 사내를 당해낼 수 없다. 송돈이 죽은 뒤로 노씨가 집안을 관장했는데 연이어 흉년을 만난 데다가 마을에서 애 딸린 과부라고 업신여기며 호역(戶役)[16]을 배분했기에 노씨는 버티지 못하고 어쩔 수 없이, 점차 전답과 집을 팔고 셋집을 얻어서 살게 되었다. 처음에는 그래도 그렇게 가난한 것은 아니었지만, 앉아서 먹기만 하면 산이라도 무너진다는 말과 같이, 그 뒤로 십 년도 안 되어 정말 가난해지게 되었다. 노씨 또한 병을 걸려 죽자 모친의 장사를 치른 뒤, 송금은 단지 빈 두 손만 남아 집주인에게 집에서 내쫓겨 몸을 의탁할 곳이 없게 되었다. 다행스럽게도 어려서부터 한 가지 재주를 배워 글을 쓰고 셈을 할 수 있었는데 우연하게도 그곳에 사는 범(范) 씨 거인(擧人)[17]이 절강(浙江) 구주부(衢州府)에 있

---

16) 호역(戶役): 徭役을 이르는 말이다. 가호마다 요역을 나눠 맡아 했는데 보통의 경우에는 소유하고 있는 田畝나 식구 수에 따라서 계산해 배분했으며 요역을 하지 않으려면 돈으로 사람을 사서 대신하게 했다. 송씨 집은 과부와 어린 아이밖에 없었기에 요역을 하기가 어려워 돈을 낼 수밖에 없었으므로 집안 형편이 쇠락하게 되었던 것이다.

는 강산현(江山縣) 지현(知縣)의 벼슬을 받고서 글을 쓰고 셈을 할 수 있는 사람을 찾고 있는 중이었다. 어떤 사람이 그에게 송금에 대해 얘기를 하자 범공은 사람을 시켜 송금을 데려오도록 했다. 범공은 송금이 나이가 어리고 반듯하게 생긴 것을 보고 속으로 매우 기뻐했다. 송금에게 잘하는 일을 물어보았더니 과연 글은 해서(楷書)와 초서(草書)에 능했으며 셈은 귀제(歸除)[18]를 잘했다. 범공은 그날 바로 송금을 서재에 남게 하고서 새 옷 한 벌을 줘 갈아입도록 한 뒤, 한 식탁에서 밥을 먹여 가며 매우 우대를 했다. 길일을 택해 범 지현은 송금과 더불어 관선(官船)을 타고 함께 임지로 갔으니 그것은 바로 이런 말로 대변된다.

둥둥둥 울리는 북소리는 먼 길 가는 배를 재촉하고　　　鼕鼕畫鼓催征棹

솔솔 부는 선들바람은 비단 돛을 흔드네　　　習習和風蕩錦帆

각설(却說), 송금은 비록 빈천한 처지였지만 그래도 세가자제 출신인데 지금 범공의 문객으로 있다한들 어찌 비겁하고 구차하게 동복(童僕)들과 어울리며 그들의 희롱을 받아들이겠는가? 그는 집사들이 나이가 어리다고 업신여기며 허세를 잡는 것을 보고서 더욱더 못마땅하게 여겼다. 곤산(崑山)에서 길을 나선 뒤로는 전부가 다 물길이었지만 항주(杭州)에 이르러서부터 뭍길로 가게 되자, 종복들이 주인을 꼬드기며 이렇게 말했다.

"송금은 시동으로 여기에서 문서를 쓰고 회계를 하며 나리를 모시기에, 조심하며 겸손해야하는데 전혀 예의를 모릅니다. 나리께서는 송금을

17) 거인(擧人): 명청 시대에 鄉試에서 급제한 자를 擧人이라고 했다.

18) 귀제(歸除): 珠算에서 除數가 한 자리 숫자로 되어 있는 除法을 '歸'라고 하며, 제수가 두 자리 혹은 두 자리 수 이상의 숫자로 되어 있는 제법을 歸除라고 했다.

너무 우대하셔서 그와 함께 앉아서 식사를 하시는데 배안에서는 그렇게 버릇없이 하게 할 수 있으시지만 육로로 가면 점심때 밥을 먹고 밤에는 투숙을 해야 하니 나리께서도 체면을 지키셔야 합니다. 소인들이 상의해 보았는데 그로 하여금 고신문서(靠身文書)19)를 쓰도록 해야 비로소 마땅할 것이며 관아에 도착해서도 함부로 그릇된 일을 감히 하지 못할 것입니다."

범 거인은 귀가 얇아 곧 종복들의 말대로 송금을 선창으로 불러내 고신문서를 쓰라고 했지만 송금이 어찌 쓰려하겠는가? 한참을 핍박하다가 범 거인은 화를 내며 종복들을 시켜 송금의 옷을 벗긴 뒤, 배 밖으로 내쫓도록 했다. 종복들은 송금을 질질 끌고 가서 홑옷 하나만 남겨둔 채 홀딱 벗기고는 강기슭으로 쫓아냈다. 송금은 화가 나서 한참 동안 말문을 열지 못한 채, 가마와 말들이 분분히 와서 범 지현을 모시고 뭍길을 나서는 것을 보기만 하고 있었다. 송금은 두 눈에 눈물을 머금고 어쩔 수 없이 그들을 피해 길을 떠났다. 몸에 지닌 재물이 전혀 없는지라 배고픔을 견디다 못해 옛 두 사람을 본뜰 수밖에 없었다.

> 오자서는 오문(吳門)에서 퉁소를 불며   伍相吹簫於吳門20)
>   걸식했고
> 한신은 빨래하던 아낙에게 밥을 얻어먹었다네   韓王寄食於漂母21)

----

19) 고신문서(靠身文書): 자신 스스로의 의지로 관료의 집에 의탁해 노복이 되겠다고 서약하는 賣身 문서를 이른다.

20) 오상취소어오문(伍相吹簫於吳門): 伍相은 춘추말기 초나라 사람으로 오나라에서 대부를 지냈던 伍員(기원전559~484, 자는 子胥)을 이른다. 초나라 平王은 당시 太子太傅로 있었던 伍子胥의 부친인 伍奢가 태자와 결탁해 반란을 일으키는 것이라고 의심하여 伍奢와 장남인 伍尙을 죽인다. 伍子胥만 오나라로 도망한 뒤 簫를 불면서 오나라 시장에서 걸식을 했다고 한다. 자세한 내용은《史記 · 范雎蔡澤列傳》에 보인다.

21) 한왕기식어표모(韓王寄食於漂母): 韓王은 한나라 개국공신이었던 韓信을 가리키며 齊王, 楚王, 淮陰侯로 봉해지기도 했다. 그가 가난했을 때 강가에서 낚시를

송금은 낮에는 길거리에서 걸식을 했으며 밤에는 고묘(古廟)에서 잠을 잤다. 그는 또한 어쨌든 세가자제 출신이었기에 아무리 곤궁해도 아직 그 기풍이 조금 남아 있었으므로, 길거리에서 소리를 지르며 구걸하는 거지 따위처럼 노비의 낯을 하고 무릎을 꿇은 채 염치없는 짓을 하려 하지 않았다. 구걸해서 얻을 수 있으면 얻어먹고 얻어먹을 수 없을 땐 배고픔을 참아가며 한 끼를 먹고 한 끼를 굶곤 했다. 그러자 얼마 지나지 않아 그는 점차 안색이 누렇게 뜨고 몸이 말라 예전의 풍채가 전혀 아니었다. 그것은 바로 이런 말로 대변된다.

> 아름다운 꽃이 비를 맞으니 빨간 꽃잎이 모두   好花遭雨紅俱褪
>   스러지고
> 향기로운 풀이 서리를 맞으니 푸른 잎이 모두   芳草經霜綠盡凋
>   시드누나

때는 늦가을 날씨라서 바람이 추위를 재촉하고 있던 차에 갑작스레 한바탕 큰비가 내리기 시작했다. 송금은 먹을거리도 모자라고 홑옷을 입고 있었던 터라 북신관(北新關) 관왕묘(關王廟)[22]에서 굶주림과 추위를 견디며 밖으로 나가지 못하고 있었다. 비는 진시(辰時)[23]부터 계속 내리더니 오시(午時)[24]가 돼서야 비로소 그쳤다. 송금은 허리띠를 조이

....

했는데 어떤 빨래하던 아낙이 그가 배고픈 것을 보고 밥을 주었다는 고사가 《史記 · 淮陰侯列傳》에 보인다.

22) 관왕묘(關王廟): 삼국시대 촉나라 장군이었던 關羽를 모시는 廟宇이다. 공자를 모시는 文廟에 비견되는 武廟로 關帝廟라고 칭하기도 하며 중국 각 지역에 분포되어 있다. 관우는 당나라 때부터 이미 武廟에 들어가 姜太公의 陪祀로 있었으며 北宋 때에는 관우를 다시 忠惠公, 武安王, 英濟王 등으로 추봉했다. 명나라 萬曆 22년(1594)에는 관우의 봉호를 王에서 帝로 올려 '協天護國忠義大帝'라고 칭했으며 萬曆 42년(1614)에는 다시 '三界伏魔大帝神威遠鎭天尊關聖帝君'으로 봉해졌다. 민간에서는 관우를 忠義의 상징으로 여기며 財神으로 공봉하기도 한다.

23) 진시(辰時): 아침 7시부터 9시까지이다.

고 묘문 밖으로 걸음을 옮기다가 몇 걸음 가지도 않아서 한 사람과 마주
치게 되었다. 송금이 눈을 똑바로 떠서 보니 바로 부친과 가장 친한 친구
로 호가 순천으로 불리는 유유재였다. 송금은 "강동(江東)의 부형을 뵐
면목이 없다.[無面見江東父老]25)"는 말처럼 감히 유유재를 아는 척을
할 수 없어 눈을 아래로 깔고 머리를 숙인 채 걸어갔다. 하지만 유유재는
이미 벌써 송금을 알아보고 뒤에서 한 손으로 그를 붙잡으며 부르기를
"자네 송 도령이 아닌가? 어찌하여 이 모양을 하고 있는 겐가?"라고 했
다. 송금은 두 줄기 눈물을 흘리면서 절하며 말하기를 "조카가 옷차림이
단정하지 못하여 감히 예를 올리지도 못한 채, 숙부님의 하문을 받자옵
니다."라고 하고는 여차저차 하여 범 지현이 무례하게 한 일에 대해서
한 차례 얘기를 했다. 유 영감이 말하기를 "'측은지심은 사람이 모두 다
가지고 있다.'고 하잖는가? 자네가 내 배에서 일을 도와준다면 내 자네로
하여금 배부르고 따뜻하게 나날을 보낼 수 있도록 책임을 지겠네."라고
했다. 송금이 곧 무릎을 꿇으며 말하기를 "만약 숙부님께서 거둬주신다
면 저를 다시 살게 해 주신 부모님과 같습니다."라고 했다. 유 영감은
곧바로 송금을 데리고 강가로 갔다. 그리고 먼저 배에 올라가 할멈 즉
그의 아내 서씨에게 이 일을 말해 주었다. 할멈이 말하기를 "이는 양쪽에
게 다 편한 일인데 안 좋을 것이 뭐가 있겠습니까?"라고 하니 유 영감은
뱃머리에서 송 도령을 불러 배로 올라오게 했다. 그리고 자기 몸에 입고
있던 헌 도포를 벗어주며 그에게 입으라 한 뒤, 선미로 데리고 가서 아내
서씨와 만나게 했으며, 딸 의춘도 옆에 있었으므로 서로 만나게 되었다.

....

24) 오시(午時: 오전 11시부터 오후 1시까지이다.
25) 無面見江東父老(무면견강동부노): 《史記·項羽本紀》에 항우가 유방에게 패배
한 이후 烏江에서 자살하기 전에 "설령 강동의 부형들이 나를 불쌍히 여겨 왕으
로 삼을지라도 내가 무슨 면목으로 그들을 보겠는가?(縱江東父兄憐而王我, 我
何面目見之?)"라고 한 말이 보인다. 江東은 長江 하류 이남의 지역으로 항우가
거병한 곳이다. 나중에 이 말이 고향의 지인을 만나기가 부끄럽다는 뜻을 드러내
는 표현이 되었다.

송금이 뱃머리로 나간 뒤, 유 영감이 말하기를 "송 도령이 먹게 밥을 차려주게나."라고 하자, 할멈이 말하기를 "밥이 있긴 하지만 찬밥만 있습니다."라고 했다. 의춘이 말하기를 "냄비 속에 끓는 차가 있어요."라고 하면서 질그릇으로 펄펄 끓는 차 한 사발을 떠주었다. 할멈은 찬장에서 절인 채소를 꺼내 찬밥과 함께 송금에게 주며 말하기를 "송 도령! 배에서 장사를 하는 터라 집과 비교할 수 없으니 대충 조금만 드시게!"라고 했으며 송금은 그것을 손에 받아들었다. 보슬비가 분분히 내리는 것을 보고 유 영감이 딸을 부르며 말하기를 "선미에 낡은 전립(氈笠)이 있으니 송 도령이 쓰게 가져 오너라."라고 했다. 의춘이 그것을 가져와서 보니 한쪽이 이미 터져 있었다. 그녀는 손이 잰 터라 쪽머리에서 바늘과 실을 뽑아 터진 데를 꿰맨 뒤, 선실 덮개 위로 던져주며 송금에게 말하기를 "전립을 가져가 쓰세요."라고 했다. 송금은 낡은 전립을 쓰고서 찬밥을 차에 말아먹었다. 유 영감은 송금으로 하여금 배에 있는 집기를 정리하게 하고 배를 쓸고 닦게 한 뒤, 손님들을 맞으러 강기슭으로 갔다가 늦은 밤이 되어서야 비로소 돌아왔다. 그리고 그 날 밤에는 아무런 일이 없었다. 다음 날 유 영감은 잠자리에서 일어나 송금이 뱃머리에 일없이 앉아 있는 것을 보고 마음속으로 생각하기를 "막 들어온 사람에게 나쁜 버릇을 들게 하면 안 되지."라고 하고는 곧바로 그에게 큰 소리로 이렇게 말했다.

"이 녀석이 우리 집 밥을 먹고 우리 집 옷을 입고 있으면서 일이 없을 땐 새끼줄이나 밧줄이라도 좀 꼬아 놓으면 쓸데가 있을 텐데 어찌 가만히 앉아 있기만 하는 게냐?"

송금이 황급히 답하기를 "시키시는 대로 할 것이며 감히 거역하지 않겠습니다."라고 하자, 유 영감은 곧장 삼베 껍질 한 묶음을 가져다가 송금에게 주면서 밧줄을 꼬도록 했다. 그것은 바로 이런 말로 대변된다.

남의 집 낮은 처마 밑에 있으면서   在他矮簷下

　　송금은 그 뒤로부터 밤낮으로 조심하며 부지런히 일을 하면서 결코 게으름을 피우지 않았다. 거기에다가 그는 문서를 쓰고 셈하는 것에 정통했기에 배에 있는 손님들이나 화물들을 모두 다 장부에 기록했는데 그 출입은 조금도 틀리지 않았다. 다른 배에서 거래를 할 때에도 그에게 부탁해 주판을 놓아 장부에 올려달라고 하는 사람들이 많았다. 손님들 가운데 그를 존경하고 좋아하지 않는 사람이 없어 모두가 칭찬하며 말하기를 "참 대단한 송 도령이야! 어린 나이에 영리하기도 하지."라고 했다. 유 영감과 할멈은 그가 조심스러워 하는데다가 쓸모가 있는 것을 보고서 그를 남달리 대해 주고 좋은 옷과 좋은 음식으로 보살펴 주었으며 손님들 앞에서는 그를 일가 조카라고 했다. 송금도 몸 둘 곳을 찾았다고 생각해 마음과 몸이 편안해지며 용모는 날로 풍채가 있게 되어갔으니 뱃사람들 가운데 이들을 부러워하지 않는 사람들이 없었다.

　　세월은 쏜살같이 흘러 어느새 이 년이 넘게 지나갔다. 하루는 유 영감이 속으로 이렇게 생각했다.

　　"내 나이가 점점 많아지고 딸 하나밖에 없어 좋은 사위를 구해 종신토록 의지해야 하는데 송 도령만 하면 모든 면에서 나무랄 데가 없지. 다만 할멈 생각이 어떨지 모르겠네."

　　그날 밤, 유 영감은 할멈과 술을 마시다가 반취할 정도가 되었다. 딸 의춘이 옆에 있기에 유 영감이 딸애를 가리키면서 할멈에게 말하기를 "의춘도 장성을 했는데 아직 종신토록 의탁할 데가 없으니 어찌하면 좋겠는가?"라고 하자, 할멈이 말하기를 "그 일은 당신과 내가 늙어서 의지할 데를 찾는 큰일인데 어찌하여 서둘지 않는 겝니까?"라고 했다. 이에 유 영감이 말했다.

　　"나도 평소에 생각을 하고 있었으나 썩 마음에 드는 사람을 찾기가 힘들구면. 우리 배에 있는 송 도령만 한 재주와 용모라면 천 명 가운데 하나를 고른 셈이 될 터이니 그러면 충분하지 않겠는가?"

할멈이 말하기를 "그냥 송 도령과 혼약하는 것이 어떻습니까?"라고 하자, 유 영감이 거짓으로 말하기를 "할멈 무슨 말을 하는 게요! 송 도령은 집도 의지할 데도 없어 우리 배에 기대어 밥을 먹고 손에 돈 한 푼도 없는데 어찌 딸을 그에게 허락할 수 있겠소?"라고 했다. 그러자 할멈이 말했다.

"송 도령은 벼슬아치 집안의 후손인데다가 옛 친구의 아들이잖습니까? 당초 송 도령의 아비가 살아 있을 때에는 중매를 서려고 사람이 오기도 했는데 어찌 잊어버린 겝니까? 지금은 비록 곤경에 빠져있지만 인물도 좋고 글도 쓸 줄 알고 셈도 할 줄 아니 이런 사위를 얻으면 우리 집 체면을 구기지도 않을 테고 우리 부부가 늙어서도 의지할 수 있잖아요."

유 영감이 말하기를 "할멈, 이미 뜻을 정한 게요?"라고 하자, 할멈이 말하기를 "정하지 못할 게 뭐 있소!"라고 했다. 이에 유 영감이 "그렇다면 잘 됐구먼."이라고 말했다. 원래 유유재는 평소 공처가였기에, 오래 전부터 송금이 마음에 들긴 했지만 할멈이 응낙을 하지 않을까 봐 걱정을 해온 터였는데 지금 할멈이 흔쾌히 허락하는 것을 보고 매우 기뻐했다. 그는 당장 송금을 불러다가 할멈이 보는 앞에서 혼인을 허락해 주었다. 송금은 처음에는 겸손하게 사절했지만 유 영감 부부가 좋은 뜻을 가지고 그에게 돈 한 푼도 쓰게 하지 않는 것을 보고서 유 영감의 말을 따르지 않을 수 없었다. 유 영감은 점집에 가서 성혼 길일을 택해 할멈에게 알린 뒤, 배를 몰고 모두 곤산으로 돌아갔다. 먼저 송 도령의 상투를 틀어주고 명주옷 한 벌을 지어 입힌 뒤, 온몸을 새 옷과 새 모자, 새 신발, 새 버선으로 치장을 해 주자 송금은 한층 더 반듯해 보였다.

비록 조자건(曹子建)[26]만큼 출중한 재능은   雖無子建才八斗
   없다 해도

반안(潘安)27)과 같은 훌륭한 용모를 지녔다네.　　勝似潘安貌十分

　할멈도 딸을 위해 옷가지와 장신구 따위를 장만해 주었다. 길일이 되자 양가 친척들을 불러 결혼 잔치를 크게 베풀었으며 송금을 데릴사위로 삼았다. 다음 날에도 여러 친척들이 축하를 하러 와, 연이어 사흘 동안 술을 마셨다. 송금이 의춘과 성혼한 뒤로 부부가 서로 은애한 이야기는 자세히 말할 필요도 없다. 이로부터 배에서의 생업도 날로 번창했다.

　세월은 쏜살같이 흘러 어느새 일 년 2개월이 지났다. 의춘은 회임해 달이 다 찬 뒤, 딸 하나를 낳았다. 부부는 딸을 금쪽같이 아껴 번갈아가며 품에 안곤 했다. 겨우 한 해가 지나 그 딸애는 마마에 걸려 의원과 약도 효험 없더니 열이틀 만에 죽어버리는 것이었다. 송금은 사랑하는 딸을 그리워하여 지나치게 슬피 울다가 칠정(七情)28)이 상해 노채(勞

....

26) 조자건(曹子建): 삼국시대 魏나라의 시인이었던 曹植(192~232)을 가리킨다. 자는 子建이고 建安文學의 대표인물로 그의 부친인 曹操, 형인 曹丕와 더불어 '三曹'로 불리었다. 생전에 陳王으로 봉해졌으며 시호가 '思'였기에 陳思王으로도 불린다. 宋나라 無名氏의 《釋常談 · 八斗之才》에 이런 내용이 보인다. "문장에 있어서 '八斗之才'라는 말을 많이 쓴다. 謝靈運이 일찍이 이르기를 '천하의 문재가 한 石(즉 10斗)이 된다고 할 때 曹子建 혼자 그 중의 여덟 斗를 차지하고, 내가 한 斗를 차지하며, 천하 사람들이 나머지 한 斗를 나눠 차지한다.'고 했다. (文章多謂之八斗之才, 謝靈運嘗曰 : '天下才有一石, 曹子建 獨占八斗, 我得一斗, 天下共分一斗.)"

27) 반안(潘安): 미남으로 유명한 西晉 때 문인 潘岳을 가리킨다. 자는 安仁이며 潘安이라 불리기도 했고 虎賁中郎將 등의 벼슬을 지냈다. 그가 수레를 타고 나가면 길거리에 있던 부녀자들은 과일을 던져 수레에 가득 찼다는 이야기가 《晉書 · 潘岳傳》에 보인다. 후세의 시문에서 항상 美男子의 대칭으로 쓰인다.

28) 칠정(七情): 사람의 일곱 가지 감정이나 정서를 통틀어 이르는 말로 中醫學에서 기쁨(喜), 노여움(怒), 근심(憂), 그리움(思), 슬픔(悲), 두려움(恐), 놀라움(驚) 등의 감정을 이른다. 《醫宗金鑒 · 外科心法要訣 · 癰疽總論歌》 注에 따르면 "기쁨이 지나치면 심장이 상하고, 노여움이 지나치면 肝이 상하며, 그리움이 지나치면 脾가 상한다. 슬픔이 지나치면 肺가 상하고, 두려움이 지나치면 腎臟이 상하며 근심이 오래되면 氣가 막히고 갑자기 놀라면 氣가 위축되는데 이들 七情이 병이 되는 것은 또한 內因에 속한다.(喜過傷心, 怒過傷肝, 思過傷脾, 悲過傷肺, 恐過

療)29)에 걸리게 되었다. 그리하여 아침엔 춥고 저녁엔 더웠으며 먹는 음식도 점차 줄어들어 점점 살이 빠져서 뼈가 앙상하게 되었고 걸음걸이도 느려졌다. 유 영감과 할멈은 처음에는 송금의 병이 나아지기를 기대하며 그를 위해 의원도 불러보고 점도 쳐보았지만 일 년이 넘도록 병세는 더해만 갔지 나아지질 않았다. 삼 할은 사람 꼴이지만 칠 할은 귀신 꼴로 글씨도 쓰지 못하고 셈도 못하게 되어 도리어 눈엣가시가 되자, 유 영감과 할멈은 그가 깨끗이 죽기만을 바랐으나 그렇다고 죽지도 않았다. 두 늙은이는 끊임없이 후회를 하며 서로를 원망하기 시작했다.

"당초에는 사위에 의지해 늘그막을 보내길 바랐는데 이제 저 놈을 보아하니 죽지도 않고 그렇다고 살 수도 없어, 분명 죽은 뱀이 몸을 휘감고 있듯이 우리가 벗어날 수가 없구먼. 꽃 같은 딸의 신세를 망쳤으니 어쩌면 좋누? 지금 할 수 있는 계략은 어떤 방법을 내어 저 원수를 보내버리고, 딸이 다시 좋은 서방을 맞아들이도록 해야 비로소 마음에 들겠구먼."

부부 둘은 한참을 의론해서 계책 하나를 정했다. 이들은 딸에게까지 모두 속이면서 강서(江西)에 손님들과 화물이 있어 그것을 실으러 간다고 말한 뒤 배를 몰고 갔다. 지주(池州) 오계(五溪) 지방을 지나다가 황량하고 외진 곳에 이르렀는데 그곳은 적적한 고산(孤山)에 도도히 흐르는 강물과 황량한 기슭에 절벽만이 보일 뿐 인기척이라고는 전혀 없었다. 이 날 역풍이 조금 불기에 유 영감은 일부러 비스듬히 돛을 올려 배가 모래사장 기슭에 얹히게 하고서 송금으로 하여금 물로 내려가 배를 밀도록 했다. 송금의 손발이 더디게 움직이자 유 영감은 곧바로 욕을 하며 말하기를 "이 폐병쟁이야! 배를 부릴 기력이 없으면, 불을 지필 수 있게 기슭으로 올라가 땔감이라도 해라. 그거 살 돈을 아낄 수 있게."라고 했다. 송금은 스스로 송구하고 부끄러워 나무 베는 칼을 들고 아픈 몸을 억지로

....

傷腎, 憂久則氣結, 卒驚則氣縮, 凡此七情爲病, 亦屬內因.)"고 한다.
29) 노채(勞瘵): 폐결핵을 이른다.

이끌고서 땔감을 베러 기슭으로 올라갔다. 유공은 그가 아직 돌아오지 않은 틈을 타 힘껏 삿대를 저어 뱃머리를 돌린 뒤, 순풍에 돛을 올리고 흐르는 물결대로 가버렸다.

혈육이 곤경에 빠질 것은 걱정도 않고	不愁骨肉遭顚沛
일단은 원수가 눈앞에서 사라진 것을	且喜冤家離眼睛
기뻐하는구나	

　차설(且說), 송금이 땔나무를 하러 기슭으로 올라 무성한 숲 깊숙한 곳까지 가보니 나무는 비록 많기는 했지만 그 나무들을 벨 기력이 어디

송금이 땔나무를 하러 가는 장면, 《경세통언》 삽도, 인민문학출판사, 1956년

있겠는가? 그리하여 어쩔 수 없이 삭정이를 줍고 죽은 가시덤불을 좀 베기만 했다. 마른 덩굴을 뽑아 크게 두 동으로 묶었지만 등에 지고 갈 기력도 없었다. 마음속으로 계책 하나를 생각해내 마른 덩굴 한 줄기를 더 가져다가 땔나무 두 동을 한 동으로 묶어서 덩굴의 끄트머리를 길게 남긴 뒤, 그것을 손으로 잡아끌고 갔는데 그 모양은 마치 목동이 소를 끌고 가는 모양새와 같았다. 조금 가다가 나무 베는 칼을 땅에 놓고 온 것이 생각나기에 다시 그곳으로 돌아가서 칼을 찾아온 뒤, 그것을 땔나무 동에 꽂고서 기슭으로 천천히 끌고 내려왔다. 배가 대어져있던 곳에 이르러서 보니 배는 이미 보이지 않고 오직 강물 위의 물안개와 모래섬만 보일 뿐 아득히 멀리 끝이 없었다. 송금은 강을 따라 올라가면서 찾아보았지만 종적이 전혀 없었다. 점차 붉은 해가 서쪽으로 기울 때가 되어그는 장인에게 버려진 것을 알게 되었다. 하늘로 오르자니 길이 없고 땅으로 들어가자니 문이 없기에 송금은 자기도 모르게 마음이 애절해져 목놓아 통곡했다. 그는 숨이 막히고 목이 탈 정도로 울다가 기절하여 땅에 쓰러진 뒤, 한참이 되어서야 비로소 깨어났다. 이때 강기슭에서 홀연 한 노승(老僧)을 보았는데 어디서 왔는지 알 수는 없었다. 노승은 지팡이를 땅에 짚은 채 송금에게 묻기를 "시주(施主)님의 일행은 어디에 계십니까? 이곳은 머물러 있을 만한 곳이 아닙니다!"라고 했다. 송금은 황급히 일어나 예를 갖추고 자신의 성명을 말하면서 "장인인 유 영감에게 속아 이제 홀로 남겨져 돌아갈 곳이 없으니 노스님께서 도와주셔서 이 미천한 목숨을 구해 주십시오."라고 했다. 노승이 말하기를 "빈승의 초막이 여기서 멀지 않으니 일단 함께 가서 하룻밤을 묵은 뒤, 내일 다시 방법을 생각하시지요."라고 하자, 송금은 연이어 감사하며 노승을 따라 갔다. 대략 일 리(里) 가량을 갔더니 과연 초막 한 채가 보였다. 노승은 부싯돌을 쳐서 불을 피운 뒤 죽을 좀 끓여 송금에게 주며 먹도록 했다. 그런 뒤에 비로소 묻기를 "장인어른께서는 시주님과 무슨 원수진 것이 있습니까? 그 상세한 얘기를 들어보고 싶습니다."라고 했다. 송금은 배에서 데릴사위가 된 일과 병을 앓게 된 연유 등을 상세히 갖춰 노승에게 말했다. 노승이 "시주님께서는 장인을 원망하시는지요?"라고 묻자, 송금이 말하기를 "당초 제가 구걸을 하고 있을 때 장인께서 거둬 먹여주시고 딸의 배필로 삼아주셨습니다. 지금 병세가 위중해 버림받은 것은 소생의 운명이 기박하기 때문인데 어찌 감히 남을 원망하겠습니까?"라고 했다. 이에 노승이 말했다.

"그대가 하는 말을 들어보니 그대는 참으로 충후(忠厚)한 분이십니다. 앓고 계신 병은 칠정이 상해서 걸린 것이기에 약으로 다스릴 수 있는 게 아닙니다. 오직 마음을 편안히 하시고 조양(調養)을 해야 낫게 할 수 있습니다. 평소에 혹시 불법(佛法)을 받들며 송경을 해보시지는 않으셨습니까?"

송금이 답하기를 "그런 적이 없습니다."라고 했더니 노승이 소매 안에서 책 한 권을 꺼내 그에게 주며 말했다.

"이는 《금강반야경(金剛般若經)》으로 우리 부처님께서 마음으로 전달하시어 깨우치는 불경입니다. 빈승이 오늘 시주님께 가르쳐드릴 테니 만약 하루에 한 번씩 송독하시면 여러 가지 망령된 생각들을 사라지게 하여 병을 없애고 수명을 연장시킬 수 있어 무궁한 이로움이 있을 것입니다."

본래 송금은 진주낭낭묘 앞에 있던 노화상이 환생한 자로 전생에서 오로지 이 경만을 송독했었다. 이날, 그는 말로 전수받고 마음으로 깨달아 한 번 만에 곧바로 능숙하게 암송할 수 있었으니 이는 전생의 인연이 끊이지 않았기 때문이었다. 송금이 노승과 함께 좌선을 하여 눈을 감고 송경을 하자, 날이 밝을 때가 되어 자기도 모르게 잠이 들었다. 깨어나서 보니 그는 잡초가 무성한 언덕에 앉아 있었으며 노승과 초막은 어디에도 전혀 보이지 않았다. 다만 《금강경》이 품속에 있기에 펴서 보니 능히 암송할 수가 있었다. 송금은 마음속으로 매우 의아하게 생각되어 연못의 물로 입을 헹군 뒤, 《금강경》을 한 차례 낭송했더니 온갖 근심이 사라지고 아팠던 몸도 갑자기 건강해진 것을 느낄 수 있었다. 그제야 비로소 고승(高僧)이 현신하여 자신을 구해준 것을 알게 되었는데 이 또한 전생의 인연으로 인한 것이었다. 송금은 하늘을 향해 머리를 조아리며 천룡팔부(天龍八部)30)가 가호해준 것에 감사했다. 비록 이렇게 잘 되기는 했지만 그는 바다에 떠 있는 부평초 같이 갈 데도 없어 발길 닿는 대로 걷다보니 벌써 배고픔을 느꼈다. 눈앞에 있는 산 숲속에 인가가 있는 듯 어슴푸레하게 보이기에 어쩔 수 없이 이전에 했던 것처럼 그곳으로 가서 걸식을 하려 했다. 다만 이번 이 일로 인해 송 도령은 그간 안 좋았던 일들 대신에 좋은 일들이 생기게 되어 그야말로 전화위복하게 된다. 그것은 바로 이런 말로 대변된다.

> 길이 막다른 데로 이르렀다가 다시 길이 열리고　路逢盡處還開徑
> 물이 다 말랐을 때에 다시 물줄기가 생기네　　水到窮時再發源

송금이 앞에 있는 산에 이르러서 보니 인가가 전혀 없었으며 칼과 창 따위가 숲속에 여기저기 꽂혀 있는 것만 보였다. 송금은 의심이 되어 망설이다가 용기를 내 앞으로 다가가 보니 허물어진 토지신(土地神) 사당이 있었다. 그 안에는 굳게 잠긴 여덟 개의 큰 상자가 있었으며 상자 위는 소나무잎으로 덮여져 있었다. 송금은 속으로 생각하기를 "이는 반드시 대도(大盜)들이 숨겨놓은 것일 게고 칼과 창을 꽂아 둔 것은 사람을 미혹시키려는 계책일 게야. 비록 내력이 분명치는 않지만 가져가도 무방하겠지."라고 했다. 마음속에 계책 하나가 떠올라 소나무가지를 가져다 땅에 꽂아서 그 경로를 표시하면서 한 걸음씩 숲에서 빠져나오자

....

30) 천룡팔부(天龍八部): 불교에서 諸天과 龍과 鬼神을 八部로 나누는데《翻譯名義集·八部》에 따르면 "그 첫째는 天이요, 둘째는 龍이요, 셋째는 夜叉요, 넷째는 閻婆요, 다섯째는 阿脩羅요, 여섯째는 迦樓羅요, 일곱째는 緊邪羅요, 여덟째는 摩睺羅伽이다."라고 했다. 이 八部 가운데 天과 龍이 맨 앞에 있기에 이들을 통틀어 '天龍八部'라고 하며 모두 護法의 神이다.

곧바로 강기슭에 이르렀다. 송금은 또한 운수가 형통했기에 때마침 큰 배 한 척이 역류하는 파도에 키가 망가져 강기슭에 정박해 키를 수리하고 있었다. 그는 거짓으로 황급한 척하면서 배에 있던 사람들에게 이렇게 말했다.

"저는 섬서(陝西) 사람 전금(錢金)이라고 하는데 숙부를 따라 호광(湖廣) 지방으로 장사를 하러 가는 길에 여기를 지나다가 도적들에게 강탈을 당했습니다. 숙부께서는 죽임을 당했고 저는 따라온 시동이라고 하며 오랫동안 병으로 아팠다고 하면서 애걸을 하여 잠시 목숨을 보존할 수 있었습니다. 도적들은 일당 가운데 한 명을 시켜 저와 함께 토지신 사당에 같이 머물며 화물(貨物)들을 지키게 한 뒤, 또 강탈을 하러 다른 곳으로 갔습니다. 천행으로 그 도적 하나는 어젯밤에 독사한테 물려 죽었기에 제가 벗어나 여기에 올 수 있었습니다. 부디 저를 배에 태워주십시오."

배에 있던 사람들이 그의 말을 듣고서 별로 믿으려 하지 않자, 송금이 다시 말했다.

"지금 큰 상자 여덟 개가 사당 안에 있는데 모두 저희 집 재물입니다. 사당은 여기서 멀지 않으니 몇 분이 기슭으로 올라가셔서 그것을 배 안으로 들고 와주시면 그 중 한 상자를 내어 사례로 드리겠습니다. 반드시 빨리 가야지 만일 도적들이 돌아오면 일이 성사되지도 않을 뿐 아니라 도리어 화가 미치게 될 겁니다."

그 사람들은 전부가 돈을 벌려고 먼 길을 떠나온 사람들이었으므로 여덟 상자의 화물이 있다는 소리를 듣고 모두 기꺼이 가려고 해 당장 열여섯 명의 젊은이들이 모여들었다. 여덟 개의 밧줄과 장강목(長杠木)을 준비한 뒤, 송금을 따라 토지신 사당으로 갔더니 과연 큰 상자 여덟 개가 보였다. 그 상자들은 매우 무거웠으므로 두 사람이 한 상자씩 장강목으로 메자 여덟 개가 딱 맞춰졌다. 송금은 숲속에 있던 칼과 창들을 거둬 깊은 풀숲에 감춰두었으며 여덟 상자를 모두 날라 배에 실었다. 배의 키도 이미 수리가 되자 뱃사람이 송금에게 묻기를 "손님께서는 이

제 어디로 가시렵니까?"라고 했다. 송금이 말하기를 "저는 일단 남경(南京)으로 가서 부모님을 뵈려 합니다."라고 하니 뱃사람이 말하기를 "제 배가 마침 과주(瓜洲)로 가는데 같은 방향이라서 잘 되었습니다."라고 했다. 그러고서 그 즉시 배를 띄워서 대략 오십 여 리(里)를 가다가 그제야 멈추더니 사람들은 돈 많은 섬서 손님한테 아부를 하려고 도리어 은자를 모아서 술과 고기를 사다가 놀란 그를 위로하며 축하해 주었다. 다음 날 서풍이 크게 불어 돛을 올리자 며칠도 안 되어 과주에 도착해 정박하게 되었다. 과주는 남경과 물길로 십여 리 정도만 떨어져 있었으므로 송금은 다른 배로 갈아탄 뒤, 자기가 한 말을 이행하기 위해 상자들 가운데 무거운 상자 일곱 개를 골라 남겨두고 남은 상자 하나는 배에 있던 사람들에게 건네주었다. 그 사람들이 자기들끼리 가서 상자를 열고 화물을 나눠 쓴 이야기는 여기서 자세히 얘기하지 않겠다.

송금은 용강관(龍江關)에 이르러 객점(客店)을 찾아 묵으며 대장장이를 불러 열쇠를 맞췄다. 상자를 열어서 보니 그 안은 모두 금옥(金玉)과 진귀한 보물들로 채워져 있었다. 원래 그 도적들도 그것을 몇 년에 걸쳐 모아 둔 것으로 한 집에서 취했거나 한꺼번에 얻은 것은 아니었다. 송금은 우선 한 상자에 담겨있던 것들을 시장에 팔아 이미 수천 금을 얻게 되었다. 객점 주인이 의심할까 걱정되어 성 안으로 거처를 옮겨 살면서 가노(家奴)를 사서 시중을 들도록 했으며 비단옷을 입고 맛있는 음식을 먹었다. 나머지 여섯 상자들 가운데 좋은 것들은 골라 남겨두고 그 나머지들을 모두 팔자 수 만 금이 넘었다. 이에 곧 남경 의봉문(儀鳳門)[31] 안에 있는 대저택을 사서 청당(廳堂)[32]과 정원을 개조한 뒤, 일상에서 사용하는 집기들을 마련했더니 집이 매우 화려하고 깔끔했다. 문 앞에

---

31) 의봉문(儀鳳門): 명나라 초기 수도인 南京의 한 성문으로 南京을 출입하는 要路이며 興中門이라고 하기도 한다.
32) 청당(廳堂): 집채의 정 가운데에 있는 큰 방으로 보통 거실과 같이 손님을 접대할 때 쓰인다.

전포(典鋪)를 열고 여러 군데 전답과 장원도 샀으며 가동(家僮) 수십 명과 뛰어난 집사 열 명도 두었다. 또한 잘생긴 동복 네 명을 들여 곁에서 시중들도록 했다. 온 경도에서는 그를 모두 전(錢) 원외(員外)[33]라고 칭했다. 그는 출타할 때면 수레나 말을 탔으며 집으로 돌아와서는 금은보화를 품었다. 예부터 이르기를 "거처는 기상을 바꾸고, 봉양은 몸을 바꾼다.〔居移氣, 養移體.〕"[34]고 했듯이, 송금은 그제 재산도 불고 몸도 좋아져 살이 포동포동해졌으며 얼굴에서 윤기가 돌아, 이전 같은 수척한 용모와 궁상기가 전혀 없게 되었다. 그것은 바로 이런 말로 대변된다.

사람은 운수가 트이면 정신이 상쾌해지고 人逢運至精神爽
달은 가을이 되면 빛이 새로워진다네 月到秋來光彩新

화두(話頭)를 돌려보자. 차설(且說), 의춘은 그날 부친이 남편에게 강기슭으로 올라가 땔나무를 하게 하는 것을 보고 마음속으로 이렇게 생각했다.

"아버지도 참 생각이 없으시네! 저 병든 사람을 시켜 땔나무를 하게하다니! 남편한테 가지 말라고 하고 싶지만 부모님을 거역하는 것이 될까 걱정스럽네."

이렇게 의춘이 마음을 놓지 못하고 있던 차에 부친은 서둘러 상앗대로 배를 젓고 키를 잡아 뱃머리를 돌린 뒤, 돛을 올려 강기슭을 떠나는 것이었다. 의춘이 놀라서 소리를 지르며 말하기를 "아버지! 제 남편이 강 언덕에 있는데 어찌 배를 띄우세요?"라고 했다. 하지만 그의 모친이 딸얼굴에 침을 뱉으며 말하기를 "누가 네 남편이냐? 그 폐병쟁이를 너는 아직도 생각하는 게냐!"라고 하자, 의춘이 놀라 소리치며 말하기를 "아

─────────────

33) 원외(員外): 본래 정원 이외의 관원을 가리키는 말이었는데 나중에 이런 관직은 돈으로 살 수 있었으므로 부호들을 모두 원외라고 불렀다.

34) 居移氣養移體(거이기양이체): 《孟子·盡心上》에서 나온 말이다.

버지, 어머니! 그게 무슨 말씀이세요?"라고 했다. 할멈이 말하기를 "네 아버지가 그 사람이 병이 들어 낫지 않은 것을 보고 남에게 전염이 될까 걱정되어 일부러 계책을 내서 그 해골 같은 폐병쟁이를 내보낸 게다."라고 했다. 의춘은 숨이 막히고 눈물이 샘처럼 솟구쳐 나왔다. 급히 선창 밖으로 뛰어나와 돛을 묶어둔 밧줄을 풀어 돛을 내리고 배를 돌리려 했지만 모친은 죽을힘을 다해 그를 안고서 선미로 끌고 갔다. 의춘은 발을 구르며 가슴을 치고 하늘과 땅에 호소하며 울부짖기를 "내 남편을 돌려 줘요!"라고 했다. 이들 모녀가 다투며 소리 지르는 사이에 배는 이미 순풍을 타고 수십 리를 가버렸다. 유 영감이 걸어와 딸을 타이르며 말했다.

"얘야, 내 말을 들어봐라. 여자들은 시집을 잘못 가면 평생을 고생한단다. 그 폐병쟁이는 이르든 늦든 언젠가는 죽게 되어 어쨌든 둘이 떨어질 테니 네 인연은 아닌 게다. 차라리 일찌감치 끝내버리는 것이 깨끗하지. 아니면 괜히 네 청춘만 그르칠 게야. 아비가 따로 좋은 신랑감을 찾아 너와 맺어줄 테니 그 사람은 생각하지 말거라!"

그러자 의춘이 말했다.

"아버지, 무슨 일을 하신 거예요? 모든 게 인의(仁義)롭지 못하거니와 천리를 거스르는 짓이에요. 송 서방과의 혼인은 본래 두 분이서 결정하신 거고요, 이미 부부가 된 이상 함께 살고 함께 죽어야 하니 어찌 이를 번복할 수 있겠어요? 설사 그의 병세로 봐서 필히 죽을 거라 해도 그가 제 명을 다하고 죽는 걸 기다려줘야지 어찌 모질게 그를 사람 없는 곳에 버릴 수가 있습니까? 송 서방이 오늘 저 때문에 죽으면 저도 혼자 살지는 않을 겁니다. 만약 아버지께서 저를 가엾게 여기신다면 빨리 배를 돌려서 물길을 거슬러 올라가 송 서방을 찾아오세요. 남에게 비난 받지 않게요."

유 영감이 말했다.

"그 폐병쟁이는 배가 보이지 않아서 반드시 다른 곳 어느 마을로 걸식하러 갔을 것이니 그를 찾아서 좋을 게 뭐가 있겠느냐? 게다가 상류에서 순풍을 따라 내려와 이미 백 리나 멀리 떠나왔기에 소용없는 일은 하지 않는 것만 못하니 네가 마음을 접거라!"

의춘은 아버지가 허락하지 않는 것을 보고 목 놓아 크게 울면서 뱃전 밖으로 걸어 나가 물에 뛰어들려고 했다. 다행히도 그의 어미 손이 빨라 그를 붙잡았다. 의춘은 죽기를 맹세하면서 계속해 슬피 울기만 했다. 두 노인은 딸애가 이렇게 고집을 부릴 줄은 예상도 못했기에 어쩔 수 없이 밤새 꼬박 그를 지켜보았다. 다음 날 아침이 되어 두 노인은 하는 수 없이 의춘의 뜻대로 배를 저어 물길을 거슬러 올라갔으나 역풍과 역류로 인해 하루 뱃길을 가도 이전의 절반을 가지 못했다. 그들은 그날 밤도 딸이 훌쩍거리는 바람에 편히 쉬지 못했다. 그 다음 날 신시(申時)35) 쯤 돼서야 비로소 이전에 배를 댔던 곳에 이르게 되었다. 의춘이 직접 남편을 찾으러 강기슭으로 올라가 보니 모래 기슭에 난잡한 땔감 두 동과 칼 한 자루가 있는 것만 보였다. 그는 그 칼이 배에 있던 칼임을 알아보았다. 땔나무들은 분명히 남편이 지고 온 것인데 물건은 있고 사람은 없어졌으니 더욱더 가슴이 아팠다. 의춘이 단념하지 않고 앞으로 가서 찾으려 하자 부친도 어쩔 수 없이 그를 따라갔다. 한참을 걸어가도 오직 울창한 나무숲과 깊은 산만 보일 뿐 전혀 인적이 없었다. 유공은 의춘을 타일러 배로 돌아왔지만 의춘은 또 밤새도록 울기만 했다. 나흘째 되던 날 새벽에 의춘은 다시 아버지에게 강기슭으로 함께 가자고 해서 찾아보았지만 사방이 전부 텅 빈 들판으로 사람의 그림자나 소리는 하나도 없었다. 의춘은 어찌할 수 없기에 울면서 배로 돌아와 이렇게 생각했다.

"이같이 황량한 곳에서 서방님이 어디로 가서 걸식을 하겠나? 게다가 오랫동안 병을 앓아온 사람이라 걸어 다닐 힘도 없을 테고 땔나무하는 칼을 모래 언덕에 버린 것으로 봐서 필시 물속에 뛰어들어 자진했을 게 야."

....

35) 신시(申時): 오후 3시부터 5시까지이다.

그는 한바탕 울다가 강물 속으로 또 뛰어들려 했으나 일찌감치 유공에게 붙잡혔다. 의춘이 말했다.

"아버지 어머니는 제 몸을 살릴 수는 있겠지만 제 마음을 살릴 수는 없어요. 저는 좌우간 죽을 것이니 차라리 일찌감치 죽게 놓아주셔서 송 서방과 만날 수 있게 해 주세요."

두 노인네는 딸이 매우 고통스러워하는 것을 보고 심히 미안하여 이렇게 말했다.

"얘야, 네 아비 어미가 잘못했다. 한순간 생각을 잘못해 이런 일을 했구나! 이전의 잘못은 후회한들 소용이 없다. 우리는 나이도 들고 단지 너 하나만을 낳았는데 만약 네가 죽는 날엔 우리 둘도 목숨을 보존하기가 힘들 것이니 네가 우리를 불쌍하게 생각해다오. 얘야, 아비 어미의 죄를 용서하고 마음을 넓게 갖고 살아라. 아비가 방(榜)을 써서 강가를 따라가며 성읍 도처에 붙일 게다. 만약 송 서방이 죽지 않았다면 내가 쓴 방을 보고 필시 다시 서로 만날 수 있겠지. 석 달이 지나도 소식이 없으면 네가 원하는 대로 불사(佛事)를 해서 남편을 추도하도록 아비가 네 대신 돈을 조금도 아끼지 않고 대주마."

의춘이 비로소 눈물을 거두고 감사하며 말하기를 "만약 그렇게 해 주신다면 저는 죽어도 눈을 감고 죽을 수 있을 겁니다."라고 했다. 유공은 즉시 사위를 찾는 방을 쓴 뒤, 강가를 따라가며 성읍 담장 벽의 눈에 띄는 곳에 붙였다.

석 달이 지나도록 소식이 전혀 없자, 의춘은 "우리 서방님이 정말로 죽었나보구나."라고 생각하고는 서둘러 머리빗과 상복을 마련한 뒤, 참최(斬衰)를 입고서 위패를 설치하고 제사를 올렸다. 그리고 아홉 명의 스님을 모셔다가 밤낮으로 사흘 동안 공덕을 닦았으며 스스로 비녀와 귀고리들을 보시하여 남편의 명복을 빌었다. 유 영감과 할멈은 딸을 사랑하는 마음으로 이루 다 하지 않은 것이 없었으며 조금이라도 절대 딸의 뜻을 거스르려고 하지 않았기에 의춘은 며칠 소란을 피우다가 비로소 그만두게 되었다. 하지만 의춘은 여전히 새벽에도 울고 저녁에도 울었으니 이웃 배 사람들은 이를 듣고 감탄하지 않은 자가 없었다. 유 영감네 집과 서로 잘 아는 손님들 한 무리가 있었는데 그 가운데 이 일을 듣고서 송 도령을 안타깝게 생각하고 의춘을 가엾게 여기지 않은 자가 없었다. 의춘이 반년 육 개월 내내 울다가 그제야 그치자, 유 영감이 아내에게 말했다.

"얘가 며칠을 울지 않는 것으로 봐서 마음이 조금 진정된 것 같으니 잘 타일러 시집을 가게 합시다. 안 그러면, 우리 두 늙은이는 과부가 된 딸을 지키고 있다가 급한 일이라도 생기면 누구한테 의지를 하겠소?"

할멈이 말하기를 "영감 말씀이 옳아요. 하지만 얘가 그렇게 하려고 하지 않을까 봐 걱정이구려. 천천히 그를 달래야지요."라고 했다.

다시 한 달이 넘게 지나, 십이 월 이십사 일이 되자 유 영감은 설을 쇠려고 배를 돌려 곤산으로 돌아갔다. 친척 집에서 취하도록 술을 마신 뒤, 술기운을 타서 딸을 타이르며 말하기를 "장차 신년이 다가오는데 상복을 벗어야지!"라고 했다. 의춘이 말하기를 "남편상은 종신토록 상복을 입어야 하는데 어떻게 벗을 수 있겠어요?"라고 하자, 유 영감이 눈을 부릅뜨며 말하기를 "무슨 상복을 종신토록 입는다고! 아비가 허락을 하면 입는 거고 허락을 하지 않으면 못 입는 거지."라고 했다. 할멈은 영감의 말이 심한 것을 보고 곧바로 와서 둘 사이를 조정하며 말하기를 "더 기다렸다가 얘가 연말을 보내고 섣달그믐날에 음식을 만들어 제사를 지낸 뒤, 위패를 거두고 나서 그때 벗으라고 하십시다."라고 했다. 의춘은 부모와 서로 말이 맞지 않은 것을 보고서 곧바로 울며 이렇게 말했다.

"두 분이서 함께 계략을 짜 내 남편을 해치고서 또 상복을 입는 것까지 용납하지 않은 것은 다름이 아니라 나더러 딴 사람에게 개가하라는 거잖아요. 내가 어찌 실절(失節)을 해 송 서방을 저버리겠습니까? 차라리 상복을 입은 채 죽을지언정 결단코 상복을 벗고는 살지 않을 겁니다."

유 영감은 다시 화를 내려고 하다가 할멈에게 욕 몇 마디를 먹고서 선창으로 쫓겨나 잠을 잤으며, 의춘은 전과 같이 밤새도록 울었다.

선달그믐날에 의춘이 남편에게 제사를 지낸 뒤 한바탕 울음을 터뜨리자 어미는 의춘을 달래 울음을 그치게 했다. 세 식구가 함께 저녁을 먹다가 의춘의 아비 어미가 딸이 고기와 술 냄새도 맡지 않는 것을 보고 마음속으로 못마땅하게 생각하여 말하기를 "애야! 상복을 벗지 않는다 해도 고기는 좀 먹은들 무슨 상관이냐? 젊은 애가 원기(元氣)를 약하게 하면 안 되지."라고 했다. 이에 의춘이 말하기를 "아직까지 죽지 않고 있는 사람이, 남은 목숨을 겨우 부지하고 있으면서 이 소반(素飯) 한 그릇도 많이 먹는 것이지 무슨 고기반찬을 먹나요?"라고 했다. 할멈이 말하기를 "고기반찬을 먹지 않으려거든 울적한 마음을 풀 수 있게 소주(素酒)36)라도 한 잔 마셔라."라고 했다. 의춘은 말하기를 "'술 한 방울인들 어찌 구천에 이르겠나?〔一滴何曾到九泉〕37〕'라고 했듯이 죽은 사람을 생각하면 차마 그것이 목으로 넘어가겠어요?"라고 했다. 그러고 나서 다시 애절하게 울기 시작하더니 소반조차도 먹지 않은 채 잠을 자러 갔다. 유 영감 부부는 딸애의 뜻을 꺾을 수 없을 것이라 짐작하고 그 뒤로는 다시 강요를 하지 않았다. 후인(後人)이 지은 의춘의 절개를 찬송하는 시가 있는데 그 시에서 이렇게 읊었다.

....

36) 소주(素酒): 증류의 과정을 거치지 않아 도수가 낮아서 재계하는 사람이나 승려, 비구니들도 마실 수 있는 술이다. 사탕과 橘餠을 물에 탄 음료를 素酒라고 하는 설도 있다.

37) 술 한 방울인들 어찌 구천에 이르겠나(一滴何曾到九泉):《菊磵集》에 수록되어 있는 宋나라 高翥의 〈淸明日對酒〉라는 시의 마지막 구이다. 全詩는 이러하다. "南北山頭多墓田, 淸明祭掃各紛然. 紙灰飛作白蝴蝶, 淚血染成紅杜鵑. 日落狐狸眠冢上, 夜歸兒女笑燈前. 人生有酒須當醉, 一滴何曾到九泉." 原詩에서는 본래 저승에 술을 한 방울이라도 가져갈 수 없으니 살아 있을 때 즐길 수 있는 만큼 즐겨야 한다는 의미로 쓴 것이지만 여기에서는 의춘이 "저승으로 술 한 방울이라도 갈 수 없어 남편이 즐길 수 없는 것을 내 어찌 차마 혼자 즐길 수 있겠는가?"라는 의미로 쓴 것이다.

규방의 절렬(節烈)은 고금에 전하지만	閨中節烈古今傳
뱃사공의 딸이 서책을 어찌 읽은 적 있었겠나	船女何曾閱簡編
죽기를 맹세하며 금석 같은 굳은 지조 바꾸지 않으려 하니	誓死不移金石志
수절하는 것이 옛 현녀(賢女)를 봐도 진정 부끄럽지 않구나	柏舟[38]端不愧前賢

화두(話頭)를 돌려보자. 재설(再說), 송금은 남경에서 이 년 넘게 살면서 가업을 완벽하게 일궈 놓았다. 장인과 장모는 비록 악독하긴 했지만 그는 아내와의 은정을 끊어버릴 수 없어 다시 장가갈 생각은 전혀 하지 않고 있었다. 그리하여 집사로 하여금 집안을 잘 지키라고 한 뒤, 그는 은자 삼천 냥을 가지고 노복 네 명과 미동(美童) 둘을 데리고서 배 한 척을 얻어 곧장 유 영감 내외를 찾으러 곤산으로 갔다. 유 영감의 이웃사람이 말하기를 "사흘 전에 의진현(儀眞縣)으로 갔습니다."라고 하기에 송금이 은으로 포목을 사서 다시 의진현으로 가 이름난 객관에 투숙한 뒤, 가지고 온 화물들을 모두 풀어놓았다. 그리고 다음 날 강어귀로 가서 유씨 집의 배를 찾아보았다. 멀리서 아내가 베옷을 입고 단장도 하지 않은 얼굴을 한 채, 선미에 있는 것을 보고서 그녀가 수절하며 개가하지 않고 있었던 것을 알고 깊은 감상에 젖지 않을 수 없었다. 송금은 객관으로 돌아와서 주인인 왕공(王公)에게 말했다.

"강가에 대어져 있는 배에 한 부녀자 있는데 상복을 입고 있었으며 아주 아름다웠습니다. 이미 알아본 바로는, 그 배는 곤산 사람 유순천(劉

38) 백주(柏舟): 《詩經·鄘風》의 篇名이다. 《詩經·鄘風·柏舟 毛序》에 이렇게 되어 있다. "〈柏舟〉는 공강이 스스로 맹세한 시이다. 衛나라 세자인 共伯이 일찍 죽자 그의 처인 공강이 수절을 했다. 부모들이 그녀의 뜻을 꺾고 시집을 보내려 했지만 그녀는 맹세를 하며 허락하지 않았다. 그러므로 이 시를 지어 거절한 것이다. (柏舟, 共薑自誓也. 衛世子共伯蚤死, 其妻守義, 父母欲奪而嫁之, 誓而弗許, 故作是詩以絶之.)" 나중에 이 말이 부녀가 수절하는 전고로 쓰이게 되었다.

順泉)의 배이고 그 여자는 바로 그의 딸이더군요. 제가 상처한 지 이미 삼 년이 되었으니 그 여인을 계실로 삼고 싶습니다."

곧 소매 안에서 은 열 냥을 꺼내 왕공에게 주면서 말했다.

"저의 이 작은 성의를 부족하나마 술값으로 삼으시고 번거로우시겠지만 노옹께서 중매를 서주십시오. 성사가 되는 날에 다시 후하게 사례하겠습니다. 만약 빙례를 묻거든 천금이라도 제가 아끼지 않을 것이라 하십시오."

왕공은 은을 받고 기뻐하면서 곧장 배로 가서 유 영감을 초대하여 한 술집으로 가 풍성하게 상을 차린 뒤, 유 영감을 상좌(上座)에 앉게 했다. 이에 유 영감이 크게 놀라며 말했다.

"이 늙은이는 배를 모는 사람일 뿐인데 어찌 이렇게 후한 대접을 하십니까? 필시 연고가 있을 것입니다."

왕공이 말하기를 "일단 술이나 몇 잔 드시지요. 그러한 뒤에야 비로소 입을 뗄 수 있을 것 같습니다."라고 하니 유 영감은 마음속으로 더욱더 의심을 하며 말하기를 "분명하게 말씀하지 않으시면 감히 앉지 못하겠습니다."라고 했다. 그러자 왕공이 말했다.

"저희 가게에 섬서에서 온 전 원외라는 분이 있는데 어마어마한 가산을 가지고 있으며 상처를 한 지는 거의 삼 년이 됐지요. 따님의 미모를 흠모하여 계실로 들이려고 빙례로 천금을 내겠다고 하면서 특별히 제게 중매를 부탁하니 부디 마다하지 마십시오."

유 영감이 말했다.

"뱃사공의 딸이 부자에게 시집가는 것이야 말로 제가 어찌 가장 원하는 일이 아니겠습니까? 다만 우리 애가 수절하려는 뜻이 매우 꿋꿋해 재가라는 말만 꺼내도 금방 죽으려하니 이 일은 감히 말씀대로 따를 수 없어 이런 큰 성의도 감히 받아들이지 못하겠습니다."

그가 말을 마치고 곧바로 일어나려고 하자 왕공이 한 손으로 그를 붙잡으며 말했다.

"이 대접도 전 원외의 뜻에서 나온 것으로 제게 주인노릇을 해달라고 부탁한 것입니다. 이미 돈을 썼기에 낭비를 하면 안 되지요. 일이 비록 성사되지 못한다 하더라도 무방합니다."

유 영감은 어쩔 수 없이 자리에 앉았다. 술을 마시는 사이에 왕공은 또 그 얘기를 꺼내며 이렇게 말했다.

"원외의 부탁은 지성(至誠)에서 나온 것입니다. 원컨대 노옹께서 배로 돌아가신 뒤, 천천히 상의해 보셨으면 합니다."

하지만 유 영감은 딸애가 몇 번이나 물에 뛰어들려고 했던 것에 겁먹어 그저 머리를 가로 저을 뿐 전혀 말을 바꾸지 않았다. 이들은 술자리를 끝내고 서로 인사를 나눈 뒤 헤어졌다. 왕공은 집으로 돌아와 유 영감의 말을 전 원외에게 얘기했으며, 송금은 비로소 아내가 수절을 하는 뜻이 얼마나 굳건한지 알게 되었다. 이에 송금이 왕공에게 이렇게 말했다.

"혼사가 성사되지 못하더라도 제가 그 집의 배를 돈 주고 빌려 화물을 싣고 상강(上江)[39]으로 가서 팔려 하는데 설마하니 그것도 허락하지 않지는 않겠지요?"

왕공이 말하기를 "천하의 배는 천하의 손님을 태우는 법이니 따로 말하지 않아도 당연히 말씀하신 대로 할 겁니다."라고 했다. 왕공이 즉시 유 영감에게 배를 얻겠다고 얘기했더니 과연 허락을 하는 것이었다. 송금은 이에 가동들을 시켜 먼저 침구와 짐을 배로 옮겨 싣도록 한 뒤, 화물들은 일단 강기슭에 남겨두었다가 다음 날 실어도 늦지 않을 거라고 말했다. 그는 비단옷에 담비털가죽 모자를 쓰고 있었으며 두 미동(美童)은 녹색 융(絨)으로 지은 두루마기를 입은 채로 손에 훈로(薰爐)와 여의(如意)[40]를 들고 그를 따랐다. 유 영감 부부는 송금을 섬서의 전 원외라

---

39) 상강(上江): 일반적으로 長江의 상류지역을 가리킨다. 長江이 安徽에서 江蘇로 유입하기 때문에 安徽를 上江이라고 하고 江蘇를 下江이라고도 했다. 또는 지금의 浙江省 金華市와 衢州市 일대는 浙江省의 상류에 위치해 있으므로 그 지역을 上江이라고도 했다.

고 생각하여 알아보지 못했지만, 아무래도 부부지간은 남과 다르기에 의춘은 선미에서 그를 엿보고서 남편이라고 곧바로 확신하지는 못했지만 속으로는 놀라며 "열의 일고여덟 정도는 닮았네."라고 생각했다. 전 원외가 배에 오른 뒤, 곧장 선미 쪽을 향해 "내 배가 고파 밥을 먹으려 하니, 찬밥이거든 따뜻한 차를 좀 부어서 가져오시오."라고 하는 것을 보고서 의춘은 이미 의심을 하기 시작했다. 그 전 원외라는 사람이 다시 시동에게 큰 소리로 이렇게 말하는 것이었다.

"이 녀석이 우리 집 밥을 먹고 우리 집 옷을 입고 있으면서 일이 없을 땐 새끼줄이나 밧줄이라도 좀 꼬아 놓으면 쓸데가 있을 텐데 가만히 앉아 있으면 안 되지!"

이 몇 마디 말은 분명 송 도령이 처음 배에 탔을 때 유 영감이 그에게 한 말이었기에 의춘은 이 말을 듣고 더욱더 의심이 들었다. 잠시 뒤, 유 영감이 직접 차를 가져다가 전 원외에게 올리자 전 원외가 말하기를 "댁의 배 선미에 낡은 전립(氈笠)이 하나가 있으니 그것을 쓰게 빌려주시오."라고 했다. 유 영감은 우둔하여 전혀 눈치를 채지 못한 채, 곧 딸에게 그 낡은 전립을 가져다 달라고 했다. 의춘은 전립을 가져다가 그의 부친에게 건네주면서 입안에서 작은 소리로 이런 네 구의 시를 읊었다.

전립은 비록 낡았으나	氈笠雖然破
내 손으로 직접 꿰맨 것이라오	經奴手自縫
전립을 썼던 이를 그리워하노니	因思戴笠者

....

40) 여의(如意): 器物의 이름으로 범어인 '阿那律'의 음역이다. 옛날에는 뼈, 뿔, 대나무, 옥, 돌, 구리, 쇠 등으로 만들었으며 길이는 3척 정도가 되었다. 앞쪽이 손가락 모양으로 되어 있어 등이 간지러우면 그것으로 마음대로 긁을 수 있어 '如意'라고 불리게 되었으며 혹 물건을 가리키거나 호신용으로도 쓰였다. 근대에 들어서 如意는 보통 길이가 1·2척이고 그 끝은 영지나 구름 모양으로 되어 있으며 이름이 상서롭기에 완상용으로 쓰인다. 자세한 내용은 송나라 吳曾의 《能改齋漫錄·事始二》와 《釋民要覽·道具》 등에 보인다.

더 이상 옛 시절 용모가 아니네   無復舊時容

전 원외는 선미에서 의춘이 읊은 시를 듣고 마음속으로 그녀의 뜻을 알아차렸다. 그리고 그는 삿갓을 받은 뒤, 또 네 구의 시를 읊었다.

범인에서 선인으로 이미 환골탈태했더니   仙凡已換骨
고향 사람들이 알아보지를 못하네   故鄕人不識
비록 비단옷을 입고 돌아왔지만   雖則錦衣還
옛 전립을 잊기 어렵구나   難忘舊氈笠

그날 밤 의춘이 유 영감과 할미에게 말했다.

"선창 안에 있는 전 원외가 송 서방인 듯해요. 그렇지 않다면 우리 배에 낡은 전립이 있다는 것을 어찌 알았겠어요? 게다가 얼굴도 닮았고 말도 의심쩍으니 세세히 물어보세요."

그러자 유 영감이 크게 웃으며 말했다.

"어리석은 계집애 같으니! 그 송가네 폐병쟁이는 이쯤 되었으면 뼈와 살이 다 썩어 없어졌을 게다. 설사 그때 죽지 않았다 해도 타향에서 걸식을 하고 있을 뿐이겠지 어찌 저리 부유하게 될 수가 있겠느냐?"

할멈이 말했다.

"당초 이 애비 에미가 네게 상복을 벗고 개가하라고 한 것을 탓하며 걸핏하면 물에 뛰어들어 죽으려 하더니 이제 저 손님이 부귀한 것을 보고서 곧바로 자기 서방이라고 하려는구나. 만약, 넌 그를 남편이라고 하는데 그가 아니라고 하면 어찌 부끄럽지 않겠느냐?"

의춘은 얼굴에 부끄러워하는 기색이 가득해져 감히 입을 열지 못했다. 유 영감이 곧 사람이 없는 데로 아내를 불러다가 말했다.

"할멈, 당신 그렇게 말하지 말게나. 남녀 인연의 일은 모두가 천명인 것이지. 전일에 객점 주인 왕씨가 나를 술집으로 초대해 술을 마셨는데 섬서의 전 원외가 천금의 빙례를 내어 우리 딸을 계실로 삼으려 한다고 하더군. 애가 고집이 세기에 응낙을 하지는 않았지. 오늘 어렵사리 딸이 제 스스로 마음이 움직이고 있으니 차라리 이 기회에 애를 전 원외에게 허혼을 하지. 당신이나 나나 후반생에 덕을 볼 수 있을 게야."

어미가 말하기를 "영감의 말이 옳구려. 저 전 원외가 우리 집 배를 전세 낸 것도 그런 뜻을 품고 한 일인지도 모르죠. 내일 영감이 가서 의중을 떠보시오."라고 하자, 유 영감이 말하기를 "내게 방법이 있소."라고 했다.

다음 날 아침, 전 원외는 기침을 하고 세수를 한 뒤 손에 그 낡은 전립을 들고 뱃머리에서 계속 만지작거리며 보고 있었다. 유 영감이 말문을 떼어 묻기를 "원외 나리, 그 낡은 전립을 뭐 하러 보시는 겝니까?"라고 하자, 원외가 말하기를 "꿰맨 곳이 내 마음에 드는데 이런 바느질은 필시 매우 뛰어난 솜씨를 지닌 사람의 손에서 나왔을 겁니다."라고 했다. 유 영감이 말하기를 "그것은 우리 딸내미가 꿰맨 것인데 뛰어난 데가 뭐 있겠습니까? 전일에 객점 주인 왕씨가 원외 나리의 뜻을 전해 주면서 한 말이 있는데 사실인지 모르겠습니다."라고 했다. 전 원외가 일부러 묻기를 "무슨 말을 전하던가요?"라고 하자, 유 영감이 말했다.

"그가 말하기를 원외 나리께서 부인을 잃으신 지 거의 삼 년이 되었고 재취를 하지 않았으며 제 딸내미와 혼인을 하고 싶으시다 한다더군요."라고 했다. 전 원외가 말하기를 "영감님께서는 그리하시렵니까, 하지 않으시렵니까?"라고 하자, 유 영감이 말했다.

"이 늙은이야 바랄 수도 없는 좋은 일이지만 밉살스럽게도 딸내미가 꿋꿋이 수절을 하며 재가하지 않기로 맹서하니 감히 쉽게 응낙하지 못하겠습니다."

전 원외가 말하기를 "영감님의 사위는 어떻게 죽었습니까?"라고 하자, 유 영감이 말했다.

"사위는 불행히도 폐병에 걸렸는데 그해 땔나무를 하러 강기슭으로 올라갔다가 돌아오기도 전에 제가 그것을 모르고 실수로 배를 몰고 떠났

의춘이 아버지와 전 원외의 대화를 엿듣는 장면, 민국 10년, 상해광아서국(上海廣
雅書局), 《신증전도족본금고기관(新增全圖足本今古奇觀)》 삽도

습니다. 나중에 방을 붙이며 석 달 동안 찾아보았지만 전혀 소식이 없으
니 아마도 강에 뛰어들어 죽었나봅니다.”

원외가 말하기를 “영감님의 사위는 죽지 않았습니다. 그는 이인(異人)
을 만나 병이 다 나았을 뿐만 아니라 되레 큰 재물을 얻어 거부가 되었습
니다. 영감님께서 사위를 만나시려거든 따님을 나오도록 하시지요.”라고
했다. 그때 의춘은 귀를 기울이며 듣고 있다가 그 말을 듣자마자 곧바로
울기 시작하며 욕하기를 “이 매정한 사내야! 내 당신을 위해 삼 년을
상복을 입으며 갖은 고생을 다 했는데 오늘 돼서도 사실대로 말하지 않
으면 언제를 기다리나?”라고 했다. 송금도 눈물을 떨구며 말하기를 “부

인! 어서 나와 좀 봅시다!"라고 했다. 부부 두 사람은 서로 머리를 껴안고 통곡을 했다. 유 영감이 말하기를 "할멈, 보아하니 전 원외가 아니구려! 당신과 내가 가서 사죄를 해야겠소."라고 한 뒤, 유 영감과 할멈은 선창으로 들어와 그치지 않고 사죄의 절을 올렸다. 송금이 말하기를 "장인과 장모님도 공대하실 필요가 없습니다. 다만 이 사위가 나중에 아플때면 다시는 속이지 마십시오."라고 하니 두 노인네는 얼굴에 부끄러운 기색이 가득했다. 의춘은 곧 상복을 벗고 위패를 물속으로 던져버렸으며, 송금은 곧장 자신을 따르던 노복들을 불러 안주인에게 큰절을 올리도록 했다. 유 영감과 할멈은 닭을 잡아 술자리를 베풀어 사위를 대접했는데 그것은 그를 맞이하는 잔치이기도 했으며 또한 축하하는 자리이기도 했다. 술잔이 한 번 돈 뒤, 유 영감은 딸이 종래로 고기와 술을 먹지 않았던 뜻을 말했더니 송금이 슬피 눈물을 흘리며 직접 아내를 위해 잔에 술을 따라주면서 이제 고기를 먹으라고 했다. 그리고 유 영감과 할멈에게 이렇게 말했다.

"장인과 장모님께서는 계책을 내 속여서 제 목숨을 끊으려 했기에 은의(恩義)가 단절돼 마땅히 서로 아는 척하지 말아야 했습니다. 오늘 억지로 이 술을 마시는 것은 전부 딸의 얼굴을 봐서 이러는 겁니다."

의춘이 말하기를 "그렇게 속이지 않았다면 당신이 어찌 이렇게 부자가 되었겠어요? 게다가 아버지 어머니도 예전에 잘해준 것이 있으니 앞으로는 은덕만 기억하고 원한은 기억하지 마세요."라고 하자, 송금이 말했다.

"삼가 어진 부인의 말씀대로 하리다. 내 이미 남경에서 가업을 이뤄 전답이 넉넉하니 장인 장모님도 배를 부리는 일을 그만두시고 저를 따라 거기로 가서서 함께 안락하게 사시는 것이 좋지 않겠습니까?"

유 영감과 할멈은 거듭 감사하다고 했으며 이날 밤 더 이상 특별한 일은 없었다. 다음 날 객점 주인 왕씨가 이 일을 듣고서 축하를 하러 배에 올라왔기에 이들은 또 하루 동안 술을 마셨다. 송금은 시동 세 명을 객점에 남겨 포목을 발송하게 하고 장부를 정리하게 한 뒤, 자신은 먼저 배를 타고 남경의 저택으로 갔다. 사흘을 묵고서 아내와 함께 고향 곤산으로 가서 성묘를 하고 돌아가신 양친을 추도했으며 일가친척들에게 각각 후하게 선물을 했다. 이때에 이르러 범 지현은 이미 관직을 그만두고 집에 있다가 송 도령이 부자가 되어 고향으로 돌아왔다는 소리를 듣고 동네에서 그와 부딪치면 난감하게 될까 걱정이 되어 향리에 숨어서 한 달이 넘도록 감히 성(城) 안으로 들어오지 못했다. 송금이 고향에서 볼 일을 마친 뒤 다시 남경으로 돌아가 온 집안과 함께 행복하게 부귀를 누린 이야기는 자세히 얘기하지 않겠다.

　재설(再說), 송금이 매일 아침이면 반드시 불당으로 가서 예불을 올리며 송경하는 것을 보고 의춘이 그 연고를 묻자, 송금은 노승이 《금강경》을 전수시켜 줘 병을 물리치고 명을 늘려준 일을 한바탕 얘기해 주었다. 의춘도 신심이 생겨 남편에게 가르쳐 달라고 하여 부부가 함께 늙을 때까지 송경을 그치지 않았다. 나중에 그들은 제각기 구십 여 세의 수명을 누렸으며 병 없이 세상을 떠났다. 자손들은 남경에서 대대로 부자로 살았으며 그 중에는 과거에 급제한 자도 있었다. 후인은 이 일들을 이렇게 평했다.

유 영감은 좋은 일을 하다가 끝까지 하지 못했고	劉老兒爲善不終
송 도령은 화(禍)로 인해 오히려 복을 받았네	宋小官因禍得福
금강경이 재난을 없애고	金剛經消除災難
낡은 전립이 골육을 다시 모이게 했구나	破氈笠團圓骨肉

第十四卷 宋金郎團圓破氈笠

不是姻緣莫强求, 姻緣前定不須憂; 任從波浪翻天起, 自有中流稳渡舟.

話說正德年間, 蘇州府崑山縣大街, 有一居民, 姓宋名敦, 原是宦家之後. 渾家盧氏, 夫妻二口, 不做生理, 靠着祖遺田地, 見成收些租課爲活. 年過四十, 並不曾生得一男半女. 宋敦一日對渾家說: "自古道: '養兒待老, 積穀防饑.' 你我年過四旬, 尙無子嗣. 光陰似箭, 眨眼頭白. 百年之事, 靠著何人?" 說罷, 不覺淚下. 盧氏道: "宋門積祖善良, 未曾作惡造業; 況你又是單傳, 老天決不絕你祖宗之嗣. 招子也有早晚, 若是不該招時, 便是養得長成, 半路上也抛撤了, 勞而無功, 枉添許多悲泣." 宋敦點頭道: "是." 方纔拭淚未乾, 只聽得坐啓41)中有人咳嗽, 叫喚道: "玉峯在家麼?" 原來近時42)風俗, 不論大家小家, 都有個外號, 彼此相稱. 玉峯乃43)是宋敦的外號. 宋敦側耳而聽. 叫喚第二句, 便認得聲音, 是劉順泉. 那劉順泉雙名有才, 積祖駕一隻大船, 攬載客貨, 往各省交卸. 趁得好些水脚銀兩, 一個十全的家業, 團團都做在船上. 就是這隻船本, 也値幾百金, 渾身是香楠木打造的. 江南一水之地, 多有這行生理. 那劉有才是宋敦最契之友. 聽得是他聲音, 連忙趨出坐啓, 彼此不須作揖, 拱手相見, 分坐看茶, 自不必說. 宋敦道: "順泉今日如何得暇?" 劉有才道: "特來與玉峯借件東西." 宋敦笑道: "寶舟缺什麼東西, 到與寒家相借?" 劉有才道: "別的東西不來干瀆, 只這件, 是宅上有餘

----

41) 坐啓(좌계): '坐起'와 같은 말로 대문 가까이에 있는 손님 접대용의 작은 거실을 이른다. 우리의 사랑방이나 사랑채와 비슷한 용도라고 할 수 있다.

42) 【校】近時(근시):《今古奇觀》각 판본에는 "近時"로 되어 있고,《警世通言》각 판본에는 "蘇州"로 되어 있다.

43) 【校】乃(내):《今古奇觀》각 판본에는 "乃"로 되어 있고,《警世通言》각 판본에는 "就"로 되어 있다.

的, 故此敢來啓口." 宋敦道: "果是寒家所有, 決不相吝." 劉有才不慌不忙,
說出這件東西. 正是:

> 背後並非擎詔, 當前不是圍胸; 鵝黃細布密針縫, 淨手將來供奉. 還願曾
> 裝冥鈔, 祈神幷襯威容; 名山古刹幾相從, 染下爐香浮動.

原來宋敦夫妻二口, 因難於得子, 各處燒香祈嗣, 做成黃布袱, 黃布袋,
裝裹佛馬楮錢之類. 燒過香後, 懸掛於家中佛堂之內, 甚是志誠. 原來[44]劉
有才長於宋敦五年, 四十六歲了. 阿媽徐氏亦無子息. 聞得徽州有鹽商求
嗣, 新建陳州娘娘廟於蘇州閶門之外, 香火甚盛, 祈禱不絶. 劉有才恰好有
個方便, 要駕船往楓橋接客, 意欲進一炷香. 却不曾做得布袱布袋, 特特與
宋家告借. 其時說出緣故, 宋敦沉思不語. 劉有才道: "玉峯莫非有吝惜之
心麼? 若汚壞時, 一個就賠兩個." 宋敦道: "豈有此理! 只是一件, 旣然娘娘
廟靈顯, 小子亦欲附舟一往. 只不知幾時去?" 劉有才道: "即刻便行." 宋敦
道: "布袱布袋, 拙荊另有一副, 共是兩副, 儘可分用." 劉有才道: "如此甚
好." 宋敦入內, 與渾家說知, 欲往郡城燒香之事. 劉氏也好生[45]歡喜. 宋敦
於佛堂掛壁上, 取下兩副布袱布袋, 留下一副自用, 將一副借與劉有才. 劉
有才道: "小子先往舟中伺候, 玉峯可快來. 船在北門大坂橋[46]下, 不嫌怠慢
時, 喫些見成素飯, 不消帶米." 宋敦應允. 當下忙忙的辦下些香燭紙馬阡
張定段, 打疊包裹, 穿了一件新聯就的潔白湖紬道袍, 趕出北門[47]下船. 趁
著順風, 不勾半日, 七十里之程, 等閒到了. 天色已晚, 把船徑放到楓橋停
泊. 那楓橋乃四方商賈輳集之地, 舳艫相接, 一望無際, 昔人有詩云[48]:

....

44) 【校】原來(원래): 《今古奇觀》각 판본에는 "原來" 두 글자가 있고, 《警世通言》
   각 판본에는 없다.
45) 【校】好生(호생): 《今古奇觀》각 판본에는 "好生" 두 글자가 있고, 《警世通言》
   각 판본에는 없다.
46) 【校】北門大坂橋(북문대판교): 人民文學本《今古奇觀》과 《警世通言》각 판본에
   는 "北門大坂橋"로 되어 있고, 古本小說集成本 · 繪圖本 《今古奇觀》에는 "小西
   門駟馬橋"로 되어 있다.
47) 【校】北門(북문): 人民文學本《今古奇觀》과 《警世通言》각 판본에는 "北門"으로
   되어 있고, 古本小說集成本 · 繪圖本 《今古奇觀》에는 "小西門"으로 되어 있다.

月落烏啼霜滿天, 江楓漁火對愁眠; 姑蘇城外寒山寺, 夜半鐘聲到客船.

次日起個黑早, 在船中洗盥罷, 喫了些素食, 淨了口手, 一對兒黃布袱馱了冥財, 黃布袋安插紙馬文疏, 掛於項上, 離了船頭, 慢騰騰[49]步到陳州娘娘殿前, 剛剛天曉. 廟門雖開, 殿門還關着. 二人在兩廊遊遶, 觀看了一遍, 果然造得齊整. 正在讚歎, 呀的 一聲, 殿門開了. 就有廟祝出來迎接進殿. 其時香客未到, 燭架尚虛, 廟祝放下琉璃燈來, 取火點燭, 討文疏替他通陳禱告. 二人焚香禮拜已畢, 各將幾十文錢, 酬謝了廟祝, 化紙出門. 劉有才再要邀宋敦到船, 宋敦不肯. 當下劉有才將布袱布袋交還宋敦, 各各稱謝而別. 劉有才自往楓橋接客去了. 宋敦看天色尚早, 要往婁門趁船回家. 剛欲移步, 聽得牆下呻吟之聲. 近前看時, 却是矮矮一個蘆蓆棚, 搭在廟垣之側, 中間臥著個有病的老和尚, 懨懨欲死, 呼之不應, 問之不答. 宋敦心中不忍, 停眸而看. 傍邊一人走來說道: "客人, 你只管看他則甚? 要便做個好事了去." 宋敦道: "如何做個好事?" 那人道: "此僧是陝西來的, 七十八歲了, 他說一生不曾開葷. 每日只誦金剛經. 三年前在此募化建菴, 沒有施主. 搭這個蘆蓆棚兒住下, 誦經不輟. 這裏有個素飯店, 每日只上午一餐, 過午就不用了. 也有人可憐他, 施他些錢米, 他就把來還了店上的飯錢, 不留一文. 近日得了這病, 有半個月不用飲食了. 兩日前還開口說得話, 我們問他: '如此受苦, 何不早去罷?' 他說: '因緣未到, 還等兩日.' 今早連話也說不出了, 早晚待死. 客人若可憐他時, 買一口薄薄棺材, 焚化了他, 便是做好事. 他說'因緣未到, 或者這因緣就在客人身上." 宋敦想道: "我今日為求嗣而來, 做一件好事回去, 也得神天知道." 便問道: "此處有棺材店麼?" 那人道: "出巷陳三郎家就是." 宋敦道: "煩足下同往一看." 那人引路到陳家來. 陳三郎正在店中支分鋸匠解木[50]. 那人道: "三郎, 我引個主顧作成你." 三郎道:

---

48) 【校】《今古奇觀》各 판본에는 "等閒到了" 뒤에 구절은 "天色已晚 把船徑放到楓橋停泊 那楓橋乃四方商賈輳集之地 舳艫相接 一望無際 昔人有詩云"으로 되어 있고, 《警世通言》各 판본에는 "舟泊楓橋 當晚無話 有詩為證"으로 되어 있다.

49) 【校】《今古奇觀》各 판본에는 "等閒到了" 앞에 "離了船頭 慢騰騰"이라는 내용이 있고, 《警世通言》各 판본에는 없다.

50) 【校】鋸匠解木(거장해목): 《今古奇觀》各 판본에는 "鋸匠解木"으로 되어 있고,

"客人若要看壽板, 小店有眞正婺源加料雙料的在裏面. 若要見成的, 就店中但憑揀擇." 宋敦道: "要見成的." 陳三郎指着一副道: "這是頭號, 足價三兩." 宋敦未及還價. 那人道: "這個客官是買來捨與那蘆蓆棚內老和尙做好事的, 你也有一半功德, 莫要討虛價." 陳三郎道: "旣是做好事的, 我也不敢要多, 照本錢一兩六錢罷, 分毫少不得了." 宋敦道: "這價錢也是公道了." 想起: "汗巾角上帶得一塊銀子, 約有五六錢重, 燒香剩下不上一百銅錢, 總湊與他, 還不勾一半. 我有處了, 劉順泉的船在楓橋不遠." 便對陳三郎道: "價錢依了你, 只是還要到一個朋友處借辦, 少頃便來." 陳三郎到罷了, 說道: "任從客便." 那人咈然不樂道: "客人旣發了慈悲51)心, 却又做脫身之計. 你身邊沒有銀子, 來看此甚?" 說猶未了, 只見街上人紛紛而過, 多有說這老和尙可憐, 半月前還聽得他念經之聲, 今早嗚呼52)了. 正是:

> 三寸氣在千般用, 一旦無常萬事休.

那人道: "客人不聽得說麽? 那老和尙已死了, 他在地府睜眼等你斷送哩!" 宋敦口雖不語, 心下覆想道: "我旣是看定了這具棺木, 倘或往楓橋去, 劉順泉不在船上, 終不然呆坐等他回來. 況且常言得'價一不擇主', 倘別有個主顧, 添些價錢, 這副棺木買去了, 我就失信於此僧了. 罷罷!" 便取出銀子, 剛剛一塊, 討等來一稱, 叫聲慚愧. 原來是塊元寶錠心53), 看時像少, 稱時便多, 到有七錢多重. 先敎陳三郎收下54), 將身上穿的那一件新聯就的潔白湖紬道袍脫下, 道: "這一件衣服, 價在一兩之外, 倘嫌不値, 權時相抵,

....

《警世通言》각 판본에는 "鏇匠鋸木"으로 되어 있다.

51) 【校】慈悲(자비):《今古奇觀》각 판본에는 "慈悲"로 되어 있고,《警世通言》각 판본에는 "個好"로 되어 있다.

52) 오호(嗚呼): 본래, 죽은이에 대한 애도와 비통함을 나타내기 위해 祭文 등에서 '嗚呼'나 '嗚呼哀哉'라는 표현을 많이 썼는데 여기에서 비롯되어 사람이 사망하는 것을 이르기도 한다.

53) 【校】錠心(정심):《今古奇觀》각 판본에는 "錠心" 두 글자가 있고,《警世通言》각 판본에는 없다.

54) 【校】下(하):《今古奇觀》각 판본에는 "下"로 되어 있고,《警世通言》각 판본에는 "了"로 되어 있다.

待小子取贖. 若用得時, 便乞收算." 陳三郎道: "小店大膽了, 莫怪計較." 將
銀子衣服收過了. 宋敦又在髻上拔下一根銀簪, 約有二錢之重. 交與那人
道: "這枝簪, 相煩換些銅錢, 以爲殯殮雜用." 當下店中看的人都道: "難得
這位做好事的客官, 他擔當了大事去. 其餘小事, 我們地方上也該湊出些
錢鈔相助." 衆人都湊錢去了. 宋敦又復身到蘆蓆邊, 看那老僧, 果然化去.
不覺雙眼垂淚, 分明如親戚一般, 心下好生酸楚, 正不知什麼緣故, 不忍再
看, 含淚而行. 到槳門時, 航船已開, 乃自喚一隻小船, 當日回家. 渾家見丈
夫黑夜回來, 身上不穿道袍, 面又帶憂慘之色, 只道與人爭競, 忙忙的來問.
宋敦搖首道: "話長哩!" 一逕走到佛堂中, 將兩副布袱布袋掛起, 在佛前磕
了個頭, 進房坐下, 討茶喫了, 方纔開談, 將老和尙之事備細說知. 渾家道:
"正該如此." 也不嗔怪. 宋敦見渾家賢慧, 到也回愁作喜. 是夜夫妻二口睡
到五更, 宋敦夢見那老和尙登門拜謝道: "檀越命合無子, 壽數亦止於此矣.
因檀越心田慈善, 上帝命延壽半紀55). 老僧與檀越又有一段因緣, 願投宅
上爲兒, 以報蓋棺之德." 盧氏也夢見一個金身羅漢走進房裏, 夢中叫喊起
來, 連丈夫也驚醒了. 各言其夢, 似信似疑, 嗟嘆不已. 正是:

　　　種瓜還得瓜, 種荳還得荳; 勸人行好心, 自作還自受.

　從此盧氏懷孕, 十月滿足, 生下一個孩兒. 因夢見金身羅漢, 小名金郎,
官名就叫宋金. 夫妻歡喜, 自不必說. 此時劉有才也生一女, 小名宜春. 各
各長成, 有人攛掇兩家對親. 劉有才到也心中情願. 宋敦却嫌他船戶出身,
不是名門舊族. 口雖不語, 心中有不允之意. 那宋金方年六歲, 宋敦一病不
起, 嗚呼哀哉了. 自古道: "家中百事興, 全靠主人命." 十個婦人, 敵不得一
個男子. 自從宋敦故後, 盧氏掌家, 連遭荒歉, 又里中欺他孤寡, 科派戶役,
盧氏撑持不定, 只得將田房漸次賣了, 賃屋而居. 初時, 還是詐窮, 以後坐
吃山崩, 不上十年, 弄做眞窮了. 盧氏亦得病而亡. 斷送了畢, 宋金只剩得
一雙赤手, 被房主趕逐出屋, 無處投奔. 且喜從幼學得一件本事, 會寫會算.
偶然本處一個范擧人選了浙江衢州府江山縣知縣, 正要尋個寫算的人, 有

．．．．．．．．．．．．．．．．．．．．．．．．．．．

55) 半紀(반기): 옛날 紀年法에 12년을 一紀로 삼았으므로 半紀는 6년을 이른다.

人將宋金說了, 范公就敎人引來. 見他年紀幼小, 又生得齊整, 心中甚喜. 叩其所長, 果然書通眞草56), 算善歸除. 當日就留於書房之中, 取一套新衣與他換過, 同桌而食, 好生優待. 擇了吉日, 范知縣與宋金下了官船, 同往任所. 正是:

　　鼕鼕畫鼓催征棹, 習習和風蕩錦帆.

　　却說宋金雖然貧賤, 終是舊家子弟出身. 今日做范公門館, 豈肯卑汚苟賤, 與童僕輩和光同塵57), 受其戲侮. 那些管家們欺他年幼, 見他做作, 愈有不然之意. 自崑山起程, 都是水路, 到杭州便起旱了. 衆人攛掇家主道: “宋金小廝家, 在此寫算, 服事老爺, 還該小心謙遜, 他全不知禮. 老爺優待他忒過分了, 與他同坐同食; 舟中還可混帳, 到陸路中火歇宿, 老爺也要存個體面. 小人們商議, 不如敎他寫一紙靠身文書, 方纔妥帖. 到衙門時, 他也不敢放肆爲非.” 范擧人是棉花做的耳朵, 就依了衆人言語. 喚宋金到艙, 要他寫靠身文書. 宋金如何肯寫. 逼勒了多時, 范公發怒, 喝敎剝去衣服, 逐58)出船去. 衆蒼頭拖拖拽拽, 剝的乾乾淨淨, 一領單布衫, 趕在岸上. 氣得宋金半晌開口不得. 只見轎馬紛紛, 伺候范知縣起陸. 宋金含59)着雙淚,

----

56) 眞草(진초): ‘眞’은 ‘眞書’ 즉 ‘楷書’를 이르고 ‘草’는 ‘草書’를 이르며 ‘眞草’는 해서와 초서를 통틀어 이르는 말이다.

57) 和光同塵(화광동진):《老子》에 있는 “빛을 가리고 먼지와 함께하다.(和其光, 同其塵.)”라는 구절에서 나온 말이다. 이에 대한 吳澄의 注에 따르면 “‘和’는 ‘平’과 같이 덮고 억제한다는 뜻이며, ‘同’은 나란하여 다름이 없다는 뜻이다. 거울에 먼지가 끼면 빛나지 않으며 무릇 빛나는 것이라면 반드시 어두워질 때가 있으니 스스로 먼저 그 빛을 덮고 먼지와 함께하는 것은 그 빛나기를 원하지 않는 것이니 또한 마침내 어두워질 때가 없을 것이다.(和, 猶平也, 掩抑之意 ; 同, 謂齊等而與之不異也. 鏡受塵者不光, 凡光者終必暗, 故先自掩其光以同乎彼之塵, 不欲其光也, 則亦終無暗之時矣.)”라고 했다. 나중에 ‘和光同塵’이란 말은 세속에 따라 처신을 하며 날카로운 기세를 드러내지 않은 것을 이르게 되었다.

58) 【校】逐(축):《今古奇觀》각 판본에는 “逐”으로 되어 있고,《警世通言》각 판본에는 “喝”로 되어 있다.

59) 【校】含(함):《今古奇觀》각 판본에는 “含”으로 되어 있고,《警世通言》각 판본에는 “噙”으로 되어 있다.

只得迴避開去. 身邊並無財物, 受餓不過, 少不得學那兩個古人:

　　　伍相吹簫於吳門, 韓王寄食於漂母.

　　日間街坊乞食, 夜間古廟棲身. 還有一件, 宋金終是舊家子弟出身, 任你十分落泊, 還存三分骨氣, 不肯隨那叫街丐戶一流, 奴顔(60)婢膝, 沒廉沒恥. 討得來便喫了, 討不來忍餓, 有一頓沒一頓. 過了幾時, 漸漸面黃肌瘦, 全無昔日丰神. 正是:

　　　好花遭雨紅俱褪, 芳草經霜綠盡凋.

　　時値暮秋天氣, 金風催冷, 忽降下一場大雨. 宋金食缺衣單, 在北新關關王廟中擔飢受凍, 出頭不得. 這雨自辰牌直下至午牌方止. 宋金將腰帶收緊. 那步出廟門來, 未及數步, 劈面遇着一人. 宋金睜眼一看, 正是父親宋敦的最契之友, 叫做劉有才, 號順泉的. 宋金"無面見江東父老", 不敢相認, 只得垂眼低頭而走. 那劉有才早已看見, 從背後一手挽住. 叫到: "你不是宋小官(61)麼? 爲何如此模樣?" 宋金兩淚交流, 叉手告道: "小姪衣衫不齊, 不敢爲禮了, 承老叔垂問." 如此如此, 這般這般, 將范知縣無禮之事, 告訴了一遍. 劉翁道: "'惻隱之心, 人皆有之.' 你肯在我船上相幫, 管敎你飽暖過日." 宋金便下跪道: "若得老叔收留, 便是重生父母." 當下劉翁引著宋金到於河下. 劉翁先上船, 對劉媼說知其事. 劉媼道: "此乃兩得其便, 有何不美." 劉翁就在船頭上招宋小官上船. 於自身上脫下舊布道袍, 敎他穿了. 引他到後艄, 見了媽媽徐氏; 女兒宜春在傍, 也見了. 宋金走出船頭. 劉翁道: "把飯與宋小官喫." 劉媼道: "飯便有, 只是冷的." 宜春道: "有熱茶在鍋內." 宜春便將瓦罐子舀了一罐滾熱的茶. 劉媼便在橱櫃內取了些醃菜, 和那冷飯, 付與宋金道: "宋小官! 船上買賣, 比不得家裏, 胡亂用些罷!" 宋金接得在手. 又見細雨紛紛而下, 劉翁叫女兒: "後艄有舊氈笠, 取下來與宋小

....

60) 【校】顔(안): 人民文學本·繪圖本《今古奇觀》에는 "顔"으로 되어 있고, 古本小說集成本《今古奇觀》과 《古今小說》 각 판본에는 "言"으로 되어 있다.

61) 小官(소관): '小官人'의 준말로 젊은이에 대한 호칭이다.

官戴." 宜春取舊氈笠看時, 一邊已自綻開. 宜春手快. 就盤鬌上拔下針線將綻處縫了, 丟在船篷之上, 叫道: "拿氈笠去戴." 宋金戴了破氈笠, 喫了茶淘冷飯. 劉翁敎他收拾船上家火, 掃抹船隻; 自往岸上接客, 至晚方回, 一夜無話. 次日, 劉翁起身, 見宋金在船頭上閒坐, 心中暗想: "初來之人, 莫慣了他." 便吆喝道: "個兒郎喫我家飯, 穿我家衣, 閒時搓些繩, 打些索, 也有用處. 如何空坐?" 宋金連忙答應道: "但憑驅使, 不敢有違." 劉翁便取一束麻皮, 付與宋金, 敎他打索子. 正是:

在他矮簷下, 怎敢不低頭.

宋金自此朝夕小心, 辛勤做活, 并不偸懶. 兼之寫算精通, 凡客貨在船, 都是他記帳, 出入分毫不爽. 別船上交易, 也多有央他去拿算盤, 登帳簿, 客人無不敬而愛之, 都誇道: "好個宋小官, 少年伶俐." 劉翁劉媼見他小心得用, 另眼相待, 好衣好食的管顧他. 在客人面前, 認爲表姪. 宋金亦自以爲得所, 心安體適, 貌日豐腴. 凡船戶無不欣羨. 光陰似箭, 不覺二年有餘. 劉翁一日暗想: "自家年紀漸老, 止有一女, 要求個賢婿以靠終身, 似宋小官一般, 到也十全之美. 但不知媽媽心下如何?" 是夜與媽媽飮酒半酣, 女兒宜春在傍, 劉翁指著女兒對媽媽道: "宜春年紀長成, 未有終身之托, 奈何?" 劉媼道: "這是你我靠老的一椿大事, 你如何不上緊?" 劉翁道: "我也日常在念, 只是難得個十分如意的. 像我船上宋小官恁般本事人才, 千中選一, 也就不能勾了." 劉媼道: "何不就許了宋小官?" 劉翁假意道: "媽媽說那裏話! 他無家無倚, 靠著我船上喫飯. 手無分文, 怎好把女兒許他?" 劉媼道: "宋小官是宦家之後, 況係故人之子. 當初他老子存時, 也曾有人議過親來, 你如何忘了? 今日雖然落薄, 看他一表人材, 又會寫, 又會算, 招得這般女婿, 須不辱了門面, 我兩口兒老來也得所靠." 劉翁道: "媽媽, 你主意已定否?" 劉媼道: "有什麼不定!" 劉翁道: "如此甚好." 原來劉有才平昔是個怕婆的, 久已看上了宋金, 只愁媽媽不肯. 今見媽媽慨然, 十分歡喜. 當下便喚宋金, 對著媽媽面許了他這頭親事. 宋金初時也謙遜不當, 見劉翁夫婦一團美意, 不要他費一分錢鈔, 只索順從劉翁. 往陰陽生[62]家選擇周堂[63]吉日, 回復了媽媽, 將船駕回崑山. 先與宋小官上頭[64], 做一套紬絹衣服與他穿了, 渾身新衣、新帽、新鞋、新襪, 粧扮得宋金一發標致.

　　　　雖無子建才八斗, 勝似潘安貌十分.

　劉嫗也替女兒備辦些衣飾之類. 吉日已到, 請下兩家親戚, 大設喜筵, 將宋金贅入船上爲婿. 次日, 諸親作賀, 一連喫了三日喜酒. 宋金成親之後, 夫妻恩愛, 自不必說. 從此船上生理, 日興一日.

　光陰似箭, 不覺過了一年零兩個月. 宜春懷孕日滿, 產下一女. 夫妻愛惜如金, 輪流懷抱. 碁歲方過, 此女害了痘瘡, 醫藥不效, 十二朝身死. 宋金痛念愛女, 哭泣過哀, 七情所傷, 遂得了個癆瘵之疾. 朝涼暮熱, 飲食漸減, 看看骨露肉消, 行遲走慢. 劉翁劉嫗初時還指望他病好, 替他迎醫問卜. 延至一年之外, 病勢有加無減. 三分人, 七分鬼. 寫也寫不動, 算也算不動. 到做了眼中之釘, 巴不得他死了乾淨; 却又不死. 兩個老人家懊悔不迭, 互相抱怨起來: "當初只指望半子靠老, 如今看這貨色, 不死不活, 分明一條爛死蛇纏在身上, 擺脫不下. 把個花枝般女兒, 誤了終身, 怎生是了? 爲今之計, 如何生個計較, 送開了那冤家, 等女兒另招個佳婿, 方纔稱心." 兩口兒商量了多時, 定下個計策. 連女兒都瞞過了. 只說有客貨在於江西, 移船往載. 行至池州五溪地方, 到一個荒僻的所在, 但見孤山寂寂, 遠水滔滔, 野岸荒崖, 絕無人跡. 是日小小逆風, 劉公故意把舵使歪, 船便向沙岸上閣住, 却教宋金下水推舟. 宋金手遲腳慢, 劉公就罵道: "癆病鬼! 沒氣力使船時, 岸上野柴也砍些來燒燒, 省得錢買." 宋金自覺惶愧, 取了砟刀, 掙扎到岸上砍柴去了. 劉公乘其未回, 把舵用力撐動, 撥轉船頭, 掛起滿風帆, 順流而下.

　　　　不愁骨肉遭顚沛, 且喜冤家離眼睛.

　且說宋金上岸打柴, 行到茂林深處, 樹木雖多, 那有氣力去砍伐, 只得拾

---

62) 陰陽生(음양생): 관상, 점복, 해몽, 擇地 등을 직업적으로 하는 사람을 이른다.
63) 周堂(주당): 陰陽家가 쓰는 전문용어로 婚喪에 있어서의 길일을 이른다.
64) 上頭(상두): 머리를 올린다는 뜻으로 여자는 열다섯 살에 머리를 올려 笄를 쓰고 남자는 스무 살에 머리를 올려 冠을 썼는데 이때부터 성인이 된다는 의미였다.

些兒殘柴, 割些敗棘, 抽取枯藤, 束做兩大捆, 却又沒有氣力背負得去. 心生一計, 再取一條枯藤, 將兩捆野柴穿做一捆, 露出長長的藤頭, 用手挽之而行, 如牧童牽牛之勢. 行了一時, 想起忘了砟刀在地, 又復身轉去, 取了砟刀, 也插入柴捆之內, 緩緩的拖下岸來, 到於泊舟之處, 已不見了船. 但見江烟沙島, 一望無際. 宋金沿江而上, 且行且看, 並無踪影, 看看紅日西沉, 情知爲丈人所棄. 上天無路, 入地無門, 不覺痛切於心, 放聲大哭. 哭得氣咽喉乾, 悶絕於地, 半晌方甦. 忽見岸上一老僧, 正不知從何而來, 將挂杖卓地, 問道: "檀越伴侶何在? 此非駐足之地也!" 宋金忙起身作禮, 口稱姓名: "被丈人劉翁脫賺, 如今孤苦無歸, 求老師父提挈, 救取微命." 老僧道: "貧僧茅菴不遠, 且同往暫住一宵, 來日再做道理." 宋金感謝不已, 隨着老僧而行. 約莫里許, 果見茅菴一所. 老僧敲石取火, 煮些粥湯, 把與宋金喫了. 方纔問道: "令岳與檀越有何仇嫌隙? 願問其詳." 宋金將入贅船上, 及得病之由, 備細告訴了一遍. 老僧道: "老檀越懷恨令岳乎?" 宋金道: "當初求乞之時, 蒙彼收養婚配, 今日病危見棄, 乃小生命薄所致, 豈敢懷恨他人?" 老僧道: "聽子所言, 眞忠厚之士也. 尊恙乃七情所傷, 非藥餌可治. 惟淸心調攝, 可以愈之. 平日間曾奉佛法誦經否?" 宋金道: "不曾." 老僧於袖中取出一卷相贈, 道: "此乃金剛般若經, 我佛心印. 貧僧今敎授檀越, 若日誦一遍, 可以息諸妄念, 却病延年, 有無窮利益." 宋金原是陳州娘娘廟前老和尙轉世來的, 前生專誦此經. 今日口傳心受, 一遍便能熟誦, 此乃是前因不斷. 宋金和老僧打坐, 閉目誦經, 將次天明, 不覺睡去. 及至醒來, 身坐荒草坡間, 並不見老僧及茅菴在那裏. 金剛經却在懷中, 開卷能誦. 宋金心下好生詫異, 遂取池水淨口, 將經朗誦一遍. 覺萬慮消釋, 病體頓然健旺. 方知聖僧顯化相救, 亦是凤因所致也. 宋金向空叩頭, 感謝龍天保佑. 然雖如此, 此身如大海浮萍, 沒有着落, 信步行去, 早覺腹中饑餒. 望見前山林木之內, 隱隱似有人家, 不免再溫舊稿, 向前乞食. 只因這一番, 有分敎宋小官凶中化吉, 難過福來. 正是:

路逢盡處還開徑, 水到窮時再發源.

宋金走到前山一看, 並無人煙, 但見鎗刀戈戟, 遍插林間. 宋金心疑不決,放膽前去, 見一所敗落土地廟, 廟中有大箱八隻, 封鎖甚固. 上用松茅遮蓋. 宋金暗想: "此必大盜所藏, 布置鎗刀, 乃惑人之計. 來歷雖則不明, 取之無礙." 心生一計, 乃折取松枝插地, 記其路徑, 一步步走出林來, 直至江岸. 也是宋金時亨運泰. 恰好有一隻大船, 因逆浪衝壞了舵, 停泊於岸下修舵. 宋金假作慌張之狀, 向船上人說道: "我陝西錢金也. 隨吾叔父走湖廣爲商, 道經於此, 爲強賊所劫. 叔父被殺, 我只說是跟隨的小郎, 久病乞哀, 暫容殘喘. 賊乃遣夥內一人, 與我同住土地廟中, 看守貨物, 他又往別處行劫去了. 天幸同夥之人, 昨夜被毒蛇咬死, 我得脫身在此. 幸方便載我去." 舟人聞言, 不甚信. 宋金又道: "見有八巨箱在廟內, 皆我家財物. 廟去此不遠, 多央幾位上岸, 擡歸舟中, 願以一箱爲謝, 必須速往. 萬一賊徒回轉, 不惟無及於事, 且有禍患." 衆人都是千里求財的, 聞說有八箱貨物, 一個個欣然願往. 當時聚起十六籌後生, 準備八副繩索杠棒, 隨宋金往土地廟來. 果見巨箱八隻, 其箱甚重. 每二人擡一箱, 恰好八杠. 宋金將林子內鎗刀收起, 藏於深草之內, 八個箱子都下了船, 舵已修好了. 舟人問宋金道: "老客今欲何往?" 宋金道: "我且往南京省親." 舟人道: "我的船正要往瓜洲[65], 却喜又是順便." 當下開船, 約行五十餘里, 方歇. 衆人奉承陝西客有錢, 到湊出銀子, 買酒買肉, 與他壓驚稱賀. 次日西風大起, 掛起帆來, 不幾日, 到了瓜洲停泊. 那瓜洲到南京只隔十來里江面. 宋金另換了一隻渡船, 將箱籠只揀重的擡下七個, 把一個箱子送與舟中衆人, 以踐其言. 衆人自去開箱分用, 不在話下. 宋金渡到龍江關口, 尋了店主人家住下, 喚鐵匠對了匙鑰. 打開箱看時, 其中充物, 都是金玉珍寶之類. 原來這夥強盜積之有年, 不是取之一家, 獲之一時的. 宋金先把一箱所蓄, 鬻之於市, 已得數千金. 恐主人生疑, 遷寓於城內, 買家奴伏侍, 身穿羅綺, 食用膏粱. 餘六箱, 只揀精華之物留下, 其他都變賣, 不下數萬金. 就於南京儀鳳門內買下一所大宅, 改造廳

---

65) 【校】瓜洲(과주): 人民文學本·繪圖本《今古奇觀》에는 "瓜洲"로 되어 있고, 古本小說集成本《今古奇觀》과 《警世通言》 각 판본에는 "瓜州"로 되어 있다. 下文의 "瓜洲"도 이러하다. 瓜洲는 瓜州로 쓰기도 하고 瓜埠洲라고 불리기도 한다. 지금의 江蘇省 邗江縣 남부에 있는 鎭으로 長江을 사이에 두고 鎭江市와 마주하고 있으며 長江 남북의 수로 요충지이다.

堂園亭, 製辦日用家火, 極其華整. 門前開張典鋪, 又置買田莊數處, 家僮
數十房, 出色管事者十66)人. 又畜美童四人, 隨身答應. 滿京城都稱他爲錢
員外, 出乘輿馬, 入擁金貲. 自古道: "居移氣, 養移體." 宋金今日財發身發,
肌膚充悅, 容采光澤, 絶無向來枯瘠之容, 寒酸之氣. 正是:

　　　人逢運至精神爽, 月到秋來光彩新.

　　話分兩頭. 且說宜春女那日見父親敎丈夫上岸打柴, 心下思想: "爹好没
分曉! 恁般一个病人, 敎他去打柴! 欲要叫丈夫莫去, 又恐違拗了父母." 正
在放心不下, 却見父親忙忙的撐船下舵, 撥轉船頭, 離岸揚帆. 宜春驚叫:
"爹爹! 丈夫在岸上, 如何便開船?" 却被母親兜臉一啐, 道: "誰是你丈夫, 那
癆病鬼, 你還要想他!" 宜春驚嘆道: "爹, 媽! 這怎麼說?" 劉媼道: "你爹見他
病害得不好, 恐沾染他人, 特地算計, 斷送這癆病骷髏." 宜春氣塞咽喉, 淚
如泉湧, 急跑出艙, 連忙扯解掛帆繩索, 欲下帆轉船. 被母親抵死抱住, 拖
到後艄. 宜春跌脚搥胸, 叫天叫地, 哭道: "還我宋郎來!" 爭嚷之間, 順風順
水, 船已行數十里. 劉老走來勸道67): "我兒, 聽我一言: 婦道家嫁人不着,

....

66) 【校】十(십):《今古奇觀》각 판본에는 "十"으로 되어 있고,《警世通言》각 판본에
　　는 "千"으로 되어 있다.

67) 【校】《今古奇觀》각 판본에는 "話分兩頭" 뒤부터 "走來勸道" 앞까지의 내용은
　　"且說宜春女那日見父親敎丈夫上岸打柴, 心下思想: '爹好没分曉! 恁般一个病
　　人, 敎他去打柴! 欲要叫丈夫莫去, 又恐違拗了父母.' 正在放心不下, 却見父親忙
　　忙的撐船下舵, 撥轉船頭, 離岸揚帆. 宜春驚叫: '爹爹! 丈夫在岸上, 如何便開
　　船?' 却被母親兜臉一啐, 道: '誰是你丈夫, 那癆病鬼, 你還要想他!' 宜春驚嘆道:
　　'爹, 媽! 這怎麼說?' 劉媼道: '你爹見他病害得不好, 恐沾染他人, 特地算計, 斷送
　　這癆病骷髏.' 宜春氣塞咽喉, 淚如泉湧, 急跑出艙, 連忙扯解掛帆繩索, 欲下帆轉
　　船. 被母親抵死抱住, 拖到後艄. 宜春跌脚搥胸, 叫天叫地, 哭道: '還我宋郎來!'
　　爭嚷之間, 順風順水, 船已行數十里. 劉老"로 되어 있다.《警世通言》각 판본에는
　　이 부분이 "且說劉有才那日哄了女壻上岸, 撥轉船頭, 順風而下, 瞬息之間, 已行
　　百里. 老夫婦兩口暗暗歡喜. 宜春女兒猶然不知, 只道丈夫還在船上, 煎好了湯
　　藥, 叫他喫時, 連呼不應. 還道睡着在船頭, 自要去喚他. 却被母親劈手奪過藥甌,
　　向江中一潑, 罵道: '癆病鬼在那裏? 你還要想他!' 宜春道: '眞個在那裏?' 母親
　　道: '你爹見他病害得不好, 恐沾染他人, 方才哄他上岸打柴, 逕自轉船來了.' 宜
　　春一把扯住母親, 哭天哭地叫道: '還我宋郎來!' 劉公聽得艄內啼哭,"으로 되어

一世之苦. 那害癆的死在早晚, 左右要拆散的, 不是你因緣了, 到不如早些開交乾淨, 免致擔誤你青春. 待做爹的另揀個好郎君, 完你終身, 休想他罷!" 宜春道: "爹做的是什麼事! 都是不仁不義, 傷天理的勾當! 宋郎這頭親事, 原是二親主張; 旣做了夫妻, 同生同死, 豈可翻悔? 就是他病勢必死, 亦當待其善終, 何忍棄之於無人之地? 宋郎今日爲奴而死, 奴決不獨生. 爹若可憐見孩兒, 快轉船上水, 尋取宋郎回來, 免被傍人譏謗." 劉公道: "那害癆的不見了船, 定然轉往別處村坊乞食去了, 尋之何益? 況且下水順風, 相去已百里之遙, 一動不如一靜, 勸你息了心罷!" 宜春見父親不允, 放聲大哭, 走出船舷, 就要跳水. 喜得劉媽手快, 一把拖住. 宜春以死自誓, 哀哭不已. 兩個老人家不道女兒執性如此, 無可奈何, 准准的看守了一夜. 次早只得依順他, 開船上水. 風水俱逆, 弄了一日, 不勾一半之路. 這一夜啼啼哭哭, 又不得安穩. 第三日中牌時分, 方到得先前閣船之處. 宜春親自上岸尋找丈夫, 只見沙灘上亂柴二捆, 砟刀一把, 認得是船上的刀. 眼見得這捆柴, 是宋郎馱來的, 物在人亡, 愈加疼痛, 不肯心死, 定要往前尋覓. 父親只索跟隨同去. 走了多時, 但見樹黑山深, 杳無人跡. 劉公勸他回船, 又啼哭了一夜. 第四日黑早, 再敎父親一同上岸尋覓, 都是曠野之地, 更無影響. 只得哭下船來, 想道: "如此荒郊, 敎丈夫何處乞食? 況久病之人, 行走不動, 他把柴刀拋棄沙崖, 一定是赴水自盡了." 哭了一場, 望着江心又跳, 早被劉公攔住. 宜春道: "爹媽養得奴的身, 養不得奴的心. 孩兒左右是要死的, 不如放奴早死, 以見宋郎之面." 兩個老人家見女兒十分痛苦, 甚不過意. 叫道: "我兒, 是你爹媽不是了, 一時失於計較, 幹出這事. 差之在前, 懊悔也沒用了. 你可憐我年老之人, 止生得你一人, 你若死時, 我兩口兒性命也都難保. 願我兒恕了爹媽之罪, 寬心度日, 待做爹的寫一招子, 於沿江市鎭各處黏貼. 倘若宋郎不死, 見我招帖, 定可相逢. 若過了三個月無信, 憑你做好事追薦丈夫. 做爹的替你用錢, 並不吝惜." 宜春方纔收淚謝道: "若得如此, 孩兒死也瞑目." 劉公即時寫個尋婿的招帖, 黏於沿江市鎭牆壁觸目[68]

....

있다.

68) 【校】目(목):《今古奇觀》각 판본에는 "目"으로 되어 있고,《警世通言》각 판본에는 "眼"으로 되어 있다.

之處. 過了三個月, 絶無音耗. 宜春道: "我丈夫果然死了." 即忙製備頭梳疏衣, 穿着一身重孝, 設了靈位祭奠, 請九個和尙, 做了三晝夜功德. 自將簪珥布施, 爲亡夫祈福. 劉翁劉媪愛女之心, 無所不至, 並不敢一些違拗, 鬧了數日方休. 兀自朝哭五更, 夜哭黃昏. 鄰船聞之, 無不感歎. 有一班相熟的客人, 聞知此事, 無不可惜宋小官, 可憐劉小娘者. 宜春整整的哭了半年六個月方纔住聲. 劉翁對阿媽道: "女兒這幾日不哭, 心下漸漸冷了, 好勸他嫁人; 終不然, 我兩個老人家守着個孤孀女兒, 緩急何靠?" 劉媪道: "阿老[69]見得是. 只怕女兒不肯, 須是緩緩的偎他." 又過了月餘, 其時十二月二十四日, 劉翁回船到崑山過年, 在親戚家喫醉了酒, 乘其酒興, 來勸女兒道: "新春將近, 除了孝罷!" 宜春道: "丈夫是終身之孝, 怎樣除得?" 劉翁睜着眼道: "什麼終身之孝! 做爹的許你戴[70]時便戴, 不許你戴時, 就不容你戴." 劉媪見老兒口重, 便來收科[71]道: "再等女兒戴過了殘歲, 除夜做碗羹飯, 起了靈, 除孝罷!" 宜春見爹媽話不投機, 便啼哭起來道: "你兩口兒合計害了我丈夫, 又不容我戴孝, 無非要我改嫁他人. 我豈肯失節以負宋郎? 寧可戴孝而死, 決不除孝而生." 劉翁又待發作, 被婆子罵了幾句, 劈頸的推向船艙睡了. 宜春依先又哭了一夜. 到月盡三十日, 除夜, 宜春祭奠了丈夫, 哭了一會. 婆子勸住了. 三口兒同喫夜飯. 爹媽見女兒葷酒不聞, 心中不樂. 便道: "我兒! 你孝是不肯除了, 略喫點葷腥, 何妨得? 少年人不要弄弱了元氣." 宜春道: "未死之人, 苟延殘喘, 連這碗素飯也是多喫的, 還喫甚葷菜?" 劉媪道: "旣不用葷, 喫杯素酒兒, 也好解悶." 宜春道: "'一滴何曾到九泉'? 想着死者, 我何忍下咽." 說罷, 又哀哀的哭將起來, 連素飯也不喫就去睡了. 劉翁夫婦料道女兒志不可奪, 從此再不强他. 後人有詩贊宜春之節. 詩曰:

---

69) 阿老(아로): 나이 많은 부부 사이에 아내가 남편을 부를 때 쓰는 애칭이다.

70) 【校】戴(대):《今古奇觀》각 판본에는 "戴"로 되어 있고,《警世通言》각 판본에는 "帶"로 되어 있다. 下文에 나오는 "戴"자도 이와 같다.

71) 收科(수과): '科'는 본래 중국의 傳統 戲曲에서 쓰는 전문용어로 동작이나 표정으로 연기하는 것을 이르며 '收'는 동작을 멈춘다는 뜻이다. 收科는 "하던 것을 그만두다"는 뜻으로 여기서는 가운데서 주선하여 싸움 따위를 수습하고 갈등을 화해시키는 것을 이른다.

閨中節烈古今傳, 船女何曾閱簡編? 誓死不移金石志, 柏舟端不愧前賢.

　話分兩頭. 再說宋金住在南京二年有餘[72]), 把家業掙得十全了. 思想丈人丈母雖是狠毒; 妻子恩情却是割舍不下, 並不起別娶之念.[73]) 却教管家看守門牆, 自己帶了三千兩銀子, 領了四個家人、兩個美童, 顧了一隻航船, 徑至崑山來訪劉翁劉嫗. 鄰舍人家說道: "三日前往儀眞去了." 宋金將銀兩販了布疋, 轉至儀眞, 下個有名的主家, 上貨了畢. 次日, 去河口尋着了劉家船隻, 遙見渾家在船舱, 疏衣素粧, 知其守節未嫁, 傷感不已. 回到下處, 向主人王公說道: "河下有一舟婦, 戴孝而甚美, 我已訪得是崑山劉順泉之船, 此婦卽其女也. 吾喪偶已將三[74])年, 欲求此女爲繼室." 遂於袖中取出白金十兩, 奉與王公道: "此薄意權爲酒資, 煩老翁執伐[75]). 成事之日, 更當厚謝. 若問財禮, 雖千金吾亦不吝." 工公接銀歡喜, 逕往船上邀劉翁到一酒館, 盛設相待[76]), 尊[77])劉翁於上坐. 劉翁大驚道: "老漢操舟之人, 何勞如此厚待? 必有緣故." 王公道: "且喫三杯, 方敢啓齒." 劉翁心中愈疑道: "若不說明, 必不敢坐." 王公道: "小店有個陝西錢員外, 萬貫家財, 喪偶將三載, 慕令愛小娘子美貌, 欲求爲繼室. 願出聘禮千金, 特央小子作伐, 望勿見拒." 劉翁道: "舟女得配富室, 豈非至願. 但吾兒守節甚堅, 言及再婚, 便

....

72) 【校】二年有餘(이년유여):《今古奇觀》각 판본에는 "二年有餘"로 되어 있고,《警世通言》각 판본에는 "一年零八個月"로 되어 있다.

73) 【校】《今古奇觀》각 판본에는 "思想丈人丈母雖是狠毒 妻子恩情却是割舍不下 並不起別娶之念"이라는 내용이 있고,《警世通言》각 판본에는 없다.

74) 【校】三(삼):《今古奇觀》각 판본에는 "三"으로 되어 있고,《警世通言》각 판본에는 "二"로 되어 있다. 下文에 나오는 喪偶 및 수절한 햇수에 관련된 내용도 이와 같다.

75) 執伐(집벌):《詩經·豳風·伐柯》에 이르기를 "도끼자루를 베려면 어찌해야 하는가? 도끼가 아니면 베지 못하리라. 아내를 맞이하려면 어떻게 해야 하는가? 매파가 아니면 얻지 못하리라.(伐柯如何? 匪斧不克. 娶妻如何? 匪媒不得.)"고 했다. 이후, 중매를 서는 것을 일러 '伐柯' 또는 '執伐'이라고 했다.

76) 【校】待(대):《今古奇觀》각 판본에는 "待"로 되어 있고,《警世通言》각 판본에는 "款"으로 되어 있다.

77) 【校】尊(존):《今古奇觀》각 판본에는 "尊"으로 되어 있고,《警世通言》각 판본에는 "推"로 되어 있다.

欲尋死. 此事不敢奉命, 盛意亦不敢領." 便欲起身. 王公一手扯住道: "此設亦出錢員外之意, 託小子做個主人, 旣已費了, 不可虛之, 事雖不諧, 無害也." 劉翁只得坐了. 飮酒中間, 王公又說起: "員外相求, 出於至誠. 望老翁回舟, 從容商議." 劉翁被女兒幾遍投水唬壞了, 只是搖頭, 略不統口78). 酒散各別. 王公回家, 將劉翁之語, 述與員外. 宋金方知渾家守志之堅. 乃對王公說道: "姻事不成也罷了, 我要僱他的船, 載貨往上江出脫, 難道也不允?" 王公道: "天下船載天下客, 不消說, 自然從命." 王公卽時與劉翁說了僱船之事, 劉翁果然依允. 宋金乃分付家童, 先把鋪陳行李發下船去, 貨且留岸上, 明日發也未遲. 宋金錦衣貂帽, 兩個美童, 各穿綠絨直身, 手執燻爐如意跟隨. 劉翁夫婦認做陝西錢員外, 不復相識. 到底夫婦之間, 與他人不同. 宜春在艄尾窺視, 雖不敢便信是丈夫, 暗暗的驚怪道: "有七八分廝像." 只見那錢員外纔上得船, 便向船艄說道: "我腹中饑了, 要飯喫, 若是冷的, 把些熱茶淘來罷." 宜春已自心疑. 那錢員外又吆喝童僕道: "個兒郎喫我家飯, 穿我家衣, 閒時搓些繩, 打些索, 也有用處, 不可空坐!" 這幾句分明是宋小官初上船時劉翁分付的話. 宜春聽得, 愈加疑心. 少頃, 劉翁親自捧茶奉錢員外, 員外道: "你船艄上有一破氈笠, 借我用之." 劉翁愚蠢, 全不省事, 徑與女兒討那破氈笠. 宜春取氈笠付與父親, 口中微吟四句:

　　氈笠雖然破, 經奴手自縫; 因思戴笠者, 無復舊時容.

　錢員外聽艄後吟詩, 嘿嘿會意. 接笠在手, 亦吟四句:

　　仙凡已換骨, 故鄉人不識. 雖則錦衣還, 難忘舊氈笠.

　是夜, 宜春對翁媼道: "艙中錢員外, 疑卽宋郎也. 不然, 何以知吾船有破氈笠? 且面龐相肖, 語言可疑, 可細叩之." 劉翁大笑道: "癡女子! 那宋家癆病鬼, 此時骨肉俱消矣. 就使當年未死, 亦不過乞食他鄉, 安能致此富盛乎?" 劉媼道: "你當初怪爹娘勸你除孝改嫁, 動不動跳水求死, 今見客人富貴, 便要認他是丈夫. 倘你認他不認, 豈不可羞." 宜春滿面羞慚, 不敢開口.

·····························

78) 統口(통구): '改口'와 같은 말로 원래의 생각이나 주장을 바꾼다는 뜻이다.

劉翁便招阿媽到背處道: "阿媽, 你休如此說, 姻緣之事, 莫非天數. 前日王店主請我到酒館中飮酒, 說陝西錢員外, 願出千金聘禮, 求我女兒爲繼室. 我因女兒執性, 不曾統口. 今日難得女兒自家心活, 何不將機就機, 把他許配錢員外, 落得你我下半世受用." 劉媼道: "阿老見得是. 那錢員外來僱我家船隻, 或者其中有意. 阿老明日可往探之." 劉翁道: "我自有道理." 次早, 錢員外起身, 梳洗已畢, 手持破氈笠於船頭上翻覆把玩. 劉翁啓口而問道: "員外, 看這破氈笠則甚?" 員外道: "我愛那縫補處, 這行針線, 必出自妙手." 劉翁道: "此乃小女所縫, 有何妙處? 前日王店主傳員外之命, 曾有一言, 未知眞否?" 錢員外故意問道: "所傳何言?" 劉翁道: "他說員外喪了孺人, 已將三載, 未曾繼娶, 欲得小女爲婚." 員外道: "老翁願也不願?" 劉翁道: "老漢求之不得, 但恨小女守節甚堅, 誓不再嫁, 所以不敢輕諾." 員外道: "令婿爲何而死?" 劉翁道: "小婿不幸得了個癆瘵之疾, 其年因上岸打柴未還, 老漢不知, 錯開了船, 以後曾出招帖, 尋訪了三個月, 並無動靜, 多是投江而死了." 員外道: "令婿不死. 他遇了個異人, 病都好了, 反獲大財致富. 老翁若要會令婿時, 可請令愛出來." 此時宜春側耳而聽, 一聞此言, 便哭將起來. 罵道: "薄倖兒79)郎! 我爲你戴了三80)年重孝, 受了千辛萬苦, 今日還不說實話, 待怎麼?" 宋金也墮淚道: "我妻! 快來相見!" 夫妻二人抱頭大哭. 劉翁道: "阿媽, 眼見得不是什麼錢員外了! 我與你須索去謝罪." 劉翁劉媼走進艙來, 施禮不迭. 宋金道: "丈人丈母, 不須恭敬; 只是小婿他日有病痛時, 莫再脫賺!" 兩個老人家羞慚滿面. 宜春便除了孝服, 將靈位拋向水中. 宋金便喚跟隨的童僕來與主母磕頭. 翁媼殺雞置酒, 管待女婿, 又當接風, 又是慶賀筵席. 安席已畢, 劉翁敍起女兒自來不喫葷酒之意, 宋金慘然下淚. 親自與渾家把盞, 勸他開葷. 隨對翁媼道: "據你們設心脫賺, 欲絶吾命, 恩斷義絶, 不該相認了. 今日勉强喫你這杯酒, 都看你女兒之面." 宜春道: "不因這番脫賺, 你何由發跡? 況爹媽日前也有好處, 今後但記恩, 莫記怨." 宋

79) 【校】兒(아):《今古奇觀》각 판본에는 "兒"로 되어 있고,《警世通言》각 판본에는 "錢"으로 되어 있다.

80) 【校】三(삼):《今古奇觀》각 판본과 人民文學本《警世通言》에는 "瓜洲"로 되어 있고, 古本小說集成本《警世通言》에는 "二"로 되어 있다.

金道: "謹依賢妻尊命. 我已立家於南京, 田園富足, 你老人家可棄了駕舟之業, 隨我到彼, 同享安樂, 豈不美哉." 翁媼再三稱謝. 是夜無話. 次日, 王店主聞知此事, 登船拜賀, 又喫了一日酒. 宋金留家童三人於王店主家發布取帳. 自己開船先往南京大宅子, 住了三日, 同渾家到崑山故鄉掃墓, 追薦亡親. 宗族親黨各有厚贈. 此時范知縣已罷官在家. 聞知宋小官發跡還鄉, 恐怕街坊撞見沒趣, 躲向鄉里, 有月餘不敢入城. 宋金完了故鄉之事, 重回南京, 闔家歡喜, 安享富貴, 不在話下.

再說宜春見宋金每早必進佛堂中拜佛誦經, 問其緣故. 宋金將老僧所傳金剛經却病延年之事, 說了一遍. 宜春亦起信心, 要丈夫教會了, 夫妻同誦, 到老不衰. 後享壽各九十餘, 無疾而終. 子孫爲南京世富之家, 亦有發科第者. 後人評云:

劉老兒爲善不終, 宋小官因禍得福. 金剛經消除災難, 破氈笠團圓骨肉.

노(盧) 태학(太學)이 시주(詩酒)로 공후(公侯)를 깔보다[盧太學詩酒傲公侯]

▌작품 해설

이 이야기는 《성세항언(醒世恒言)》 권29의 〈노 태학이 시주를 믿고 왕후를 깔보다(盧太學詩酒傲王侯)〉[1]이다. 주인공 노남(盧枏)은 명나라 때의 실존 인물이며, 그에 관한 역사적 기록으로는 《명사(明史)》 권287 《문원삼(文苑三)》〈사진전(謝榛傳)〉에 부기된 〈노남전(盧枏傳)〉이 있다. 〈노남전(盧枏傳)〉에 따르면 노남은 자가 소편(少楩)이며, 준현(濬縣) 현령(縣令)과의 갈등으로 모함을 받아 투옥된 뒤, 사진(謝榛)과 육광조(陸

....

1) 《醒世恒言》 권29의 제목은 판본에 따라 〈盧太學詩酒傲王侯〉와 〈盧太學詩酒傲
   公侯〉 두 가지로 나뉜다. 《明淸善本小說叢刊》 初編 第1輯에 수록된 《醒世恒言》
   影印本(臺灣:天一出版社, 1985.)과 日本 內閣文庫 소장의 명나라 葉靜池本을
   저본으로 삼은 활자본인 顧學頡 校注本 《醒世恒言》(人民文學出版社, 1956.)과
   《中國話本大系》의 魏同賢 校點本 《醒世恒言》(江蘇古籍出版社, 1991.) 등에는
   〈盧太學詩酒傲王侯〉로 되어 있고, 魏同賢 校點本 《醒世恒言》(鳳凰出版社; 原江
   蘇古籍出版社, 2005.)과 《古本小說集成》 4輯에 수록된 《醒世恒言》 影印本(上海
   古籍出版社, 1994.) 등에는 〈盧太學詩酒傲公侯〉로 되어 있다.

光祖)의 도움으로 누명을 벗는다. 본편은 〈노남전(盧柟傳)〉과 동일한 줄거리지만 노남을 돕는 인물로 사진(謝榛)은 언급되지 않고 육광조만 서술되어 있다. 명나라 전겸익(錢謙益)의 《열조시집소전(列朝詩集小傳)·정집상(丁集上)》에 〈노태학남(盧太學柟)〉이 실려 있는데 그 내용은 《명사(明史)·노남전(盧柟傳)》과 동일하다. 명나라 조횡(焦竑)이 엮은 《국조헌징록(國朝獻徵錄)》 권115에도 왕세정(王世貞)이 지은 〈노남전(盧柟傳)〉이 실려 있으며 노남이 옥중에서 지은 부(賦)도 소개되어 있다. 이밖에도 풍몽룡의 《고금담개(古今譚概)》 권12 《긍만(矜嫚)》 부(部)에 실린 〈노남〉에서는 노남이 현령과 친분이 있어 현령이 어느 날 아침에 노남에게 술을 함께 마시자고 했지만 때마침 다른 일이 생겨 늦게 노남의 집으로 갔더니 노남이 술에 취해 만나주지 않기에 노하게 되었다는 간략한 내용이 보인다.

이 작품은 노남이란 역사적 인물의 생평과 실제의 일에 근거하여 부연한 이야기라고 할 수 있다. 역사 인물로서의 노남은 본 작품에서 묘사한 바와 같이 재학이 뛰어났던 사람이었다. 전겸익의 〈노태학남〉에 의하면, 노남은 본래 부잣집 아들로 돈을 내고 태학생이 되었으며 박식하고 기억력이 좋아 글을 쓸 때에는 수천 자를 써도 그칠 줄 몰랐다고 하며, 왕세정의 〈노남전〉에 따르면 어려서부터 재주가 있고 매우 민첩했으며 한두 번 읽은 책은 평생토록 잊지 않았다고 했다. 그럼에도 불구하고 노남은 과거시험에서 여러 번 낙방을 했다. 왕세정은 그 이유에 대해서 노남은 재학이 높고 고문사(古文辭)를 좋아하여 수준을 낮춰 시험의 격식에 맞추지를 못해 과거 공부를 하지 못했으므로 시험에 성공하지 못했다고 했다.

노남의 성품에 대해 살펴보면, 본 작품에 묘사된 것처럼 호탕하고 술을 좋아하며 일정한 규칙에 얽매이지 않는 사람이었던 것이 확실하다. 전겸익은 〈노태학남〉에서 노 태학은 사람됨이 방탕하고 술기운에 좌중에 있던 사람에게 욕을 하곤 했다 했으며, 왕세정은 〈노남전〉에서 그는 생업을 불문하고 늘 창가(娼家)에서 놀면서 술을 많이 마시고 취하면 술기운에 좌중에게 욕을 했지만 아무도 감히 그에게 말대꾸를 하지 못했다고 했다. 노남의 성격이 이러다 보니 누군가의 노여움을 사는 것도 당연한 일이었다. 왕세정이 노남의 문집에 붙인 〈노차편집서(盧次楩集序)〉를 보면, 노남은 일찍이 맨발인 채로 현령을 만났다〔嘗跣而見縣官〕고 했으며, 또한 현령의 문장을 비웃었다고〔又譏刺縣官文〕 했으니 현령이 그에 대해 앙심을 품게 되었던 것이다.

노남의 문집인 《멸몽집(蠛蠓集)》과 그의 고향의 지방지인 《준현지(濬縣誌)》를 보면, 노남과 현령 사이에 있었던 갈등과 그가 살인죄를 받게 된 사건에 대해 좀더 자세히 알 수 있다. 이들 문헌에 의하면, 현령은 이름이 장종노(蔣宗魯)로 자는 도부(道父)이며 호는 홍천(虹泉)이었고, 가정(嘉靖) 17년(1538)에 진사(進士) 급제한 뒤 가정 18년부터 준현의 현령 직에 임직되었던 인물이다. 그 후 그는 형부(刑部) 주사(主事), 하남(河南) 안찰사(按察使), 도어사(都御使) 등의 관직을 역임했던 것으로 보인다. 이렇게 고위 관직에 있었고 품평도 나쁘지 않은 인물이었기에 소설에서는 그 성명을 밝히지 않고 '왕잠(汪岑)'이라 가칭한 것으로 보인다.

노남이 살인죄로 투옥된 뒤, 누명을 씻기 위해 옥중에서 후임 현령 위희상(魏希相)에게 쓴 〈상위안봉명부변원소(上魏安峰明府辯冤疏)〉에 이 사건에 대한 전말을 기술해 놓았는데 그 내용은 이러하다. 노남의 집에 왕륭(王隆)이란 머슴이 있었는데 왼손에 부스럼이 생겨 일을 못하게 되자 노남은 그에게 품삯을 주고 집으로 돌아가도록 했으며 왕륭은 같은 마을 사람인 장고(張杲)를 추천해 자신의 일을 대신하도록 하게 한다. 장고가 밀농장에서 밀을 훔치다가 들켜 노남에게 알려지자 노남은 사람을 시켜 장고를 찾아 이 일에 대해 물어보려고 한다. 장고는 두려워서 야반도주하여 마을 사람인 손결(孫潔)의 밀 농장에서 하룻밤을 보내고 농장을 지키는 이현(李現)에게서 국수 한 그릇도 얻어먹는다. 그런데 다음 날 비가 많이 와 장고는 자기 집 가옥이 무너지는 바람에 거기에 깔려 죽는다. 그 다음 날, 장고의 어미인 위씨(魏氏)가 현아로 가서 노남이 아들을 때려죽였다고 고소를 한다. 현령 장종노가 장고의 시체를 부검하고는 이빨이 빠지고 다리뼈가 부러진 것을 보고 노남을 살인범으로 투옥시킨다. 노남은 고문을 견디지 못해 장고를 죽였다고 거짓 자백을 한다. 노남이 투옥된 뒤 얼마 안 되어 부모가 연이어 별세하고 일 년 뒤에는 아들 두 명과 딸 하나도 잇따라 요절한다. 아내 이씨(李氏)는 친지의 집에서 기거하며 갖은 고생을 한다.

노남의 〈상위안봉명부변원소(上魏安峰明府辯冤疏)〉의 내용을 보면 본 작품의 내용과 같은 맥락이라는 것을 알 수 있다. 노남은 옥중에서 〈상위안봉명부변원서(上魏安峰明府辯冤書)〉, 〈상이동강추부서(上李東崗推府書)〉, 〈상학남봉이부서(上郝南峰吏部書)〉, 〈옥야서수경정오소괴이부(獄夜書愁敬呈吳少槐吏部)〉, 〈재상이동강서(再上李東崗書)〉 등과 같은 시문으로 여러 번 상관에게 상소하여 실정을 드러내려 했다. 《열조시집소전·노태학남》에 의하면 당시의 명사인 사진(謝榛)이 노남이 지은 부(賦)를 가지고 북경으로 가서 여러 권귀(權貴)들에게 울면서 구조를 청하기도 했다고 한다. 그러나 장종노의 방해로 이런 시도들도 모두 성공하지 못했다. 〈정미몽중유왕서헌동작(丁未夢中遊王西軒同作)〉의 시서(詩序)에는 본 작품에서 묘사된 것처럼 노남이 옥리(獄吏) 담준(譚遵)과 채현(蔡賢)에게 죽임을 당할 뻔한 일에 대해서도 기록되어 있다. 정미년은 가정(嘉靖) 26년으로 1547년이었다. 노남의 시서(詩序)에 따르면, 그해 11월 20일에 옥리 담준이 옥졸 채현을 시켜 자신을 수백 번 채찍질한 뒤 흙주머니로 얼굴을 눌러 죽이려 했으나 상관에게 발각되어 모면하게 되었다고도 했으니 소설의 에피소드가 사실에 근거하고 있다는 것을 명백히 알 수 있다.

풍몽룡은 노남이 횡액을 당한 것은 물론 억울한 일이지만 그의 거만으로 인해 빚어진 일로 보았다. 《고금담개》 제12 《긍만(矜嫚)》 부(部)에 노남의 이야기를 수록한 것부터 그의 이런 생각을 엿볼 수 있다. 풍몽룡은

《긍만(矜嫚)》 부(部)의 서에서 이렇게 말하고 있다.

> 겸손한 자는 공경하려 하지 않아도 공경하게 되고, 자긍하는 자는 거만하려 하지 않아도 거만하게 된다. (…중략…) 스스로를 높이 보고 남을 깔보며 훼방하니 날로 거만해지고 완고해진다. 신하로서 군왕을 괴롭히고 자식으로서 아버지를 놀리며, 바보 같기도 하고 미치광이 같기도 하니 가소롭고 분노할 만도 하다. 군자는 겸손하여 삼가 화를 불러일으키는 것을 예방한다.〔謙者不期恭, 恭矣; 矜者不期嫚, 嫚矣. (…中略…) 自視若升, 視人若墮, 狃侮詆諆, 日益驕固. 臣虐其君, 子弄其父. 如癡如狂, 可笑可怒. 君子謙謙, 愼防階禍.〕

본 작품의 편미시에서 "사람들에게 권하노니 노공의 전철을 밟지 말고, 범사에 삼가며 겸손하는 것을 배워야 한다네.〔勸人休蹈盧公轍, 凡事還須學謹謙.〕"라고 권계하고 있듯이, 이 소설은 노남의 실제적인 일들을 소설적으로 부연하여 오만(傲慢)함을 경계하고 겸손함을 드러내는 데 그 목적이 있다. 《소서(素書)》에 "공겸과 검약은 자신을 지키는 것이다.〔恭儉謙約, 所以自守.〕라는 말이 있다. 노남은 자긍하고 즐기되 넘치지 말았어야 했다.

▌본문 역주

위하(衛河) 동쪽 기슭 부구산(浮丘山)[2]은 높은데	衛河東岸浮丘高
그곳 대나무 집엔 봉모(鳳毛)같이 희귀한 이가 은거하고 있다네	竹舍雲居隱鳳毛
동중서[3]나 가의(賈誼)[4]를 놀라게 할 만한	遂有文章驚董賈

....

2) 부구산(浮丘山): 盧柟의 고향인 濬縣(지금의 河南省 鶴壁市에 속함)에 있는 산이다.

문장이 있는데

유정(劉楨)5)과 조식(曹植)6)을 능가할 명예가　　　　豈無名譽駕劉曹
없을쏜가

가을날엔 산마을을 한가로이 거닐고　　　　　　　　秋天散步靑山郭

봄날엔 흰 토끼털로 만든 붓을 들어 시를　　　　　　春日催詩白兔毫
쓴다네

술 취해 보검에 기댄 채 때때로 휘파람을　　　　　　醉倚湛盧7)時一嘯
한 번 불면

장풍이 만리 밖의 큰 파도를 가르네　　　　　　　　長風萬里破洪濤8)

이 시는 본조 가정(嘉靖)9) 연간의 한 재자(才子)가 지은 것이다. 그 재자의 성은 노(盧) 씨이며 이름은 남(柟)10)이고 자는 소편(少楩) 또는

∙∙∙∙∙∙∙∙∙∙∙∙∙∙∙∙∙∙∙∙∙∙∙∙∙∙∙∙∙

3) 동중서(董仲舒, 기원전 179~104): 西漢 때 인물로 《春秋公羊傳》에 정통했으며 景帝 때 博士로 《春秋公羊傳》을 강의했고 武帝 때 '罷黜百家 獨尊儒術'을 주장하여 儒學을 중국 사회의 정통사상이 되게 했다. 《漢書》 권56과 《史記》 권121에 그에 대한 전이 있다.

4) 가의(賈誼, 기원전 200~168): 서한 때 인물로 어렸을 때부터 재명이 있었으며 博士, 太中大夫, 長沙王太傅 등을 역임했다. 산문과 辭賦에 모두 능했으며 정치를 논한 산문인 〈過秦論〉, 〈論積貯疏〉, 〈治安策〉 등의 명문들을 남겼다. 《漢書》 권48과 《史記》 권84에 그에 대한 전이 있다.

5) 유정(劉楨, 186~217): 東漢 말년의 명사로 자는 公幹이며 建安七子 가운데 한 사람이었다. 박식하고 웅변을 잘했으며 丞相掾屬 등을 역임했다.

6) 조식(曹植, 192~232): 삼국시대 魏나라의 시인으로 자는 子建이며 建安文學의 대표자로 그의 아버지인 曹操, 형인 曹丕와 더불어 '三曹'로 칭해졌다. 생전에 陳王으로 봉해졌고 시호가 '思'였으므로 陳思王으로도 불리며, 劉楨과 더불어서 '曹劉' 혹은 '劉曹'라고도 불린다.

7) 담로(湛盧): 원래는 춘추시대 歐冶子가 주조한 寶劍을 이르는 말이었으며 일반적으로 보검을 이른다. 漢나라 袁康의 《越絕書 · 外傳記寶劍》에 의하면 "歐冶子가 하늘의 정기를 이어받아 모든 기교를 다해 큰 검 세 자루와 작은 검 두 자루를 주조했는데 첫 번째 검은 湛盧, 두 번째 검은 純鈞, 세 번째 검은 勝邪, 네 번째 검은 魚腸, 다섯 번째 검은 巨闕이라고 했다."라는 기록이 보인다.

8) 이 시는 盧柟의 시집 《蠛蠓集》에 〈浮丘精舍〉라는 제목으로 실려 있다.

9) 가정(嘉靖): 명나라 世宗의 연호로 1522년부터 1566년까지이다.

10) 노남(盧柟): 청나라 朱彝尊의 《靜志居詩話》 권13 〈盧柟〉에서, 그의 자는 少楩,

자적(子赤)으로 대명부(大名府) 준현(濬縣) 사람이었다. 그는 세련된 풍모에 기개가 드높고 탈속한 외모를 지니고 있었다. 여덟 살에는 글을 지을 수 있었으며 열 살에는 시에 능숙하여 그 자리에서 금방 수천 자의 문장을 쓸 수 있었다. 사람들은 모두 그를 두고 이청련(李靑蓮)[11]이나 조자건(曹子建)이 다시 태어난 것이라고들 했다. 평생 술을 좋아했고 의협심이 많았으며, 호탕하여 세속에 구속받지 않았기에 재물을 가볍게 여기며 깔보았다. 진실로 그 이름은 천하에 알려졌으며 그 재주는 당시으뜸이었다. 그와 왕래하는 자들은 모두가 명사나 고관들인데다가 그의 집안은 대대로 벼슬을 지내 거부(巨富)의 가산이 있었으니 그가 일상에서 먹고 쓰는 것들은 왕후(王侯)들과 비견될 정도였다. 거처는 성 밖에 있는 부구산(浮邱山) 아래에 있었는데 저택이 웅장하여 구름까지 높이 우뚝 솟아있었다. 안채에 있는 미인들은 모두가 노래도 잘하고 용모도 출중했다. 노남은 시동들 가운데 곱상하게 생긴 자 수 명을 뽑아 노래와 연주를 가르친 뒤, 매일 그것으로 스스로를 즐겼다. 시종들과 노복들의 경우, 셀 수 없을 정도로 그 수가 많았다. 또한 저택 뒤에 정원 하나를 만들었는데 크기가 두세 경(頃)[12]에 달했다. 그 안에 연못을 파서 물을 끌어다대고 돌을 쌓아 가산(假山)을 만들었는데 그 양식이 매우 정교했으며 소포(嘯圃)[13]라고 이름하였다. 대개 꽃은 온난함을 좋아하여 이름

次梗, 子木 등이었으며 濬縣 사람으로 太學生이었고 문집으로는《蟻蟭集》이 있다고 했다.

11) 이청련(李靑蓮): 당나라 李白(701~762)을 이른다. 자는 太白이고 호는 靑蓮居士이다. 후인들에 의해 '詩仙'으로 칭해졌고 杜甫와 함께 '李杜'라고 불리었다. 그가 당나라 玄宗의 부름을 받아 오랑캐에게 답하는 국서를 기초하여 벼슬을 받았다는 이야기가 전하는데 그 자세한 내용은《금고기관》권6〈李謫仙醉草嚇蠻書〉에 보인다.

12) 경(頃): 토지 면적을 표기하는 단위 가운데 하나로 百畝가 一頃이 된다는 설과 12畝 半이 一頃이 된다는 등의 다양한 설이 있다. 一畝는 대략 100평 정도의 면적이다.

13) 소포(嘯圃): '嘯'는 휘파람을 분다는 뜻으로 옛 사람들은 휘파람을 불어 자신의

난 꽃들은 모두 남방에서 나온다. 북방의 날씨는 매우 추워 꽃들이 그곳으로 가면 대체로 얼어 죽기 십상이었으므로 그곳 북방으로 온 화초들은 매우 적었다. 설사 그 북방에 화초 한두 그루가 왔다 해도 반드시 권문세족들의 소유가 되어 다른 사람들은 얻기가 쉽지 않았다. 준현 또한 외진 곳이었기에 경도보다 그런 것들을 얻기가 더욱 어려웠으므로 벼슬아치 집안의 정원에 그것이 있다손 치더라도 볼만한 것이 없었다. 노남만이 다른 사람들을 이기려는 마음에 비싼 값을 아끼지 않고 사람을 시켜 사방으로 이름난 화초들과 기암괴석들을 구하게 하여 정원을 만들었으며 그 정원은 읍내의 승경지가 되었다. 정말 경치가 대단하였으니 그 경관은 이러했다.

누대는 높이 우뚝 솟아 있고	樓臺高峻
정원은 아름답고 그윽하구나	庭院淸幽
가산(假山)에는 아미산 괴석이 쌓여있고	山疊岷峨怪石
꽃밭에는 낭원(閬苑)14)에 있던 진기한 꽃들이 심겨져 있네	花栽閬苑奇葩
수변 누각은 저 멀리 죽루와 통하고	水閣遙通竹塢
회랑에선 소나무 옆 창문이 비스듬히 보이네	風軒斜透松寮
구불구불한 연못에	迴塘曲沼
겹겹이 물결치는 벽랑은 유리가 출렁이듯	層層碧浪漾琉璃
층층 겹겹의 봉우리에	疊嶂層巒
점점이 나있는 푸른 이끼는 비취가 깔려 있는 듯	點點蒼苔鋪翡翠
모란꽃 심겨진 정자 옆에는	牡丹亭畔
공작새 쌍쌍이 깃들고	孔雀雙棲

....

의취를 표현하곤 했다. '嘯圃'는 휘파람을 불며 회포를 푸는 정원이란 의미이다.
14) 낭원(閬苑): 閬風巔에 있는 원림이라는 뜻으로 전설 속에 나오는 신선이 사는 거처라고 한다. 낭풍전은 산이름으로 崑崙山의 최고봉이며 신선이 살고 있다고 전한다.

작약이 심겨진 난간 옆에선	芍藥欄邊
선학이 서로 마주해 춤을 추누나	仙禽對舞
구불구불하게 나있는 소나무 길	縈紆松徑
녹음이 우거진 심처에 자그마한 다리가	綠陰深處
가로놓여 있고	小橋橫
꽃이 피어있는 굽이굽이 갈림길	屈曲花岐
붉고 고운 꽃무더기 속에 교목이 우뚝	紅豔叢中喬木聳
솟아 있네	
짙푸른 산에 연기가 끼니	烟迷翠黛
없는 듯이 엷게 보이고	意淡如無
비에 씻긴 푸른 소라마냥	雨洗靑螺
물들인 듯 색깔이 짙구나	色濃似染
아름다운 배가 연꽃 핀 물가에서 넘실거리고	木蘭舟[15]蕩漾芙蓉水際
수양버들 그늘 속에선 그네가 흔들리네	鞦韆架搖拽垂楊影裏
주색 난간과 그림 난간은 서로 가려져 돋보이며	朱檻畫欄相掩映
상비죽(湘妃竹)[16] 발과 수놓은 휘장은 엇갈리며	湘簾綉幰兩交輝
눈부시게 하누나	

　노남은 밤낮으로 꽃을 읊고 새를 기르며 즐겁게 노닐었으니 비록 제왕의 지락(至樂)이라 한들 이를 넘지 못할 것이었다. 무릇 친구가 찾아오면 반드시 이곳에 머물며 만취해서야 비로소 그만 마셨다. 간혹 서로 의기투합한 지음지기를 만나면 스무 날이나 여러 달 동안 집에 머물게 하고 대접하면서 문밖으로 쉽사리 내보내려고 하지 않았다. 만약 환난을 당해

....

15) 목란주(木蘭舟): 木蘭 나무로 만든 배를 이른다. 南朝 梁나라 任昉의 《述異記》 卷下에 의하면, 吳王 闔閭가 木蘭 나무로 궁전을 지었으며 魯般이 木蘭 나무로 배를 만들었다고 한다. 나중에는 일반적으로 배의 미칭으로 쓰이게 되었고 실제로 木蘭 나무로 만들었다는 것은 아니다.

16) 상비죽(湘妃竹): 전설에 의하면, 순임금이 남방을 순행하다가 蒼梧에서 죽은 뒤 九嶷山에 묻혔는데 그의 妃였던 娥皇과 女英이 그를 찾아가면서 흘린 눈물이 대나무에 떨어져 얼룩이 생겨 그 대나무를 瀟湘竹 혹은 湘妃竹이라 불렀다고 한다.

그에게 의탁하러 온 사람이 있으면 일일이 모두 도움을 주었고 결코 빈
손으로 가게 하지 않았다. 이로 인하여 사방에서 그의 명성을 흠모해
찾아오는 자들이 끊이지 않았으니 진실로 이런 말로 대변된다.

| 자리엔 항상 손님으로 가득차고 | 座上客常滿 |
| 술잔엔 술이 빈 적이 없도다 | 尊中酒不空[17] |

　　노남은 재학이 뛰어나 높은 관직을 얻는 것을 마치 땅에서 바늘이나
지푸라기를 줍는 것과 같이 쉽게 여겼다. 하지만 뜻밖에도 시험장에서는
순조롭지 못해 아무리 훌륭한 문장을 써도 도무지 시험관의 마음에 들지
못했기에 연이어 몇 번을 응시했어도 출세를 하지 못했다. 그는 세상에
자신을 알아보는 이가 없다고 생각하여 공명에 대한 마음을 접고 진취
(進取)하려 하지 않았다. 오직 문인들과 검객(劍客), 그리고 도사와 고승
들과 더불어 선리(禪理)와 검술을 담론하며 노름을 하고 술을 마시고
산수를 유람하면서 부구산인(浮丘山人)이라 자칭했다. 일찍이 그가 오
언고시를 지었는데 그 시는 이러하다.

힘차게 날갯짓하여 하늘을 날며	逸翮奮霄漢
성큼 걸음으로 천문(天門)을 올라가네	高步躡天關
옷을 치켜들고 향기 나는 길을 걸어가니	褰衣在椒塗[18]
큰 바람 불어 바다 물결 일으키누나	長風吹海瀾
놀이 말은 경수(瓊樹)[19]에 묶어두고	瓊樹繫遊鑣[20]

17) 이 구절은 《後漢書·孔融傳》에서 나온 말이다. 中郎將과 北海太守 등을 지낸
孔融은 인재를 좋아하여 후배들을 잘 도와주었으므로 그가 閑職으로 물러난
뒤에도 그의 집은 항상 손님으로 채워졌다. 그는 일찍이 "자리엔 항상 손님으로
가득차고, 술잔에 술이 비워지지 않는다면 내 근심이 없겠다.(坐上客恒滿, 尊中
酒不空, 吾無憂矣.)"라고 했다 한다. 이로부터 이 말은 술을 즐기고 손님 대접을
좋아하는 전고로 쓰였다.
18) 초도(椒塗): 산초를 넣고 이긴 진흙을 바른 길이라는 의미로 향기로운 길이라는
뜻이다.

요화(瑤華)²¹⁾로 조반을 대신하네　　　　　　瑤華代朝餐

아름다운 경치를 마음껏 즐기고　　　　　　　恣情戲靈景

고요히 휘파람 부니 우는 난새와 어울리도다　靜嘯喈鳴鸞

덧없는 세상은 진실로 어지럽고 탁하거늘　　浮世²²⁾信淸濁

어찌 날개를 적실 수 있으리오　　　　　　　焉能濡羽翰

　화두(話頭)를 돌려보자. 각설, 준현 지현(知縣)은 성이 왕(汪) 씨이요, 이름은 잠(岑)으로 젊은 나이에 급제하여 의기가 양양했다. 다만 비할 바 없이 탐욕스러웠으며 성격이 시기가 많고 각박한데다가 술을 매우 좋아하여 술잔만 잡았다 하면 날이 밝을 때까지 계속해 마시곤 했다. 준현으로 부임한 뒤로 상대가 될 만한 이를 만난 적이 없었다. 평소에 그는 노남이 재자(才子)로 사람들에게 추중(推重)되고 널리 교유하는 것을 알고 있었으며, 또한 읍 안에 있는 원림 가운데 그의 집에 있는 것이 으뜸이고, 주량도 일등으로 추존되고 있다는 소리를 듣고 있었다. 이 세 가지 연유로 인해 그는 노남과 교분을 맺어 지기가 되려고 했다. 그리하여 사람을 시켜 노남을 초청해 오게 하여 만나려 했지만 뜻밖에도 노 수재는 다른 사람들과 달랐다. 다른 수재들이 지현과 교분을 맺으러 가려면 온갖 방법을 찾아서 사람들에게 부탁해 소개해 달라고 한 뒤, 문하에 의탁해 지현을 스승이라 칭하면서 사시팔절(四時八節)²³⁾로 선물을

....

19) 경수(瓊樹): 仙樹의 이름이다. 《漢書‧司馬相如傳下》에 있는 顔師古의 注에서 삼국시대 魏나라 張揖의 말을 인용하며 "瓊樹는 崑崙山 서쪽 끝 流沙의 옆에서 자라는데 그 둘레는 삼백 명의 사람이 함께 손을 이어 잡아야 두를 수 있고 높이는 만 仞이었다."고 했다.

20) 유표(遊鑣): 노닐러 나갈 때 타는 말을 이른다.

21) 요화(瑤華): 瑤花와 같은 말로 '옥 같은 흰 꽃'이나 '仙花'를 이른다.

22) 부세(浮世): 인간세상을 이른다. 인간세상의 부침과 聚散이 不定하기 때문에 이렇게 이른 것이다.

23) 사시팔절(四時八節): 四時는 春, 夏, 秋, 冬 사계절을 가리키고, 八節은 立春, 春分, 立夏, 夏至, 立秋, 秋分, 立冬, 冬至를 이른다.

247

제15권

노(盧) 태학(太學)이 시주(詩酒)로 공후(公侯)를 깔보다〔盧太學詩酒傲公侯〕

보내야 작은 것으로써 큰 것을 바랄 수 있었다. 만약에 지현이 스스로 초청을 하면, 마치 조정으로부터 부름을 받은 듯 얼마나 영광스러워하는지 명첩(名帖)을 벽에 붙여 친우(親友)들에게 자랑하기까지 했다. 이는 비록 못난 사람들의 소행이어서 기절(氣節)이 있는 사람은 굳이 이렇게까지는 하지 않겠지만 그래도 지현이 초청한다고 하면 가지 않으려고 하는 사람도 없을 터였다. 유달리 노남은 지현의 초청을 연이어 대여섯 차례 받았음에도 불구하고 그것을 그저 귓가를 스쳐가는 바람이라 여기며 전혀 거들떠보지도 않으면서 이전부터 관청 출입을 하지 않았다고 사절할 뿐이었다. 무슨 연유로 그리했는가? 그는 천하제일의 재주를 지녀 다른 사람들이 눈에 보이지 않았다. 또한 그는 타고난 의협심과 도도한 성격을 지녔기에 공명을 헌신짝처럼 여겼으며 부귀를 뜬구름과 같이 여겼으므로 비록 왕후(王侯)나 경상(卿相)들이라고 할지라도 방문한 적 없이 초청을 했다면 결단코 먼저 가지 않았을 것인데 어찌 일개 현관을 만나러 쉽사리 가려 하겠는가? 정말 '천자도 신하로 삼을 수 없고 제후도 친구로 삼을 수 없는[天子不得臣, 諸侯不得友.]24)', 둘도 없는 고인(高人)이었다. 이리 비범하고 괴상한 사람인 이 노남이 번쇄한 것을 귀찮아하지 않는 지현을 만나게 된 것이었다. 사람을 초청할 때에는 네댓 차례 불러서 오지 않으면 그만두어야 하거늘 그는 굳이 오라고 졸라대기만 했다. 노남이 결단코 오려고 하지 않은 것을 보고서 되레 지현은 제 발로 찾아가고자 했다. 그리하여 지현은 노남이 다른 일로 출타를 할까 염려되어 미리 사람을 시켜 명첩을 보내 날을 잡으라고 했다. 아역이 명을 받고 곧장 노씨 집으로 가서 명첩을 문지기에게 건네며 말했다.

"본현(本縣)의 지현 나리께서 긴요한 말씀이 있으셔서 나를 보내 댁의 상공(相公)25)께 전하라 하셨으니 번거롭더라도 안내해 주시오."

....

24) 天子不得臣 諸侯不得友(천자부득신 제후부득우): 한나라 劉向의 《新序·節士》에서 나온 말로 본래는 "天子不得而臣也, 諸侯不得而友也."로 되어 있다.

문지기는 감히 소홀히 할 수가 없기에 곧바로 그를 데리고 정원으로 들어가 주인을 보게 했다.

아역이 문지기를 따라 정원 문으로 들어가 눈을 들어서 보니 물빛과 산색은 푸른색을 띠고 있었고, 무성한 죽목(竹木)들이 서로 어울려 돋보였으며 숲속 새들의 울음소리가 음악과 같았다. 이 아역은 이런 경치를 한 번도 본 적 없었으므로 이날 그곳에 이르자 마치 신선이 사는 선계에 온 것처럼 매우 기뻐하며 이렇게 생각했다.

"어쩐지 나리께서 놀러오겠다고 하시더니만 알고 보니 이렇게 좋은 경치가 있었구먼! 나도 인연이 조금 닿아서 여기에 와 구경 한번 했으니 인생 헛산 게 아니네."

이에 사방을 걸어 다니며 제멋대로 실컷 구경을 했다. 구불구불하게 나있는 몇 갈래 꽃길을 거쳐서 정자와 누대가 있는 몇 곳을 지나 한 곳에 이르렀더니 주위가 모두 매화나무였다. 그것을 바라보노라니 눈이 온 듯했으며 꽃이 무성하고 향기로웠으므로 맑은 향기가 사람의 살갗과 뼛속까지 스며드는 것 같았다. 그 가운데에 팔각 정자 한 채가 보였는데 붉은색의 용마루에 푸른색 기와가 씌워져 있었고 기둥에는 그림이 그려져 있었으며 대들보에는 조각이 되어 있었다. 그리고 그 정자 안에는 큰 글씨로 '옥조정(玉照亭)'이라고 쓴 세 글자로 된 편액이 걸려 있었다. 그 아래에는 서너 명의 빈객이 앉아서 꽃을 감상하며 술을 마시고 있었고, 그들 옆에는 고운 시녀 대여섯 명이 악기를 연주하면서 박자를 치며 노래를 하고 있었다. 고(高) 태사(太史)[26]의 〈매화시(梅花詩)〉가 있어 이

....

25) 상공(相公): 공부하는 선비에 대한 경칭이다.

26) 고(高) 태사(太史): 元末明初 때 시인 高啓(1336~1373)를 이른다. 자는 季迪이고 호는 槎軒이며 劉基, 宋濂과 더불어 '明初詩文三大家'로 불리었다. 《元史》 수찬에 참여했으며, 翰林院國史編修官, 戶部右侍郎 등의 벼슬을 역임했다. 인용된 시는 그의 〈梅花九首〉의 첫 번째 수로, 그의 시집 《大全集》 권15에 수록되어 있다.

경치를 증명해 준다.

아름다운 자태는 응당 요대에만 있을 터	瓊姿只合在瑤臺
누가 강남 곳곳에 심어두었나	誰向江南處處栽
눈이 가득한 산 속에 고사(高士)가 누워 있는데	雪滿山中高士臥
달 밝은 숲 아래로 미인이 오네	月明林下美人來
추위는 성긴 그림자 대나무에 기대어 있고	寒依疎影蕭蕭竹
봄은 잔향이 서려있는 촘촘한 이끼에 가려져 있네	春掩殘香漠漠苔
하랑(何郎)27)이 떠난 뒤로 좋은 매화시가 없고	自去何郎無好詠
봄바람의 우수와 적막 속에 몇 번이나 피었었나	東風愁寂幾迴開

문지기가 아역과 함께 문밖에 서서 노래가 끝나기를 기다렸다가 우선
명첩을 올리며 고하자 아역이 앞으로 나와 말했다.

"지현 나리께서 소인으로 하여금 상공께 인사를 잘 드리라 하시면서
말씀하시기를, 상공께서 현아로 오시는 것이 달갑지 않으시면 나리께서
방문하러 오시겠다고 하셨습니다. 다만 상공께서 출타하시어 만나지 못
하게 될까 걱정되어 먼저 소인을 보내 날을 잡은 뒤, 그때 오셔서 가르침
을 받으려 하십니다. 또한 상공 댁의 원림이 매우 훌륭하다고 들으셨기
에 오신 김에 유람을 하고자 하십니다."

....

27) 하랑(何郎): 南朝 梁나라 때 시인 何遜을 이른다. 자는 仲言이며 어려서부터
詩才가 있었다. 弱冠의 나이에 수재로 급제하여 南平王 蕭偉의 記室과 尙書水部
郎 등을 지냈기에 후대에 그를 '何記室' 혹은 '何水部'라고 부르기도 한다. 시로
는 杜甫에 의해서 陰鏗과 함께 '陰何'로 불리었고, 문장으로는 劉孝綽과 비견되
며 '何劉'로 칭해졌다. 그의 시는 특히 경치 묘사에 능하고 풍격이 산뜻해 杜甫에
게 추앙 받았다. 그가 지은 詠梅詩인 〈揚州法曹梅花盛開〉(〈早梅詩〉 혹은 〈詠早
梅〉라고도 함)는 매화의 고결함과 耐寒의 성격을 찬송하는 선례를 열었고 후대
시인들의 매화시에 큰 영향을 끼쳤다. 예를 들면 杜甫의 시 〈和裴迪登蜀州東亭
送客逢早梅相憶見寄〉에서도 "東閣官梅動詩興, 還如何遜在揚州."라는 구절이
보이며, 원나라 散曲 등에서도 매화를 언급할 때 何遜의 전고를 많이 사용하고
있다. 그리하여 "自去何郎無好咏"이라는 시구는 "何遜이 죽은 뒤로 좋은 매화시
가 없다"는 뜻이다.

무릇 일은 맞추려고 하면 이루어질 수 없는 것이다. 노남은 지현이 거듭 초청을 했는데도 자신이 가지 않은 것에 대해 전혀 탓하지 않고 오히려 기꺼이 자기 집으로 와서 가르침을 받겠다고 하는 것을 보고 마음이 바뀌어 이렇게 생각하지 않을 수 없었다.

"그가 비록 탐욕스럽고 비루하긴 하지만 어쨌든 이곳의 목민관임에도 불구하고 자신을 굽히며 현자를 존경하려고 하는 것은 또한 취할 만한 것이다. 만약 단호히 거절한다면 다른 사람들은 내가 그저 마음이 좁아 사람을 포용할 수 없다고만 하겠지."

그러고 나서 다시 이런 생각도 들었다.

"그는 속리(俗吏)로 문장은 필시 모를 것이고, 시율(詩律)은 지취(旨趣)가 심오한 것이니 또한 그와 관계가 없겠지. 만약 전적(典籍)을 논한다면, 그는 젊은 나이에 요행히 꿈에서 진사(進士) 자리를 훔쳐 손에 넣고서 이미 마음으로 흡족히 여기고 있으니, 구경도 못 해봤을 게야. 이학(理學)과 선종(禪宗) 같은 것에 이르러서는 더욱더 꿈도 꾸지 못할 테지. 이런 것들을 제쳐두고 그와 담론을 한들 무슨 재미가 있겠는가? 차라리 불러들이지 않는 게 좋겠다."

하지만 또 생각해 보면, 찾아오려는 뜻이 정성스럽기도 하여 거절을 하게 되면 정리에 맞지 않은 것 같아 막 망설이고 있는 사이에 시동이 그에게 술을 따라 올렸다. 노남은 그 술을 보자 곧장 생각이 술로 미치게 되어 이런 생각이 들었다.

"만약 그가 술을 마실 줄 안다면 또한 속됨을 면할 수 있을 게다."

이리하여 그 아역에게 묻기를 "너희 지현 나리께서는 술을 드실 줄 아시느냐?"라고 하자, 아역이 답하기를 "술은 나리의 목숨과도 같은데 어찌 드실 줄 모르시겠습니까?"라고 했다. 노남이 다시 묻기를 "얼마나 드실 수 있으신고?"라고 하니 아역이 답하기를 "술잔을 잡으시고 밤새 드시면서 만취하실 때까지 멈추지 않으시는 것만 보았으니 주량이 얼마나 되시는지는 모르겠습니다."라고 했다. 노남이 마음속으로 기뻐하며

"알고 보니 저 속물이 술은 마실 줄 아니 단지 이것만을 취하기로 하자."라고 생각하고서 시동으로 하여금 쪽지를 가져오라고 한 뒤, 아역에게 글을 써서 건네주며 이렇게 말했다.

"지현 나리께서 유람을 하러 오시겠다고 하니 이곳의 매화가 한창 피었을 때를 타서 곧장 내일로 잡지. 내 여기서 술과 안주를 마련해 기다리고 있을 것이네."

아역은 이 말을 듣고서 다시 문지기와 함께 나온 뒤, 현아로 돌아와 쪽지를 가져다가 지현에게 그대로 아뢰었다. 지현은 매우 기뻐하며, 다음 날 매화를 보러 노남의 집으로 가려하고 있었다. 하지만 생각지도 않게 밤에 사람이 와서 보고하기를, 새로 임명된 순안어사(巡按御史)[28]가 기마패(起馬牌)[29]도 미리 보내지 않고서 갑자기 임지로 부임해 왔다고 하는 것이었다. 왕 지현은 밤중에 길을 나서 부(府)로 가게 되었기에 뜻대로 할 수 없었으므로 사람을 시켜 서신을 보내 노남이 초청한 것을 사절하게 되었다. 지현은 부로 가서 순안어사를 영접하고 분향하는 것을 시중든 뒤, 현으로 돌아갔을 때에는 오가느라고 수일이 지난 터라 그 매화들은 이미 이렇게 되어 있었다

여기저기 떨어진 옥 같은 꽃잎들이 화단에 쌓여 있고	紛紛玉瓣堆香砌
조각조각 꽃잎들은 채화 난간을 둘러싸고 있네	片片瓊英遶畫欄

왕 지현은 매화를 보러 간다고 한 약속에 가지 못했기에 마음속으로 앙앙불락하며 노남이 다시 초청해 주기를 바라고 있었다. 노남은 원래

---

28) 순안어사(巡按御史): 巡按이라 하기도 하며 황제를 대신해 지방을 순찰하는 監察御史를 가리킨다. 吏治를 考核하고 중대한 안건을 심리했으며 知府 이하의 관원들은 모두 순안어사의 명령에 따랐다.

29) 기마패(起馬牌): 고급 관리가 순찰을 하거나 부임하러 갈 때 지나는 지방 관서에 미리 보내는 通知牌를 말한다.

마지못해 응낙했던 것으로 왕 지현이 사절한 것을 보고서 그 일을 한쪽으로 제쳐놓고 있었는데 어찌 또 초청을 하겠는가? 점차 중춘(仲春)[30]에 이르러 왕 지현은 다시 노남의 원림으로 봄놀이를 가려고 미리 아역을 보내 그의 안부를 묻도록 했다. 아역이 노씨 집 원림에 이르러 보니 원림은 비단으로 짠 것 같았으며, 둑에 자라난 풀은 돗자리가 깔려 있는 듯했고, 꾀꼬리와 제비가 지저귀고 나비와 벌들이 바삐 날아다니는 경치가 매우 아름다웠다. 잠시 후 돌아서 복숭아나무 길로 가니 그 꽃들은 마치 천만 조각의 노을과 수천 겹의 붉은 비단처럼 매우 화려했다. 그 증거가 되는 시가 있다.

> 도화가 두루 피어 원림이 붉게 물들고 　　　　桃花開遍上林紅
> 눈부시고 무성한 꽃들은 빛깔이 곱고 짙구나 　耀服繁華色豔濃
> 웃음을 머금은 듯 사람을 움직이게 하는 마음 　含笑動人心意切
> 　간절하나
> 오경에 불던 바람에 얼마나 많이 떨어졌는가 　幾多消息五更風

노남은 빈객들과 더불어 도화 아래에서 격고최화(擊鼓催花)[31] 놀이를 하면서 큰 소리로 노래를 부르며 통음(痛飮)을 하고 있던 차에 아역이 서신을 들고 그의 앞으로 와서 아뢰었다. 노남은 주흥을 타 그 아역에게 말했다.

"빨리 돌아가서 나리께 말씀드리거라, 흥이 나시면 당장 오시면 되는

....

30) 중춘(仲春): 春季의 두 번째 달 즉 음력 이월을 이른다.
31) 격고최화(擊鼓催花): 당나라 南卓의 《羯鼓錄》에 의하면, 唐明皇은 音律을 잘 알았으며 특히 羯鼓를 좋아하여 한 번은 꽃 봉우리를 마주하고서 羯鼓를 연주하게 했는데 곡을 마치고 나서 보니 봉우리로 있던 꽃이 이미 피어있었다고 한다. 여기서 유래하여 '擊鼓催花'라는 말이 나왔으며 후대에 벌주놀이의 이름으로 쓰이게 되었다. '격고최화'는 북소리가 나면 술자리에 있는 자들이 꽃 한 송이를 옆 사람에게 전달하다가 북소리가 멈추는 순간에 꽃을 손에 쥐고 있는 사람이 벌주로 술을 마시는 놀이로 '擊鼓傳花'라고도 한다.

것이지 따로 약속하실 필요가 없다고.”

그러자 손님들이 말했다.

“아니 되오이다! 우리가 지금 한창 재미를 보고 있는데 그가 오면 허다한 허례허식을 차려야하니 어찌 한껏 흥을 낼 수가 있겠습니까? 따로 날을 잡으시지요.”

이에 노남이 아역에게 말하기를 “그 말도 일리가 있으니 아주 내일로 잡지!”라고 하고서 서신을 가져다가 아역에게 주며 지현에게 아뢰도록 했다.

그런데 세상에 이런 공교로운 일이 있단 말인가! 뜻밖에도 다음 날 왕 지현이 봄놀이를 막 가려고 하던 참에 회임을 한 지 다섯 달 된 부인이 갑자기 유산이 되어 땅바닥에 쓰러져 피가 온몸을 적시는 일이 생겼다. 지현은 넋이 나간 듯이 놀랐는데 술을 마시러 갈 마음이 어디 있겠는가? 어쩔 수 없이 노남에게 다시 사람을 보내 사절을 했다. 지현 부인의 아픈 몸은 삼월 하순이 돼서야 비로소 조금 나아졌다.

그때 노남의 원림은 모란꽃이 활짝 피어 현에서 으뜸이었다. 정말로 꽃들이 아름다웠으니 모란을 읊은 시가 그 증거가 된다.

낙양에서 봄 향기 다툰 지 천년	洛陽千古鬥春芳
부귀한 꽃 서로 다투며 농염함을 자랑하는구나	富貴爭誇濃艶粧
〈청평조(清平調)〉32)가 불린 뒤로 줄곧	一自清平傳唱後
지금까지도 화왕(花王)이라 불리네	至令人尚說花王

왕 지현은 부인의 병 때문에 반달 넘게 어수선했으므로 기분이 좋지 않아 매일 술로 답답함을 풀면서 정무조차 보려 하지 않았다. 후일 노씨 집의 모란꽃이 무성하다는 소리를 듣고는 완상하러 가고 싶었지만 약속

....

32) 청평조(清平調): 본래 당나라 때 大曲의 이름으로 나중에 詞牌로 쓰였다. 이백이 《清平調詞三首》를 지었는데 楊貴妃의 미모를 모란꽃으로 비유해 노래했다.

을 두 차례나 어겼으므로 다시 가서 기약을 하기가 쉽지 않았다. 그리하여 사람을 시켜 석 냥(兩)의 서의(書儀)³³)를 보내면서 꽃구경을 하고자 하는 뜻을 전달했다. 노남은 날짜를 잡긴 했지만 서의를 받지 않고 그대로 수차례 돌려보냈다. 하지만 끝내 사양을 하지 못하고서 어쩔 수 없이 그것을 받게 되었다. 약속한 그날은 날씨가 쾌청하기에 왕 지현은 조아(早衙)³⁴)가 끝나면 바로 가려고 했지만 관아의 문을 나서자마자 뜻하지 않게 시중이 와서 보고하기를 "이과(吏科) 급사중(給事中) 아무개 나리께서 부모를 봉양하러 귀향하는 길에 이곳을 지나게 되셨습니다."라고 했다. 바로 중요한 자리에 있는 사람인데 그에게 어찌 감히 아첨을 하지 않을 수 있겠는가? 지현은 황급히 성곽 밖으로 나가 그를 영접한 뒤, 잔치를 마련해 대접했다. 하루 이틀이면 곧 갈 줄로만 알고 있었기에 그때까지만 해도 그는 모란꽃을 구경하러갈 수 있을 것이라 생각하고 있었다. 하지만 뜻밖에도 아무개 급사중은 명승지를 좋아하는 사람이라서 지현과 함께 준현의 승경지를 유람하며 일고여드레를 머물다 갔다. 급사중이 가기를 기다렸다가 다시 사람을 시켜 노남과 약속을 잡았을 때는 이미 모란꽃은 남김없이 시들어 있었고 노남도 다른 곳으로 산수구경을 하러 집을 떠난 지 이틀이 지난 뒤였다.

부지불식간에 봄이 다 가고 여름이 찾아오더니 홀연 유월 중순이 되었다. 왕 지현은 노남이 이미 집으로 돌아와 원림에서 피서를 하고 있다는 것을 알아낸 뒤, 다시 사람을 시켜 연꽃 구경을 하고 싶다고 전했다. 아역은 곧장 노씨 집으로 가서 서신을 문지기에게 건네며 전해 달라고 했다. 잠깐 있다가 문지기가 나와서 말하기를 "상공께서 하실 말씀이 있으셔서 댁을 불러 직접 말씀하시겠다고 하오."라고 했다. 아역은 문지기를

---

33) 서의(書儀): 재물을 보낼 때 쓰는 禮帖과 封簽을 이르는 말인데 남에게 증정하는 재물을 널리 이르기도 한다.

34) 조아(早衙): 옛날에 관원은 아침과 저녁에 한 번씩 관아로 나가 공무를 처리했는데 卯時(아침 5~7시)에 하는 것을 早衙라고 했다.

따라 연꽃이 피어있는 한 연못가에 이르렀다. 그 연못은 전체가 대략 십 묘(畝) 쯤 되어 보였고, 둑 위에 푸르른 회화나무와 버들나무가 심겨 있어 짙은 녹음이 햇빛을 가리고 있었으며, 연못 안에는 붉은 꽃과 푸른 연잎이 자라나 고운 빛깔이 사람을 비추고 있었다. 그 증거가 되는 시[35] 가 있다.

물결 속 연꽃들은 다투어 새로이 단장을 하고	凌波仙子[36]鬥新粧
칠규(七竅)[37]의 마음에선 특이한 향기를 　내뿜나니	七竅虛心吐異香
어찌하여 화신(花神)은 야박하게도	何似花神多薄倖
일부러 그 색깔을 드러내어 사람의 애간장을 　태우는 것인가	故將顏色惱人腸

　원래 이 연못은 이름도 있어서 '염벽지(豔碧池)'라고 불렀다. 연못 한 가운데에는 정자 하나가 있었으니 이름하여 '금운정(錦雲亭)'이라 했다. 이 정자는 사방이 모두 물이었는데 다리를 놓지 않고 연꽃을 따는 배로 건넜으며 노남이 더위를 피하는 곳이었다. 문지기와 아역은 연꽃을 따는 배로 내려와 채화가 되어 있는 노를 저어 순식간에 정자 옆에 이르러 배를 묶어두고 기슭으로 올라갔다. 아역이 눈을 들어 정자를 보았더니 주위는 붉은색 난간과 채화된 난간으로 둘러싸여 있었으며, 푸른색 휘장에 사창(紗窓)이 나 있었고, 짙은 연꽃 향기에 맑은 바람이 서서히 불고

----

35) 이 시는 명나라 唐寅의 〈詠蓮花〉로 《唐伯虎先生集》 外編 續刻 권5에 수록되어 있다.

36) 능파선자(凌波仙子): '凌波'는 물결을 타고 가볍게 걸어 다닌다는 뜻으로 미인의 가볍고 아름다운 걸음걸이를 비유적으로 이르기도 한다. 凌波仙子는 물결을 타고 다니는 선녀라는 뜻으로 물에서 나는 수선화나 연꽃 등을 비유해 이르는 말이다.

37) 칠규(七竅): 일곱 개의 구멍이란 뜻으로, 전하는 바에 의하면 사람의 심장에는 일곱 개의 구멍이 있다고 한다. 여기서는 구멍이 나 있는 연근을 형용하여 이르는 말이다.

있었다. 물속의 금붕어들은 수초 사이에서 놀고 있었고 대들보 사이에서는 보랏빛 제비들이 집을 찾고 있었으며, 연잎 아래에서는 갈매기와 해오라기가 다투어 날아다니고 연못 기슭에서는 원앙새가 쌍으로 헤엄치고 있었다. 정자 안으로 들어가서 보니 등나무 침상과 상비죽(湘妃竹)으로 짠 대자리 그리고 돌침대와 대나무 탁자가 있었고, 화병에는 천엽(千葉) 벽련화가 꽂혀 있었으며 향로에는 갖가지 이름난 향료들을 섞어서 만든 향을 타고 있었다. 노남은 관모를 쓰지 않고 맨 발을 한 채 돌로 만든 평상에 비스듬히 기대고 있었다. 그의 앞에는 고서(古書) 한 권이 놓여 있었으며 그의 손에는 술잔이 쥐어져 있었다. 옆에 있는 얼음을 담은 접시 안에는 금도(金桃)[38]와 연근, 자두와 참외 등이 담겨 있었고 안주 몇 가지도 있었다. 시동 한 명은 술병을 들고 있었고 다른 시동 한 명은 노남에게 부채질을 해 주고 있었으며, 노남은 책 몇 줄 읽고 술 한 잔을 마시고 하면서 스스로 즐기고 있었다. 아역은 감히 앞으로 나아가지 못하고 옆에서 속으로 이렇게 생각했다.

"부모가 낳아서 키운 똑같은 사람이건만 이 사람은 어찌하여 이렇게 누리며 살 수 있는 것인가? 우리 관아의 나리라 한들 진사 급제를 했음에도 많은 노고가 있는데 이 사람만큼 자기 마음대로 살 수 있겠는가?"

노남은 머리를 들어 그를 보자마자 곧바로 이렇게 물었다.

"네가 바로 현아에서 보낸 자이더냐?"

아역이 답하기를 "소인이 맞습니다."라고 하자, 노남이 말했다.

"너희 나리도 정말 웃기시는구나. 여러 차례 날을 정하고서 오시지는 않고 이제 와서 또 연꽃 구경을 하겠다고 말씀하시네. 그리 시원스럽지 못하신데 어떻게 벼슬은 하신 게냐? 나도 왈가왈부할 짬이 없으니 흥이 나실 때 바로 오시면 되는 것이고 귀찮게 따로 날을 잡을 필요 없다."

....

38) 금도(金桃): 복숭아의 일종으로 南朝 梁나라 任昉의 《述異記》卷上의 기록에 의하면, 금도는 일본에서 나온 것으로 그 열매의 무게는 한 근에 달한다고 한다.

이에 아역이 말했다.

"나리께서 상공께 인사드립니다. 상공의 훌륭하신 재능을 앙모한 지 오래되어 마치 갈증이 있는 사람이 장(漿)39)을 생각하는 것과 같으니 와서 가르침을 받기를 간절히 원하신다 하셨습니다. 하지만 연이어 부득이한 일에 잡혀 약속을 어기게 되셨습니다. 상공께서 날을 잡으셔야 소인도 가서 복명할 수가 있습니다."

노남은 심부름을 온 자가 말을 잘하는 것을 보고서 그의 말을 믿고 곧바로 이르기를 "그러면 모레로 잡지."라고 했다. 아역은 이 말을 듣고 답신을 써달라고 했다. 그리고 올 때와 같은 방법으로 문지기와 함께 배에 올라타 버드나무가 심겨져 있는 둑 아래까지 노 저어 와서 기슭으로 올라 현아로 돌아간 뒤, 지현에게 그대로 아뢰었다. 약속한 날이 되자 왕 지현은 조아(早衙)에서 공무를 좀 보고 나서 대략 오시(午時)40) 쯤에 노남을 만나러 가기 위해 출발했다. 그때는 삼복(三伏) 더위가 기승을 부릴 때라서 연이어 며칠 동안 날씨가 너무나 무더웠기에 왕 지현은 더위를 좀 먹은데다가 정오이기도 하여 불덩이 같은 붉은 태양이 내리쬐눈에서 불을 뿜을 듯이, 입에서 연기가 날듯이 더울 거라는 것을 누가 생각이나 했겠는가? 지현은 가던 도중에 하늘과 땅이 빙빙 도는 것 같아 가마에서 아래로 떨어져 땅바닥에서 숨이 막혀 죽을 뻔했다. 시종들이 황급히 구해 현아로 가마를 들고 돌아와 사택으로 보냈더니 그제야 그는 점차 정신을 차리며 깨어났다. 그는 사람을 시켜 노남과의 약속을 사절하게 하고 다른 한편으로는 의원을 불러다가 치료를 했다. 그리고 한 달 넘게 꼬박 앓은 뒤에야 비로소 관아에 나가 공무를 처리할 수 있었다. 그 자세한 얘기는 여기서 하지 않기로 한다.

차설(且說), 하루는 노남이 서재에서 오간 선물들을 점검하다가 왕 지

---

39) 장(漿): 약간 신맛이 나는 고대 음료수의 일종이다.
40) 오시(午時): 오전 11시부터 오후 1시까지이다.

현이 보낸 서의(書儀)를 보고서 이렇게 생각했다.

"내 그 사람과 아무런 관계가 없는데 어떻게 공짜로 그가 보낸 것을 받을 수 있겠는가? 모름지기 이것을 써버려야만 깨끗할 것이다."

이리하여 노남은 팔월에 접어들자 사람을 시켜 추석날 밤에 달구경을 하러 오라고 왕 지현을 초청했다. 지현도 마침 같은 생각을 갖고 있었기에 자기를 초청하러 온 것을 보고 매우 기뻐하며 "상공께 매우 감사드리며 기일이 되면 반드시 가겠습니다."라고 회신을 보냈다. 왕 지현은 일개 현의 주인인데 설마하니 노남만이 그에게 달구경을 하자고 초청을 하겠는가? 열흘 쯤 되어서는 이미 향신(鄕紳)들과 동료들이 그를 초청을 한 데다가 그가 술을 좋아하는 사람이기도 하니 가지 않을 리가 있겠는가? 지현은 초청한 집집마다 반드시 다 참석했다. 열나흘이 되어서는 바깥 술자리들을 사절한 뒤, 관아에서 집안 잔치를 마련해 놓고 부인과 더불어 원림에서 달구경을 했다. 그날 달빛은 유난히도 휘영청 밝아 평상시와는 달랐다. 이를 보여주는 시가 있다.

우주는 맑고 끝이 없으며	玉宇淡悠悠
달빛은 밤새도록 흐르네	金波徹夜流
가장 가엾은 것은 찼다가 일그러지는 것으로	最憐圓缺處
일찍이 고금의 우수를 비추어왔다네	曾照古今愁
바람과 이슬에 외로운 둥근 그림자	風露孤輪影
강산이 온통 가을이 되었구나	山河一氣秋
누가 철적(鐵笛)⁴¹⁾을 불면서	何人吹鐵笛
술기운을 타 남루(南樓)⁴²⁾에 기대어 있는가	乘醉倚南樓

....

41) 철적(鐵笛): 쇠로 만든 피리를 말한다. 은자나 高士가 이런 피리를 잘 불었으며 소리가 매우 우렁찼다고 한다.

42) 남루(南樓): 옛날 누각 이름으로 지금의 湖北省 鄂州市 남쪽에 있고 玩月樓라고도 불리었다. 劉義慶의 《世說新語·容止》에 의하면, 東晉 때 명사 庾亮이 武昌에 있을 때 가을날 밤에 남루에 올라 시를 읊었다고 한다. 그 후에도 역대 시인들의 작품에서 南樓가 많이 등장한다.

　　지현 부부는 대작을 하면서 술이 취할 때까지 계속 마신 뒤 비로소 잠자리에 들었다. 지현은 첫째, 병을 앓다가 나은 사람으로 원기가 아직 회복되지 않은데다 둘째, 연일 술에 잠겨 있으면서 술기운을 타, '주색(酒色)'에서 '주(酒)'와 '색(色)'이 함께 이어지듯이, 그는 음주 다음에 '색(色)'으로 옮겨갔고, 셋째 그날 밤 밖에서 밤늦게까지 앉아 있으면서 찬 바람을 좀 맞았기에 이 세 가지 원인이 합쳐져 다시 또 병이 도지게 되었다. 이리하여 그는 노남과 달구경을 하자고 한 약속을 다시 또 놓치고 말았으며, 며칠 동안 몸조리를 한 뒤에야 비로소 나아지게 되었다. 지현은 관아에 있으면서 무료하기에, 노남의 원림에는 필시 계수나무 꽃이 활짝 피어있을 것이라고 생각하며 그것으로 그 마음을 풀어보고자 했다. 마침 강남에서 온 손님이 혜산천(惠山泉)[43]의 물로 담근 술 두 단지를 선물로 보내오자 왕 지현은 아역을 시켜 한 단지를 노남에게 보냈다. 노남은 좋은 술이라는 소리를 듣고 마음에 딱 들어 한없이 기뻐하며 생각하기를 "그 사람의 정사(政事)와 문장에 대해서는 내 일체 논하지는 말자. 그저 술 방면에서는 맛을 아는 사람인 듯하구나."라고 했다. 이에 곧장 그는 지현에게 서신을 써 모레에 계화(桂花)를 구경하러 오라고 초청했다. 이를 보여주는 시가 있다.

나무그림자 드리운 달밤에 발 사이사이로 　달빛 비추는데	涼影一簾分夜月
수많은 별들은 가을바람을 일게 하네	天宮萬斛動秋風
회남왕의 문객 소산이 〈초은사〉를 노래할	淮南何用歌招隱[44]

43) 혜산천(惠山泉): 지금의 江蘇省 無錫市 惠山 밑에 있는 샘물로 茶聖으로 불린 당나라 사람 陸羽가 이 샘물을 맛을 본 뒤, "天下第二"라고 했기에 天下第二泉 또는 陸子泉이라고 불리었다.

44) 회남하용가초은(淮南何用歌招隱): 漢나라 淮南王 劉安의 문객이었던 小山이 淮南王을 위해 은사를 부르고자 〈招隱士〉라는 辭를 지은 적이 있었다. 일설에 의하면, 小山은 한 사람이 아니라 淮南王의 일부 문객들을 통틀어 이르는 말이라

필요 있겠나

저절로 계수나무 숲속에 머물 수 있는데　　　　自可淹留桂樹叢

　자고로 이르기를 "물 한 모금 낱알 한 입도 정해진 운명이 아닌 게 없다.
[一飮一啄, 莫非前定.]"45)고 했듯이 왕 지현이 일개 현의 목민관으로 자
신을 굽혀서 일개 선비 하나를 만나려 하는 것이 어찌 특이한 일이 아니
겠는가? 이렇듯 양쪽이 인연이 안 닿아 약속한 날이 다가만 오면 또 변고
가 생겨 만날 수 없게 되곤 했다. 이번에는 계화 구경에 초청을 하자,
왕 지현은 하루 종일 즐기면서 예전에 간절히 바랐던 것을 모두 이룰
수 있을 것이라고 생각했다. 하지만 생각지도 않게 왕 지현은 그 날 아침
아직 침상에 있었는데 밖에서 전판(傳板)46)을 치면서 "산서(山西)에서
형법을 다스리셨던 조(趙) 나리께서 발탁되어 입경을 하게 되셨는데 벌
써 강 아래에 이르셨습니다."라는 보고가 들어왔다. 마침 그 사람은 왕
지현이 향시(鄕試)를 볼 때 방사(房師)47)였으므로 어찌 감히 소홀히 대
할 수 있겠는가? 왕 지현은 황급히 일어나서 머리를 빗고 세수를 한 뒤,
관아로 나가 가마를 타고 강 아래로 가서 영접하여 술자리를 마련해 그를

⋯⋯⋯⋯⋯⋯⋯⋯⋯⋯⋯⋯⋯⋯⋯

　　고도 한다. 작품의 내용과 창작 배경에 대해서는 이견이 분분하며 자세한 내용은
　　王夫之의 《楚辭通釋》 권12에 보인다.
45)　一飮一啄 莫非前定(일음일탁 막비전정): 《莊子‧養生主》에 있는 "연못에 사는
　　꿩은 열 걸음에 한 입 쪼아 먹고 백 걸음에 한 모금의 물을 마실지언정 울타리
　　안에서 길러지기를 바라지 않는다.(澤雉十步一啄, 百步一飮, 不蘄畜乎樊中.)"라
　　는 구절이 나온 말로, 본래 조류가 먹고 마시는 것을 飮啄이라고 일렀다. 나중에
　　는 '飮啄'이란 말이 사람이 먹고 마시는 것을 비롯한 일상생활을 널리 이르게
　　되었다. '一飮一啄 莫非前定'이라는 말은 한 입을 먹거나 마시는 것 같은 사소한
　　일이라 해도 모두 운명적으로 정해져 있다는 뜻을 드러낸다.
46)　전판(傳板): 관청의 대청 입구에 걸어놓은 큰 목판을 이른다. 긴급한 일이 있을
　　때 그것을 두드려 소리를 내 알렸다.
47)　방사(房師): 명청 때 鄕試를 주재하는 관원 가운데 主考, 副主考 이외에 房을
　　나누어 시험지를 채점하는 房官도 있었는데 급제한 자는 主考, 副主考를 座師라
　　불렀고 房官을 房師라 존칭했다.

대접했다. 두 명의 의기양양한 사제들이 곧장 헤어질 리가 없기에 며칠 동안 그곳에 머물다 간 것은 당연한 일이었다. 이때 계수나무 꽃은 이렇게 되어 있었다.

> 떨어진 금빛 꽃잎 바람 따라 흩날리고　　飄殘金粟[48]隨風舞
> 향기로운 꽃잎은 땅에 잔뜩 어지러이　　零亂天香滿地鋪
> 　깔렸구나

각설, 노남은 본성이 강직하고 호방했으며 윗자리에 있는 사람을 경시하고 아랫자리에 있는 사람을 아끼는 자로, 왕 지현이 누차 겸사로 경의를 다하는 것을 보고서 현자를 좋아하는 것으로 알아 자신을 굽히며 그와 교제하고자 하는 마음이 생겼다. 때는 구월 하순이라 원림 안에는 국화가 가득 피어 있었다. 그 국화의 종류는 매우 많았는데 그 가운데 세 가지가 가장 귀했다. 그 세 가지가 무엇이냐 하면, 학령(鶴翎)과 전융(剪絨)과 서시(西施)였으니 한 가지마다 각각 여러 색깔의 꽃이 있고 그 꽃이 크고 아름다웠기에 귀중하게 여겨졌다. 〈국화시(菊花詩)〉가 있어 이를 증명해 준다.

> 봄바람에 백화(百花)와 더불어 다투지 않고　　不共春風鬪百芳
> 기꺼이 홀로 울타리 곁에 있으면서 가을서리를　　自甘籬落傲秋霜
> 　멸시하네
> 원림은 온통 쓸쓸한 광경이나　　園林一片蕭疏景
> 국화꽃 몇 송이가 엷은 향기 내뿜누나　　幾朶依稀散晩香

노남은 왕 지현이 몇 번이나 원림의 경치를 구경하려 했지만 모두 도중에 그만두게 되었던지라 지금 국화가 한창 필 때를 타 다시 한 번 놀러

---

48) 금속(金粟): 桂花의 노란색이 금빛과 같고 꽃이 좁쌀(粟)과 같이 작았으므로 계화를 일러 金粟이라고 부르기도 했다.

오라고 초청을 하면 좋지 않을까 싶었으며, 그렇게 되면 또한 그가 자신을 경모하는 마음을 저버리지 않게 될 것이라고 생각했다. 그는 곧장 서신을 써서 사람을 시켜 왕 지현에게 보내 다음 날 국화를 구경하러 오라고 초청했다. 하인이 노남이 써준 서신을 들고 현아로 갔더니 마침 지현은 대청에서 일을 처리하고 있었다. 하인은 곧장 지현 앞으로 걸어간 뒤, 무릎을 꿇고서 서신을 올리며 아뢰었다.

"저희 집 상공께서 나리께 인사를 전하라고 하시면서 원림의 국화가 한창 피었으니 내일 완상을 하러 오시라고 특별히 나리를 초청하셨습니다."

왕 지현은 바야흐로 국화를 보러 가려던 참이었지만 누차 약속을 어긴 터라 말을 꺼내기가 어려웠는데 그날 특별히 초청을 하러 온 것을 보고 간절히 바라던 일이라서 마음속으로 잘되었다 싶었다. 그리하여 서신을 본 뒤, "내일 일찍 가서 가르침을 받겠다고 상공께 아뢰어라."라고 했다. 하인은 지현의 말을 듣고 곧바로 집으로 돌아와 노남에게 복명하기를 "지현 나리께서 상공께 인사를 드리면서 내일 아주 일찍 오시겠다고 하셨습니다."라고 했다. 지현이 내일 일찍 가겠다고 한 말은 무심결에 한 말에 불과했다. 하지만 하인은 아주 일찍 올 거라는 말로 말을 바꾸었으며 그것도 잠시 실수로 한 말이었으나 예상치 못하게 그 실수로 한 말 한마디 때문에 노남은 지현의 노여움을 사게 되어 나중에 엄청난 가산을 탕진하고 목숨조차 잃을 뻔하게 된다. 이것은 바로 이런 말로 대변된다.

혀가 이해(利害)의 뿌리가 되고　　　　　舌爲利害本
입은 화복(禍福)의 문이라네　　　　　　口是禍福門

그때 노남은 마음속으로 이런 생각이 들었다.

"이 지현도 참 웃기는구나. 남의 집 연회에 오는데 그렇게 일찍 오는 법이 어디 있나?"

그리고 다시 또 그는 이렇게 생각했다.

"혹시, 우리 집 원림을 동경해 왔기에 하루 종일 노닐려고 하는 것일 지도 모르지."

이리하여 주방에서 일하는 자에게 분부하기를 "지현 나리가 내일 아주 일찍 오실 것이니 술자리를 일찍 마련해 놓아야 한다."라고 했다. 이에 주방에서 일하는 자는 지현이 일찍 올 거라는 소리를 듣고 때가 임박해 일을 그르치지는 않을까 염려되어 전날 밤부터 부산을 떨며 준비하기 시작했다. 노남은 다음 날 아침이 되어 문지기에게 분부하기를 "오늘 오시는 손님이 있거든 일체 다 사절하고 내게 통보할 필요도 없다."라고 한 뒤, 다시 명첩을 가져다가 사람을 시켜 지현을 초청하러 가도록 했다. 그리고 조반 때가 되기도 전에 술자리는 이미 다 준비가 되어 원림에 있는 연희당(燕喜堂) 안에 차려졌다. 상하로 두 자리를 마련해 놓았으며 자리를 함께할 다른 손님은 없었다. 그 술자리는 마치 꽃 비단처럼 화려하게 진설되었으니 바로 이런 말로 대변된다.

부잣집의 한 번 술자리는	富家一席酒
가난뱅이의 반년 양식이라	窮漢半年糧

차설, 왕 지현은 그날 관아에 나가서 소장(訴狀)과 공무를 처리한 뒤 곧바로 약속한 술자리에 가려 하고 있었다. 소장들 가운데에는 현(縣) 내의 순검사(巡檢司)[49]에서 강도 아홉 명과 장물 약간을 압송해 왔다는 것이 있었으니, 이 일에 대해서는 지현의 심복이 미리 알려 준 바에 의하

....

49) 순검사(巡檢司): 관서 이름으로 그 장관을 巡檢使 또는 巡檢이라고 했다. 五代 後唐 莊宗 때부터 설치되어 宋나라 때 경도 府界 東西兩路에 각각 都同巡檢 두 명과 京城四門巡檢 한 명씩을 두었으며, 변경이나 강하 부근 지역에는 巡檢 司를 설치해 군사의 훈령과 州邑을 순찰하는 일을 담당하게 했는데 직권은 매우 컸지만 나중에는 소재 현의 현령에게 제약을 받았다. 明淸 때 군대 주둔지나 요충지 등에 모두 巡檢司가 있었으며 縣令의 관할을 받았다. 자세한 내용은 《文獻通考·職官十三》과 청나라 顧炎武의 《日知錄·鄕亭之職》에 보인다.

면, 그들은 위하(衛河) 일대에 있던 큰 강도떼이며 약탈한 장물이 많은데다 그 장물은 주인도 없다는 것이었다. 왕 지현은 장물에 욕심이 생겨 즉시 그들에게 형을 가하여 고문을 했다. 그들 가운데 한 강도가 매우 교활하여 주릿대를 끼우자마자 곧바로 모처에 은자 얼마를 숨겼고 모처에 장물 얼마를 묻었다고 낱낱이 털어놓는데 그 액수는 천 만이 넘었다. 이에 지현은 탐욕이 마치 불이 붙은 듯 타올라 술 마실 생각은 내팽개쳐 두고 곧장 주릿대를 풀게 하고는 심복을 시켜 걸음이 빠른 아역들을 데리고 그 강도를 압송해 그곳으로 가서 함께 장물을 찾아오라고 한 뒤, 자신은 보고를 기다리겠다고 했다. 그리고 나머진 강도들은 하옥을 시키고 장물들은 부고(府庫)에 입고시켰다. 지현은 퇴청을 한 뒤, 후당에 앉아서 장물 찾는 소식을 기다리고 있었다. 진시(辰時)50)부터 미시(未時)51)까지 당직 아역이 술과 음식을 두 차례나 바친 뒤에야 장물을 찾으러 갔던 자가 비로소 현아에 돌아와서 지현에게 아뢰었다.

"이상합니다! 이리저리 파 봐도 주석으로 된 동전 조각 하나도 없었습니다."

지현은 대로하여 다시 전당(前堂)52)으로 나가서 죄수들을 불러내 하나하나 다시 고문을 했다. 방금 장물을 찾으려고 압송해 갔던 그 강도를 주리 틀 차례가 되었을 때에 이르러서는 이미 그는 장물이 없는 곳을 허투루 말한 것으로 인해 다른 강도들의 화를 사, 은밀히 몇 차례 주먹으

....

50) 진시(辰時): 아침 7시부터 9시까지이다.

51) 미시(未時): 오후 1시부터 3시까지이다.

52) 전당(前堂): 옛날 중국 전통 가옥은 그 집의 빈부귀천에 따라 一進부터 七進까지도 존재했다. '進'은 집채를 맨 앞으로부터 맨 뒤까지 가로 줄로 나누어 셀 때 한 줄을 의미한다. 보통 三進의 구조로 되어 있다고 할 때, 맨 앞의 집채 정 가운데에 있는 큰 방을 '前堂'이라고 하고, 중간 집채 정 중앙에 있는 큰 방을 '中堂'이라고 했으며, 맨 뒤 집채에서 정 중앙에 있는 큰 방을 '後堂'이라고 했다. 縣衙의 경우 前堂은 관청이었고, 中堂은 거실이나 서재로 쓰였으며, 後堂은 집안의 부녀자가 거처하는 안방 정도의 용도로 쓰였던 것으로 보인다.

로 얻어맞고 발로 차인 뒤였다. 거기에다가 이미 아역에게 몸이 망가질 정도로 얻어맞았으니 어찌 다시 주리 트는 것을 견뎌낼 수 있겠는가? 그 강도는 그 즉시로 죽어버렸다. 지현은 그 강도가 고문을 받다가 죽은 것을 보고 조금 당황스럽기도 하여 옥졸로 하여금 깨어나게 불러보라고 하며 한참 동안 소란을 피웠지만 그 강도는 끝내 깨어나지 못했다. 왕 지현은 마음속으로 계책 하나가 떠올라 큰 소리로 죄인들을 감옥으로 돌려보내라고 한 뒤, 내일 다시 심문을 하겠다고 했다. 그 자리에 있던 아역들은 지현의 뜻을 알아채고서 죽은 도적을 살아 있는 도적들 속에 섞어서 부축해 감옥으로 함께 들이밀었으니 누가 감히 '죽을 사[死]' 자(字)를 입에 담겠는가? 지현은 또한 옥졸에게 병상(病狀)53)을 달라고 한 뒤, 다음 날 그 강도를 사형수로 내보내라고 했다. 왕 지현은 기분이 상해 노씨 집에서 술을 마시려고 즉각 자리에서 일어나 술잔치에 가려 했지만 그때는 이미 신시(申時)54)가 되어 있었다. 아역들이 왕 지현을 빙 둘러싼 채 노씨 집 원림에 이르렀다.

　차설, 노남이 아침에 일어나보니 이미 사시(巳時)55)가 되어 있었다. 지현이 오는 것이 보이지 않기에 그가 사람을 시켜 알아보게 했더니 돌아와서 보고하기를 현아에서 공사를 심문하고 있다는 것이었다. 노남은 마음속으로 이미 조금 불쾌해져 "아주 일찍 온다고 약속해 놓고 어찌 또 이때에 공사를 심문하고 있는 겐가?"라고 생각했다. 한참을 기다려도 소식이 묘연하기에 그는 다시 사람을 시켜 명첩을 들고 가 지현을 초청하라고 했다. 노남은 이때에 이르러 불쾌한 마음이 더 들어 생각하기를 "내가 그 사람을 초청한 것이 잘못이지. 이번만 참자!"라고 했다. 속담에 이르기를 "사람을 기다리다 보면 성급해진다."라고 했던가. 또 한참을

---

53) 병상(病狀): 질병보고서를 이른다.
54) 신시(申時): 오후 3시부터 5시까지이다.
55) 사시(巳時): 오후 9시부터 11시까지이다.

기다렸으나 초청하는 명첩을 들고 간 사람조차 돌아오지 않았다. 노남은 "괴상하구나!"라고 생각하고 다시 사람을 시켜 알아보라고 했더니 잠시 후, 그 자가 명첩을 가지고 간 사람과 함께 돌아와서 이렇게 복명하는 것이었다.

"아직도 현아에서 죄인의 주리를 틀고 계십니다. 문을 지키는 아역이 이르기를 '나리께서 지금 화가 나 계신데 어찌 너까지 들여보내 귀찮게 해드리겠느냐?'라고 하면서 소인을 막고서 들여보내지 않기에 명첩을 아직 올리지 못했습니다. 그래서 감히 돌아와서 보고하지도 못했던 것입니다."

노남은 이 말을 듣고 매우 불쾌해진데다가 강도에게 주리를 틀어 장물을 찾아내려한다는 소리를 듣고는 마음속으로 대로하여 이렇게 생각했다.

"알고 보니, 이 탐욕스럽고 잔악한 둔재(鈍才)한테는 취할 만한 것이 하나도 없었구나! 잘못 볼 뻔했어. 지금이라도 아직 늦지 않아서 다행이다!"

노남은 즉각 하인을 시켜 아랫자리에 마련해 놓은 술상을 치우게 한 뒤, 앞으로 나아가 바깥쪽을 향해 정 가운데에 앉아서 큰 소리로 이렇게 말했다.

"어서 큰 잔에 따뜻한 술을 따라 내오거라. 속된 창자를 씻어내야겠다!"

하인들이 모두 아뢰기를 "지현 나리께서 금방 오실 수도 있습니다."라고 하자, 노남이 큰 소리로 말했다.

"야! 나리는 무슨 나리야! 내 이 술을 어찌 그런 탐욕스럽고 잔악한 사람과 마실 수 있겠느냐? 게다가 그가 약속을 어긴 것도 이미 예닐곱 차례나 되니 오늘 저녁도 반드시 오지 않을 게다."

하인들이 집주인이 노한 것을 보고서 누가 감히 군말을 하겠는가? 곧 바로 술을 따르고 안주를 바쳤으며 어린 사내종이 당에서 음악을 연주했다. 노남이 여러 잔의 술을 마신 뒤에 시종을 불러 말하기를 "내게 안마 좀 하거라. 오늘 그 속물을 기다리느라 몸이 피곤하구나!"라고 했다. 그리고 그는 원림의 문을 닫으라고 분부한 뒤, 두건과 옷을 벗고 맨발을 하고는 쑥대머리를 한 채로 있었으며, 안마를 하는 자는 안마를 했고 노래를 하는 자는 노래를 했다. 또한 큰 소리로 무소뿔로 만든 잔에 술을 따라오라 하고는 연이어 여러 잔을 마시며 흉금이 확 트이자 마음껏 들이켜 자기도 모르게 크게 취하게 되었다. 노남은 안주를 거두어 어린 시종에게 상을 내리고 과일 안주만 남기고서 또 몇 잔을 더 마신 뒤, 떡이 되도록 취해서는 곧 탁자에 기대어 쿨쿨 잠이 들어버렸다. 하인들 가운데 누구 하나도 감히 그를 깨우지 못하고 양쪽으로 나란히 서서 그가 깨어나기만을 기다리고 있었다. 안에서 노남이 취해 있었지만 밖에서 원림을 관리하는 자는 안에서 일어난 일을 알지 못하고 있었다. 평소에 빈객들의 출입이 많은데다가 주인이 오는 사람을 거절하지 않고 가는 사람을 쫓지 않은 사람인지라 매일같이 원림의 문을 열어놓는 것이 버릇이 되어 있었다. 그날은 비록 문을 닫으라는 명이 있었지만 문지기는 마음에 두고 있지 않았다. 게다가 임관 현령을 초청한 것을 알고 있었기에 현령이 오게 되면 어쨌든 열게 될 것이라 생각했기 때문이었다. 조금 있다가 해가 저물 때가 되자 멀리서 지현의 의장(儀仗)이 오는 것이 보였다. 문지기는 이를 알리려고 황급히 안으로 들어가다가 중당(中堂)에 이르러 주인이 이미 술 취해 엎어져있는 것을 보고서 놀라 말하기를 "지현 나리께서 이미 도착하셨는데 상공께서는 어쩌자고 먼저 이렇게 드셨단 말인가?"라고 했다. 하인들은 지현이 왔다는 소리를 듣고는 전부들 서로 얼굴만 쳐다볼 뿐 방법이 없기에 하나같이 말하기를 "술자리는 그대로 있긴 하지만 상공께서 깨어나실 수 없으니 어쩌면 좋단 말인가?"라고 했다. 원림을 관리하는 자가 말했다.

"일단 깨어나시도록 해서 취하신 채로라도 지현 나리와 자리를 함께 하시도록 해야지. 아니면 일부러 초청해서 오신 분을 냉대해 보낼 수 있겠는가?"

하인들이 어쩔 수 없이 노남의 앞으로 다가가서 목이 터지도록 소리 지르며 불러본들 어찌 깨어나겠는가? 점차 떠들썩한 사람소리가 들리자 하인들은 지현이 안으로 들어온 것을 알고서 어쩔 줄 몰라 사방으로 흩어져 피하느라 노남 단 한 사람만 내팽개쳐져 있었다. 이 일로 인해 좋은 빈객과 현명한 주인은 백대의 원수로 변하게 되었으며 좋은 경치와 이름난 꽃은 일장춘몽으로 변하게 되었다. 그것은 바로 이런 말로 대변된다.

> 성쇠(盛衰)는 명이 있어 하늘이 주도하는 것이요 　　盛衰有命天爲主
> 화복(禍福)은 문이 없으니 사람이 스스로 만드는 것이로다 　　禍福無門人自生

차설, 왕 지현이 관아에서 나와 노남의 집 원림 문 앞에 이르렀으나 노남이 마중 나온 것도 보이지 않고 자기를 맞이하기 위해 기다리는 하인도 한 명 없었다. 지현의 시종들이 떠들썩하게 부르기를 "대문에 사람이 있느냐? 얼른 가서 통보하거라. 나리께서 오셨느니라."라고 했으나 응대하는 사람이 하나도 없는 것이었다. 지현은 문지기가 통보를 하러 들어간 줄 알고 부를 필요가 없다고 하며 곧장 안으로 들어갔다. 문에 편액 하나가 걸려 있는 것이 보였는데 흰색 바탕에 푸른색 글자로 '소포(嘯圃)'라고 크게 쓴 두 글자였으며, 문으로 들어가자 온통 측백나무가 병풍처럼 둘러싸여 있었다. 빙 돌아가서 보니 문루(門樓) 하나가 보였는데 그 위에는 '격범(隔凡)[56]'이란 두 글자가 쓰여 있었다. 그 문을 지나자 곧 소나무 사이로 나있는 오솔길이 나타났다. 소나무 숲을 지나고 보니 들쑥날쑥한 산봉우리와 아득히 보이는 누대가 눈에 들어왔으며 초목은 성기게 나있었고 주변은 꽃과 대나무들로 둘러싸여 있었다. 지현은 정교하게 배치되어 있는 경치가 그윽한 것을 보고 마음속으로 기뻐하며 "고인(高人)의 회포가 절로 다르구나!"라고 생각했다. 다만 사람 소리가 조

---

56) 격범(隔凡): '범속과 갈라놓다'는 의미이다.

왕 지현과 노남이 만나는 장면, 1929년 소엽산방본(掃葉山房本), 《전도금고
기관(全圖今古奇觀)》 삽도

금도 들리지 않는데다 노남이 마중 나온 것도 보이지 않기에 이상스럽게
생각하지 않을 수 없었다. 그럼에도 지현은 원림에 나있는 길이 복잡해
서 혹여나 다른 길로 자신을 맞이하러 나가서 어긋나게 되었을지도 모른
다고 생각했다. 지현의 일행은 원림에서 이리저리 마음대로 다니며 되레
주인을 찾다가 조금 뒤, 한 곳에 이르렀는데 그곳에는 큰 당(堂) 세 칸이
있었다. 보자 하니 국화 수백 그루가 광채를 내고 있었고 단풍나무 수만
그루가 붉은 비단 같이 모여 있었으며 거기에 저녁노을이 비추니 귤과
등자처럼 보이면서 주렁주렁하게 황금빛을 내고 있었다. 연못가에는 연
꽃 천백 그루가 심어져 있었는데 어떤 것들은 색깔이 짙고 또 어떤 것들
은 엷었으며, 푸른 물과 붉은 꽃이 위아래로 서로 비추고 있었고 원앙과
비오리 따위가 그 아래에서 놀고 있었다. 왕 지현이 생각하기를 "그 사람
이 나를 초청해 국화꽃을 구경한다 했으니 필시 이 당 안에 있을 게야."
라고 하고 곧장 당 앞에 이르러 가마에서 내렸다. 들어가서 보니 무슨
술자리는커녕 단 한 사람만이 쑥대머리를 한 채로 맨발을 하고서 바깥쪽
을 향해 정 가운데에 앉아 탁자에 기대 코를 골고 있었으며, 그 외에는

사람의 그림자 하나 보이지 않았다. 지현의 종자가 급히 앞으로 나아가서 마구 소리 지르며 말하기를 "나리께서 오셨는데 어서 일어나지 못하겠느냐?"라고 했다.

왕 지현이 눈을 들어 그 자의 몸에 걸쳐져 있는 옷차림을 보아하니 아랫사람 같지는 않은데다가 옆에 갈건(葛巾)과 야복(野服)57)이 있는 것이 보이기에 분부하기를 "일단 소리 지르지 말고 어떤 사람인지 좀 보자구나!"라고 했다. 명첩을 보내러 자주 왔던 아역이 앞으로 나아가 자세히 보고 나서 그 자가 노남인 것을 알아보고는 "이 분이 바로 노 상공인데 취해서 여기에 쓰러져 있습니다."라고 아뢰었다. 왕 지현은 이 말을 듣자마자 당장 얼굴빛이 자주색으로 변하고 마음속으로 대로하여 "이놈이 이렇게 도리가 없는가! 일부러 나를 속여서 찾아오게 하여 욕보이는구나!"라고 생각했다. 종자들을 시켜 화목(花木)을 망가트려 박살을 내고 싶었지만 한편으로 생각해 보니 벼슬아치의 체모가 아닌 것 같기에 마음속으로 울화를 참고서 급히 가마에 오른 뒤, 현아로 돌아가자고 했다. 가마꾼들이 가마를 들고 왔던 길을 따라 원림의 대문으로 갔으나 여전히 한 사람도 보이지 않았다. 그땐 이미 해질 무렵이 되었기에 아역들은 등불을 켜고 앞서 가면서, 머리를 젓고 혀를 차며 말하기를 "그는 일개 감생(監生)에 불과한데 어떻게 이같이 관원을 멸시하는가? 이상한 일이기도 하지!"라고 했다. 지현은 가마 위에서 그 말을 듣고 스스로 체면이 깎였다고 느끼자 더욱더 화가 나 이런 생각이 들었다.

"그 사람이 비록 재능이 뛰어나나 여하튼 내 관할 아래에 있다! 일찍이 여러 번 초청을 했는데도 와서 나를 보려하지 않고, 내가 기꺼이 그를 보러가겠다고 하며 은자와 술을 보내기까지 했으니 나도 스스로를 굽히며 현인을 존경하는 사람이라 할 수 있을 것이야. 그럼에도 그는 오히려 이렇게 도리 없이 나를 업신여기네. 내 목민관인 것을 접어두고 설령

....

57) 야복(野服): 촌야의 평민 복장을 이른다.

신분이 비슷한 사람끼리 사귄다 해도 이렇게 해서는 안 되는 것이지!"

지현이 현아에 도착하고 나서도 노기가 가시지 않아 곧바로 사택으로 퇴청한 이야기에 대해서는 자세히 얘기하지 않겠다.

차설, 노남의 집 하인들과 시동들은 지현이 간 것을 보고 나서야 비로소 나타났다. 주인을 보러 당으로 갔더니 노남은 깊이 잠을 자고 있었으며 두 시간 남짓 되어서야 비로소 깨어났다. 하인들이 말하기를 "방금 상공께서 잠드신 뒤, 지현 나리께서 오셨다가 상공께서 잠들어계신 것을 보고 곧장 일어나서 가버리셨습니다."라고 했다. 노남이 말하기를 "뭐라 한 말이라도 있더냐?"라고 하자, 하인들이 말하기를 "소인들이 대답하기 어려울까 두려워 모두 한쪽으로 가있었던지라 보지는 못했습니다."라고 했다. 노남은 "그리했어야 했다!"라고 말하고는 문지기를 불러다가 곧장 삼십 대를 치게 하고는 어찌하여 일찍 원림의 문을 닫지 않아 그런 속물로 인해 예까지 와서 땅을 밟게 해 더럽히도록 했냐고 했다. 그리고 정원을 관리하는 자로 하여금 내일 아침에 바삐 물을 길어다가 지현이 들어온 길을 깨끗이 쓸고 씻으라고 했다. 또한 사람을 시켜 항상 명첩을 가지고 왔던 아역을 찾아내게 한 뒤, 전에 받은 서의(書儀)와 혜산천 물로 담근 술 한 단지를 지현에게 돌려보냈다. 그 아역은 감히 숨길 수 없어 곧바로 현아로 가서 그것을 돌려주었으니 거기에 대한 얘기는 일일이 하지 않겠다.

각설, 왕 지현이 사택으로 돌아간 뒤, 부인이 그를 맞이하며 노기가 하늘을 찌르고 있는 것을 보고서 "당신은 술자리에 갔었는데 어째서 이렇게 화가 나셨습니까?"라고 물었다. 왕 지현이 그 일을 부인에게 알려줬더니 부인이 이렇게 말했다.

"그것은 모두 당신이 자초한 것이니 남을 탓할 수 없어요! 당신이 목민관으로 설치고 다닌다 해도 사람들은 당신을 떠받들 텐데 어찌해 구차하게도 여러 번 되레 평민한테 가르침을 달라고 가시나요. 그 사람이 설령 재능이 있다 하더라도 당신한테 무슨 이득이 된답니까? 오늘 이렇게 냉대를 당했으니 이제 좋은 것을 아셨습니까?”

왕 지현은 부인한테 몇 마디 책망을 들은 뒤, 더욱더 화가 나서 의자에 앉아 분통해하며 한참 동안 말을 하지 않았다. 부인이 말하기를 “화낼 필요가 뭐 있겠습니까? 자고로 ‘현령이 한 집안을 망칠 수 있다.〔破家縣令〕’고 하지 않습니까?”라고 했다. 단지 이 네 글자가 왕 지현을 꿈속에서 깨어나게 했고 그로 하여금 재사(才士)를 아끼고 존경하는 마음을 내려놓게 했으며 일을 일으켜 사람을 해칠 생각을 갑자기 품도록 했다. 즉각 입에서 말을 꺼내지는 않았지만 마음속으로는 노남을 처치할 계책을 궁리하며 “반드시 그를 사지에 몰아넣어야만 비로소 내 한이 풀리겠다.”라고 생각했다.

그날 밤에는 별일 없이 보냈고, 다음 날 왕 지현은 조아(早衙)를 끝낸 뒤 심복 영사(令史)58)를 관아로 불러 상의했다. 그 영사는 성이 담(譚)이고 이름은 존(遵)이었으며 자못 재간이 있어 항상 지현을 위해 장물을 넘겨받았던 경험 많은 간교한 아전이었다. 지현은 먼저 노남이 자기를 거슬리게 한 일을 얘기하고 나서 그 다음으로 노남의 잘못을 찾아내어 그것을 논죄해 원한을 풀겠다고 했다. 그러자 담존이 말했다.

“나리께서 노남과 맞서시려거든 경거망동을 하시면 안 됩니다. 피할 수 없는 큰일을 찾아내 그에게 죄를 씌워야만 비로소 목숨을 끊어낼 수 있습니다. 그의 잘못을 찾는 것이 일을 끝내기는커녕 나리께 되레 장애가 될까 걱정됩니다.”

왕 지현이 “무엇 때문에 그런가?”라고 묻자, 담존이 말했다.

“소인은 노남과 원래 같은 동네에 살아 그가 높은 벼슬아치들과 왕래를 하고 있으며 게다가 가산이 많은 거부라는 것을 알고 있습니다. 평소에 그는 비록 재능을 믿고 거리낌 없이 제멋대로 행동하기는 하지만 법을 어기는 일은 별로 하지 않습니다. 그래서 설령 그를 잡았다 해도 반드

---

58) 영사(令史): 宋元 이후 관아의 서리에 대한 통칭이다.

시 그는 넓은 인맥으로 상급 관원한테 가서 도로 만회를 할 것이기에 결코 죽을 지경까지는 이르지 않을 겁니다. 그때가 되어 나리께 원한을 품게 되면 나리께서 오히려 해를 당하시지 않겠습니까?”

왕 지현이 말했다.

“그 말이 맞긴 한데 그가 이렇게 방자하게 행동하니 필시 몇 가지 잘못은 있을 게야. 네가 가서 자세히 찾아 보거라, 내가 알아서 처리할 테니.”

담존은 응낙을 하고 밖으로 나온 뒤 이전에 노남에게 선물한 서의와 혜산천 물로 담근 술이 되돌려져온 것을 보았다. 왕 지현은 그것을 보고 체면이 구겼다고 여겼지만 화풀이를 할 데가 없어 아역에게 화를 내며 말하기를 “그걸 돌려받지 말았어야지!”라고 했다. 모판(毛板)[59]으로 스무 대를 때리고서 은자와 술을 전부 그 아역에게 주었다. 그것은 바로 이런 말로 대변된다.

| 그대에게 권하노니 남의 마음을 상하게 하는 일을 하지 말라 | 勸君莫作傷心事 |
| 그러면 세상에 이를 갈 정도로 그대를 미워할 사람은 없으리니 | 世上應無切齒人 |

각설, 담존은 지현의 명에 따라 여기저기로 노남의 잘못을 찾으러 다녔으나 하루가 지나고 한 달이 지나 늦겨울이 될 때까지 단 한 가지도 찾아내지 못했다. 게다가 지현이 거듭해 재촉을 하여 진퇴양난에 처하게 되었다. 하루는 그가 집에서 답답한 마음으로, 노남에게 죄를 뒤집어씌울 데가 없다고 생각하며 앉아 있던 참에, 한 아낙이 급히 걸어 들어오는 것이 보였다. 눈을 들어보니 다른 사람이 아니라 하인인 유문(鈕文)의 제수 김씨(金氏)였다. 유문의 동생은 유성(鈕成)이라고 불렀으며, 김씨

---

59) 모판(毛板): 대나무의 한 종류인 毛竹으로 만든 판자로 사람을 때리는 형구이다.

는 나이가 서른 가까이 되었고 약간의 자색이 있었다. 김씨가 영사 앞으로 다가와 만복(萬福)[60] 절을 올리며 말했다.

"영사 나리께 여쭙건대, 저희 집 시아주버니는 어디에 있습니까? 영사 나리께서 집에 계시니 잘 되었네요."

담존이 말하기를 "유문은 현아 문 앞에 있는데 무슨 일로 그를 찾는 겐가?"라고 하자, 김씨가 말했다.

"영사 나리께 말씀드리는데요, 제 남편이 작년에 노 감생 댁의 하인 노재(盧才)에게 은자 두 냥(兩)을 빌리고서 이태 동안 이자도 어느 정도 갚았죠. 올해 남편이 노 감생 댁에 가서 머슴노릇을 하면서 생계를 꾸렸는데 노씨 집 관례에 따라 연말에 바로 다음 해의 반년 치 품삯을 주더군요. 그날 남편은 노씨 댁으로 가서 품삯을 받고 집주인이 내준 술과 음식을 먹은 뒤 아주 기쁜 마음으로 대문을 막 나서려는 차에 노재에게 붙잡혔습니다. 그는 품삯을 받은 것을 알고서 전에 빌려준 돈을 달라고 하는 거였습니다. 남편은 연말에 그 돈으로 설을 쇠려고 했는데 갚을 돈이 어디 있겠습니까? 노재가 죽기 살기로 돈을 달라고 하기에 양쪽이 입씨름을 하며 언쟁을 하게 되었답니다. 마땅치 않게도 남편이 그에게 '종놈'이라고 욕을 하여 그의 형제들에게 한차례 두들겨 맞았지요. 남편은 그렇게 당하고 나서 화가 나 집으로 돌아왔습니다. 음식을 먹고 나자, 화가 나 싸움을 할 때 웃통을 벗고 찬 기운을 맞았으므로 밤새 열이 나기 시작했습니다. 그렇게 오늘까지 연이어 앓게 된 지 여드레째로 물 한 방울도 들이키지 못했어요. 의원이 말하기를 체한데다 감기가 걸린 것이라고 하며 치료할 수 없답니다. 이제 그저 죽기만을 기다

----

60) 만복(萬福): 옛날에 부녀자들이 서로 만나 절을 할 때에는 대개 '萬福'이라고 말을 했으므로 나중에 부녀자들이 행하는 절을 '萬福'이라고 부르게 되었다. 만복 절을 할 때에는 한 손으로 주먹을 가볍게 쥐고 다른 한 손으로 그것을 가볍게 감싸 모은 뒤, 오른쪽 가슴 아래에서 상하로 움직이면서 허리를 조금 굽히는 자세를 취한다.

리며 시아주버니와 상의하려고 일삼아 찾아왔습니다.”

담존은 그의 말을 듣고 기쁨을 이길 수 없어 이렇게 말했다.

“그런 일이 있었구먼. 남편에게 별일이 없으면 그만이고 무슨 일이 있으면 속히 와서 내게 알리거라. 내가 책임지고 네 화를 풀어 줄 뿐만 아니라 큰돈도 얻어내 줄 것이니 너는 남은 반평생을 즐겁게 살기에 충분할 게야.”

김씨가 말하기를 “영사 나리께서 주장해 주신다면 당연히 좋지요!”라고 했다.

말을 하고 있는 사이에 유문은 이미 돌아왔으며 김씨는 그 일을 알려 준 뒤, 함께 집으로 갔다. 그들이 문을 나서기 전에 담존이 다시 당부하기를 “변고가 있으면 속히 와서 알리거라.”라고 했다. 유문은 응낙을 하고서 현아를 나왔다. 한 시진(時辰)도 안 되어 이미 집에 당도해서 문을 밀고 들어가 보니 조금의 인기척도 없었다. 그 두 사람은 침상으로 가서 유성을 보고는 깜짝 놀랐다. 유성은 이미 침대 위에서 뻣뻣하게 죽어있었으며 죽은 지가 얼마나 됐는지 알 수 없었다. 김씨는 목 놓아 큰 소리로 울기 시작했으니 그것은 바로 이런 말로 대변된다.

| 부부는 본래 같은 숲에 사는 새들이나 | 夫妻本是同林鳥 |
| 죽을 때가 되면 제각기 날아가 버린다네 | 大限來時各自飛[61] |

························

61) 夫妻本是同林鳥　大限來時各自飛(부처본시동림조　대한래시각자비): 《法苑珠 林》권65에 다음과 같은 이야기가 있다. 어떤 자가 밭을 갈다가 뱀에게 물려 죽었는데 그 아내가 남들에게 말하기를 “부부는 나는 새와 같이 저물면 함께 높은 나무에 머물지만 다음 날 아침에 일어나서는 각자 날아가 음식을 찾습니다. 인연이 있으면 합쳐지고 인연이 다하면 흩어지는 것이지요. 우리네 부부들도 이와 같습니다.”라고 했다고 한다. 이 이야기에서 비롯되어 나중에 “夫妻本是同 林鳥”라는 말로 부부가 쉽게 합쳐지고 흩어질 수 있다는 뜻을 비유적으로 이르 게 되었다. “夫妻本是同林鳥　大限來時各自飛”라는 말도 같은 의미로 元나라 無名氏의 雜劇《馮玉蘭》第2折 등의 唱詞로 보이며 속담처럼 쓰이기도 한다.

이웃사람들이 김씨의 울음소리를 듣고 모두 구경하러 와서 일제히 말하기를 "범같이 건장한 젊은이가 어찌 이렇게 빨리 죽었나? 불쌍하다, 불쌍해!"라고 했다. 유문이 김씨에게 말하기를 "일단 울지 마시고 저하고 함께 가서서 제 주인 나리에게 알린 뒤 처리하도록 하시죠."라고 했다. 김씨는 그의 말대로 대문을 잠그고 나서 이웃에게 잠시 봐달라고 부탁을 하고는 유문을 따라갔다. 이웃들은 서로 의론해 말했다.

"이 집은 필시 고소를 하러 갔을 게야. 지방의 인명사건은 중요한 일이니 마땅히 우리도 관부에 분명히 신고를 하여 책임에서 벗어나야지."

그러고서 이웃들은 그 뒤를 따라 현아로 알리러 갔다. 이때에 이르러 이웃 마을에서도 유성이 이미 죽은 사실을 모두 알게 되었으며, 일찌감치 노남에게도 어떤 사람이 이를 알렸다. 원래 그날 싸움이 벌어진 이후에 노남에게 자세한 정황을 갖춰 이 일이 아뢰어졌기에 노남은 노재가 제멋대로 사채를 내고 평민의 돈을 뜯은 것에 대해 화가 나서 곧장 서른대를 쳐 엄중히 문책하고 차용증을 찾아낸 뒤, 노재를 고용하지 않고 쫓아냈던 것이었다. 그리고 유성이 이 일을 알리러 오기를 기다렸다가 그 차용증을 돌려주려고 했었다. 노남은 유성이 죽었다는 소식을 듣고 곧바로 사람을 시켜 노재를 잡아 관아로 보내려 했지만 노재는 유성이 죽었다는 소리를 들은 뒤 자기를 내버려두지 않을 것이라 생각하고는 이미 도망쳐 어디로 갔는지 알 수 없었다.

차설, 유문과 김씨는 단숨에 현아로 달려가 담존에게 보고해 알렸다. 담존은 크게 기뻐하며 은밀히 현아로 가서 지현에게 아뢰었다. 그리고 다시 나와 유문과 김씨 두 사람에게 속사정을 설명하고 어떻게 말해야 하는지 가르쳐 준 뒤, 곧바로 소송장을 써내려갔다. 노남이 김씨를 겁탈하려 하다가 이루지 못하자 유성을 잡다가 죽도록 때렸다는 것으로 고소한다는 것이었다. 그리고 담존은 두 사람으로 하여금 관아의 북을 두드려 억울함을 호소하라고 시켰다. 유문은 자기 주인의 말대로 김씨를 데리고 가서 무턱대고 장작개비 하나를 쥐고서 북을 마구 치며 입으로는

"살려주십시오."라고 외쳤다. 관아의 아역들은 담존이 이미 분부한 바 있기에 그들을 저지하지 않았다. 왕 지현은 북 치는 소리를 듣고 즉시 관아로 나와 유문과 김씨를 불러 탁자 앞으로 오게 한 뒤 소장을 보았으며, 마침 김씨의 이웃들도 도착해 있었다. 지현은 오로지 노남에게만 마음이 있는지라 김씨의 이웃들이 올린 문서에 어떤 사정이 쓰여 있는지 보지도 않았다. 그리고 건성으로 몇 마디 물은 뒤 송안을 서리(書吏)에게 보내지도 않고 즉시 체포 영장을 내어 사람을 시켜 노남을 당장 잡아오라고 했다. 담존이 다시 아역들에게 당부해 말하기를 "나리께서 노남에게 크게 화가 나 계시니 너희들이 이번에 가서 부녀자들과 아이들만 빼고 나머진 사내놈들은 전부 다 잡아오너라."라고 했다. 아역들은 지현이 노 감생과 원한이 있는 것을 평소 알고 있는데다가 노남의 집이 큰 집이었으므로 인원이 적으면 그의 집 대문에 들어가지도 못할 것이라고 여기고서 형제들을 모았더니 모두 사오십 명이 되었으며, 이들은 분명 한 떼의 맹호들과 같았다. 때는 한겨울이라서 해가 짧아 이미 저녁 무렵이 되어 먹장구름이 하늘에 잔뜩 끼고 북풍이 매섭게 불며 무척이나 추웠다. 담존은 지현의 비위를 맞추려고 아역들에게 술과 음식을 내어 가기 전에 먹였다. 아역들은 한 사람에 하나씩 횃불을 켜들고 노남의 집 대문 앞까지 달려가 고함을 한 번 지른 뒤 일제히 뛰어들어 닥치는 대로 사람들을 잡았다. 노남의 집 하인들은 무슨 영문인지 알지도 못한 채 겁을 먹고 이리저리 넘어지고 아이들과 여자들은 울기만 할뿐 어디로도 도망칠 수 없었다. 노남의 부인은 계집종들과 함께 방 안에서 화로에 둘러앉아 불을 쬐고 있다가 갑자기 밖에서 사람들 소리가 요란하기에 그저 불이 난 줄로만 알고 급히 계집종들로 하여금 살펴보라고 했다. 계집종이 채 움직이기도 전에 방문 앞에서 하인이 보고하기를 "마님, 큰일났습니다! 밖에서 수없이 많은 사람들이 횃불을 들고 쳐들어왔습니다."라고 하는 소리가 이미 들려왔다. 노남의 부인은 강도가 강탈을 하러 온 줄로 알고 겁이 나서 서른여섯 개의 온 이를 덜덜 떨며 황급히 계집종을 불러 말하기를 "빨리 방문을 닫거라!"라고 했다. 말이 아직 끝나기도 전에 횃불 한 떼가 이미 방 안으로 밀려들어왔다. 계집종들은 도망가지 못하고 그저 소리치기를 "두령님 살려 주세요!"라고 외쳤다. 아역들이 말하기를 "무슨 헛소리야! 우리는 현령 나리가 노남을 잡아오라고 보내서 온 것인데 무슨 두령이란 거냐!"라고 했다. 노남의 부인은 그 말을 듣자마자 일전에 남편이 지현을 냉대했기에 오늘 트집을 잡아 일부러 찾아왔다는 것을 알아채고는 곧바로 이렇게 말했다.

"공무라고 하면 설마하니 법도를 모르지는 않겠죠? 설사 현아에서 우리 집에 볼 일이 있다 해도 호적이나 혼인, 전답에 관한 일에 불과할 테니 대역부도(大逆不道)를 범한 것은 아닐 겁니다. 그런데 어찌하여 대낮에 오지 않고 컴컴한 밤에 많은 사람들을 데리고서 횃불을 밝히고 무기를 든 채 안방으로 쳐들어와 이 기회를 틈타 강도질을 하는 겁니까? 무슨 죄를 받아야 마땅한지 내일 관아에 가서 얘기하시지요."

아역들은 "노남만 우리에게 넘겨주고 관아에 가서 마음대로 말을 하시오!"라고 말했다. 그들은 온 방을 두루 수색하면서 진귀한 기물들만 골라 한껏 취하고 나서야 비로소 문밖으로 나갔다. 그리고 또 다른 방으로 쳐들어가니 거기에 있던 희첩들은 모두 놀라서 침상 밑으로 숨어버렸다.

여러 곳을 수색해도 노남이 보이지 않자 아역들은 필시 원림에 있을 것이라고 짐작하고서 일제히 다시 그곳으로 달려 들어갔다. 노남은 바야흐로 빈객 네댓 명과 함께 난각(煖閣)62)에서 술을 마시고 있었고 어린 창우(倡優)가 양옆에서 음악을 연주하며 노래를 부르고 있었다. 노재를 잡으러 갔다 온 하인이 마침 거기서 보고를 하고 있던 차에 다시 두 명이 마구 소리 지르면서 난각으로 올라와 아뢰기를 "상공, 화(禍)가 닥쳤습니다!"라고 했다. 노남이 취기를 띤 채 묻기를 "무슨 화란 말이냐?"라고

----

62) 난각(煖閣): 큰 방과 갈라져 있지만 서로 통하는 작은 방을 이르며 거기에 화로를 설치해 방을 따뜻하게 할 수 있다.

하자, 하인이 말하기를 "무슨 연유인지 모르겠으나 많은 사람들이 저택으로 쳐들어와 물건들을 강탈하고 닥치는 대로 사람을 잡더니 지금은 다시 상공의 방으로 쳐들어갔습니다!"라고 했다. 빈객들은 그 말을 듣고 매우 놀라 술이 완전히 깨 일제히 말하기를 "무엇 때문인가? 가서 살펴봅시다!"라고 하며 곧장 자리에서 일어나려 했지만 노남은 전혀 개의치 않았다.

홀연 누각 앞에서 한 무더기의 불빛이 번쩍이는 것이 보이더니 아역들이 일제히 난각 위로 밀려오는 것이었다. 어린 창우들은 겁이 나서 온 누각을 이리저리 뒹굴렀으나 숨을 데가 없었다. 노남이 크게 노하여 대갈하며 말하기를 "웬 놈들이 예 와서 방자히 구는 것이더냐! 사람을 불러 빨리 잡도록 하라!"라고 했다. 아역들은 "우리 현아의 지현 나리께서 당신을 불러 얘기하자는 것이니 아마도 우리를 잡지는 못할 게다!"라고 말한 뒤, 밧줄 하나로 그의 목을 감고 "빨리 가라, 빨리 가!"라고 했다. 노남이 말하기를 "내게 무슨 일이 있다고 이렇게 무례하게 구는 것인가? 가지 않으면 어쩔 것이냐?"라고 했다. 아역들은 "솔직히 말해 접때 초청을 했을 때 당신이 오지 않으니 오늘은 포박을 해서라도 잡아갈 것이오!"라고 말하고서, 밧줄을 끌며 뒤에서 미는 사람은 밀고 앞에서 끄는 사람은 끌어가며 노남을 휩싼 채 누각 아래로 밀고 내려왔다. 또한 집안의 하인 열네다섯 명을 잡고 나서 빈객까지 전부 잡으려 했으나 아역들 중에 어떤 자가 빈객들 모두가 현귀한 집안의 도령이자 이름난 수재(秀才)라는 것을 알아보았기에 감히 그들은 건드리지 못했다. 일행들은 노남의 집 원림을 떠나, 떠들면서 현아로 곧장 갔다. 그 자리에 있던 빈객들은 마음이 놓이지 않아 또한 그들을 따라가 상황을 살펴보았다. 몸을 피했던 집안 하인들도 나와서 안주인의 명에 따라 돈을 가지고 급히 달려가 사람들에게 부탁해 소식을 알아보았다.

왕 지현은 관아의 대청에서 그들을 기다리고 있었는데 앞에는 등롱과 횃불들을 대낮처럼 밝히고 있었으며 주변에서는 아무런 인기척도 내지 않고 있었다. 노남 등은 아역들에게 관아의 섬돌 아래까지 압송되어 가, 눈을 들어 지현을 보니 만면에 살기가 가득해 분명 염라대왕이 앉아있는 것과 같았으며 두 줄로 늘어서 있는 졸개들도 우두야차(牛頭夜叉)[63]와 다름없었다. 노남의 집 하인들은 지현의 이런 위세를 보고 하나같이 모두 간담이 서늘해져 벌벌 떨었다. 아역들이 대청으로 뛰어올라가서 아뢰기를 "노남의 무리를 잡아왔습니다."라고 한 뒤, 그들을 월대(月臺) 위로 데리고 가 모두 무릎을 꿇게 했다. 유문과 김씨는 따로 한쪽에서 무릎을 꿇고 있었으며 오직 노남만이 뻣뻣이 가운데에 서 있었다. 왕 지현은 그가 무릎을 꿇고 있지 않은 것을 본 뒤, 자세히 한 번 훑어보고는 냉소를 지으며 말했다.

"토호(土豪)이긴 하구나! 관원을 보고도 이렇게 무례한데 밖에서는 어찌 거리낌 없이 함부로 행동하지 않겠는가! 내 일단 그대와 따지지 않을 테니 잠시 감옥으로 가 계시오!"

노남은 뒤로 서너 걸음 물러나 몸을 곧게 편 채 이렇게 말했다.

"감옥으로 가는 것도 무방하지만 말을 분명히 하시오! 내가 무슨 죄를 지었다고 캄캄한 밤에 사람을 시켜 차압을 하는 게요?"

지현이 말하기를 "네가 양민의 처자를 강탈하려 하다가 이루지 못하자 유성을 때려 죽였으니 이 죄만도 작지 않다!"라고 했다. 노남이 그 말을 듣고 빙긋이 웃으며 말했다.

"내 무슨 하늘만큼이나 큰일이라도 난 줄로 알았는데 알고 보니 유성의 일 때문이었구려! 나리의 말에 의하면 그저 내게 목숨으로 갚으라는 것이니 소란을 피울 필요가 뭐 있겠소이까? 그 유성은 원래 우리 집 머슴인데 하인 노재와 말다툼을 해서 죽은 것으로 나와는 무관하오이다.

....

63) 우두야차(牛頭夜叉): 불교에서 지옥에 있는 鬼卒 이른다. 《五苦經》에 의하면, "옥졸의 이름은 阿帝라 하는데 소의 머리에 사람의 손을 하고 있고 두 발은 소 발굽이며 힘이 세서 산을 밀칠 수 있다."고 했다.

설사 내가 때려죽였다 해도 나를 사형에 처해야 한다는 법도도 없소. 만약에 기필코 저 일을 빌려 이 일을 증명하려 하고 함부로 터무니없는 죄를 씌워 사사로운 원한을 풀려고 한다면 이 노남이 억울하게 승복하는 것은 어렵지 않으나 공론을 가라앉히기 어려울 것이오.”

그러자 왕 지현이 대로하며 말했다.

“네가 평민을 때려죽인 것은 사람들이 훤히 보고 들은 바인데 되레 그를 머슴이라고 사칭하고 심문하는 관원을 모독하며 항거해 무릎을 꿇지도 않는구나. 관아에서도 감히 이처럼 광망(狂妄)하니 평소에 횡포를 부리는 것은 불문가지(不問可知)로다! 오늘 살인의 진위는 막론하고 단지 목민관에 항거한 것만으로도 무슨 죄를 받아야 마땅하더냐?”

지현은 노남을 잡아가서 곤장을 치라고 대갈하여 말했다. 아역들이 일제히 응답을 한 뒤 재빨리 앞으로 나아가서 단번에 노남을 잡아 넘어뜨리자, 노남이 소리 지르며 말했다.

“선비는 죽일 수는 있어도, 욕되게 할 수는 없다![士可殺而不可辱]64) 나 노남은 당당한 대장부인데 어찌 죽음을 아까워하겠는가? 어서 빨리 상부에 보고해 죽이려면 죽이고 살을 발라내려면 살을 발라내거라. 결단코 태장(笞杖)의 모욕은 당하지 않겠노라!”

아역들이 어찌 그가 제 마음대로 하도록 내버려두겠는가? 노남을 바닥에 엎어놓고 곤장 삼십 대를 때렸다. 지현은 멈추라고 대갈한 뒤 노남을 집안 하인들과 함께 옥에 가둬 감금시켰다. 유성의 시신은 지방(地方)65)으로 하여금 관을 사서 시신을 넣은 뒤 관단(官壇)66)에 보내 검시

---

64) 士可殺而不可辱(사가살이불가욕): 《禮記·儒行》에 있는 “선비는 친근하게 할 수는 있지만 위협할 수는 없고, 가까이할 수는 있지만 핍박할 수는 없으며, 죽일 수는 있지만 모욕할 수는 없다.(儒有可親而不可劫也, 可近而不可迫也, 可殺而不可辱也.)”는 구절에서 나온 말이다.

65) 지방(地方): 지방의 동리에서 조정을 위해 일하던 사람으로 里長, 甲長, 地保 등과 같다.

66) 관단(官壇): 漏澤園과 같이 관아에서 주관해 시체를 부검하던 곳을 이르는 듯하다.

를 기다리도록 했다. 그리고 유문과 김씨 등의 증인들은 심문을 기다리게 했다.

노남이 피범벅이 되도록 장을 맞고 두 하인에게 부축된 채 앙천대소(仰天大笑)하며 의문(儀門)67)에서 나오자 그 옆에 있던 붕우들이 앞으로 다가와 "무슨 일로 장형까지 받으셨습니까?"라고 물었다. 이에 노남이 말했다.

"별 일 아닙니다. 왕 지현이 공적인 일로 사적인 원한을 풀기 위해 하인 노재의 가짜 살인사건을 빌려 내 명하(名下)로 씌워서 나를 죽을죄에 처하려 하오이다."

붕우들이 몹시 놀라 괴이하게 여기며 말했다.

"이같이 억울할 데가 다 있나! 저희들이 내일 현에 있는 모든 향신(鄕紳)68)과 효렴(孝廉)69)들을 이끌고 가서 현령께 분명하게 얘기하면 현령께서도 공론을 묵살하기 어려워 저절로 풀어주게 될 겁니다."

그러자 노남이 말했다.

"아형(雅兄)들께서 신경을 쓸 필요가 없습니다. 그저 그가 하자는 대로 내버려둘 뿐입니다. 단지 긴요한 일이 한 가지 있는데 번거로우시더라도 저희 집에 가서 옥중으로 술을 여러 단지 보내라고 전해 주십시오."

붕우들이 말하기를 "이제 술도 좀 줄이셔야지요."라고 하자, 노남이 웃으며 말했다.

"인생은 하고 싶은 대로 하는 것이 귀한 것이기에 빈부와 영욕은 모두 신외지물(身外之物)70)이니 나와 무슨 상관이겠습니까? 설마 그 사람이

---

67) 의문(儀門): 명청 때 官署나 저택의 대문 안에 있는 內門인 正門을 이른다.
68) 향신(鄕紳): 향간의 신사라는 뜻으로 주로 과거에 급제했는데 출사하지 않은 자나 낙제한 자, 교육을 받은 地主, 퇴직하거나 요양하는 관리, 종족의 장자 등 향촌에서 영향력이 있는 사람들로 구성되었다.
69) 효렴(孝廉): 명청시대에는 鄕試의 급제자인 擧人을 효렴이라고 불렀다.
70) 신외지물(身外之物): 개인의 신체 이외의 물건이라는 뜻으로 명예, 지위, 재산

해치려 한다 해서 내가 술을 안 마시겠습니까?"

이야기를 하고 있는 사이에 한 옥졸이 노남의 등을 밀면서 말하기를 "어서 감옥으로 들어가! 할 말이 있거든 다른 날에 하고!"라고 했다. 그 옥졸은 다름 아닌 채현(蔡賢)이라고 하는 자였는데 그는 일을 잘해 왕지현이 잘 쓰는 사람이었다. 그러자 노남이 눈을 부릅뜨고 대갈하여 말하기를 "어허! 가증스럽구나! 난 나대로 말을 하는데 너와 무슨 상관이더냐?"라고 하자, 채현도 짜증을 내며 말하기를 "에구! 당신은 이제 관아에 수감된 범인이니 그런 도련님 기질은 거두시오, 더 이상 쓸데가 없으니!"라고 했다. 노남이 크게 노하여 말하기를 "내가 무슨 수감된 범인이라니! 들어가지 않는다면 어쩔 것이냐?"라고 했다. 채현이 다시 대꾸를 하려하자 옥졸들 가운데 노숙한 자 몇몇이 그를 밀어내고서 노남을 달래기도 하고 나무라기도 하며 타일러서 감옥 문 안으로 들어가도록 했다. 노남의 붕우들도 각기 집으로 돌아가고, 노남 집 하인도 저택으로 돌아와 안주인에게 복명한 내용들은 여기서 자세히 얘기하지 않겠다.

원래 노남이 관아의 문을 나올 때 담존은 그의 뒤를 바싹 따라가 노남이 나눈 말들을 탐문(探聞)하고 한 마디 한 마디를 똑똑히 들은 뒤, 관아로 가서 지현에게 보고를 했다. 지현은 다음 날 아침, 몸이 아프다고 말하고 공무를 보러 관아에 나가지 않았다. 향신들이 찾아왔을 때에도 문지기가 명첩조차 받지를 않았다. 오후가 되자 지현은 갑자기 당에 올라 김씨 등의 범인들과 오작(仵作)71) 등을 모두 불러오고 옥에서 노남과 하인들을 끌어낸 뒤, 곧장 유성의 시신을 검시하러 갔다. 그 오작은 현령의 뜻을 이미 알고서 유성이 입은 경상을 모두 중상이라고 보고했다. 유성의 이웃들도 지현이 노남과 대적하려는 것을 알아채고는 모두들 노

....

등을 가리킨다.

71) 오작(仵作): 본래 官府에서 사망과 부상을 검사하는 衙役이었으나 남을 대신해 納棺을 하여 장례를 치르는 일을 생업으로 삼은 자를 가리키기도 했다.

남이 때려죽였다고 잘라 말했다. 지현은 속임수로 노남에게 유성의 고용 문서를 내놓으라고 한 뒤, 위조한 것이라고 하며 모두 찢어버리고는 엄한 형벌로 고문을 하고 사형을 내렸다. 그리고 또 곤장 이십 대를 가하고 나서 칼을 씌우고 쇠고랑을 채워 사형수의 감옥에 투옥시켰다. 집안 하인들에게는 모두 곤장 삼십 대와 도형 삼 년을 내렸으며 보증인을 찾게 하고 처분을 기다리도록 했다. 김씨와 유문과 증인 등은 모두 집으로 돌아가게 보내주었으며, 시신의 염습은 상급 관원에게 보고해 비준을 기다렸다. 사건의 연유를 문서로 만들고 노남이 거역하며 무릎을 꿇지 않은 사정을 그 안에 세세히 기재한 뒤 공문으로 상관에 보고했다. 비록 향신들이 힘을 다해 노남의 억울함을 풀어주려고 했지만 지현은 뜻을 굳혀 따르지 않았다. 그 증거가 될 시가 있다.

> 종래로 현령은 한 집안을 망칠 수 있는 것이니　縣令從來可破家
> 공야장(公冶長)[72]이 죄 없이 옥에 갇혔던 일도
> 　한탄할 만하네　　　　　　　　　　　　　　治長無罪亦堪嗟
> 감옥에 오늘 고사(高士)가 들어와 있어　　　　福堂[73]今日容高士
> 이름난 화원에 백화(百花)를 돌볼 사람이 없구나　名圃無人理百花

　차설, 노남은 본래 귀한 사람이어서 부스럼 하나가 생겨도 의원을 불러 치료를 할 터인데 어찌 이런 형장을 감당해 낼 수 있겠는가? 그는 옥으로 들어온 뒤, 혼미해 깨어나지 못했다. 다행스럽게도 온 감옥 사람들은 그가 돈 많은 사람이란 것을 알고서 쉴 새 없이 돌봐주며 고약(膏藥)과 말약(末藥)[74]을 끊임없이 가져다주었다. 집에 있는 그의 부인 또

----

72) 공야장(公冶長): 공자의 제자로 춘추시대 魯나라 사람이었다.《論語·公冶長》에 "공자께서 公冶長을 두고 평하시기를 '사위 삼을 만하다. 비록 감옥에 갇혀 있었지만 그의 죄가 아니었다.'라고 하시고는 그를 사위로 삼으셨다."는 내용이 보인다.
73) 복당(福堂): 감옥을 비롯해 널리 범인을 가두어 두는 곳을 이른다.
74) 말약(末藥): 외상에 쓰이는 中藥으로 沒藥이라고도 한다. 명나라 李時珍의《本

한 의원을 불러다가 치료를 하게 했다. 겉에 난 상처를 다스리고 몸을 보양하자 한 달도 안 되어 전과 같이 모두 회복되었다. 친척들과 붕우들이 끊임없이 감옥으로 가서 노남에게 안부를 물었지만 옥졸들은 은자를 받고 매우 기뻤으므로 그들이 곧장 드나들어도 내버려둔 채 조금도 저지하지를 않았다. 그 가운데 오직 채현만은 지현의 심복이었으므로 잽싸게 이를 지현에게 아뢰었다. 지현이 몰래 감옥으로 가서 점검을 하여 대여섯 명을 색출했으나 전부 명망 있는 거인(擧人)이나 수재들이었기에 힐난하기가 어려워 사람을 시켜 옥문 밖으로 내보내도록 했다. 그리고 다시 또 노남에게 곤장 이십 대를 치고 네다섯 명의 옥졸들을 모두 중히 문책했다. 그 옥졸들은 채현 때문에 그리된 것을 알고 이를 갈았지만 그는 지현이 평소 잘 쓰는 사람인데 누가 감히 그것을 따지겠는가? 노남은 평소 저택에 살면서 비단옷에 좋은 음식을 먹으며 눈에 보이는 것은 죽목화훼(竹木花卉)요, 귀에 들리는 것은 생황과 통소로 연주한 잔잔한 음악이었고, 밤이 되면 아리따운 희첩들을 데리고 놀면서 신선과 같이 자유자재로 살아온 사람이었다. 하지만 이제는 옥중에 앉아 머리가 들어가기도 힘든 반쯤 무너진 방에 있으면서 눈앞에 보이는 것은 사형수와 중죄인밖에 없는데다가 그들은 말이 떠들썩하고 얼굴이 사납고 완악하여 분명 한 무리의 요괴와 귀신들 같았다. 귀에 들리는 것은 수갑과 족쇄의 쇠사슬 소리밖에 없었고 밤이 되면 요령을 흔들고 점호를 하는 소리와 딱따기와 꽹과리를 치며 노래를 부르는 소리75)가 들렸으니 얼마나 처참하리오! 노남은 비록 호매(豪邁)한 사람이었지만 이런 광경을 보고 슬픈 마음을 면할 수 없기에 옆구리에서 즉시로 두 날개가 생겨 감옥에서 날아갈 수 없는 것이 한스러웠으며, 또한 도끼를 들고서 감옥 문을

　　草綱目·木一·沒藥)에 의하면, 이 약은 波斯國(페르시아)에서 나온 것으로 검은
　　색이며 安息香과 비슷하다고 한다.
75) 옛날 감옥에서 범인이 도망치는 것을 예방하기 위해 옥졸이 요령을 흔들면서
　　점호를 하고 딱따기와 꽹과리를 치며 노래를 부르면서 감옥 밖을 순찰했다.

쪼개버리고 다른 죄수들까지 전부 풀어주지 못하는 것도 한스러웠다. 모욕을 당한 상황을 떠올리자 머리카락이 곤두섰으며 원한을 품은 마음으로 이렇게 생각했다.

"나 노남은 한 평생 동안 사내대장부로 지내왔는데 뜻밖에도 저 흉적의 손에 장송(葬送)되겠구나! 이제 이곳에 빠졌으니 어찌 나갈 날이 있겠는가? 설사 나갈 수 있다 해도 사람들을 볼 낯이 어디 있으며, 이 목숨이 있은들 무슨 소용이 있겠는가? 차라리 자진을 하는 것이 오히려 깨끗하겠다!"

그리고 다시 또 이렇게 생각했다.

"안 돼, 안 돼! 옛날 성탕(成湯)[76]과 문왕(文王)[77]은 하대(夏臺)[78]와 유리(羑里)[79]에 감금되었고, 손빈(孫臏)[80]과 사마천(司馬遷)[81]은 월형(刖刑)[82]과 부형(腐刑)[83]의 치욕을 당했었지. 이 몇 분들은 모두 성현들

....

76) 성탕(成湯): 商나라의 건립자로 商湯이라고도 불리었다.《史記·夏本紀》에 의하면 그는 夏桀에 의해 夏臺에 구금되었었다는 기록이 보인다.

77) 문왕(文王): 周文王 姬昌(기원전 1152~1056)을 이른다.《史記·周本紀》에 의하면 그는 商紂에 의해 羑里에 구금되었었다는 기록이 보인다.

78) 하대(夏臺): 夏나라 때 감옥의 이름으로 지금의 河南省 禹州市 남쪽에 있다.

79) 유리(羑里): 殷나라 때 감옥의 이름으로 지금의 河南省 安陽市 湯陰縣 북쪽에 있다.

80) 손빈(孫臏): 戰國 초기의 대표적인 병법가로서《孫子兵法》을 저술한 孫武의 후예이다. 동학이었던 龐涓과 함께 魏나라에 있다가 방연에게 시기를 받아 臏刑을 당했으며 나중에 齊나라로 도망해 齊威王의 軍師가 되어 전투에서 방연을 죽이고 제나라가 霸主되는 데 이바지했다. 후대까지도 武廟에 모셔져 받들어졌다. 빈형은 무릎뼈를 도려내는 형벌로 일설에는 발을 잘라내는 형벌이라고도 한다.

81) 사마천(司馬遷, 기원전 145~?): 西漢 때 인물로 자는 子長이고 夏陽(지금의 陝西省 韓城市) 사람이다. 漢나라 초기, 五大夫 가운데 하나인 太史令을 지낸 司馬談의 아들로서 그 또한 太史令을 지냈다. 흉노를 정벌하다가 패배해 투항한 한나라 장군 李陵을 위해 변명한 일로 宮刑을 받았다. 나중에 中書令 등의 벼슬을 지냈고《史記》를 저술했으며 太史公으로 받들어졌다.

82) 월형(刖刑): 발가락이나 한 쪽 발 또는 양쪽 발을 잘라내 일어서지 못하게 하는 가혹한 형벌로 빈형 또는 剕刑이라고도 하며 隋나라 이전까지 존재했다.

83) 부형(腐刑): 남성의 생식기를 거세하는 형벌로 宮刑이라고 불리기도 한다.

이었음에도 모욕을 참으면서 때를 기다렸는데 이 노남이 어찌 자진을 할 수 있겠는가?"

또 이런 생각도 들었다.

"나 노남은 지기지우가 천하에 두루 있고 진신(縉紳)의 반열에 있는 자도 적잖은데 설마하니 내가 급난에 처해 있을 때 앉아서 성패를 방관하지만은 않겠지? 아니면 그들은 내가 이렇게 매우 억울한 일을 당한 것을 모르고 있는 것인가? 서신을 써서 알려 줘 그들로 하여금 상관에게 가서 일을 돌이키게 해야겠다."

이에 서신 몇 통을 써서 하인을 시켜 각각 송부케 했다. 그 지기지우들 가운데에는 임직하고 있는 자도 있었고 산림에 묻혀 지내고 있는 자도 있었는데 그들은 모두 노남이 보낸 서찰을 보고 놀랐다. 그들 중에서 왕 지현에게 직접 서신을 보내 죄를 낮춰달라고 하는 자도 있었고 상관에게 부탁해 석방하게 해 달라고 한 자도 있었다. 상급 관리들은 노남이 당대의 재자(才子)라는 것을 알고 있었기에 석방시켜줄 마음이 있었으므로 왕 지현이 올린 공문을 다시 현아로 돌려보냈다. 회신으로 또 술책 하나를 알려 주었는데 그것은 노남의 가속들로 하여금 고소를 하게 하여 이 사건을 다른 관아로 돌려보내게 해 죄를 모면하게 하라는 것이었다. 노남은 그 소식을 듣고 마음속으로 기뻐하며 곧바로 가족들로 하여금 각 곳의 상관들에게로 가서 억울함을 호소하라고 했다. 그랬더니 과연 그들 모두가 본부(本府)의 이형관(理刑官)[84]에게 조사하라고 지시를 내렸다. 이형관에게는 이미 누군가가 미리 말을 해두었으며 준현으로 간 서찰이 다른 곳으로 간 서찰보다 더 많았다.

왕 지현은 연이어 며칠 동안 수십 통의 서찰을 받았으니 모두 노남을 풀어달라고 하는 것들이었다. 주저하고 있던 사이에 갑자기 각처 상관에게 보낸 공문이 전부 다시 되돌려져 왔다. 며칠이 지나고 나서 다시 이형

----

84) 이형관(理刑官): 형법을 관장하는 관원을 이른다.

청(理刑廳)에서 준현 현아에 공문을 보내 사건기록과 죄수를 보내달라고 했다. 왕 지현은 상관이 노남을 풀어줄 뜻이 있다는 것을 이미 알고 있었기에 마음속으로 크게 놀라 두려워하며 이렇게 생각했다.

"이 놈이 과연 신통력이 대단하구나! 몸은 옥중에 있으면서도 어떻게 각처의 중요한 곳을 이미 안배해 놓았단 말인가? 만약 이번에 벗어나게 되면 어찌 나를 가만히 두겠는가? 손을 댄 바에야 끝장을 봐야지 풀을 베기만 하고 뿌리를 뽑지 않으면 후환이 있을지도 모른다!"

그리하여 그날 밤, 담존을 시켜 감옥으로 가서 옥졸 채현으로 하여금 노남의 병상(病狀)을 작성하게 한 뒤 외진 곳으로 잡아가 목숨을 끊어버리라고 했다. 가련하게도 뛰어난 재사는 이때에 이르러 옥중에서 억울하게 죽게 될 처지가 되었다. 그것은 바로 이런 말로 대변된다.

> 영웅은 항시 천년의 한을 품고서   英雄常抱千年恨
> 바람 앞에 선 나무와 쓸쓸히 피어오르는 風木寒煙空斷魂
> 연기마냥 공연히 넋을 잃누나

화두(話頭)를 돌려보자. 각설, 준현에 한 순포현승(巡捕縣丞)[85]이 있었는데 성은 동(董) 씨요, 이름은 신(紳)이었으며 공사(貢士)[86] 출신으로 일을 잘하고 법을 운용하는 데 있어 공정하고 인자했다. 그는 왕 지현이 억울하게 노남을 사형에 처한 것을 보고 매우 공정하지 않게 여겼지만 관직이 낮았기 때문에 뭐라 입을 열기가 어려웠다. 매번 감옥에 가서 점검을 할 때마다 노남과 이야기를 나누었으며 결국 두 사람은 지기지우가 되었다. 채현이 노남을 죽이려고 한 그날 밤, 마침 동신도 순찰을 하러 감옥으로 갔으나 노남이 보이지 않았다. 옥졸들에게 물었더니 모두가

---

85) 순포현승(巡捕縣丞): 縣丞은 主簿, 典吏 등과 더불어 知縣을 보좌하는 하급 관리이며, 巡捕縣丞은 巡邏搜捕 등을 주관하던 縣丞을 이른다.
86) 공사(貢士): 지방에서 조정으로 천거한 인재를 이른다.

말하려 하지 않았다. 화를 내며 한바탕 큰 소리를 치고 때리자 옥졸들이 비로소 낮은 소리로 말하기를 "지현 나리께서 담 영사를 보내 죄인의 사망증명서를 달라고 한 뒤, 이미 그 자를 끌고서 뒤쪽으로 갔습니다."라고 했다. 동 현승이 크게 놀라며 말했다.

"지현 나리께서는 한 현의 부모와 같은 분인데 어찌 이런 일이 있을 수 있겠는가! 필시 네 놈들이 등치려 하다가 성사되지 못하자 그의 목숨을 해치려 한 것일 게다. 어서 내게 길을 인도해 그를 찾거라!"

옥졸들은 감히 거역을 하지 못하고 곧 동 현승을 데리고서 뒤쪽에 있는 한 골목길로 들어갔다. 동 현승은 담존과 채현 두 사람과 맞닥치자 "저들을 잡아라!"라고 큰 소리로 외쳤다. 그리고 앞으로 가서 살펴보니 노남은 땅 위에 드러누워 있었는데 온몸에는 채찍을 맞아 검푸르게 멍이 들어 있었으며 손발이 모두 묶여 있었고 얼굴 위는 흙주머니로 눌려져 있었다. 동 현승은 수하들을 시켜 흙주머니를 들어 올리게 한 뒤, 큰 소리로 노남을 부르자 노남도 아직 죽을 때가 안 됐는지 점차 깨어났다. 묶인 줄을 풀어주고 방으로 부축해 들어간 뒤, 따뜻한 물을 가져다 먹이자 노남은 비로소 말을 할 수 있게 되어 담존이 채현을 시켜 그에게 욕을 하게 하고 때리고 해치게 한 사정을 이야기했다. 동 현승은 한 차례 그를 위로해 주고는 사람을 시켜 그가 잠자리에 들도록 시중을 들라고 한 뒤, 담존과 채현 두 사람을 데리고 대청에 이르렀다. 그런 뒤 이렇게 생각했다.

"이 일은 비록 지현의 뜻에서 나온 것이지만, 이제 탈로 났어도 감히 인정하지는 못할 것이다. 담존을 고문하려고 하나 지현의 심복이기에 지현이 내가 자기의 체면을 세워주지 않는다고 여기게 되면 오히려 좋지 않다."

단지 채현만 불러다가 담존과 함께 노남을 등치려 하다가 성사되지 못하자 그의 목숨을 해치려 한 것을 자백하라고 했다. 처음에 채현은 그저 현령이 시킨 것이라고만 핑계를 대며 승복하려 하지 않자, 동 현승은 대로하여 "주리를 틀라!"라고 소리쳤다. 옥졸들은 일전에 채현이 현령에게 보고해 현령이 순찰하여 곤장을 맞았던 일로 인해 앙심을 품고 있었다. 이에 아주 짧고 꽉 끼는 주릿대를 찾아다가 그것을 끼우자마자 채현은 곧바로 고함을 지르며 자백을 하겠다고 연이어 말했다. 동 현승이 즉각 멈추라고 했지만 옥졸들은 전에 품은 독기로 인해 그저 못 들은 척하고 되레 힘껏 주리를 틀자 채현은 아비 어미를 부르고 조상 열 일고 여덟 대까지 다 불러제켰다. 동 현승이 그만하라고 거듭해 소리를 치기에 옥졸들은 비로소 주리를 풀어주었다. 그리고 그에게 종이와 붓을 가져다준 뒤, 자백서를 쓰게 하자 채현은 동 현승의 말대로 자백할 수밖에 없었다. 동 현승은 자백서를 가져다가 소매 속에 넣고는 옥졸들에게 분부하기를 "이 두 사람을 함부로 풀어주면 안 된다. 내가 지현 나리를 뵙고 나서 데리러 올 것이다."라고 했다. 그러고 나서 그는 자리에서 일어나 옥에서 나와 관아로 돌아가서 밤새 문서를 준비한 뒤, 다음 날 아침 왕 지현이 관아로 나오자 직접 가서 그것을 올렸다. 왕 지현은 담존이 복명을 하러 오는 것이 보이지 않기에 의아하게 여기고 있던 차에 동 현승이 그 일에 대해 얘기하는 것을 보고 깜짝 놀랐다. 비록 마음속으로는 그가 일을 그르친 것이 미웠지만 그를 어찌할 수도 없었다. 문서를 보고서 그저 머리를 흔들며 "그런 일은 없을 게야!"라고만 했다. 그러자 동 현승이 말했다.

"만생(晚生)[87]이 눈으로 직접 본 것인데 어찌 없다고 말씀하십니까? 나리께서 만약 믿지 못하시겠거든 두 사람을 불러다가 대질을 시키면 됩니다. 담존은 그래도 용서할 수 있겠지만 채현은 가장 무례하여 나리까지 모함하니 그를 치죄하지 않으면 어찌 후인을 경계시킬 수 있겠습니

----

87) 만생(晚生): 후배가 선배 앞에서 자신을 낮춰 이르는 말이다. 송나라 때 사대부들은 지위가 높고 나이가 많은 자 앞에서 스스로를 晚生이라고 칭했으며, 明淸 시대에는 翰林이 翰林院에 들어가기 전에 먼저 급제한 자에게 명함을 보낼 때에도 스스로를 晚生이라고 칭했다. 송나라 邵伯溫의 《聞見前錄》 권8, 명나라 王世貞의 《觚不觚錄》과 청나라 阮葵生의 《茶餘客話》 권2 등에 자세한 기록이 보인다.

까?"

왕 지현은 동 현승에 의해 자신의 속셈이 드러났기에 얼굴이 온통 붉어졌지만 밖으로 알려지기라도 하면 명예를 더럽힐까 두려워 어쩔 수 없이 채현을 도형(徒刑)에 처해 추방시켰다. 이로부터 왕 지현은 동 현승에게 앙심을 품게 되어 한두 건의 치정 사건을 찾아내 상관에게 탄핵건을 올려서 그를 파면시켜 쫓아냈다. 이는 나중의 일이니 여기서 자세히 얘기하지는 않겠다.

재설, 왕 지현은 술책이 성사되지 못하자 공문을 갖춰 각처 상관들에게 올리고, 사람을 시켜 경도로 가서 요인(要人)들에게도 보내도록 했다. 대저 그 내용인 즉, 노남이 부(富)를 믿고 향당을 횡행하며 권세가들과 결교하고 평민을 때려죽인 뒤, 심문하는 관원에 항거하고 상관에게 뇌물을 먹여 죄에서 벗어나려 했다는 것이었다. 이렇게 해서 왕 지현은 사건의 상황을 매우 엄중하게 꾸며냈으니 그것은 다름 아니라 일을 떠벌려서 남들로 하여금 감히 노남을 구하려 하지 못하게 하려는 것이었다. 게다가 또 담존을 시켜 김씨의 이름으로, 억울함을 호소하는 게첩(揭帖)을 밤새 새겨 만들어 도처에 붙이도록 했다. 왕 지현은 일들을 잘 안배한 뒤에 문서를 준비하고 노남을 본부(本府) 관아로 압송했다. 본부 관아의 추관(推官)은 본래 담력 없고 나약한 사람이었기에 지현이 올린 공문과 김씨의 게첩을 보고서 시비가 될까 두려워 감히 노남을 풀어주지 못한 채 원안대로 상관에게 보고했다. 대체로 형옥(刑獄)은 이형관이 심문을 하고 결안을 하면 다른 관원들은 감히 고치지 못했기에 노남은 이 차에 감옥에서 벗어나려 했지만 누군들 생각지도 못하게 오히려 사형이 더욱 확실하게 되어 예전과 같이 준현의 감옥에 감금되게 되었다. 노남은 또, 왕 지현이 임기가 차 떠난 뒤에 누명에서 벗어나려고 다시 도모하려 했는데 예상치 않게 왕 지현이 이름난 부호를 타도한 것으로 인해 위세가 있다고 경도에 널리 전해지면서 오히려 미명(美名)을 얻고 천거를 받아서 경도로 들어가 급사(給事) 직으로 승전되었다. 왕 지현이 이미 요직을 차지하고 있기에 설사 노남이 하늘을 찌르고 땅을 들어 올릴만한 신통력이 있다 한들 누구도 감히 그의 송안을 뒤집어줄 사람은 없었다. 어떤 순안어사(巡按御史) 번(樊) 아무개가 노남의 억울함을 가엾게 여겨 죄를 사면시켜 주었다. 하지만 왕 급사가 이를 알고서 급제 동기인 한 관원에게 자신의 뜻을 전해 범 순안을 탄핵하는 글을 올려 그가 뇌물을 받고서 중죄수를 풀어줬다고 했으므로 범 순안은 파면되어 집으로 돌아가게 되었었으며 부현(府縣)은 명을 받아 노남을 잡아서 원래대로 투옥시키게 되었다. 이로 인해 그 후로 상관이 비록 노남이 억울하다는 것을 안다 하더라도 누가 자신의 관직을 버리면서까지 그의 누명을 벗겨주려 하겠는가? 세월은 쏜살같이 흘러 노남이 감옥에 있은 지도 어느덧 십여 년이 지났으며 현령도 두 차례나 바뀌었다. 이때에 이르러 김씨와 유문은 모두 병으로 죽었지만 왕 급사는 경당(京堂)[88]의 관직으로 승직되어 위세가 한창이었으므로 노남은 옥에서 나갈 희망을 갖지도 않았으며 흉사가 걷힐 것을 예상하지도 못했다. 그 해 다시 새로 임명된 지현이 부임해 왔는데 이 관리가 부임해 온 것으로 인해 일이 이렇게 되었다.

이날에 이르러 구름 가득한 흐린 하늘에	此日重陰方啓照
비로소 햇살이 비추기 시작했고	
이날 아침에는 이슬이 서리가 되지 않았다네	今朝甘露不成霜

각설, 준현의 신임 지현은 성은 육(陸)씨요, 이름은 광조(光祖)이며 절강(浙江) 가흥부(嘉興府) 평호현(平湖縣) 사람이었다. 이 관원은 훌륭한 재덕과 학식을 품고 천하를 다스릴 재능과 제세안민(濟世安民)의 방도를 가지고 있었다. 그가 경도에서 나올 때 일찍이 왕공이 노남의 일을 당부한 바 있는데 그때 이미 마음속으로 약간의 의혹이 생겨 이런 생각을 하게 되었다.

....

88) 경당(京堂): 명청시대에 관서의 장관 등과 같은 고급 관리에 대한 호칭이다.

"비록 저 사람이 예전에 재임할 때의 일이나 이제 이미 오랜 시간이 지났는데 더 이상 무슨 상관이 있단 말인가? 거듭 당부하는 것으로 보아 그 내면에는 반드시 연고가 있을 게야."

그는 임지로 간 뒤, 읍내 향신들을 방문했는데 모두들 노남이 억울하다고 하면서 그가 죄를 받은 연유에 대해 말해 주었다. 육공(陸公)은 노남이 일개 부호로서 그들에게 부탁한 것일지도 몰라 그 전부를 믿지는 않았다. 다시 사방으로 은밀히 조사해 봤더니 말하는 바가 모두 같았다. 이에 생각하기를 "백성 위에 있으면서 어찌 사사로운 원한으로 모함을 하여 사람을 사형에 처할 수 있는가?"라고 한 뒤, 상관에게 글을 올려 노남의 누명을 씻어주려고 하다가 다시 또 이런 생각이 들었다.

"만약 상관에게 먼저 신고를 하면 반드시 원심을 송환시켜 다시 조사하라고 할 것이니 확실하게 일을 끝낼 수 없게 된다. 차라리 먼저 풀어준 연후에 보고하는 것이 낫겠다."

곧 그 안건의 문서를 찾아다가 자세히 살펴보니 전후 사정에는 전혀 빈틈이 없었다. 여러 번 반복해 본 뒤, "이 일을 노재 없이 어찌 판결할 수 있겠는가?"라고 생각하고는 백 금을 상금으로 걸고 포졸들에게 기한을 정해 놓고 노재를 잡아오라 했다. 한 달도 안 되어 느닷없이 노재가 잡혔으며 노재는 벗어날 수 없을 것이라고 생각하고는 장을 치기도 전에 스스로 자백했다. 심문해 실정을 밝힌 뒤 붓을 들어 이렇게 판결문을 썼다.

> 심문하여 밝혀낸 사실인 즉, 유성이 노남 집에서 품삯을 받은 뒤 노재에게 빚 독촉을 받아 싸움에 이르렀으니 유성은 노씨 집의 머슴인 것은 분명하다. 머슴이 죽었다고 해서 주인이 목숨으로 대가를 치러야 할 까닭이 없다. 게다가 빚을 놓은 자도 노재이고 빚 독촉한 자도 노재이며 싸움을 한 자도 노재인데 노재는 풀어놓고 노남을 치죄했으니 어찌 법에 마땅하겠는가? 노재가 도망가서 관아로 오지 않아 주인에게 누를 끼쳤으니 죽어 마땅하고 목숨으로 그 대가를 치르더라도 억울할 게 없다. 노남이

오랫동안 감옥에 묻혀 있었던 것은 또한 한 때의 액운이며 석방하는 것이
마땅하다. 운운(云云).

그날 감옥에서 노남을 불러내어 당(堂)에서 즉시 칼과 쇠고랑을 풀어
준 뒤, 집으로 돌아가도록 석방시켰다. 온 관아의 사람들 모두 놀랐으며
노남조차도 예상하지 못했던 일이라 매우 이상하게 여겼다. 육공은 보고
문서를 작성해 노재가 분쟁을 일으킨 연고와 노남이 억울하게 당한 시말
을 일일이 서술한 뒤, 몸소 본부 관아로 가서 순안어사를 만나 그것을
올렸다. 순안어사가 문서를 보고 나서 그가 임의로 석방한 것에 반드시
부정이 있을 것이라고 생각하여 묻기를 "듣기로 노남의 집은 매우 부유
하다고 하는데 유독 지현께서만 그로 인해 의심 받을 것을 피하지 않으
신 것이오이까?"라고 하자, 육공이 이렇게 말했다.

"지현인 저는 단지 법을 받드는 것만 알지 혐의를 피하고 하는 그런
것은 모릅니다. 그가 억울한지 억울하지 않은지 만을 묻지, 부유한지 부
유하지 않은지에 대해서는 물을 줄 모릅니다. 만약 벌을 주는 것이 억울
하게 하는 일이 아니라면 백이(伯夷)와 숙제(叔齊)[89]같이 어질고 빈궁한
사람일지라도 살려둘 도리가 없고, 벌을 주는 것이 억울하게 하는 일이
라면 도주(陶朱)[90]와 같은 부호라도 죽일 수 있는 법(法)은 없습니다."

....

89) 백이(伯夷) 숙제(叔齊): 商나라 말년 孤竹國 임금의 아들들이었다. 부왕이 명을
내려 셋째 아들이었던 숙제로 하여금 후사를 이으려 했으나 부왕이 죽은 뒤
숙제가 백이에게 임금 자리를 양보하려고 했다. 백이도 임금 자리를 원하지
않아 두 사람은 모두 주나라로 도망했다. 周武王이 商紂를 멸망시키자 두 사람은
주나라의 양식을 먹지 않으려고 首陽山에서 굶어죽었다. 자세한 이야기는《呂氏
春秋·誠廉》과《史記·伯夷列傳》에 보인다.

90) 도주(陶朱): 춘추시대 초나라 사람 范蠡(기원전 536~448)를 가리킨다. 월나라에
들어가서 구천을 보좌해 오나라를 멸망시킨 뒤, 명성이 높아 오래 있을 수 없다
고 생각하고 제나라에 이르러 농사를 지으며 재산을 모았다. 제나라 사람들은
그가 현명하다는 소리를 듣고 재상으로 삼았다. 치사한 뒤 陶(지금 山東 定陶의
서북 쪽 지역)에 정착해 장사로 막대한 재산을 모아 '陶朱公'이라고도 불리었으
므로 후세 사람들은 큰 부자들을 일컬어 陶朱公이라고 부르기도 한다.

순안어사는 그의 말이 바른 것을 보고 더 이상 묻지도 않고 이렇게 말했다.

"옛날 장공(張公)[91]이 정위(廷尉)로 있을 때 옥중에 억울한 백성이 없었다고 하는데 지현께서도 그와 가깝군요. 삼가 가르쳐 주신 대로 하겠습니다!"

육공은 작별을 하고 나왔으며, 그 뒷얘기는 자세히 얘기하지 않겠다.

차설, 노남이 집으로 돌아오자 온 집안이 기뻐하며 다행이라 여겼고 친척들과 친구들이 모두 와서 축하했다. 며칠이 지나고 나서 노남은 사람을 시켜 육공이 이미 현아로 돌아온 것을 알아낸 뒤, 사의를 표하러 가려고 자신의 위치에 따라 행하여 평민의 옷차림으로 갈아입었다. 부인이 말하기를 "육공께 이렇게 큰 은덕을 입었는데 예물이라도 준비해서 사의를 표하셔야지요."라고 했다. 이에 노남이 말하기를 "내 육공이 하는 바를 보니 담력이 있는 호걸로 이익을 탐내는 비겁한 소인배들과는 다르오. 만약 예물을 보내면 되레 그를 경멸하는 것이 되지."라고 했다. 부인이 말하기를 "어찌하여 되레 경멸하는 것이 된답니까?"라고 하자, 노남이 이렇게 말했다.

"내 억울함이 십여 년 동안 쌓였지만 상관들은 모두 혐의를 피하려고 풀어 주려 하지 않았소. 육공은 막 이곳으로 왔는데도 곧바로 내 억울함을 조사해 알고서 의연히 석방해 주었으니 남다른 재치와 담력이 없다면 어찌 이렇게 할 수 있었겠나? 지금 재리(財利)로 그에게 보답을 한다면 이른바 '고인(故人)은 나를 알지만 나는 고인을 모르는 격[故人知我, 我不知故人.]'[92]이 되니 어찌 그리할 수 있겠는가?"

....

91) 장공(張公): 西漢의 법관이었던 張釋之를 이른다. 자는 季이고 中大夫와 中郎 등의 벼슬을 역임했다. 나중에 刑獄을 주관하는 廷尉가 되었는데 공평무사한 것으로 유명했다. 《漢書·于定國傳》에 의하면, "장석지가 정위를 맡았을 때 천하에 억울한 백성이 없었다."라고 했다. 《漢書》 권50에 그에 대한 전이 있다.
92) 故人知我 我不知故人(고인지아 아부지고인): 《後漢書·楊震傳》에 이런 이야기

그러고서 곧 빈손으로 육공을 보러 갔다. 육공은 그가 재사(才士)이기에 거만하게 대하지 않고 그를 후당(後堂)으로 맞이해 보자고 했다. 노남은 육공을 보고서 장읍(長揖)을 하고 큰절은 하지 않았다. 육공은 마음속으로 이상히 여기면서도 답례를 하고는 하인을 시켜 앉을 의자를 가져오도록 했다. 문지기가 곧 의자 하나를 끌어다가 곁에 놓았다.

관객 여러분! 이런 이상한 일이 다 있을 수 있소이까?

노남은 감옥에 오랫동안 갇혀있던 죄인이었다가 육공이 구해줘 벗어날 수 있었으니 이는 목숨을 살려준 은인으로 머리가 깨지도록 조아려야 마땅한데도 노남은 오히려 장읍만을 하고 큰절을 하지 않았다. 만약 다른 관원이었다면 이렇게 무례한 것을 보고 마음속으로 반드시 불쾌해할 터인데 육공은 조금도 개의치 않고 되레 앉을 의자를 가져다주라고 했던 것이다. 이것으로 그가 도량이 넓으며 현자를 지극히 아낀다는 것을 가히 알 수 있다. 노남은 육공이 옆에 앉으라고 하는 것을 보고서 뜻밖에도 오히려 불쾌해하며 말하기를 "지현 나리, 사형에 처해진 노남은 있어도 곁에 앉을 노남은 없소이다."라고 했다. 육공이 이 말을 듣고 곧바로 자리에서 내려와 다시 노남에게 절을 하며, "제가 실례를 했습니다."라고 말한 뒤, 그를 윗자리로 모셨다. 두 사람은 고금(古今)을 담론하면서 매

가 보인다. 楊震이 東萊太守로 승직해 부임하러 가는 길에 昌邑을 지나게 되었는데 예전에 자기가 천거한 王密이 昌邑令으로 있었다. 밤에 王密이 금 십 斤을 楊震에게 뇌물로 주자, 楊震이 "故人은 그대를 아는데 그대는 고인을 모르니 어째서인가?(故人知君, 君不知故人, 何也?)"라고 했다. 王密이 말하기를 "밤에는 아무도 모릅니다."라고 하자, 楊震이 말하기를 "하늘이 알고 신이 알고 내가 알고 그대가 아는데 어찌 아무도 모른다고 하는 겐가?"라고 하며 거절했다고 한다. 여기서는 이 말을 빌려 육공은 財利를 위해 자신을 구한 것은 아닌데 재리로 보답을 하면 그 사람을 모르는 격이 되니 그렇게 할 수 없다는 뜻을 표현한 것이다.

우 친밀해져 다만 늦게 만난 것을 한스럽게 여겼으며 지기지우가 되었다. 이를 증거하는 시가 있다.

옛날 급암(汲黯)93)이 대장군을 만났을 때 장읍만 했다고 들었는데	昔聞長揖大將軍
오늘 노생이 육공을 만났을 땐 서로 나란히 앉은 것을 보노라	今見盧生抗陸君
저녁에 형구에서 벗어나 다음 날 아침에는 상좌에 앉으니	夕釋桁陽94)朝上坐
대장부의 의기가 하늘의 구름보다도 높구나	丈夫意氣薄青雲

화두(話頭)를 돌려보자. 각설, 왕공은 육공이 노남을 석방시켰다는 소식을 듣고는 마음속으로 화가 치밀어 올라 다시 심복에게 부탁해 순안어사까지 함께 탄핵하는 상주문을 올리게 했다. 순안어사도 왕공이 지현으로 있을 때 앙심을 품고 사람을 모함했던 시말을 상주문으로 세세히 써서 변명했다. 성지가 내려져 왕공은 파면되어 고향으로 돌아갔고 순안어사는 예전의 직책으로 돌아갔으며 육공은 아무 탈 없이 무사하게 되었다. 이때에 이르러 담존은 이미 집에서 반성하면서 남의 소장을 써주는 일만 하고 있었다. 육공은 그 실정을 조사해 상관에게 알리고 그를 잡아 투옥시켜 문죄한 뒤, 변경의 군졸로 충당시켰다. 노남은 그 뒤로부터 여생에 벼슬길을 단념하기로 하고 더욱더 시주(詩酒)에 뜻을 두었다. 그러므로 집안 형편은 점점 더 몰락해져 갔지만 이를 전혀 개의치 않았다.

재설, 육공은 재임을 하면서 한 푼의 뇌물도 받지 않고 백성을 자식처

93) 급암(汲黯, ?~기원전 112): 西漢 때 名臣으로 자는 長孺이다. 東海太守, 主爵都尉 등의 벼슬을 역임했으며, 정직하고 직간했으므로 漢武帝는 그를 社稷之臣이라 칭했다. 《史記》 권120 〈汲黯傳〉에 의하면, 당시 대장군이었던 衛靑이 지위가 매우 존귀했음에도 불구하고 汲黯은 그를 만날 때 큰절을 하지 않고 長揖만 했으며 衛靑은 이로 인해 그를 더욱더 어질다고 여겼다 한다.

94) 항양(桁陽): 죄인의 발이나 목을 죄어 형벌을 가하는 刑具의 일종이다.

럼 사랑했다. 게다가 간악함과 은폐된 일들을 들춰내어 이로움과 폐단을 갈라내 깨끗이 했기에 간악한 자들은 두려워 숨고 도적은 사라졌으니 온 현에서는 그를 신명처럼 현명하다고 칭찬했으며 그 명성은 도성까지 떨쳐졌다. 단 그는 권세 있는 사람들에게 빌붙지 않았기에 남경예부(南京禮部)[95]의 주사(主事)까지만 승직되었다. 그가 현령을 그만두고 떠나오던 날 백성들은 수레끌채에 매달리고 수레바퀴 앞에 드러누우면서까지 만류했으며[96] 가는 길 내내 울면서 백 리(里) 밖까지 배웅을 했다. 노남은 직접 오백여 리까지 그를 배웅했으며, 두 사람은 이별하기가 아쉬워 흐느끼며 헤어졌다. 이후 육공이 거듭 승직되어 벼슬이 남경 이부 상서(吏部尙書)까지 올랐을 때에 이르러 노남은 집이 이미 매우 가난해져 남방으로 내려가 남경을 유람하며 육공에게 의탁했다. 육공은 그를 상빈(上賓)으로 대하고 매일 술값으로 일천(一千)을 대주었으며 그의 뜻대로 산수를 유람하게 내버려두었다. 노남은 이르는 곳마다 반드시 제영시(題詠詩)를 지었는데 그 시는 경도에서 전송(傳誦)되었다. 하루는 채석기(采石磯)[97]에 있는 이태백(李太白) 사당을 유람하다가 맨발 도사를 만났는데 풍치(風致)가 표연하기에 노남은 그를 맞이하여 함께 술을 마

....

95) 남경예부(南京禮部): 명나라 초기에는 南京이 수도였는데 成祖 朱棣가 즉위한 뒤 北京으로 천도하고 원래 南京에 있던 六部는 그대로 남겨둔 채 南京某部라고 했으며 北京에는 새로 六部를 또 만들었다.

96) 《後漢書·侯霸傳》에 따르면, 한나라 更始 원년에 劉玄이 황위에 오른 뒤 사자를 보내 淮平郡의 大尹으로 있던 侯霸를 데려오도록 하자 그곳의 백성들이 후패를 서로 붙잡고 통곡하면서 어떤 사람들은 사자의 수레를 가지 못하게 막고 어떤 사람들은 길 위에 누워 그가 한 해 더 남아있을 수 있도록 해달라고 했다 한다. 이로 인하여 '攀轅臥轍' 혹은 '攀車臥轍'은 백성들이 良吏를 보내지 않으려고 만류하는 전고로 쓰이게 되었다.

97) 채석기(采石磯): 지금의 安徽省 馬鞍山市 長江 동쪽 기슭에 있는 지명이다. 牛渚山 북쪽 지형이 장강 쪽으로 뾰족하게 뻗혀 있으며 지세가 험준하다. 洪邁의 《容齋隨筆·李太白》 등에 의하면, 이백이 술에 취해 채석기에서 강물에 비춘 달을 건지려고 하다가 익사했다고 한다.

셨다. 그 도사도 호리병에 있는 옥액(玉液)을 내어 노남에게 마시도록 했다. 노남이 그것을 마셔보니 이상하리만큼 달콤하기에 "이 술은 어디서 나온 술입니까?"라고 묻자, 도사가 말했다.

"이 술은 빈도가 직접 담근 것입니다. 빈도는 여산(廬山) 오로봉(五老峯) 아래에서 초가집을 짓고 사는데 만약 거사께서 저와 함께 유람을 하러 가신다면 한껏 드실 수 있도록 하겠습니다."

노남이 말하기를 "미주(美酒)만 있다면 어찌 따라가는 것을 꺼려하겠습니까?"라고 했다. 그러고서 그는 즉각 이태백 사당에서 육공에게 작별의 서신을 써서 보내고 짐을 챙기지도 않은 채 맨발 도사를 따라갔다. 육공은 노남이 보낸 서신을 보고 감탄하며 말하기를 "자유롭게 왔다가 자유롭게 가며 천지를 역려(逆旅)로 삼고 칠 척의 몸뚱이를 부유(蜉蝣) 같이 여기니 진정 광사(狂士)[98]로다!"라고 했다. 육공은 사람을 보내 여산 오로봉 아래로 가서 그를 찾아보게 했으나 찾지를 못했다.

십 년 뒤, 육공이 치사를 하고 고향집으로 돌아가니 조정에서는 관원을 보내 위문했다. 이에 육공은 차남을 시켜 경도로 가서 황은에 감사하도록 했다. 차남을 따라 갔던 종자가 경도에서 노남을 만났는데 노남이 육공의 안부를 물었다고 한다. 어떤 사람이 말하기를 노남은 선인을 만나 득도를 했다고도 한다. 후인들이 지은 시에서 노남을 이렇게 찬양했다.

명운이 안 좋은 영웅 자유롭지 못했어도 命蹇英雄不自繇

오직 시주만으로 공후(公侯)를 깔보았다네 獨將詩酒傲公侯

실오라기 하나 걸치지 않은 채 표연히 떠났으니 一絲不掛飄然去

고명(高名)을 얻어 만세에 전하네 贏得高名萬古留

후인이 문인들을 경계하는 시도 있는데 노공을 본떠 오만하다가 화를 자초하지 말라는 것이다. 그 시는 이러하다.

....

98) 광사(狂士): 호탕한 선비를 이른다.

술을 몹시 좋아하고 시에 미친 데다 오만한 　　酒癖詩狂傲骨兼
　기개가 있기에
고인(高人)은 늘 속인(俗人)에게 혐오를 　　高人每得俗人嫌
　당한다오
사람들에게 권하노니 노공의 전철을 밟지 말고 　　勸人休蹈盧公轍
범사에 삼가며 겸손하는 것을 배워야 한다네 　　凡事還須學謹謙

第十五卷　盧太學詩酒傲公侯

衛河東岸浮丘高, 竹舍雲居隱鳳毛. 遂有文章驚董賈, 豈無名譽駕劉曹.
秋天散步靑山郭, 春日催詩白兔毫. 醉倚湛盧時一嘯, 長風萬里破洪濤.

這首詩, 乃99)本朝嘉靖年間, 一個才子所作. 那才子100)姓盧, 名柟, 字少楩101), 一字子赤, 大名府濬縣人也. 生得丰姿瀟洒, 氣宇軒昂, 飄飄有出塵之表. 八歲即能屬文, 十歲便嫻詩律, 下筆數千言, 倚馬102)可待. 人都道他是李靑蓮再世, 曹子建後身. 一生好酒任俠, 放達不羈, 有輕財傲物之志. 眞個名聞天下, 才冠當今. 與他往來的, 俱是名公巨卿. 又且世代簪纓, 家貲巨富, 日常供奉, 擬於王侯. 所居在城外浮邱山下, 第宅壯麗, 高聳雲漢. 後房粉黛, 一個個聲色兼妙; 又選小奚103)秀美者數人, 敎成吹彈歌曲, 日以

---

99) 【校】乃(내):《今古奇觀》각 판본과 古本小說集成本《醒世恒言》에는 "乃"로 되어 있고, 人民文學本《醒世恒言》에는 "係"로 되어 있다.

100) 【校】那才子(나재자):《今古奇觀》각 판본에는 "那才子"로 되어 있고,《醒世恒言》각 판본에는 "那才子是誰"로 되어 있다.

101) 【校】少楩(소편): 人民文學本・繪圖本《今古奇觀》과 人民文學本《醒世恒言》에는 "少楩"으로 되어 있고, 古本小說集成本《今古奇觀》에는 "次便"으로 되어 있으며, 古本小說集成本《醒世恒言》에는 "少梗"으로 되어 있다.《明史・文苑傳》과 王世貞의〈盧柟傳〉에는 盧柟의 자가 "少楩"으로 되어 있다.

102) 倚馬(의마): 말에 기댄다는 뜻으로 南朝 宋나라 劉義慶의《世說新語・文學》에 의하면, 晉明帝의 부마인 桓溫이 北伐을 할 때 袁虎가 그를 따르고 있었는데 공문이 필요해서 袁虎를 불러 쓰게 하자, 袁虎는 말에 기댄 채 잠시 만에 막힘 없이 일곱 장을 썼다고 한다. 이로 인해 '倚馬'는 才思가 민첩한 것을 형용하는 전고로 쓰이게 되었다.

103) 小奚(소해): '小傒'와 같은 말로 '小奚奴'의 준말이며 어린 남자종을 이른다.《周禮・天官・序官》에 보이는 "奚三百人"에 대한 鄭玄의 注에 따르면, "옛날에 연좌된 남녀는 관청에 몰수되어 노비가 되었는데 그 가운데 才智가 적은 자를

自娛. 至於僮僕廝養, 不計其數. 宅後又構一園, 大可兩三頃, 鑿池引水, 疊石爲山, 制度極其精巧, 名曰嘯圃. 大凡花性喜煖, 所以名花俱出南方, 那北地天氣嚴寒, 花到其地, 大半凍死, 因此至者甚少. 設或到得一花一草, 必爲金璫大畹[104]所有, 他人亦不易得. 這濬縣又是個拗處, 比京都更難, 故宦家園亭雖有, 俱不足觀. 偏有盧柟立心要勝似他人, 不惜重價, 差人四處搆取名花異卉, 怪石奇峯, 落成這園, 遂爲一邑之勝. 眞個景致非常! 但見:

> 樓臺高峻, 庭院淸幽. 山疊岷峨怪石, 花栽閬苑奇葩. 水閣遙通竹塢, 風軒斜透松寮. 迴塘曲沼[105], 層層碧浪漾琉璃; 疊嶂層巒, 點點蒼苔鋪翡翠. 牡丹亭畔, 孔雀雙棲; 芍藥欄邊, 仙禽對舞. 縈紆松徑, 綠陰深處小橋橫; 屈曲花岐, 紅曬叢中喬木聳. 烟迷翠黛, 意淡如無; 雨洗靑螺, 色濃似染. 木蘭舟蕩漾芙蓉水際; 鞦韆架搖拽垂楊影裏. 朱檻畫欄相掩映, 湘簾繡幙兩交輝.

盧柟日夕吟花課鳥, 笑傲其閒, 雖南面[106]至樂, 亦不是過! 凡朋友去相訪, 必留連盡醉方止. 倘遇着個聲氣相投, 知音知己, 便兼旬累月, 款留在家, 不肯輕放出門. 若有人患難來投奔的, 一一俱有資助[107], 決不令其空

노예로 삼았다.(古者從坐男女沒入縣官爲奴, 其少才知以爲奚.)"라고 했다. 나중에 노복을 일러 '奚奴'라고 불렀다.

104) 金璫大畹(금당대원): 권문세족을 이른다. '金璫'은 漢나라 때 侍中과 中常侍가 冠 앞에 착용하는 장식물로 금으로 만들어져 있었기에 金璫이라고 불리었으며 高官을 비유적으로 이르는 말로도 쓰였다. '畹'은 본래 옛날 토지 면적 단위로 30畝 또는 12묘, 30步가 一畹이 된다는 설이 있다. '畹'이 황제 혹은 그 친족이 사는 곳을 이르기도 했기에 '大畹'은 귀족의 대칭으로 쓰이기도 했다.

105) 【校】沼(소):《今古奇觀》각 판본에는 "沼"로 되어 있고,《醒世恒言》각 판본에는 "檻"으로 되어 있다.

106) 南面(남면): 옛날에 북쪽에서 남쪽을 향하는 자리를 尊位라고 생각했으므로 제왕이 신하를 만나거나 卿大夫가 僚屬을 만날 때 모두 남쪽을 향해 앉았다. 이로 인해 제왕을 비롯하여 제후나 경대부의 자리에 있는 것을 南面이라 칭하기도 했다.

107) 【校】資助(자조):《今古奇觀》각 판본에는 "資助"로 되어 있고,《醒世恒言》각 판본에는 "賫發"로 되어 있다.

過. 因此四方慕名來訪108)者, 絡繹不絶. 眞個是:

> 座上客常滿, 尊中酒不空.

盧枏只因才高學廣, 以爲掇靑紫如拾針芥109); 那知文場不利, 任你錦繡般文章, 偏生不中試官之意, 一連走上幾科110), 不能勾飛黃騰達. 他道世無識者, 遂絶意功名, 不圖進取; 惟與騷人劍客, 羽士高僧, 談禪理, 論劍術, 呼盧浮白111), 放浪山水, 自稱浮丘山人. 曾有五言古詩云:

> 逸翮奮霄漢, 高步躡天關. 褰衣在椒塗, 長風吹海瀾. 瓊樹繁遊鑣, 瑤華代朝餐. 恣情戲靈景, 靜嘯嗒鳴鸞. 浮世信淆濁, 焉能濡羽翰!

話分兩頭. 却說濬縣知縣, 姓汪名岑, 少年連第, 意氣揚揚, 只是貪婪無比,112) 性復猜刻, 又酷好杯中之物. 若擎着酒杯, 便直飲到天明. 自到濬縣,

---

108) 【校】訪(방): 《今古奇觀》 각 판본에는 "訪"자가 있고, 《醒世恒言》 각 판본에는 "訪"자가 없다.

109) 掇靑紫如拾針芥(철청자여습침개): 《漢書·夏侯勝傳》의 "其取靑紫如俛拾地芥耳"라는 구절에서 나온 말로 '靑紫'는 公卿들이 쓰는 인끈의 색깔로 고관대작의 대칭으로 쓰이는 말이며, '針芥'는 바늘과 작은 풀을 이른다. 이 말은 고관대작을 얻는 것이 바늘이나 풀을 줍는 것 같이 수월하다는 뜻이다.

110) 【校】科(과): 《今古奇觀》 각 판본에는 "科"로 되어 있고, 人民文學本《醒世恒言》에는 "次"로 되어 있으며, 古本小說集成本《醒世恒言》에는 "利"로 되어 있다.

111) 呼盧浮白(호려부백): 노름하고 술 마시는 것을 이른다. '呼盧'는 도박놀이로 나무판 양면에 각각 검은 색과 흰색을 칠해 만든 주사위 다섯 개를 던져 다섯 개가 모두 검은색으로 나오면 점수가 가장 높았으며 이를 검은색을 의미하는 글자인 '盧'라고 불렀다. 이 놀이를 할 때 높은 점수를 바라는 마음으로 '盧[늬]'라고 소리를 질렀기에 이를 '呼盧'라고 칭하게 된 것이다. '浮白'은 한나라 劉向의 《說苑·善說》에서 魏文侯와 대부가 술을 마실 때 했던 벌주놀이로 "건배를 하지 않은 자에게 큰 잔으로 벌주를 했다.(飮不釂者, 浮以大白.)"는 구절에서 나온 말이다. 이후 술을 큰 잔으로 한 잔 마시거나 실컷 먹는 것을 형용하는 말로 쓰였다.

112) 【校】 《今古奇觀》 각 판본에는 "少年連第, 意氣揚揚, 只是貪婪無比"로 되어 있고, 人民文學本《醒世恒言》에는 "少年連第, 貪酷無比"로 되어 있으며, 古本小說集成本《醒世恒言》에는 "少年連第, 貪婪無比"로 되어 있다.

不曾遇着對手. 平昔也曉得盧柟是個才子, 當今推重, 交遊甚廣. 又聞得邑中園亭, 惟他家爲最, 酒量又推尊第一. 因這三件, 有心要結識他, 做個相知. 差人去請來相會. 誰知盧秀才却與他人不同[113]. 別個秀才要去結交知縣, 還要捱風緝縫, 央人引進, 拜在門下, 稱爲老師. 四時八節, 饋送禮物, 希圖以小博大. 若知縣自來相請, 就如朝廷徵聘一般, 何等榮耀. 還把名帖黏在壁上, 誇炫親友. 這雖是不肖者所爲,[114] 有氣節的未必如此. 但是知縣相請, 也沒有不肯去的. 偏是那盧柟被知縣一連請了五六次[115], 只當做耳邊風, 全然不睬, 只推自來不入公門. 你道因甚如此? 他才高天下, 眼底無人, 天生就一副俠腸傲骨, 視功名如敝蓰, 等富貴猶浮雲. 就是王侯卿相, 不曾來拜訪, 要請去相見, 他也斷然不肯先施[116], 怎肯輕易去見個縣官? 眞個是天子不得臣, 諸侯不得友, 絕品的高人. 這盧柟已是個淸奇古怪的主兒, 又撞着知縣是個耐煩瑣碎的冤家[117]. 請人請到四五次不來, 也索罷了, 偏生只管去纏帳. 見盧柟決不肯來, 却到情願自去就敎. 又恐盧柟他出, 先差人將帖子訂期. 差人領了言語, 一直徑到盧家, 把帖子遞與門公說道:

....

113) 【校】《今古奇觀》각 판본에는 이 구절이 "誰知盧秀才却與他人不同"으로 되어 있고, 人民文學本《醒世恒言》에는 "你道有這般好笑的事麼"로 되어 있으며, 古本小說集成本《醒世恒言》에는 "你道有這樣好笑的事麼"로 되어 있다.

114) 【校】《今古奇觀》각 판본과 古本小說集成本《醒世恒言》에는 이 구절이 "就如朝廷徵聘一般, 何等榮耀. 還把名帖黏在壁上, 誇炫親友. 這雖是不肖者所爲"로 되어 있고, 人民文學本《醒世恒言》에는 "便似朝廷徵聘一般, 便立刻動身, 不俟駕而行的樣子. 若是這種人, 是不肖者所爲"로 되어 있다.

115) 【校】《今古奇觀》각 판본에는 이 구절이 "偏是那盧柟被知縣一連請了五六次"로 되어 있고, 《醒世恒言》각 판본에는 "偏有盧柟比他人不同, 知縣一連請了五六次"로 되어 있다.

116) 先施(선시):《禮記·中庸》에 있는 "붕우에게 원하는 것을 먼저 베풀라.(所求乎朋友, 先施之.)"라는 구절에 대한 孔穎達의 疏에서 "붕우가 자기에게 은혜를 베풀기를 원한다면 자기가 먼저 붕우에게 은혜를 베풀어야 한다.(欲求朋友以恩惠施己, 則己當先施恩惠於朋友也.)"라고 했다. 이후 남을 먼저 찾아뵙거나 남에게 먼저 선물을 하는 것을 이르러 '先施'라고 했다.

117) 【校】《今古奇觀》각 판본에는 이 구절이 "又撞着知縣是個耐煩瑣碎的冤家"로 되어 있고, 《醒世恒言》각 판본에는 "撞着知縣又是個耐煩瑣碎的冤家"로 되어 있다.

“本縣老爺, 有緊要話, 差我來傳你相公, 相煩引進.” 門公不敢怠慢, 即引到園上, 來見家主. 差人隨進園門, 舉目看時, 只見水光遶綠, 山色環118)靑, 竹木扶疎, 交相掩映, 林中禽鳥, 聲如鼓吹. 那差人從不曾見這般景致, 今日到此, 恍如登了洞天仙府, 好生歡喜, 想道: “怪道老爺要來遊玩, 原來有恁地好景! 我也是有些緣分, 方得至此觀玩這番, 也不枉爲人一世.” 遂四下行走, 恣意飽看. 彎彎曲曲, 穿過幾條花徑, 走過數處亭臺, 來到一個所在, 周圍盡是梅花, 一望如雪, 霏霏馥馥, 淸香沁人肌骨. 中間顯出一座八角亭子, 朱甍碧瓦, 畫棟雕梁, 亭中懸一個匾額, 大書“玉照亭”三字. 下邊坐着三四個賓客, 賞花飲酒, 傍邊五六個標緻靑衣, 調絲品竹, 按板而歌. 有高太史《梅花詩》爲證:

> 瓊姿只合在瑤臺, 誰向江南處處栽. 雪滿山中高士臥, 月明林下美人來.
> 寒依疎影蕭蕭竹, 春掩殘香漠漠苔. 自去何郎無好咏119), 東風愁寂幾迴
開!

門公同差人站在門外, 候歌完了, 先將帖子稟知, 然後差人向前說道: “老爺令小人多多拜上相公, 說: 旣相公不屑到縣, 老爺當來拜訪; 但恐相公他出, 又不相値, 先差小人來期個日子, 好來請教. 二來聞府上園亭甚好, 順便就要遊玩.” 大凡事當湊就不起, 那盧柟見知縣頻請不去, 恬不爲怪, 却又情願來就教, 未免轉過念頭, 想: “他雖然貪鄙, 終是個父母官兒, 肯屈己敬賢, 亦是可取; 若又峻拒不許, 外人只道我心胸褊狹, 不能容物了.” 又想道: “他是個俗吏, 這文章定然不曉得的; 那詩律旨趣深奧, 料必也沒相干; 若論典籍, 他又是個後生小子, 徼幸在睡夢中偸得這進士到手, 已是心滿意足, 諒來還未曾識面. 至於理學禪宗, 一發夢想所不到了. 除此之外, 與他談論, 有甚意味, 還是莫招攬罷.” 却又念其來意惓惓, 如拒絕了, 似覺不情. 正沉

---

118) 【校】環(환):《今古奇觀》각 판본에는 “環”으로 되어 있고,《醒世恒言》각 판본에는 “送”으로 되어 있다.

119) 【校】自去何郎無好咏(자거하랑무호영):《今古奇觀》각 판본과《醒世恒言》각 판본에는 모두 “自去漁郎無好韻”으로 되어 있으나 高啟의 〈梅花詩〉에는 “自去何郎無好咏”으로 되어 있어 原詩에 따른다.

吟間, 小童斟上酒來. 他觸境情生, 就想到酒上, 道: "倘會飲酒, 亦可免俗." 問來人道: "你本官可會飲酒麽?" 答: "酒是老爺的性命, 怎麽不會飲?" 盧柟又問: "能飲得多少?" 答道: "但見拿着酒杯, 整夜吃去, 不到酩酊不止, 也不知有幾多酒量." 盧柟心中喜道: "原來這俗物, 却會飲酒, 單取這節罷." 隨教童子取小帖兒, 付與來人道: "你本官既要來遊玩, 趁此梅花盛時, 就是明日罷. 我這裏整備酒盒相候." 差人得了言語, 原同門公一齊出來, 回到縣裏, 將帖子回覆了知縣. 知縣大喜, 正要明日到盧柟家去看梅花; 不想晚上人來報新按院不發起馬牌, 突然上任, 汪知縣連夜起身往府[120], 不能如意. 差人將個帖兒辭了. 知縣到府, 接着按院, 伺行香過了, 回到縣時, 往還數日, 這梅花已是:

紛紛玉瓣堆香砌, 片片瓊英遶畫欄.

汪知縣因不曾赴梅花之約, 心下快快, 指望盧柟另來相邀. 誰知盧柟出自勉強, 見他辭了, 即撇過一邊, 那肯又來相請. 看看已到仲春時候, 汪知縣又想到盧柟園上去遊春, 差人先去致意. 那差人來到盧家園中, 只見園林織錦, 堤草舖茵, 鶯啼燕語, 蝶亂蜂忙, 景色十分豔麗. 須臾, 轉到桃蹊上, 那花渾如萬片丹霞, 千重紅錦, 好不爛熳. 有詩爲證:

桃花開遍上林紅, 耀服繁華色豔濃. 含笑動人心意切, 幾多消息五更風.

盧柟正與賓客在花下擊鼓催花, 豪歌狂飲, 差人執帖子上前說知. 盧柟乘着酒興, 對來人道: "你快回去與本官說, 若有高興, 即刻就來, 不必另約." 衆賓客道: "使不得! 我們正在得趣之時, 他若來了, 就有許多文傷傷[121], 怎能盡興? 還是改日罷." 盧柟道: "說得有理, 便是明日." 遂取個帖

....

120) 【校】《今古奇觀》각 판본에는 이 구절이 "不想晚上人來報新按院不發起馬牌, 突然上任, 汪知縣連夜起身往府"로 되어 있고,《醒世恒言》각 판본에는 "不想晚上人來報新按院到任, 連夜起身往府"으로 되어 있다.

121) 【校】文傷傷(문추추):《今古奇觀》각 판본과 古本小說集成本《醒世恒言》에는 "文傷傷"로 되어 있고, 人民文學本《醒世恒言》에는 "文來傷"로 되어 있다. 文傷傷는 文謅謅 또는 文縐縐로 많이 쓰는데 줄여서 文縐나 文謅라고 하기도

子, 打發來人, 回復知縣. 你道天下有恁樣不巧的事! 次日汪知縣剛剛要去
遊春, 誰想夫人有五個月身孕, 忽然小產起來, 暈倒在地, 血污浸漬身子.
嚇得知縣已是六神無主, 還有甚心腸去吃酒, 只得又差人辭了盧柟. 這夫
人病體直至三月下旬, 方纔稍可. 那時盧柟園中牡丹盛開122), 冠絕一縣.
眞是好花, 有牡丹詩爲證:

> 洛陽千古鬥春芳, 富貴爭誇濃豔粧. 一自淸平傳唱後, 至今人尙123)說花
> 王.

　　汪知縣爲夫人這病, 亂了半個多月, 情緒不佳, 終日只把酒來消悶, 連政
事也懶得去理. 次後聞得盧家牡丹茂盛, 想要去賞玩, 因兩次失約, 不好又
來相期, 差人送三兩書儀124), 就致看花之意. 盧柟日子便期了, 却不肯受
這書儀. 璧返數次, 推辭不脫, 只得受了. 那日天氣晴爽, 汪知縣打帳早衙
完了就去, 不道剛出衙門, 左右來報: “吏科給事中某爺告養親歸家, 在此經
過.” 正是要道之人, 敢不去奉承麼? 急忙出郭迎接, 餽送下程, 設宴款待.
只道一兩日就行, 還可以看得牡丹, 那知某給事, 又是好勝的人, 敎知縣陪
了遊覽本縣勝景之處, 盤桓七八日方行. 等到去後, 又差人約盧柟時, 那牡
丹已萎謝無遺. 盧柟也向他處遊玩山水, 離家兩日矣. 不覺春盡夏臨, 倏忽
間又早六月中旬, 汪知縣打聽盧柟已是歸家, 在園中避暑, 又令人去傳達,
要賞蓮花. 那差人徑至盧家, 把帖兒敎門公傳進. 須臾間, 門公出來說道:
“相公有話, 喚你當面去分付.” 差人隨著門公, 直到一個荷花池畔, 看那池
團團約有十畝多大, 堤上綠槐碧柳, 濃陰蔽日; 池內紅粧翠蓋, 豔色映人.
有詩爲證:

....

한다. ‘文謅謅’는 행동거지를 점잖게 하는 모양을 형용하는 말로 여기서는 선비
들이 서로 만날 때 차리는 허례허식 등을 뜻한다.

122) 【校】盛開(성개): 《今古奇觀》 각 판본과 古本小說集成本《醒世恒言》에는 “盛
開”로 되어 있고, 人民文學本《醒世恒言》에는 “開放”으로 되어 있다.

123) 【校】人尙(인상): 《今古奇觀》 각 판본과 古本小說集成本《醒世恒言》에는 “人
尙”으로 되어 있고, 人民文學本《醒世恒言》에는 “傳頌”으로 되어 있다.

124) 서의(書儀): 재물을 보낼 때 쓰는 禮帖과 封簽을 이르는 말인데 남에게 증정하
는 재물을 널리 이르기도 한다.

淩波仙子鬥新粧, 七竅虛心吐異香. 何似花神多薄倖, 故將顏色惱人腸.

原來那池也有個名色, 喚做"灩碧池". 池心中有座亭子, 名曰"錦雲亭". 此亭四面皆水, 不設橋樑, 以採蓮舟爲渡, 乃盧枏納涼之處. 門公與差人下了採蓮舟, 蕩動畫槳, 頃刻到了亭邊, 繫舟登岸. 差人舉目看那亭子: 周圍朱欄畫檻, 翠幔紗窗, 荷香馥馥, 淸風徐徐, 水中金魚戲藻, 梁間紫燕尋巢, 鷗鷺爭飛葉底, 駕鴦對浴岸傍. 去那亭中看時, 只見藤床牀湘簟, 石榻竹几, 瓶中供千葉碧蓮, 爐內焚百和名香. 盧枏科頭跣足, 斜據石榻. 面前放一帙古書, 手中執着酒杯. 傍邊冰盤中, 列着金桃雪藕, 沉李浮瓜, 又有幾味案酒. 一個小廝捧壺, 一個小廝打扇. 他便看幾行書, 飲一杯酒, 自取其樂. 差人未敢上前, 在側邊暗想道: "同是父母生長, 他如何有這般受用! 就是我本官中過進士, 還有許多勞碌, 怎及得他的自在!" 盧枏擡頭看見, 即問道: "你就是縣裏差來的麼?" 差人應道: "小人正是." 盧枏道: "你那本官到也好笑, 屢次訂期定日, 却又不來; 如今又說要看荷花; 恁樣不爽利, 虧他怎地做了官! 我也沒有許多閒工夫與他纏帳, 任憑他有興便來, 不柰煩又約日子." 差人道: "老爺多拜上相公, 說久仰相公高才, 如渴想漿, 巴不得來請教, 連次皆爲不得已事羈住, 故此失約. 還求相公期個日子, 小人好去回話." 盧枏見來人說話伶俐, 却也聽信了他, 乃道: "既如此, 竟在後日." 差人得了言語, 討個回帖, 同門公依舊下船, 撐到柳陰堤下上岸, 自去回復了知縣. 那汪知縣至後日, 早衙發落了些公事, 約莫午牌時候, 起身去拜盧枏. 誰想正值三伏之時, 連日酷熱非常, 汪知縣已受了些暑氣, 這時却又在正午, 那輪紅日猶如一團烈火, 熱得他眼中火冒, 口內烟生. 剛到半路, 覺道天旋地轉, 從轎上直撞下來, 險些兒悶死在地. 從人急忙救起, 擡回縣中, 送入私衙, 漸漸甦醒. 分付差人辭了盧枏, 一面請太醫調治. 足足裏病了一個多月, 方纔出堂理事, 不在話下.

且說盧枏一日在書房中, 查點往來禮物, 檢着汪知縣這封書儀, 想道: "我與他水米無交, 如何白白裏受他的東西? 須把來消豁了, 方纔乾淨." 到八月中, 差人來請汪知縣中秋夜賞月. 那知縣却也正有此意, 見來相請, 好生歡喜, 取回帖打發來人, 說: "多拜上相公, 至期准赴." 那知縣乃一縣之主, 難道剛剛只有盧枏請他賞月不成? 少不得初十邊, 就有鄉紳同僚中相請,

況又是個好飲之徒, 可有不去的理麼? 定然一家家捱次都到. 至十四這日,
辭了外邊酒席, 於衙中整備家宴, 與夫人在庭中玩賞. 那晚月色分外皎潔,
比尋常更是不同. 有詩爲證:

> 玉宇淡悠悠, 金波徹夜流. 最憐圓缺處, 曾照古今愁.
> 風露孤輪影, 山河一氣秋. 何人吹鐵笛? 乘醉倚南樓.

夫妻對酌, 直飲到酩酊, 方纔入寢. 那知縣一來是新起病的人, 元神未復;
二來連日沉酣糟粕, 趁着酒興, 未免走了酒字下這道兒; 三來這晚露坐夜
深, 着了些風寒: 三合湊又病起來. 眼見得盧柟賞月之約, 又虛過了. 調攝
數日, 方能痊可. 那知縣在衙中無聊, 量道盧柟園中桂花必盛, 意欲借此排
遣, 適値有個江南客來打抽豐125), 送兩大罈惠山泉酒, 汪知縣就把一罈, 差
人轉送與盧柟. 盧柟見說是美酒, 正中其懷, 無限歡喜, 乃道: "他的政事文
章, 我也一概勿論, 只這酒中, 想亦是知味的了." 即寫帖請汪知縣後日來賞
桂花. 有詩爲證:

> 涼影一簾分夜月, 天宮萬斛動秋風.126) 淮南何用歌《招隱》? 自可淹留桂
> 樹叢.

自古道: "一飲一啄, 莫非前定." 像汪知縣是個父母官, 肯屈己去見個士
人, 豈不是件異事. 誰知兩下機緣不偶127), 臨期卻又128)生出事故, 不能相
會. 這番請賞桂花, 汪知縣滿意要盡竟日之歡, 罄夙昔仰想之誠. 不料是日
還在眠床上, 外面就傳板進來報: "山西理刑趙爺行取129)入京, 已至河下."

....

125) 打抽豐(타추풍): 打秋風과 같은 말로 갖은 핑계를 대서 남에게 재물을 받는
　　것을 이른다.
126) 【校】《今古奇觀》각 판본과 古本小說集成本《醒世恒言》에는 이 시의 앞의 두
　　구가 "涼影一簾分夜月, 天宮萬斛動秋風."으로 되어 있고, 人民文學本《醒世恒
　　言》에는 "靈鷲山前落月中, 天香雲外動秋風."으로 되어 있다.
127) 【校】不偶(불우):《今古奇觀》각 판본에는 "不偶"로 되어 있고,《醒世恒言》각
　　판본에는 "未到"로 되어 있다.
128) 【校】却又(각우):《今古奇觀》각 판본에는 "却又"로 되어 있고,《醒世恒言》각
　　판본에는 "定然"으로 되어 있다.

恰正是汪知縣鄉試房師, 怎敢怠慢? 即忙起身梳洗, 出衙上轎, 往河下迎接, 設宴款待. 你想兩個得意師生, 沒有就別之理, 少不得盤桓數日, 方纔轉身. 這桂花果然:

飄殘金粟隨風舞, 零亂天香滿地鋪.

却說盧柟素性剛直豪爽, 是個傲上矜下之人, 見汪知縣屢次卑詞盡敬, 以其好賢, 遂有俯交之念. 時值九月末旬, 園中菊花開遍, 那菊花種數甚多, 內中惟有三種為貴. 那三種?

鶴翎、剪絨、西施.

每一種各有幾般顏色, 花大而媚, 所以貴重. 有《菊花詩》為證:

不共春風鬥百芳, 自甘籬落傲秋霜. 園林一片蕭疏景, 幾朵依稀散晚香.

盧柟因想汪知縣幾遍要看園景, 却俱中止, 今趁此菊花盛時, 何不請來一玩? 也不枉他一番敬慕之情. 即寫帖兒, 差人去請次日賞菊. 家人拿着帖子, 來到縣裏, 正值知縣在堂理事, 一徑走到堂上跪下, 把帖子呈上, 稟道: "家相公多拜上老爺, 園中菊花盛開, 特請老爺明日賞玩." 汪知縣正想要去看菊, 因屢次失約, 難好啓齒; 今見特地來請, 正是挖耳當招[130], 深中其意. 看了帖子, 乃道: "拜上相公, 明日早來領教." 那家人得了言語, 即便歸家, 回覆家主道: "汪太爺[131]拜上相公, 明日絕早就來." 那知縣說明日早來, 不

....

129) 行取(행취): 명나라 때 州縣의 관원은 규정된 年限 내에 지방 고급 관원의 천거를 받아 경도에 있는 벼슬자리로 전근을 할 수 있었는데 이를 '行取'라고 했다.

130) 挖耳當招(알이당초): 남이 손을 들어서 귀를 파는 것을 보고 자기를 부르는 것인 줄 안다는 뜻으로 간절한 기대로 인해 오해가 생기는 것을 비유적으로 이르는 말이다.

131) 【校】太爺(태야): 人民文學本·繪圖本《今古奇觀》에는 "太爺"로 되어 있고 古本小說集成本《今古奇觀》과 古本小說集成本《醒世恒言》에는 "大爺"로 되어 있으며, 人民文學本《醒世恒言》에는 "老爺"로 되어 있다. 후문에 나오는 '太爺'

過是隨口的話, 那家人改做絶早就來, 這也是一時錯訛之言. 不想因這句錯話上, 得罪了知縣, 後來把天大家私, 弄得罄盡, 險些兒連性命都送了. 正是:

舌爲利害本, 口是禍福門.

當下盧柟心下想道: "這知縣也好笑, 那見赴人筵席, 有個絶早就來之理." 又想道: "或者慕我家園亭, 要盡竟日之遊." 分付廚夫: "太爺明日絶早就來, 酒席須要早些完備." 那廚夫聽見知縣早來, 恐怕臨時誤事, 隔夜就手忙脚亂收拾. 盧柟到次早分付門上人: "今日若有客來, 一概相辭, 不必通報." 又將個名貼, 差人去邀請知縣. 不到朝食時, 酒席都已完備, 排設在園上[132]燕喜堂中. 上下兩席, 並無別客相陪. 那酒席鋪設得花錦相似. 正是:

富家一席酒, 窮漢半年糧.

且說汪知縣那日出堂, 便打帳完了投文公事, 即便赴酌. 投文裏却有本縣巡檢司解到強犯九名, 贓物若干. 此事先有心腹報知, 乃是衛河大夥, 贓物甚多, 又無失主. 汪知縣動了火, 即時用刑拷訊. 內中一盜甚黠, 才套夾棍, 便招某處藏銀若干, 某處埋贓幾許, 一五一十搬將出來, 何止千萬. 知縣貪心如熾, 把喫酒的念頭放過一邊; 便教放了夾棍, 差個心腹吏, 帶領健步衙役, 押盜前去, 眼同起贓, 立等回話. 餘盜收監, 贓物上庫. 知縣退坐後堂, 等那起贓消息. 從辰至未, 承值吏供酒供食了兩次, 那起贓的方才回縣, 稟說: "却是怪異! 東墾西爬, 並沒有半個錫皮錢兒[133]." 知縣大怒, 再出前堂, 弔出前犯, 一個個重新拷掠. 夾到適才押去起贓的賊. 那賊因衆人怒他胡說, 沒有贓物, 已是拳頭脚尖, 私下先打過幾頓. 又且司兵拷打壞的, 怎

....

도 이와 같다.

132) 【校】園上(원상): 《今古奇觀》각 판본과 古本小說集成本《醒世恒言》에는 "園上" 두 글자가 있고, 人民文學本《醒世恒言》에는 "園上" 두 글자가 없다.

133) 錫皮錢兒(석피전아): 口語에서 주석으로 만든 동전인 錫錢을 칭하는 말로 동전 가운데서도 하등의 동전이다.

當得起再夾, 登時氣絶. 知縣見夾死了賊, 也有些著忙, 便教禁子獄卒叫喚, 亂了半晌, 竟不甦醒. 汪知縣心生一計, 喝叫且將衆犯還監, 明日再審. 衆人會意, 將死賊混在活賊裏, 一擁扶入監去, 誰敢到半個死字! 又向禁子討了病狀, 明日做死囚發出. 汪知縣十分敗興, 遂想着盧家喫酒. 即刻起身赴宴. 此時已是申牌時分. 各役簇擁着大尹, 來到盧家園內.[134]

....

134) 【校】《今古奇觀》각 판본의 "窮漢半年糧"과 "且說盧柟早上候起" 사이의 내용은 위 본문과 같고, 《醒世恒言》古本小說集成本(人民文學本)에는 다음과 같이 되어 있다.

　　且說知縣那日早衙投文已過, 也(竟)不退堂, 就要去赴酌. 因見天色太早, 恐酒席未完, 弔一起公事來問. 那公事却是新拿到一班强盜, 專(事)在衛河裏打劫來往客商, 因都在娼家宿歇, 露出馬脚, 被捕人拿住解到本縣, 當下一訊都招. 內中一個叫做石雪哥, 又扳出本縣一個開肉鋪的王屠, 也是同夥, 即差人去拿到. 知縣問道: "王屠, 石雪哥招稱你是同夥, 臟物俱窩頓你家, 從實供招, 免受刑罰." 王屠稟道: "爺爺, 小人是個守法良民, 就在老爺馬足下開個肉鋪生理, 平昔間就街市上不十分行走, 那有這事? 莫說與他是個同夥, 就是他面貌, 從不曾識認. 老爺不信, 拘鄰裏來問, 平日所行所爲, 就明白了." 知縣又叫石雪哥道: "你莫要誣陷平人, 若審出是扳害的, 登(本)時就打死你這奴才." 石雪哥道: "小的亚非扳害, 眞實是同夥." 王屠叫道: "我認也認不得你, 如何是同夥?" 石雪哥道: "王屠, 我與你一向同做夥計, 怎麽詐不認得? 就是今日, 本心原要出(弄)脫你的, 只爲受刑不過, 一時間說了出來, 你不要(可)怪我." 王屠叫屈連天道: "這是那裏說起?" 知縣喝交一齊夾起來, 可憐王屠夾得死而復甦, 不肯招承. 這强盜咬定是個同夥, 雖夾死終不改口. 是已牌時分夾到(到), 日已倒西, 兩下各執一詞, 難以定招. 此時知縣一心要去赴宴, 已不耐煩, 遂依著强盜口詞, 葫蘆提將王屠問成斬罪, 其家私盡作臟物入官. 畫供已畢, 一齊發下死囚牢裏, 即起身上轎, 到盧柟家去吃喫酒不題. 你道這强盜爲甚死咬定王屠是個同夥? 那石雪哥當初原是個做小經紀的人, 因染了時疫症, 把本錢用完, 連幾件破傢伙也賣來吃在肚裏. 及至病好, 却沒本錢去做生意, 只存得一隻鍋兒, 要把去賣幾十文錢, 來營運度日. 旁邊却又有些破的, 生出一個計較: 將鍋煤拌著泥兒塗好, 做個草標兒, 提上街去賣. 轉了半日, 都嫌是破的, 無人肯買. 落後走到王屠對門開米鋪的田大郎門首, 叫住要買. 那田大郎是個近覷眼, 却看不出損處, 一口就還八十文錢. 石雪哥也就肯了. 田大郎將錢遞與石雪哥, 接過手剛在那裏數明. 不想王屠在對門看見, 叫道大郎: "你且仔細看看, 莫要買了破的." 這是嘲(因)他眼力不濟, 乃一時戲謔之言(偶然外人之言). 誰知田大郎眞個重新仔細一看, 看出那個破損處來, 對王屠道: "早(了)是你說, 不然幾乎被他哄了, 果然是破的." 連忙討了銅錢, 退還鍋子. 石雪哥初時買成了, 心中正在歡喜, 次後討了錢去, 心中痛恨王屠, 恨不得與他性命相博. 只爲自己貨兒果然破損, 沒個因頭,且說盧枏早上候起, 已至巳時, 不見知縣來到, 差人去打聽, 回報說在那裏審問公事. 盧枏心上就有三四分不樂, 道: "旣約了絕早就來, 如何這時候還問公事!" 停了半晌, 音信杳然, 再差人將簡名帖邀請. 盧枏此時不樂, 有六七分了, 想道: "是我請他的不是, 只得耐這次罷!" 俗語道: "等人性急." 又候了半晌, 連那投邀帖的人也不回來. 盧枏道: "古怪!" 再差人去打聽, 少停, 同着投邀帖的人一齊轉來回覆, 說: "還在堂上夾人. 門役道: 太爺正在惱怒, 却放你進去纏帳! 一攔住小人, 不放進去, 帖尙未投, 所以不敢回報."[135] 盧

難好開口, 忍著一肚子惡氣, 提著鍋子轉身, 臨行時, 還把王屠怒目而視, 巴不能等他問一聲, 就要與他厮鬧. 那王屠出自無心, 那個去看他. 石雪哥見不來招攬, 只得自去. 不想心中氣悶, 不曾照管得脚(足)下, 絆上一交, 把鍋子打做千百來塊, 將王屠就(來)恨入骨髓. 思想沒了生計, 欲要尋條死路, 詐害王屠, 却又舍不得性命. 沒甚計較, 就學做夜行人, 到此順溜, 手到擒來. 做了年余, 嫌這生意微細, 合入大隊裏, 在衛河中巡綽, 得來大碗酒, 大塊肉, 好不快活. 那時反又感激王屠起來, 他道是"當日若沒有王屠這句話, 賣成這隻鍋子, 有了本錢, 這時只做小生意過日, 那有恁般快活." 及至惡貫滿盈, 被拿到官, 情眞罪當, 料無生理, 却又想起昔年的事來: "那日若不是他說破, 賣這幾十文錢做生意度日, 不見致有今日." 所以扳害王屠, 一口咬定, 死也不放. 故此他便認得王屠, 王屠却不相認. 後來直到秋後典刑, 齊綁在法場上, 王屠問道: "今日總是死了, 你且說與我有甚冤仇, 害我至此? 說個明白, 死也甘心." 石雪哥方才把前情說出. 王屠連喊冤枉, 要辨明這事. 你想: 此際有那個來采你? 只好含冤而死. 正是: 只因一句閑言語, 斷送堂堂六尺軀. 閒話休題.

이와 같이, 《醒世恒言》에서는 왕 지현이 심판한 도적 사건의 시말과 그 등장인물을 모두 자세하게 기술하고 있는 반면,《今古奇觀》에서는 그 내용을 대폭적으로 줄였으며 왕 지현이 도적의 장물에 욕심을 내어 그 소재를 물으려고 형벌을 가하다가 실수로 도적을 죽인 후 실정을 감춘 것으로 묘사하고 있다.

135) 【校】《今古奇觀》각 판본의 이 부분은 위 본문과 같고, 人民文學本《醒世恒言》에는 다음과 같이 되어 있다.
停了一回, 還不見到, 又差人去打聽, 來報說: "這件公事還未問完哩." 盧枏不樂有六七分了, 想道: "是我請他的不是, 只得耐這次罷." 俗語道得好: "等人性急." 略過一回, 又差人去打聽, 這人行無一箭之遠, 又差一人前去, 頃刻就差上五六個人去打聽. 少停一齊轉來回覆說: "正在堂上夾人, 想這事急切未得完哩""로 되어 있으며 古本小說集成本《醒世恒言》에는 "停了一回, 還不見到, 又差人去打聽, 來報說: "這件公事還未問完哩." 盧枏不樂有六七分了, 想道: "是我請他的不是, 只得耐這次罷." 俗語道得好: "等人性急." 略過一回, 又差人去打聽, 這人行無一箭之遠, 又差一人前來, 頃刻就差上五六個人去打聽. 少停一

栖聽見這話, 湊成十分不樂; 又聽得說夾問強盜贓物136), 心中大怒, 道: "原來這箇貪殘蠢才137), 一無可取, 幾乎錯認了! 如今幸爾還好!" 卽令家人撤開下面這桌酒席, 走上前, 居中向外而坐, 叫道: "快把大杯篩138)熱酒來, 洗滌俗腸139)!" 家人都禀道: "恐太爺一時來到." 盧栖喝道: "啐! 還說甚太爺! 我這酒可是與那貪殘俗物吃的麽! 況他爽信已是六七次, 今晚一定不來." 家人見家主發怒, 誰敢再言, 隨卽斟酒, 供出餚饌. 小奚在堂中宮商迭奏, 絲竹並呈. 盧栖飮過數杯, 叫小厮: "與我按摩一番. 今日伺候那俗物, 覺道身子困倦!" 分付閉了園門. 於是脫巾卸服, 跣足蓬頭, 按摩的按摩, 歌唱的歌唱. 叫取犀觥斟酒, 連飮數觥, 胸襟頓豁, 開懷暢飮, 不覺大醉. 將餚饌撤去, 賞了小奚; 止留菓品按酒, 又吃上幾觥, 其醉如泥. 就靠在桌上, 齁齁睡去. 家人誰敢去驚動, 整整齊齊, 都站在兩旁伺候. 裏邊盧栖便醉了, 外面管園的, 却不曉得內裏的事. 平日間賓客出進得多, 主人又是簡來者不拒, 去者不追的, 日逐將園門大開慣了, 今日雖有命閉門, 却不把在心上. 又且知道請見任官府, 倘若來時, 左右要開的; 且停了一會兒, 挨到落日銜山,140) 遠

....

齊轉來回覆說: "老爺在堂上發激, 想這事急切未得完哩."

136) 【校】《今古奇觀》각 판본에는 "又聽得說夾問強盜贓物"이라는 구절이 있고, 《醒世恒言》각 판본에는 이 내용이 없다.

137) 【校】這箇貪殘蠢才(저개탐잔준재): 《今古奇觀》각 판본에는 "這箇貪殘蠢才"로 되어 있고, 《醒世恒言》각 판본에는 "這俗物"로 되어 있다.

138) 【校】篩(사): 人民文學本・繪圖本《今古奇觀》에는 "篩"로 되어 있고, 古本小說集成本《今古奇觀》과 《醒世恒言》각 판본에는 "灑"로 되어 있다.

139) 【校】腸(장): 《今古奇觀》각 판본과 古本小說集成本《醒世恒言》에는 "腸"으로 되어 있고, 人民文學本《醒世恒言》에는 "氣"로 되어 있다.

140) 【校】《今古奇觀》각 판본에서 "恐太爺一時來到"부터 "遠遠望見知縣頭踏來" 사이의 내용은 위 본문과 같고, 《醒世恒言》古本小說集成本(人民文學本)에는 다음과 같이 되어 있다.

盧栖睜起眼喝道: "啐! 還說甚大爺? 我這酒可是與俗物吃的麽?" 家人見家主發怒, 誰敢再言, 只得把大杯斟上, 廚下將看饌供出. 小奚在堂中宮商疊奏, 絲竹並呈. 盧栖飮了數杯, 又討出大碗, 一連喫上十數多碗. 喫得性起, 把巾服都脫了, 跣足蓬(科)頭, 踞坐於椅上, 將看饌撤去, 止留果品案酒, 又吃上十來大碗. 連果品也賞了小奚, 惟飮寡酒, 又吃上幾碗. 盧楠酒量雖高, 原喫不得急酒, 因一時惱怒, 連飮了幾十碗, 不覺大醉, 就靠在桌上齁齁睡去. 家人誰敢去驚動, 整整齊齊, 都站在兩旁伺候. 裏邊盧栖便醉了, 外面管園的却不曉得.

遠望見知縣頭踏來. 急忙進來通報. 到了中堂[141], 看見家主已醉倒, 吃一
驚, 道: "太爺已是到了, 相公如何先飲得這個模樣?" 衆家人聽得知縣來到,
都面面相覷, 沒做理會, 齊道: "那桌酒便還在, 但相公不能勾醒, 却怎好?"
管園的道: "且叫醒轉來, 扶醉陪他一陪也罷. 終不然, 特地請來, 冷淡他去
不成?" 衆家人只得上前叫喚, 喉嚨喊破[142], 如何得醒. 漸漸聽得人聲嘈[143]
雜, 料道是知縣進來, 慌了手脚, 四散躱過, 單單撇下盧柟一人. 只因這番,
有分敎: 佳賓賢主, 變爲百世冤家; 好景名花, 化作一場春夢! 正是:

　　盛衰有命天爲主, 禍福無門人自生.

　　且說汪知縣離了縣中, 來到盧家園門首, 不見盧柟迎接, 也沒有一箇家
人伺候. 從人亂叫: "門上有人麽? 快去通報, 太爺到了." 並無一人答應. 知
縣料是管門的已進去報了, 遂分付不必呼喚, 竟自進去. 只見門上一個匾
額, 白地翠書"嘯圃"兩個大字. 進了園門, 一帶都是柏屛. 轉過彎來, 又顯出
一座門樓, 上書"隔凡"二字. 過了此門, 便是一條松徑. 繞出松林, 打一看
時, 但見山嶺參差, 樓臺縹緲, 草木蕭疏, 花竹圍環. 知縣見布置精巧, 景色
淸幽, 心下暗喜道: "高人胸次, 自是不同!" 但不聞得一些人聲, 又不見盧柟
相迎, 未免疑惑. 也還道是園中徑路錯雜, 或者從別道出來[144]迎我, 故此
相左. 一行人在園中任意東穿西走, 反去尋覓主人. 次後來到一箇所在, 却
是三間大堂, 一望菊花數百, 霜英粲爛, 楓葉萬樹, 擁若丹錦, 與晚霞相
映,[145] 橙橘相亞, 纍纍如金; 池邊芙蓉千百株, 顏色或深或淺, 綠水紅葩,

....

141) 【校】中堂(중당): 人民文學本·繪圖本《今古奇觀》에는 "中堂"으로 되어 있고
古本小說集成本《今古奇觀》과《醒世恒言》각 판본에는 "堂中"으로 되어 있다.

142) 【校】喉嚨喊破(후롱함파):《今古奇觀》각 판본에는 "喉嚨喊破"로 되어 있고,
《醒世恒言》각 판본에는 "喉嚨都喊破了"로 되어 있다.

143) 【校】嘈(조):《今古奇觀》각 판본에는 "嘈"로 되어 있고,《醒世恒言》각 판본에
는 "喧"으로 되어 있다.

144) 【校】出來(출래): 人民文學本·繪圖本《今古奇觀》에는 "出來"로 되어 있고, 古
本小說集成本《今古奇觀》에는 "往來"로 되어 있으며,《醒世恒言》각 판본에는
"往外"로 되어 있다.

145) 【校】《今古奇觀》각 판본에는 "擁若丹錦 與晚霞相映"으로 되어 있고,《醒世恒

高下相映, 鴛鴦鸂鶒146)之類, 戱狎其下. 汪知縣想道: "他請我看菊, 必在這簡堂中了." 徑至堂前下轎. 走入看時, 那里見甚酒席, 惟有一人, 蓬頭跣足, 居中向外而坐, 靠在桌上打齁, 此外更無一個人影. 從人趕向前亂喊: "老爺到了, 還不起來!" 汪知縣擧目看他身上服色, 不像以下之人; 又見旁邊放著葛巾野服, 分付: "且莫叫喚, 看是何等樣人." 那常來下帖的差人, 向前仔細一看, 認得是盧柟, 稟道: "這就是盧相公, 醉倒在此." 汪知縣聞言, 登時紫漲了面皮, 心下大怒道: "這廝恁般無理! 故意哄我上門羞辱!" 欲待叫從人將花木打簡希爛, 又想不是官體, 忍着一肚子惡氣, 急忙上轎, 分付回縣. 轎夫擡起, 打從舊路, 直至園門首, 依原不見一人. 那時已是薄暮, 點燈前導147), 那些皂快148), 沒一簡不搖首咋舌道: "他不過是簡監生, 如何將官府恁般藐視! 這也是件異事!" 知縣在轎上聽見, 自覺沒趣, 惱怒愈加, 想道: "他總然才高, 也是我的治下! 曾請過數遍, 不肯來見, 情願就見, 又饋送銀酒, 我亦可謂折節敬賢之至矣; 他却如此無理, 將我侮慢, 且莫說我是父母官, 即使平交, 也不該如此!" 到了縣裏, 怒氣不息, 即便退人私衙不題.

　且說盧柟這些家人, 小廝, 見知縣去後, 方纔出頭; 到堂中看家主時, 睡得正濃, 直至更餘方醒. 衆人說道: "適纔相公睡後, 太爺就來, 見相公睡着, 便起身而去." 盧柟道: "可有甚話說?" 衆人道: "小人們恐難好答應, 俱走過一邊, 不曾看見." 盧柟道: "正該如此!" 叫管門的打了三十板, 如何不早閉了園門149), 却被這俗物, 直至此間, 踐污了地上. 敎管園的, 明早快挑水將

....

　　言》각 판본에는 "擁若丹霞"로 되어 있다.

146) 【校】鸂鶒(계칙): 人民文學本·繪圖本《今古奇觀》에는 "鸂鶒"으로 되어 있고 古本小說集成本《今古奇觀》과 《醒世恒言》각 판본에는 "鳧鴨"으로 되어 있다.

147) 【校】《今古奇觀》각 판본에는 "那時已是薄暮 點燈前導"라는 구절이 있고,《醒世恒言》각 판본에는 없다.

148) 皂快(조쾌): 州縣에 있는 관아의 衙役은 皂, 快, 壯 등의 三班으로 나뉘는데 '皂班'은 관아 내에 서있으면서 형벌의 집행 등을 주관했고, '快班'은 步快와 馬快로 나뉘어 본래 공문의 전달을 주관했다가 나중에는 죄수의 搜捕를 주관했으며, '壯班'은 투옥된 죄수를 지키는 일을 주관했다. 이 아역들을 통틀어 '皂快'라고 일컬었다.

149) 【校】《今古奇觀》각 판본에는 "叫管門的打了三十板 如何不早閉了園門"으로 되어 있고,《醒世恒言》각 판본에는 "又懊悔道 是我一時性急 不曾分付閉了園

他進來的路徑掃滌乾淨. 又着人尋訪常來下帖的差人, 將向日所送書儀, 并那罈泉酒, 發還與他. 那差人不敢隱匿, 遂即到縣裏去繳還, 不在話下.

却說汪知縣退到衙中, 夫人接着, 見他怒氣衝天, 問道: "你去赴宴, 如何這般氣惱?" 汪知縣將其事說[150]知. 夫人道: "這都是自取, 怪不得別人! 你是個父母官, 橫行直撞, 少不得有人奉承; 如何屢屢卑污苟賤, 反去請敎子民. 他總是有才, 與你何益? 今日討恁般怠慢, 可知好麽!" 汪知縣又被夫人搶白了幾句, 一發怒上加怒, 坐在交椅上, 氣憤憤的半晌無語. 夫人道: "何消氣得! 自古道: 破家縣令[151]." 只這四個字, 把汪知縣從睡夢中喚醒, 放下了憐才敬士之心, 頓提起生事害人之念. 當下口中不語, 心下躊躇, 尋思計策安排盧生: "必置之死地, 方洩吾恨." 當夜無話. 次日早衙已過, 喚一個心腹令史[152], 進衙商議. 那令史姓譚名遵, 頗有才幹, 慣與知縣通贓過付, 是一個積年滑吏. 當下知縣先把盧柟得罪之事敍過, 次說要訪他惡端, 參[153]之以洩其恨. 譚遵道: "老爺要與盧柟作對, 不是輕舉妄動的; 須尋得一件沒躱閃的大事, 坐在他身上, 方可完得性命, 那參訪一節[154], 恐未必了事, 在老爺反有干礙." 汪知縣道: "却是爲何?" 譚遵道: "盧柟與小人原是同里, 曉得他多有大官府往來, 且又家私豪富. 平昔雖則恃才狂放, 却沒甚違法之事. 總然拿了, 少不得有天大分上, 到上司處挽回[155], 決不至死的田地. 那

....

門"으로 되어 있다.

150) 【校】說(설):《今古奇觀》각 판본과 古本小說集成本《醒世恒言》에는 "說"로 되어 있고, 人民文學本《醒世恒言》에는 "道"로 되어 있다.

151) 破家縣令(파가현령): 滅門刺史와 함께 쓰이기도 하며, 지방관의 권력이 커서 남의 집안을 망하게 할 수 있다는 뜻이다.

152) 【校】《今古奇觀》각 판본에는 "次日早衙已過 喚一個心腹令史"로 되어 있고, 《醒世恒言》각 판본에는 "汪知縣早衙已過 次日喚一個心腹令史"로 되어 있다.

153) 【校】參(참):《今古奇觀》각 판본과 古本小說集成本《醒世恒言》에는 "參"으로 되어 있고, 人民文學本《醒世恒言》에는 "拿"로 되어 있다.

154) 【校】《今古奇觀》각 판본과 古本小說集成本《醒世恒言》에는 "譚遵道"부터 "恐未必了事" 사이의 내용이 "老爺要與盧柟作對, 不是輕舉妄動的; 須尋得一件沒躱閃的大事, 坐在他身上, 方可完得性命, 那參訪一節"로 되어 있고, 人民文學本《醒世恒言》에는 "老爺要處他, 却是甚難, 請休了這個念頭罷! 知縣道: 我是一線之主, 如何處他不得? 譚遵道: 要處他, 若只此一節"로 되어 있다.

155) 【校】挽回(만회):《今古奇觀》각 판본과 古本小說集成本《醒世恒言》에는 "挽

時懷恨挾仇, 老爺豈不反受其累?" 汪知縣道: "此言雖是, 但他恁般放肆, 定
有幾件惡端. 你去細細訪來, 我自有處." 譚遵答應出來, 只見外邊繳進原
送盧柟的書儀、泉酒. 汪知縣見了, 轉覺沒趣, 無處出氣, 遷怒到差人身上,
說道: "不該收他的回來!" 打了二十毛板, 就將銀酒都賞了差人. 正是:

　　勸君莫作傷心事, 世上應無切齒人.

　　却說譚遵領縣主之命, 四處訪察盧柟罪過, 日往月來, 挨至冬末, 並無一
件事兒. 知縣又再四催促, 到是兩難之事. 一日在家悶坐, 正尋思盧監生無
隙可乘. 只見一箇婦人, 急急忙忙的走入來. 舉目看時, 不是別人, 却是家
人鈕文的弟婦金氏. 鈕文兄弟叫做鈕成. 金氏年紀三十左近, 頗有一二分
姿色, 向前道了萬福: "請問令史: 我家伯伯何在? 得遇令史在家, 却好." 譚
遵道: "鈕文在縣門首. 你有甚事尋他?" 金氏道: "好教令史得知. 丈夫自舊
年借了盧監生家人盧才二兩本銀, 兩年來, 利錢也還了若干. 今歲丈夫投
盧監生家做長工度日, 盧家舊例, 年終便給來歲半年的工銀. 那日丈夫去
領了工銀, 家主又賜了一頓酒飯, 千歡萬喜, 剛出大門, 便被盧才攔住, 知
道領了工銀, 索取前銀. 丈夫道是年終歲暮, 全賴這工銀過年, 那得有銀還
債? 盧才抵死要銀. 兩家費口, 爭鬧起來, 不合罵了他'奴才', 被他弟兄們打
了一頓. 丈夫吃了虧, 氣憤回家, 況是食上加氣, 廝打時, 赤剝冒了寒, 夜間
就發起熱來, 連今日算得病共八日了, 滴水不進. 太醫說是停食感冒, 不能
療治. 如今只待要死, 特來尋伯伯去商量." 譚遵聞言, 不勝歡喜, 道: "原來
恁地. 你丈夫沒事便罷, 有些山高水低, 急來報知, 包在我身上與你出氣,
還要他大一注財, 勾你下半世快活."156) 金氏道: "若得令史張主, 可知好

....

回"로 되어 있고, 人民文學本《醒世恒言》에는 "審問"으로 되어 있다.
156) 【校】《今古奇觀》각 판본에는 "却說譚遵領縣主之命"부터 "勾你下半世快活"
　　사이의 내용이 본문과 같이 되어 있고, 《醒世恒言》각 판본에는 그 내용이
　　다음과 같이 되어 있다.
　　話分兩頭. 却說浮邱山脚下有個農家, 叫做鈕成, 老婆金氏. 夫妻兩口, 家道貧
　　寒, 却又少些行止. 因此無人肯把田與他耕種, 歷年只在盧楠家做長工過日. 二
　　年前, 生了個兒子, 那些一般做工的, 同盧家幾個家人鬪分子與他賀喜. 論起鈕
　　成恁般窮漢, 只該辭了才是. 十分情不可却, 稱家有無, 胡亂請衆人吃三杯, 可

也罷了. 不想他却弄空頭, 裝好漢, 寫身子與盧楠家人盧才, 抵借二兩銀子, 整個大大筵席, 款待衆人. 鄰里盡送湯餅, 熱烘烘倒像個財主家行事. 外邊正喫得快活, 那得知孩子隔日被貓驚了, 這時了帳, 十分敗興, 不能勾盡歡而散. 那盧才肯借銀子與鈕成, 原懷著個不良之念. 你道爲何? 因見鈕成老婆有三四分顔色, 指望以此爲餂, 要勾搭這婆娘. 誰知緣分淺薄, 這婆娘情願白白裏與別人做些交易, 偏不肯上盧才的椿兒, 反去學向老公說盧才怎樣來調戲. 鈕成認做老婆是個貞節婦人, 把盧才恨入骨髓, 立意要賴他這項銀子. 盧才延了年餘, 見這婆娘粧喬做樣, 料道不能勾上鉤, 也念頭休了, 一味索銀. 兩下面紅了好幾場, 只是沒有. 有人敎盧才個法地道: “他年年在你家做長工, 何不耐到發工銀時, 一並扣淸, 可不乾淨?” 盧才依了此言, 再不與他催討. 等到十二月中, 打聽了發銀日子, 緊緊伺候. 那盧楠田産廣多, 除了家人, 顧工的也有整百. 每年至十二月中預發來歲工銀. 到了是日, 衆長工一齊進去領銀, 盧楠恐家人們作弊, 短少了衆人的, 親自唱名親發, 又賞一頓酒飯, 喫個醉飽, 叩謝而出. 剛至宅門口, 盧才一把扯住鈕成, 問他要銀. 那鈕成一則還錢肉痛, 二則怪他調戲老婆, 乘著幾杯酒興, 反撒賴起來. 將盧才一片聲的罵道: “狗奴才! 只要還你銀子, 如何昧心來欺負老爺! 今日與你性命相博!” 當胸撞個滿懷. 盧才不曾堤防, 踉踉蹌蹌, 倒退了十數步, 幾乎跌上一交. 惱動性子, 趕上來便打. 那句“狗奴才”却又犯了衆怒, 家人們齊道: “這厮怎般放潑! 總使你的理直, 到底是我家長工, 也該讓我們一分. 怎地欠了銀子, 反要行凶? 打這狗亡八!” 齊擁上前亂打. 常言道: 雙拳不敵四手. 鈕成獨自一個, 如何抵當得許多人, 着實受了一頓拳脚. 盧才看見銀子藏在兜肚中, 扯斷帶子, 奪過去了. 衆長工再三苦勸, 方纔住手, 推著鈕成回家. 不道盧楠在書房中隱隱聽得門首喧嚷, 喚管門的査問. 他的家法最嚴, 管門的恐怕連累, 從實稟說. 盧楠卽叫盧才進去, 說道: “我有示在先, 不許擅放私債, 盤算小民. 如有此等, 定行追還原劵, 重責逐出. 你怎麽故違我法, 却又截搶工銀, 行凶打他? 這等放肆可惡!” 登時追出兜肚銀子並那紙文契, 打了二十, 逐出不用. 分付管門的: “鈕成來時, 着他來見我, 領了銀劵去.” 管門的連聲答應, 出來, 不題. 且說鈕成剛吃飽得酒食, 受了這頓拳頭脚尖, 銀子原被奪去, 轉思轉惱, 愈想愈氣. 到半夜裏火一般發熱起來, 覺道心頭長悶難過, 次日便爬不起來. 到第二日早上, 對老婆道: “我覺得身子不好, 莫不要死? 你快去叫我哥哥來商議.” 自古道: 無巧不成書. 元來鈕成有個嫡親哥子鈕文, 正賣與令史譚遵家爲奴. 金氏平昔也曾到譚遵家幾次, 路徑已熟, 故此敎他去叫. 當下金氏聽見老公說出要死的話, 心下着忙, 帶轉門兒, 冒著風寒, 一徑往縣中去尋鈕文. 那譚遵四處察訪盧楠的事過, 並無一件, 知縣又再三催促, 到是個兩難之事. 這一日正坐在公廨中, 只見一個婦人慌慌張張的走入來, 擧目看時, 不是別人, 却是家人鈕文的弟婦. 金氏向前道了萬福, 問道: “請問令史, 我家伯伯可在麽?” 譚遵道: “到縣門前買小菜就來, 你有甚事恁般驚惶?” 金氏道: “好敎令史得知: 我丈夫前日與盧監生家人盧才費口, 夜間就病起來, 如今十分沈重, 特來尋伯伯去商麼!" 正說間, 鈕文已回, 金氏將這事說知, 一齊同去. 臨出門, 譚遵又囑咐道: "如有變故, 速速來報." 鈕文應允, 離了縣中, 不消一箇時辰, 早到家中, 推門進去, 不見一些聲息; 到牀上看時, 把二人嚇倣一跳, 元來直僵僵挺在上面, 不知死過幾時了. 金氏便嚎啕大哭起來. 正是:

> 夫妻本是同林鳥, 大限來時各自飛.

那些東鄰西舍, 聽得哭聲, 都來觀看, 齊道: "虎一般的後生, 怎地這般死得快[157]! 可憐! 可憐!" 鈕文對金氏說道: "你且莫哭, 同去報與我主人, 再作區處." 金氏依言, 鎖了大門, 央告鄰里暫時看覷[158], 跟著鈕文就走. 那鄰里中商議道: "他家一定去告狀了. 地方人命重情, 我們也須呈明, 脫了干係." 隨後也往縣裏去呈報. 其時遠近村坊盡知鈕成已死. 早有人報與盧柟. 原來盧柟於那日廝打後, 有人稟知備細, 怒那盧才擅放私債, 盤算小民, 重責三十, 追出借銀原券, 盧才逡出不用, 欲待鈕成來稟, 給還借券. 及至聞了此信, 即差人去尋獲盧才送官. 那知盧才聽見鈕成死了, 料道不肯干休, 已先逃之夭夭, 不知去向.[159]

且說鈕文, 金氏, 一口氣跑到縣裏, 報知譚遵. 譚遵大喜, 悄悄的先到縣中, 稟了知縣; 出來與二人說明就裏, 教了說話, 流水寫起狀詞, 單告盧柟

....

量." 譚遵聞言, 不勝歡喜, 忙問道: "且說爲甚與他家費口?" 金氏即將與盧才借銀起, 直至相打之事, 細細說了一遍. 譚遵道: "原來恁地! 你丈夫沒事便罷, 有些山高水低, 急來報知, 包在我身上, 與你出氣! 還要他一注大財鄉, 敎你下半世快活."

157) 【校】《今古奇觀》각 판본에는 "怎地這般死得快"로 되어 있고,《醒世恒言》각 판본에는 "活活打死了"로 되어 있다.

158) 【校】《今古奇觀》각 판본에는 "央告鄰里暫時看覷"로 되어 있고,《醒世恒言》각 판본에는 "囑付鄰里看覷則個"로 되어 있다.

159) 【校】《今古奇觀》각 판본에는 "原來盧柟於那日廝打後"부터 "不知去向" 사이의 내용이 본문과 같이 되어 있고,《醒世恒言》각 판본에는 이 부분의 내용이 다음과 같이 되어 있다.
　那盧柟原是疎略之人, 兩日鈕成不去領這銀券, 連其事却也忘了, 及至聞此信, 即差人去尋獲盧才送官. 那知盧才听見鈕成死了, 料道不肯干休, 已先桃之夭夭, 不在話下.

노(盧) 태학(太學)이 시주(詩酒)로 공후(公侯)를 깔보다〔盧太學詩酒傲公侯〕

强占金氏不遂, 將鈕成擒歸打死, 敎二人擊鼓叫冤. 鈕文依了家主, 領著金氏, 不管三七念一160), 執了一塊木柴, 把鼓亂敲, 口內一片聲叫喊: "救命." 衙門差役, 自有譚遵分付, 並無攔阻. 汪知縣聽得擊鼓, 即時升堂, 喚鈕文、金氏至案前, 纔看狀詞, 恰好地鄰也到了. 知縣專心在盧柟身上, 也不看地鄰呈子是怎樣情由, 假意問了幾句, 不等發房, 即時出籤, 差人提盧柟立刻赴縣. 公差又受了譚遵的叮囑, 說: "太爺惱得盧柟要緊, 你們此去, 只除婦女孩子, 其餘但是男子漢, 盡數拿來." 衆皂快素知知縣與盧監生有仇, 況且是個大家, 若還人少, 進不得他家大門, 遂聚起三兄四弟, 共有四五十人, 分明是一羣猛虎. 此時隆冬日短, 天已傍晚, 彤雲密佈, 朔風凜冽, 好不寒冷. 譚遵要奉承知縣, 陪出酒食161), 與衆人發路162), 一人163)點起一根火把, 飛奔至盧家門首, 發一聲喊, 齊搶入去, 逢著的便拿. 家人們不知爲甚, 嚇得東倒西歪, 兒啼女哭, 沒奔一頭處. 盧柟娘子正同著丫鬟們在房中圍爐向火, 忽聞得外面人聲鼎沸, 只道是漏了火, 急叫丫環們觀看, 尙未動步, 房門口早有家人報導: "大娘, 不好了! 外邊無數人執著火把打進來也!" 盧柟娘子還認做强盜來打劫, 驚得三十六箇牙齒疙磕磕相打, 慌忙164)叫丫鬟: "快閉上房門!" 言猶未畢165), 一片火光, 早已擁入房裏. 那些丫頭們奔走不迭, 只叫: "大王爺饒命!" 衆人道; "胡說! 我們是本縣太爺差來拿盧柟

---

160) 不管三七念一(불관삼칠념일): '念'은 '廿'과 같은 뜻으로 '不管三七念一'은 '不管三七廿一' 또는 '不管三七二十一'로 쓰기도 한다. '不管三七廿一' 또는 '不管三七二十一'에서 '念'이나 '廿'은 숫자 20을 뜻하여 3 곱하기 7은 원래 21이되는 것인데 '3 곱하기 7이 21이 되든 안 되든'이란 의미로 '시비를 막론하고인정사정을 일체 돌아보지 않는다'는 뜻이다.

161) 【校】食(식):《今古奇觀》각 판본에는 "食"으로 되어 있고,《醒世恒言》각 판본에는 "漿"으로 되어 있다.

162) 【校】與衆人發路(여중인발로):《今古奇觀》각 판본에는 "與衆人發路"로 되어 있고,《醒世恒言》각 판본에는 "與衆人先發個興頭"로 되어 있다.

163) 【校】人(인):《今古奇觀》각 판본에는 "人"으로 되어 있고,《醒世恒言》각 판본에는 "家"로 되어 있다.

164) 【校】慌忙(황망):《今古奇觀》각 판본과 古本小說集成本《醒世恒言》에는 "慌忙"으로 되어 있고, 人民文學本《醒世恒言》에는 "急"으로 되어 있다.

165) 【校】畢(필):《今古奇觀》각 판본과 古本小說集成本《醒世恒言》에는 "畢"로 되어 있고, 人民文學本《醒世恒言》에는 "了"로 되어 있다.

的, 什麼大王爺!" 盧柟娘子見說這話, 就明白向日丈夫怠慢了知縣, 今日尋
事故來擺布, 便道: "旣是公差, 你166)難道不知法度的? 我家縱有事在縣, 量
來不過戶167)婚田土的事罷了, 須不是大逆不道; 如何白日裏不來, 黑夜間
率領多人, 明火執仗, 打入房幃, 乘機搶劫? 明日到公堂上去講, 該得何罪?"
衆公差道: "只要還了我盧柟, 但憑到公堂上去講!" 遂滿房遍搜一過, 只揀
器皿寶玩, 取勾像意, 方纔出門, 又打到別簡房裏, 把姬妾們都驚得躲入牀
底下去. 各處搜到, 不見盧柟, 料想必在園上, 一齊又趕入去. 盧柟正與四
五簡賓客在煖閣上飮酒, 小優兩傍吹唱, 恰好差去拿盧才的家人在那裏回
話. 又是兩簡亂喊上樓報道: "相公, 禍事到也!" 盧柟帶醉問道: "有何禍事?"
家人道: "不知爲甚, 許多人打進大宅, 搶劫東西, 逢著的便被拿住. 今又168)
打入相公房中去了!" 衆賓客被這一驚, 一滴酒也無了, 齊道: "這是爲何? 可
去看來!" 便要起身. 盧柟全不在意. 忽見樓前一派火光閃爍169), 衆公差齊
擁上樓, 嚇得那幾簡小優, 滿樓亂滾, 無處藏躲. 盧柟大怒, 喝道: "甚麼人
敢到此放肆! 叫人快拿!" 衆公差道: "本縣太爺請你說話, 只怕拿不得的!"
一條索子, 套在頸裏, 道: "快走! 快走!" 盧柟道: "我有何事, 這等無禮? 不去
便怎麼170)?" 衆公差道: "老實說, 向日請便請你不動, 如今拿到要拿去的!"
牽著索子, 推的推, 扯的扯, 擁下樓來. 又拿了十四五個家人, 還想連賓客
都拿.171) 內中有人認得俱是貴家公子, 又是有名頭秀才, 遂不敢去惹他.

....

166) 【校】你(니):《今古奇觀》각 판본에는 "你"자가 있고,《醒世恒言》각 판본에는
     "你"자가 없다.
167) 【校】戶(호): 古本小說集成本《今古奇觀》과《醒世恒言》각 판본에는 "戶"로 되
     어 있고, 人民文學本·繪圖本《今古奇觀》에는 "房"으로 되어 있다.
168) 【校】又(우): 人民文學本·繪圖本《今古奇觀》에는 "又"로 되어 있고, 古本小說
     集成本《今古奇觀》과《醒世恒言》각 판본에는 "已"로 되어 있다.
169) 【校】《今古奇觀》각 판본에는 "盧柟全不在意 忽見樓前一派火光閃爍"으로 되
     어 있고,《醒世恒言》각 판본에는 이 두 구절 사이에 "反攔住道: '由他自搶,
     我們且自喫酒, 莫要敗興. 快斟熱酒來.' 家人跌足道: '相公, 外邊恁般慌亂, 如
     何還要飮酒!' 說聲未了"라는 내용이 더 있다.
170) 【校】不去便怎麼(불거편즘마):《今古奇觀》각 판본에는 "不去便怎麼"로 되어
     있고,《醒世恒言》각 판본에는 "偏不去"로 되어 있다.
171) 【校】《今古奇觀》각 판본과 古本小說集成本《醒世恒言》에는 "又拿了十四五個

一行人離了園中, 一路鬧吵吵, 直至縣裏. 這幾箇賓客放心不下, 也隨來觀看. 躲過的家人也自出頭, 奉着主母之命, 將了銀兩, 趕來央人使用打探.172)

那173)汪知縣在堂等候. 堂前燈籠火把, 照輝渾如白晝, 四下絶不聞一些人聲. 衆公差押盧柟等直至丹墀下, 擧目看那知縣, 滿面殺氣, 分明坐下箇閻羅天子; 兩行隷卒排列, 也與牛頭夜叉無二. 家人們見了這箇威勢, 一箇箇膽戰心驚. 衆公差跑上堂稟道: "盧柟一起拿到了." 將一干人帶上月臺, 齊齊跪下. 鈕文, 金氏, 另跪在一邊, 惟有盧柟挺然居中而立. 汪知縣見他不跪, 仔細看了一看, 冷笑道: "是一箇土豪! 見了官府, 猶174)恁般無狀, 在外安得不肆行無忌! 我且不與你計較, 暫請到監裏去坐一坐!" 盧柟倒走上三四步, 橫挺身子說道: "就到監裏去坐也不妨, 只要說箇明白! 我得何罪, 昏夜差人抄沒?" 知縣道: "你强占良人妻女不遂, 打死鈕成, 這罪也不小!" 盧柟聞言, 微微笑道: "我只道有甚天大事情, 元來爲鈕成之事! 據你說, 止不過要我償他命罷了, 何須大驚小怪? 那鈕成原係我家傭奴, 與家人盧才口角而死, 却與我無干. 即使是我打死, 亦無應死175)之律. 若必欲借彼證此, 橫加無影之罪, 以雪私怨, 我盧柟不難屈承, 只怕公論難泯." 汪知縣大怒道: "你打死平人, 昭然耳目; 却冒認爲奴, 污衊問官, 抗拒不跪, 公堂之上, 尙敢如此狂妄, 平日豪橫, 不問可知矣! 今且勿論人命眞假; 只抗逆父母官, 該得何罪!" 喝敎拿下去打! 衆公差齊聲答應, 趕向前, 一把揪翻. 盧柟叫道: "士可殺而不可辱! 我盧柟堂堂漢子, 何惜一死! 你快快請詳, 要殺

....

家人 還想連賓客都拿"로 되어 있고, 人民文學本《醒世恒言》에는 "家人共拿了十四五個 衆人還想連賓客都拿"로 되어 있다.

172) 【校】이 뒤에 《醒世恒言》 각 판본에는 "不在話下"라는 구절이 있고, 《今古奇觀》 각 판본에는 "不在話下"가 없다.

173) 【校】那(나): 《今古奇觀》 각 판본에는 "那"로 되어 있고, 《醒世恒言》 각 판본에는 "且說"로 되어 있다.

174) 【校】猶(유): 古本小說集成本《今古奇觀》과 《醒世恒言》 각 판본에는 "猶"자가 있고, 人民文學本·繪圖本 《今古奇觀》 각 판본에는 "猶"자가 없다.

175) 【校】應死(응사): 《今古奇觀》 각 판본에는 "應死"로 되어 있고, 古本小說集成本《今古奇觀》과 《醒世恒言》 각 판본에는 "死罪"로 되어 있다.

便殺, 要剮便剮, 決不受笞杖之辱176)!" 衆公差那裏由他做主, 按倒在地, 打了三十. 知縣喝教住了, 並家人齊發下獄中監禁. 鈕成屍首著地方買棺盛殮, 發至官壇候驗. 鈕文, 金氏干證人等, 召保聽審.

盧枏打得血肉淋漓, 兩箇家人扶着, 仰天177)大笑, 走出儀門. 這邊朋友輩上前相迎問道178): "爲甚事就到杖責?" 盧枏道: "並無別事. 汪知縣公報私仇, 借家人盧才的假人命, 裝在我名下, 要加箇小小死罪." 衆友驚駭道: "有此等奇冤! 弟輩已相約,179) 明日拉闔縣鄉紳孝廉與縣公講明, 料縣公難滅公論, 自然開釋." 盧枏道: "不消兄等費心, 但憑他怎地擺佈罷了. 只有一件繁事, 煩到家中180)說一聲, 教把酒多送幾罈到獄中來." 衆友道: "如今酒也該少飮." 盧枏笑道: "人生貴在適意, 貧富榮辱, 俱身外之事, 於我何有? 難道因他要害我, 就不飮酒181)!" 正在說話182), 一箇獄卒推著背道: "快進獄去! 有話另日再說!" 那獄卒不是別人, 叫做蔡賢, 也是汪知縣得用之人. 盧枏睜起眼喝道: "唗! 可惡! 我自說話, 與你何干?" 蔡賢也焦躁道: "呵呀! 你如今是在官人犯了, 這樣公子氣質, 且請收起, 用不著了!" 盧枏大怒道:

....

176) 【校】《今古奇觀》各 판본에는 "你快快請詳, 要殺便殺, 要剮便剮, 決不受笞杖之辱!"으로 되어 있고, 《醒世恒言》각 판본에는 "却要用刑? 任憑要我認那一等罪, 無不如命, 不消責罰."로 되어 있다.

177) 【校】仰天(앙천): 人民文學本·繪圖本《今古奇觀》에는 "仰天"으로 되어 있고, 古本小說集成本《今古奇觀》에는 "呼天"으로 되어 있고, 《醒世恒言》각 판본에는 "一路"로 되어 있다.

178) 【校】這邊朋友輩上前相迎問道(저변붕우배상전상영문도): 《今古奇觀》각 판본에는 "這邊朋友輩上前相迎問道"로 되어 있고, 《醒世恒言》각 판본에는 "這幾個朋友上前相迎 家人們還恐怕來拿 遠遠而立 不敢近身 衆友問道"로 되어 있다.

179) 【校】《今古奇觀》각 판본에는 "有此等奇冤 弟輩已相約"으로 되어 있고, 人民文學本《醒世恒言》각 판본에는 "不信有此奇冤枉 內中一友叫道 不打緊 待小弟回去 與家父說了"로 되어 있다.

180) 【校】中(중): 《今古奇觀》각 판본과 古本小說集成本《醒世恒言》에는 "中"으로 되어 있고, 人民文學本《醒世恒言》에는 "間"으로 되어 있다.

181) 【校】就不飮酒(취불음주): 《今古奇觀》각 판본에는 "就不飮酒"로 되어 있고, 《醒世恒言》각 판본에는 "就不飮酒了 這是一刻也少不得的"으로 되어 있다.

182) 【校】《醒世恒言》각 판본에는 "說話" 앞에 "那裏" 두 글자가 있고, 《今古奇觀》각 판본에는 "那裏"가 없다.

"什麼在官人犯! 就不進去, 便怎麼?" 蔡賢還要回話, 有幾箇老成的, 將他推開, 做好做歹, 勸盧枏進了監門. 衆友也各自回去. 盧枏家人自歸家[183]回覆主母, 不在話下.

原來盧枏出衙門時, 譚遵緊隨在後, 察訪這些說話, 一句句聽得明白, 進衙報與知縣. 知縣到次早, 只說有病, 不出理事. 衆鄕紳來時, 門上人連帖也不受. 至午後忽地升堂, 喚齊金氏一干人犯, 並仵作人等, 監中弔出盧枏主僕, 徑去檢驗鈕成屍首. 那仵作人已知縣主之意, 輕傷盡報做重傷. 地鄰也理[184]會得知縣要與盧枏作對, 齊咬定盧枏打死. 知縣又哄盧枏將出鈕成傭工文券, 只說做假的, 盡皆扯碎, 嚴刑拷逼, 問成死罪, 又加二十大板, 長枷手杻, 下在死囚牢裏. 家人們一槪三十, 滿徒三年, 召保聽候發落. 金氏, 鈕文干證人等, 發回寧家. 屍棺俟詳轉定奪. 將招由疊成文案, 並盧枏抗逆不跪等情, 細細開載在內, 備文申報上司. 雖衆鄕紳力爲申理, 知縣執意不從. 有詩爲證:

縣令從來可破家, 冶長無罪亦堪嗟. 福堂今日容高士, 名圃無人理百花.

且說盧枏本是貴介之人, 生下一箇膿窠瘡兒, 就要請醫家調治的, 如何經得這等刑杖? 到得獄中, 昏迷不醒. 幸喜合監的人, 知他是箇有錢主兒, 奉承不暇, 流水把膏藥末藥送來. 家中娘子又請太醫來調治. 外修內補, 不勾一月, 平服如舊. 那些親友, 絡繹不絕, 到監中候問. 獄卒人等, 已得了銀子, 歡天喜地, 由他們直進直出, 並無攔阻. 內中單有蔡賢是知縣心腹, 如飛稟知縣主, 魆地到監點閘, 搜出五六人來, 却都是有名望的舉人秀才[185], 不好將他難爲, 叫人送出獄門, 又把盧枏打上二十. 四五箇獄卒一槪重責. 那獄卒們明知是蔡賢的緣故, 咬牙切齒. 因是縣主得用之人, 誰敢與他計

....

183) 【校】歸家(귀가):《今古奇觀》각 판본과 古本小說集成本《醒世恒言》에는 "歸家"로 되어 있고, 人民文學本《醒世恒言》에는 "趕來"로 되어 있다.

184) 【校】理(리):《今古奇觀》각 판본에는 "理"로 되어 있고,《醒世恒言》각 판본에는 "全"으로 되어 있다.

185) 【校】才(재): 人民文學本·繪圖本《今古奇觀》에는 "才"로 되어 있고 古本小說集成本《今古奇觀》과《醒世恒言》각 판본에는 "土"로 되어 있다.

較? 那盧柟平日受用的高堂大廈, 錦衣玉食, 眼內見的是竹木花卉, 耳內聞
的是笙簫細樂, 到了晚間, 嬌姬美妾, 倚翠偎紅, 似神仙般散誕的人; 如今
坐於獄中, 住的卻是鑽頭不進, 半塌不倒的房子, 眼前見的無非死犯重囚,
語言嘈雜, 面目兇頑, 分明一班妖魔鬼怪. 耳中聞的不過是脚鐐手鋯[186]鐵
鍊之聲; 到了晚間, 提鈴喝號, 擊柝鳴鑼, 唱那歌兒, 何等淒慘! 他雖是豪邁
之人, 見了這般景象, 也未免睹物傷情, 恨不得脅下頃刻生出兩簡翅膀, 飛
出獄中; 又恨不得提把板斧, 劈開獄門, 連衆犯也都放走. 一念轉著受辱光
景, 毛髮倒豎, 恨道: "我盧柟做了一世好漢, 卻送在這簡惡賊手裏! 如今陷
於此間, 怎能勾出頭日子! 總然掙得出去, 亦有何顏面見人? 要這性命何
用? 不如尋簡自盡, 到得乾淨!" 又想道: "不可! 不可! 昔日成湯文王有夏臺
羑里之囚, 孫臏馬遷有刖足腐刑之辱, 這幾簡都是聖賢, 尚忍辱待時, 我盧
柟豈可短見!" 卻又想道: "我盧柟相知滿天下, 身列縉紳者也不少, 難道急
難中就坐觀成敗? 還是他們不曉得我受此奇冤? 須索寫書去通知, 教他們
到上司處挽回." 遂寫若干書啓, 差家人分頭投遞. 那些相知也有現任, 也
有林下, 見了書札, 無不駭然; 也有直達汪知縣要他寬罪的, 也有託上司開
招的. 那些上司官, 一來也曉得盧柟是當今才子, 有心開釋, 都把招詳駁下
縣裏; 回書中, 又露簡題目, 教盧柟家屬前去告狀, 轉批別衙門開拓出罪.
盧柟得了此信, 心中暗喜, 即叫家人往各上司訴冤, 果然都批發本府理刑
勘問. 理刑官先已有人致意, 本縣書札比別處更多[187].

　　那[188]汪知縣幾日間連接數十封書札, 都是與盧柟求解的. 正在躊躇, 忽
見各上司招詳, 又都[189]駁轉. 過了幾日, 理刑廳又行牌到縣, 弔卷提人. 已

....

186)【校】鋯(고): 人民文學本·繪圖本《今古奇觀》에는 "鋯"로 되어 있고, 古本小說
　　集成本《今古奇觀》과《醒世恒言》각 판본에는 "杻"로 되어 있다.

187)【校】本縣書札比別處更多(본현서찰비별처갱다):《今古奇觀》각 판본에는 "本
　　縣書札比別處更多"로 되어 있고, 人民文學本《醒世恒言》각 판본에는 "不在話
　　下"로 되어 있다.

188)【校】那(나):《今古奇觀》각 판본에는 "那"로 되어 있고,《醒世恒言》각 판본에
　　는 "却說"로 되어 있다.

189)【校】都(도): 古本小說集成本《今古奇觀》과《醒世恒言》각 판본에는 "都"로 되
　　어 있고, 人民文學本·繪圖本《今古奇觀》에는 "多"로 되어 있다.

明知上司有開招放他之意, 心下老大驚懼, 想道: "這廝果然神通廣大! 身子坐在獄中, 怎麼各處關節已是布置到了? 若此番脫漏出去, 如何饒得我過? 一不做, 二不休, 若不斬草除根, 恐有後患!" 當晚差譚遵下獄, 叫獄卒蔡賢, 將盧柟投了病狀, 今夜拿到隱僻之處, 結果他性命.190) 可憐滿腹文章, 到此冤沈獄底! 正是:

英雄常抱千年恨, 風木寒煙空斷魂.

話分兩頭. 却說濬縣有個巡捕縣丞, 姓董名紳, 貢士出身, 任事强幹, 用法平恕; 見汪知縣將盧柟屈陷大辟, 十分不平. 只因官卑職小, 不好開口. 每下獄查點, 便與盧柟談論, 兩下遂成相知. 那晚恰好也進監巡視, 不見了盧柟. 問衆獄卒時, 都不肯說. 惱動性子, 一片聲喝打, 方纔低低說: "太爺差譚令史來討氣絕191), 已拿向後邊去了." 董縣丞大驚道: "太爺乃一縣父母, 那有此事! 必是你們這些奴才索詐不遂, 故此謀他性命! 快引我去尋來!" 衆獄卒不敢違逆, 直引至後邊一條夾道中, 劈面撞著譚遵, 蔡賢, 喝教 "拿住!" 上前觀看, 只見盧柟仰在地上, 鞭打得遍身青紫192), 手足盡皆梆縛, 面上壓箇土囊. 董縣丞叫左右提起土囊, 高聲叫喚, 也是盧柟命不該絕, 漸漸甦醒. 與他解去繩索, 扶至房中, 尋些熱湯吃了, 方能說話, 乃將譚遵指揮蔡賢打罵謀害情由說出. 董縣丞安慰一番, 叫人服侍他睡下, 然後帶譚遵二人193)到於廳上. 思想: "這事雖出自194)縣主之意, 料今敗露, 也不敢承

---

190) 【校】《今古奇觀》각 판본에는 이 부분이 "叫獄卒蔡賢 將盧柟投了病狀 今夜拿到隱僻之處 結果他性命"으로 되어 있고, 《醒世恒言》각 판본에는 "教獄卒蔡賢拿盧柟到隱僻之處 遍身鞭朴 打勾半死 縛了手足 把土囊壓住鼻口 那消一個時辰 嗚呼哀哉"로 되어 있다.

191) 討氣絕(토기절): 討絕單이나 討絕과 같은 말로 '絕單'을 달라고 하는 것을 이른다. '絕單'은 獄吏가 州縣의 장관에게 수감된 죄인이 기절해 죽었다고 보고하는 문서를 가리킨다. 보통의 경우, 죄인을 불법적으로 죽이려 할 때 이런 문서를 위조해 죽인 뒤 사건의 진실을 덮었다.

192) 【校】鞭打得遍身青紫(편타득편신청자):《今古奇觀》각 판본에는 "鞭打得遍身青紫"라는 구절이 있고, 《醒世恒言》각 판본에는 이 구절이 없다.

193) 【校】譚遵二人(담준이인):《今古奇觀》각 판본과 古本小說集成本《醒世恒言》

認. 欲要拷問譚遵, 又想他是縣主心腹, 只道我不存體面, 反爲不美." 單喚過蔡賢, 要他招承與譚遵索詐不遂, 同謀盧柟性命. 那蔡賢初時只推縣主所遣, 不肯招承. 董縣丞大怒, 喝敎"夾起來!" 那衆獄卒因蔡賢向日報縣主來查監, 打了板子, 心中懷恨, 尋過一副極短板緊的夾棍, 纔套上去, 就喊叫起來, 連稱願[195]招. 董縣丞卽便叫住了. 衆獄卒恨著前日的毒氣, 只做不聽見, 倒狠命收緊, 夾得蔡賢叫爹叫娘, 連祖宗十七八代盡叫出來. 董縣丞連聲喝住, 方纔放了, 把紙筆要他親供. 蔡賢只得依著董縣丞說話供招. 董縣丞將來袖過, 分付衆獄卒: "此二人不許擅自釋放, 待我見過大爺, 然後來取." 起身出獄回衙, 連夜備了文書, 次早汪知縣升堂, 便去親遞. 汪知縣因不見譚遵回覆, 正在疑惑; 又見董縣丞呈說這事, 暗吃一驚, 心中雖恨他衝破了網, 却又奈何他不得. 看了文書, 只管搖頭道: "恐沒這事!" 董縣丞道: "是晚生親眼見的, 怎說沒有? 堂尊[196]若不信, 喚二人對證便了. 那譚遵猶可恕, 這蔡賢最是無理, 連堂尊也還汚衊, 若不究治, 何以懲戒後人?" 汪知縣被他[197]道著心事, 滿面通紅, 生怕傳揚出去, 壞了名聲, 只得把蔡賢問徒發遣. 自此懷恨董縣丞, 尋兩件風流事過, 參與上司, 罷官而去. 此是後話不題.

再說汪知縣因此謀不諧, 遂具揭[198]呈送各上司, 又差人往京中傳送要道之人, 大抵說盧柟恃富橫行鄕黨, 結交勢要, 打死平人, 抗逆[199]問官, 營謀

....

에는 "譚遵二人"으로 되어 있고, 人民文學本《醒世恒言》에는 "蔡賢譚遵三人"으로 되어 있다.

194) 【校】出自(출자): 人民文學本・繪圖本《今古奇觀》에는 "出自"로 되어 있고, 古本小說集成本《今古奇觀》과 古本小說集成本《醒世恒言》에는 "出是"로 되어 있으며, 人民文學本《醒世恒言》에는 "然是"로 되어 있다.

195) 【校】願(원): 《今古奇觀》각 판본과 古本小說集成本《醒世恒言》에는 "願"으로 되어 있고, 人民文學本《醒世恒言》에는 "我"로 되어 있다.

196) 堂尊(당존): 명청시대에 縣의 속리가 知縣을 칭할 때 사용하던 존칭어이다.

197) 【校】他(타): 《今古奇觀》각 판본에는 "他"자가 있고, 人民文學本《醒世恒言》각 판본에는 "他"자가 없다.

198) 揭(게): 揭貼과 같은 말로 公文의 일종이다.

199) 校】逆(역): 《今古奇觀》각 판본에는 "逆"으로 되어 있고, 人民文學本《醒世恒言》각 판본에는 "送"으로 되어 있다.

關節, 希圖脫罪. 把情節做得十分利害, 無非要張揚其事, 使人不敢挽救[200]. 又叫譚遵將金氏出名, 連夜刻起冤單, 遍處粘貼. 布置停當, 然後備文起解到府. 那推官原是沒擔當懦怯之輩, 見了[201]知縣揭帖, 並金氏冤單, 果然恐怕是非, 不敢開招, 照舊申報上司. 大凡刑獄經過理刑問結, 別官就不敢改動. 盧柟指望這番脫離牢獄, 誰知反坐實了一重死案, 依舊發下濬縣獄中監禁. 還指望知縣去任, 再圖昭雪, 那知汪知縣因扳翻了箇有名富豪, 京中多道他有風力, 到得了箇美名, 行取入京, 陞爲給事之職. 他已居當道, 盧柟縱有通天攝地之神通, 也沒人敢翻他招案. 有一巡按御史樊某, 憐其冤枉, 開招釋罪. 汪給事知道, 授意與同科官, 劾樊巡按一本, 說他得了賄賂, 賣放重囚, 罷官回去. 著府縣原拿盧柟下獄. 因此後來上司雖知其冤, 誰肯捨了自己官職, 出他的罪名? 光陰迅速, 盧柟在獄, 不覺又是十有餘年, 經了兩箇縣官. 那時金氏, 鈕文, 雖都病故, 汪給事却陞了京堂之職, 威勢正盛, 盧柟也不做出獄指望. 不道災星將退, 那年又選一箇新知縣到任. 只因這官人來, 有分敎:

此日重陰方啓照, 今朝甘露不成霜.

却說濬縣新任知縣姓陸, 名光祖, 乃浙江嘉興府平湖縣人氏. 那官人胸藏錦繡, 腹滿[202]珠璣, 有經天緯地之才, 濟世安民之術. 出京時, 汪公曾把盧柟的事相囑, 心下就有些疑惑, 想道: "雖是他舊任之事, 今已年久, 與他還有甚相干? 諄諄敎諭, 其中必有緣故." 到任之後, 訪問邑中鄕紳, 都爲稱枉, 敍其得罪之由. 陸公還恐盧柟是箇富家, 央浼下的, 未敢全信. 又四下暗暗體訪, 所說皆同. 乃道: "既爲民上, 豈可以私怨羅織, 陷人大辟?" 欲要申文到上司, 與他昭雪. 又想道: "若先申上司, 必然行查駁勘, 便不能決截

---

200) 【校】挽救(만구): 《今古奇觀》 각 판본에는 "挽救"로 되어 있고, 《醒世恒言》 각 판본에는 "救援"으로 되어 있다.

201) 【校】了(료): 《今古奇觀》 각 판본과 古本小說集成本《醒世恒言》에는 "了"로 되어 있고, 人民文學本《醒世恒言》에는 "汪"으로 되어 있다.

202) 【校】滿(만): 《今古奇觀》 각 판본에는 "滿"으로 되어 있고, 《醒世恒言》 각 판본에는 "隱"으로 되어 있다.

了事; 不如先開釋了, 然後申報." 遂弔出那宗卷來, 細細查看, 前後招由, 並無一毫空隙. 反復看了幾次, 想道: "此事不得盧才, 如何結案?" 乃出百金爲信賞錢, 立限與捕役要拿盧才. 不一月, 忽然獲到. 盧才料不能脫, 不打自招203). 審出眞情, 遂援筆批云:

> 審得鈕成以領工食銀於盧柟家, 爲盧才叫債, 以致爭鬥, 則鈕成爲盧氏之僱工人也明矣. 僱工人死, 無家翁償命之理. 況放債者才, 扣債者才, 廝打者亦才, 釋才坐柟, 律何稱焉? 才遁不到官, 累及家翁, 死有餘辜, 擬抵不枉. 盧柟久陷於獄, 亦一時之厄也, 相應釋放. 云云.

當日監中取出盧柟, 當堂打開枷杻, 釋放回家. 合衙門人無不驚駭, 就是盧柟也出自意外, 甚以爲異. 陸公備起申文, 把盧才起釁根由, 並受枉始末, 一一開敍, 親至府中相見按院呈遞. 按院看了申文, 道他擅行開釋, 必有私弊. 問道: "聞得盧柟家中甚富, 賢令獨不避嫌乎?" 陸公道: "知縣但知奉法, 不知避嫌. 但知問其枉不枉, 不知問其富不富. 若是不枉, 夷齊亦無生理. 若是枉, 陶朱亦無死法." 按院見說得詞正理直, 更不再問, 乃道: "昔張公爲廷尉, 獄無冤民, 賢令近之矣. 敢不領教!" 陸公辭謝而出, 不題.

且說盧柟回至家中, 合門慶幸, 親友盡來相賀. 過了數日, 盧柟差人打聽陸公已是回縣, 要去作謝, 他却也素位而行204), 換了靑衣小帽. 娘子道: "受了陸公這般大德大恩, 須備些禮物去謝他便好!" 盧柟說: "我看陸公所爲, 是個有肝胆的豪傑, 不比那齷齪貪利的小輩. 若送禮去, 反輕藝他了!" 娘子道: "怎見得是反爲輕藝?" 盧柟道: "我沉冤十餘載, 上官皆避嫌不肯見原;

---

203) 【校】盧才料不能脫 不打自招(노재료불능탈 불타자초):《今古奇觀》각 판본에는 "盧才料不能脫 不打自招"로 되어 있고,《醒世恒言》각 판본에는 "將嚴刑究訊"으로 되어 있다.

204) 素位而行(소위이행): 素位는 현재 처해 있는 지위를 이른다.《禮記·中庸》에 있는 "군자는 현재의 위치에 따라 행동하고 그 밖의 것을 원하지 않는다.(君子素其位而行, 不願乎其外.)"라는 구절에서 나온 말이다. 이에 대한 朱熹의 주에서 "素는 현재와 같다. 군자는 다만 현재 처해 있는 위치에 따라 해야 할 것을 하고 그 밖의 것은 사모하는 마음이 없음을 말한 것이다.(素, 猶見在也. 言君子但因見在所居之位, 而爲其所當爲, 無慕乎其外之心也.)"라고 했다.

陸公初蒞此地, 即廉知枉, 毅然開釋, 此非有十二分才智, 十二分胆識, 安
能如此! 今若以利報之, 正所謂故人知我, 我不知故人也. 如何使得?” 即輕
身而往. 陸公因他是個才士, 不好輕慢, 請到後堂相見. 盧柟見了陸公, 長
揖不拜. 陸公暗以爲奇, 也還了一禮. 遂教左右看坐. 門子就扯把椅子, 放
在傍邊. 看官, 你道有恁樣奇事! 那盧柟乃久滯的罪人, 虧陸公救拔出獄,
此是再生恩人, 就磕穿頭, 也是該的, 他却長揖不拜. 若論別官府見如此無
禮, 心上定然不樂了; 那陸公毫不介意, 反又命坐. 可見他度量寬洪, 好賢
極矣! 誰想盧柟見敍他傍坐, 倒不悅起來, 說道: “老父母, 但有死罪的盧柟,
沒有傍坐的盧柟.” 陸公聞言, 即走下來, 重新敍禮, 說道: “是學生得罪了.”
即遜他上坐. 兩下談今論古, 十分款洽, 只恨相見之晚, 遂爲至友. 有詩爲
證:

昔聞長揖大將軍, 今見盧生抗陸君. 夕釋桁陽朝上坐, 丈夫意氣薄靑雲.

　話分兩頭. 却說汪公聞得陸公釋了盧柟, 心中不忿, 又托心腹, 連按院劾
上一本. 按院也將汪公爲縣令時, 挾怨誣人始末, 細細詳辯一本. 倒下聖旨,
將汪公罷官回去, 按院照舊供職, 陸公安然無恙. 那時譚遵已省察在家, 專
一挑寫詞狀. 陸公廉訪得實, 參了上司, 拿下獄中, 問邊遠充軍. 盧柟從此
自謂餘生, 絶意仕進, 益放於詩酒; 家事漸漸淪落, 絶不爲意.
　再說陸公在任, 分文不要, 愛民如子; 況又發奸摘隱, 剔淸利弊, 奸宄懾
伏, 盜賊屏跡, 合縣遂有神明之稱, 聲名振於都下. 只因不附權要, 止遷南
京禮部主事. 離任之日, 士民攀轅臥轍, 泣聲載道, 送至百里之外. 那盧柟
直送五百餘里, 兩下依依不捨, 欷歔而別. 後來陸公累遷至南京吏部尙書,
盧柟家已赤貧, 乃南遊白下205), 依陸公爲主. 陸公待爲上賓, 每日供其酒
資一千, 縱其遊玩山水. 所到之處, 必有題詠, 都中傳誦. 一日遊采石李學
士祠, 遇一赤脚道人, 風致飄然, 盧柟邀之同飮. 道人亦出葫蘆中玉液以酌

---

205) 白下(백하): 옛날 지명으로 지금의 江蘇省 南京市 서북쪽에 있다. 당나라 때
　　金陵縣을 이곳으로 옮겨 白下縣이라고 하여 나중에 白下가 南京의 별칭으로
　　도 쓰이게 되었다.

盧柟. 柟飮之, 甘美異常, 問道: "此酒出於何處?" 道人答道: "此酒乃貧道所
自造也. 貧道結菴於廬山五老峯下, 居士若能同遊, 當恣君斟酌耳!" 盧柟
道: "旣有美醞, 何憚相從!" 卽刻於李學士祠中, 作書寄謝陸公, 不攜行李,
隨着那赤脚道人而去. 陸公見書, 嘆道: "倏然而來, 倏然而去, 以乾坤爲逆
旅, 以七尺爲蜉蝣, 眞狂士也!" 遣人於廬山五老峯下訪之不獲.

後十年, 陸公致政歸家, 朝廷遣官存問, 陸公使其次子往京謝恩, 從人遇
之於京都. 寄問陸公安否? 或云: 遇仙成道矣. 後人有詩讚云:

> 命蹇英雄不自繇, 獨將詩酒傲公侯. 一絲不掛飄然去, 贏得高名萬古留.

後人又有一詩警戒文人, 莫學盧公以傲取禍. 詩曰:

> 酒癖詩狂傲骨兼, 高人每得俗人嫌. 勸人休踏盧公轍, 凡事還須學謹謙.

제16권

이(李) 견공이 외진 객관에서 협객을 만나다[李汘公窮邸遇俠客]

▌작품 해설

이 이야기는《성세항언(醒世恒言)》권30의 작품이다. 주인공 이(李)
견공(汘公)은 실존인물로 당나라 때 재상 등의 벼슬을 역임했던 이면(李
勉)이며, 이 이야기의 본사(本事)는 당나라 이조(李肇)의《국사보(國史
補)》권중(卷中)에 실려 있다. 또한《태평광기》권195에〈의협(義俠)〉이
란 제목으로 수록되어 있는데《원화기(原化記)》(실전)에서 나왔다고 했
으며 주인공은 이면으로 되어 있지 않고 사인(士人)으로 되어 있다. 송나
라 왕당(王讜)의《당어림(唐語林)》권4에도〈자신(自新)〉이란 제목으로
수록되어 있으며 주인공은 이면으로 되어 있다. 명나라 왕세정(王世貞)
의《검협전(劍俠傳)》권4에〈의협(義俠)〉이란 제목으로도 수록되어 있고
내용은《태평광기》와 동일하다. 조선시대 무명씨가〈이견공궁저우협객
(李汘公窮邸遇俠客)〉을 문언으로 개사하고자 한 작품이《담자(啖蔗)》
필사본 맨 뒤에〈궁저우협기(窮邸遇俠記)〉라는 제목과 서두 부분만 수
록되어 전한다.

이 작품은 〈이견공궁저우협객(李汧公窮邸遇俠客)〉이라는 제목으로도 알 수 있듯이 견국공(汧國公) 이면이 협객을 만난 이야기를 다루고 있다. 이면(李勉, 717~788)은 실존 인물로 당고조(唐高祖) 이연(李淵)의 열세 번째 아들인 정왕(鄭王) 이원의(李元懿)의 증손이며 기주자사(岐州刺史) 이택언(李擇言)의 아들이다. 개봉현위(開封縣尉), 감찰어사(監察御史), 어사대부(御史大夫), 공부상서(工部尚書), 검교좌복야(檢校左僕射) 등의 벼슬을 역임했고 견국공(汧國公)으로 봉해졌으며 사후에는 태부(太傅)로 추봉되기까지 했다. 《신당서(新唐書)》와 《구당서(舊唐書)》에 모두 그에 대한 전(傳)이 있지만 이 작품에서 다루고 있는 이야기와 관련된 내용은 보이지 않는다. 《구당서》와 《신당서》의 〈이면전(李勉傳)〉에 그가 반란자 수하에서 벼슬을 한 자를 위해 숙종(肅宗)에게 용서를 청하고, 모함을 당해 사형을 받은 옛 부하를 위해 상소문을 올려 죄를 모면하게 해준 일 등이 기록되어 있는 것을 볼 때 이면이 위난에 빠진 자들을 구원해 널리 덕을 베푼 인물이었다는 것은 확실하다. 본 작품에서 이면은 도적의 두목으로 잡혀있던 방덕의 재모(才貌)를 보고 안타깝게 여겨 그를 비밀리에 풀어준 것으로 묘사되어 있는데 이는 정사(正史)의 전기에는 보이지 않는 내용이지만 정사에 그려진 이면의 전체적인 이미지와 부합된다. 이 작품의 본사가 실려 있는 당나라 이조(李肇)의 《국사보(國史補)》는 제목에서 알 수 있듯이 보사적인 성격의 문헌으로 당나라 개원(開元; 713~741) 연간부터 장경(長慶; 821~824) 연간 사이 백여 년 동안의 사회 문물과 조야(朝野) 일사(軼事) 등을 기록한 필기(筆記)이다.

이 작품에서 제목에 이면과 함께 나란히 올라 있는 '협객'은 이야기와 주제를 풀어나가는 데 있어 매우 중요한 조력자로 등장한다. 이 인물은 정말 협객답게도 끝까지 자신의 이름을 밝히지 않고 그저 '상하의사(床下義士; 침상 밑의 의사)'라고 불러달라고만 하는 '이인(異人)'이다. '협(俠)'에 대한 문헌 기록은 《한비자(韓非子)·오두(五蠹)》에 처음 보이는데 "유자(儒者)는 학문(學文)으로 법을 어지럽히고 '협(俠)'은 '무(武)'로 금령(禁令)을 범하는데 군주가 이들을 모두 예우한다면 이는 곧 어지러워지는 까닭이 된다.〔儒以文亂法, 俠以武犯禁, 而人主兼禮之, 此所以亂也.〕"라고 하면서 "그 검을 찬 자들은 무리를 모으고 절조를 세움으로써 이름을 드날리려다가 국가의 금령을 어긴다.〔其帶劍者, 聚徒屬, 立節操, 以顯其名, 而犯五官之禁.〕"라고 했다. '두(蠹)'란 나무를 파먹는 '좀벌레'를 뜻한다. 나라에도 좀벌레와 같은 무리가 다섯 가지 부류가 있다고 하면서 이를 '오두(五蠹)'라고 한 것이다.《한비자·오두》에서도 '협(俠)'을 나라를 좀먹는 좀벌레로 인식해 매우 나쁘게 평가하고 있는 것을 볼 수 있지만 당시에도 '협'은 이미 절조, 명예와 깊은 관련이 있었다는 것을 짐작할 수 있게 한다. '협'에 대한 이런 부정적 평가와 이미지는 사마천의《사기(史記)·유협열전(遊俠列傳)》부터 긍정적 평가로 바뀌기 시작한다.〈유협열전(遊俠列傳)〉의 다음과 같은 내용이 이를 증명해 준다.

> 지금의 유협들은 그 행위가 비록 정의(正義)에 부합되지 않는다고 할지라도 그들의 말에는 반드시 신용이 있었고 그들의 행동은 반드시 과감했으며, 이미 승낙한 일은 반드시 정성을 다했다. 자신의 몸을 아끼지 않고 남의 곤액(困厄)에 뛰어들어 생사의 고비를 겪고서도 자신의 능력에 대해 자긍하지 않았으며 자신의 덕행을 자랑하는 것을 부끄럽게 여겼으니 족히 칭찬할 만한 데가 있었다.〔今游俠, 其行雖不軌於正義, 然其言必信, 其行必果, 已諾必誠, 不愛其軀, 赴士之阨困, 旣已存亡死生矣, 而不矜其能, 羞伐其德, 蓋亦有足多者焉.〕

그 뒤 반고(班固)의《한서(漢書)·유협전(遊俠傳)》에서도《사기》의 맥락을 이어받았다.《한서》와《사기》이후로 비록 사전(史傳)에서 협객에 대한 전(傳)은 없어졌지만 소설에서는 협객이란 인물 유형이 등장하기 시작했다. 문인들과 소설가들은 이야기 속에서 협객이란 일정한 이미지의 인물 유형을 만들고 이를 통해 자신이 꿈꾸는 이상세계를 추구하며 의미 부여를 계속해 왔던 것이다. 그 결과, 위진남북조(魏晉南北朝) 시기의 지괴로부터 당송(唐宋) 대의 전기소설을 거쳐 명청(明淸) 시대의 화본소설 및 장회체 소설에 이르기까지 협객은 중국소설사에서 끊임없이 등장한다. 본 작품에서도 풍몽룡은 이 점에 주목해 협객이란 두 글자를 아예 제목에 넣어 이야기 속에서 그 이미지를 부각시키고 있다.

이 작품의 본사가 되는 《국사보》에 실린 이야기 가운데 협객에 해당하는 인물이 등장하는 장면은 이렇게 되어 있다.

> 대들보 위에서 어떤 사람이 그 아래를 보면서 말하기를 "내가 덕행이 있는 자를 잘못해 죽일 뻔했구나!"라고 한 뒤, 가버렸다. 날이 밝기도 전에 이면이 풀어줬던 죄수 부부의 수급 두 개를 가지고 와서 이면에게 보여주었다.[梁上有人瞥下曰: '我幾誤殺長者!' 乃去. 未明, 攜故囚夫妻二首, 以示勉.]

문면에서 '협(俠)'이라는 글자 하나도 없이 막연히 '어떤 사람[有人]'이라고만 칭하면서 내용도 매우 소략하게 기술되어 있는 것을 볼 수 있다. '어떤 사람'으로 지칭된 자에게서는 대들보 위에 있었던 것과 하룻밤 만에 두 사람을 죽여 수급을 가져온 것 이외에 그 어떤 특별한 능력도 드러나지 않는다. 《원화기(原化記)》에서 나왔다고 밝힌 《태평광기》의 〈의협〉을 보면 협객으로 보이는 자에 대한 묘사가 이 《국사보》에 실려 있는 내용보다 훨씬 더 풍부해진 것을 알 수 있다.

> 홀연 침상 밑에서 한 사람이 비수를 들고 나오자 사인(士人)은 매우 두려워했다. 그 자가 말했다. "나는 의사(義士)로 현령이 나를 보내 당신의 수급을 취하게 했소만 방금 전 당신의 말을 듣고서 현령이 양심을 저버렸다는 것을 비로소 알게 되었소이다. 그렇지 않았다면 현사(賢士)를 잘못해 죽일 뻔했구려. 나는 의로운지라 이런 사람을 내버려두지 않소이다. 공께서는 일단 주무시지 마시고 계십시오. 잠시 후 공을 위해 현령의 머리를 취해서 공의 억울함을 씻어드리겠습니다." 그 사인은 두려워하면서도 감사를 했으며, 검객은 검을 들고 날듯이 문을 나섰다. 이경(二更)이 되자 검객이 그를 불러 말하기를 "도둑놈의 머리를 취해 왔습니다."라

고 하기에 불을 가져다가 보니 현령의 머리였다. 검객은 작별을 하더니 어디로 갔는지 알 수 없었다.〔忽床下一人, 持匕首出立, 此客大懼. 乃曰: "我義士也, 宰使我來取君頭, 適聞說, 方知此宰負心. 不然, 枉殺賢士. 吾義不舍此人也. 公且勿睡, 少頃, 與君取此宰頭, 以雪公冤." 此人怕懼愧謝, 此客持劍出門如飛. 二更已至, 呼曰: "賊首至." 命火觀之, 乃令頭也. 劍客辭訣, 不知所之.〕

비록 여기서도 '협'이란 글자가 문면에 명확히 제시되지는 않았지만 '의사(義士)'나 '검객' 등의 호칭과 '날듯이 문을 나섰다'는 등의 표현을 통해 협객의 이미지가 더욱더 선명히 드러나 있는 것을 알 수 있다. 협객으로 보이는 인물이 《국사보》에서처럼 '대들보 위에서'가 아니라 '침상 밑에서' 나온 것도 본 작품에 묘사된 '상하의사(床下義士)'와 부합된다. 본 작품 〈이견공궁저우협객〉을 보면 협객에 대해 이렇게 묘사하고 있다.

그 사람은 검협(劍俠)인데 검을 날려 사람의 머리를 벨 수도 있고 날아 다닐 수도 있어 눈 깜짝할 사이에 백 리를 갈 수 있다고 했습니다. 게다가 매우 의기(義氣)가 있어 일찍이 장안(長安)의 저잣거리에서 남 대신 복수를 하여 대낮에 사람을 죽였기에 행적을 감추려고 이곳에 오게 된 것이라고 합니다.〔那人是個劍俠, 能飛劍取人之頭, 又能飛行, 頃刻百里. 且是極有義氣, 曾與長安市上代人報仇, 白晝殺人, 潛踪於此.〕; 하던 말을 다 마치지도 않고 표연히 문을 나서더니 바람 같이 가버려 잠시 후 사라졌다.〔說猶未絕, 飄然出門, 其去如風, 須臾不見了.〕; 방덕이 눈을 들어서 보니 다름 아닌 바로 그 의사였는데 차림이 천신(天神)과 같아 이전에 비해 매우 달랐다.〔房德舉目看時, 恰便是那個義士, 打扮得如天神一般, 比前大似不同.〕; 손에 묻은 피를 닦고 비수를 넣은 뒤 그 가죽주머니를 들고 뜰로 나가서 담장을 넘어 갔다.〔揩抹了手上血污, 藏了匕首, 提起革囊, 步出庭中, 踰垣而去.〕; 품 안에서 약 한 봉지를 꺼내 새끼손톱으로 조금 떠서 수급의 잘린 부위에 털어 뿌렸다.(…중략…) 머리가 점점 작아지더니만 잠깐 사이에 말간 물로 변했다.〔向懷中取一包藥兒, 用小指甲挑少許, 彈於首級斷處, (…중략…)漸漸縮小, 須臾作爲一搭淸水.〕

여기서 묘사된 협객은 담장을 넘고 무술을 잘한다는 예사로운 표현을 넘어 '검을 날려 사람의 머리를 벨 수 있고 날아다닐 수 있으며 눈 깜짝할 사이에 백 리를 갈 수 있다'거나 '차림이 천신(天神)과 같다'는 등의 표현과 더불어 약으로 사람의 머리를 물로 화하게 하는 술법 등을 보이는 신이(神異)한 능력의 소유자로 묘사되어 있는 것을 볼 수 있다. 이런 협객에 대한 묘사는 전기소설 〈섭은낭(聶隱娘)〉에 일정 부분 영향을 받은 것으로 보인다. 당나라 배형(裴鉶)의 《전기(傳奇)》에 실려 있는 〈섭은낭(聶隱娘)〉을 보면 다음과 같이 묘사되어 있다.

> 양각(羊角) 비수 하나를 주었는데 크기가 삼 촌(寸)이 되더군요. 백주
> 대낮에 그 사람을 시내에서 목을 베어 죽였으나 그 누구도 보지 못했지요.
> 그 머리를 주머니에 넣고 주인집으로 돌아온 뒤 약으로 그것을 물로 화(化)
> 하도록 했습니다.〔受以羊角匕首, 刀廣三寸. 遂白日刺其人於都市, 人
> 莫能見. 以首入囊, 返主人舍, 以藥化之爲水.〕

이런 정황을 놓고 볼 때 화본소설에 등장하는 협객의 이미지는 중국 문화의 오랜 전통에서 비롯된 것임을 알 수 있다. 송나라 오숙(吳淑)의 《강회이인록(江淮異人錄)》〈홍주서생(洪州書生)〉에 "이에 약을 조금 꺼내 그 머리에 바르고는 머리카락을 잡고 흔드니 모두 물로 변하는 것이었다.〔乃出少藥傅頭上, 捽其髮瀝之, 皆化爲水.〕"라는 대목이 보이는 것으로 봐서 약을 가지고 수급을 물로 화하게 하는 것과 이런 인물을 '이인'으로 인식하는 인습은 다양한 서사문학에 이미 존재하고 있었던 것을 알 수 있다. 소설 속에서 협객은 주로 조력자로서 악인을 징벌하고 의(義)를 수호하는 역할을 담당한다. 주인공이 곤경에 빠졌을 때 신령이나 귀신이 등장해 주인공을 구원하는 것보다 훨씬 더 현실적인 조력자였기 때문이다. 앞서 살핀 바와 같이 본 작품에서는 그 묘사 방법에 있어서 전기소설의 묘사를 수용하여 더 확장시키는 방법을 채용해 소설의 흥미를 더하고 있다. 협객은 오늘날 소설이나 영화에 자주 등장하는 '정의의

사도’ 내지는 ‘정의의 수호자’ 역할을 담당했던 것이다.

▌본문 역주

세상일은 바둑을 두는 것같이 분분하여   世事紛紛如弈棋
이기고 지는 변환의 기교를 알아채기 어렵다네   輸贏變幻巧難窺
마음속에 공평한 도리를 보존만 하면   但存方寸公平理
은덕과 원한이 분명해져 의심할 필요가 없다네   恩怨分明不用疑

화설(話說), 당나라 현종(玄宗) 천보(天寶)[1] 연간에 장안(長安)에 어떤 선비가 있었는데 성은 방(房)씨요, 이름은 덕(德)으로 생김새가 얼굴은 네모나고 귀가 컸으며 체구가 우람했다. 나이는 서른이 넘었고, 집안은 매우 가난하고 곤궁했으며 오직 아내 패씨(貝氏)가 방직하는 일로 생계를 꾸렸다. 때는 늦가을 날씨였음에도 방덕은 머리에 해진 두건을 쓰고 몸에는 헌 갈포 옷을 입고 있었는데 그 갈포 옷은 너덜너덜하게 해져 도롱이와 같았다. 그는 생각하기를 “날씨가 점점 추워져가는데 이런 꼴로 어떻게 사람을 만날 수 있겠는가?”라고 한 뒤, 아내에게 무명 두 필(匹)이 남아있는 것을 알고서 그것을 달라고 하여 옷을 지어 입으려고 했다. 그의 아내가 본래 미천한 집안의 출신으로 도량이 아주 좁은데다가 표독스럽고 모진 마음을 가지고 있었다는 것을 그 누가 알았겠는가? 주둥이는 응변에 능해 칼같이 날카로웠기에 무슨 일이든 이러면 이렇게 저러면 저렇게 모두 응대할 수 있었으니 그는 죽은 자도 살리고 산 자도 죽이는, 혀끝으로 시비를 일으키는 그런 아낙네였다. 방덕이 살길이 없이 자기에게 의지해 먹고 사는 것을 보고 그는 항상 남편을 못살게 굴었다. 방덕은 때를 만나지 못했기에 말에 힘이 없었고 매사 아내에게 그저 양보

....

1) 천보(天寶): 당나라 玄宗의 연호로 742년부터 756년까지이다.

할 수밖에 없었으며 점차 아내를 조금씩 무서워하게 되었다.

방덕이 옷을 새로 지어 입겠다고 한 그날, 마침 패씨는 남편이 이리 궁핍한데 어떻게 잘 살 수 있겠는가라는 생각을 하고 있었다. 부모를 원망하기도 하며 짝을 잘못 만나 평생을 그르쳤다고 하면서 마음속으로 심히 번뇌하며 화가 나 있던 참이라 패씨는 곧 남편에게 이렇게 말했다.

"덩치 큰 사내가 밥거리는 찾지 못하고 여자한테 의지해 살면서 이제 옷까지 마누라한테 얻어내려 하는데 그런 말을 하는 것이 부끄럽지도 않소?"

방덕은 몇 마디 면박을 당하고 나자 얼굴에 부끄러운 기색이 가득했다. 어쩔 수 없는 일이기에 염치 불구하고 낮은 목소리로 고분고분하게 말했다.

"부인, 줄곧 당신이 힘쓴 덕분이니 고맙기 그지없구려! 지금은 비록 어렵지만 반드시 좋은 날이 있을 거요. 일단 내게 이 무명을 빌려주면 나중에 내가 출세해서 당신의 덕에 크게 보답하리다."

패씨가 손을 내저으며 말했다.

"그 많은 나이에 아직도 그런 꼴인데 당신이 어찌 출세를 할 수 있겠소? 하늘에서 뭐가 떨어지지 않는 이상, 설마하니 어디 가서 강도질을 할 거요? 당신의 달콤한 말에 내가 수년을 속아 믿겨지지가 않네. 그 무명 두 필은 이 마누라 스스로가 겨울을 날 옷을 지어 입을 것이니 생각 지도 마시오."

방덕은 무명을 얻기는커녕 되레 창피를 당해 한바탕 싸움을 벌이려 했지만 마누라 주둥이가 거칠고 언성이 높은 것이 두려워 이웃집에서 듣게라도 되면 오히려 체면이 깎일까 걱정되었다. 그래서 그는 화가 났 어도 감히 말을 하지 못하고 노기를 참고서 문을 박차고 나온 뒤, 아는 사람들을 찾아가 돈을 빌려달라고 부탁하려 했다.

방덕은 반나절을 갔는데도 아는 사람을 한 명도 만나지 못했다. 하필 이면 그날 날씨도 그에게 어깃장을 놓아 난데없이 한바탕 비바람이 일기

343

제16권

이
(李)
견공이
외진
객관에서
협객을
만나다
[李汧公窮邸遇俠客]

시작했다. 그의 헌 갈의(葛衣)가 바람에 불려 낙엽 소리를 내자 방덕은 온 몸에 소름이 돋기에 비바람을 무릅쓰고 앞에 있는 한 고찰(古刹)로 달려가 몸을 피했다. 그 사찰의 이름은 운화선사(雲華禪寺)[2]라고 하는데 방덕이 산문(山門)에 들어가서 보니 어떤 우람한 체격의 사내가 왼쪽 회랑의 난간에 이미 앉아 있었으며 대전 안에는 한 노승이 송경을 하고 있었다. 방덕은 오른쪽 회랑 난간으로 가서 앉고는 멍하게 하늘을 쳐다보고 있었다. 그리고 비가 점차 그쳐가기에 속으로 생각하기를 "이때 가지 않으면 조금 뒤엔 다시 비가 더 많이 올지도 몰라."라고 했다. 몸을 돌리려 하다가 홀연 고개를 돌려 벽에 그려져 있던 새 한 마리를 보게 되었는데 깃털과 날개와 발, 꼬리 하나하나가 다 있었지만 오직 머리만은 그려져 있지 않았다. 세상에 어찌 이렇게 머리가 빈 사람이 있던가? 제 배 고프고 추운 것도 돌보기 힘들 텐데 무슨 마음의 여유가 있다고 벽에 그려진 새를 품평하고 있단 말인가!

방덕은 생각했다.

"항상 사람들한테 듣기로 새를 그릴 때면 먼저 머리를 그린다고 하는데 이 화법(畫法)은 어째서 남들과 다른 것인가? 게다가 다 그리지도 않은 것은 무슨 까닭인가?"

한편으로 이런 생각을 하면서 또 한편으로 그림을 보니 그 새가 사랑스럽게 그려졌다는 생각이 들었다. 곧바로 또 생각하기를 "비록 이 방면에 아는 바는 없지만 새머리를 그리는 것은 별로 어렵지 않을 것 같은데 내 어찌 이어서 마저 다 그리지 않겠는가?"라고 하고는 즉시 대전으로 가서 스님에게 붓 한 자루를 빌려 먹을 잔뜩 찍어 와서 새머리를 그렸더니 보기가 그리 흉하지는 않았다. 방덕은 스스로 기뻐하며 말하기를 "내가 만약 단청하는 것을 배우면 성공할 수 있을 것 같다!"라고 했다. 방금전 그가 새머리를 그릴 때 왼쪽 회랑에 있던 사내가 다가와서 구경을

---

2) 운화선사(雲華禪寺): 당나라 때 長安 大同坊에 있던 雲華寺를 이른다.

하고 있었는데 그가 방덕을 위아래로 자세히 살펴보고는 얼굴 가득히 웃음을 머금은 채 앞으로 다가와서 말하기를 "수재(秀才)³⁾께 드릴 말씀이 있으니 이리 좀 와보시지요."라고 말했다. 이에 방덕이 말하기를 "족하는 누구신지요? 무슨 가르침이라도 주실 게 있으십니까?"라고 하자, 그 사내가 말하기를 "자세히 물으실 필요는 없고 저와 함께 가보시면 절로 좋은 일이 있을 겁니다."라고 했다. 방덕은 곤궁한 처지에 빠져 있었기에 좋은 일이 있다는 말을 듣고 기쁨을 이길 수 없었다. 그는 붓을 스님에게 돌려준 뒤, 헌 갈의를 단정히 하고 사내를 따라갔다.

이때가 되어서는 비록 비바람은 그쳤지만 땅은 매우 질척거렸다. 그럼에도 불구하고 그들은 운화사를 떠나서 곧장 승평문(昇平門)을 나가 낙유원(樂游原)⁴⁾ 옆에 이르렀는데 그곳은 인적이 없는 가장 썰렁한 곳이었다. 그 사내가 한 작은 옆문으로 가서 연이어 세 번을 두드리자, 잠시 뒤 어떤 사람이 문을 열고 나왔는데 그 또한 체격이 큰 사내였으며 그는 방덕을 보고 매우 기뻐하며 앞으로 다가와 인사를 했다. 방덕은 마음속으로 의아해하며 "이 두 사람은 어떤 사람들이지? 나를 데려와서 무슨 좋은 일이 있다는 것인지 모르겠네."라고 생각하고는 "여기가 뉘 집입니까?"라고 물었다. 두 사내가 답하기를 "수재께서 안으로 들어가 보시면 아실 겁니다."라고 했다. 방덕이 문안으로 들어가자 두 사내는 전에 있던 대로 문을 닫은 뒤 그를 안으로 데리고 들어갔다. 무성한 가시나무와

---

3) 수재(秀才): 한나라 때부터 孝廉과 더불어 擧士의 科名이었며, 당나라 초기에는 明經과 進士와 더불어 擧士의 科目으로 설치되었다가 곧 폐지되기도 했다. 당송 때 이르러서는 과거에 응시하는 자를 모두 秀才라 칭했고 명청 때에는 府·州·縣學의 입학한 생원을 秀才라고 했다. 元明 이후에는 공부하는 사람을 범칭하여 秀才라고 부르기도 했다.

4) 낙유원(樂游原): 長安城(지금의 陝西省 西安市) 남쪽에 있는 언덕으로, 한나라 宣帝가 이곳에 樂遊廟를 지었으므로 樂游苑 혹은 樂游原이라 불리기 시작한 뒤 명승지가 되었다. 葛洪의《西京雜記》권1을 보면, 낙유원에 장미 숲이 자생하고 있었는데 숲 밑에는 거여목이 많이 자랐으며 바람이 그 사이로 불면 쏴쏴하는 소리가 났고 해가 그 꽃을 비치면 빛이 났다고 한다.

시든 풀이 가득한 것으로 봐서 그곳은 조락한 화원이었다. 구불구불한 길을 따라 반쯤 무너진 정자를 돌아갔더니 그 안에서 다시 열네다섯 명의 사내들이 또 나왔는데 그들은 하나같이 몸집이 크고 팔은 길쭉했으며 용모는 험상궂었다. 그들은 방덕을 보자 모두 만면에 웃음을 띠며 말하기를 "들어오십시오."라고 했다. 방덕이 마음속으로 놀라며 생각하기를 "이 사람들의 내력이 이상한데 일단 무슨 말을 하려는 건지 들어나 보자."라고 했다. 사내들은 방덕을 정자 안으로 맞이해 서로 인사를 다 나누고 나서 의자에 앉으라 한 뒤, "수재의 존성(尊姓)은 어찌 되시는지요?"라고 물었다. 방덕이 말하기를 "소생의 성은 방 씨입니다. 여러분들께서 무슨 하실 말씀이 있는지 모르겠습니다."라고 했다. 그러자 처음에 방덕과 동행해 온 사내가 말했다.

"솔직히 말씀드리자면 저희 형제들은 강호(江湖)[5]의 호걸들로 오로지 본전이 필요 없는 장사만을 합니다. 모두 용력(勇力)만 있는 사람들이라서 전에 일이 날 뻔했지요. 그래서 하늘에 기도를 하며 지략이 많은 대장부를 찾아 그를 형님으로 모신 뒤에 지휘를 받고자 했습니다. 방금 운화사 벽에 그려져 있던 미완의 새는 바로 저희 형제들이 하늘에 기도를 하며 맹세한 것으로 깃털과 날개는 모두 갖춰져 있지만 머리만 없다는 뜻이었습니다. 만약 번창할 거라면 하늘이 한 영웅호걸을 보내 그 새의 머리를 보완해 넣을 것이고 그러면 그를 맞이해 두령으로 삼으려 했습니다. 하지만 며칠을 기다렸는데도 그런 사람이 없었습니다. 다행스럽게도 하늘이 저희의 소원을 이루게 해 주셔서 오늘 수재를 만나게 되었는데 수재께서 이렇게 우람한 외모를 갖춘 것으로 봐서 분명 지용을 겸비하셨을 테니 바로 하늘의 뜻을 받으신 우리의 두령이 되실 분일 겁니다. 저희 형제들은 오늘 이후로 형님께서 시키시는 대로 다 할 것입니다. 모두 함께 평생 편안하고 즐겁게 살 수 있도록 보장 받는 것이 좋지 않겠습니까?"

----

5) 강호(江湖): 江河와 호수와 바다를 통틀어 가리키는 말로 널리 사방각지를 이른다.

그러고 나서 사람들에게 말하기를 "빨리 가서 가축을 잡아 천지에 제사를 올리자."라고 하니 그 가운데 서너 명이 쏜살같이 후다닥 뒤편으로 달려갔다. 방덕은 마음속으로 놀라며 "알고 봤더니 이 사람들은 한 무리의 도적들이었구나! 나는 결백한 사람인데 어찌 그런 일을 할 수 있겠는가?"라고 생각되어 답하기를 "장사(壯士) 여러분, 제게 다른 일을 하라고 하면 할 수 있겠지만 정말 그 일은 감히 말씀대로 하지를 못하겠습니다."라고 했다. 사람들이 말하기를 "어째서요?"라고 하자, 방덕이 말하기를 "저는 공부하는 사람으로 출사할 날이 오기를 바라고 있는데 어찌 법을 어기는 그런 짓을 하려 하겠습니까?"라고 했다. 이에 사람들이 말했다.

"수재의 말씀은 옳지 않습니다. 지금은 양국충(楊國忠)⁶⁾이 재상으로 있으면서 매관매직을 하여 돈만 있으면 큰 벼슬을 할 수 있고 돈이 없으면 그렇게 뛰어난 재능을 가지고 있는 이태백(李太白)⁷⁾도 그 자에게 천대를 받아 급제를 할 수 없었습니다. 번국(蕃國)에서 보낸 서신을 판독한 일이 아니었다면 이태백은 지금까지도 아직 벼슬을 하지 못한 선비로 있었을 겁니다. 수재께 실례를 범하려는 것은 아닙니다만 몸에 걸치고 있는 것들을 보아하니 돈이 많은 사람도 아닌 것 같은데 어떻게 벼슬을 하려고 바란답니까? 우리들을 따라 큰 그릇으로 술을 마시고 큰 고기 덩어리를 먹으며, 한 벌로 된 옷을 입고 저울로 금을 달아 나눠 가지는

....

6) 양국충(楊國忠, ?~756): 양귀비의 친족 오빠로 본명은 楊釗였고 당나라 蒲州 永樂(지금의 섬서성 華陰縣) 사람이다. 양귀비가 현종에게 총애를 받은 후 그 또한 현종의 신임을 얻어 재상이 되었다. 당시 국정을 손에 쥐고 있던 양국충이 그와 더불어 총애와 신임을 얻고 있는 안록산을 제압하려는 과정에서 두 사람 사이에 생긴 알력이 '안록산의 난'에 도화선이 된다.

7) 이태백(李太白): 당나라 시인 李白(701~762)을 이른다. 자는 太白이며 호는 靑蓮居士이다. 후세 사람에 의해 '詩仙'이라 칭해졌고 杜甫와 함께 '李杜'라 불리었다. 그가 당나라 玄宗의 부름을 받아 오랑캐에게 답하는 국서를 기초하여 벼슬을 받았다는 이야기가 전하는데 그 자세한 내용은 《금고기관》 권6 〈李謫仙醉草嚇蠻書〉에 보인다.

것만 못합니다. 게다가 수재를 두목으로 모시는 것이니 얼마나 즐겁고 자유롭겠습니까? 조금 규모가 있게 되면 산채(山寨) 하나를 차지한 뒤, 왕을 자칭하는 것도 수재 마음대로 하실 수 있습니다."

방덕이 망설이며 대답을 하지 않자, 그 사내가 다시 말했다.

"수재께서 아주 내키시지 않는다면 감히 강요할 수는 없습니다. 그러나 여기는 들어올 수는 있어도 나갈 수는 없는 곳이라서 만약 따르지 않으면 수재의 목숨을 해칠 것이니 이 점에 대해서는 우리를 탓하지 마십시오!"

그러고 나서 모두가 장화 속에서 칼을 휙 뽑는 것이었다. 방덕은 겁이 나 넋이 나간 듯이 십여 보를 뒷걸음질 치며 말하기를 "여러분들 찌르지 마시오. 다시 상의해 봅시다."라고 했다. 사람들이 말하기를 "따르고 안 따르는 것은 말 한 마디로 결정할 수 있는 것인데 상의할 게 뭐 있습니까?"라고 했다. 방덕은 생각하기를 "이런 외진 곳에서 저들의 말을 따르지 않는다면 헛되이 목숨을 잃을 터인데 누가 이를 알겠는가? 일단 저들을 속인 뒤, 내일 여기서 벗어나 신고를 하러 가야겠다."라고 계획하고는 "장사(壯士) 여러분들의 사랑을 많이 받았소이다만 저는 평소 겁이 많아 이 일을 하지 못할까 걱정되오이다."라고 말했다. 사람들이 말하기를 "상관없습니다. 처음에는 겁이 나도 몇 차례 하다 보면 그런 느낌이 없어질 겁니다."라고 하자, 방덕이 말하기를 "그렇다면 여러분들을 따를 수밖에 없겠군요."라고 했다. 사람들이 크게 기뻐하며 칼을 있던 대로 장화 속에 다시 꽂고 말했다.

"이제 한 식구가 되었으니 모두가 서로를 형제라고 칭하면 됩니다. 어서 옷을 가져다가 형님께 갈아입혀 드립시다. 천지에 절을 올리실 수 있게요."

그런 뒤, 그들은 곧바로 들어가더니 비단옷 한 벌에 새 두건 하나와 새 장화 한 켤레를 받들고 나왔다. 방덕이 그것들로 차려 입고 나자 기품이 이전과 더욱 달랐다. 사람들이 일제히 갈채를 하며 말하기를 "형님

같은 풍채는 두목을 하는 것은 물론이고 황제도 하시겠습니다.”라고 했다.

옛말에 이르기를 “욕심낼 만한 것을 보이지 않음으로써 마음을 산란하게 하지 않는다.[不見可欲, 使心不亂.]8)”고 했다. 방덕은 본래 가난한 선비로 이같이 화려한 옷은 한 번도 입어보지 못했는데 이제 갑자기 일신하자 저도 모르게 생각이 바뀌었다. 그리고 사람들의 그런 말들을 자세히 음미해 보니 일리가 있다고 여겨져 이렇게 생각했다.

“사실 지금은 양국충이 재상을 하고 있어 뇌물을 공공연히 주고받아 훌륭한 재학을 지닌 사람들이 얼마나 많이 묻혔는지 모른다. 나같이 이런 평범한 학문으로 정말 어떻게 벼슬을 할 수 있겠나? 만약 벼슬을 하지 못한다면 평생을 빈천하게 살게 되어 오히려 이 사람들만큼 누리지도 못할 것이다.”

그리고 다시 또 이렇게 생각했다.

“지금과 같은 이런 늦가을 날씨에 아직도 헌 갈의를 입고 있어 아내한테 무명 한 필을 달라고 하여 옷을 지으려 해도 그리할 수도 없으며, 친지들에게 부탁해도 아낌없이 도와주는 자도 하나 없다. 보아 하니 이 사람들이 오히려 의리가 있는 것 같다. 내 이들과 안면이 없는데도 내게 이렇게 화려한 옷을 입혀주고 또 나를 두목으로 받들어 주지 않나. 이들의 말대로 마구 한바탕 하면 또한 반평생을 즐겁게 살 수 있을 게야.”

하지만 그는 다시 또 생각하기를 “안 돼, 안 돼! 잡히면 목숨을 잃게 될 게야!”라고 했다. 터무니없는 생각에 마음이 혼란스럽고 망설여져 생각을 정할 수가 없었다. 사람들이 서둘러 향안(香案)을 차려 놓더니 돼지 한 마리와 양 한 마리를 들고 나와 하늘을 향하게 하여 내려놓는 것이 보였다. 이리하여 방덕까지 합쳐 열여덟 명의 장사가 일제히 무릎을 꿇

---

8) 不見可欲 使心不亂(불견가욕 사심불란):《道德經》3장에 있는 “不見可欲, 使民心不亂.(욕심낼 만한 것을 보이지 않음으로써 백성의 마음을 어지럽게 하지 않는다.)”이라는 구절에서 나온 말로 여기서는 욕심낼 만한 것을 보지 않으면 마음이 움직이지 않는다는 뜻을 드러내고 있다.

고 향을 피워 맹세를 한 뒤, 삽혈(歃血)로써 동맹을 맺었다. 천지에 제사를 올리고 나서 이들은 다시 방덕과 더불어 결의형제를 맺고 서로 통성명을 했다. 잠시 뒤 술과 음식을 차려 놓고 방덕을 가장 윗자리에 앉게 하고는 기름지고 맛있는 음식과 좋은 술을 마음껏 먹었다.

방덕은 평소 먹었던 것이 절인 채소에 간소한 밥뿐이었으며 그것조차 보장할 수 없던 형편이었다. 어떨 때는 술과 고기를 조금 얻어먹을 수는 있었어도 마음껏 취하고 배불리 먹을 수는 없었으므로 이날 한 번 만끽한 것은 뜻밖의 기쁨이었다. 게다가 사람들이 번갈아가며 잔을 들고 술을 권하며 "형님, 형님!"이라 부르면서 그를 떠받들자 방덕은 싱글벙글 웃음을 지었다. 처음에는 할까 말까 망설였지만 이때에 이르러서는 끝까지 마음을 먹고 이 일을 해야 되겠다고 여기게 되었다. 방덕은 이렇게 생각했다.

"혹 내 명에 운이 조금 있어서 이 형제들의 도움을 받아 정말 큰일을 해낼 수 있을지도 모른다. 만약 작게 성공할 시에는 두세 차례만 해서 재물을 조금 얻은 뒤, 바로 손을 떼면 필시 누구도 모를 게야. 그런 연후에 양국충에게 뇌물을 줘 벼슬 한 자리를 얻으면 어찌 좋지 않겠는가? 만에 하나 일이 탄로 난다 해도 이미 누릴 만큼 누린 것이 되니 칼을 맞든 토막이 나든 달갑게 받아들일 테다. 그 또한 배고픔과 추위에 시달리며 평생 굶어서 곧 죽을 사람처럼 사는 것보다 낫다."

그 증거가 되는 시가 있다.

비바람이 쏴쏴 몰아쳐 밤은 바야흐로 추운데	風雨蕭蕭夜正寒
조각배 타고 급히 노를 저어 험한 여울물을 거슬러 올라가네	扁舟急槳上危灘
이번에 가면 파도가 거셀 줄을 알고 있으나	也知此去波濤惡
다만 '기한(飢寒)'이란 두 글자가 어렵기 때문이라네	只爲飢寒二字難

사람들은 술잔을 주고받으며 해가 질 무렵까지 술을 마셨다. 한 사람이 말하기를 "오늘 형님과 처음으로 모였는데 이시(利市)⁹⁾를 한 번 갖는 것이 어떻겠습니까?"라고 하자, 사람들이 일제히 말하기를 "일리가 있는 말이오. 그런데 어느 집으로 가는 것이 좋겠소?"라고 했다. 이에 방덕이 이렇게 말했다.

"경도의 부잣집으로는 연평문(延平門)¹⁰⁾에 사는 왕원보(王元寶)라는 늙은이의 집이 으뜸이오. 게다가 성 밖에 있어 순라를 도는 관병(官兵)도 없고 집 앞뒤에 난 길은 내가 모두 잘 알고 있소이다. 이곳 한 곳만 해도 십여 집에 견줄 수 있을 것이오. 여러분들은 어떻게 생각하는지 모르겠소이다."

사람들이 기뻐하며 말했다.

"형님께 솔직히 말씀드리자면 그 늙은이에 대해서 우리도 오래 전부터 마음에 두고 있었지만 기회를 얻지 못하고 있었지요. 뜻밖에도 형님과 생각이 맞으니 한마음인 것을 족히 볼 수 있습니다."

그리고 나서 이들은 곧바로 술자리를 거둔 뒤, 유황(硫磺), 염초(焰硝), 횃불, 무기 따위를 꺼내어 한데 묶어 놓았다. 그 사람들의 모습은 이러했다.

> 머리에는 흰 무명천을 두르고 발에는 장화를 신고 있으며, 얼굴은 검은색과 붉은색을 칠하고 손에는 칼과 도끼를 들고 있다. 겨우 무릎만 넘는 바지는 중띠로 꽉 묶고, 허리까지만 덮는 윗옷은 넓은 허리띠로 단단히 묶고 있다. 한 떼의 요마(妖魔)가 세상으로 나온듯하고 여러 무리의 호표(虎豹)가 산림으로 들어온 것 같다.

사람들은 복장을 다 갖춰 입은 뒤, 밤이 깊을 때까지 기다렸다가 화원

....

9) 이시(利市): 본래 장사해서 이득을 얻는 것을 發利市라고 하며, 利市는 돈이나 이득 또는 행운을 이르기도 한다. 여기서는 강도질해서 돈을 나눠 가지는 것을 이렇게 표현한 것이다.
10) 연평문(延平門): 長安城 서남쪽에 있는 성문이다.

의 문을 나섰다. 그리고 문을 밖에서 걸어놓고는 질풍과 폭우 같이 달려 나갔다. 연평문은 본래 낙유원으로부터 대략 육칠 리(里) 떨어져 있는 거리에 있었기에 얼마 안 되어 바로 도착했다.

차설(且說), 왕원보는 경조윤(京兆尹)[11] 왕홍(王鉷)의 족형(族兄)으로 집은 국부(國富)와 비길 정도로 부유해 그 명성이 천하에 자자했으며 천자인 현종(玄宗)도 그를 소견(召見)한 적이 있었다. 사흘 전 그는 도둑에게 약간의 재물을 도둑맞고 왕홍에게 이를 알리자, 왕홍은 불량인(不良人)[12]에게 명을 내려 그 도둑을 잡으라 하고 군졸 서른 명도 내어 그의 집을 방호하도록 했다. 예상치 못하게 방덕의 무리는 재수 없게도 그물에 딱 걸려들게 되었던 것이다. 바로 그때 강도들은 불씨를 내어 횃불을 밝혀서 대낮처럼 훤히 비추며 칼과 도끼를 휘두르면서 문을 부수고 들어갔다. 방호하고 있던 군졸들과 집안 하인들은 모두 잠에서 깨어나 징을 치고 고함을 지르면서 제각기 몽둥이를 들고 나와 강도들을 잡으려 했다. 장원의 앞뒤에 사는 이웃집에서도 그 소리를 듣고 구호(救護)하러 모두 모여들었다. 강도들은 사람들이 이미 모여든 것을 보고 당황하여 불을 지르기 시작했고 길을 터 도망을 쳤다. 왕씨 집 사람들은 나뉘어 반은 불을 껐으며 나머지 반은 강도들을 쫓아가 겹겹이 둘러쌌다. 강도들은 죽기 살기로 사투를 벌이며 장객(莊客)[13] 몇 명을 찔러 부상을 입혔으나 결국에는 중과부적으로 여러 명이 몽둥이에 맞아 넘어졌으며 나머지는 모두 있는 힘을 다해 도망쳐 빠져나왔다. 방덕도 몽둥이를 맞고 넘어진 그 여러 명 속에 있었으니 이들은 일제히 밧줄에 묶여 날이

11) 경조윤(京兆尹): 京兆府의 장관이다. 당나라 玄宗 開元 원년(713)에 長安이 있는 雍州를 京兆府라 했는데 그 밑에는 長安, 萬年 등 22개의 縣이 있었다.
12) 불량인(不良人): 당나라 때 관부에서 범인을 조사를 하고 체포하는 일을 맡았던 아역을 不良人이라고 했으며 그들의 우두머리를 不良帥라고 했다. 자세한 내용은 청나라 梁章鉅의 《稱謂錄·隸》에 보인다.
13) 장객(莊客): 佃農(소작농)과 雇農(고용농)에 대한 통칭이다. 장객은 경작 이외에 다른 노역도 맡았으며 田莊을 보호하는 책임도 있었다.

밝을 때가 되어 경조윤의 관아로 압송되었다. 왕홍은 기위(畿尉)[14]로 하여금 이들을 심문하도록 했다. 그 기위는 성이 이(李) 씨이고 이름은 면(勉)[15]이었으며 자는 현경(玄卿)으로 종실의 자제였다. 타고난 성품이 충정스럽고 의(義)를 숭상했으며, 천하를 다스릴 재능이 있었고 제세안민(濟世安民)의 뜻을 지니고 있었다. 그럼에도 불구하고 그는, 이림보(李林甫)[16]와 양국충이 잇따라 재상을 하면서 현능(賢能)한 자를 시기하고 나라와 백성들에게 해를 끼쳤기에, 억울하게도 하급 관리로 있으면서 그 재능을 펼칠 수 없었다. 기위라는 관직은 비록 품계는 낮았지만 형법을 관장하는 벼슬로 도적을 잡으면 모두 기위가 심문을 했으므로 상관과 관련된 형옥도 모두 기위에게 맡겨 심문하도록 했다. 이리하여 역대로 기위는 반드시 혹리(酷吏)들이어서 주흥(周興), 내준신(來俊臣)[17], 색원

....

14) 기위(畿尉): 경도 근처에 있는 현, 즉 畿縣의 縣尉를 이른다. 《通典·職官》에 따르면, "大唐의 현은 赤, 畿, 望, 緊, 上, 中, 下 일곱 등급의 차이가 있다."고 했다. 그 注에 의하면 "京都 소할의 현은 赤縣이라 하고, 경도 옆에 있는 邑은 畿縣이라 하며, 나머지는 호구의 다소와 자질의 좋고 나쁜 것에 따라 나눈다."고 했다.

15) 이면(李勉, 717~788): 당나라 때 종실로 鄭王 李元懿의 증손이며 岐州刺史 李擇言의 아들로 자는 玄卿이다. 開封縣尉, 監察御史, 京兆尹 겸 御史大夫, 嶺南節度使, 工部尙書, 永平軍節度使, 同平章事, 檢校左仆射 등의 벼슬을 역임했고 汧國公에 봉해졌으며 죽은 뒤, 太傅로 추봉되었고 시호는 貞簡이다.

16) 이림보(李林甫, 683~752): 당나라 宗室로 권모술수에 능했으며 開元 연간에 禮部尙書, 中書令 등의 벼슬을 역임하며 정권을 쥐었다.

17) 내준신(來俊臣): 周興과 함께 무측천이 중용했던 酷吏로 갖은 혹형으로 많은 사람들을 학살했다. 天授 2年에 어떤 자가 주흥이 丘神勣 등과 함께 모반하려 한다고 고발하자, 무후는 내준신으로 하여금 주흥을 심문하도록 했다. 그 상황을 모르고 있던 주흥에게 내준신이 묻기를 "죄수들 중에 복죄하지 않은 자가 많은데 어떤 방법을 써야 합니까?"라고 하자, 주흥은 말하기를 "큰 항아리를 가져다가 주변에 숯불을 피워 달구어 놓고 죄인을 그 속으로 들어가게 하면 무슨 일인들 복죄하지 않겠는가?"라고 했다. 내준신은 곧 사람을 시켜 주흥이 말한 대로 해놓고는 주흥에게 이르기를 "형님을 심문하라는 내정 문서가 왔소이다. 이 항아리 속에 들어가시지요."라고 하자, 주흥은 바로 머리를 조아리면서 복죄를 했다고 한다. 그 사람이 낸 꾀로 그 사람을 다스린다는 뜻의 '請君入甕'이라는

례(索元禮)[18] 등이 남긴 극형들만을 썼다. 어떤 극형들이 있는가? 그 증거가 되는 〈서강월(西江月)〉[19] 사(詞)가 있다.

독자현차(犢子懸車)[20]는 무서워할 만하고	犢子懸車可畏
여아발궐(驢兒拔橛)은 애걸을 할 만하네	驢兒拔橛堪哀
봉황쇄시(鳳凰晒翅)는 목숨을 보전하기 힘들고	鳳凰晒翅命難推
동자참선(童子參禪)을 당하면 혼이 나가게 된다네	童子參禪魂捽
옥녀등제(玉女登梯)는 가장 참혹하고	玉女登梯最慘
선인헌과(仙人獻果)는 비참하도다	仙人獻果傷哉
미후찬화(獼猴鑽火)를 가해도 자백하지 않으면	獼猴鑽火不招來
다시 야차망해(夜叉望海)로 바꾼다네	換個夜叉望海

이런 혹리들은 한편으로는 형벌로 위엄을 세웠으며 다른 한편으로는 권요(權要)들의 부탁으로 그들의 명을 받들었다. 그리하여 이들은 모든 일들을 사실인지 왜곡된 것인지 불문한 채 혹형으로 고문을 해 죄를 씌

....

성어가 이 이야기에서 나왔다. 《新唐書》와 《舊唐書》의 〈酷吏列傳〉에서 주흥과 내준신에 대해 자세히 다뤘다.

18) 색원례(索元禮): 胡人이며, 무측천 때의 혹리로 遊擊將軍 등의 벼슬을 역임했다. 당나라 張鷟의 《朝野僉載》 권2의 기록에 의하면, 그가 범인을 심문할 때 쇠로 만든 굴레를 범인의 머리에 씌운 뒤 그 머리틈 사이로 쐐기를 박았는데 머리가 터져 죽은 사람이 많았다고 한다. 또한 '鳳凰曬翅'와 '獼猴鑽火'라는 酷刑도 그가 만든 것으로 나무 막대기를 범인의 손발에 끼어넣고 돌려서 뼈가 부스러지도록 하게 하는 형벌이었다. 자세한 내용은 《新唐書·酷吏傳·索元禮》에 보인다.

19) 서강월(西江月): 본래 당나라 敎坊의 곡이었는데 나중에 詞牌로 쓰였으며 〈江月令〉, 〈白蘋香〉, 〈步虛詞〉 등이라고도 했다. '서강월'이라는 명칭은 이백의 시 〈蘇臺覽古〉에 있는 구절인 "只今唯有西江月"에서 비롯되었다.

20) 독자현차(犢子懸車): 《朝野僉載》 권2의 기록에 의하면, 당나라 때 監察御史였던 李全交는 남들에게 죄를 씌우는 일을 일삼았다고 한다. 그가 범인을 심문할 때 목에 씌운 칼을 앞으로 끌어당겼는데 이를 '驢兒拔橛'이라 불렀고 칼을 나무에 묶었는데 이를 '犢子懸車'라고 했다. 또한 죄인으로 하여금 두 손으로 칼을 받들게 하고 그 위에 벽돌을 싸놓았는데 이를 '仙人獻果'라 했으며 죄인을 높은 나무에 서게 하고 칼을 뒤로 끌어당겼는데 이를 '玉女登梯'라고 했다.

워 자백하도록 했다. 아무리 쇳덩이 같은 사내라고 해도 이 형벌들이 가해지면 간담이 내려앉고 넋을 잃게 되니 얼마나 많은 충신과 의사(義士)들이 죽임을 당했는지 모른다. 오직 이면만이 다른 기위들과 다르게 공평함과 관용을 숭상하여 일절 참혹한 형벌을 쓰지 않고 일을 처리함에 있어 정리에 맞추려고 했기에 원옥(冤獄)이 전혀 없었다. 그날 조아(早衙)21)에 경조윤으로부터 이 사건이 보내져왔다. 그리하여 강도 십여 명과 부상을 입은 장객 대여섯 명은 관아의 뜰에 무릎을 꿇고 있었으며 섬돌 아래에는 도적질을 할 때 썼던 칼과 도끼들이 모두 쌓여 있었다. 이면이 눈을 들어서 보았더니 그들 중에서 오직 방덕만 인물이 우람하고 풍채가 비범하기에 "저런 사내가 어찌 도적질을 했단 말인가?"라고 생각한 뒤, 속으로 가엾은 마음이 들었다. 그는 곧바로 순라를 돈 군졸들과 왕씨 집 장객들을 먼저 불러다가 강도질을 당한 자초지종을 물은 뒤, 강도들에게 성명을 물어가며 하나하나 자세히 심문했다. 모두 현장에서 잡혔기에 형벌을 가하기도 전에 전부 복죄를 했고 일당의 소굴도 자백하자 이면은 곧바로 불량인을 보내 잔당들을 체포하도록 했다. 방덕을 심문할 차례가 되자 그는 이면의 탁자 앞으로 기어와서 눈물을 머금은 채 이렇게 말했다.

"소인은 어렸을 때부터 유학에 전념해 본래 도적이 아니었습니다. 다만 집이 가난하여 어찌할 길이 없기에 어제 친척 집으로 돈을 빌리려고 가다가 비가 와서 운화사에 막혀 있었습니다. 그러다가 저들 무리의 계략에 넘어가 따라가게 되었고 저들의 협박에 의해 패거리에 들어간 것으로 어쩔 수 없는 상황에서 이리 된 것입니다."

그리고 새를 그린 일과 패거리에 들어간 전후 사정들을 일일이 자세하게 얘기했다. 이면은 이미 그의 재모(才貌)를 아깝게 여기고 있었는데다

---

21) 조아(早衙): 관원이 아침과 저녁에 한 번씩 관아로 나가 공무를 처리했는데 卯時 (아침 5~7시)에 하는 것을 早衙라고 했다.

가 그의 진술이 가엾게 여길 만한 데가 있는 것을 보고 곧 그를 풀어주려는 마음을 생겼다. 하지만 다시 또 이런 생각도 들었다.

"한 무리가 다 같은 죄인데 유독 한 사람만 풀어주면 공론을 가라앉히기가 어려울 것이다. 게다가 상관이 위임을 한 일인데 어떻게 복명할 텐가? 여차저차한 방법밖에 없겠다."

이에 방덕에게 짐짓 큰 소리로 물러가라고 한 뒤, 명을 내려 도적들에게 칼과 족쇄를 모두 채워 옥에 가두라 했으며 잔당들을 잡은 뒤에 다시 심문하겠다고 했다. 부상을 입은 장객들은 집으로 돌려보내 몸조리를 하라 했으며 순라를 돌던 자들에게는 그 공을 기록하고 상을 내렸다.

이렇게 사람들을 다 보낸 뒤, 이면은 곧 옥졸 왕태(王太)를 관아로 불러들였다. 원래 왕태는 이전에 실수로 상관의 뜻을 거슬렀다가 무함을 당해 사죄(死罪)에 처해졌으나 이면이 심문을 하여 벗어나게 한 덕에 예전대로 관아에서 복무해 왔었다. 왕태는 이면의 은덕에 감사하여 그의 부탁이라면 온힘을 다하지 않은 것이 없었으며 이로 인해 이면은 왕태를 옥졸들의 우두머리로 삼았던 것이다. 방덕의 일을 당해 이면은 왕태에게 이렇게 분부를 내렸다.

"방금 잡혀온 강도들 가운데 방덕이라는 자가 있는데 내 보기에 이 사람은 외모가 위풍당당하고 언사가 남다른 것이 때를 만나지 못한 호걸인 것 같다. 그를 벗어나게 해줄 마음이 있지만 다른 사람들이 걸려 당장 풀어주기가 쉽지 않구나. 네게 맡길 테니 기회를 엿보다가 도망을 가게 그를 풀어 주거라."

그러고 나서 세 냥(兩)이 되는 은자 한 봉지를 가져다가 왕태에게 건네주며 말하기를 "그에게 이것을 줘 여비로 삼게 하고 속히 먼 곳으로 가서 잠적해 가까운 곳에 있다가 또 사람들에게 잡히지 말라고 전하라." 라고 했다.

왕태가 말하기를 "상공(相公)[22]께서 분부하신 일을 어찌 감히 어기겠습니까? 다만 옥졸들을 연루시키게 될까 걱정되는데 어찌하면 좋겠습니까?"라고 했다.

이면이 말했다.

"너는 그를 풀어준 뒤, 곧바로 처자식을 데리고 내 집으로 숨어들어 오거라. 보고 문서에는 모두 네가 한 것으로 쓰면 다른 사람들은 자연스레 무사하게 될 게다. 그리고 너는 내 곁에 있으면서 가까운 종자(從者)로 있는 것이 이런 천역을 하는 것보다 더 낫지 않겠느냐?"

왕태는 "만약 상공께서 거둬 주셔서 댁에서 모실 수 있다면 더없이 좋습니다."라고 말했다. 그러고 나서 은을 소매 속에 넣고 급히 관아에서 나와 감옥에 이르러 옥졸에게 이르기를 "새로 들어온 죄수들은 아직 장형을 맞지 않았으니 한데 모여 있지 못하도록 하라. 무슨 일이라도 일으킬까 걱정된다."라고 하자, 옥졸은 그의 말대로 사람들을 나누어 떨어져 있도록 했다.

그러고 나서 왕태는 방덕만을 데려다가 구석지고 조용한 곳에 넣고는 이면의 좋은 뜻을 자세히 말해 주며 은도 건네주었다. 방덕은 그지없이 감사하며 말했다.

"번거로우시겠지만 옥장(獄長) 형님께서 상공께 감사하다고 전해 주십시오. 소인은 이생에서 보답할 수 없으면 죽은 뒤에라도 견마(犬馬)가 되어 은덕에 보답할 것입니다."

왕태가 말했다.

"상공께서 좋은 마음으로 댁을 구하신 것인데 어찌 보답을 바라시겠소? 이번에 나가거든 그저 개과천선하길 바랄 뿐이외다. 상공께서 기사회생시켜준 은덕을 저버리지 마시오!"

방덕은 "옥장 형님의 가르침에 감사합니다. 삼가 시키신 대로 하겠습니다."라고 말했다. 저녁때까지 기다렸다가 왕태는 다른 옥졸들과 같이 죄수들을 침상에 올라가도록 했는데 그 첫 번째를 방덕부터 시작하게

----

22) 상공(相公): 관리에 대한 존칭으로 쓰였다.

한 뒤, 나머지는 차례대로 하게 했다. 왕태는 사람들이 일로 바빠 어수선한 때를 엿보고 있다가 다시 돌아와서 방덕의 칼과 족쇄를 풀어준 뒤, 자신의 헌 옷을 입히고는 옥문 앞으로 데리고 갔다. 운 좋게도 안팎으로 오가는 사람이 하나도 없기에 서둘러 옥문을 열고 그를 떠밀어 밖으로 내보냈다.

　방덕은 발걸음을 성큼성큼 내딛으며 일체 돌아보지도 않은 채 집으로 돌아가지도 못하고 성문을 나서 밤새 도망을 갔다. 마음속으로 생각하기를 "상공께서 목숨을 구해 주신 것은 매우 감사하나 이제 누구에게 의탁하는 것이 좋을까? 생각해 보니 지금은 오직 안록산이 천자에게 가장 총애를 입고 중용되어 호걸들을 모으고 있으니 그에게 투신하는 것이 좋겠구나!"라고 한 뒤, 그는 곧장 길을 잡아 범양(范陽)으로 갔다. 때마침 고우(故友)인 엄장(嚴莊)이란 자를 만났는데 엄장은 범양 장사(長史)[23]로 있었기에 방덕을 안록산에게 데리고 가 소개했다. 그즈음 안록산은 모반할 마음을 품고 있은 지 오래되어 당(唐)에서 도망 온 사람들을 많이 받아들이고 있던 터라 방덕이 인물이 출중하고 말이 잘 맞는 것을 보고 그를 부하로 남겨두었다. 방덕은 그곳에서 얼마 동안 머물다가 암암리에 사람을 시켜 처자식을 그곳으로 맞이했으니 그 내용은 자세히 얘기하지 않겠다. 그것은 바로 이런 말로 대변된다.

천라지망(天羅地網)에서 벗어나서	掙破天羅地網
근심과 번민을 제쳐놓았네	撇開悶海愁城
득의하여 지금을 한껏 자랑하다가	得意盡誇今日
뒤돌아보니 모든 것이 전생의 일인 듯하구나	回頭却認前生

　차설(且說), 당일 밤 왕태는 집에 일이 있어 가봐야 한다고만 하고서 옥졸들에게 옥사를 잘 보라고 명한 뒤, 감옥의 열쇠를 확실하게 넘기고

─────────────────

23) 장사(長史): 당나라 때 上州의 刺史別駕 밑에 있던 종5품의 屬官이다.

서 감옥 문을 나섰다. 집에 당도해 짐을 수습하고 남몰래 처자식을 데리고서 밤새 이면의 집으로 숨어 들어간 내용은 여기서 자세히 얘기하지 않기로 한다.

차설, 다음 날 아침 옥졸들은 죄수들이 대소변을 보도록 풀어주다가 방덕이 있는 데를 보았더니 그에게 채웠던 칼과 족쇄가 가장자리에 내팽개쳐져 있는 것이 보였다. 하지만 그가 언제 도망갔는지는 알 수 없었다. 옥졸들은 모두 놀라 얼굴이 흙빛이 되어 끊임 없이 죽는소리를 하며 "그렇게 형구를 단단히 묶었는데 그 사형수가 어떻게 그것을 벗고 도망쳤는지 모르겠다! 우리들은 연루가 되어 억울하게 벌을 받게 되었구나! 어디로 달아났는지도 모르겠네!"라고 말했다. 사방의 벽을 봐도 땅에 떨어진 벽돌이나 기와 조각 한 장 보이지 않고 흙 부스러기조차 전혀 없기에 모두가 말하기를 "그 사형수가 어제 기위 상공을 속여 초범(初犯)이라고 말했지만 되레 경험이 많은 고수였구먼."이라고 했다. 그들 가운데 한 사람이 말하기를 "내가 왕 옥장에게 가서 보고하여 그로 하여금 빨리 관아에 신고해 급히 잡아오라고 하겠소."라고 한 뒤, 단숨에 왕태의 집으로 달려가서 보니 문이 닫혀 있기에 한바탕 마구 두드렸으나 어디 응답하는 사람이 있겠는가? 옆집에 사는 한 이웃이 다가와서 말하기를 "이 집이 어젯밤 네 시간 정도 소란을 피우더니만 이사를 간 것 같군요."라고 했다. 옥졸이 말하기를 "왕 옥장이 거처를 옮긴다는 말을 전혀 듣지 못했는데 어찌 그런 일이 있겠소?"라고 하자, 이웃이 말하기를 "집이 이 한 채밖에 없는데 두드려도 왜 대답이 없을까요? 설마하니 잠에 빠져 죽은 듯이 자는 것은 아닐 테죠?"라고 했다. 옥졸은 그의 말에 일리가 있다고 여겨 있는 힘을 다해 대문을 밀어제치고 열어보니 안에서 막대기로 버텨 놓았던 것이었다. 집안에는 무겁고 투박한 가구 몇 점만 있었고 사람은 하나도 없었다. 옥졸은 이렇게 생각했다.

"이상하네! 옥장도 왜 도망을 간 거지? 그 사형수를 혹시 옥장이 돈을 받고 풀어준 게 아닌가? 그렇든 그렇지 않든 간에 일단 옥장한테 전부

떠밀어야겠다.”

옥졸은 있던 그대로 문을 닫아건 뒤 옥사로 돌아가지도 않고 곧장 기위의 관아로 갔다.

마침 이면이 조아(早衙)에 나와 공무를 처리하고 있기에 옥졸은 그 앞으로 가서 사실을 아뢰었다. 이면은 놀라는 척하며 말했다.

“전에 왕태를 조심스러워하는 줄로만 알고 있었는데 이렇게 간이 클 줄은 몰랐구나. 감히 돈을 받고 중죄인을 풀어주다니! 그가 부근에 숨어 있을 테니 너희들은 사방으로 흩어져 수소문을 해라. 잡는 자에게는 자연히 큰 상이 내려질 것이다.”

옥졸이 머리를 조아리고 나간 뒤, 이면은 공문을 올려 이 사실을 부(府)에 보고했다. 왕홍은 이면이 옥사 방비를 소홀히 했다는 이유를 들어서 적임자가 될 수 없다고 천자에게 아뢰어 그를 관직에서 파면해 평민으로 강등시켰으며, 다른 한편으로는 방을 붙여 방덕과 왕태를 잡으려 했다. 이면은 그 당일 날 관인을 반납하고 짐을 수습한 뒤 왕태를 여자들 가운데 숨겨 집으로 데려 갔다.

| 곤궁과 위험에 처해 있는 자를 구제할 뜻이 아니라면 | 不因濟困扶危意 |
| 도망하는 죄수를 어찌 숨겨주려 하겠는가 | 肯作藏亡匿罪人 |

이면은 집안 형편이 원래부터 가난한데다가 청렴한 관원이 되고자 돈 한 푼도 함부로 취하지 않았으므로 파직 되었을 때에 이르러서는 예전과 같이 일개 한사(寒士)인 상태였다. 그는 고향으로 돌아가서 몸소 노복들을 거느리고 농사를 지어 먹고살았다. 그렇게 집에서 산 지 이 년이 넘자 가난이 더욱 극심해져 부인과 작별한 뒤, 왕태와 두 명의 가노(家奴)를 데리고서 옛 친구들을 찾아가게 되었다. 동도(東都) 쪽 길로 가서 하북(河北)에 이르러 옛 친구인 안고경(顔杲卿)[24]이 상산(常山) 태수(太守)로 새로 임명되었다는 소식을 듣고 그를 찾아가는 길에 백향현(柏鄕縣)

을 지나게 되었는데 그곳은 상산과 아직도 이백 여 리가 떨어져 있는 곳이었다. 이면이 길을 가고 있는 도중에 한 무리의 의장대가 손에 곤봉을 들고 앞길을 트며 오는 것이 보였다. 그들이 대갈하여 말하기를 "현령 나리께서 오시는데 어서 말에서 내리지 않고 뭘 하느냐!"라고 하자, 이면은 말을 끌고 길가로 피했다. 왕태가 멀리서 현령을 보니 검은색 일산에 흰말을 타고 있는 위풍당당한 모습이 대단했는데 이상하게도 얼굴이 재작년에 풀어준 강도 방덕과 매우 흡사한 것이었다. 급히 이면에게 아뢰기를 "상공, 저 현령의 얼굴이 재작년에 풀어준 방덕과 똑같이 생겼습니다."라고 했다. 이면도 현령이 낯이 익다고 여기고 있던 차에 그 말을 듣고 갑자기 떠올라, "정말 그와 닮았네."라고 생각했다. 마음속으로 자못 기뻐하며 생각하기를 "내가 말하길 저 사람은 때를 못 만난 호걸이라 했는데 지금 보니 과연 그렇구나! 그런데 어떻게 벼슬을 하게 되었는지 모르겠네."라고 했다. 앞으로 가서 물어보려 했지만 아닐까 걱정하며, "만약 그 사람이라면 그가 여기서 벼슬을 하고는 있는 것을 알고서 내가 보답을 바라 찾아온 줄로 생각할 수 있으니 묻지를 말자!"라고 생각했다. 이리하여 왕태에게 소리를 내지 못하게 하고 자신도 고개를 돌려 그가 그냥 지나치도록 했다.

하지만 현령은 점점 가까이 다가와 이면이 몸을 돌려 서있고 왕태도 그 옆에 서있는 것을 한눈에 알아보고서 한편으로는 놀라면서도 한편으로는 기뻐했다. 그는 급히 종자들을 멈추게 하고 말에서 뛰어내려 이면 앞으로 가서 읍하며 말하기를 "은인께서 저를 보시고서 어찌 부르시지도 않고 되레 머리를 돌리셨습니까? 지나칠 뻔했습니다."라고 했다. 이면이 답례를 하고 말하기를 "본래 족하께서 이곳에 있는 줄 몰랐는데다

....

24) 안고경(顔杲卿, 692~756): 자가 昕이며 范陽戶曹參軍, 常山太守 등의 벼슬을 역임했고 '安史의 난' 때 항복하지 않아 安祿山에게 죽임을 당했다. 太子太保, 司徒로 추증되었고 시호는 忠節이다. 《新唐書》와 《舊唐書》의 〈忠義列傳〉에 그에 대한 전이 있다.

가 또 정무를 보시는 데 방해가 될까 염려되어 감히 부르지 못했습니다.”
라고 했다. 방덕이 말하기를 “별 말씀을 다하십니다! 어렵사리 은인께서
이곳에 이르셨는데 저희 관아로 가셔서 말씀 좀 나누시지요.”라고 했다.
이면은 이때 여로로 피곤하기도 한데다가 그의 뜻이 간곡한 것을 보고서
“이렇게 족하의 정의를 입었으니 잠시 말씀을 나눠야지요.”라고 말했다.
이리하여 그는 말에 올라타고서 방덕과 나란히 관아로 갔으며 왕태는
그 뒤를 따랐다. 얼마 안 되어 이들은 곧바로 현아에 당도하여 청(廳)
앞에 이르러 말에서 내렸다. 방덕은 이면을 후당(後堂)²⁵⁾으로 맞이하고
는 왼편으로 돌아 한 서원(書院) 안으로 들어가면서 종자들에게 따라
들어오지 말라고 했다. 그리고서 심복인 간판(幹辦)²⁶⁾ 진안(陳顔)만을
남겨두고 문 앞에서 시중을 들도록 했으며 한편으로는 사람을 시켜 상등
의 연석(宴席)을 마련하라고 했다. 이면의 일행이 타고 온 네 마리의 가
축들은 마구간으로 보내 먹이게 했으며 짐은 왕태 등으로 하여금 안으로
옮기도록 했다. 또한 사람을 시켜 관아에 말을 전하게 하여 하인 두 명을
불러와 시중을 들게 했다. 그 두 명의 하인 가운데 하나는 노신(路信)이
라 했고 다른 하나는 지성(支成)이라고 불렀는데 모두 방덕이 현위(縣
尉)로 있을 때 산 노비들이었다.

차설, 방덕이 어찌하여 종자들에게 안으로 들어오지 말라고 했는가?
그는 평소에 재상 방현령(房玄齡)²⁷⁾의 후예라고 사칭하며 사람들 앞에

....

25) 후당(後堂): 옛날 중국 전통 가옥은 그 집의 빈부귀천에 따라 一進부터 七進까지
   도 존재했다. '進'은 집채를 맨 앞으로부터 맨 뒤까지 가로 줄로 나누어 셀 때
   한 줄을 의미한다. 보통 三進의 구조로 되어 있다고 할 때, 맨 앞의 집채 정
   가운데에 있는 큰 방을 '前堂'이라고 하고, 중간 집채 정 중앙에 있는 큰 방을
   '中堂'이라고 했으며, 맨 뒤 집채에서 정 중앙에 있는 큰 방을 '後堂'이라고 했다.
   縣衙의 경우 前堂은 관청이었고, 中堂은 거실이나 서재로 쓰였으며, 後堂은 집
   안의 부녀자가 거처하는 안방 정도의 용도로 쓰였던 것으로 보인다.
26) 간판(幹辦): 관직명으로 幹辦公事의 준말이다. 制置使, 總領, 安撫使, 鎭撫使,
   轉運使, 提點刑獄公事, 都大提擧茶馬, 都大提擧坑冶, 三衙長官 등의 屬官으로
   장관이 안배한 각종 사무를 처리했다.

서 가세(家世)를 자랑해 왔고 동료들도 그의 내력을 알지 못해 그것을 참이라 믿어 그를 매우 경중(敬重)해온 터였다. 이날 이면이 와서 만나는 사이에, 전에 강도질했던 사정이 얘기되어 사람들이 알게 되고 소문이 나게 되면 비웃음을 당하게 되고 관직을 잃게 될까 걱정되었기 때문이었다. 이런 까닭으로 하인들을 들어오지 못하게 한 것이었으며, 이는 그가 신경을 쓴 것이었다.

이면이 서원 안으로 들어가 보니 남향으로 연이어 지어진 서재 세 칸에 옆으로 곁채 두 칸이 또 있었다. 서원은 정원이 넓고 창문이 훤하게 나 있었는데 거기에는 탁자와 좌탑이 정연하게 놓여 있었고 그릇들도 정갈하게 놓여 있었으며, 서가에는 책들이 있었고 정원에는 화초들이 있었다. 모든 것들이 청아하게 배치되어 있었으니 이곳은 현령이 쉬는 곳이었기에 그렇게 단정하게 꾸며져 있었던 것이다.

차설, 방덕은 이면을 서재 안으로 맞이하고는 급히 의자 하나를 끌어다가 방 한가운데 놓고 앉게 한 뒤, 머리를 조아리며 큰절을 올렸다. 이면은 황급히 그를 부축하며 말하기를 "족하께서 어찌 이런 큰절을 하시는 겝니까?"라고 하자, 방덕이 말했다.

"저는 죽음을 기다리고 있던 죄수였는데 은인께서 구해 주시고 또한 여비까지 주셔서 이곳으로 도망해 와 오늘이 있게 되었습니다. 은인께서는 저를 다시 살게 해 주신 부모님과 같으신데 어찌 큰절을 받지 않으시려는 것입니까?"

이면은 충직한 사람이라 그의 말에 일리가 있는 것을 보고 절 두 번을 받았다. 방덕은 절을 하고 일어나 다시 왕태에게 감사한 뒤, 왕태를 비롯

---

27) 방현령(房玄齡, 579~648): 初唐 때 유명한 대신으로 자는 喬이고(일설에 의하면 이름이 喬이고 자가 玄齡이라고도 한다) 齊州 臨淄(지금의 山東省 淄博市) 사람이다. 수나라 말년에 진사 급제했고 당나라 군대가 쳐들어 왔을 때 秦王이었던 李世民에게 귀순했다. 秦王府의 記室 직을 맡아 이세민을 위해 계책을 세우고 제위를 도모하는 데 이바지해 일등 공신이 되었으며 梁國公에 봉해졌다.

한 종자 세 사람을 곁채로 데려가 앉히고서 곧 당부하며 말하기를 "만약 아역들이 물으면 부디 그들에게 예전에 있었던 일을 말씀하지 말아주십시오."라고 하자, 왕태가 말하기를 "말씀하지 않으셔도 잘 알고 있습니다."라고 했다.

방덕은 다시 이면이 있는 서재로 돌아와 의자 하나를 끌어다가 이면의 곁에 앉은 뒤, 이렇게 말했다.

"상공께 목숨을 살려주신 은덕을 입고 밤낮으로 감사하면서도 보답을 할 수 없었는데 뜻밖에도 하늘이 이곳에 이르시게 하여 만나게 해 주셨습니다."

그러자 이면이 말하기를 "족하께서 일시 모함을 당했을 때 저는 그저 기회를 타 주선만 했을 뿐인데 무슨 은덕이 있다고 그렇게까지 염두에 두고 계셨습니까?"라고 했다. 이면에게 차를 올린 뒤 방덕이 다시 말하기를 "은인께서는 어떤 직책으로 승직되어 가시다가 저희 현을 지나게 되신 것인지요?"라고 하자, 이면이 말했다.

"저는 족하를 풀어준 일로 인해 경조윤에게 부적임하다고 논죄되어 파직된 뒤, 고향으로 돌아가 있었습니다. 그러다가 집에 있기가 무료하여 산수를 두루 유람하며 회포를 풀려고 했지요. 지금, 옛 친구 안(顔) 태수를 방문하러 상산으로 가는 길에 이곳을 지나게 되었던 것입니다. 뜻밖에도 족하를 만났고 족하께서 관직도 받으신 것을 보니 제 마음이 매우 흐뭇하군요."

그러자 방덕이 말했다.

"알고 보니 은인께서 저 때문에 연루가 되어 파직을 당하셨는데 저는 되레 여기서 공로도 없이 구차하게 봉록을 받고 있으니 너무나 황송하고 부끄럽습니다."

이면이 말했다.

"옛사람들은 의리를 위해서라면 자신과 가정도 돌보지 않았는데 하찮은 낮은 관직 따위야 어찌 말거리가 되겠습니까? 다만 족하께서 저와 이별하신 뒤 어디로 가셨다가 이 현을 다스리게 되신 것인지 모르겠습니다.”

방덕이 말했다.

“저는 감옥에서 벗어난 뒤, 도망을 가다가 범양에 이르러 요행히도 옛 친구를 만나 그의 소개로 안(安) 절도사(節度使)를 뵙게 되었지요. 안 절도사께서는 그의 막하로 저를 들여 대단한 예우와 대우를 해 주셨으며, 반년 뒤에는 곧바로 이 현의 위관 직위에 임명하셨습니다. 그러다가 근자에 현령이 별세하자 상주문을 올리셔서 제가 현령이 되도록 해 주셨지요. 비천하고 재능이 짧은데 지방관으로 충원된지라 스스로 부끄럽습니다. 청컨대 상공께서 많이 가르쳐 주십시오.”

이면은 비록 관직에는 있지 않았지만 안록산이 모반하려는 뜻을 품고 있다는 소리를 평소부터 들어왔던지라 지금 방덕이 그의 천거로 관직에 있는 것을 보고 나중에 결당을 하여 반역을 할까 걱정이 되었다. 그래서 가르침을 청해온 김에 그에게 훈계의 말을 했다.

“벼슬하는 것도 크게 어려운 게 없습니다. 단지 위로는 조정을 저버리지 않고 아래로는 백성을 해치지 않으며, 생사(生死)와 이해(利害)에 관련된 문제를 마주할 때는 비록 정확(鼎鑊)[28]이 앞에 있고 부질(斧鑕)[29]이 뒤에 있다 해도 내 뜻을 빼앗아갈 수 없게 하면 됩니다. 행실이 바르지 못한 사람에게 홀려서 작은 이득에 유혹되어 지조를 갑자기 바꾸지 마십시오. 비록 한때의 요행은 있을 수 있겠으나 실제로는 천고의 웃음거리가 될 것입니다. 족하께서 이런 마음을 먹으면 현령은 물론이고 재상이라도 충분히 할 수 있을 겁니다.”

방덕이 감사하며 이렇게 말했다.

....

28) 정확(鼎鑊): 鼎(솥)과 鑊(가마)은 모두 옛날의 요리 도구인데 그것을 酷刑의 기구로 삼아 사람을 거기에 넣어 삶기도 했다.
29) 부질(斧鑕): 사람을 베는 데 썼던 도끼와 모루를 이른다.

365

제16권

이
(李)
견공이
외진
객관에서
협객을
만나다[李汧公窮邸遇俠客]

"상공의 금옥(金玉) 같은 말씀을 평생 동안 삼가 명심하겠습니다."

두 사람은 말을 주고받으며 매우 의기투합했다. 잠시 뒤, 노신이 와서 "나리, 연석이 이미 다 차려졌으니 자리하십시오."라고 아뢰자, 방덕은 일어나서 이면을 후당(後堂)으로 맞이했다. 그곳에 가서 봤더니 아래위로 상 두 개가 차려져있었는데 방덕은 시종을 시켜 아래에 있던 상을 위에 있던 상 왼쪽 옆으로 옮기도록 했다. 이면은 방덕이 옆에 놓인 상에 앉으려고 하는 것을 보고 "족하와 이렇게 말씀을 나누면 오히려 제가 편안하지 않으니 원래대로 앉으시지요."라고 말했지만 방덕은 "상공께서 계시는데 옆에서 모시고 앉는 것도 참람한 일입니다. 그런데 어찌 감히 항례(抗禮)를 하겠습니까?"라고 말했다. 이면은 "족하와 나는 이제 이미 뜻을 함께하는 벗이 되었으니 너무 겸손하지 마십시오."라고 말한 뒤, 시종들에게 명하여 전과 같이 상을 맞은편으로 옮기게 했다. 시종들이 술잔과 젓가락을 올리자 방덕이 자리에 앉았다. 뜰에는 시종을 드는 악공들이 한 줄로 늘어서서 음악을 연주했고, 연석에는 그릇들이 나열되어 있었으며 음식은 매우 풍성했다.

비록 봉황이나 용 고기는 없지만	雖無炮鳳烹龍
또한 대단한 산해진미들이라네	也極山珍海錯

손님과 주인은 즐겁게 마음을 열고 마음껏 마시다가 밤이 늦은 뒤에야 비로소 술자리를 파했다. 왕태 등은 다른 한 쪽에 자리를 마련해 대접했으니 그 자세한 이야기는 말할 필요도 없다. 이때가 되어 두 사람은 더욱 더 친근해져 함께 손을 잡고 걸으며 서원으로 돌아왔다. 방덕은 노신에게 분부하여 상관을 모실 때 쓰는 침구를 가져오게 한 뒤, 손수 그것들을 깔아주고 요강도 가져다주었다. 이면이 방덕을 붙잡고 말리며 말하기를 "이런 일들은 노복들이 하는 일인데 어찌 수고스럽게 족하께서 몸소 하시는 겁니까?"라고 하자, 방덕이 말하기를 "저는 상공께 큰 은혜를 입어 세세로 말채찍을 들고 따라다니면서 모셔도 그 만 분의 일도 보답할 수

없을 텐데 지금 불과 조금의 마음을 썼다 해서 어찌 족히 수고스럽다고
할 수 있겠습니까?"라고 했다. 잠자리를 다 깔고 나서 방덕은 다시 하인
으로 하여금 따로 침상 하나를 가져다 놓도록 하여 옆에서 이면을 모셨
다. 이면은 방덕의 언사가 진지한 것을 보고 신의가 있는 사람이라고
여겨 더욱더 그를 경중(敬重)했다. 두 사람은 등불을 밝히고 마주 앉아
서로 마음을 터놓고 이야기를 나누며 각자 평생의 뜻을 말하면서 의기가
투합해 지기지우가 되었다. 이들은 서로 늦게 만난 것을 그저 한스럽게
여기며 밤중이 돼서야 비로소 잠자리에 들었다. 다음 날 동료 관리들이
소식을 듣고 모두 찾아와 만날 때 방덕은 그저 "여러 해 전에 일찍이
저를 알아보시고 천거해 주신 은덕을 이 분께 입었소이다."라고만 했다.
동료 관리들은 현령에게 아부하려고 각자 잔치를 베풀어 이면을 대접했
으니 거기에 대해서는 지루하게 자세히 얘기하지 않겠다.

　방덕은 이면이 온 뒤로 하루 종일 그와 술을 마시며 이야기를 나누느
라 일도 처리하지 않고 관아에 나가지도 않았다. 이면을 모시고 떠받드
는 것에 있어서 비록 효자가 어버이를 섬긴다 해도 그토록 예를 다할
수는 없을 터였다. 이면은 방덕이 그렇게 정성을 다하느라 모든 일을
전부 버려두는 것을 보고 되레 미안하게 여겨 십여 일 동안 머물다가
작별을 하고 떠나려 했다. 하지만 방덕이 어찌 그를 놓아주려 하겠는가?
방덕이 이면에게 이렇게 말했다.

　"상공께서 이곳으로 오셔서 우리가 함께 모여 있어야 할 건데 어찌
곧바로 가시려 하십니까? 몇 달 더 머무시다가 제가 짐꾼과 말을 보내
상산까지 바래다 드리면 되지 않겠습니까?"

　이면이 말했다.

　"족하의 두터운 정의를 받아 원래 작별의 말을 차마 하지 못하고 있었
습니다. 족하께서는 한 현의 장관인데 지금 제가 여기에 있는 연유로
허다한 정무를 놓치고 있으니 혹시 상관이 이를 알기라도 하면 온전하지
못할 겁니다. 게다가 이미 떠나려고 마음먹었기에 억지로 이곳에 남아있

게 하셔도 오히려 제가 불편합니다.”

　방덕은 그를 억지로 만류할 수 없다고 짐작한 뒤, 이렇게 말했다.

　“상공께서 군이 가시겠다니 저도 억지로 만류하기가 어렵습니다만 이번에 이별하면 언제 다시 뵙겠습니까! 내일 제가 술 한 잔 마련할 테니 하루 더 즐기시고 모레 아침에 가시는 것이 어떻겠습니까?”

　이면이 말했다.

　“호의를 베풀어주신 이상 하루 더 있을 수밖에 없겠군요.”

　방덕은 이면을 만류해 놓고는 노신을 불러 자신의 관사로 데리고 가 전송할 때 줄 예물을 준비하려고 했는데 이로 인해 이면이 목숨을 잃을 뻔했으니 그것은 바로 이런 말로 대변된다.

　　재앙이여, 복이 그에 기대어 있고　　　　　禍兮福所倚

　　복이여, 재앙이 그 속에 숨어있다네　　　　福兮禍所伏[30]

　　이리하여 담박한 사람은　　　　　　　　所以恬淡人

　　마음에 꾀하는 것이 없이 스스로 만족한다네　無營心自足

　화두를 돌려보자. 각설, 방덕의 마누라 패씨는 이전에 방덕이 곤궁했을 때 자기가 주관해 왔던 것이 습관이 되어 이제 남편이 벼슬을 했음에도 매사를 제멋대로 결정했다. 이번에 남편이 하인 두 명을 불러서 데리고 나간 뒤 연거푸 십수 일 동안 집에 들어오지 않는 것을 보고 자기 몰래 무슨 일을 한 줄로만 알고서 매우 화가 나 있었다. 그날 남편이 돌아온 것을 보고 화를 내려고 했지만 일단 남편의 말을 떠보기 위해 되레 만면에 웃음을 띠며 묻기를 “밖에서 무슨 일이 있었기에 오랫동안 퇴청을 하지 않으셨소?”라고 하자, 방덕이 말했다.

　“말도 마시오. 큰 은인이 여기로 오셨는데 하마터면 길이 어긋나 지나

---

30)　禍兮福所倚 福兮禍所伏(화혜복소의 복혜화소복): 《道德經》 58장에 보이는 구절이다.

칠 뻔했다오. 다행히 내 눈이 빨라 그 분을 알아보고 현아에 계시도록 만류를 했소. 그래서 며칠 동안 게서 머물다 온 게요. 예물을 조금 마련해 그 분을 전송하고자 특별히 당신과 상의를 해야겠소."

패씨가 말하기를 "어디서 온 무슨 큰 은인이오?"라고 하자, 방덕이 말했다.

"아이고! 당신 어찌 잊었는가? 예전에 내 목숨을 구해 준 기위였던 이(李) 상공이지. 내가 도망한 까닭에 그 분이 연루되어 파직을 당하시고 지금 상산의 안 태수를 방문하러 가시는 길에 이곳을 지나게 된 것이오. 그 옥졸 왕태도 여기 따라와 있소."

패씨가 말하기를 "그 사람이었구려! 선물을 얼마나 보낼 생각이오?"라고 하자, 방덕이 말하기를 "이 큰 은인은 내 목숨을 되살려 놓은 부모와 같으니 아주 후하게 보답해야겠지!"라고 했다. 패씨가 말하기를 "명주 열 필을 보내면 적겠소?"라고 하자, 방덕이 하하대고 웃으며 말하기를 "부인, 농담도 잘하는구려. 이런 은인한테 명주 열 필이라니 그의 하인에게 줘도 적어!"라고 했다. 그러자 패씨가 말했다.

"헛소리를 하고 있구려! 당신이 현령을 하고 있는데도 우리 집 하인조차 단번에 명주 열 필을 벌 데가 없잖소. 남의 재물을 뜯는 사람의 하인이 어찌 그렇게 많이 가져가려 한다는 게요? 나도 계산을 해 보십시다. 이제 나를 어떻게 뀔 수 없으니 열 필을 더 얹어 빨리 보내도록 하오."

방덕이 말했다.

"부인 어찌 그런 못된 말을 하는 게요? 그 분은 내 목숨을 구해 주었고 또 여비까지 준데다가 관직도 잃었는데 명주 스무 필이 어찌 가당하기나 하겠소?"

패씨는 본래 인색해 명주 스무 필도 아까웠지만 그저 남편의 목숨을 구해 준 사람이라기에 아낌없이 주려한 것으로 이는 그에게 있어 이미 하늘만큼의 큰일을 하는 셈인 것이었다. 방덕이 그래도 적다고 하니 속으로 좀 불쾌하게 생각하며 일부러 "백 필이면 어떻소?"라고 말하자,

방덕이 말하기를 "백 필은 왕태에게나 보내면 되겠구먼."이라고 했다. 패씨는 명주 백 필은 그저 왕태에게나 보내면 될 것 같다는 말을 듣고서 이면에게는 얼마나 보내겠다고 할지 몰라 매우 초조해 하며 말하기를 "왕태에게 백 필을 보내야 되면 기위에게는 적어도 오백 필은 보내야겠네."라고 했다. 방덕이 말하기를 "오백 필도 부족하지."라고 하자, 패씨가 화를 내며 말하기를 "차라리 아예 천 필을 맞추는 게 어때?"라고 했다. 방덕이 말하기를 "그거면 대충 되겠구먼."이라고 하자, 패씨가 이 말을 듣고 방덕의 얼굴에 대고 침을 한 번 뱉으면서 말했다.

"퉤! 당신 미쳤구려! 얼마 동안이나 벼슬을 해서 나한테 재물을 얼마나 줬다고 그렇게 손이 커? 내 몸을 팔아도 반이 안 될 텐데 어디서 그 많은 명주를 얻어다가 그 사람에게 보낼 건가?"

방덕이 마누라가 초조해 하는 것을 보고 곧 말하기를 "부인, 할 말이 있으면 잘 상의를 해야지 어찌 바로 화를 내는가!"라고 하자, 패씨가 큰 소리를 지르며 말하기를 "상의할 게 뭐 있소! 당신에게 명주가 있으면 스스로 가서 그것을 보내주고 나한테는 얘기하지 마시오."라고 했다. 방덕이 말하기를 "많이 모자라면 부고(府庫)에 있는 것을 빼낼 수밖에."라고 하자, 패씨가 말했다.

"쯧쯧, 당신 간이 하늘만큼이나 크구려! 부고에 저장해 놓은 것은 조정의 전량(錢糧)인데 당신이 감히 사사롭게 제멋대로 쓸 수 있는 겐가? 만약 상관이 조사라도 하면 그땐 어찌 답한 텐가?"

방덕이 그 말을 듣고 마음속으로 고민을 하며 말하기를 "당신 말에도 일리가 있으나 은인께서 급히 가시려고만 하니 일시에 그것을 마련할 수도 없고 어찌하면 좋을까?"라고 하면서 한쪽에 앉아 주저하고 있었다.

패씨는 남편이 예물을 후히 주려고 마음먹은 것을 보고서 제 몸에서 살을 도려낸다 해도 그렇게 아프지는 않을 것 같았으며, 초조해 창자까지 천백 가닥으로 끊어지는 듯하더니 불량한 생각이 갑자기 머리에 떠올라 남편에게 이렇게 말했다.

"보아하니 당신 공연히 사내대장부 노릇을 했구먼. 이런 일에 결단력이 없으면 어떻게 큰 벼슬을 하겠소? 내게 그 첩경 하나가 있는데 한 번만 고생하면 영원히 편안할 수 있지."

방덕이 좋은 말일 것이라고 생각해 급히 묻기를 "당신, 무슨 방법이 있는가?"라고 했더니, 패씨가 답하기를 "자고로 '큰 은혜는 보답하지 않는다.〔大恩不報〕'는 말이 있잖아요. 차라리 오늘 밤에 기회를 엿보다가 그의 목숨을 끊어버리는 것이 깨끗하지 않겠소?"라고 했다. 이 말 한마디에 방덕은 노하여 귀가 빨개지면서 크게 소리 지르며 이렇게 말했다.

"이런 어질지 못한 아낙네 같으니라고! 당초 당신한테 옷을 해 입을 무명 한 필을 달라고 했더니 주려고 하지 않기에 아는 사람들에게 부탁하려고 나간 뒤, 강도들에게 꾐을 당해 그 무리에 들어갔다가 목숨을 잃을 뻔했잖은가! 만약 그 은인께서 자기 관직을 버려두고 나를 풀어주지 않았다면 오늘 우리 부부가 어찌 만날 수 있었겠나? 당신은 내게 좋은 일을 하라 권하지는 않고 되레 은인을 해치라고 하는데 마음속으로 어찌 차마 그런 생각을 할 수 있는가!"

패씨가 남편이 화를 내는 것을 보고 다시 웃음을 띠며 말했다.

"내가 좋은 말을 했는데 어찌 화를 내고 그러우. 만약 내 말에 일리가 있으면 내 말을 들으면 되는 것이고, 일리가 없으면 안 들으면 되는 게지 사소한 일로 크게 놀랄 필요가 뭐 있소."

방덕이 "당신, 무슨 일리가 있다는 것인지 말해 보시오."라고 하자, 패씨가 말했다.

"예전에 당신에게 무명천을 주려 하지 않았다고 지금까지 나를 원망하는 것이오? 당신 생각해 봐요. 내가 열일곱 살부터 당신에게 시집온 뒤로 매일 필요한 것들 어느 하나 뒷받침해 주지 않은 게 있었나? 설마하니 그 무명 두 필이 정말 아까웠겠소? 옛날 소진(蘇秦)[31]이라는 사람

---

31) 소진(蘇秦, ?~기원전 284): 자가 季子이고 전국시대 유명한 縱橫家로 鬼谷子의

이 불우(不遇)했을 때 온 집안사람들이 그에게 무례한 척하며 그를 격려시켜 육국(六國)의 승상(丞相)에까지 이르게 했다는 얘기를 들었기에 내 그 고사를 본떠 당신을 분발시키려 했던 것이오. 예상치 않게도 당신이 시운이 좋지 않아 그 강도들을 만난데다가 또 소진 같은 그런 기개도 없어 그들을 따라 마구 행동하다 일을 저질렀는데 이는 당신 스스로가 지은 죄이지 나와 무슨 상관이 있는 거요? 그 이면이란 자가 당초에 정말로 의기가 있어 당신을 풀어주었겠나?"

방덕이 "설마하니 가짜로 그런 거겠어?"라고 말하자, 패씨가 웃으며 말했다.

"당신, 공연히 그렇게 똑똑하기만 했지 이런 일은 분명히 보지 못하는구려. 대저 형옥을 주관하는 관리들은 탐욕스럽고 잔혹한 사람이 많기에 비록 아주 가까운 친척이라도 자기 손에 걸리면 인정을 베풀려고 하지 않아요. 하물며 당신과 평소에 전혀 알고 지내지도 않았는데다가 정황이 확실하고 죄가 마땅한데 어찌 자기 관직을 버리면서까지 쉽사리 중죄인을 풀어주겠소? 다름이 아니라 당신이 강도들의 두목이라는 소리를 듣고, 필시 숨겨둔 장물이 있을 것이라 생각하여 당신을 풀어줘 암암리에 뇌물을 가져다가 받치기를 바랐던 것이지. 거기에서 약간의 돈을 떼어 위아래 사람들을 매수하면 그 벼슬자리도 날아가지 않을 것이고 자기한테도 조금 떨어질 거라 생각했을 테지. 그렇지 않다면 어찌 그 도적떼들 가운데서 오직 당신만 놓아주었겠소? 그런데 뜻밖에도 당신이 처음 범죄를 저지른 가난뱅이로 후닥닥 도망쳐 버리자 그 자도 관직에서 파면된 게고, 이제 당신이 여기서 벼슬을 하고 있다는 것을 알아내 일부러 여기로 온 거지."

제자였다. 처음에는 매우 불우하고 곤궁했는데 나중에 楚, 齊, 魏, 趙, 燕, 韓 등의 六國을 合縱하여 秦나라와 대항하는 전략을 제시해 六國 연맹의 從約長이 되어 六國의 재상이 되었다.

방덕이 머리를 저으며 말했다.

"그런 일은 없소. 당초 나를 풀어준 것은 호의로 그런 건데 어찌 다른 생각이 조금이라도 있었겠나? 지금 그는 그냥 상산으로 가려다가 우연히 나를 만난 게고, 또 내 공무에 방애가 될까 봐 머리를 돌려 나를 보려고 하지도 않았는데 어찌 일부러 찾아온 것이겠는가? 사람을 의심하지 마시오."

패씨가 다시 한숨을 쉬며 말했다.

"그가 상산으로 간다는 말은 다 거짓말인데 당신이 어찌 그것을 참말이라고 믿소? 다른 것을 따질 필요 없이 왕태를 데리고 함께 온 것만 봐도 찾아온 뜻을 알 수가 있지요."

방덕이 말하기를 "왕태를 데리고 함께 온 것이 어쨌다고?"라고 하자, 패씨가 말했다.

"당신도 참 어리석구먼! 그 이면이란 자가 안 태수와 아는 사이여서 혹시 정말로 찾아가려던 것이라 쳐도 그 왕태라는 자는 경조부의 옥졸인데 설마하니 그도 안 태수와 구교(舊交)가 있어 찾아가려던 것이겠나? 그런데 함께 따라왔다고. 머리를 돌려 당신을 아는 척하지 않은 것은 당신이 자기를 맞이하는지 냉정한 눈으로 엿보려던 것이지. 이것이 바로 그 사람의 간교한 구석이지 어찌 좋은 뜻이겠소? 만약에 정말로 상산에 간다면 어찌 이 많은 시일을 여기서 머물렀겠어?"

방덕이 말하기를 "그가 어찌 머물려고 했겠나? 내가 거듭 억지로 만류한 것이지."라고 하자, 패씨가 말하기를 "그것도 그 사람이 수를 쓴 거지, 당신이 그를 대하는 마음이 진심인지 아닌지를 시험해 보려고"라고 했다.

방덕은 원래 줏대가 없는 사람이었기에 마누라가 한 차례 말한 것을 듣고 점차 의심이 들어 침묵하며 말을 하지 않았다. 패씨가 다시 말하기를 "아무튼 이 은혜는 갚으면 안 되는 거야."라고 하자, 방덕이 묻기를 "어째서 갚으면 안 된다는 거요?"라고 했다. 패씨가 말했다.

"지금 만약 박하게 보답을 하여 그가 갑자기 낯을 바꿔 옛날 일을 모두 털어놓으면 그땐 벼슬을 잃게 될 뿐만 아니라 탈옥한 강도로 잡혀가 목숨을 당장 잃을 수도 있소. 만약 후히 보답을 하면 그는 그것을 선례로 삼아 자주 와서 더 달라고 할 테지. 그때 돼서도 이전처럼 주면 말할 필요가 없겠지만 조금이라도 성에 차지 않으면 여전히 옛날 일을 들춰낼 것이니 원래부터가 벗어날 수 없었던 일이지요. 결국 끝을 내야 하지 않겠소? 예로부터 선수를 치는 사람이 우세를 점할 수 있다고 했으니 오늘 내 말을 따르지 않으면 그때 돼서 후회해도 늦을 거요!"

방덕은 이 말을 듣고 암암리에 머리를 끄덕이며 마음이 이미 바뀌었다. 다시 생각해 보고 나서 또 말하기를 "원래부터 내가 그 사람의 은덕에 보답하려고 했던 것이지 지금 그는 어떤 한마디 말도 꺼내지 않았소. 그 사람에겐 그런 마음이 없을 게야."라고 했다. 패씨가 웃으며 말했다.

"그는 아직 당신이 뭔가 내놓는 것을 보지 않았기에 말을 꺼내지 않았던 겁니다. 때가 되면 저절로 하는 말이 있을 거요. 그리고 또 한 가지, 그가 이번에 여기 온 것으로 인해 다른 말이 없다 해도 당신의 앞길은 이미 보전하기가 어렵게 됐소."

방덕이 "어째서?"라고 묻자, 패씨가 말했다.

"이면이 여기에 오자 당신이 그를 아주 친밀하게 대했기에 관아 사람들은 그 내력을 알 수 없어 필히 그의 하인에게 물을 것인데 그 하인이 당신을 위해 덮어주려 하겠어? 당연히 솔직하게 알려 줄 테지. 관아 사람들의 입이 얼마나 대단한지 생각해 보시우. 본관(本官)이 강도 출신인 것을 알게 되면 반드시 이를 새로운 소식거리로 삼아 서로서로 말을 전하겠지요. 동료들이 알고 나면 당신 면전에서는 감히 비웃지 않겠지만 당신은 그들이 뒤에서 비난하는 것을 견디지 못해 스스로 더 이상 자리에 있을 면목이 없겠지. 이것도 작은 일인 셈이야. 그 이면이란 사람이 안 태수와 친한 친구라면 거기에 가서 설마 얘기를 하지 않겠어? 자연히 하나하나 자세히 그에게 알릴 테지. 들기로 그 영감은 아주 괴상하다고 하는데다가 당신이 그의 부하이기도 하니 만약 하북지방에 두루 소문이

나게 되면 밤새 도망을 간다 해도 이미 늦은 셈이 될 거야. 그때가 되면 예전처럼 궁핍해질 것인데 평생을 어떻게 할 거요? 지금 빨리 손을 쓰면 안 태수에게 망신당하는 것을 면할 수 있겠지.”

방덕도 처음에 이면의 하인이 사정을 누설할까 두려워 암암리에 왕태에게 당부해 뒀었는데 이제 마누라가 위해(危害)를 얘기한 것들이 그가 꺼림직했던 것과 딱 들어맞는 것이었다. 이에 그는 은혜를 갚으려 했던 당초의 생각을 동쪽 바다로 내팽개치고 연거푸 이렇게 말했다.

“역시 부인의 견해가 맞소. 부인의 말이 아니었다면 되레 내 자신을 해할 뻔했구려. 다만 그가 왔을 때 온 관아 사람들이 그가 온 것을 다 알았는데 내일 사라지면 어찌 의심하지 않겠소? 게다가 그 시신을 처리하기도 힘들잖아.”

패씨가 말했다.

“그게 뭐가 어렵소? 조금 있다가 관아로 나가 심복 몇 명만을 남겨서 이면의 시중을 들게 하고 그 나머지들은 모두 집으로 가게 돌려보낸 뒤, 이면과 시종들에게 취하도록 술을 먹여요. 밤이 깊어졌을 때 사람을 시켜 그들을 찔러 죽인 연후에 서원에 불을 질러 다 태우는 거지. 그리고 내일 잔해를 조금 찾아서 거짓으로 곡을 한바탕 하고 관에 담아 매장을 하는 거요. 그땐 사람들이 불타 죽은 것으로만 알지 무슨 의심이 있겠소?”

방덕은 크게 기뻐하며 말하기를 “그 계책이 아주 훌륭하네!”라고 하고, 곧바로 일어나 관아로 나가려 했다. 마누라는 남편 마음이 바뀔 수 있다는 것을 알았기에 두 사람이 오랫동안 앉아서 긴 이야기를 나누면 투합하여 다시 생각이 바뀔까 염려되어 “아무래도 시간이 아직 이르니 잠시 있다가 가시오.”라고 말했다. 이에 방덕은 마누라 말에 따라 정말로 자리에 더 남아있었다. 그 증거가 되는 시가 있다.

| 맹호의 입속에 있는 검(劍)과 같은 이빨 | 猛虎口中劍 |
| 벌 꽁무니에 있는 침 | 黃蜂尾上針 |

이 두 가지는 그래도 독한 것이 아니요 　　兩般猶未毒

가장 독한 것은 아낙네의 마음이라네 　　最毒婦人心

　　예로부터 이르기를 "담장 밖에 반드시 귀가 있는데 창밖엔들 어찌 사람이 없겠나?[隔牆須有耳, 窗外豈無人.]"라는 말이 있듯이, 방덕 부부가 방에서 얘기를 나눌 때 그 마누라가 명주가 아까워 사람을 해치도록 남편을 부추기는 데 골몰해 있었기에 어떤 사람이 이를 엿들을 수 있다는 것을 전혀 방비하지 않았다. 게다가 관아 사택에 있었기에 오가는 외인들이 없을 것이라 생각하고 제멋대로 혀를 놀려댔던 것이었다. 뜻밖에도 방덕의 하인인 노신이 처음에 패씨가 성내는 것이 들려 바깥 담장에 엎드려서 그들 두 부부가 무명필을 두고 많으니 적으니 다투는 것부터 불을 질러 서원을 태운다는 것까지 한 마디 한 마디를 모두 자세히 듣고는 깜짝 놀라 이렇게 생각했다.

　　"알고 봤더니 내 주인은 일찍이 강도짓을 했었고 그 나리 덕분에 목숨을 구할 수 있었구나. 그런데 지금 되레 은혜를 원수로 갚으려 하다니 이런 도의(道義)가 어디에 있는가? 보아하니 이렇게 큰 은인한테도 이같이 하는데 하물며 나 같은 노복 따위야 조금이라도 실수를 하면 이 목숨은 더 빨리 잃게 될 게야. 이렇게 잔혹하고 박정한 사람을 따라봤자 무슨 유익한 데가 있겠나?"

　　다시 또 생각하기를 "속담에 '한 사람의 목숨을 구하면 칠층 불탑을 쌓는 것보다 낫다.'고 하듯이 이 네 사람을 구하면 또한 음덕이 될 게야."라고 했다. 그러고 나서 또 다시 생각하기를 "만약 그들을 도망가게 풀어주면 필시 나를 내버려두지 않을 테니 차라리 나도 도망가 버리자."라고 했다. 이에 은을 조금 꺼내 몸에 간직하고는 틈을 엿보다가 살그머니 관사를 빠져나와 곧장 서원으로 달려갔다. 지성이 곁채에서 차를 달이며 난간에 앉아 부채를 든 채 졸고 있는 것이 보였다. 그를 깨우지 않고 곧장 서재 안으로 살금살금 들어가 왕태를 찾으려 했지만 모두 없고 이면만 책상 앞에 단정하게 앉아서 책을 펼쳐보고 있었다. 노신은 탁자 옆으로 가까이 가서 낮은 소리로 말했다.

"상공, 화가 닥쳤습니다. 지금 빨리 가시지 않으면 언제 가시려는 겁니까?"

이면이 크게 놀라 급히 묻기를 "무슨 화가 온다는 것이오?"라고 하자, 노신은 이면을 한쪽으로 끌어당겨 방금 전에 들은 말을 하나하나 자세히 얘기한 뒤, 다시 또 이렇게 말했다.

"상공께서 무고하게 해를 당하실까 봐 소인이 특별히 알려드리러 온 것입니다. 만약 지금 가시지 않으면 잠시 후에는 화를 면하실 수 없을 것입니다."

이면은 그 말을 듣고 놀라 몸이 얼음 통 속에 빠진 듯이 몸서리가 쳐지는 것을 멈출 수 없었다. 그는 황급히 예를 갖춰 노신에게 감사하며 이렇게 말했다.

"만약 족하께서 의로움으로 나를 구해 주지 않았다면 저 이면의 목숨은 반드시 끊어졌을 거외다. 크나큰 은덕은 마땅히 후히 보답하겠소이다. 양심을 저버린 저런 사람을 결단코 본뜨지는 않을 것이오."

노신이 조급해서 계속 답례하며 말하기를 "상공, 큰 소리를 내지 마십시오. 지성이 듣고서 이를 누설하면 피차 보전하기 어렵습니다."라고 했다. 이면이 말하기를 "내가 가면 족하가 연루될 건데 마음이 어찌 편안하겠소?"라고 하자, 노신이 말하기를 "소인은 처자식도 없어 상공께서 가신 뒤 저도 멀리 도망갈 테니 염려치 마십시오."라고 했다. 이면이 말하기를 "그렇다면 나를 따라 함께 상산으로 가는 게 어떻소?"라고 하자, 노신이 말하기를 "상공께서 소인을 거둬주신다면 기꺼이 말채찍을 잡고 시중을 들며 따르겠습니다."라고 했다. 이면이 말하기를 "당신은 내게 큰 은인인데 어찌 그런 말씀을 하시오? 그런데 왕태와 다른 두 사람이 삼신을 사러 함께 나갔는데 어쩌면 좋소?"라고 하자, 노신이 "소인이 가서 찾아오겠습니다."라고 했다. 이면이 또 말하기를 "마필은 모두 마구간에 있는데 어떻게 하오?"라고 하자, 노신이 말하기를 "소인이 가서 거기에 있는 자들을 속이고 마필도 가지고 오겠습니다."라고 했다. 노신이 서둘러 서재에서 나와 고개를 돌려 보니 난간에서 졸고 있던 지성은 이미 없었다. 노신이 곧장 곁채로 들어가 살펴보았지만 거기에도 없었다. 원래 지성은 뒷간에 간 것이었으나 노신은 그가 자기 말을 듣고 관아로 가서 방덕에게 보고한 줄 알고 마음이 다급해져 다시 몸을 돌려 이면에게로 와서 이렇게 말했다.

"상공, 큰일났습니다. 지성이 제가 상공께 한 말을 듣고 주인어른한테 보고를 하러 간 것 같으니 어서 가시지요. 집사를 기다릴 시간이 없습니다."

이면은 다시 또 놀라 일언반구의 말도 못한 채 짐을 버려두고 맨몸으로 노신과 함께 허우적거리며 서원을 빠져나왔다. 아역들은 이면을 보자, 그 중 앉아 있던 자도 모두 일어났다. 이면은 한걸음에 내달려 의문(儀門)[32]밖까지 도망쳐 나왔다. 천행으로 당직하는 영위(令尉)[33]가 출입할 때 타는 말 세 필이 동쪽 회랑 아래에 매어져 있었다. 노신은 속으로 계책 하나가 떠올라 마부에게 말하기를 "어서 말을 끌고 오게. 이 상공께서 타고서 서문(西門)으로 가 손님을 뵐 거라네."라고 했다. 이면이 현령의 귀한 손님인데다가 현령의 집사가 분부를 하는데 마부가 어찌 감히 따르지 않을 수 있겠는가? 마부는 황급히 두 필의 말을 끌고 왔다. 두 사람이 말에 막 올라탔을 때 왕태가 말 앞으로 달려 왔다. 노신이 황급히 말하기를 "왕씨 아저씨, 잘 오셨습니다. 어서 상공을 따라 손님을 뵈러 가시죠."라고 하며, 다시 마부를 시켜 나머지 말 한 필을 가져다가 왕태에게 주고 타도록 한 뒤, 이들은 다 함께 현아의 대문을 나섰다. 마부가 말 뒤를 바싹 따르자 노신이 다시 마부를 속여 이렇게 말했다.

....

32) 의문(儀門): 명청 때 官署나 저택의 대문 안에 있는 두 번째 正門을 이른다.
33) 영위(令尉): 현령 관할의 무관직 尉를 이른다.

"이 상공께서 내일 아침에 출발해 상산부로 가실 것이기에 오늘 밤에 현령나리께서 자네들로 하여금 이 상공의 마필을 씻게 할 것이네. 잠시 뒤 곧 부를 테니 따라올 필요는 없어."

마부가 그의 말을 믿고 가던 발길을 멈추며 말하기를 "알려 주셔서 감사합니다."라고 했다. 세 사람이 현아를 떠나 다리를 건너 서쪽으로 돌아가니 하인 둘이 삼신을 들고 동쪽에서 쫓아오면서 "상공께서 어디 가시는 겁니까?"라고 물었다. 왕태가 "나도 모른다."라고 말하자, 이면이 큰 소리로 말하기를 "빨리 나를 따라 오거라. 말 많이 할 필요 없다!"라고 했다. 이면과 노신이 채찍질해 말을 달리게 하자, 왕태는 주인이 그렇게 황급해하는 것을 보고 어디로 가서 손님을 만나는지 알 수 없어 마음 속으로 의혹을 품은 채, 그 또한 말을 재촉해 쫓아갔다. 두 하인도 발걸음을 크게 떼어 죽기 살기로 달려 쫓아갔다. 서문에 이르렀을 때 말을 탄 세 사람이 잇따라 성으로 들어오는 것이 멀리서 보였다. 노신은 멀리서 그들을 바라보고서 현아(縣衙)의 간판(幹辦) 진안과 영사(令史)[34] 한 명은 알아보았지만 나머지 한 사람은 누군지 알 수 없었다. 진안과 영사가 이면을 보고 말에서 내려 인사를 했다. 속담에 이르기를 "사람이 조급해지면 계략이 생긴다."고 했듯이, 노신이 곧바로 "이 상공의 집사들이 탈것이 모자란데 어찌 진 간판의 말을 잠시 빌려 쓰지 않습니까?"라고 하자, 이면의 그 뜻을 알아채고서 고삐를 당겨 말을 세운 뒤, "그러면 아주 좋지요."라고 했다. 이에 노신이 진안에게 말하기를 "이 상공께서 손님을 뵈러 가시는데 집사가 탈 수 있게 말을 잠시 빌려주시오, 조금 있다가 곧 돌아올 테니."라고 했다. 두 사람은 이면이 기쁘도록 비위를 맞춰 그가 현령에게 좋은 말을 좀 해 주기를 간절히 바라고 있었으니

---

34) 영사(令史): 관직명으로 漢나라 때는 蘭臺尙書의 屬官으로 문서 사무를 관장했고 隋唐 이후에는 三省六部와 御史臺의 낮은 사무직이 되어 품계가 없었다. 자세한 내용은 《通典・職官四》에 보인다.

그 말을 어찌 거절할 리 있겠는가? 연신 응낙하며 말하기를 "상공께서 쓰실 거면 얼마든지 타고 가십시오."라고 했다. 잠시 기다리고 있자 두 하인이 비틀거리며 당도했는데 땀을 흘리면서 숨 막히도록 달려온 것이었다. 진안과 영사 두 사람은 말채찍을 두 하인의 손에 넘겨주었으며 하인들은 그 말에 올라타고 이면을 따라 성문을 나섰다. 명주실로 된 말고삐를 늦추자 스무 개의 말발굽이, 마치 술잔과 자바라가 엎어지듯 요란하게 큰길을 따라 상산을 향해 나는 듯이 달려 나갔다. 이것은 바로 이런 말로 대변된다.

옥(玉) 새장을 깨뜨려 채봉(彩鳳)이 날아가고 　　折破玉籠飛彩鳳
금(金) 자물쇠를 부숴 열고 교룡(蛟龍)이 달아났네 　頓開金鎖走蛟龍

화두(話頭)를 돌려보자. 차설, 지성이 뒷간에 갔다 와서 차를 달여 서재로 들고 들어갔더니 이면이 보이지 않았다. 방마다 두루 찾아봤지만 그림자 하나 보이지 않자 이렇게 생각했다.

"필시, 요 며칠 동안 여기 오래 앉아계셨기에 마음이 상쾌하지 않아 밖으로 나가셔서 한가로이 돌아다니시고 계실 게야."

한 시간 쯤 지났는데도 돌아오지 않기에 그는 주변을 둘러보려고 서원에서 나와 문 앞에 막 이르렀을 때 방덕과 딱 마주쳤다. 원래 방덕은 마누라에게 잡혀서 한참 동안 거기에 앉아 있다가 그제야 비로소 일어나서 준비를 한 뒤, 관사를 나왔다가 마침 지성을 만난 것이었다. 방덕이 그에게 묻기를 "노신을 봤느냐?"라고 했다. 지성이 답하기를 "보지 못했습니다. 아마도 이 상공을 따라 밖으로 나가 돌아다니고 있는 것 같습니다."라고 했다. 방덕이 속으로 의심이 들어 지성에게 찾아보라고 하려던 참에 마침 진안이 오는 것이 보였다. 방덕이 묻기를 "이 상공을 봤느냐?"라고 하자, 진안이 말했다.

"방금 전 서문에서 뵈었는데 손님을 뵈러 어디 가신다고 노신이 말하기에 이 상공의 집사가 탈 수 있도록 소인의 말까지 전부 빌려드렸습니

다. 일행이 말 다섯 필을 타고 나는 듯 달려갔는데 무슨 긴한 일이 있는
지는 모르겠습니다."

방덕은 이 말을 듣고 자기 부부가 한 말을 그가 누설한 것이라 생각한
뒤 속으로 죽는 소리를 했다. 그리고 더 이상 묻지도 않고 다시 몸을
돌려 사택에 들어가 마누라에게 이를 알렸다. 방덕의 마누라는 이면이
도망갔다는 말을 듣고 놀라며 말했다.

"망했네, 망했어! 화가 더욱더 빨리 닥치겠구먼."

방덕은 그의 마누라도 초조해 하는 것을 보고 당황하여 손발을 어디에
둘지 몰라 마누라를 원망하며 말하기를 "그가 꼭 그렇게 할 것도 아니
었던 것 같은데 다 당신이 이러쿵저러쿵 해서 이제 오히려 일을 만들었
구먼."이라고 했다. 패씨가 말했다.

"당황해 하지 마시구려. 자고로 이르기를 '손을 댄 바에는 끝을 봐야
한다.〔一不做, 二不休.〕'고 했듯이 일이 이미 이렇게 되었으니 더 이상
얘기해도 소용없소. 그도 멀리 가지는 못했을 것 같으니 어서 심복 몇
명을 불러 밤새 그들을 쫓아가 강도로 가장한 뒤, 모두 베어 죽이게 하면
깨끗하지 않겠소?"

이에 방덕은 곧바로 진안을 관사로 불러들여 그와 계책을 의론하자,
진안이 말했다.

"이 일은 하시면 안 됩니다. 첫째, 소인들은 그저 시중이나 들고 심부
름은 할 수 있어도 사람을 죽이는 일에는 전혀 익숙하지 않습니다. 둘째,
만약 그때 누군가가 그들을 구해 주고 저희들을 잡으면 오히려 저희들이
목숨을 잃게 될 겁니다. 소인에게 계책 하나가 있는데 많은 사람을 동원
할 필요가 없으면서도 그들로 하여금 한 사람도 도망쳐 빠져나가지 못하
게 할 수 있습니다."

방덕이 기뻐하며 말하기를 "무슨 묘책이 있는지 일단 말해 보거라."라
고 하자, 진안이 말했다.

"소인의 옆집에 한 달 전에 어떤 이인(異人)이 이사를 와서 사는데

성명을 밝히지도 않고 생업을 꾸리지도 않으며 매일같이 밖으로 나가서 취하도록 술을 마시다가 돌아옵니다. 소인이 그 자의 내력이 수상하고 행적이 은밀한 것을 보고서 유심히 그의 동정을 살펴보았지요. 하루는 갑자기 검은 비단 두루마기를 입은 어떤 호사(豪士)가 말을 몰고 와서 종자 여러 명과 같이 그 사람의 집으로 들어가 삼일 동안 머물며 술을 마시다 갔습니다. 소인이 남몰래 그 종자들에게 물었더니 그 손님과 주인의 성명을 전부 말하려 하지 않았죠. 그 중 한 사람이 슬그머니 소인에게 말해 주기를, 그 사람은 검협(劍俠)인데 검을 날려 사람의 머리를 벨 수도 있고 날아다닐 수도 있어 눈 깜짝할 사이에 백 리를 갈 수 있다고 했습니다. 게다가 매우 의기(義氣)가 있어 일찍이 장안(長安)의 저잣거리에서 남 대신 복수를 하여 대낮에 사람을 죽였기에 행적을 감추려고 이곳에 오게 된 것이라고 합니다. 상공께서 약간의 예물을 준비하고 가셔서 이면에게 모함을 당했다고만 말씀하신 뒤, 그에게 원수를 갚아달라고 부탁하시지요. 만약 응낙을 받을 수 있다면 곧 일을 끝낼 수 있을 겁니다.”

패씨가 병풍 뒤에서 이를 듣고 곧바로 말하기를 “그 계책이 너무 좋구려! 빨리 가서 부탁을 해요.”라고 했다. 방덕이 묻기를 “예물은 얼마나 보내면 되겠느냐?”라고 하자, 진안이 말하기를 “그는 의사(義士)라서 정을 중히 여기고 재물을 중히 여기지 않으니 삼백 금이면 충분합니다.”라고 했다. 패씨는 온힘을 다해 부추기며 삼백 금의 예물을 준비해 주었다.

날이 저물자 방덕은 편복(便服)으로 갈아입은 뒤 진안과 지성을 데리고 말도 타지 않은 채 걸어서 살그머니 진안의 집으로 갔다. 원래 그곳은 외진 골목으로 동서 양쪽에 이웃이 네다섯 호밖에 없어 매우 고요한 곳이었다. 진안이 방덕을 안으로 들어가 앉게 하고는 등불을 밝혀 그 이인을 엿보았다. 잠시 기다리자 그 사람이 또 만취한 채로 돌아오는 것이었다. 진안이 방덕에게 이를 알리며 말하기를 “상공께서 말씀을 한바탕 잘 하시고 나서 또 무릎을 꿇어주셔야 이 일이 비로소 성사될 수 있을 것입니다."라고 하자, 방덕은 머리를 끄덕이며 "그래."라고 했다. 이들 세 사람이 일제히 그 집 문 앞으로 가서 문을 가볍게 두 번 두드렸더니 그 사람이 문을 열고 나와 "누구시오?"라고 물었다. 진안이 낮은 소리로 답하기를 "지금 본현(本縣)의 지현 상공께서 경건한 마음으로 의사(義士)를 뵙고자 하십니다."라고 했다. 그 사람은 "이곳에 무슨 의사 같은 이는 없소이다."라고 말한 뒤, 곧바로 문을 닫으려 했다. 진안이 말하기를 "일단 문은 닫지 마시오, 아직 할 말이 있으니."라고 하자, 그 사람이 말하기를 "내 빨리 잠을 자러 가야하는데 자꾸 귀찮게 하는구려. 할 말이 있으면 내일 와서 하시오."라고 했다. 방덕이 말하기를 "잠시 말씀 나눈 뒤 곧 가겠습니다."라고 하자, 그 사람이 말하기를 "무슨 할 말이 있는지 일단 안으로 들어오시오."라고 했다. 세 사람이 문 안으로 들어가자 그 사람은 다시 문을 닫은 뒤, 그들을 데리고 집 한 채를 지나 곧 작은 객실로 들어갔다. 방덕이 곧장 몸을 굽혀 무릎을 꿇고 절을 하며 말하기를 "의사께서 폐읍(敝邑)에 오신 줄을 알지 못해 마중을 나가지 못했는데 오늘 다행히 만나 뵙게 되어 매우 영광스럽습니다."라고 했다. 그 사람은 방덕을 붙잡고 말리며 말했다.

"족하께서는 한 현의 주인이신데 어찌 이리 큰절을 하십니까? 체면을 잃지 않으시겠는지요? 게다가 나는 무슨 의사(義士)가 절대 아니니 잘못 보지 마십시오."

방덕이 말하기를 "제가 오로지 의사를 찾아뵈러 온 것인데 어찌 틀릴 리가 있겠습니까?"라고 하고, 진안과 지성으로 하여금 예물을 올리게 한 뒤, "이 변변치 않은 예물은 의사께서 술 한 말이나 사드시라고 드리는 것이니 넣어두시기 바랍니다."라고 했다. 그 사람이 웃으며 말했다.

"나는 여염의 무뢰한으로 천하에 집도 없고 기예 하나 없는데 어찌 감히 의사라는 칭호를 감당할 수 있겠습니까? 이런 예물도 쓸 데가 없으니 어서 거두어 가십시오."

방덕이 다시 몸을 굽히며 말하기를 "예물은 비록 약소하지만 저의 조

그만 정성에서 나온 것이니 부디 모질게 거절하지는 말아주십시오.”라고 했다. 그 사람이 말하기를 “족하께서 갑자기 필부에게 굴신하시며 후한 예물까지 주시려는데 무슨 연유입니까?”라고 하자, 방덕이 말하기를 “의사께서 예물을 거둬 두셔야만 알려드리겠습니다.”라고 했다. 그 사람이 말하기를 “나는 비록 빈천하지만 명목이 없는 물건은 취하지 않겠다고 맹세했으니 족하께서 명백히 말씀을 하지 않으신다면 절대로 받지 않을 것입니다.”라고 했다. 방덕이 거짓으로 우는 척을 하면서 땅에 엎드려 절을 하며 말했다.

　“저는 큰 억울함을 당한 지 오래되었습니다. 지금 원수가 눈앞에 있지만 치욕을 씻을 능력이 없습니다. 의사께서 섭정(聶政)과 형가(荊軻)[35]를 뛰어넘는 훌륭한 대장부인 것을 흠모해 외람되게 섬돌 아래에서 고두백배를 하게 되었습니다. 바라건대 제가 억울함을 당한 것을 의사께서 가엾게 여기시어 힘을 조금 발휘하셔서 그 도둑놈을 찔러 죽여주신다면 죽어도 그 큰 은덕을 잊지 않을 것입니다.”

　그 사람이 손을 내저으며 말했다.

　“족하께서 사람을 잘못 봤다고 내 얘기했잖습니까? 내 스스로 먹고살 계책도 없는데 어찌 남을 위해 큰일을 도모할 수 있겠습니까? 게다가 사람을 죽이는 일은 이만저만한 일이 아닌데 이런 말을 남이 듣기라도 하면 되레 내가 연루될 터이니 어서들 돌아가십시오.”

　그는 말을 마치고 몸을 돌려 먼저 밖으로 나갔다. 방덕이 그의 앞으로

35) 섭정(聶政)과 형가(荊軻): 섭정과 형가는 모두 전국시대 유명한 자객들이다. 聶政(?~기원전 397)은 韓나라 사람으로 사람을 죽이고 그 원수를 피해 어머니와 누이를 데리고서 제나라로 도망가 백정 노릇을 하며 숨어 살았다. 大夫 嚴仲子와 친구가 되어 그를 위해 宰相 俠累를 죽인 뒤 자신과 용모가 닮은 누나가 연루될까 두려워 스스로 제 얼굴을 훼손시키고 할복자살을 했다고 한다. 荊軻(?~기원전 227)는 전국시대 말기 衛나라 사람으로 燕나라 太子丹의 부탁을 받아 진시황을 암살하려 했으나 성공하지 못하고 죽임을 당했다. 이들에 대한 자세한 내용은 《史記·刺客列傳》에 보인다.

가서 그를 붙잡고서 이렇게 말했다.

"의사께서는 평소 충의를 가슴에 품으셔서 오로지 횡포한 자들을 제거하고 곤경에 처한 사람들을 구제하는 일을 하시어 옛 열사(烈士)의 기풍이 있다고 들었습니다. 지금 제가 큰 억울함을 당했는데도 의사께서 가엾게 여기지 않으시니 이 원수는 영원히 갚지 못할 것 같습니다."

말을 마치고 또 거짓으로 우는 척을 했다. 그 사람은 냉안(冷眼)으로 이 광경을 보고서 사실인줄 알고 "족하께서는 정말로 억울함이 있습니까?"라고 말했다. 방덕이 말하기를 "만약 큰 억울함이 없다면 의사께 감히 부탁을 드리지도 않을 겁니다."라고 했다. 그 사람이 말하기를 "그러면 일단 앉으셔서 억울하신 일과 원수의 성명, 그리고 지금 그 자가 어디에 있는지 등을 세세하게 말씀해 보십시오. 행할 만하면 행하고 그만둘 만하면 그만두겠습니다.[可行則行, 可止則止.]36)"라고 했다. 두 사람은 마주 앉았고 진안과 지성이 그 옆에 서 있었다. 방덕은 거짓으로 사정을 꾸며서 도리어 이렇게 말했다.

"이면은 예전에 저를 도적으로 무함하여 갖은 혹형(酷刑)으로 고문을 한 뒤, 투옥을 시키고 옥졸이었던 왕태를 시켜 몇 번이나 제 목숨을 해치도록 했지만 모두 다른 사람들에게 들켜서 제가 죽음에 이르지는 않았습니다. 다행히 후임 관원이 그 사실을 밝혀 풀어준 덕에 이 읍에서 벼슬을 할 수 있게 되었지요. 오늘 이면이 다시 왕태와 함께 와서 협박을 하여 천금을 갈취하고 그래도 만족하지 못해 다시 저희 집 가노(家奴)와 결탁해 저를 암살하려 했습니다. 일이 탈로나자 조금 전 그 가노를 데리고 상산으로 달려가 안 태수를 부추겨 저를 처치하려고 합니다."

한바탕 말을 꾸며 매우 심한 것 같이 얘기를 하자 그 사람이 이를

---

36) 可行則行 可止則止(가행즉행 가지즉지):《論語·述而》에 있는 "子謂顔淵曰: '用之則行, 舍之則藏, 惟我與爾有是夫.'"라는 구절에 대한 孔安國 注 "言可行則行, 可止則止, 唯我與顔淵同."에서 나온 말이다.

들고 나서 크게 노하여 말했다.

"알고 보니 족하께서 그렇게 큰 억울함을 당하셨군요. 내 어찌 차마 가만히 앉아서 볼 수만 있겠습니까? 족하께서는 일단 현아로 돌아가시고 이 일은 내게 맡기시지요. 오늘밤에 상산으로 가는 길을 따라가 그 도적놈을 찾아서 족하를 위해 원수를 갚고 밤중에 현아로 가서 복명을 하겠습니다."

방덕이 말하기를 "의사의 고의(高義)에 매우 감사드립니다! 제가 촛불을 밝히고 기다리겠습니다. 성사되는 날엔 따로 후하게 보답하겠습니다."라고 했다. 그 사람이 정색하며 말하기를 "나는 평생 동안 길에서 불공평한 일을 보게 되면 칼을 뽑아 도와왔는데 어찌 당신의 후한 보답을 바라겠습니까? 이 예물도 내 받지 않으리다."라고 한 뒤, 하던 말을 다 마치지도 않고 표연히 문을 나서더니 바람 같이 가버려 잠시 후 사라졌다. 방덕과 하인들은 매우 놀라 눈이 휘둥그레지며 입을 떡 벌린 채 연거푸 말하기를 "정말 이인이구나!"라고 한 뒤, 예물을 거둬서 그가 복명하러 올 때를 기다렸다가 다시 주려 했다. 그 증거가 되는 시가 있다.

원수 갚는 것을 검 한 자루에 의지해	報仇憑一劍
의를 중히 여기고 천금을 거들떠보지도 않네	重義藐千金
간웅의 구설(口舌)이	誰謂奸雄舌
열사의 마음을 어긋나게 할 뻔할 줄 뉘인들	幾違烈士心
생각이나 했겠는가	

차설(且說), 왕태와 두 하인은 주인이 성문을 나선 뒤, 손님을 만나지도 않고 그저 말을 타고 마구 달리기만 하는 것을 보고 무슨 연고인지 도무지 알 수 없었다. 단숨에 삼십여 리를 가고 나서도, 날은 이미 저물었건만 여관을 찾아 묵으려 하지도 않았다. 그 날 밤은 음력 십삼 일로 둥그런 밝은 달이 이미 하늘에 떠 있었다. 이들은 달빛을 타고 험난한 길인데도 불구하고 목숨을 걸고 도망가면서 뒤에서 사람이 쫓아올까 봐

항시 두려워했다. 길에서도 말 한마디 하지 않았으며 그저 앞을 향해 달려가기만 했다. 대략 이경(二更)쯤 되었을 때 도합 육십여 리를 가, 한 마을에 이르게 되었으니 이미 정형현(井陘縣) 지역에 이른 것이었다. 이때가 되어 사람들은 졸리고 말도 피곤해하기에 노신이 말하기를 "이미 멀리 와 아마도 별일 없을 것 같습니다. 일단 여기서 묵을 곳을 찾으신 뒤, 내일 일찍 가시지요."라고 하자, 이면은 그의 말대로 객관에 투숙하려 했다. 하지만 밤이 너무 깊었던지라 집집마다 모두 문을 닫아버려 묵을 곳이 없을 줄 누가 알았겠는가. 시장 끄트머리에 이르러서야 비로소 객관 하나를 찾았다. 그 일행들은 일제히 말에서 내려 객관 문으로 들어갔으며 말들은 구유 옆에 묶고 두고서 여물을 먹게 했다. 노신이 말하기를 "주인장, 우리가 편히 쉴 수 있는 깨끗한 방 하나 골라주십시오."라고 했다. 객관 주인은 "손님께 솔직히 말씀드리는데 저희 객관의 방들 가운데에는 깨끗하지 않은 방이 없습니다. 지금 빈방 한 칸만 남아 있습죠."라고 답한 뒤, 등불을 밝히고 그들을 그 방으로 데리고 들어갔다. 이면이 걸상에 앉아서 숨이 가빠 헐떡이자 왕태가 참다못해 물었다.

"상공께 여쭙겠습니다. 그 방(房) 현령께서 간절히 만류를 하며 내일 짐꾼과 마필을 보내 바래다주겠다고 했는데 그렇게 여유롭게 가는 것이 좋지 않겠습니까? 오히려 우리 짐도 버려둔 채 피난을 가듯이 밤새 말을 달리며 이런 고생을 하시다니요. 노(路) 집사도 우리들을 따라 함께 왔는데 무슨 연고입니까?"

그러자 이면이 한숨을 내쉬며 말했다.

"자네가 어찌 속사정을 알겠는가? 노 집사가 아니었으면 나와 자네들은 모두 참혹하게 죽을 뻔했어. 요행히 지금 호랑이 입에서 벗어나 이미 하늘에 그지없이 감사하고 있는데 무슨 짐이나 고생 따위를 돌볼 겨를이 있겠는가?"

왕태가 놀라 그 연고를 묻기에 이면이 막 말을 하려던 참에 생각지도 않게 여관 주인이 이들 다섯 명이 말 다섯 필을 타고 와 심야에 투숙을 하며 짐 하나 없는 것을 보고 강도들일까 의심이 되어 물색을 떠보려고 방으로 들어왔다. 주인장이 말하기를 "손님들께서는 무슨 장사를 하시는지요? 어디서 오시다가 이 시각에 여기에 도착하신 겝니까?"라고 했다. 이면은 가슴속에 울화가 가득 차 그렇지 않아도 말할 데가 없었는데 객관 주인이 물어 오자 "얘기가 아주 기니 앉으시면 제가 자세히 말씀드리지요."라고 답했다. 그러고 나서, 방덕이 강도짓을 하여 죄를 지었지만 자신이 그의 재모(才貌)를 아깝게 여겨 암암리에 왕태로 하여금 풀어주도록 하여 그 일로 파직되었던 것과 객유(客遊)를 하다가 우연히 방덕을 만나게 되고 그가 만류하며 후하게 대접하다가 그날 오후에 갑자기 마누라한테 참언을 듣고 계책을 세워 자신을 해치려 했지만 노신이 알려 준 덕에 거기서 벗어나게 된 전후의 일들을 세세히 한차례 이야기했다.

왕태가 이 말을 듣고 거듭해 욕하기를 "양심 없는 도적놈!"이라고 했으며 객관 주인도 그지없이 한탄했다. 왕태가 말하기를 "주인장, 상공께서 여정으로 고생을 많이 하셨으니 어서 술과 음식을 내오도록 재촉해 주십시오. 우리들은 먹고 한잠 잔 연후에 빨리 길을 가야 하오이다."라고 하자, 객관 주인은 응낙을 하고서 나갔다. 이때 우람한 사내 하나가 침상 밑에서 갑자기 튀어나왔는데 온몸에 옷을 단단히 여며 묶고 손에 비수를 들고 있었으며 위풍당당하고 살기가 등등했다. 이면과 노복들은 겁이 나서 넷이 나가 일제히 무릎을 꿇고 입으로 읊어대기를 "장사(壯士)시여, 목숨을 살려 주십시오."라고 했다. 그 사람이 이면을 부축해 일으키며 말했다.

"할 말이 있으니 당황해 하실 필요 없습니다. 나는 의로운 사람으로 평생 동안 오로지 억울한 일을 보면 항상 나섰고 천하의 양심 없는 사람들을 죽이려 했습니다. 방금 전에 방덕이 거짓으로 정황을 꾸며 오히려 공께서 자기를 무함하고 목숨도 해치려 한다고 하면서 내게 부탁해 공을 암살해 달라고 했습니다. 그 도적놈이 이리 흉악하고 배은망덕한 자일 줄 어찌 알았겠습니까? 일찌감치 공께서 이전의 사정들을 말씀하셨기에 망정이지 그렇지 않았으면 잘못해 공을 죽일 뻔했습니다."

이면이 황급히 머리를 조아리며 말하기를 "의사께서 목숨을 살려주신 은혜, 감사하기 그지없습니다."라고 했다. 그 사람이 이면을 말리며 말하기를 "감사할 거 없습니다, 감사할 거 없어요. 내 잠시 나갔다 다시 오겠소."라고 한 뒤, 곧장 뜰로 나가 몸을 훌쩍 날려 지붕으로 올라갔는데 나는 새와 같이 빨라 순식간에 사라졌다. 이면과 노복들은 모두 놀라서 혀가 나와 입을 다물지 못했으며 무슨 뜻으로 다시 오겠다는 것인지 알 수 없었다. 걱정거리를 품어 감히 잠을 자지도 못했으며 술과 음식도 넘어가질 않았다. 그 증거가 되는 시가 있다.

먼 길을 달려오며 분기충천해 있는데	奔走長途氣上沖
홀연 침상 밑에서 시퍼런 검이 튀어나왔다네	忽然床下起靑鋒
가슴속의 억울한 사정을 절절히 하소연하여	一番衷曲慇懃訴
까맣게 모르고 있던 기인을 불러깨우쳤네	喚醒奇人睡夢中

재설(再說), 방덕의 마누라는 남편이 돌아와 큰일을 이미 성취하고 예물은 원래 그대로 건드리지 않은 것을 보고서 기뻐 얼굴에 웃음이 가득했다. 서둘러 술자리를 마련해 당(堂)에 차려 놓은 뒤 부부가 촛불을 밝히고 기다렸으며 진안도 남아서 시중을 들었다. 삼경 쯤 되자 뜰 앞에 자고 있던 새가 홀연 놀라 울고 낙엽이 어지러이 떨어지는 소리가 들리더니 한 사람이 당(堂) 안으로 성큼성큼 들어오는 것이었다. 방덕이 눈을 들어서 보니 다름 아닌 바로 그 의사였는데 차림이 천신(天神)과 같아 이전에 비해 매우 달랐다. 방덕은 한편으로는 놀라면서도 다른 한편으로는 기뻐하며 앞으로 나아가 그를 맞이했다. 의사는 전혀 겸양하지도 않은 채 분연히 큰 걸음으로 안으로 들어가 가운데에 앉았다. 방덕 부부가 머리를 조아려 절을 하며 감사하다고 하면서 그 일에 대해 막 물으려 하자 의사는 매우 화가 나 비수를 획 뽑아서 그들을 가리키며 욕을 했다.

"너 이 양심 없는 도적놈아! 이 기위는 네 목숨을 살려준 큰 은인인데 너는 보답할 생각은 않고 오히려 아낙의 말을 들어 은혜를 저버리고 되레 그를 무함했다. 그러다가 일이 탈로나 그가 도망갔다면 곧 잘못을 뉘우쳐야 하거늘 오히려 다시 허망한 말을 꾸며 나를 속여서 그를 죽이라고 했다. 만약 그가 사실을 말하지 않았다면 나까지 불의에 빠지게 될 뻔했다. 너 같이 양심 없는 놈은 칼로 천만 번을 베어내야 내 편치 않은 마음이 풀릴 것이다."

방덕은 미처 변명하지도 못했는데 머리가 이미 땅에 떨어져있었다. 패씨는 놀라 쓰러졌으며 평소에 말솜씨가 좋았건만 이때에 이르러서는 간담이 찢어져 입이 아교풀로 붙은 듯 움직여지지도 않았다. 의사가 그를 가리키며 욕하기를 "너 이 천하고 개 같은 계집년! 남편에게 선행을 하도록 권하지는 않고 오히려 은인을 해치라고 하다니! 내 일단 네 뱃속이 어떻게 생겼는지 봐야겠다."라고 한 뒤, 뛰어날라 패씨를 발로 차 넘어뜨리고 나서 왼발로 머리채를 밟고 오른쪽 무릎으로 두 다리를 눌렀다. 그 여편네가 연거푸 소리 지르기를 "의사시여, 살려주십시오! 이후로는 감히 그리하지 않을 것입니다."라고 하자, 의사가 욕하며 말하기를 "천하고 음탕한 년! 나는 너를 용서해 줄 수도 있지만 너는 남을 용서해 주지 않을 테지."라고 하고 비수를 들어 가슴에서 배꼽 아래까지 배를 갈랐다. 그러고는 비수를 입에 문 채 두 손으로 가른 곳을 벌려 오장육부를 모두 다 도려냈다. 그 피가 줄줄 흐르는 것들을 손에 들고 등불 아래에서 비춰 보며 말하기를 "내 이 개같은 계집년의 내장은 남들과 다를 줄 알았거늘 보았더니 또한 같은데 어찌 그리 악독할 수가 있었는가?"라고 했다. 그리고 그 들어낸 것들을 옆으로 내던져두고 패씨의 머리도 베어서 두 급(級)의 머리를 한 데 묶은 뒤 가죽주머니 속에 담았다. 손에 묻은 피를 닦고 비수를 넣은 뒤 그 가죽주머니를 들고 뜰로 나가서 담장을 넘어 갔다.

의로운 담력을 말하자면 천지를 감쌀 수 있고　　　說時義膽包天地
웅대한 뜻을 얘기하면 귀신을 감동시킬 수 있다네　　話起雄心動鬼神

상하의사(床下義士)가 방덕 부부의 수급을 들고 오는 장면, 민국 10년, 상해광아서국(上海廣雅書局),《신증전도족본금고기관(新增全圖足本今古奇觀)》삽도

　재설, 이면과 하인들은 객관에서 오경 무렵까지 기다리고 있었는데 홀연 금빛 한 줄기가 뜰에서 날아 들어오는 것이 보였다. 사람들이 모두 놀라서 일어나보니 바로 그 의사였다. 그가 가죽주머니를 내려놓으며 말하기를 "배신자는 내 이미 배를 갈랐고 지금 그 머리도 여기 가져왔소이다."라고 한 뒤, 가죽주머니 안에서 수급(首級) 두 급(級)을 꺼냈다. 이면은 놀라기도 하고 기뻐하기도 하며 몸을 엎드려 절을 하면서 말하기를 "족하의 고의(高義)는 천고에도 없을 것입니다. 성명을 알려 주시면 나중에 보답하겠습니다."라고 했다. 의사가 웃으며 말하기를 "내 원래 성명도 없거니와 또한 보답도 바라지 않습니다. 전에 내가 침상 밑에서 나왔으니 앞으로 만날 날이 있으면 '상하의사(床下義士; 침상 밑의 의

사）'라고 부르시면 되오이다."라고 했다. 그는 말을 마친 뒤, 품 안에서 약 한 봉지를 꺼내 새끼손톱으로 조금 떠서 수급의 잘린 부위에 털어 뿌렸다. 그리고 손을 들어 공수를 한 번 하더니 이미 처마 위로 올라가 있었다. 미처 만류를 하지도 못했는데 순식간에 어디로 갔는지 알 수 없었다. 이면은 그가 사람 머리 두 급을 버려둔 것을 보고 속으로 당황스러워하며 어찌 처리해야 할지 모르고 있었는데 그것을 보니 이상하게도 점점 작아지더니만 잠깐 사이에 말간 물로 변하기에 그제야 비로소 마음이 놓였다. 날이 밝을 때까지 앉아 있다가 노신이 돈을 꺼내 객관 주인장에게 주고 마필을 수습한 뒤, 그들은 길을 나섰다. 다시 이틀을 더 간 뒤에야 비로소 상산에 이르렀으며 이면은 곧장 부아(府衙)로 들어가 안 태수를 배알했다. 그는 옛 친구를 만나 희색이 만면했으며 곧 관서에 남아서 휴식을 취하게 되었다. 이면에게 짐이 없는 것을 안 태수가 보고 마음속으로 이상하게 여겨 그 연고를 묻기에 이면이 전에 있었던 일을 그에게 낱낱이 털어놓자 안 태수는 매우 놀라며 이를 기이하게 여겼다. 이틀이 지나니 백향현으로부터 현령 내외의 피살 연유가 공문으로 상산부에 올라왔다. 알고 보니, 그날 밤 의사가 방덕과 패씨를 죽이는 것을 보고 진안과 지성은 몇몇 노복들과 함께 모두들 소리지르며 도망쳐 사방으로 피해 숨었다가 날이 밝을 때가 돼서야 비로소 모습을 드러냈던 것이었다. 머리가 없는 시신 두 구가 피바다 가운데 마구 놓여있고 오장육부가 모두 옆에 버려져 있었으며, 시신의 머리는 어디로 갔는지 알 수 없었고 탁자 위의 그릇들은 하나도 없어진 것이 없었다. 온 집안이 죽는 소리를 내며 주부(主簿)[37]와 현위(縣尉)에게 보고하자 그들도 모두 놀라며 다 와서 검증을 했다. 정황을 자세히 물어보기에 진안은 방덕이 이면

....

37) 주부(主簿): 원래 漢나라 때부터 있었던 관직명으로 문서 사무 등을 주관했다. 魏晉 때 장수나 重臣의 僚屬으로 機要에 참여했으며 그 후에도 각 중앙관서나 지방 州縣에서 주부를 설치했지만 그 직책은 점점 가벼워졌다.

을 해치려고 사람에게 부탁해 암살하려 했던 시말을 말할 수밖에 없었다. 주부와 현위는 곧바로 아역 몇몇을 골라 각기 병기를 들게 한 뒤 진안을 잡아서 그를 앞세우고 자객을 잡으러 갔다. 이때 현 안의 온 백성들은 떠들썩하게 모두들 따라가며 구경을 했다. 외진 골목에 이르러 안으로 쳐들어갔더니 오직 빈방 몇 칸만 있었을 뿐 사람은 그림자 하나조차 없었다. 주부가 현위와 더불어 공문 올릴 일을 의론했는데 이면이 안 태수의 친한 친구라는 것을 이미 알고 있었기에 사실대로 보고를 하면 태수의 체면이 깎이게 될까 염려되기도 했고, 다른 한편으로는 현령이 박덕해 보이기도 했기에 그 실정을 숨기고서 단지 밤중에 강도가 관사로 들어와 현령 부부를 죽이고 수급을 훔쳐가 강도를 잡을 길이 없다고만 했다. 양쪽에서 사건을 빈틈없이 꾸미는 한편, 관을 사서 시신을 매장한 뒤, 안 태수도 그것에 맞춰 상사에 공문을 올렸다. 당시 하북지방 일대는 모두 안록산의 전제하에 있었으니 안록산은 방덕이 살해된 것을 알고서 심복 하나가 없어진 것이기에 회문(回文)을 내려 엄히 수색해 범인을 체포하도록 명했다. 이면은 이 소식을 듣고 자신이 얽혀들까 두려워 안 태수와 작별하고 고향인 장안으로 돌아갔다. 마침 왕홍은 어떤 일로 인해 죄를 받고 투옥되어 탄핵된 뒤, 그에 의해 파직되었던 관원들은 모두 다 다시 임용되게 되었다. 이면은 원래 기위로부터 벼슬을 시작했기에 반년도 안 되어 곧 감찰어사(監察御史)[38]로 승직되었다.

　어느 날 이면이 장안의 길거리를 지나다가 황색 옷을 입고 백마를 탄 어떤 자가 오랑캐 노복 두 명을 데리고서 의장 중에 함부로 맞닥트리는 것을 보았는데 종자들이 꾸짖어도 말릴 수가 없었다. 이면이 눈을 들어 살펴보니 예전의 그 상하의사였다. 곧바로 말에서 내려 몸을 굽혀 절하

······························

38) 감찰어사(監察御史): 隋나라 開皇 2년부터 설치된 관직으로 百官을 감찰하고 郡縣을 순시하며 訟案을 바로잡고, 朝儀를 肅整하는 사무 등을 맡았다. 당송 때에는 8품이었고 명대에는 7품이었으며 청대에는 종5품이었다.

며 말하기를 "의사시어, 작별한 뒤로 별고 없으셨습니까?"라고 했다. 상하의사가 웃으며 말하기를 "대인께서 나를 아직 기억하고 계시는군요."라고 하자, 이면이 말하기를 "밤낮으로 제 마음속에 있는데 어찌 알아보지 못할 리가 있겠습니까? 관아로 가서서 말씀을 좀 나누시지요."라고 했다. 의사가 말하기를 "다른 날 성심을 다해 찾아뵙겠습니다. 정말 오늘은 감히 명을 따르지 못하겠습니다. 대인께서 꺼리시지 않는다면 나의 우거(寓居)로 함께 가서서 얘기를 좀 나누시는 것이 어떻겠습니까?"라고 했다. 이면은 기꺼이 그를 따라 나란히 말을 타고 갔는데 경원방(慶元坊)[39]에 이르러 그는 작은 곁문 안으로 들어가는 것이었다. 여러 겹의 문을 지나자 홀연 저택 한 채가 나왔는데 청당(廳堂)[40]과 집채들이 하늘 높이 솟아 있었으며 시중드는 노복들은 수백 명이 넘었다. 이면이 암암리에 머리를 끄덕이며 생각하기를 "정말 이인이로다."라고 했다. 의사가 이면을 당(堂)으로 맞이한 뒤, 두 사람은 다시 서로 절을 했으며 손님과 주인 자리에 각각 앉았다. 순식간에 연석이 차려졌는데 그 풍성함이 왕후의 집보다 나았다. 집안의 가기(歌妓)들을 불러 뜰 앞에서 주악을 베풀도록 했는데 그 하나하나가 모두 명모호치(明眸皓齒)의 절색가인들이었다. 의사가 말하기를 "평소 간단하게 마시는 술들이어서 귀인을 모시기에 부족하니 나무라지는 마십시오."라고 하자, 이면은 거듭해 감사하다고 했다. 두 사람은 그 자리에서 고금 영웅들의 일들을 얘기 나누며 밤늦게까지 있다가 헤어졌다. 다음 날 이면이 예물을 좀 준비하여 다시 그를 찾아갔을 때에는 빈 집 한 채만 남아 있었을 뿐 어디로 이사를 갔는지

---

39) 경원방(慶元坊): 《唐代長安詞典》(陝西人民出版社, 1990.) '坊里'에 나열되어 있는 항목들을 보면, 당나라 때 장안에는 경원방이라는 坊名은 보이지 않는다. 다만 풍몽룡의 고향인 蘇州에는 慶元坊이 있었는데 蘇州城 중부에 있던 남북향의 거리였다. 《國史補》 등의 문헌에 수록된 이야기의 본사에는 이면과 義士가 경원방에서 재회하는 내용이 없다. 이는 馮夢龍이 이 작품을 각색하면서 후일담을 보충할 때 蘇州의 지명을 장안의 지명으로 기술한 것으로 보인다.

40) 청당(廳堂): 집채 정 가운데에 있는 큰 방을 '堂' 혹은 '廳堂'이라고 한다.

알 수 없었기에 이면은 탄식하며 돌아왔다. 나중에 이면은 중서문하평장사(中書門下平章事)의 벼슬까지 올랐으며 견국공(汧國公)으로 봉해졌고, 왕태와 노신도 그의 도움으로 소소한 관직을 지냈다. 시에서 이렇게 읊었다.

종래로 은원(恩怨)을 분명히 해야 하거늘	從來恩怨要分明
원수로 은혜를 갚는 것이 가장 공평치 못하다오	將怨酬恩最不平
어떻게 상하의사(床下義士)를 얻어	安得劍仙床下士
세상에 바르지 못한 사람들을 두루 다 벨 수 있을까나	人間遍取不平人

第十六卷 李汧公窮邸遇俠客

世事紛紛如弈棋, 輸贏變幻巧難窺. 但存方寸公平理, 恩怨分明不用疑.

話說唐玄宗天寶年間, 長安有一士人, 姓房名德, 生得方面大耳, 偉幹豐軀. 年紀三十以外, 家貧落魄, 十分淹蹇, 全虧着渾家貝氏紡織度日. 時遇深秋天氣, 頭上還裹着一頂破頭巾, 身上穿着一件舊葛衣, 那葛衣又逐縷縷綻開, 却與簑衣相似. 思想: "天氣漸寒, 這模樣怎生見人?" 知道老婆餘得兩疋布兒, 欲要討來做件衣服. 誰知老婆原是小家子出身, 器量最狹, 却又配着一副悍毒的狠心腸. 那張嘴頭子, 又巧於應變, 賽過刀一般快, 憑你什麽事, 高來高就, 低來低答41), 死的也說得活起來, 活的也得死了去, 是一個翻唇弄舌的婆娘. 那婆娘看見房德沒甚活路, 靠他喫死飯, 常把老公欺負. 房德因不遇時, 說嘴不響, 每事只得讓他, 漸漸有幾分懼內. 是日, 貝氏止在那裏思想, 老公恁般的狠狽, 如何得個好日? 却又怨父母, 嫁錯了對頭, 賺了終身, 心下正是十分煩惱, 恰好觸在氣頭上, 乃道: "老大一個漢子, 沒處尋飯喫, 靠着女人過日. 如今連衣服都要在老娘身上出豁, 說出來可不羞麽?" 房德被搶白了這兩句, 滿面羞慚. 事在無奈, 只得老着臉, 低聲下氣道: "娘子, 一向深虧你的氣力, 感激不盡! 但目下雖是落薄, 少不得有好的日子, 權借這布與我, 後來發積42)時, 大大報你的情罷!" 貝氏搖手道: "老大年紀, 尚如此嘴臉, 那得你發積? 除非天上弔下來, 還是去那裏打劫不成!43)

....

41) 【校】答(답): 《今古奇觀》 각 판본에는 "答"으로 되어 있고, 《醒世恒言》 각 판본에는 "對"로 되어 있다.

42) 發積(발적): '發迹' 또는 '發跡'이나 '發蹟'으로 쓰기도 하며 출세를 하거나 부자가 되는 것을 이른다.

43) 【校】《今古奇觀》 각 판본에는 "老大年紀 尚如此嘴臉 那得你發積 除非天上弔下

你的甜話兒哄得我多年了, 信不過. 這兩疋布, 老娘自要做件衣服過寒的, 休得指望." 房德布又取不得, 反討了許多沒趣. 欲待廝鬧一場, 因怕老婆嘴舌又利, 喉嚨又響, 恐被鄰家聽見, 反粧幌子. 敢怒而不敢言, 彆口氣撞出門去, 指望尋個相識告借.

　走了大半日, 一無所遇. 那天却又與他做對頭, 偏生的忽地發一陣風雨起來. 這件舊葛衣被風吹得颼颼如落葉之聲, 就長了一身寒栗了, 冒著風雨, 奔向前面一古寺中躲避. 那寺名爲雲華禪寺. 房德跨進山門看時, 已先有個長大漢子, 坐在左廊檻上. 殿中一個老僧誦經. 房德就向右廊檻上坐下, 呆呆的看着天上, 那雨漸漸止了, 暗道: "這時不走, 只怕少刻又大起來." 却待轉身, 忽掉過頭來, 看見牆上畫了一隻禽鳥, 翎毛兒、翅膀兒、足兒、尾兒, 件件皆有, 單單不畫鳥頭. 天下有恁樣空腦子的人, 自己飢寒尚且難顧, 有甚心腸, 却評品這畫的鳥來! 想道: "常聞得人說: 畫鳥先畫頭. 這畫法怎與人不同? 却又不畫完, 是甚意故?" 一頭想, 一頭看, 轉覺這鳥畫得可愛, 乃道: "我雖不曉此道, 諒這鳥頭也沒甚難處, 何不把來續完." 即往殿上與和尙借了一枝筆, 蘸得墨飽, 走來將鳥頭畫出, 却也不十分醜, 自覺歡喜道: "我若學丹靑, 到可成得!" 剛畫時, 左廊那漢子就捱過來觀看, 把房德上下仔細一相, 笑容可掬, 向前道: "秀才, 借一步⁴⁴⁾說話." 房德道: "足下是誰? 有甚見敎?" 那漢道: "秀才不消細問, 同在下去, 自有好處." 房德正在困窮之鄉, 聽見說有好處, 不勝之喜. 將筆還了和尙, 把破葛衣整一整, 隨那漢子前去. 此時風雨雖止, 地上好生泥濘, 却也不顧. 離了雲華寺, 直走出昇平門到樂游原傍邊. 這所在最是冷落. 那漢子向一小角門上連叩三聲. 停了一回, 有個人開門出來, 也是個長大漢子, 看見房德, 亦甚歡喜, 上前聲喏. 房德心中疑道: "這兩個漢子, 他⁴⁵⁾是何等樣人? 不知請我來有甚好

....

來 還是去那裏打劫不成"이라는 구절이 있고, 《醒世恒言》 각 판본에는 이 내용이 없다.

44) 借一步(차일보): '한 발짝 거리를 빌리다'라는 뜻으로 사람이 없는 조용한 곳으로 가서 이야기를 좀 하자는 의미의 존댓말이다.

45) 【校】他(타): 《今古奇觀》 각 판본에는 "他"자가 있고, 《醒世恒言》 각 판본에는 "他"자가 없다.

397

제16권

이
(李)
견공이
외진
객관에서
협객을
만나다
[李汧公窮邸遇俠客]

處?" 問道: "這裏是誰家?" 二漢答道: "秀才到裏邊便曉得." 房德跨入門裏, 二漢原把門撑上, 引他進去. 房德看時46), 荊棘滿目, 衰草滿天47), 乃是個敗落花園. 彎彎曲曲, 轉到一個半塌不倒的亭子上,48) 裏面又走出十四五個漢子, 一個個身長臂大, 面貌猙獰, 見了房德, 盡皆滿面堆下笑來, 道49): "秀才請進." 房德暗自驚駭道: "這班人來得蹺蹊, 且看他有甚話說?" 衆人迎進亭中, 相見已畢, 遂在板櫈上坐下, 問道: "秀才尊姓?" 房德道: "小生姓房. 不知列位有何說話?" 起初同行那漢道: "實不相瞞, 我衆弟兄乃江湖上豪傑, 專做這件沒本錢的生意. 只爲俱是一勇之夫, 前日幾乎弄出事來; 故此對天禱告, 要覓個足智多謀的好漢, 讓他做個大哥, 聽其指揮. 適來雲華寺牆上畫不完的禽鳥, 便是衆弟兄對天禱告, 設下的誓願, 取羽翼俱全, 單少頭兒的意思. 若合該興隆, 天遣個英雄好漢, 補足這鳥, 便迎請來爲頭. 等候數日, 未得其人. 且喜天隨人願, 今日遇着秀才恁般魁偉相貌, 一定智勇兼備, 正是眞命寨主了. 衆兄弟今後任憑調度, 保個終身安穩快活, 可不好麼?" 對衆人道: "快去宰殺牲口, 祭拜天地." 內中有三四個, 一溜煙跑向後邊去了. 房德暗訝道: "原來這班人, 却是一夥强盜! 我乃淸淸白白的人, 如何做恁樣事?" 答道: "列位壯士在上, 若要我做別事則可, 這一樁實不敢奉命." 衆人道: "却是爲何?" 房德道: "我乃讀書之人, 還要巴個出身日子, 怎肯幹這等犯法的勾當?" 衆人道: "秀才所言差矣! 方今楊國忠爲相, 賣官鬻爵, 有錢的, 便做大官, 除了錢時, 就是李太白恁樣高才, 也受了他的惡氣,

························

46) 【校】房德看時(방덕간시): 《今古奇觀》各 판본과 古本小說集成本《醒世恒言》에는 "房德看時"로 되어 있고, 人民文學本《醒世恒言》에는 "及到裏面"으로 되어 있다.

47) 【校】滿天(만천): 人民文學本·古本小說集成本《今古奇觀》에는 "滿天"으로 되어 있고, 繪圖本《今古奇觀》및 古本小說集成本《醒世恒言》에는 "漫天"으로 되어 있으며, 人民文學本《醒世恒言》에는 "漫漫"으로 되어 있다.

48) 【校】《今古奇觀》各 판본과 古本小說集成本《醒世恒言》에는 "彎彎曲曲 轉到一個半塌不倒的亭子上"으로 되어 있고, 人民文學本《醒世恒言》에는 "樓臺坍損荒涼之所 同走到一個亭子上"으로 되어 있다.

49) 【校】《今古奇觀》各 판본과 古本小說集成本《醒世恒言》에는 "盡皆滿面堆下笑來 道"로 되어 있고, 人民文學本《醒世恒言》에는 "滿面堆下笑來 盡皆道"로 되어 있다.

不能得中；若非辨識番書, 恐此時還是個白衣秀士哩. 不是冒犯秀才說, 看你身上這般光景, 也不像有錢的, 如何指望官做? 不如從了我們, 大碗酒大塊肉, 整套穿衣, 論秤分金, 且又讓你做個掌盤50), 何等快活散誕! 倘若有些氣象時, 據著個山寨, 稱孤道寡, 也緣得你." 房德沉吟未答. 那漢又道："秀才十分不肯時, 也不敢相强. 但只是來得去不得, 不從時, 便要壞你性命, 這却莫怪!" 都向靴裏颼的拔出刀來, 嚇得房德魂不附體, 倒退下十數步來道："列位莫動手, 容再商量." 衆人道："從不從, 一言而決, 有甚商量?" 房德想道："這般荒僻所在, 若不依他, 豈不白白送了性命, 有那個知道? 且哄過一時, 到明日脫身去出首罷." 算計已定, 乃道："多承列位壯士見愛, 但小生平昔胆怯, 恐做不得此事." 衆人道："不打緊, 初時便胆怯, 做過幾次, 就不覺了." 房德道："旣如此, 只得順從列位." 衆人大喜, 把刀依舊納在靴中道："即今已是一家, 皆以兄弟相稱了. 快將衣服來, 與大哥換過, 好拜天地." 便進去捧出一套錦51)衣, 一頂新唐巾52), 一雙新靴. 房德打扮起來, 品53)儀比前更是不同. 衆人齊聲喝采道："大哥這般人品, 莫說做掌盤, 就是皇帝, 也做得過."

古語云："不見可欲, 使心不亂." 房德本是個貧士, 這般華服, 從不曾着體；如今忽地煥然一新, 不覺移動其念, 把衆人那班說話, 細細一味, 轉覺有理. 想道："如今果是楊國忠爲相, 賄賂公行, 不知埋沒了多少高才絶學. 像我恁樣平常學問, 眞個如何能勾官做? 若不得官, 終身貧賤, 反不如這班人受用了." 又想起："見今恁般深秋天氣, 還穿着破葛衣. 與渾家要疋布兒做件衣服, 尚不能勾；及至仰告親識, 又並無一個肯慨然週濟. 看起來到是這班人義氣：與他素無相識, 就把如此華美衣服與我穿着, 又推我爲主. 便

----

50) 掌盤(장반)：'掌盤子'로 쓰기도 한다. 농민봉기군의 수령이나 산을 점거하고 있는 도적떼의 두목을 이른다.

51) 【校】錦(금)：《今古奇觀》각 판본과 古本小說集成本《醒世恒言》에는 "錦"으로 되어 있고, 人民文學本《醒世恒言》에는 "新"으로 되어 있다.

52) 唐巾(당건)：본래 당나라 때 제왕이 썼던 便帽의 일종인데 나중에 선비도 이런 두건을 많이 썼다.

53) 【校】品(품)：《今古奇觀》각 판본에는 "品"으로 되어 있고, 《醒世恒言》각 판본에는 "威"로 되어 있다.

依他們胡做一場, 到也落過半世快活." 却又想道: "不可, 不可! 倘被人拿住, 這性命就休了!" 正在胡思亂想, 把腸子攪得七橫八豎, 疑惑不定. 只見衆人忙擺香案, 擡出一口豬, 一腔羊, 當天排下54), 連房德共是十八個好漢, 一齊跪下, 拈香設誓, 歃血爲盟. 祭過了天地, 又與房德八拜爲交55), 各敍姓名. 少頃擺上酒餚, 請房德坐了第一席. 肥甘美醞, 恣意飮啖. 房德日常不過黃齎淡飯, 尙且自不周56)全, 或覓得些酒肉, 也不能勾趁心醉飽. 今日這番受用, 喜出望外. 且又衆人輪流把盞, 大哥前, 大哥後, 奉承得眉花眼笑. 起初還在欲爲未爲之間, 到此時便肯死心塌地, 做這樁事了. 想道: "或者我命裏合該有些造化, 遇著這班弟兄扶助, 眞個弄出大事業來, 也未可知. 若是小就時, 只做兩三次, 尋了些財物, 即便罷手, 料必無人曉得. 然後去打楊國忠的關節, 覓得個官兒, 豈不美哉! 萬一敗露, 已是享用過頭, 便喫刀喫剮, 亦所甘心, 也强如担飢受凍, 一生做個餓莩." 有詩爲證:

風雨蕭蕭夜正寒, 扁舟急槳上危灘. 也知此去波濤惡, 只爲飢寒二字難.

　衆人盃來盞去, 直喫到黃昏時候. 一人道: "今日大哥初聚, 何不就發個利市?" 衆人齊聲道: "言之有理. 還是到那一家去好?" 房德道: "京都富家, 無過是延平門王元寶這老兒爲最; 況且又在城外, 沒有官兵巡邏, 前後路徑, 我皆熟慣. 只這一處, 就抵得十數家了. 不知列位以爲何如?" 衆人喜道: "不瞞大哥說, 這老兒我們也在心久矣. 只因未得其便, 不想却與大哥暗合, 足見同心." 即將酒席收過, 取出硫磺焰硝火把器械之類, 一齊紮縛起來. 但見:

....

54) 【校】下(하):《今古奇觀》각 판본에는 "下"로 되어 있고,《醒世恒言》각 판본에는 "列"로 되어 있다.

55) 八拜爲交(팔배위교): 본래 '八拜'는 예전부터 대대로 교분이 있는 집안의 어른들에게 행하는 절을 이르는데 그런 집안 친구는 異姓의 형제와 마찬가지라는 의미에서 비롯되어 의형제를 맺는 것을 일러 '八拜'라고도 했다. 이로 인해 의형제를 '八拜之交'라고 칭하기도 한다.

56) 【校】周(주):《今古奇觀》각 판본에는 "周"자가 있고,《醒世恒言》각 판본에는 "周"자가 없다.

White布羅頭, 韝鞋兜腳. 臉上抹黑搽紅, 手內提刀持斧. 袴裩剛過膝, 牢拴
裹肚；衲襖却齊腰, 緊纏搭膊. 一隊么魔來世界, 數羣虎豹入山林.

衆人結束停當, 捱至更餘天氣, 出了園門, 將門反撐好了, 如疾風驟雨而
來. 這延平門離樂遊原約有六七里之遠, 不多時就到了. 且說王元寶乃京
兆尹王銑的族兄, 家有敵國之富, 名聞天下. 玄宗天子亦嘗召見. 三日前,
被小偷竊了若干財物, 告知王銑, 責令不良人捕獲, 又撥三十名健兒防護.
不想房德這班人晦氣, 正撞在網裏. 當下衆强盜取出火種, 引着火把, 照耀
渾如白晝, 輪起刀斧, 一路砍門進去. 那些防護健兒并家人等, 俱從睡夢中
驚醒, 鳴鑼吶喊, 各執棍棒上前擒拿. 莊前莊後鄰家聞得, 都來救護. 這班
强盜見人已衆了, 心下慌張, 便放起火來, 奪路而走. 王家人分一半救火,
一半追趕上去, 團團圍住. 衆强盜拚命死戰, 戳傷了幾個莊客. 終是寡不敵
衆, 被打翻數人, 餘皆盡力奔脫. 房德亦在打翻數內. 一齊繩穿索縛, 等至
天明, 解進京兆尹衙門. 王銑發下畿尉推問. 那畿尉姓李名勉, 字玄卿, 乃
宗室之子. 素性忠貞尚義, 有經天緯地之才, 濟世安民之志. 只爲李林甫、
楊國忠、相繼爲相, 妬賢嫉能, 病國殃民, 屈在下僚, 不能施展其才. 這畿尉
品級雖卑, 却是個刑名官[57]兒. 凡捕到盜賊, 俱屬鞫訊. 上司刑獄, 悉委推
勘. 故歷任的畿尉, 定是酷吏, 專用那周興、來俊臣、索元禮遺下有名色的極
刑. 是那幾般名色? 有《西江月》爲證：

犢子懸車可畏, 驢兒拔橛堪哀! 鳳凰晒翅命難捱, 童子參禪魂捽. 玉女
登梯最慘, 仙人獻果傷哉! 獼猴鑽火不招來, 換個夜叉望海.

那些酷吏, 一來仗刑立威；二來或是權要囑托, 希承其旨：每事不問情
眞情枉, 一味嚴刑鍛煉, 羅織成招. 任你銅筋鐵骨的好漢, 到此也胆喪魂驚,
不知斷送了多少忠臣義士! 惟有李勉與他尉不同, 專尚平恕, 一切慘酷之

57) 刑名官(형명관): 전국시대 申不害, 韓非子 등을 대표로 하는 法家는 名實相符와
賞罰分明 등을 주장했는데 후대 사람들은 이를 일러 "刑名之學"이라 했으며
줄여서 "刑名"이라고도 했다. 이로 인해 사법이나 송사 판정 등을 주관하는
관리를 '刑名官'이라고 칭했다.

刑, 置而不用, 臨事務在得情, 故此並無冤獄. 那一日正値早衙, 京尹發下
這件事來, 十來個強盜, 並[58]五六個戳傷莊客, 跪在[59]一庭 ; 行兇刀斧, 都
堆在墀下. 李勉舉目看時, 內中惟有房德, 人材雄偉, 丰彩非凡, 想道 : "怎
樣一條漢子, 如何爲盜?" 心下就懷個矜憐之念. 當下先喚巡邏的, 並王家
莊客, 問了被劫情由 ; 然後又問眾盜姓名, 逐一細鞫. 俱係當下就擒, 不待
用刑, 盡皆款伏. 又招出黨羽窟穴. 李勉即差不良人前去捕緝. 問至房德,
乃匍匐到案前, 含淚而言道 : "小人自幼業儒, 原非盜輩. 止因家貧無措, 昨
到親戚處告貸, 爲雨阻於雲華寺中, 被此輩以計誘去, 威逼入夥, 出於無
奈." 遂將畫鳥及入夥前後事, 一一細訴. 李勉已是惜其材貌, 又見他說得
情詞可憫, 便有意釋放他. 却又想 : "一夥同罪, 獨放一人, 公論難泯. 況是
上司所委, 如何回覆? 除非如此如此." 乃假意叱喝下去, 分付俱上了枷杻,
禁於獄中, 俟拿到餘黨再問. 砍傷莊客, 遣回調理. 巡邏人記功有賞. 發落
眾人去後, 即喚獄卒王太進衙. 原來王太昔年因誤觸了本官, 被誣搆成死
罪, 也虧李勉審出, 原在衙門服役. 那王太感激李勉之德, 凡有委托, 無不
盡力. 爲此就差他做押獄之長. 當下李勉分付道 : "適來強人內, 有個房德,
我看此人相貌軒昂, 言詞挺拔, 是個未遇時的豪傑. 有心要出脫他, 因礙著
眾人, 不好當堂明放 ; 托在你身上, 覷個方便, 縱他逃走." 取過三兩一封銀
子, 敎與他做爲盤費[60], 速往遠處潛避, 莫在近邊, 又爲人所獲. 王太道 :
"相公分付, 怎敢有違? 但恐遺累眾獄卒, 却如何處?" 李勉道 : "你放他去後,
即引妻小, 躲入我衙中, 將中文俱做於你的名下, 眾人自然無事. 你在我左
右, 做個親隨, 豈不強如做這賤役?" 王太道 : "若得相公收留, 在衙伏侍, 萬
分好了." 將銀袖過, 急急出衙, 來到獄中, 對小牢子道 : "新到囚犯, 未經刑
杖, 莫敎聚於一處, 恐弄出些事來." 小牢子依言, 遂將眾人四散分開. 王太

....

58) 【校】並(병):《今古奇觀》각 판본에는 "並"자가 있고,《醒世恒言》각 판본에는
    "並"자가 없다.

59) 【校】在(재):《今古奇觀》각 판본에는 "在"로 되어 있고,《醒世恒言》각 판본에는
    "做"로 되어 있다.

60) 【校】敎與他做爲盤費(교여타주위반비): 人民文學本·繪圖本 《今古奇觀》에는
    "敎與他做爲盤費"로 되어 있고, 古本小說集成本《今古奇觀》에는 "敎與他做盤
    費"로 되어 있으며,《醒世恒言》각 판본에는 "敎他遞與 贈爲盤費"로 되어 있다.

獨引房德置在一個僻靜之處, 把本官美意, 細細說出, 又將銀兩相贈[61]. 房德不勝感激道: "煩禁長哥致謝相公, 小人今生若不能補報, 死當作犬馬酬恩." 王太道: "相公一片熱腸救你, 那指望報答? 但願你此去, 改行從善, 莫負相公起死回生之德!" 房德道: "多感禁長哥指敎, 敢不佩領." 捱到傍晚, 王太眼同衆牢子將衆犯盡上囚床, 第一個先從房德起, 然後挨次而去. 王太覷衆人正手忙脚亂之時, 捉空趲過來, 將房德放起, 開了枷鎖, 又把自己舊衣帽與他穿了, 引至監門口. 且喜內外更無一人來往, 急忙開了獄門, 攛他出去. 房德拽開脚步, 不顧高低, 也不敢回家, 挨出城門, 連夜而走. 心中思想: "多感畿尉相公救了性命, 如今投兀誰好? 想起當今惟有安祿山, 最爲天子寵任, 收羅豪傑, 何不投之?" 遂取路直至范陽. 恰好遇見個故友嚴莊, 爲范陽長史, 引見祿山. 那時安祿山久蓄異志, 專一招亡納叛, 見房德生得人材出衆, 談吐投機, 遂留於部下[62]. 房德住了幾日, 暗地差人迎取妻子到彼, 不在話下. 正是 :

掙破天羅地網, 撤開悶海愁城. 得意盡誇今日, 回頭却認前生.

且說王太當晚, 只推家中有事要回, 分付衆牢子好生照管, 將匙鑰交付明白, 出了獄門, 來至家中, 收拾囊篋, 悄悄領着妻子, 連夜躱入李勉衙中, 不題. 且說衆牢子到次早放衆囚水火[63], 看房德時, 枷鎖撤在半邊, 不知幾時逃去了. 衆人都驚得面如土色, 叫苦不迭道: "恁樣緊緊上的刑具, 不知這死囚怎地摔脫逃走? 却害我們喫屈官司! 又不知從何處去的?" 四面張望牆壁, 並不見塊磚瓦落地, 連泥屑也沒有一些, 齊道: "這死囚昨日還哄畿尉相公, 說是初犯 ; 到是個積年高手." 內中一人道: "我去報知王獄長, 敎他快去稟官, 作急緝獲." 那人一口氣跑到王太家, 見門閉著, 一片聲亂敲, 那裏有人答應. 聞壁一個鄰家走過來, 道: "他家昨夜亂了兩個更次, 想是搬去

61) 【校】相贈(상증):《今古奇觀》각 판본에는 "相贈"으로 되어 있고,《醒世恒言》각 판본에는 "交與"로 되어 있다.

62) 【校】部下(부하):《今古奇觀》각 판본과 古本小說集成本《醒世恒言》에는 "部下"로 되어 있고, 人民文學本《醒世恒言》에는 "衙中"으로 되어 있다.

63) 水火(수화): 대소변을 뜻하는 은어이다.

了." 牢子道: "並不見王獄長說起遷居, 那有這事!" 鄰家道: "無過止這間屋兒, 如何敲不應? 難道睡死不成?" 牢子見說得有理, 儘力把門攪開, 原來把根木子反撐的, 裏邊止有幾件粗重家伙, 並無一人. 牢子道: "却不作怪! 他爲甚麼也走了? 這死囚莫不到是他賣放的? 休管是不是, 且都推在他身上罷了." 把門依舊帶上, 也不回獄, 徑望畿尉衙門前來. 恰好李勉早衙理事. 李勉佯驚道: "向來只道王太小心, 不想恁般大膽, 敢賣放重犯! 料他也只躲在左近, 你們四散去緝訪, 獲到者自有重賞." 牢子叩頭而出. 李勉備文報府. 王鉷以李勉疏虞防閑, 以不職奏聞天子, 罷官爲民. 一面懸榜, 捕獲房德、王太. 李勉即日納還官誥, 收拾收身, 將王太藏於女人之中, 帶回家去.

不因濟困扶危意, 肯作藏亡匿罪人?

李勉家道素貧, 却又愛做淸官, 分文不敢妄取. 及至罷任, 依原是個寒士, 歸到鄉中, 親率童僕, 躬耕而食. 家居二年有餘, 貧困轉劇. 乃別了夫人, 帶著王太并兩個家奴, 尋訪故知. 由東都一路, 直至河北. 聞得故人顏杲卿新任常山太守, 遂往謁之. 路經柏鄉縣過, 這地方離常山尙有二百餘里. 李勉正行間, 只見一行頭踏[64], 手持白棒, 開道而來, 呵喝道: "縣令相公來, 還不下馬!" 李勉引過半邊回避. 王太遠遠望見那縣令, 上張皂蓋, 下乘白馬, 威儀濟濟, 相貌堂堂. 却又奇怪, 面龐酷似前年釋放的强犯房德. 忙報道: "相公, 那縣令面龐與前年釋放的房德一般無二." 李勉也覺得縣令有些面善, 及聞此言, 忽然省悟道: "眞個像他." 心中頗喜, 道[65]: "我說那人是個未遇時的豪傑, 今却果然. 但不知怎地就得了官職?" 欲要上前去問, 又恐不是. "若果是此人[66], 只道曉得他在此做官, 來與他索報了, 莫問罷!" 分付王

---

64) 頭踏(두답): 관원이 외출할 때 앞에서 가는 의장대를 이른다.

65) 【校】《今古奇觀》각 판본에는 "相貌堂堂"부터 "我說那人是個未遇時的豪傑"까지 사이에 있는 내용이 "却又奇怪 面龐酷似前年釋放的强犯房德 忙報道 相公 那縣令面龐與前年釋放的房德一般無二 李勉也覺得縣令有些面善 及聞此言 忽然省悟道 眞個像他 心中頗喜 道"로 되어 있고, 《醒世恒言》각 판본에는 이 부분이 "仔細認時 不是別個 便是昔年釋放的房德 乃道"로 되어 있다.

66) 【校】《今古奇觀》각 판본에는 "又恐不是 若果是此人"으로 되어 있고, 《醒世恒

太禁聲, 把頭回轉, 讓他過去. 那縣令漸漸近了[67], 一眼覷見李勉背身而立, 王太也在傍邊, 又驚又喜. 連忙止住從人, 跳下馬來, 向前作揖道: "恩相見了房德, 如何不喚一聲, 反掉轉頭去? 險些兒錯過." 李勉還禮道: "本不知足下在此, 又[68]恐妨足下政事, 故不敢相通." 房德道: "說那裏話! 難得恩相至此, 請到敝衙少敘." 李勉此時, 鞍馬勞倦, 又見其意殷勤, 答道: "旣承雅情, 當暫話片時." 遂上馬並轡而行, 王太隨在後面. 不一時, 到了縣中, 直至廳前下馬. 房德請李勉進後堂, 轉過左邊一個書院中來, 分付從人不必跟入, 止留一個心腹幹辦陳顏, 在門口伺候, 一面着人整備上等筵席. 將李勉四個牲口, 發於後槽喂養, 行李即敎王太等搬將入去. 又敎人傳話衙中, 喚兩個家人來伏侍. 那兩個家人, 一個叫做路信, 一個叫做支成, 都是房德爲縣尉時所買. 且說房德爲何不要從人入去? 只因他平日冒稱是宰相房玄齡之後, 在人前誇炫家世, 同僚中不知他的來歷, 信以爲眞, 把他十分敬重. 今日李勉來至, 相見之間, 恐題起昔日爲盜這段情由, 怕衆人聞得, 傳說開去, 被人恥笑, 做官不起. 因此不要從人進去, 這是他用心之處. 當下李勉步入裏邊去看時, 却是向陽一帶三間書室, 側邊又是兩間廂房. 這書室庭戶虛敞, 牕槅明亮, 几榻整齊, 器皿潔淨, 架上圖書, 庭中花卉,[69] 鋪設得十分淸雅. 乃是縣令休沐之所[70], 所以[71]恁般齊整.

....

《言》각 판본에는 "我若問時 此人"으로 되어 있다.

67) 【校】那縣令漸漸近了(나현령점점근료):《今古奇觀》각 판본에는 "那縣令漸漸近了"로 되어 있고,《醒世恒言》각 판본에는 "那房德漸漸至近"으로 되어 있다.

68) 【校】《今古奇觀》각 판본에는 "本不知足下在此 又"라는 내용이 있고,《醒世恒言》각 판본에는 없다.

69) 【校】《今古奇觀》각 판본에는 "牕槅明亮"부터 "鋪設得十分淸雅"까지 사이에 있는 내용이 "几榻整齊 器皿潔淨 架上圖書 庭中花卉"으로 되어 있고,《醒世恒言》각 판본에는 이 부분이 "正中掛一幅名人山水 供一個古銅香爐 爐內香煙馥郁 左邊設一張湘妃竹榻 右邊架上堆滿若幹圖書 沿牕一隻几上 擺列文房四寶 庭中種植許多花木"으로 되어 있다.

70) 【校】所(소):《今古奇觀》각 판본에는 "所"로 되어 있고,《醒世恒言》각 판본에는 "處"로 되어 있다.

71) 【校】所以(소이):《今古奇觀》각 판본에는 "所以"로 되어 있고,《醒世恒言》각 판본에는 "故爾"로 되어 있다.

　　且說房德讓李勉進了書房, 忙忙的掇過一把椅子, 居中安放, 請李勉坐下, 納頭便拜. 李勉急忙扶住道:“足下如何行此大禮?” 房德道:“某乃待死之囚, 得恩相超拔, 又賜盤纏, 遁逃至此, 方有今日. 恩相即某之再生父母, 豈可不受一拜!” 李勉是個忠正之人, 見他說得有理, 遂受了兩拜. 房德拜罷起來, 又向王太禮謝, 引他三[72]人到廂房中坐地. 便[73]叮嚀道:“倘隷卒詢問時, 切莫與他說昔年之事.” 王太道:“不消分付, 小人自理會得[74].” 房德復身到書房中, 扯把椅兒, 打橫相陪道:“深蒙相公活命之恩, 日夜感激, 未能酬報. 不意天賜至此相會.” 李勉道:“足下一時被陷, 吾不過因便斡旋, 何德之有? 乃承如此垂念.” 獻茶已畢, 房德又道:“請問恩相, 陞在何任, 得過敝邑?” 李勉道:“吾因釋放足下, 京尹論以不職, 罷歸鄕里. 家居無聊, 故遍遊山水, 以暢襟懷. 今欲往常山, 訪故人顔太守, 路經於此; 不想却遇足下, 且已得了官職, 甚慰鄙意.” 房德道:“元來恩相因某之故, 累及罷官, 某反苟顔竊祿於此, 深切惶愧!” 李勉道:“古人爲義氣上, 雖身家尙然不顧, 區區卑職, 何足爲道! 但不識足下別後, 歸於何處, 得宰此邑?” 房德道:“某自脫獄, 逃至范陽, 幸遇故人, 引見安節使, 收於幕下, 甚蒙優禮. 半年後, 即署此縣尉之職. 近以縣主身故, 遂表某爲令. 自愧謭陋菲才, 濫叨民社, 還要求恩相指敎.” 李勉雖則不在其位, 却素聞安祿山有反叛之志, 今見房德乃是他表擧的官職, 恐其後來黨逆, 故就他請敎上, 把言語去規訓道:“做官也沒甚難處, 但要上不負朝廷, 下不害百姓, 遇着死生利害之處, 總有鼎鑊在前, 斧鑕在後, 亦不能奪我之志. 切勿爲匪人所惑, 小利所誘, 頓爾改節; 雖或僥倖一時, 實是貽笑千古. 足下立定這個主意, 莫說爲此縣令, 就是宰相,

....

72)【校】三(삼): 古本小說集成本《今古奇觀》과《醒世恒言》각 판본에는 “三”으로 되어 있고, 人民文學本·繪圖本《今古奇觀》에는 “二”로 되어 있다. 前文에 따르면 이면이 집에서 나올 때 왕태와 家奴 두 명을 데리고 나왔다는 것으로 보아 여기에는 왕태 등 종자 삼인이 되어야 옳다.

73)【校】便(편):《今古奇觀》각 판본에는 “便”으로 되어 있고,《醒世恒言》각 판본에는 “又”로 되어 있다.

74)【校】小人自理會得(소인자리회득):《今古奇觀》각 판본에는 “小人自理會得”으로 되어 있고, 古本小說集成本《醒世恒言》에는 “小人理會得”으로 되어 있으며, 人民文學本《醒世恒言》에는 “小人理會得了”로 되어 있다.

亦盡可做得的!" 房德謝道: "恩相金玉之言, 某當終身佩銘." 兩下一遞一答, 甚說得來. 少頃, 路信來稟: "筵宴已完, 請爺入席." 房德起身, 請李勉至後堂, 看時乃是上下兩席. 房德教從人將下席移過左傍. 李勉見他要傍坐, 乃道: "足下如此相敍, 反覺不安, 還請坐轉." 房德道: "恩相在上, 侍坐已是僭妄, 豈敢抗禮?" 李勉道: "吾與足下今已爲聲氣之友, 何必過謙!" 遂令左右, 依舊移在對席. 從人獻過盃筯, 房德安席定位. 庭下承應樂人, 一行兒擺列奏樂. 那筵席盃盤羅列, 非常豐盛:

　　雖無炮鳳烹龍, 也極山珍海錯.

　當下賓主歡洽, 開懷暢飲, 更餘方止. 王太等另在一邊款待, 自不必說. 此時二人轉覺親熱, 攜手而行, 同歸書院. 房德分付路信, 取過一副供奉上司的鋪蓋, 親自施設裀褥, 提攜溺器. 李勉扯住道: "此乃僕從之事, 何勞足下自爲!" 房德道: "某受相公大恩, 卽使生生世世, 執鞭隨鐙, 尙不能報萬一, 今不過少盡其心, 何足爲勞!" 鋪設停當, 又教家人另放一榻, 在傍相陪. 李勉見其言詞誠懇, 以爲信義之士, 愈加敬重. 兩下挑燈對坐, 彼此傾心吐膽, 各道生平志願, 情投契合, 遂爲至交, 只恨相見之晩. 直至夜分, 方才就寢. 次日同僚官聞得[75], 都來相訪. 相見之間, 房德只說: "昔年曾蒙薦荐, 故此有恩!" 同僚官又在縣主面上討好, 各備筵席款待. 話休煩絮. 房德自從李勉到後, 終日飮酒談論, 也不理事, 也不進衙, 其侍奉趨承, 就是孝子事親, 也沒這般盡禮. 李勉見恁樣殷勤, 諸事俱廢, 反覺過意不去, 住了十來日, 作辭起身. 房德那裏肯放, 說道: "恩相至此, 正好相聚, 那有就去之理! 須是多住幾月, 待某撥夫馬送至常山便了." 李勉道: "承足下高誼, 原不忍言別. 但足下乃一縣之主, 今因我在此, 耽誤了許多政務, 倘上司知得, 不當穩便. 況我去心已決, 强留於此, 反不適意!" 房德料道留他不住, 乃道: "恩相旣堅執要去, 某亦不好苦留. 只是從此一別, 後會何[76]期, 明日容治一

75)【校】《今古奇觀》각 판본과 古本小說集成本《醒世恒言》에는 "直至夜分 方才就寢 次日同僚官聞得"으로 되어 있고, 人民文學本《醒世恒言》에는 "直談到四更 方睡 到次日同僚官聞知"로 되어 있다.

76)【校】何(하):《今古奇觀》각 판본에는 "何"로 되어 있고,《醒世恒言》각 판본에는

樽, 以盡竟日之歡, 後日早行何如77)?” 李勉道: “既承雅意, 只得勉留一日.”
房德留住了李勉, 喚路信跟着回到私衙, 要收拾禮物餽送. 只因這番, 有分
教李畿尉險些兒送了性命. 正是:

> 禍兮福所倚, 福兮禍所伏. 所以恬淡人, 無營心自足.

話分兩頭, 却說房德老婆貝氏, 昔年房德落薄時, 讓他做主慣了, 到今做
了官, 每事也要喬主張. 此番見老公喚了兩個家人出去, 一連十數日, 不見
進衙, 只道瞞了他做甚事體, 十分惱恨. 這日見老公來到衙裏, 便待發作.
因要探口氣, 滿臉反堆下笑來, 問道: “外邊有何事, 久不退衙?” 房德道: “不
要說起, 大恩人在此, 幾乎當面錯過. 幸喜我眼快瞧見78), 留得到縣裏, 故
此盤桓了這幾日. 特來與你商量, 收拾些禮物送他.” 貝氏道: “那裏什麼大
恩人?” 房德道: “哎呀! 你如何忘了? 便是向年救命的畿尉李相公, 只爲我
走了, 帶累他罷了官職, 今往常山去訪顔太守, 路經於此. 那獄卒王太也隨
在這裏.” 貝氏道: “元來是這人麼? 你打帳送他多少東西?” 房德道: “這個大
恩人, 乃再生父母, 須得重重酬報.” 貝氏道: “送十疋絹可少麼?” 房德呵呵
大笑道: “奶奶到會說耍話, 恁地一個恩人, 這十疋絹送他家人也少!” 貝氏
道: “胡說! 你做了個縣官, 家人尚沒處一注賺十疋絹, 一個打抽豐的79), 如
何家人便要許多? 老娘還要算計哩. 如今做我不着, 再加十疋, 快些打發起
身.” 房德道: “奶奶怎說出恁樣沒氣力的話來? 他救了我性命, 又賞贈盤纏,
又壞了官職, 這二十疋絹當得甚的80)?” 貝氏從來鄙吝, 連這二十疋絹還不

“無”로 되어 있다.

77) 【校】何如(하여): 《今古奇觀》 각 판본과 古本小說集成本《醒世恒言》에는 “何如”
로 되어 있고, 人民文學本《醒世恒言》에는 “罷”로 되어 있다.

78) 【校】見(견): 《今古奇觀》 각 판본에는 “見”으로 되어 있고, 《醒世恒言》 각 판본에
는 “着”으로 되어 있다.

79) 打抽豐的(타추풍적): '打抽豐'은 '打秋風'으로 쓰기도 하며, 각종 명목으로 타인
에게서 재물을 뜯는 것을 이른다. '打抽豐的'은 그렇게 하는 사람을 이른다.

80) 【校】當得甚的(당득심적): 《今古奇觀》 각 판본과 古本小說集成本《醒世恒言》에
는 “當得甚的”으로 되어 있고, 人民文學本《醒世恒言》에는 “當大的情了”로 되
어 있다.

捨得的, 只爲是老公救命之人, 故此慨然肯出, 他已算做天大的事了,[81] 房德兀自嫌少. 心中便有些不悅, 故意道: "一百疋何如?" 房德道: "這一百疋只勾送王太了." 貝氏見說一百疋還只勾送王太, 正不知要送李勉多少, 十分焦躁道: "王太送了一百疋, 幾尉極少也送得五百疋哩." 房德道: "五百疋還不勾." 貝氏怒道: "索性湊足一千何如?" 房德道: "這便差不多了." 貝氏聽了這話, 向房德劈面一口涎沫道: "啐! 想是你失心風了! 做得幾時官, 交多少東西與我? 却來得這等大落! 恐怕連老娘身子賣來, 還湊不上一半哩, 那裏來許多絹送人?" 房德看見老婆發喉急, 便道: "奶奶有話好好商量, 怎就着惱!" 貝氏嚷道: "有甚商量! 你若有, 自去送他, 莫向我說." 房德道: "十分少, 只得在庫上撮去." 貝氏道: "嘖嘖, 你好天大的膽兒! 庫藏乃朝廷錢糧, 你敢私自用得的! 倘一[82]時上司查核, 那時怎地回答?" 房德聞言, 心中煩惱道: "話雖有理, 只是恩人又去得急, 一時沒處設法, 却怎生處?" 坐在旁邊踌躇.

誰想貝氏見老公執意要送恁般厚禮, 就是割身上肉, 也沒這樣疼痛, 連腸子也急做千百段, 頓起不良之念, 乃道: "看你枉做了個男子漢, 這些事沒有決斷, 如何做得大官? 我有個捷徑法兒在此, 到也一勞永逸." 房德認做好話, 忙問道: "你有甚麼法兒?" 貝氏答道 : "自古有言 : 大恩不報. 不如今夜覷個方便, 結果了他性命, 豈不乾淨." 只這句話, 惱得房德徹耳根通紅, 大叫[83]道: "你這不賢婦! 當初只爲與你討疋布兒做件衣服不肯, 以致出去求告相識, 被這班人誘去入夥, 險些兒送了性命! 若非這恩人, 捨了自己官

---

81) 【校】《今古奇觀》각 판본과 古本小說集成本《醒世恒言》에는 "貝氏從來鄙吝 連這二十疋絹 還不捨得的 只爲是老公救命之人 故此慨然肯出 他已算做天大的事了"라는 구절이 "房德兀自嫌少"라는 문구 앞에 있고, 人民文學本《醒世恒言》에는 이 내용이 "這一百疋只勾送王太了"라는 구절 뒤에 보이며 "貝氏道 甚的貝氏從來鄙吝 連這二十疋絹 還不捨得的 只爲是老公救命之人 故此纔肯破鈔已是絕頂天"이라고 되어 있다.

82) 【校】一(일):《今古奇觀》각 판본과 古本小說集成本《醒世恒言》에는 "一"로 되어 있고, 人民文學本《醒世恒言》에는 "此"로 되어 있다.

83) 【校】大叫(대규):《今古奇觀》각 판본에는 "大叫"로 되어 있고,《醒世恒言》각 판본에는 "喝"로 되어 있다.

職, 釋放出來, 安得今日夫妻相聚? 你不勸我行些好事, 反敎傷害恩人, 於心何忍!" 貝氏一見老公發怒, 又陪着笑道: "我是好話, 怎到發惡! 若說得有理, 你便聽了; 沒理時, 便不要聽, 何消大驚小怪." 房德道: "你且說有甚理?" 貝氏道: "你道昔年不肯把布與你, 至今恨我麼? 你且想, 我自十七歲隨了你, 目逐所需, 那一件不虧我支持, 難道這兩疋布, 眞個不捨得? 因聞得當初有個蘇秦, 未遇時, 合家俳爲不禮, 激勵他做到六國丞相. 我指望學這故事, 也把你激發. 不道你時運不濟, 却遇這强盜, 又沒蘇秦那般志氣, 就隨他們胡做, 弄出事來, 此乃你自作之孽, 與我什麼相干? 那李勉當時豈眞爲義氣上放你麼?" 房德道: "難道是假意?" 貝氏笑道: "你枉自有許多聰明, 這些事便見不透. 大凡做刑名官的, 多有貪酷之人, 就是至親至戚, 犯到手裏, 尙不肯順情. 何況與你素無相識, 且又情眞罪當, 怎肯舍了自己官職, 輕易縱放了重犯? 無非聞說你是個强盜頭兒, 定有[84]贓物窩頓, 指望放了暗地去孝順, 將些去買上囑下, 這官又不壞, 又落些入己. 不然, 如何一夥之中, 獨獨縱你一個? 那裏知道你是初犯的窮鬼, 竟一溜煙走了, 他這官又罷休. 今番打聽着在此做官, 可可的來了." 房德搖首道: "沒有這事. 當初放我, 乃一團好意, 何嘗有絲毫別念. 如今他自往常山, 偶然遇見, 還怕誤我公事, 把頭掉轉, 不肯相見, 並非特地來相見, 不要疑壞了人." 貝氏又嘆道: "他說往常山乃是假話, 如何就信以爲眞? 且不要論別件, 只他帶著王太同行, 便見其來意了." 房德道: "帶王太同行便怎麼?" 貝氏道: "你也忒殺懵懂! 那李勉與顔太守是相識, 或者去相訪是眞了; 這王太乃京兆府獄卒, 難道也與顔太守有舊去相訪? 却跟著同走. 若說把頭掉轉不來招攬, 此乃冷眼覷你, 可去相迎? 正是他奸巧之處, 豈是好意? 如果眞要到常山, 怎肯又住這幾多時!" 房德道: "他那裏肯住, 是我再三苦留下的." 貝氏道: "這也是他用心處, 試你待他的念頭誠也不誠." 房德原是沒主意的人, 被老婆這班話一聳, 漸生疑惑, 沈吟不語. 貝氏又道: "總來這恩是報不得的!" 房德道: "如何報不得?" 貝氏道: "今若報得薄了, 他一時翻過臉來, 將舊事和盤托出, 那時不但官兒了帳, 只怕當做越獄强盜拿去, 性命登時就送. 若報得

84) 【校】定有(정유): 《今古奇觀》각 판본과 古本小說集成本《醒世恒言》에는 "定有"로 되어 있고, 人民文學本《醒世恒言》에는 "劫來"로 되어 있다.

厚了, 他做下額子85)不常來取索. 如照舊饋送, 自不必說 ; 稍不滿欲, 依然揭起舊案, 原走不脫, 可不是到底終須一結. 自古道 : 先下手爲强. 若不依我言, 事到其間, 悔之晩矣!" 房德聽86)說至此, 暗暗點頭, 心腸已是變了. 又想了一想, 乃道 : "如今原是我要報他恩德, 他却從無一字題起, 恐沒這心腸." 貝氏笑道 : "他還不曾見你出手, 故不開口. 到臨期自然有說話的. 還有一件, 他此來這番, 縱無別話, 你的前程, 已是不能保了." 房德道 : "却是爲何?" 貝氏道 : "李勉至此, 你把他萬分親熱, 衙中人不知來歷, 必定問他家人, 那家人肯替你遮掩? 少不得以直告之. 你想衙門人的口嘴, 好不利害, 知得本官是强盜出身, 定然當做新聞, 互相傳說. 同僚們知得, 雖不敢當面笑你, 背後誹議也經不起, 就是你也無顔再存坐得住. 這個還算小可的事. 那李勉與顔太守旣是好友, 到彼難道不說, 自然一一道知其詳. 聞得這老兒最是古怪的, 且又是他屬下, 倘被遍河北一傳, 連夜走路, 還只算遲了. 那時可不依舊落薄, 終身怎處! 如今急急下手, 還可免得顔太守這頭出醜." 房德初時, 原怕李勉家人走漏了消息, 故此暗地叮嚀王太. 如今老婆說出許多利害, 正投其所忌, 遂把報恩念頭, 撇向東洋大海, 連稱 : "還是奶奶見得到87), 不然, 幾乎反害自己. 但他來時, 合衙門人通曉得, 明日不見了, 豈不疑惑? 況那尸首也難出脫." 貝氏道 : "這個何難? 少停出衙, 止留幾個心腹人答應, 其餘都打發去了, 將他主僕灌醉, 到夜靜更深, 差人刺死, 然後把書院放了一把火燒了, 明日尋出些殘尸剩骨, 假哭一番, 衣棺盛殮. 那時人只認是火燒死的, 有何疑惑!" 房德大喜道 : "此計甚妙!" 便要起身出衙. 那婆娘曉得老公心是活的, 恐兩下久坐長談, 說得入港, 又改過念來, 乃道 : "總則天色還早, 且再過一回出去." 房德依着老婆, 眞個住下. 有詩爲證 :

猛虎口中劍, 黃蜂88)尾上針. 兩般猶未毒, 最毒婦人心.

85) 額子(액자) : '선례'나 '定例' 또는 일정한 기준을 뜻한다.

86) 【校】聽(청) : 《今古奇觀》각 판본에는 "聽"으로 되어 있고, 《醒世恒言》각 판본에는 "聞"으로 되어 있다.

87) 【校】到(도) : 《今古奇觀》각 판본과 古本小說集成本《醒世恒言》에는 "到"로 되어 있고, 人民文學本《醒世恒言》에는 "透"로 되어 있다.

88) 【校】黃蜂(황봉) : 人民文學本·繪圖本《今古奇觀》에는 "黃蜂"으로 되어 있고, 古

自古道：隔牆須有耳，窗外豈無人．房德夫妻在房說話時，那婆娘一味不捨得這絹疋，專意攛唆老公害人，全不提防有人窺聽．況在私衙中，料無外人來往，恣意調唇弄舌．不想家人路信，起初聞得貝氏焦躁，便覆在外[89]壁牆上，聽他們爭多競少，直至放火燒屋，一句句聽得十分仔細，到喫了一驚，想道：“原來我主人曾做過強盜，虧這官人救了性命，今反恩將仇報，天理何在！看起來這般大恩人，尚且如此，何況我奴僕之輩．倘稍有過失，這性命一發死得快了．此等殘薄之人，跟他[90]何益．”又想道：“常言救人一命，勝造七級浮屠．何不救了這四人，也是一點陰隲．”却又想道：“若放他們走了，料然不肯饒我，不如也走了罷．”遂取些銀兩，藏在身邊，覰個空，悄悄閃出私衙，一徑奔入書院．只見支成在廂房中烹茶，坐於檻上，執着扇子打盹，也不去驚醒他；竟趲入書室，看王太時，却都不在；止有李勉正襟據案而坐，展玩書籍．路信走近案傍[91]，低低道：“相公，你禍事到了！還不快走，更待幾時？”李勉被這驚不小，急問：“禍從何來？”路信扯到半邊，將適纔所聞，一一細說，又道：“小人因念相公無辜受害，特來通報，如今不走，少頃便不能免禍了．”李勉聽了這話，驚得身子猶如弔在冰桶裏，把不住的寒顫，急急爲禮，稱謝道[92]：“若非足下仗義救我，李勉性命定然休矣！大恩大德，自當厚報，決不學此負心之人．”急得路信答拜不迭，道：“相公不要高聲，恐支成聽得[93]，走漏了消息，彼此難保．”李勉道：“但[94]我走了，遺累足下，於

本小說集成本《今古奇觀》과《醒世恒言》각 판본에는 “長蛇”로 되어 있다.

89) 【校】外(외)：《今古奇觀》각 판본에는 “外”로 되어 있고，《醒世恒言》각 판본에는 “間”으로 되어 있다.

90) 【校】他(타)：《今古奇觀》각 판본과 古本小說集成本《醒世恒言》에는 “他”로 되어 있고，人民文學本《醒世恒言》에는 “之”로 되어 있다.

91) 【校】傍(방)：《今古奇觀》각 판본과 古本小說集成本《醒世恒言》에는 “傍”으로 되어 있고，人民文學本《醒世恒言》에는 “前”으로 되어 있다.

92) 【校】《今古奇觀》각 판본에는 “急急爲禮 稱謝道”로 되어 있고，《醒世恒言》각 판본에는 “向着路信倒身下拜道”로 되어 있다.

93) 【校】恐支成聽得(공지성청득)：《今古奇觀》각 판본과 古本小說集成本《醒世恒言》에는 “恐支成聽得”으로 되어 있고，人民文學本《醒世恒言》에는 “快些走了罷”로 되어 있다.

94) 【校】但(단)：《今古奇觀》각 판본과 古本小說集成本《醒世恒言》에는 “但”으로 되

心何安?" 路信道: "小人又無妻室, 待相公去後, 亦自遠遁, 不消慮得." 李勉
道: "旣如此, 何不隨我同往常山?" 路信道: "相公肯收留小人, 情願執鞭隨
鐙." 李勉道: "你乃大恩人, 怎說此話? 只是王太和兩個人同去買麻鞋了, 却
怎麼好95)?" 路信道: "待小人去尋來." 李勉又道: "馬匹俱在後槽, 却怎處?"
路通道: "也等小人去哄他帶來." 急出書室, 回頭看支成已不在檻上打盹
了. 路信即走入廂房中觀看, 却也不在. 原來支成登東廁96)去了. 路信只道
被他聽得, 進衙去報房德, 心下慌張, 覆轉身向李勉道: "相公, 不好了! 想
被支成聽見, 去報主人了, 快走罷! 等不及管家矣." 李勉又喫一驚, 半句話
也應答不出, 棄下行李, 光身子, 同着路信跟跟蹌蹌搶出書院. 衙役97)見了
李勉, 坐下的都站起來. 李勉兩步并作一步, 奔出儀門外98). 天幸恰有承直
令尉出入的三騎馬繫在東廊下99). 路信心生一計, 對馬夫道: "快牽過官馬
來, 與李相公乘坐, 往西門拜客." 馬夫見是縣主貴客, 且又縣主管家分付,
怎敢不依. 連忙牽過兩騎. 二人方才上馬, 王太撞至馬前. 路信連忙道: "王
大叔來得好, 快隨相公拜客." 又叫馬夫帶那騎馬與他乘坐, 齊出縣門, 馬夫
緊隨馬後. 路信再給馬夫道: "相公因李相公明早要起身往府中去, 今晚著
你們洗刷李相公的馬匹, 少停便來呼喚, 不必跟隨." 馬夫聽信, 便立往了腳
道: "多謝大叔指教." 三人離縣過橋轉西, 兩個從人提了麻鞋從東趕來, 問

어 있고, 人民文學本《醒世恒言》에는 "若"으로 되어 있다.

95) 【校】《今古奇觀》각 판본에는 "只是王太和兩個人同去買麻鞋了 却怎麼好"로 되
어 있고, 《醒世恒言》각 판본에는 "遂叫(叫)王太 一連十數聲 再沒一人答應 跌
足叫(叫)苦道 他們都往那裏去了"로 되어 있다.

96) 東廁(동사): 옛날 가옥에서 뒷간은 일반적으로 집의 동쪽에 두었으므로 뒷간을
일러 '東司' 혹은 '東廁'라고 했다.

97) 【校】衙役(아역): 《今古奇觀》각 판본에는 "衙役"으로 되어 있고, 《醒世恒言》
각 판본에는 "做公的"으로 되어 있다.

98) 【校】奔出儀門外(분출의문외): 《今古奇觀》각 판본과 古本小說集成本《醒世恒
言》에는 "奔出儀門外"로 되어 있고, 人民文學本《醒世恒言》에는 "奔出了城外"
로 되어 있다.

99) 【校】《今古奇觀》각 판본에는 "天幸恰有承直令尉出入的三騎馬繫在東廊下"로
되어 있고, 《醒世恒言》각 판본에는 "見有三騎馬繫着 是俟候縣令主簿縣尉出入
的"으로 되어 있다.

道: "相公往那裏去的?" 王太道: "連我也不曉得." 李勉便喝道: "快跟我走,
不必多言!" 李勉、路信加鞭策馬. 王太見家主恁樣慌促, 正不知要住那里拜
客. 心中疑惑, 也拍馬趕上. 兩箇家人也放開腳步, 捨命奔趕. 看着來到西
門, 遠遠望見三騎頭口魚貫進城. 路信遙望認得是本衙幹辦陳顔, 同著一
箇令史, 那一人却不認識. 陳顔和令史見了李勉, 滾鞍下馬聲喏. 常言道:
"人急計生." 路信便叫道100): "李相公管家們還少牲口, 何不借陳幹辦的暫
用?" 李勉會意101), 遂收韁勒馬道: "如此甚好." 路信向陳顔道: "李相公要去
拜客, 暫借你的牲口與管家一乘, 少頃便來." 二人巴不能奉承得李勉歡喜,
指望在本官面前增些好言好語102), 可有不肯的理麽, 連聲答應道: "相公要
用, 只管乘去." 等了一回, 兩箇家人帶跌的趕到, 走103)得汗淋氣喘. 陳顔二
人將鞭韁送與兩箇家人手上. 上了馬104), 隨李勉趲出城門. 縱開絲韁, 二

....

100) 【校】人民文學本・繪圖本《今古奇觀》에는 "快牽過官馬來"부터 "路信便叫道"
까지의 부분이 위의 본문과 같고, 古本小說集成本《今古奇觀》에는 그 가운데
있는 "且又縣主管家分付"라는 구절이 "衙內大叔"으로 되어 있으며 나머지
부분은 동일하다.《醒世恒言》각 판본에는 "快牽過官馬來"부터 "路信便叫道"
까지의 부분이 다음과 같이 되어 있다. "李相公要往西門拜客 快帶馬來 那馬夫
曉得李勉是縣主貴客 且又縣主管家分付 怎敢不依 連忙牽過兩騎 李勉剛剛上
馬 王太撞至馬前 手中提著一雙麻鞋 問道 相公往何處去 路信撮口道 相公要
往西門拜客 你們通到那裏去了 王太道 因麻鞋壞了 上街去買 相公拜那個客
路信道 你跟來罷了 問怎的 又叫馬夫帶那騎馬與他乘坐 齊出縣門 馬夫在後跟
隨 路信分付道 頃刻就來 不消你隨了 那馬夫眞個住下 離了縣中 李勉加上一
鞭 那馬如飛而走 王太見家主恁般慌促 且(正)不知要拜甚客 行不上一箭之地
兩個家人 也各提著麻鞋而來 望見家主 便閃在半邊 問道 相公往那裏去 李勉
道 你且莫問 快跟來便了 話還未了 那馬已跑向前去 二人負命的趕 如何跟得
上 看看行近西門 早有兩人騎着生口 從一條巷中橫衝出來 路信舉目觀看 不是
別人 却是幹辦陳顔 同著一個令史 二人見了李勉 滾鞍下馬聲喏 路信見景生情
急叫道"

101) 【校】會意(회의):《今古奇觀》각 판본에는 "會意"로 되어 있고,《醒世恒言》각
판본에는 "會意" 앞에 "暗地" 두 글자가 있다.

102) 【校】好言好語(호언호어):《今古奇觀》각 판본에는 "好言好語"로 되어 있고,
《醒世恒言》각 판본에는 "好言語"로 되어 있다.

103) 【校】走(주):《今古奇觀》각 판본과 古本小說集成本《醒世恒言》에는 "走"로 되
어 있고, 人民文學本《醒世恒言》에는 "跑"로 되어 있다.

104) 【校】人民文學本・繪圖本《今古奇觀》에는 "送與兩箇家人手上 上了馬"로 되어

十箇馬蹄, 翻盞撒鈸相似105), 循著大路, 望常山一路飛馬而去. 正是:

折破玉籠飛綵凰, 頓開金鎖走蛟龍.

話分兩頭. 且說支成上了東廁轉來, 烹了茶, 捧進書室, 却不見了李勉.
又遍室尋覓, 沒個影兒, 想道106): "一定兩日久坐在此, 心中不舒暢, 往外閒
遊去了." 約莫有一個時辰, 尙107)不見進來. 走出書院去觀看, 剛至門口, 劈
面正撞着家主. 元來房德被老婆留住, 又坐了老大108)一大回, 方起身打點
出衙, 恰好遇見支成, 問: "可見路信麼?" 支成道: "不見. 想隨李相公出外閒
走去了." 房德心中疑慮, 正待差支成去尋覓, 只見陳顔來到. 房德問道: "曾
見李相公麼?" 陳顔道: "方纔在西門遇見. 路信說 : 要往那裏去拜客, 連小
人的牲口, 都借與他管家乘坐. 一行共五個馬, 飛跑如雲, 正不知有甚緊
事?" 房德聽罷, 料是路信走漏消息, 暗地叫苦. 也不再問, 覆轉身, 原入私
衙, 報與老婆知得. 那婆娘聽說走了, 到喫一驚道: "罷了, 罷了! 這禍一發
來得速矣." 房德見老婆也着了急, 慌得手足無措, 埋怨道: "未見得他怎地!
都是你說長道短, 如今到弄出事來了." 貝氏道: "不要急109), 自古道 : 一不
做, 二不休. 事到其間, 說不得了. 料他去也不遠, 快喚幾個心腹人, 連夜追
趕前去, 扮作强盗, 一齊砍了, 豈不乾淨." 房德隨喚陳顔進衙, 與他計較.

....

있고, 古本小說集成本《今古奇觀》에는 "遞與兩箇家人手上了馬"로 되어 있으
며,《醒世恒言》각 판본에는 "遞與兩箇家人上了馬"로 되어 있다.

105) 【校】翻盞撒鈸相似(번잔살발상사):《今古奇觀》각 판본에는 "翻盞撒鈸相似"로
되어 있고, 古本小說集成本《醒世恒言》에는 "如撒鈸相似"로 되어 있으며, 人
民文學本《醒世恒言》에는 "如滾浪相似"로 되어 있다.

106) 【校】《今古奇觀》각 판본에는 "又遍室尋覓 沒個影兒 想道"로 되어 있고,《醒世
恒言》각 판본에는 "只道在花木中行走 又遍尋一過 也沒個影兒 想道 是了"로
되어 있다.

107) 【校】尙(상):《今古奇觀》각 판본에는 "尙"으로 되어 있고,《醒世恒言》각 판본
에는 "還"으로 되어 있다.

108) 【校】老大(노대):《今古奇觀》각 판본에는 "老大" 두 글자가 있고,《醒世恒言》
각 판본에는 "老大" 두 글자가 없다.

109) 【校】急(급):《今古奇觀》각 판본에는 "急"으로 되어 있고,《醒世恒言》각 판본
에는 "慌"으로 되어 있다.

陳顔道: "這事行不得, 一則小人們只好趨承奔走, 那殺人勾當, 從不曾習慣. 二則倘一時有人救應拿住, 反送了性命. 小人到有一計在此, 不消勞師動衆, 教他一個也逃不脫." 房德歡喜道: "你且說有甚妙策?" 陳顔道: "小人間壁, 一月前有一個異人, 搬來居住, 不言姓名, 也不做甚生理, 每日出外酣醉而歸[110]. 小人見他來歷蹺蹊, 行踪[111]詭秘, 有心去察他動靜. 忽一日, 有一豪士, 靑布錦袍, 躍馬而來, 從者數人, 徑到此人之家, 留飮三日方去. 小人私下問那從者, 賓主姓名, 都不肯說. 有一個悄對小人說: '那人是個劍俠, 能飛劍取人之頭, 又能飛行, 頃刻百里. 且是極有義氣, 曾與長安市上代人報仇, 白晝殺人, 潜踪於此.' 相公何不備些禮物前去, 只說被李勉陷害, 求他報仇. 若得應允, 便可了事[112]." 貝氏在屏後聽得, 便道: "此計甚妙! 快去求之." 房德道: "多少禮物送去[113]?" 陳顔道: "他是個義士, 重情不重物, 得三百金足矣." 貝氏竭力[114]攛掇, 備就了三百金禮物. 天色傍晚, 房德易了便服, 陳顔, 支成相隨, 也不乘馬, 悄悄的步行到陳顔家裏. 原來却是一條冷巷, 東鄰西舍不上四五家, 甚是寂靜[115]. 陳顔留房德到裏邊坐下, 點起燈火, 窺探那人. 等了一回, 只見那人又是酣醉回來. 陳顔報知房

....

110) 【校】出外酣醉而歸(출외감취이귀):《今古奇觀》각 판본에는 "出外酣醉而歸"로 되어 있고,《醒世恒言》각 판본에는 "出去喫得爛醉方歸"로 되어 있다.

111) 【校】踪(종):《今古奇觀》각 판본과 古本小說集成本《醒世恒言》에는 "踪"으로 되어 있고, 人民文學本《醒世恒言》에는 "跡"으로 되어 있다. 下文에 있는 "潜踪於此"의 "踪"자도 이와 같다.

112) 【校】《醒世恒言》에는 "便可了事" 뒤에 "可不好麼 房德道 此計雖好 只恐他不肯 陳顔道 他見相公是一縣之主 屈己相求 定不推托 還怕連禮物也未必肯受哩"라는 내용이 있고《今古奇觀》각 판본에는 없다.

113) 【校】多少禮物送去(다소례물송거):《今古奇觀》각 판본에는 "多少禮物送去"로 되어 있고, 古本小說集成本《醒世恒言》에는 "將多少禮物送去"로 되어 있으며, 人民文學本《醒世恒言》에는 "將多少禮物送他"로 되어 있다.

114) 【校】竭力(갈력):《今古奇觀》각 판본에는 "竭力"으로 되어 있고, 古本小說集成本《醒世恒言》에는 "一力"으로 되어 있으며, 人民文學本《醒世恒言》에는 "再三"으로 되어 있다.

115) 【校】《今古奇觀》각 판본에는 "原來却是一條冷巷 東鄰西舍不上四五家 甚是寂靜"으로 되어 있고,《醒世恒言》각 판본에는 "原(元)來却住在一條冷巷中 不上四五家鄰舍 好不寂靜"으로 되어 있다.

德116). 陳顔道: "相公須打點了一班說話, 更要屈膝與他, 這事方諧." 房德
點頭道: "是." 一齊到了門首, 向門上輕輕扣上兩下, 那人開門出問: "是誰?"
陳顔低聲答道: "今乃本縣知縣相公, 虔誠拜訪義士117)." 那人道: "喀這裏沒
有什麼義士." 便要關門. 陳顔道: "且莫閉門, 還有句說話." 那人道: "喀要
緊去睡, 誰個耐煩! 有話明日來說." 房德道: "略話片時, 即便相別." 那人
道: "有甚說話, 且到裏面來118)." 三人跨進門内, 掩上門兒, 引過一層房子,
乃是小小客房119). 房德即倒身下拜道: "不知義士駕臨敝邑, 有失迎迓, 今
日幸得識荊, 深慰平生." 那人扶住道: "足下乃120)一縣之主, 如何行此大禮!
豈不失了體面? 況喀並非什麼義士, 不要錯認了." 房德道: "下官專來拜訪
義士, 安有差錯之理!" 教陳顔, 支成將禮物奉121)上, 說道: "些小薄禮, 特奉
義士爲斗酒之資, 望乞哂留." 那人笑道: "喀乃閭閻無賴, 四海無家, 無一技
一能, 何敢當義士之稱? 這些禮物也沒用處, 快請收去." 房德又躬身道: "禮
物雖微, 出自房某一點血誠, 幸勿峻拒!" 那人道: "足下驀地屈身匹夫, 且又
賜厚禮, 却是爲何?" 房德道: "請義士收了, 方好相告." 那人道: "喀雖貧賤,
誓不取無名之物. 足下若不說明白, 斷然不受." 房德假意哭拜於地道: "房

....

116) 【校】《今古奇觀》각 판본에는 "窺探那人 等了一回 只見那人又是酣醉回來 陳
顔報知房德"으로 되어 있고,《醒世恒言》각 판본에는 "向壁縫中張看 那人還
不(未曾)回 走出門口觀望 等了一回 只見那人又是熟(爛)醉 東倒西歪的 撞入
屋裏去了 陳顔奔入報知 房德起身就走"로 되어 있다.

117) 【校】人民文學本·古本小說集成本《今古奇觀》에는 "今乃本縣知縣相公 虔誠
拜訪義士"로 되어 있고, 繪圖本《今古奇觀》에는 "本縣知縣相公 虔誠拜訪義
士"로 되어 있으며,《醒世恒言》각 판본에는 "本縣知縣相公 在此拜訪義士"로
되어 있다.

118) 【校】《今古奇觀》각 판본에는 "有甚說話 且到裏面來"로 되어 있고,《醒世恒
言》각 판본에는 "旣如此 到裏面來"로 되어 있다.

119) 【校】房(방): 人民文學本·繪圖本《今古奇觀》에는 "房"으로 되어 있고, 古本小
說集成本《今古奇觀》과《醒世恒言》각 판본에는 "坐"로 되어 있다.

120) 【校】乃(내):《今古奇觀》각 판본에는 "乃"자가 있고,《醒世恒言》각 판본에는
"乃"자가 없다.

121) 【校】奉(봉):《今古奇觀》각 판본에는 "奉"으로 되어 있고,《醒世恒言》각 판본
에는 "獻"으로 되어 있다. 下文에 있는 "特奉義士爲斗酒之資"에 있는 "奉"자
도 이와 같다.

某負戴大冤久矣! 今仇在目前, 無能雪恥; 特慕義士是個好男子, 賽過聶政、荊軻[122], 故敢斗膽, 叩拜階下; 望義士憐念房某含冤負屈, 少展牛臂之力, 刺死此賊, 生死不忘大德!” 那人搖手道: “我說足下認錯了, 喒貧身尚且無策, 安能爲人謀大[123]事? 況殺人勾當, 非同小可, 設或被人聽見這話, 反是累喒家, 快些請回.” 言罷轉身, 先向外走. 房德上前, 一把扯住, 道: “聞得義士, 素抱忠義, 專一除殘袪暴, 濟困扶危, 有古烈士之風. 今房某身抱大冤, 義士反不見憐, 料想此仇永不能報矣!” 道罷, 又假意啼哭. 那人冷眼瞧了這個光景, 認做[124]眞情, 方道: “足下眞個有冤麼?” 房德道: “若沒大冤, 不敢來求義士.” 那人道: “旣恁樣, 且坐下, 將冤屈之事幷仇家姓名, 今在何處, 細細說來. 可行則行, 可止則止.” 兩下遂對面而坐, 陳顔、支成站於傍邊. 房德捏出一段假情, 反說: “李勉昔年誣指爲盜, 百般毒刑拷打, 陷於獄中, 幾遍差獄卒王太謀害性命, 皆被人知覺, 不致於死. 幸虧後官審明釋放, 得官此邑. 今又與王太同來挾制, 索詐千金, 意猶未足; 又串通家奴, 暗地行刺, 事露, 適來連此奴挈去, 奔往常山, 要唆顔太守來擺布.” 把一片說話, 粧點得十分利害. 那人聽畢大怒道: “原來足下受此大冤, 喒家豈忍坐視? 足下且請回縣, 在喒身上, 今夜往常山一路, 找尋此賊, 爲足下報仇. 夜半到衙中復命.” 房德道: “多感義士高義! 某當秉燭以待. 事成之日, 另有厚報.” 那人作色道: “喒一生路見不平, 拔刀相助[125], 那個希圖你的厚報? 這禮物喒也不受.” 說猶未絕, 飄然出門, 其去如風, 須臾不見了. 房德與衆人驚得目睜口呆, 連聲道: “眞異人也!” 權將禮物收回, 待他復命時再送. 有詩爲證:

---

122) 【校】賽過聶政荊軻(새과섭정형가): 《今古奇觀》 각 판본에는 “賽過聶政荊軻”로 되어 있고, 《醒世恒言》 각 판본에는 “有聶政荊軻之技”로 되어 있다.

123) 【校】大(대): 《今古奇觀》 각 판본과 古本小說集成本 《醒世恒言》에는 “大”로 되어 있고, 人民文學本 《醒世恒言》에는 “這”로 되어 있다.

124) 【校】認做(인주): 《今古奇觀》 각 판본에는 “認做”로 되어 있고, 《醒世恒言》 각 판본에는 “只道是”로 되어 있다.

125) 路見不平 拔刀相助(노견불평 발도상조): 不平한 일을 만나면 나서서 피해자를 돕는 것을 이르는 표현이다. 옛날 잡극이나 소설에 많이 보이며 지금도 속어로 쓰인다.

報仇憑一劍, 重義薄千金. 誰謂奸雄舌, 幾126)違烈士心!

且說127)王太同兩個家人, 見家主出了城門, 又不拜甚客, 只管亂跑, 正不知爲甚緣故. 一口氣就行了三十餘里, 天色已晚, 却又不尋店宿歇. 那晚乃是十三, 一輪明月, 早已升空, 趁着月色, 不顧途路崎嶇, 負命而逃, 常恐後面有人追趕. 在路也無半句言語, 只管趲向前去. 約莫有二更天氣, 共行了六十多里, 來到一個村鎮, 已是井陘縣地方. 那時走得人困馬乏128). 路信道: "來路已遠, 料得無事了, 且就此覓個宿處, 明日早行." 李勉依言, 徑投旅店. 誰想夜深了, 家家閉戶關門, 無處可宿. 直到市梢頭, 方覓得一個旅店. 衆人一齊下馬129), 走入店門. 將牲口卸了鞍轡, 繫在槽邊喂料. 路信道: "主人家, 揀一處潔淨所在, 與我們安歇." 店家答道: "不瞞客官說, 小店房頭, 沒有個不潔淨的. 如今也止空得一間在此." 店家130)掌燈引入房中. 李勉向一條板凳上坐下, 覺得氣喘吁吁. 王太忍不住問道: "請問相公, 那房縣主惓惓苦留, 明131)日撥夫馬相送, 從容而行, 有何不美? 却反把自己行李棄下, 猶如逃難一般, 連夜奔走, 受這般勞碌! 路管家又隨着我們同來, 是甚意故?" 李勉嘆口氣道: "汝那知就裏! 若非路管家, 我與汝等死無葬身之地矣. 今幸得脫虎口, 已謝天132)不盡了. 還顧得什麼行李、辛苦?" 王太驚

126) 【校】幾(기): 人民文學本·古本小說集成本《今古奇觀》에는 "幾"로 되어 있고, 繪圖本《今古奇觀》에는 "難"으로 되어 있으며,《醒世恒言》각 판본에는 "能"으로 되어 있다.

127) 【校】且說(차설):《醒世恒言》각 판본에는 "且說" 앞에 "話分兩頭"가 있고,《今古奇觀》각 판본에는 없다.

128) 【校】人困馬乏(인곤마핍):《今古奇觀》각 판본에는 "人困馬乏"으로 되어 있고,《醒世恒言》각 판본에 "口中又渴 腹內又饑 馬也漸漸行走不動"으로 되어 있다.

129) 【校】《今古奇觀》각 판본에는 "方覓得一個旅店 衆人一齊下馬"로 되어 있고,《醒世恒言》각 판본에 "見一家門兒半開半掩 還在那裏收拾家伙 逐一齊下馬"로 되어 있다.

130) 【校】店家(점가):《今古奇觀》각 판본에는 "人困馬乏"으로 되어 있고,《醒世恒言》각 판본에 "敎小二"로 되어 있다.

131) 【校】明(명):《今古奇觀》각 판본에는 "明"으로 되어 있고,《醒世恒言》각 판본에는 "後"로 되어 있다.

132) 【校】謝天(사천):《今古奇觀》각 판본과 古本小說集成本《醒世恒言》에는 "謝

問其故. 李勉方待要說, 不想店主人見他們五人五騎, 深夜投宿, 一毫行李也無, 疑是歹人, 走進來盤問脚色, 說道: "衆客長做甚生意? 打從何處來, 這時候到此?" 李勉一肚子氣恨, 正沒處說, 見店主相問, 答道: "話頭甚長, 請坐下了, 待我細訴." 乃將房德爲盜犯罪, 憐其才貌, 暗令王太釋放, 以致罷官; 及客遊遇見, 留回厚款, 今日午後, 突然聽信老婆讒言, 設計殺害, 齡路信報知逃脫, 前後之事, 細說一遍. 王太聽了這話, 連聲唾罵: "負心之賊!" 店主人也不勝嗟嘆. 王太道: "主人家, 相公鞍馬辛苦, 快些催酒飯來吃了, 睡一覺好趕路." 店主人答應出去. 只見床底下忽地鑽出一個大漢, 渾身結束, 手持匕首, 威風凜凜, 殺氣騰騰. 嚇得李勉主僕魂不附體, 一齊跪倒, 口稱: "壯士饒命!" 那人一把扶起李勉道: "不必慌張, 自有話說. 咱乃義士, 平生專抱不平, 要殺天下負心之人. 適來房德假捏虛情, 反說公誣陷, 謀他性命, 求咱來行刺; 那知這賊子恁般狼心狗肺, 負義忘恩! 早是公說出前情, 不然, 險些誤殺了長者." 李勉連忙叩下頭去道: "多感義士活命之恩!" 那人扯住道: "莫謝莫謝, 咱暫去便來." 即出庭中, 聳身上屋, 疾如飛鳥, 頃刻不見. 主僕都驚得吐了舌, 縮不上去, 不知再來還有何意. 懷着鬼胎, 不敢睡臥, 連酒飯也喫不下. 有詩爲證:

> 奔走長途氣上沖, 忽然床下起[133]靑鋒. 一番衷曲慇懃訴, 喚醒奇人睡夢中.

再說房德的老婆, 見丈夫回來, 大事已就, 禮物原封不動, 喜得滿臉都是笑矚, 連忙整備酒席, 擺在堂上, 夫妻秉燭以待. 陳顏也留在衙中俟候. 到三更時分, 忽聽得庭前宿鳥驚鳴, 落葉亂墜, 一人跨入堂中. 房德舉目看時, 恰便是那個義士, 打扮得如天神一般, 比前大似不同, 且驚且喜, 向前迎接. 那義士全不謙讓, 氣忿忿的大踏步走入去, 居中坐下. 房德夫妻叩拜稱謝. 方欲啓問, 只見那義士十分忿怒[134], 颼地摯出匕首, 指著罵道: "你這負心

....

天"으로 되어 있고, 人民文學本《醒世恒言》에는 "歡喜"로 되어 있다.

133) 【校】起(기): 人民文學本·繪圖本《今古奇觀》과 人民文學本《醒世恒言》에는 "起"로 되어 있고 古本小說集成本《醒世恒言》과 古本小說集成本《今古奇觀》에는 "出"로 되어 있다.

賊子! 李畿尉乃救命大恩人, 不思報效, 反聽婦人之言, 背恩反噬. 既已事露逃去, 便該悔過, 却又假捏虛詞, 哄嗒行刺. 若非他道出眞情, 連嗒也陷於不義. 剮你這負心賊一萬刀, 方出嗒這點不平之氣!" 房德未及措辦, 頭已落地. 驚得貝氏慌做一堆, 平時且是會說會講, 到此心膽俱裂, 嘴135)猶如膠漆粘牢, 動彈不得. 義士指著罵道: "你這潑賤狗婦! 不勸丈夫行善, 反敎他傷害恩人. 我且看你肺肝是怎樣生的!" 托地跳起身來, 將貝氏一脚踢翻, 左脚踏住頭髮, 右膝捺住兩腿. 這婆娘連叫: "義士饒命! 今後再不敢了." 那義士罵道: "潑賤淫婦! 嗒也到肯饒你, 只是你不肯饒人." 提起匕首向胸膛上一刀, 直剖到臍下. 將匕首唧在口中, 雙手拍開, 把五臟六腑, 摳將出來, 血瀝瀝提在手中, 向燈下照看道: "嗒只道這狗婦肺肝與人不同, 原來也只如此, 怎生恁般狠毒!" 遂撇過一邊, 也割下首級, 兩顆頭結成一堆, 盛在革囊之中. 揩抹了手上血污, 藏了匕首, 提起革囊, 步出庭中, 踰垣而去.

　　　　說時義膽包天地, 話起雄心動鬼神.

　　再說李勉主僕在旅店中, 守至五更時分136), 忽見一道金光, 從庭中飛入. 衆人一齊驚起, 看時正是那義士. 放下革囊, 說道: "負心賊已被嗒剖腹屠腸, 今攜其首在此." 放下革囊, 取出兩顆首級. 李勉又驚又喜, 倒身下拜道: "足下高義, 千古所無! 請示姓名, 當圖後報." 義士笑道; "嗒自來沒有姓名, 亦不要人酬報. 前嗒從床下而來, 日後設有相逢, 竟以'床下義士'相呼便了." 道罷, 向懷中取一包藥兒, 用小指甲挑少許, 彈於首級斷處, 擧手一拱, 早已騰上屋簷, 挽之不及, 須臾不知所往. 李勉見棄下兩個人頭, 心中慌張, 正沒擺佈. 可憂作怪, 看那人頭時, 漸漸縮小, 須臾作爲一搭淸水, 李勉方

．．．．．．．．．．．．．．．

134) 【校】十分忿怒(십분분노): 《今古奇觀》 각 판본에는 "十分忿怒"로 되어 있고, 《醒世恒言》 각 판본에 "怒容可掬"으로 되어 있다.

135) 【校】嘴(취): 《醒世恒言》 각 판본에는 "嘴" 앞에 "一張" 두 글자가 있고, 《今古奇觀》 각 판본에는 없다.

136) 【校】《今古奇觀》 각 판본과 古本小說集成本《醒世恒言》에는 "再說李勉主僕在旅店中 守至五更時分"으로 되어 있고, 人民文學本《醒世恒言》에는 "再說李勉在旅店中 主僕守至五更時分"으로 되어 있다.

纔放心. 坐至天明, 路信取些錢鈔, 還了店家, 收拾馬匹上路. 又行了兩日137), 方到常山, 徑入府中, 拜謁顏太守. 故人相見, 喜笑顏開, 遂留於衙署中安歇. 顏太守也見沒有行李, 心中奇怪, 問其緣故. 李勉將前事一一訴出, 不勝駭異. 過了兩日, 柏鄕縣將縣宰夫妻被殺緣由, 申文到府. 原來是夜陳顏. 支成同幾個奴僕, 見義士行凶, 一個個驚號鼠竄, 四散躲避138). 直至天明, 方敢出頭. 只見兩個沒頭尸首, 橫在血泊裏, 五臟六腑, 都摳在半邊, 首級不知去向; 桌上器皿, 一毫不失. 一家叫苦連天, 報知主簿縣尉, 俱喫一驚, 齊來驗過. 細詢其情, 陳顏只得把房德要害李勉, 求139)人行刺始末說出. 主簿縣尉, 卽點起若干做公的, 各執兵器, 押陳顏作眼, 前去捕獲刺客. 那時鬨動合縣人民, 都跟來看. 到了冷巷中140), 打將入去, 惟有幾間空房, 那見一個人影. 主簿與縣尉商議申文, 已曉得李勉是顏太守的好友, 從實申報, 在他面上, 怕有干礙, 二則又見得縣主薄德. 乃將眞情隱過, 只說半夜被盜殺入私衙, 殺死縣令夫婦, 竊去首級, 無從捕獲. 兩下周全其事. 一面買棺盛殮. 顏太守依擬, 申文上司. 那時河北一路, 都141)是安祿山專制, 知得殺了房德, 豈不去了一個心腹, 倒下回文, 着令嚴加緝獲. 李勉聞了這個消息, 恐怕纏到身上, 遂作別顏太守, 回歸長安故里. 恰好王鉷坐事下獄, 凡被劾罷官, 盡皆起任. 李勉原起畿尉, 不上半年, 卽陞監察御史.

137) 【校】《醒世恒言》각 판본에는 "收拾馬匹上路"와 "又行了兩日" 사이에 "說話的 據你說 李勉共行了六十多里方到旅店 這義士又無牲(生)口 如何一夜之間往返如風 這便是前面說起 頃刻能飛行百里 乃劍俠常事耳 那義士受房德之托 不過黃昏時分 比及追趕 李勉還在途中馳驟 未曾棲息 他先一步埋伏等候 一往一來 有風無影 所以伏於床下 店中全然不知 此是劍術妙處 且說李勉當夜無話 次日起身"이라는 내용이 있고, 《今古奇觀》각 판본에는 없다.

138) 【校】躲避(타피):《今古奇觀》각 판본에는 "躲避"로 되어 있고, 《醒世恒言》각 판본에는 "潛躲"로 되어 있다.

139) 【校】求(구):《今古奇觀》각 판본과 古本小說集成本《醒世恒言》에는 "求"로 되어 있고, 人民文學本《醒世恒言》에는 "央"으로 되어 있다.

140) 【校】冷巷中(냉항중):《醒世恒言》각 판본에는 "冷巷中"으로 되어 있고, 《今古奇觀》각 판본에 "陳顏間壁"으로 되어 있다.

141) 【校】都(도):《今古奇觀》각 판본과 古本小說集成本《醒世恒言》에는 "都"로 되어 있고, 人民文學本《醒世恒言》에는 "多"로 되어 있다.

一日, 在長安街上行過, 只見一人身衣黃衫, 跨[142]下白馬, 兩個胡奴跟隨, 望着節導[143]中亂撞. 從人呵喝不住. 李勉擧目觀看, 却是昔日床下義士. 遂滾鞍下馬, 鞠躬道: "義士別來無恙?" 那義士笑道: "虧大人還認得咱家." 李勉道: "李某日夜在心, 安有不識之理? 請到敝衙少叙." 義士道: "咱另日竭誠來拜, 今日實不敢從命. 倘大人不棄, 同到敝寓一話, 何如?" 李勉欣然相從, 並馬而行, 來到慶元坊, 一個小角門內入去. 過了幾重門戶, 忽然顯出一座大宅院, 廳堂屋舍, 高聳雲漢, 奴僕趨承, 不下數百. 李勉暗暗點頭道: "眞是個異人." 請入堂中, 重新見禮, 分賓主而坐. 頃刻擺下筵席, 豐富勝於王侯. 喚出家樂在庭前奏樂, 一個個都是明眸皓齒, 絶色佳人. 義士道: "隨常小飮[144], 不足以供貴人, 幸勿見[145]怪!" 李勉滿口稱謝. 當下二人席間談論些古今英雄之事, 至晚而散. 次日李勉備了些禮物, 再來拜訪時, 止存一所空宅, 不知搬向何處去了. 嗟嘆而回. 後來李勉官至中書門下平章事, 封爲汧國公. 王太、路信亦扶持做個小小官職. 詩云:

從來恩怨要分明, 將怨酬恩最不平. 安得劍仙床下士, 人間遍取不平人!

---

142) 【校】胯(과): 《今古奇觀》각 판본과 古本小說集成本《醒世恒言》에는 "胯"로 되어 있고, 人民文學本《醒世恒言》에는 "坐"로 되어 있다.

143) 節導(절도): 벼슬아치가 외출할 때 앞장서는 의장대를 이른다.

144) 【校】飮(음): 《今古奇觀》각 판본에는 "飮"으로 되어 있고, 《醒世恒言》각 판본에는 "飯"으로 되어 있다.

145) 【校】見(견): 《今古奇觀》각 판본에는 "見"자가 있고, 《醒世恒言》각 판본에는 "見"자가 없다.

제17권

소소매(蘇小妹)가 신랑에게 세 가지 난제를 던지다[蘇小妹三難新郎]

▍작품 해설

이 이야기는 《성세항언》 권11의 〈소소매삼난신랑(蘇小妹三難新郎)〉이다. 입화(入話)에 나오는 반소(班昭)의 이야기는 《후한서(後漢書)》 권84 《열녀전(列女傳)》에 실린 반소의 전기 〈조세숙처(曹世叔妻)〉에 나오고, 채문희(蔡文姬)의 이야기는 《악부시집(樂府詩集)》 권59 〈호가십팔박(胡笳十八拍)〉에 나온다. 사도온(謝道韞)의 이야기는 《세설신어(世說新語)》 권1 《언어(言語)》에 나오고, 상관완아(上官婉兒)의 이야기는 송나라 우무(尤袤)의 《전당시화(全唐詩話)》 권1 〈상관소용(上官昭容)〉 등에 보인다. 이이안(李易安)의 이야기는 남송 왕작(王灼)의 《벽계만지(碧雞漫志)》 권1, 남송 이심전(李心傳)의 《건염이래계년요록(建炎以來系年要錄)》 권58, 명나라 풍몽룡(馮夢龍)의 《정사(情史)》 권13 〈이이안(李易安)〉 등에 보이며, 주숙진(朱淑眞)의 이야기는 《정사》 권13 〈주숙진(朱淑眞)〉 등에 나온다.

정화(正話)에 나오는 소동파(蘇東坡)와 여동생이 서로 상대방의 생김

새를 가지고 놀리는 시를 짓는 내용은 원나라 임곤(林坤)의 《성재잡기(誠齋雜記)》 권하(卷下), 명나라 진정(陳霆)의 《양산묵담(兩山墨談)》 권8, 풍몽룡의 《고금담개(古今譚槪)》 권24 〈소소매(蘇小妹)〉 그리고 청나라 저인획(褚人獲)의 《견호병집(堅瓠丙集)》 권3 〈동파희매(東坡戲妹)〉 등에 나오는데 그 시구는 〈소소매삼난신랑(蘇小妹三難新郎)〉에 나오는 것과 다르다. 소동파의 여동생이 불인선사(佛印禪師)의 노래를 해독하고 남편 진소유(秦少游)와 시로 화답하는 이야기는 소식(蘇軾)이 지었다고 하는 《동파문답록(東坡問答錄)》〔일명 《동파거사불인선사어록문답(東坡居士佛印禪師語錄問答)》〕에 〈파매여부왕래시가(坡妹與夫往來詩歌)〉라는 제목으로 보인다. 소동파와 소소매(蘇小妹), 황산곡(黃山谷)이 시구를 퇴고하는 이야기는 《견호무집(堅瓠戊集)》 권4에 〈소황론시(蘇黃論詩)〉라는 제목으로 나오는데 〈소소매삼난신랑(蘇小妹三難新郎)〉에서는 황산곡(黃山谷)이 언급되지 않는다. 소소매(蘇小妹)가 진소유(秦少游)에게 시집간 뒤 부부 사이에 있었던 일화 등은 문헌이나 민간설화로 적잖이 전승되고 있으나 명나라 이후(李詡)의 《계암노인만필(戒庵老人漫筆)》 권6 〈변소소매(辨蘇小妹)〉 조(條)와 청나라 평보청(平步靑)의 《하외군설(霞外攟屑)》 권9 〈진회해처비소소매(秦淮海妻非蘇小妹)〉 조의 고증에 의하면 이런 일화들은 사실이 아니라고도 한다. 소소매와 진소유의 이야기를 바탕으로 한 전기(傳奇) 희곡 작품으로 명말청초기의 극작가였던 이옥(李玉)의 〈미산수(眉山秀)〉가 있으며 《곡해총목제요(曲海總目提要)》 권33에 소개되어 있다.

정화에서 소소매가 소동파의 여동생이자 진소유의 부인으로 문재가 뛰어나 그들과 시문으로 화답한 이야기를 담고 있는 문헌들은 모두 위서(僞書)나 필기(筆記), 잡극(雜劇), 화본소설 등이다. 소동파의 문집인 《문충공전집(文忠公全集)》 등과 같은 자료에서는 소소매에 대한 언급은 보이지 않는다. 소동파의 부친인 소순은 그가 지은 〈제망처문(祭亡妻文)〉에서 "자식은 여섯이 있었지만 지금은 누가 있는가? 오직 식(軾)과 철

(轍)만이 죽지 않고 겨우 살아있다.”고 했으며, 구양수(歐陽修)가 그를 위해 지은 묘지명인 〈소명윤묘지명(蘇明允墓誌銘)〉에도 “딸 셋이 모두 일찍 죽었다.”라고 했다. 사마광(司馬光)이 소순의 부인 정씨(程氏)를 위해 쓴 묘지명 〈소주부부인묘지명(蘇主簿夫人墓誌銘)〉에 따르면 “막내딸은 부인 정씨의 풍채가 있어 글을 잘 썼으며 시집간 후 나이 열아홉에 죽었다.”고 했는데 이 막내딸이 바로 후대 민간설화나 소설, 필기 등에 등장하는 소소매의 원형이 된 인물인 듯하다. 아명이 팔낭(八娘)인 막내딸이 시집가서 학대를 받다가 병으로 일찍 죽자 소순은 스스로를 질책하는 〈자우(自尤)〉라는 시를 지은 바도 있다. 그 시에서 고향 사람들이 혼인을 하는 데 모족(母族)을 중시했기에 막내딸을 손위 처남집의 며느리로 시집보냈다가 시집살이가 순탄치 않아 친정에 와서 애원했던 일과 딸에게 며느리로서 자기가 할 일만 잘하라고 타이르던 일, 그리고 딸이 외손자를 낳고 병에 걸렸는데도 시집에서 치료를 해 주지 않아 결국 비참하게 죽은 일 등에 대해 자세히 기술했다. 이 시의 서문에 이런 내용도 있다.

> 임진년에 막내딸이 죽자 처음에는 딸애 남편 집을 탓했으나 마침내는 내 스스로를 탓하게 되었다. 딸은 어려서부터 호학(好學)했으며 의기가 있어 지조가 남보다 뛰어났고 글을 지음에도 왕왕 기쁘게 여길 만한 데가 있었다. 딸애 어미의 오라버니인 정준(程濬)의 아들 정지재(程之材)에게 시집간 뒤 나이 열여덟에 죽었다.〔壬辰之歲而喪幼女, 始將有尤其夫家, 而卒以自尤也. 女幼而好學, 慷慨有過人之節, 爲文亦往往有可喜. 旣適其母之兄程濬之子之才, 年十有八而死.〕

여기서 말하는 임진년은 송나라 인종(仁宗) 황우(皇祐) 4년(1052)이니 18년을 거슬러 올라가보면 소순의 막내딸은 경우(景祐) 2년(1035)년에 태어났을 것이다. 딸로서는 막내였지만 경우(景祐) 3년에 태어난 소동파보다는 사실 손위 누이였다. 소동파가 지은 〈유모임씨묘지명(乳母任氏

墓誌銘)〉에 유모는 세상을 뜬 누나 팔낭과 내게 젖을 먹였다고 한 내용
도 보인다. 그렇다면 소순의 막내딸 팔낭은 황우 원년(1049)에 태어난
진관(秦觀)보다 나이가 열네 살이 더 많아 진관이 네 살 때 이미 사망했
으므로 진관과 부부가 되기는커녕 만나기조차 불가능했던 것이다. 사실
진관의 부인은 서 씨(徐氏)로 담주(潭州) 영대(寧臺) 주부(主簿)를 역임
한 바 있는 서성보(徐成甫)의 딸이었다. 진관이 장인을 위해 쓴 〈서군주
부행장(徐君主簿行狀)〉에서 장인께서는 딸 셋을 두셨으며 일찍이 말씀
하시기를 아들은 공부를 시키고 딸은 반드시 선비에게 시집을 보내겠다
고 하셨는데 딸 문미를 내게 시집보내셨으니 그 뜻을 이루신 것이라고
했다. 여러 정황들을 놓고 볼 때, 진관이 나중에 소동파와 만나 시문으로
높이 평가되어 '소문사학사(蘇門四學士)'가 된 것은 사실이지만 진관과
소소매가 혼인을 했다는 에피소드는 소설적 허구에 불과하다고 할 수
있다.

　이렇게 전혀 인연이 없는 진관과 소소매가 소설 속에서 부부의 연을
맺는 것으로 꾸며진 이유는 시문에 능했던 소씨 집 막내딸이 불행한 혼
인으로 일찍 죽은 것에 대해 민간에서 안타깝게 여겨, 허구적 내용을
가미할 수 있는 소설이란 장르를 빌려서 그녀와 시문으로 훨씬 더 잘
어울리는 배필인 진관과 가상의 인연을 맺어준 결과인 것이다. 이 작품
은 역사적 인물을 등장시켜 사실과 전혀 다른 소설적 가필로 낭만적 성
취를 일궈낸 작품이라고 할 수 있다.

▌본문 역주

총명한 남자는 공경(公卿)이 될 수 있지만	聰明男子做公卿
여자는 총명해도 벼슬을 할 수 없다네	女子聰明不出身
만약 아녀자도 과거에 응시할 수 있다면	若許裙釵應科擧
여자라고 어찌 공경보다 손색이 있을쏜가	女兒那見遜公卿

천지(天地)가 처음으로 개벽했을 때부터 건도(乾道)는 남자가 되고 곤도(坤道)는 여자가 되어, 조화는 비록 사사로움이 없지만, 음양(陰陽)이 제각기 나뉘어졌다. 양(陽)은 움직이며 음(陰)은 고요하고, 양은 베풀고 음은 받으며, 양은 밖을 향하고 음은 안을 향한다. 그렇기 때문에 남자는 천하사방의 일을 주관하고 여자는 한 집안의 일을 주관한다. 천하사방의 일을 주관하는 자는 관을 쓰고 관복에 띠를 두르며 장부라고 이른다. 장부는 출장입상(出將入相)하며 못 할 일이 없기에 고금에 널리 통달하고 임기응변할 줄 알아야 한다. 한 집안의 일을 주관하는 아녀자는 머리를 세 타래로 나눠 빗고 저고리와 치마를 입는다. 하루의 계획은 그저 밥을 차리고 물을 긷고 쌀을 찧는 등의 집안일에 불과하며, 평생의 계획은 단지 아들딸을 낳아 기르는 것밖에 없다. 그런 까닭에 대갓집 여식은 책을 읽고 글자를 알아도 성명 정도나 알아보고 장부를 좀 기록할 수 있으면 될 뿐이기에 과거에도 응시하지 않고 명예를 구하지도 않으며 시문(詩文)의 일과는 전혀 상관이 없다. 비록 그렇기는 하지만, 사람은 각자 자질이 달라 어떤 우둔한 여자들에게는 몇 글자 가르치는 것도 하늘에 오르는 일처럼 힘든 반면, 어떤 총명한 여자들은 한 번 보면 곧 외우고 가르쳐주지 않아도 능하게 된다. 그리하여 시를 읊는 것은 이백(李白)과 두보(杜甫)에 비길 수 있고, 부(賦)를 짓는 것은 반고(班固)[1]나 사마상여(司馬相如)[2]와 승부를 겨룰 수 있으니 이는 모두 산천의 빼어

---

1) 반고(班固, 32~92): 東漢 때 사람으로 자는 孟堅이며 어려서부터 부친인 班彪로부터 배워 시문에 능했고 전적과 역사에 모두 통했다. 班彪는 《史記》의 〈後傳〉 65편을 지었으며, 班固는 蘭台令史, 玄武司馬, 中護軍 등의 벼슬을 역임했고 20여 년에 거쳐 《漢書》를 저술했다.

2) 사마상여(司馬相如, 기원전 약 179~기원전 117): 漢賦의 대표적 작가로 班固와 劉勰에 의해 '辭宗'으로 일컬어졌으며 林文軒, 王世貞 등에 의해 '賦聖'이라고도 불리었다. 魯迅은 《漢文學史綱要》에서 "武帝 때의 문인 중에 賦로는 司馬相如와 견줄 사람이 없고 문장으로는 司馬遷과 견줄 사람이 없다.(武帝時文人, 賦莫若司馬相如, 文莫若司馬遷.)"고 했다.

난 기운이 남자에게 기울지 않고 우연히 여자에게 기울었기 때문이다. 잠깐 예를 들면, 한(漢)나라 때 조 대가(曹大家)³⁾가라는 여자가 있었는데 반고의 누이동생으로 오빠를 대신하여《한서(漢書)》를 이어 완성했으며, 채염(蔡琰)⁴⁾이라는 여자도 있었는데《호가십팔박(胡笳十八拍)》이라는 금곡(琴曲)을 지어 후대에 유전시켰다. 진(晉)나라 때, 사도온(謝道韞)⁵⁾이라는 여자가 있었는데 오빠들과 함께 '눈[雪]'을 제영하면서 "버들개지가 바람 따라 날린다.[柳絮隨風]"는 시구를 읊었으니 그의 오빠들도 모두 거기에 미치지 못했다. 당(唐)나라 때 상관(上官) 첩여(婕妤)⁶⁾가 있었는데 중종(中宗)⁷⁾ 황제가 그로 하여금 조신(朝臣)들의 시를 품평

....

3) 조대가(曹大家): 班固의 동생 班昭(약 45~약 117)를 이른다. 오라버니 班固가 완성하지 못한《漢書》를 이어 완성했고〈女戒〉7편을 짓기도 했다. 曹世叔에게 시집갔다가 일찍 남편을 잃어 과부가 되었다. 漢和帝 劉肇가 그녀를 초빙해 후궁에서 후비를 가르치게 했으므로 '大家'라고 불리었다. '大家'는 '큰고모'라는 뜻으로 '家'는 '姑'와 통한다.

4) 채염(蔡琰, 약 177~249): 채옹의 딸로 이름이 琰이고 자는 본래 昭姬였는데 晉나라 때 司馬昭의 이름자를 피휘하기 위해 文姬라고 했다. 전란 때 南匈奴의 군대에 잡혀가 左賢王의 처가 되어 흉노에서 12년을 살다가 나중에 曹操에 의해 속환된 뒤, 한나라로 돌아갈 수 있었다. 天文數理와 시문, 음률 등에 모두 능했으며 대표작으로는 그녀가 흉노로 잡혀갔다가 한나라로 돌아가는 이야기를 읊은 樂府詩《胡笳十八拍》등이 있다.《胡笳十八拍》에서 '胡笳'는 북방 소수민족이 자주 쓰는 관악기의 일종이다.

5) 사도온(謝道韞): 晉나라 때 사람으로 安西將軍 謝奕의 딸이며 宰相 謝安의 조카 딸로 王羲之의 아들 王凝之에게 시집갔다.《晉書·王凝之妻謝氏傳》과《世說新語·言語》에 의하면, 謝安이 눈 오는 날에 흩날리는 눈을 무엇으로 비유할 수 있는지 토론하고 있었는데 謝安의 조카 謝朗은 "공중에 소금을 뿌리는 것으로 대충 비유할 수 있습니다.(撒鹽空中差可擬.)"라고 했고, 謝道韞은 "'버들개지가 바람에 일다'라고 하는 것만 못합니다.(未若柳絮因風起.)"라고 했다고 한다.

6) 상관(上官) 첩여(婕妤): 당나라 때 女官 上官婉兒(664~710)를 이른다. 唐高宗 때 宰相이었던 上官儀의 손녀로 上官儀가 죄를 받아 죽임 당한 뒤 어머니와 함께 입궁하여 노비가 되었다. 총명하고 문재가 있어 武則天에게 중용되어 詔令을 기초하는 일을 관장했다. '婕妤'는 궁중 女官의 관직명이다.

7) 중종(中宗): 당고종과 무측천 사이에서 출생한 셋째 아들 李顯(656~710)을 가리킨다. 그의 두 형이 무측천에 의해 모두 폐위 당한 뒤 태자로 세워졌다. 고종이

하고 우열을 가르라고 했더니 그 좋고 나쁜 것이 하나도 틀리지 않았다. 대송(大宋)의 부녀자들에 이르러서는 뛰어난 이들이 더욱 많았는데 그 가운데 두 사람만 얘기하면 하나는 이이안(李易安)8)이요, 또 다른 하나는 주숙진(朱淑眞)9)이다. 두 여자는 모두 규방의 문장(文章) 가운데 으뜸이었고 여류 문단의 재원이었다. '여자에 맞춰 남편감을 고른다.[相女配夫]'10)라는 말대로라면 그들의 배필은 똑똑한 재자(才子)여야 하건만 월하노인(月下老人)11)이 혼적(婚籍)을 잘못 기록하여 두 여자는 모두 재주도 없고 배운 것도 없는 남자에게 시집가 매양 원망하는 마음이 필찰(筆札)에 드러나곤 했다. 그 증거가 되는 시가 있다.12)

....

병사한 후 즉위했으나 36일 만에 무측천에 의해 盧陵王으로 강등되어 장안 밖으로 쫓겨났다. 무측천의 병이 위독해지자 張柬之와 李多祚 등이 羽林軍을 거느리고 무측천으로 하여금 그에게 제위를 물려주도록 하여 복위를 한 뒤, 韋氏를 황후로 봉하고 국정에도 참여하게 했다. 나중에 韋皇后도 武三思 등과 함께 정권을 장악하고 무측천처럼 여황제가 되려고 안락공주와 함께 모의하여 그를 독살했다.

8) 이이안(李易安): 송나라 때 여류 詞人이었던 李淸照(1081~약 1155)를 이른다. 호는 易安居士였고 濟南(지금의 山東省 濟南市) 사람이었다. 婉約派 詞人의 대표자로 시문집으로는 《易安居士文集》, 《易安詞》 등이 있었으나 지금은 전하지 않으며 후대 사람이 집록한 것으로 《漱玉詞》 등이 있다.

9) 주숙진(朱淑眞, 약 1079~약 1131): 송나라 때의 여류 詞人으로 호는 幽棲居士이고 錢塘(지금의 浙江省 杭州市) 사람이다. 대략 북송 말년부터 남송 전기까지 살았던 인물로 그의 생애에 관한 구체적인 기록은 보이지 않는다. 중국의 詩詞 啓蒙書인 《千家詩》에 入選된 유일한 여류시인이었다. 남송 때 사람 魏仲恭이 그녀의 詩詞 작품들을 모아 《斷腸集》으로 간행하면서 魏仲恭은 〈斷腸集序〉에서 주숙진의 작품은 "산뜻하고 아름다우며 그리움과 정을 함축하고 있다.(淸新婉麗, 蓄思含情.)"고 했으며, "우수에 차 있고 원망스러워하는 말이 많다.(多有憂愁怨恨之語)"고도 했다.

10) 상녀배부(相女配夫): 여자의 구체적인 상황을 보아서 적당한 배필을 찾는다는 뜻이다.

11) 월하노인(月下老人): 전설에 나오는 혼인을 장관하는 신을 이르며 '月老'라고 줄여 쓰이기도 한다. 이에 대한 자세한 이야기는 당나라 李復言의 《續玄怪錄·定婚店》과 명나라 馮夢龍의 《情史》 권2 정연류 〈韋固〉에 보인다.

12) 이 시는 朱淑眞의 〈愁懷〉 2수 중 첫 번째 수이다. 《斷腸集》에 수록되어 있다.

갈매기와 원앙새를 한 못에 기르매	鷗鷺鴛鴦作一池
날개가 서로 어울리지 않는 것을 아느뇨	曾知羽翼不相宜
동군(東君)13)이 꽃을 위해 나서지 않을 거면	東君不與花爲主
연리지를 나게 하지 않는 것이 어떠한가	何似休生連理技

이이안이 〈상추(傷秋)〉라는 사(詞) 한 편을 지었는데 그 곡조는 〈성성만(聲聲慢)〉14)이었다.

찾고 찾고 또 찾아도	尋尋覓覓
쓸쓸하고 적적하며	冷冷淸淸
처량하고 참담해 슬프기만 하여라	凄凄慘慘戚戚
막 따뜻타 싶다가 한기(寒氣) 다시 돌아올 제	乍煖還寒時候
몸조리가 정말 어렵구나	正難將息
두서너 잔의 밍밍한 술로	三杯兩盞淡酒
이 느지막이 불어 닥치는 바람을 어찌	怎敵他晚來風力
대적하리오	
기러기 지나가노니	雁過也
늘 마음 아파지는데	總傷心
예전에 보았던 그 기러기로구나	却是舊時相識
온 땅에 국화 쌓이고	滿地黃花堆積
시들어 상하는데	憔悴損
이제는 누가 있어 그 꽃을 따겠는가	如今有誰伙摘
창가를 지키며	守著窗兒
어두워질 때 나 홀로 어찌하리오	獨自怎生得黑

....

13) 동군(東君): 봄을 관장하는 신을 말하다.
14) 성성만(聲聲慢): 詞牌名으로 〈人在樓上〉, 〈勝勝慢〉, 〈鳳求凰〉 〈寒松歎〉 등이라 불리기도 한다. 淸나라 毛先舒의 《塡詞名解》에서 "詞 가운데 '慢'자로 이름 붙인 것은 慢曲이다. 소리를 길게 끌고 쉽게 끊으려 하지 않는다.(詞以慢名者, 慢曲也. 拖音裊娜, 不慾輒盡.)"라고 했다. 宋나라 蔣捷이 이 곡조로 가을철 소리를 읊조렸는데 매구마다 '聲'자로 운을 마쳤기에 〈聲聲慢〉이라 이름하게 되었다.

오동잎에 가랑비	梧桐更兼細雨
황혼에 이르러	到黃昏
방울방울 똑똑 떨어지누나	點點滴滴
이 광경을	這次第
어찌 '수(愁)'자 하나로 다할 수 있으리오	怎一個愁字了得

주숙진이 가을날 남편이 외출했을 때, 등불 아래 홀로 앉아 무료히 창밖에서 빗방울이 똑똑 떨어지는 소리를 듣고는 절구 한 수를 읊었다.

하도 울어 두 눈이 상하고 간장이 모두 끊어질 듯	哭損雙眸斷盡腸
황혼이 두렵건만 다시 또 황혼이 지는구나	怕黃昏到又昏黃
보슬비 내리는 초가을 밤에	那堪細雨新秋夜
사그라져가는 한 점의 등불과 짝하는 기나긴	一點殘燈伴夜長
밤을 어찌 감당하리오	

나중에 시집 한 권이 출간되었는데 《단장집(斷腸集)》이라 이름 붙였다.

"이야기꾼! 어찌하여 시집을 잘못 간 두 사람만 이야기하는 거요?"라고 할 수도 있으니 지금 똑똑한 여자가 똑똑한 남편에게 시집가 한쪽이 읊으면 다른 한쪽이 화답하며 벌어졌던 이런저런 이야기들을 하려하오이다.15)

....

15) 이런 표현은 화본소설 작가가 화본의 구연 현장을 모의한 것이다. 질문을 담은 앞의 문장은 관중이 이야기꾼에게 질문이나 이의를 제기하듯 모방을 한 것이며, 그 뒤 이어지는 문장은 이야기꾼이 답을 하듯 모방한 것이다. 관중과 이야기꾼의 문답처럼 설정한 것은 실제로는 작가의 자문자답일 뿐이며 이는 화본소설에서 흔히 보이는 서술방법이다. 작가는 이런 방식으로 관중의 목소리를 빌려 질문을 제기한 뒤, 이야기꾼이 그 질문에 대답을 하는 것처럼 하여 그 부분에 대해 설명을 하고 다음 내용으로 넘어감으로써 이야기의 생동감과 현장감을 강화시키고 흥미를 유발한다.

이것은 바로 이런 말로 대변된다.

그 얘기를 말할 것 같으면 문사들에게　　　　　說來文士添佳興
가흥(佳興)이 더해지고
그 얘기를 이야기하노라면 규방에서 미담이　　道出閨中作美談
된다네

명대(明代), 천연(天然), 《역대고인상찬(歷代
古人像讚)》, 소동파(蘇東坡)

화설(話說), 사천(四川)의 미주(眉州)는 옛 시(詩)에서 촉군(蜀郡) 또는 가주(嘉州), 미산(眉山)이라고도 불린다. 그곳의 산으로 마이산(蟆頤山)[16], 아미산(峨眉山)[17] 등이 있으며 물로는 민강(岷江), 환호(環湖) 등이 있다. 산천의 빼어난 기운이 인물에 모여 박학한 명유(名儒)을 낳았으니 그의 성은 소(蘇) 씨요, 이름은 순(洵)이며 자는 명윤(明允)이었고 별호는 노천(老泉)이어서 당시 '노소(老蘇)'라 불리었다. 노소는 아들 둘을 두었는데 하나는 대소(大蘇)요, 다른 하나는 소소(小蘇)였다. 대소의 이름은 식(軾)이고 자는 자첨(子瞻)이며 별호는 동파(東坡)였다. 소소의 이름은 철(轍)이고 자는 자유(子由)이며 별호는 영빈(穎濱)이었다. 두 사

---

16) 마이산(蟆頤山): 蟆頤山이라고도 하고 지금의 四川省 眉山市 동북쪽 岷江 강가에 있다. 胡三省의《資治通鑑》注에 따르면, 그 산의 모양이 두꺼비(蟆)의 턱(頤)과 같아 蟆頤山이라고 불리게 되었다 한다.

17) 아미산(峨眉山): 四川省 峨眉山市에 있는 산으로 普賢 보살의 道場이며 중국 四大佛敎名山 가운데 하나이다.

람은 모두 문무(文武)의 재능을 겸비하고 고금의 학문에 정통했으며, 동과(同科)에 급제해 이름을 조정에 날렸고 모두 한림학사(翰林學士)의 관직을 제수받았다. 천하에서 그들 형제를 칭하여 '이소(二蘇)'라 불렀으며 그들 부자를 칭해 '삼소(三蘇)'라 일컬었는데 이에 대해서는 자세히 말할 필요도 없겠다. 특이한 것이 하나 더 있었는데 그것은 그곳 산천의 빼어난 기운이 한 집안에만 모였다는 것이었다. 두 아들의 그러함은 희한한 것이 아니었지만 거기에 딸 하나를 더 낳아 이름을 소매(小妹)라고 했는데 그 총명함이 세상에 둘도 없어 정말로 하나 들으면 둘을 알았으며 열을 물으면 열을 다 답할 수 있었다. 그녀의 아버지와 오빠들은 모두 큰 재자(才子)들이어서 조석으로 강담하는 것이라고는 자사경서(子史經書)밖에 없었으며, 눈과 귀로 보고 듣는 것은 대부분이 시사가부(詩詞歌賦)였다. 예로부터 이르기를 "주사(朱砂)를 가까이하는 자는 붉게 되고, 먹을 가까이하는 자는 검게 된다.〔近朱者赤, 近墨者黑.〕[18]고 했거니와 하물며 소매는 자질이 남보다 열 배 뛰어났거늘 무엇인들 모르겠는가? 열 살 때 소매는 아버지와 오빠들을 따라 경도에 있는 거처에 살았는데 그 집에 수국 한 그루가 있었다. 때는 봄날이라 꽃이 활짝 피어 있기에 노천(老泉)은 한바탕 감상하고는 종이와 붓을 가져다가 이를 제영(題詠)했다. 제4구를 쓰고 있던 차에 대문 앞에 손님이 와있다는 전갈이 들어와 그는 붓을 놓고 나갔다. 소매가 한가로이 거닐다가 부친의 서재에 이르러 책상 위에 시 네 구가 있는 것을 보았다.

천교(天巧)로 영롱한 꽃이 옥(玉)인 양 언덕에 피어 있어	天巧玲瓏玉一邱
화려하면서도 그윽한 것이 온 눈에 들어오네	迎眸爛熳總淸幽

....

18) 근주자적 근묵자흑(近朱者赤 近墨者黑): 晉나라 傅玄의 《傅鶉觚集·太子少傅箴》에서 나온 말로 나중에 속담으로 쓰여 '좋은 사람을 가까이 하면 좋게 변하고 나쁜 사람과 가까이 하면 나쁘게 변한다.'는 뜻으로 쓰인다.

| 흰 구름이 가지 사이에서 나온 것 같아 | 白雲疑向枝間出 |
| 밝은 달이 응당 여기에 머물러야 하리 | 明月應從此處留 |

소매가 이를 본 뒤, 수국을 제영해 지은 부친의 필적인 것을 알고서 깊이 생각하지도 않고 뒤의 네 구를 이어 이렇게 시를 완성했다.

꽃잎 하나하나가 나비의 날개인 듯	瓣瓣折開蝴蝶翅
겹겹으로 둘러싸 수정 구슬이 되었네	團團圍就水晶毬
향기로운 바람을 빌려 보낼 수 있다면	假饒借得香風送
변새(邊塞)에 있는 매화를 어찌 부러워하리	何羨梅花在隴頭[19]

소매는 시를 지은 뒤, 전에 있던 그대로 책상에 올려놓고 천천히 자기 방으로 돌아갔다. 노천이 손님을 문밖까지 바래다주고 다시 서재로 돌아와 이전에 짓고 있던 시를 마저 완성하려고 보니 여덟 구가 이미 다 채워져 있는 것이었다. 그것을 읽어봤더니 문사와 함의가 모두 아름다웠다. 딸 소매가 쓴 것인가 싶어 불러다가 물었더니 과연 그가 쓴 것이었다. 노천이 탄식하며 말하기를 "아쉽게도 계집애네! 만약 사내아이였으면 제과(制科)[20]에서 이름을 날릴 또 한 인물이 아니겠는가?"라고 했다. 그 뒤로부터 그는 더욱더 딸을 애지중지하며 책을 읽고 두루 다 배울 수

....

19) 하선매화재롱두(何羨梅花在隴頭): '隴頭'는 陝西省과 甘肅省 그리고 寧夏回族自治區에 걸쳐 있는 隴山을 가리키는 말로 '邊塞'를 이르기도 한다. 《太平御覽》 권970에 인용된 南朝 宋나라 盛弘之의 《荊州記》에 따르면, "陸凱는 范曄과 친했는데 江南에서 매화 한 가지를 꺾어 長安에 있는 范曄에게 보내주면서 시에 붙이기를 '매화를 꺾다가 驛使를 만나 隴頭에 있는 이에게 보내며 강남에서 특별한 것은 없어 애오라지 봄 한 가지를 선물하네.(折梅逢驛使, 寄與隴頭人. 江南無所有, 聊贈一枝春.)'라고 했다."는 내용이 보인다. 여기서 '何羨梅花在隴頭'라는 시구는 '수국화도 향기로운 바람을 빌려 보내질 수 있다면 농두로 보내진 매화 못지않게 봄을 대표하는 꽃이 될 수 있다'는 의미이다.

20) 제과(制科): 制擧와 같은 말로 唐나라 때 科擧取士 제도의 일종이다. 지방에서 실시했던 貢擧와는 달리 황제가 직접 궁궐에서 시험을 치게 했다. 자세한 내용은 《新唐書·選擧志上》에 보인다.

금고기관(今古奇觀) 역주

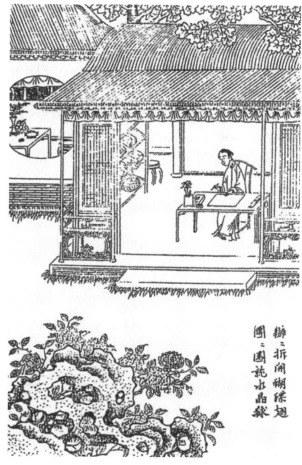

소소매가 시를 짓는 장면,《성세항언》삽도, 인민문학출판사, 1956년

있도록 내버려 둔 채 더 이상 여공(女工)을 독촉하지 않았다. 소매가 성
장해 어느덧 열여섯 살이 되자 노천은 천하의 재자를 골라 그녀의 배필
로 삼으려 했지만 급히 찾기가 어려웠다. 홀연 어느 날 재상인 왕형공(王
荊公)[21]이 당후관(堂候官)[22]을 시켜 노천을 집으로 초청하여 함께 이야

----

21) 왕형공(王荊公): 唐宋八大家 중의 한 사람이었던 王安石(1021~1086)을 가리킨
    다. 자는 介甫이고 호는 半山이었으며, 撫州 臨川(지금의 江西省 撫州市 臨川區)

기를 나누려 했다. 원래 왕형공은 존함이 안석(安石)이고 자는 개보(介甫)였으며, 급제하지 않았을 때부터 명성이 자자했었다. 평소에 항상 세수도 하지 않고 옷을 벗지도 않았기에 몸에 이가 셀 수도 없이 많았다. 노천이 그가 인정(人情)에 어긋나는 것을 싫어하여 나중에 필시 간신이 될 것이라 여겼으므로 일찍이 〈변간론(辨奸論)〉을 지어 풍자한 바 있었기에 형공은 마음속으로 노천에 대해 원한을 품었다. 하지만 나중에 노천의 대소와 소소가 연이어 제과(制科)에 급제하는 것을 보고 형공은 원한을 버리고 교분을 쌓았으며, 노천 또한 형공이 재상이 되었기에 두 아들의 출셋길에 방해가 될까 염려되어 어쩔 수 없이 뜻을 굽혀 그와 교제하게 되었다. 그것은 바로 이런 말로 대변된다.

고인들의 교제는 의기에 있었지만	古人結交在意氣
금인(今人)들의 교제는 세리(勢利)를 위해서라네	今人結交爲勢利
종래로 세리로써 마음을 함께할 수 없었는데	從來勢利不同心
어찌 의기로 교제한 정만큼 깊을 수 있겠나	何如意氣交情深

그날, 노천이 형공의 부름을 받고 가보니 다름이 아니라 고금의 일들을 토의하고 시사를 의론하는 것이었다. 이들은 술을 가져다 대작하며 자신들도 모르게 절제를 하지 못하고 만취하게 되었다. 형공이 우연히 아들을 자랑하며 말하기를 "아들놈 왕방(王雱)은 책을 읽을 때 단 한 번만 봐도 외울 수 있습니다."라고 하자, 노천이 술김에 답하기를 "뉘집 아들은 두 번을 읽습니까?"라고 했다. 형공이 말하기를 "이 늙은이가 실언을 했소이다. 노반(魯班)의 문전에서 도끼질을 하지 말았어야 했는데 말입니다.(班門弄斧)[23]"라고 하니 노천이 말하기를 "아들놈만 한 번

....

사람이었기에 臨川先生이라고 불리기도 했고 荊國公에 봉해졌으므로 王荊公이라고 불리기도 했다.

22) 당후관(堂候官): 옛날 고급 관원의 심부름을 했던 서리를 이른다.

23) 班門弄斧(반문농부): 魯班은 춘추시대 魯나라의 유명한 목수인 公輸班을 이르

읽고 외우는 것이 아니라 딸내미도 단 한 번만 읽고 외웁니다."라고 했다. 형공이 크게 놀라며 말하기를 "단지 아드님의 탁월한 재능만 알고 있었지 따님도 그러하다는 것은 몰랐습니다. 미산(眉山)의 빼어난 기운이 모두 다 공의 집안으로 쏠렸나봅니다."라고 했다. 노천이 실언한 것을 스스로 후회해 급히 돌아가겠다고 했더니 형공은 시동에게 명하여 문장한 권을 꺼내게 한 뒤, 노천에게 건네주며 말하기를 "이는 아들놈 왕방이 연습 삼아 지은 시문인데 번거로우시겠지만 비정(批正)을 좀 해 주십시오."라고 했다. 노천은 그것을 소매 속에 넣고는 "예, 예."하고 답한 뒤, 형공과 헤어졌다. 집으로 돌아와서 그는 밤중까지 자다가 술에서 깨어나 조금 전에 있었던 일을 떠올리며 생각했다.

"딸내미의 재능을 내 스스로 자랑하지 말았어야 했다. 지금 개보가 아들의 시문을 나한테 정정해달라고 한 것은 반드시 청혼을 하려고 한 것일 게야. 이 혼사는 내가 원하는 바가 아닌데 사절할 계책이 없구나."

노천은 날이 밝을 때까지 끙끙대다가 세수를 다 한 뒤 왕방이 지은 글을 차례대로 보았더니 진실로 글마다 비단같이 아름답고 글자마다 주옥같이 훌륭하여 자신도 모르게 그 재능을 아끼는 마음을 생겼다. 그리하여 이렇게 생각했다.

"다만 딸애와 연분이 어떤지 모르겠구나. 내 지금 이 문권을 딸애한테 보여줘 그 애가 좋아하는지 좋아하지 않는지를 좀 봐야겠다."

이에 성명을 알려 주지 않고서 시녀에게 분부하기를 "이 문권은 어떤 젊은 명사(名士)가 내게 비정해달라고 올린 것인데 내가 틈을 낼 수 없어 아씨에게 건네는 것이니 다 살펴본 후 속히 내게 와서 회답을 하라고 하거라."라고 했다. 시녀가 문권을 아씨에게 올리며 주인어른이 분부한

....

는데 그는 기술이 매우 뛰어나 목수의 祖師(한 업종의 창시자)로 받들어졌다. '班門弄斧'는 '魯班의 문전에서 도끼질을 한다'는 뜻으로 어떤 분야의 고수 앞에서 그 분야의 기술 자랑을 하는 것을 비유적으로 이르는 말이다. '공자 앞에서 문자 쓴다'는 말과 흡사한 뜻이다.

말을 전달하자, 소매는 물을 조금 붓고 붉은 먹을 갈아서 처음부터 비점 (批點)하더니 잠시 뒤에 끝내는 것이었다. 그러고서 감탄하며 말하기를 "훌륭한 글이야! 이는 필시 총명한 재자가 지은 것일 게다. 다만 빼어난 기운이 모두 세어나가 화려하기만 했지 실속이 없으니 오래 갈 그릇은 아닌 것 같구나."라고 한 뒤, 곧 문권의 겉면에 이렇게 적었다.

신기(新奇)하고 화려한 것은 장점이요, 함축하고 온화한 것은 단점이다. 상등으로 급제하기에는 넉넉하지만 장수를 누리기에는 부족하다.

나중에 왕방은 열아홉 살에 장원급제를 했고 얼마 안 있다가 요절을 했다. 이를 통해 소매가 사람을 잘 알아보는 지혜가 있었다는 것을 알 수 있으니 이는 물론 나중의 일이었다.

각설, 소매가 평어(評語)를 적은 뒤 시녀로 하여금 문권을 다시 자기 아버지에게 돌려드리도록 했다. 노천이 그것을 보고 크게 놀라 "이 평어로 어찌 개보에게 회답할 수 있겠는가? 반드시 책망을 받을 게다."라고 생각했다. 갑작스레 문권의 겉면이 더렵혀진 것을 어찌할 방법이 없었는데 하필이면 그때 당후관이 대문에 이르러 "상공의 명을 받고 어제 드린 문권을 가지러 왔습니다. 나리를 직접 뵙고 드릴 말씀도 있습니다."라고 하는 것이었다. 이때에 이르러 노천은 당황하여 어찌할 바를 몰라 문건의 겉면을 자르고 다시 바꾼 뒤 그 위에 좋은 평어를 쓸 수밖에 없었다. 그리고 나서 손수 그것을 당후관에게 건네주자, 당후관이 말하기를 "상공께서 또 분부하시기를 귀댁 아씨께서는 혼약을 하셨는지 한마디 여쭤보라 하셨습니다. 만약 아직 혼약을 안 하셨다면 상공께서는 두 집안간에 혼약이 맺어졌으면 하십니다."라고 하자, 노천이 말했다.

"재상 댁에서 의혼을 하시는데 이 늙은이가 어찌 감히 따르지 않겠는가? 다만 딸내미의 용모가 누추해 귀댁의 며느릿감이 되기에 부족할까 두렵구려. 번거롭더라도 좋은 말로 전해 주시게나. 알아보면 저절로 아시계 될 게요. 이 늙은이가 핑계를 대 거절하는 것이 절대 아니오.”

당후관은 명을 받고 돌아가 형공에게 복명을 했다. 형공은 문권의 겉면이 바뀐 것을 보고 이미 조금 불쾌한 느낌이 들었으며 또한 소씨 집아가씨의 용모가 정말로 변변치 못해 아들의 마음에 들지 않을까 걱정되기도 했다. 이에 비밀리 사람을 시켜 알아보도록 했다. 알고 보니 소동파(蘇東坡)[24] 학사(學士)가 항상 소매와 서로 놀리며 장난을 치곤했는데 동파의 입에 있는 수염을 소매가 조롱하며 이렇게 읊은 바가 있었다.

> 몇 번이나 입 주변을 찾아도 찾을 길이 없는데　　口角幾回無覓處
> 홀연 털 속에서 소리가 나는 것이 들리네　　忽聞毛裏有聲傳

소매의 이마가 볼록 튀어나왔기에 동파가 조롱하며 이렇게 화답했다.

> 뜰 앞으로 서너 걸음밖에 안 나갔는데　　未出庭前三五步
> 이마는 먼저 화당(畵堂)[25] 앞에 이르렀구나　　額頭先到畵堂前

소매가 또 동파의 턱이 긴 것을 비웃으며 읊었다.

> 작년에 그리움으로 흘린 눈물 한 방울이　　去年一點相思淚
> 아직까지도 뺨 가장자리에 이르지 않았네　　至今流不到腮邊

소매의 양쪽 눈이 조금 들어가 있기에 동파가 다시 화답해 이렇게 일렀다.

---

24) 소동파(蘇東坡): 北宋 때 대문장가였던 蘇軾(1037~1101)을 가리킨다. 자는 子瞻이고, 眉山(지금의 四川省) 사람으로 東坡居士라고 자호했으며 翰林學士를 지냈으므로 蘇學士라고도 불리었다. 대표적인 豪放派 詞人으로 唐宋八大家 중의한 사람이다. 王安石의 變法에 반대하다가 貶謫 당했으며 문집으로 《東坡全集》 115권이 전한다.
25) 화당(畵堂): 본래 궁중에 있는 彩畵가 된 殿堂을 가리키는 말로 화려한 堂舍를 이르기도 한다.

몇 번이나 눈을 닦으려 하나 너무 깊이 파여 미치지 못하고	幾回拭眼深難到
두 줄기 샘물엔 물이 가득 고여 있네	留却汪汪兩道泉

수소문을 하던 사람이 이런 말들을 듣고는 형공에게 복명해 말하기를 "소씨 아가씨는 문재(文才)는 매우 뛰어나지만 용모로 말하자면 그저 보통일 따름입니다."라고 하기에 형공은 혼인을 맺으려던 일을 그만두고 더 이상 거론하지 않았다. 비록 그렇게 되기는 했지만 재상집에서 청혼을 하려 한 일로 소매의 재명(才名)이 온 경도에 퍼지게 되었다. 그 후로 재상집과 혼사가 이뤄지지 않았다는 말을 듣고 그 명성을 사모해 청혼을 하는 자들이 셀 수 없이 많았다. 노천이 그들로 하여금 모두 글을 올리게 하여 딸내미에게 그것을 직접 보라고 했더니 붓으로 휙 그어버린 것도 있었고 두세 구의 평어를 써 놓은 것도 있었다. 그중 오직 한 권(卷)만이 잘 쓴 글이었는데 겉면에 적혀 있는 성명을 보니 진관(秦觀)[26]이라는 자였다. 소매는 거기에 이런 네 구의 평어를 적었다.

지금은 총명한 수재요	今日聰明秀才
나중엔 풍류스런 학사가 될 터라네	他年風流學士
안타깝게도 이소(二蘇)와 같은 시대에 사는구나	可惜二蘇同時
그렇지 않았다면 한 시대를 풍미할 터인데	不然橫行一世

....

26) 진관(秦觀, 1049~1100): 북송 때 詞人으로 자는 少遊 혹은 太虛라고 했으며 호는 淮海居士이고 揚州 高郵(지금의 江蘇省 高郵縣) 사람이었다. 진사 급제한 뒤 定海主簿 등의 벼슬을 제수받았고 蘇軾의 추천을 받아 太學博士가 되었으며 그 후 秘書省正字兼國史院編修官을 지냈다. 哲宗이 친정한 뒤로 新黨이 집정하면서 舊黨에 속해 있던 진관은 杭州通判으로 좌천되었다가 處州, 郴州, 雷州 등의 지역을 떠돌았다. 徽宗이 즉위한 뒤, 다시 宣德郎으로 임용되어 경도로 돌아가는 도중에 藤州에서 죽었다. 黃庭堅, 張耒, 晁補之 등과 함께 蘇門四學士로 불리었다. 시문집으로 《淮海集》, 《淮海居士長短句》, 《逆旅集》 등이 전하고 《宋史·文苑傳》에 그에 대한 傳이 보인다.

이 평어는 진관의 문재가 대소와 소소 사이에 있으며, 이소(二蘇) 이외의 어느 누구도 그에 미치지 못한다는 것을 분명히 말하고 있기에 노천은 그것을 보고서 딸이 그 사람을 뽑았다는 것을 알게 되었다. 이에 문지기에게 명하여 "진관 수재가 올 때만 그를 빨리 맞아들이고 나머지 사람들은 모두 사절하도록 하라."라고 했다. 뜻밖에도 문권을 올린 자들은 모두 소식을 알아보려 했지만 오직 진관만은 오지 않았다. 왜 그러했는가? 진관 수재는 자는 소유(少游)이고 양주부(揚州府) 고우(高郵) 사람으로 수많은 책들을 읽어 눈에 보이는 것이 없었으며, 평생 경복(敬服)하는 사람이라고는 오직 소씨 집 형제뿐이어서 그 아래 축에 있는 자들은 모두 마음에 두지를 않았다. 진관은 당시 소매의 문재를 사모하여 비록 스스로 재능을 자랑하며 청혼한 것이었지만 자신의 명예가 손상될까 걱정되어 다른 사람들의 무리를 쫓아 소식을 탐문하려 하지 않았기 때문이었다. 노천은 진관이 오지 않은 것을 보고 되레 사람에게 부탁해 진관의 거소로 가서 인사를 하도록 했다. 소유는 마음속으로 기뻐하다가 다시 이렇게 생각했다.

"소매의 재명은 소문으로 들은 것이지 아직 직접 본 것도 아니다. 게다가 듣기로 그녀는 용모가 변변치 못해 이마가 툭 튀어나오고 눈이 쑥 들어가 있다고 하니 어떤 추한 얼굴인지도 모른다. 어떻게든 그녀를 직접 한번 봐야만 마음이 놓일 것 같구나."

그리하여 그는 삼월 초하룻날에 그녀가 동악묘(東岳廟)[27]에서 분향할 거라는 것을 알아낸 뒤, 그 기회를 타 의장을 바꿔 입고 가서 똑똑히 살펴보려고 했다. 그것은 바로 이런 말로 대변된다.

눈으로 직접 봐야 확실하지　　　　　　　　眼見方爲的

....

27) 동악묘(東岳廟): 五岳之尊인 東岳 泰山의 신을 모시는 사당으로 중국 각 지방 도처에 있다.

소문은 반드시 진실이 아닐 수도 있다네	傳聞未必眞
전해 들은 말을 믿었다면	信傳聞語
세상 사람들이 모두 다 속았을 것이로세	枉盡世間人

종래로 큰 집안의 여자 권솔들이 향을 올리러 절에 갔던 시각은 이른 아침 아니면 반드시 밤이었다. 왜냐하면, 이른 아침에는 사람들이 아직 오지 않고 밤에는 사람들이 이미 흩어져 집으로 갔기 때문이었다. 삼월 초하룻날, 진소유는 오경(五更) 쯤에 일어나 세수를 하고 나서 사방을 떠도는 도사의 모습으로 꾸몄다. 머리에는 검은색 당건(唐巾)[28]을 쓰고 귀 뒤로는 연자매 모양의 가짜 옥고리를 드러내었으며, 몸에는 검은색 도포를 걸치고 허리에는 노란색 띠를 묶고서 발에는 깨끗한 버선과 짚신을 신었다. 그리고 목에는 엄지손가락만한 염주를 걸고 손에는 금색으로 칠한 바리때를 받들고서 이른 아침부터 동악묘 앞에 가서 기다렸다. 날이 밝아오자 소씨 아가씨의 가마가 도착했다. 진소유는 옆으로 한 걸음을 피해 그녀의 가마가 절로 들어갈 수 있게 길을 비켜줬으며 가마는 절간 왼쪽 회랑 아래에 멈추었다. 소매가 가마에서 나와 대전으로 올라가기에 소유는 이미 그녀를 보게 되었다. 비록 요염하고 아름답지는 않았지만 청아하고 얌전하여 속된 기운이 전혀 없었다. 소유는 "다만 그녀의 재능이 실제로 어떤지 모르겠다."라고 생각한 뒤, 이미 분향을 다했을 것이라고 짐작되었을 즈음에 회랑을 따라 올라가 대전의 왼쪽에서 그녀를 만나게 되었다. 진소유가 합장하며 말했다.

"아씨에게는 복도 있고 수(壽)도 있으니 원컨대 자비를 베풀어 주십시오.[小姐有福有壽, 願發慈悲.]"

소매가 곧장 답했다.

....

28) 당건(唐巾): 본래는 唐나라 때 제왕이 썼던 일종의 便帽인데 나중에 士人들이 이런 모자를 많이 썼다. 《元史·興服志一》에 의하면, 唐巾은 모양이 幞頭와 비슷한데 모자 양쪽에 달려 있는 角을 위로 올려 구름모양으로 장식한다."고 했다.

"도사께서는 무슨 덕행과 능력이 있으시기에 감히 보시를 청하시는 것인지요?[道人何德何能, 敢求布施!]"

진소유가 다시 합장하며 말했다.

"원컨대 아가씨의 몸이 약수(藥樹)29)와 같이 일체의 병이 나지 않기를 빕니다.[願小姐身如藥樹, 百病不生.]"

소매가 가면서 답했다.

"도사께서 아무리 묘한 말을 해도 반 푼의 돈도 시주하지 않겠습니다.[隨道人口吐蓮花30), 半文無捨.]"

소유가 가마 앞까지 따라가 다시 합장하며 말했다.

"소낭자께서는 하루 즐기다 가시지 어찌 보산(寶山)31)을 떠나려 하십니까?[小娘子一天歡喜, 如何撒手寶山?]"

소매가 입에서 나오는 대로 다시 말했다.

"미치광이 도사가 이렇게 탐욕스럽고 어리석은데 어찌 내가 지니고 있는 금혈(金穴)32)을 얻겠는가?[風道人恁地貪癡, 那得隨身金穴!]"

소매가 이 말을 하면서 가마에 올라타자 소유가 몸을 돌리며 입으로 이렇게 중얼거렸다.

"'미치광이 도사[風道人]'가 '소낭자(小娘子)'33)의 대구가 될 수 있어 천만다행이네."

소매는 가마에 올라탄 뒤, 이 일들을 전혀 마음에 두지 않았다. 오히려 따르고 있던 나이든 노복이 그 말을 듣고 도사를 방자하다고 탓하며 몸

....

29) 약수(藥樹): 약이 될 수 있는 나무를 널리 이르는 말이다.
30) 구토연화(口吐蓮花): 본래 불교에서 쓰는 말로 說法이 妙하여 입에서 연꽃을 토해내는 것 같다는 뜻이다.
31) 보산(寶山): 부처나 승려 또는 신선이나 도사가 거처하는 산을 높여 이르는 말이다.
32) 금혈(金穴): 금을 숨겨 놓은 동굴이라는 뜻으로 부호의 집을 비유적으로 이른다. '隨身金穴'은 몸에 지니고 있는 돈을 넣어둔 곳이나 그 돈을 의미한다.
33) 소낭자(小娘子): 젊은 여성을 이르는 말이다.

을 돌려 그와 언쟁을 벌이려던 참이었는데 회랑 밑에서 머리를 땋은 준동(俊童)이 나와서 도사를 향해 부르며 이렇게 말했다.

"상공(相公)34)께서는 이리로 오셔서 옷을 갈아입으십시오."

그러고 나서 그 도사는 곧 앞서 가고 시동은 뒤따라가는 것이었다. 나이 든 노복이 남들 모르게 시동의 어깨를 한 번 꼬집고는 낮은 소리로 묻기를 "앞에 계신 분이 뉘시더냐?"라고 했다. 시동이 말하기를 "고우(高郵)의 진소유 상공이십니다."라고 하자, 나이 든 노복은 아무 말도 하지 않았다. 그 노복이 집으로 돌아와서 마누라에게 이 얘기를 했는데 이 말은 곧바로 안채에 전해졌다. 소매는 비로소 그 보시를 청했던 도사가 진소유가 가장한 사람이라는 것을 알게 되었으나 이를 일소에 부친 뒤, 시녀들에게는 쓸데없는 말을 하지 말라고 분부했다.

화두(話頭)를 돌려보자. 차설, 진소유가 그날 소매를 실컷 봐보니 그녀의 용모가 못생기지도 않았을 뿐더러 또한 막힘없이 응답하는 것으로 보아 재주는 더 말할 나위도 없었다. 소유가 길일을 택해 몸소 가서 청혼하자 노천은 응낙을 했으며 빙례로 납폐를 하게 되었다. 이는 이월 초순의 일이었다. 소유는 급히 성혼하려 했으나 소매는 그리하려 하지 않았다. 그녀는 진관의 문장이 반드시 과거에 급제할 것이라 보고 과거시험이 이미 가까워졌으므로 그가 급제한 뒤 신방에 화촉을 밝히려 했다. 소유는 소매의 말을 따를 수밖에 없었다. 삼월 초사흘에 예부(禮部)에서 거행하는 시험에서 진관은 단번에 제과(制科)에 급제하여 명성을 날렸다. 그런 뒤 그는 소씨 집으로 가서 장인을 뵙고 성혼할 일을 아뢰면서 자신의 거처에 사람이 없기에 소씨 집에서 화촉을 밝히려 한다고 하자, 노천이 웃으며 말했다.

"오늘 급제하여 흰옷을 벗고 푸른색 관복으로 갈아입었기에35) 오늘이

34) 상공(相公): 남자 또는 선비에 대한 경칭이다.
35) 송나라 때 제도에서 進士와 秀才는 흰색 무명 襴衫을 입고, 七品 이상의 관원은

곧 대길(大吉)한 날이니 따로 택일할 필요가 뭐 있겠는가? 오늘 밤에 곧바로 우리 집에서 성혼하는 것이 좋지 않겠나?"

동파 학사도 옆에서 찬성을 했다. 이날 밤 진관은 소매와 나란히 천지(天地)와 부모님들께 절을 올리고 백년가약을 맺었다. 그것은 바로 이런 말로 대변된다.

똑똑한 여자가 똑똑한 서방을 얻어	聰明女得聰明婿
큰 급제를 한 뒤 작은 급제를 하네	大登科後小登科36)

이날 밤, 달은 대낮처럼 밝았다. 소유는 대청에서 연회를 마친 뒤 신방으로 들어가려 하던 참이었다. 그런데 보아하니 방문은 안으로 잠겨 있었으며 뜰에는 작은 책상이 놓여 있었고 그 위에는 종이, 먹, 붓, 벼루 등과 봉투 세 개 그리고 술잔 세 개가 있는 것이었다. 그 술잔 가운데 하나는 옥잔(玉盞)이었으며 다른 하나는 은잔(銀盞)이었고 나머지 하나는 오지 잔[瓦盞]이었다. 청의(靑衣)를 입은 어린 시녀가 곁에 지켜 서 있기에 소유가 말하기를 "아가씨께 신랑이 이미 당도해 있는데 어찌 문을 열지 않는 게냐고 전하거라."라고 했다. 그러자 시녀가 말했다.

"아가씨의 명을 받았습니다. 여기에 제목 세 개가 있는데 세 가지 시험에 모두 합격하셔야 방에 들어가실 수 있습니다. 제목들은 이 세 개의 종이봉투 안에 있습니다."

소유가 술잔 세 개를 가리키며 묻기를 "이것은 또 무슨 뜻인가?"라고 하자, 시녀가 이렇게 답했다.

....

푸른색 관복을 입었다. 金나라 때 제도에서는 進士 시험 급제자를 상중하 三甲으로 나누고 中下甲의 進士는 푸른색 관복을 입도록 했으며 은으로 장식한 띠를 찼다.

36) 소등과(小登科): 登科는 '及第'의 뜻으로 옛날 결혼할 때 신랑이 몸에 붉은 비단 띠를 두르고 꽃을 단 것이 마치 급제한 장원의 옷차림과 비슷하다고 하여 선비가 혼례를 치르는 것을 '작은 급제' 즉 '小登科'라고 불렀다.

"그 옥잔은 술을 담는 잔이고 은잔은 차를 담는 잔이며 오지 잔은 맹물을 담는 잔입니다. 세 차례의 시험에 모두 합격하시면 옥잔으로 미주 세 잔을 드시게 한 뒤 신방으로 맞아들이실 겁니다. 두 차례 합격하셨으나 한 차례 떨어지시면 은잔으로 녹차를 드신 뒤 갈증을 푸시고 내일 밤을 기다리셨다가 다시 시험을 보시게 됩니다. 한 차례 합격하고 두 차례 떨어지시면 오지 잔으로 맹물을 드신 뒤, 벌칙으로 바깥 행랑채에서 석 달 동안 공부를 하셔야 합니다."

소유가 살짝 냉소를 띠며 말했다.

"다른 수재들은 과거에 응시하러 갈 때 쉬운 글제가 나오기를 빌지만 하관(下官)은 일찍이 제과에 합격할 정도로 문재가 뛰어난데 세 개의 글제는 물론이고 삼백 개라도 어찌 두려워하겠는가?"

시녀가 말했다.

"우리 아가씨는 유식한 척하며 어려운 문장을 떠벌리면서 글제로 전고만을 내는 눈멀고 범상한 시험관과는 다릅니다. 아가씨의 글제는 아주 어렵거든요! 첫 번째 문제는 절구 한 수인데 신랑도 한 수를 지어 출제한 의도에 부합되어야 비로소 합격으로 칠 수 있습니다. 두 번째 문제는 네 구의 시로, 그 구절에 고인(古人) 네 명이 감춰져 있는데 하나도 틀림없이 맞춰야만 합격으로 칠 수 있습니다. 세 번째 문제는 쉽습니다. 일곱 글자에 대해 대구(對句)만 잘하시면 곧장 미주를 드신 뒤, 신방으로 들어가실 수 있지요."

소유가 "첫 번째 문제를 내거라."라고 하자, 시녀가 첫 번째 종이봉투를 가져와 뜯어서 신랑에게 주며 직접 보라고 했다. 소유가 봉투를 보니 그 안에 예쁘장한 편지지 한 장이 있었으며 그 위에 네 구로 된 시가 적혀 있었다.

동철(銅鐵)은 큰 도가니 속에 던져지고　　　　　銅鐵投洪冶
땅강아지와 개미들은 흰 벽을 오르는구나　　　　螻蟻上粉牆

음양의 뜻은 두 가지가 아닌 오직 한 가지며 　　　陰陽無二義

천지 가운데 내가 있도다 　　　天地我中央

소유는 속으로 생각했다.

"이 문제는 다른 사람이면 반드시 맞추지 못할 게야. 내 일찍이 소씨 아가씨를 보려고 떠도는 도사로 가장해 동악묘에서 동냥을 한 적이 있었지. 이 네 구로 '화연도인(化緣道人)'[37] 네 글자를 함축하여 나를 놀리려는 것이 분명하다."

이에 달빛 아래에서 붓을 들어 이런 시 한 수를 문제 뒤에 적었다.

하늘의 조화가 어찌해 봄을 재촉하는가 　　　化工何意把春催

인연이 이름난 화원에 닿으면 꽃은 절로 　　　緣到名園花自開
　필 터인데

봄바람도 원래 주인이 있다며 　　　道是東風原有主

사람마다 화단에 감히 올라가지 못하네 　　　人人不敢上花臺

시를 다 쓴 것을 시녀가 보고서 그 편지지를 세 번 접어 창틈 안으로 밀어 넣으며 소리 높여 말하기를 "신랑이 답안을 제출하여 첫 번째 시험은 끝났습니다."라고 했다. 소매가 시를 보니 매구의 첫 글자를 합치면 '화연도인(化緣道人)' 네 글자가 되기에 빙그레 미소를 지었다. 소유가 다시 두 번째 봉투를 뜯어서 보니 또한 예쁘장한 편지지 한 장이 있었는데 그 위에는 네 구로 된 이런 시가 적혀 있었다.

....

37) 화연도인(化緣道人): 동냥을 하는 道人이란 뜻이다. 이 네 글자는 위의 시 각 구에 한 자씩 각각 함축되어 있다. '동철(銅鐵)'이 큰 도가니 속에 던져지면 녹을 것이니 '化' 자가 되고, 땅강아지와 개미가 흰 벽을 올라가는 것은 '기어오르다'는 의미에서 '緣' 자가 된다. 《周易·繫辭上》에 '一陰一陽之謂道'라는 구절이 있듯이 '陰陽'은 두 가지 뜻이 아니라 오직 '道'만을 이른다는 뜻이며, 天地 가운데 있는 것은 곧 '사람(人)'이 되는 것이다.

아비보다 강하고 할아비보다 탁월하여 성취가   强爺勝祖有施爲
　있도다

벽을 뚫어 이웃집 등불 빛을 훔쳐 밤새 책을   鑿壁偸光[38]夜讀書
　읽도다

바느질 자국을 보고 어머니를 항상 그리워하도다   縫線路中常憶母

노옹이 종일토록 동네문 어귀를 기대고 있도다   老翁終日倚門閭

　　소유는 이를 보고 깊이 생각하지도 않고서 일일이 명확하게 적었다. 첫 번째 구는 손권(孫權)[39]을 이르고 두 번째 구는 공명(孔明)[40]을 말하며, 세 번째 구는 자사(子思)[41]를 이르고 네 번째 구는 태공망(太公望)[42]을 말하는 것이었다. 시녀는 답안을 적은 편지지를 다시 또 창문 틈으로 밀어 넣었다. 소유는 입으로 비록 말을 하지는 않았지만 마음속으로 이렇게 생각했다.

....

38) 착벽투광(鑿壁偸光): 漢나라 劉歆의 《西京雜記》 권2에 따르면, 西漢 때의 경학가인 匡衡(자는 稚圭)이 어렸을 때 집이 가난하여 낮에는 품팔이를 하고 밤에는 공부를 하려했으나 등불이 없었다. 이웃집은 등불을 밝히고 있었기에 匡衡은 벽을 뚫고 그 불빛에 의지해 책을 읽었다고 한다. 이로 인해 '鑿壁偸光'은 고학을 뜻하는 전고로 쓰이게 되었다.

39) 손권(孫權): 삼국시대 吳나라를 세운 太祖大皇帝 孫權(182~252)을 이른다. 첫 구에서 "아비보다 강하고 할아비보다 더 탁월하여 성취가 있도다"고 했으니 이는 孫子가 權勢 있다는 말로 '孫權'을 가리키고 있다.

40) 공명(孔明): 삼국시대의 蜀나라 諸葛亮(181~234)을 이른다. 자는 孔明이고 호는 臥龍이며, 《三國志·蜀志》 권5에 그에 대한 전이 있다. 둘째 구에서 "벽을 뚫어 이웃집 등불 빛을 훔쳐 밤새 책을 읽도다"라고 했으니 이는 '구멍(孔)'에서 '빛이 나온다(明)'는 말로 '孔明'이 되는 것이다.

41) 자사(子思): 공자의 嫡孫 孔伋(기원전 483~402)을 이른다. 자는 子思이며 '述聖'이라고 불리었다. 셋째 구에서 "바느질 자국을 보고 어머니를 항상 그리워하도다"고 했으니 '자식(子)'이 어머니를 '그리워한다(思)'는 말로 '子思'가 된다.

42) 태공망(太公望): 周文王을 도와 商紂를 멸망시키고 周나라를 건국한 공신 姜子牙(기원전 약 1156~기원전 약 1017)를 이른다. 이름은 尙 혹은 望이라 했으며, 姜太公 혹은 太公望이라고도 불리었다. 넷째 구에서 "노옹이 종일토록 동네문 어귀를 기대고 있도다"라고 했으니 '노옹(太公)'이 '문에 기대어 바라보다(望)'는 말로 '太公望'이 된다.

"이 두 문제로는 확실히 나를 곤란하게 할 수는 없고, 세 번째 문제는 대구를 맞추는 것인데 나는 대여섯 살부터 대구를 할 줄 알았으니 어렵게 생각할 건 없다."

다시 세 번째 편지지를 뜯어서 보니 거기에 이런 구가 있었다.

> 문을 닫고서 창문을 밀어젖히니 달이 앞에 閉門推出窗前月
> 뜨는구나

처음 봤을 때는 쉽다고 여겼으나 자세히 생각해 보니 이 구는 아주 교묘하게 문제를 낸 것이었다. 만약 평범한 대구를 지으면 솜씨를 보일 수 없을 것이기에 이리저리 생각을 했으나 대구를 맞출 수가 없었다. 초루(譙樓)에서 삼경(三更)을 알리는 북소리가 끝나가는 것이 들리는데도 구상이 떠오르지 않자 소유는 더욱더 당황스러웠다. 각설, 이때 소동파가 아직 잠을 자지 않고 있다가 매부의 소식을 알아보려고 그곳으로 왔다. 멀리서 보니 소유가 뜰에서 빙빙 돌면서 입으로 "폐문퇴출창전월[閉門推出窗前月]" 이 일곱 글자만 중얼거리며 오른손으로 창문을 미는 흉내를 내는 것이었다. 동파가 생각하기를 "이는 필시 소매가 저 구절을 대구로 난제를 던져 소유가 곤경에 처한 게야. 내가 도와주지 않으면 누가 맺어주겠나?"라고 했다. 하지만 급히 생각해 봐도 좋은 대구가 여전히 떠오르지 않았다.

뜰 가운데 있던 꽃 항아리 하나에 물이 가득 담겨 있었는데 소유는 한 차례 그 주위를 돌다가 우연히 항아리에 기댄 채 그 속에 담겨 있는 물을 보게 되었다. 동파가 이를 바라보고서 영감이 떠올라 소유에게 가르쳐 주고 싶었지만 소매가 알게 되면 매부의 체면이 깎일까 염려되었다. 그리하여 동파는 멀찍이 서서 헛기침소리를 한 번 내고는 땅에서 조그만 벽돌조각을 주어 항아리 속으로 던졌다. 벽돌조각이 항아리 속의 물에 부딪쳐 물 몇 방울이 소유의 얼굴에 튀고 물속에 비쳤던 하늘과 달그림자가 분분이 어지럽게 흩어졌다. 이에 소유가 즉시 깨닫고서 붓을

대구를 짓는 진소유를 소동파가 도와주는 장면, 민국 10년, 상해광아서국(上海廣雅書局), 《신증전도족본금고기관(新增全圖足本今古奇觀)》 삽도

든 뒤 이렇게 대구를 썼다.

> 돌을 던져 물에 부딪치니 물속의 하늘이　　　　投石冲開水底天
> 열리누나

　시녀가 세 번째 문제의 답지를 넘기자 끼익하는 소리가 나며 방문이 활짝 열렸다. 그러더니 안에서 또 한 명의 시녀가 나와서 손에 은 주호(酒壺)를 들고 옥잔에 미주를 따라 신랑에게 바치면서 말하기를 "재자께서는 가득히 술 세 잔을 드시고 이것을 노고하신 것에 대한 상으로 여겨 주십시오."라고 하는 것이었다. 이때 소유가 의기양양하게 연거푸 술 세 잔을 마시자 시녀는 그를 부축하여 신방으로 들여보냈다. 이날 밤 가인

과 재자는 서로 마음에 들었으니 그것은 바로 이런 말로 대변된다.

즐거우면 밤이 짧다 불평하고　　　　　　歡娛嫌夜短
적적하면 밤이 길다 원망한다네　　　　　寂寞恨更長

　이로부터 부부가 화목하게 지낸 얘기는 여기서 하지 않기로 한다. 나중에 소유는 벼슬을 하러 절중(浙中) 지방에 가 있고 동파 학사는 경도에 있었기에 소매는 오빠가 보고 싶어 경도로 귀성했다. 동파에게는 선우(禪友) 한 명이 있는데 불인선사(佛印禪師)[43]라고 불리었으며 일찍이 동파에게 벼슬길이 순탄할 때 물러나라고[44] 권한 적이 있었다. 하루는 그가 장가(長歌) 한 편을 보내왔는데 동파가 그것을 보니 이상하게 쓰여 있었다. 한 글자가 두 번 반복되어 모두 백삼십 쌍의 글자가 있었던 것이다. 쓰여 있는 글자가 무슨 글자였는가?

野野　鳥鳥　啼啼　時時　有有　思思　春春　氣氣　桃桃　花花　發發　滿滿　枝枝

鶯鶯　雀雀　相相　呼呼　喚喚　岩岩　畔畔　花花　紅紅　似似　錦錦　屛屛　堪堪

看看　山山　秀秀　麗麗　山山　前前　煙煙　霧霧　起起　淸淸　浮浮　浪浪　促促

潺潺　湲湲　水水　景景　幽幽　深深　處處　好好　追追　遊遊　傍傍　水水　花花

---

43) 불인선사(佛印禪師, 1032~1098): 宋나라 때 雲門宗의 승려로 법호는 了元이고 조정에서 佛印禪師라는 호를 내려주었다. 여러 名刹에서 주지를 지냈고 소동파와 교분이 두터워 宋代 筆記에 많은 일화를 남겼다.

44) 급류용퇴(急流勇退): '급류에서 과감하게 물러나'는 뜻으로 아직 벼슬길이 순조로울 때 물러나 명철보신하는 것을 이른다. 宋나라 邵伯溫의 《聞見前錄》 권7에 이런 이야기가 나온다. 宋나라 陳摶이 錢若水와 만나기로 했는데 錢若水가 가서보니 陳摶이 한 노승과 함께 화로 옆에 있었다. 노승이 錢若水를 한참 동안 보고 있다가 부저가락으로 재에 '做不得(할 수 없다)'라는 세 글자를 쓴 뒤, "급류에서 과감히 물러나는 사람이로다.(是急流中勇退人也.)"라고 말했다. 이후 錢若水는 樞密副使까지 벼슬을 하다가 과연 40대에 벼슬에서 물러났다.

似似 雪雪 梨梨 花花 光光 皎皎 潔潔 玲玲 瓏瓏 似似 墜墜 銀銀 花花

折折 最最 好好 柔柔 茸茸 溪溪 畔畔 草草 靑靑 雙雙 蝴蝴 蝶蝶 飛飛

來來 到到 落落 花花 林林 裏裏 鳥鳥 啼啼 叫叫 不不 休休 爲爲 憶憶

春春 光光 好好 楊楊 柳柳 枝枝 頭頭 春春 色色 秀秀 時時 常常 共共

飮飮 春春 濃濃 酒酒 似似 醉醉 閒閒 行行 春春 色色 裏裏 相相 逢逢

競競 憶憶 遊遊 山山 水水 心心 息息 悠悠 歸歸 去去 來來 休休 役役

　동파는 두세 번을 보고서도 일시에 읽어내지 못하고 깊은 생각에 빠져 있기만 했다. 소매가 그것을 가져다 한 번 보더니 곧바로 알아차리고는 "오라버니, 이 노래가 뭐 이해하기 어려워요? 이 동생이 읽어드릴 테니 들어보세요."라고 말한 뒤, 곧바로 이렇게 낭송하는 것이었다.

들새가 우네	野鳥啼
들새가 우는 때때 그 뜻이 있다네	野鳥啼時時有思
뜻이 있어 봄기운으로 도화가 피고	有思春氣桃花發
봄기운으로 도화가 온 가지에 피네	春氣桃花發滿枝
온 가지 앉아 있는 꾀꼬리와 참새가 서로 부르며	滿枝鶯雀相呼喚
꾀꼬리와 참새가 바위 가에서 서로 부르네	鶯雀相呼喚岩畔
바위 가 붉은 꽃은 비단병풍 같고	岩畔花紅似錦屛
붉은 꽃이 비단병풍 같아 볼만도 하구나	花紅似錦屛堪看
볼만한 산	堪看山
산은 수려하고	山秀麗
수려한 산 앞에 연무가 일어	秀麗山前煙霧起
산 앞에 연무가 일더니 맑게 떠걷히네	山前煙霧起淸浮
맑은 파도 일고 물은 흘러가고	淸浮浪促潺湲水
파도가 일며 흐르는 물의 경치 그윽하구나	浪促潺湲水景幽

경치 그윽한 곳이 좋고 　景幽深處好

그윽한 곳이 유람하기 좋다네 　深處好追遊

유람하면서 물가의 꽃을 감상하니 　追遊傍水花

물가의 꽃이 눈과 같도다 　傍水花似雪

눈 같은 배꽃은 흰 빛을 발하고 　似雪梨花光皎潔

배꽃의 흰 빛은 영롱하구나 　梨花光皎潔玲瓏

영롱해 떨어질 듯한 은 같은 꽃이 꺾일 듯 　玲瓏似墜銀花折

떨어질 듯한 은 같은 꽃이 가장 꺾기 좋다네 　似墜銀花折最好

가장 좋은 부드러운 풀은 시냇가의 풀인데 　最好柔茸溪畔草

부드러운 풀이 시냇가에 새파랗게 나 있구나 　柔茸溪畔草靑靑

쌍쌍이 나비가 날아와 　雙雙蝴蝶飛來到

나비가 날아와서 낙화에 이르렀네 　蝴蝶飛來到落花

낙화한 숲속에서 새는 울고 　落花林裏鳥啼叫

숲속에서 새가 울기를 그치지 않도다 　林裏鳥啼叫不休

새가 울기를 그치지 않는 건 춘광이 좋은
　걸 기억하기 때문이요 　不休爲憶春光好

춘광에 양류(楊柳)가 좋은 걸 기억하기
　때문이라네 　爲憶春光好楊柳

양류 가지 위에 춘색이 빼어나고 　楊柳枝頭春色秀

양류 가지 위에 춘색이 빼어날 땐 항상 함께
　술을 마시네 　枝頭春色秀時常共飮

항상 함께 봄기운이 짙은 술을 마신다오 　時常共飮春濃酒

봄기운이 짙은 술에 취한 듯하니 　春濃酒似醉

취한 듯이 봄 경치 속을 한가로이 거닐도다 　似醉閒行春色裏

한가로이 거닐다가 봄 경치 속에서 서로 만나 　閒行春色裏相逢

서로 만나 경쟁하듯 다투어 산수 유람한
　것을 추억하고 　相逢競憶遊山水

다투어 산수를 유람한 것을 추억하니 마음이
　가라앉네 　競憶遊山水心息

마음이 가라앉았으니 유유히 돌아가야지 　心息悠悠歸去來

돌아가 끝없는 고역을 그만둬야지 　歸去來休休役役

소매가 읽는 것을 동파가 듣고는 크게 놀라며 말했다.

"누이동생의 총명함에 내 미치지 못하겠다! 만약 남자였다면 벼슬이 반드시 나를 훨씬 넘어섰을 게야."

그리하여 불인이 원래 쓴 장가(長歌)와 소매가 구두(句讀)한 것을 모두 적어서 한 데 봉해 소유에게 보냈다. 그리고 자기는 여러 번 읽었어도 이해하지 못했지만 소매는 한 번 보고도 알아본 것을 거기에 적었다. 소유도 불인이 쓴 것을 처음 보고는 또한 이해하지 못했으나 소매가 구두한 것을 나중에 읽으니 비로소 꿈에서 깨어난 것 같이 깨달았으므로 이를 매우 부끄럽게 여기며 감탄했다. 이에 단가(短歌)를 지어 이렇게 화답했다.

내 노래는 스님의 노래가	未及梵僧歌
언사와 의미가 서로 맞물리는 것에 미치지 못하오	詞重而意複
글자마다 구슬을 이어놓은 듯	字字如聯珠
행마다 옥을 꿰어놓은 듯	行行如貫玉
당신은 한 번 읽어 안 것을	想汝惟一覽
나는 수삼 번을 봐야 했다오	顧我勞三復
시를 지어 멀리서 그리움을 보내면서	裁詩思遠寄
진심을 비슷한 시체에 담았으니	因以眞類觸
당신은 자세히 생각해 보시게나	汝其審思之
내 마음이 드러나 있다오	可表予心曲

단가(短歌) 뒤에 첩자시(疊字詩) 한 수를 지어 적었는데 또한 이상하게 쓴 시였다.

別離時聞漏轉

憶　　　　　　　靜

期歸阻久伊思

소유의 서신이 도착했을 때 동파와 소매는 호수에서 연꽃 따는 것을 한창 구경하고 있었다. 동파가 먼저 서신을 뜯어보고 나서 소매에게 건네주며 묻기를 "너는 이 시를 이해할 수 있느냐?"라고 하자, 소매는 "이 시는 불인선사가 쓴 시체(詩體)를 본뜬 겁니다."라고 말한 뒤, 곧 이렇게 읊었다.

고요히 그대를 그리워하지만 돌아갈 기약은 멀고	靜思伊久阻歸期
돌아갈 기약이 멀기에 이별할 때를 떠올리네	久阻歸期憶別離
이별할 때를 떠올릴 적에 물시계 도는 소리가 들리니	憶別離時聞漏轉
물시계 도는 소리를 들으며 고요히 그대를 그리워하네	時聞漏轉靜思伊

동파가 감탄하며 말하기를 "내 누이동생은 정말로 세상에 둘도 없는 총명한 사람이구나! 오늘 연꽃 따는 성대한 모임이 있는데 이 일을 가지고 각자 한 수씩 화답하는 시를 지어서 소유에게 부쳐 너와 내가 오늘 유람한 것을 알리도록 하자."라고 했다. 동파의 시가 다 되자 소매의 시도 완성되었다. 소매의 시는 이러했다.

```
         閞新歌聲漱玉
一                  採
    津楊綠在人蓮
```

동파의 시는 이러했다.

```
         力微醒時已暮
酒                  賞
    飛如馬去歸花
```

소유의 시처럼 읽으면 소매의 첩자시(疊字詩)는 이러하다.

연꽃을 따는 이가 푸른 백양나무가 있는 採蓮人在綠楊津
　나루터에서
푸른 백양나무가 있는 그 나루터에서 신곡 한 在綠楊津一闋新
　가락을 부르네
신곡 한 가락을 부르는 그 소리는 옥을 두드리는 一闋新歌聲漱玉
　듯한데
옥을 두드리는 듯이 노래하는 자는 연꽃을 歌聲漱玉採蓮人
　따는 사람이라네

동파의 첩자시는 이러하다.

꽃구경하다 돌아가는데 말은 나는 듯하고 賞花歸去馬如飛
말은 나는 듯한데 술기운이 조금 남아있구나 去馬如飛酒力微
술기운이 조금 남아있는데 깨어나 보니 때는 酒力微醒時已暮
　이미 저물고
깨어나 보니 때는 이미 저물어 꽃구경하다 醒時已暮賞花歸
　돌아가누나

　시 두 수를 보내자 소유는 그것을 읽고 나서 감탄하기를 그치지 않았
다. 그들 부부가 서로 화답한 시는 너무 많아서 자세히 기술할 수도 없다.
나중에 소유는 재명(才名)으로 한림학사에 임용되어 이소(二蘇)와 같은
벼슬을 했다. 일시에 이들 처남과 매부 세 사람이 나란히 사관(史官)의
직위에 있었으니 이는 예부터 드문 일이었다. 이에 선인태후(宣仁太
后)45) 또한 소소매의 재명을 듣고 항상 내관(內官)으로 하여금 비단이나
술, 음식 따위를 하사하며 시를 제영해 달라고도 했다. 한 편의 시를 얻

....

45) 선인태후(宣仁太后): 宋나라 英宗인 趙曙의 황후이자 神宗인 趙頊의 어머니였
　던 宣仁聖烈皇后 高氏(1032~1093)를 이른다.

을 때마다 궁중에서 전송(傳誦)되어 그 명성이 경도에 자자했다. 그 후 소매가 소유보다 먼저 죽자 소유는 끊임없이 그녀를 그리워하며 종신토록 재취하지 않았다. 그 증거가 되는 시가 있다.

문장에서는 자고로 삼소(三蘇)를 말하는데	文章自古說三蘇
소매의 총명함은 사내를 넘어섰다네	小妹聰明勝丈夫
신랑에게 세 난제를 던진 것은 진실로 특이한 일이거니	三難新郎眞異事
한 가문의 빼어난 기운이 세상에 둘도 없어라	一門秀氣世間無

第十七卷 蘇小妹三難新郞

聰明男子做公卿, 女子聰明不出身. 若許裙釵應科擧, 女兒那見遜公卿.

自混沌初闢, 乾道成男, 坤道成女, 雖則造化無私, 却也陰陽分位. 陽動陰靜, 陽施陰受, 陽外陰內. 所以男子主四方之事, 女子主一室之事. 主四方之事的, 頂冠束帶, 謂之丈夫, 出將入相, 無所不爲; 須要博古通今, 達權知變. 主一室之事的, 三綹梳頭, 兩截穿衣46), 一日之計, 止無過饔飧井臼; 終身之計, 止無過生男育女. 所以大家閨女, 雖曾讀書識字, 也只要他識些姓名, 記些帳目. 他又不應科擧, 不求名譽, 詩文之事, 全不相干. 然雖如此, 各人資性不同. 有等愚蠢的女子, 教他識兩個字, 如登天之難. 有等聰明的女子, 一般過目成誦, 不敎而能. 吟詩與李杜爭强, 作賦與班馬鬪勝, 這都是山川秀氣, 偶然不鍾於男而鍾於女. 且如漢有曹大家, 他是那班固之妹, 代兄續成漢史. 又有個蔡琰, 製胡笳十八拍, 流傳後世. 晉時有個謝道韞, 與諸兄詠雪, 有柳絮隨風之句, 諸兄都不及他. 唐時有個上官婕妤, 中宗皇帝教他品第朝臣之詩, 臧否一一不爽. 至於大宋婦人, 出色的更多. 就中單表一個叫作李易安, 一個叫作朱淑眞. 他兩個都是閨閣文章之伯, 女流翰苑之才. 論起相女配夫, 也該對個聰明才子. 爭奈月下老錯注了婚籍, 都嫁了無才無學之人, 每每怨恨之情, 形於筆札. 有詩爲證:

鷗鷺鴛鴦作一池, 曾知羽翼不相宜! 東君不與花爲主, 何似休生連理技!

---

46) 三綹梳頭 兩截穿衣(삼류소두 양절천의): '三綹梳頭'는 머리카락을 오른쪽과 왼쪽 그리고 가운데 이렇게 세 타래로 나누어서 머리를 빗는 머리양식을 이르고, '兩截穿衣'는 저고리와 치마 이렇게 아래위로 나눠 옷을 입는 복장 양식을 이르는 말로 이는 모두 옛날 부녀자들의 전형적인 차림을 이른다.

那李易安有《傷秋》一篇, 調寄《聲聲慢》:

> 尋尋覓覓, 冷冷清清, 淒淒慘慘戚戚. 乍煖還寒時候, 正難將息. 三杯兩
> 盞淡酒, 怎敵他晚來風力! 雁過也, 總傷心, 却是舊時相識. 滿地黃花堆積,
> 憔悴損, 如今有誰忺摘. 守著窗兒, 獨自怎生得黑! 梧桐更兼細雨, 到黃昏,
> 點點滴滴, 這次第怎一個愁字了得!

朱淑眞時値秋間, 丈夫出外, 燈下獨坐無聊, 聽得窗外雨聲滴點, 吟成一
絶:

> 哭損雙眸斷盡腸, 怕黃昏到又昏黃. 那堪細雨新秋夜, 一點殘燈伴夜長!

後來刻成詩集一卷, 取名《斷腸集》.

　說話的47), 爲何單表那兩個嫁人不着的? 只爲如今說一個聰明女子, 嫁
着一個聰明的丈夫, 一唱一和, 遂變出若干的話文. 正是:

> 說來文士添佳興, 道出閨中作美談.

　話說四川眉州, 古詩謂之蜀郡, 又曰嘉州, 又曰眉山. 山有蠶頤48)、峨眉,
水有岷江、環湖, 山川之秀, 鍾於人物. 生出個博學名儒來, 姓蘇, 名洵, 字
明允49), 別號老泉. 當時稱爲"老蘇". 老蘇生下兩個孩兒: 大蘇小蘇. 大蘇

----

47) 說話的(설화적): '話'는 이야기를 이르고, 唐宋 때 '說話'는 이야기를 구연으로
　　풀어가는 것을 의미하여 근대의 說書와 유사한 장르라고 할 수 있다. 魯迅은
　　《中國小說史略》에서, "說話란 것은 고금의 놀라운 일을 구연으로 하는 것을
　　이르는데 당나라 때에 이미 있었을 것이다.(說話者, 謂口說古今驚聽之事, 蓋唐
　　時亦已有之.)"라고 했다. '的'은 동사를 명사화시키는 어미로 '~을 하는 사람'을
　　의미하여 '說話的'은 '說話를 구연하는 說話人'을 말한다. 그 이야기를 '話文'
　　또는 '話本'이라고 한다.

48) 【校】蠶頤(마이): 人民文學本·繪圖本《今古奇觀》과 《醒世恆言》 각 판본에는
　　"蠶順"으로 되어 있으나 古本小說集成本《今古奇觀》에는 "蠶頤"로 되어 있어
　　이에 따른다.

49) 【校】明允(명윤): 人民文學本·繪圖本《今古奇觀》과 人民文學本《醒世恆言》에는
　　"允明"으로 되어 있으나 古本小說集成本《今古奇觀》과 古本小說集成本《醒世恆
　　言》 및《宋史·蘇洵傳》,《唐宋八大家文鈔》등에는 "明允"으로 되어 있어 이에

名軾, 字子瞻, 別號東坡; 小蘇名轍, 字子由, 別號穎濱. 兩人都有文經武緯之才, 博古通今之學, 同科及第, 名重朝廷, 俱拜翰林學士之職. 天下稱他兄弟, 謂之"二蘇". 稱他父子, 謂之"三蘇". 這也不在話下. 更有一樁奇處, 那山川之秀, 偏萃於一門. 兩個兒子未爲希罕, 又生個女兒, 名曰小妹, 其聰明絕世無雙, 眞個聞一知二, 問十答十. 因他父兄都是個大才子, 朝談夕講, 無非子史經書; 目見耳聞, 不少詩詞歌賦. 自古道: "近朱者赤, 近墨者黑." 況且小妹資性過人十倍, 何事不曉. 十歲上, 隨父兄居於京師寓中, 有繡毬花一樹, 時當春月, 其花盛開. 老泉賞玩了一回, 取紙筆題詩. 纔寫得四句, 報道: 門前客到. 老泉閣筆而起. 小妹閒步到父親書房之內, 看見桌上有詩四句:

天巧玲瓏玉一邱, 迎眸爛熳總淸幽. 白雲疑向枝間出, 明月應從此處留.

小妹覽畢, 知是詠繡毬花所作, 認得父親筆跡, 遂不待思索, 續成後四句云:

瓣瓣折[50]開蝴蝶翅, 團團圍就水晶毬. 假饒借得香風送, 何羨梅花在隴頭.

小妹題詩依舊放在卓上, 款步歸房. 老泉送客出門, 復復轉書房. 方欲續完前韻, 只見八句已足. 讀之詞意俱美. 疑是女兒小妹之筆. 呼而問之, 寫作果出其手. 老泉歎道: "可惜是個女子! 若是個男兒, 可不又是制科中一個有名人物!" 自此愈加珍愛[51], 恣其讀書博學, 不復以女工督之. 看看長成一十六歲, 立心要妙選天下才子, 與之爲配. 急切難得. 忽一日, 宰相王荊公差堂候官請老泉到府與之敍話. 原來王荊公, 諱安石, 字介甫. 未得第時, 大有賢名. 平時常不洗面, 不脫衣, 身上虱子無數. 老泉惡其不近人情, 異

따른다.

50) 【校】折(절):《今古奇觀》각 판본과 人民文學本《醒世恆言》에는 "折"로 되어 있고 古本小說集成本《醒世恆言》에는 "拆"으로 되어 있다.

51) 【校】《醒世恆言》각 판본에는 "珍愛" 뒤에 "其女" 두 글자가 있고,《今古奇觀》각 판본에는 "其女" 두 글자가 없다.

日必爲奸臣, 曾作辨奸論以譏之, 荊公懷恨在心. 後來見他大蘇小蘇連登制科, 遂舍怨而修好. 老泉亦因荊公拜相, 恐妨二子進取之路, 也不免曲意相交. 正是:

> 古人結交在意氣, 今人結交爲勢利. 從來勢利不同心, 何如意氣交情深.

是日, 老泉赴荊公之召, 無非商量些今古, 議論了一番時事, 遂取酒對酌, 不覺忘懷酩酊. 荊公偶然誇獎: "小兒王雱, 讀書只一遍, 便能背誦." 老泉帶酒答道: "誰家兒子讀兩遍!" 荊公道: "到是老夫失言, 不該班門弄斧." 老泉道: "不惟小兒只一遍, 就是小女也只一遍." 荊公大驚道: "只知令郎大才, 却不知有令愛. 眉山秀氣, 盡屬公家矣." 老泉自悔失言, 連忙告退. 荊公命童子取出一卷文字, 遞與老泉道: "此乃小兒王雱窗課[52], 相煩點定." 老泉納於袖中, 唯唯而別. 回家睡至半夜, 酒醒, 想起前事: "不合自誇女孩兒之才. 今介甫將兒子窗課屬吾點定, 必爲求親之事. 這頭親事, 非吾所願, 却又無計推辭." 沉吟到曉, 梳洗已畢, 便將王雱所作, 次第看之, 眞乃篇篇錦繡, 字字珠璣, 又不覺動了個愛才之意. "但不知女兒緣分如何? 我如今將這文卷與女兒[53]觀之, 看他愛也不愛." 遂隱下姓名, 分付丫鬟道: "這卷文字, 乃是個少年名士所呈, 求我點定. 我不得閒暇, 轉送與小姐, 教他到批閱完時, 速來回話." 丫鬟將文字呈上小姐, 傳達太老爺分付之語. 小妹滴露研朱, 從頭批點, 須臾而畢. 歎道: "好文字! 此必聰明才子所做. 但秀氣泄盡, 華而不實, 恐非久長之器." 遂於卷面批云:

> 新奇藻麗, 是其所長; 含蓄雍容, 是其所短. 取巍科則有餘, 享大年則不
> 足.

後來王雱十九歲中了頭名狀元, 未幾夭亡. 可見小妹知人之明. 這是後話. 却說小妹寫罷批語, 叫丫鬟將文卷納還父親. 老泉一見大驚, "這批語

---

52) 窗課(창과): 사숙에서 공부하는 학생이 연습으로 지은 시문을 이르는 말이다.

53) 【校】兒(아):《今古奇觀》각 판본과 古本小說集成本《醒世恆言》에는 "兒"로 되어 있고, 人民文學本《醒世恆言》에는 "傳"으로 되어 있다.

如何回復得介甫! 必然取怪." 一時污損了卷面, 無可奈何, 却好堂候官到門: "奉相公鈞旨, 取昨日文卷. 面見太爺, 還有話稟." 老泉此時, 手足無措, 只得將卷面割去, 重新換過, 加上好批語, 親手交與堂候官收訖. 堂候官道: "相公還分付過, 有一言動問: 貴府小姐曾許人否? 倘未許人, 相府願諧秦晉[54]." 老泉道: "相府議親, 老夫豈敢不從. 只是小女貌醜, 恐不足當金屋之選[55]. 相煩好言達上, 但訪問自知, 並非老夫推託." 堂候官領命, 回復荊公. 荊公看見卷面換了, 已有三分不悅. 又恐怕蘇小姐容貌眞個不揚, 不中兒子之意. 密地差人打聽. 原來蘇東坡學士, 常與小妹互相嘲戲. 東坡是一嘴鬍子, 小妹嘲云:

口角幾回無覓處, 忽聞毛裏有聲傳.

小妹額顱凸起, 東坡答嘲云:

未出庭前三五步, 額頭先到畫堂前.

小妹又嘲東坡下頦之長云:

去年一點相思淚, 至今流不到腮邊.

東坡因小妹雙眼微摳, 復答云:

幾回拭眼[56]深難到, 留却汪汪兩道泉.

....

54) 秦晉(진진): 춘추시대에 秦나라와 晉나라가 세세대대로 혼인 관계를 유지했으므로 나중에 두 집안 사이에 혼인을 맺는 것을 일러 '秦晉' 혹은 '秦晉之好'라고 하게 되었다.

55) 金屋之選(금옥지선):《漢武故事》에 따르면, 漢武帝가 어렸을 때 그의 고모인 長公主가 무제에게 아내를 얻고 싶냐고 물었을 때 무제가 고모의 딸인 阿嬌를 아내로 얻을 수 있으면 금으로 지은 집에서 살게 할 것이라고 답했다고 한다. 이 이야기로 인해 '金屋藏嬌' 또는 '金屋貯嬌'라는 말은 아내나 첩을 들이는 것을 이르게 되었다. '金屋'은 금으로 된 집이란 뜻으로 화려한 거처를 비유하며, '金屋之選'은 좋은 신붓감의 의미한다.

56)【校】眼(안):《今古奇觀》각 판본에는 "眼"으로 되어 있고,《醒世恆言》각 판본에

訪事的得了此言, 回復荊公, 說: "蘇小姐才調委實高絕. 若論容貌, 也只平常." 荊公遂將姻事閣起不題. 然雖如此, 却因相府求親一事, 將小妹才名播滿了京城. 以後聞得相府親事不諧, 慕名來求者, 不計其數. 老泉都教呈上文字, 把與女孩兒自閱. 也有一筆塗倒的, 也有點不上兩三句的. 就中只有一卷, 文字做得好. 看他卷面寫有姓名, 叫做秦觀. 小妹批四句云:

> 今日聰明秀才, 他年風流學士. 可惜二蘇同時, 不然橫行一世.

這批語明說秦觀的文才, 在大蘇小蘇之間, 除却二蘇, 沒人及得. 老泉看了, 已知女兒選中了此人. 分付門上: "但是秦觀秀才來時, 快請相見. 餘的都與我辭去." 誰知眾人呈卷的, 都在討信. 只有秦觀不到, 却是爲何? 那秦觀秀才字少游, 他是揚州府高郵人. 腹飽萬言, 眼空一世. 生平敬服的, 只有蘇家兄弟, 以下的都不在意. 今日慕小妹之才, 雖然衒玉求售[57], 又怕損了自己的名譽, 不肯隨行逐隊, 尋消問息. 老泉見秦觀不到, 反央人去秦家寓所致意. 少游心中暗喜. 又想道: "小妹才名, 得於傳聞, 未曾面試. 又聞得他容貌不揚, 額顱凸出, 眼睛凹進, 不知是何等鬼臉? 如何得見他一面, 方纔放心." 打聽得三月初一日, 要在岳廟燒香, 趁此機會, 改換衣裝, 覷個分曉. 正是:

> 眼見方爲的, 傳聞未必眞. 若信傳聞語, 枉盡世間人.

從來大人家女眷入廟進香, 不是早, 定是夜. 爲甚麼? 早則人未來, 夜則人已散. 秦少游到三月初一日五更時分, 就起來梳洗, 打扮個游方道人模樣: 頭裹靑布唐巾, 耳後露兩個石碾的假玉環兒, 身穿皂布道袍, 腰繫黃絛, 足穿淨襪草履, 項上掛一串拇指大的數珠, 手中托一個金漆鉢盂, 侵早就

....

는 "臉"으로 되어 있다.

57) 衒玉求售(현옥구수): 《論語·子罕》에 있는 "子貢曰: 有美玉於斯, 韞匵而藏諸? 求善賈而沽諸? 子曰: 沽之哉! 沽之哉! 我待賈者也."에 대한 朱熹 注에 있는 范祖禹의 말이다. '옥을 자랑하여 팔리기를 구하다'는 뜻으로 자신의 재능을 자랑하여 써 달라고 하는 것을 이른다.

到東岳廟前伺候. 天色黎明, 蘇小姐轎子已到. 少游走開一步, 讓他轎子入廟, 歇於左廊之下. 小妹出轎上殿. 少游已看見了. 雖不是妖嬈美麗, 却也清雅幽閑, 全無俗韻. "但不知他才調眞正如何?" 約莫焚香已畢, 少游却循廊而上, 在殿左相遇. 少游打個問訊[58]云:

小姐有福有壽, 願發慈悲.

小妹應聲答云:

道人何德何能, 敢求布施!

少游又問訊云:

願小姐身如藥樹, 百病不生.

小妹一頭走, 一頭答應:

隨道人口吐蓮花, 半文無捨.

少游直跟到轎前, 又問訊云:

小娘子一天歡喜, 如何撒手寶山?

小妹隨口又答云:

風道人恁地貪癡, 那得隨身金穴!

小妹一頭說, 一頭上轎. 少游轉身時, 口中喃出一句道: "「風道人」得對「小娘子」, 萬千之幸!" 小妹上了轎, 全不在意. 跟隨的老院子, 却聽得了, 怪這道人放肆, 方欲回身尋鬧, 只見廊下走出一個垂髻的俊童, 對着那道人

<hr />

58) 問訊(문신): 본래 서로에게 소식을 묻거나 인사를 한다는 뜻으로 僧尼가 남에게 합장해 인사하는 것을 '打問訊'이라고 하기도 한다.

叫道: “相公這裏來更衣.” 那道人便前走, 童兒後隨. 老院子將童兒肩上悄
地捻了一把, 低聲問道: “前面是那個相公?” 童兒道: “是高郵秦少游相公.”
老院子便不言語. 回來時, 就與老婆說知了. 這句話就傳入内裏. 小妹纔曉
得那化緣的道人是秦少游假粧的, 付之一笑. 囑咐丫鬟們休得多口.

話分兩頭. 且說秦少游那日飽看了小妹容貌不醜, 況且應答如流[59], 其
才自不必言. 擇了吉日, 親往求親. 老泉應允. 少不得下財納幣. 此是二月
初旬的事. 少游急欲完婚, 小妹不肯. 他看定秦觀文字, 必然中選. 試期已
近, 欲要象簡烏紗, 洞房花燭. 少游只得依他. 到三月初三禮部大試之期,
秦觀一舉成名, 中了制科. 到蘇府來拜丈人, 就禀復完婚一事. 因寓中無人,
欲就蘇府花燭. 老泉笑道: “今日掛榜, 脫白掛綠, 便是上吉之日, 何必另選
日子. 只今晚便在小寓成親, 豈不美哉!” 東坡學士從傍贊成. 是夜與小妹
雙雙拜堂[60], 成就了百年姻眷. 正是:

聰明女得聰明婿, 大登科後小登科.

是[61]夜月明如晝. 少游在前廳筵宴已畢, 方欲進房, 只見房内緊閉, 庭中
擺着小小一張卓兒, 卓上排列紙墨筆硯, 三個封兒, 三個盞兒, 一個是玉盞,
一個是銀盞, 一個是瓦盞. 靑衣小鬟守立旁邊. 少游道: “相煩傳語小姐, 新
郎已到, 何不開門?” 丫鬟道: “奉小姐之命, 有三個題目在此. 三試俱中式,
方准進房. 這三個紙封兒便是題目在内.” 少游指着三個盞道: “這又是甚的
意思?” 丫鬟道: “那玉盞是盛酒的, 那銀盞是盛茶的, 那瓦盞是盛寡水的. 三
試俱中, 玉盞内美酒三杯, 請進香房. 兩試中了, 一試不中, 銀盞内淸茶解
渴, 直待來宵再試. 一試中了, 兩試不中, 瓦盞内呷口淡水, 罰在外廂讀書
三個月.” 少游微微冷笑道: “別個秀才來應擧時, 就要告命題容易了, 下官

---

59) 【校】流(류): 《今古奇觀》각 판본에는 “流”로 되어 있고, 《醒世恆言》각 판본에는
“響”으로 되어 있다.

60) 拜堂(배당): 전통 혼례에서 진행하는 한 의식으로 신랑과 신부가 天地와 부모에
게 나란히 절을 올린 뒤 서로에게 절하는 것을 이른다.

61) 【校】是(시): 《今古奇觀》각 판본에는 “是”로 되어 있고, 《醒世恆言》각 판본에는
“其”로 되어 있다.

曾應過制科, 靑錢萬選[62], 莫說三個題目, 就是三百個, 我何懼哉!” 丫鬟道: “俺小姐不比平常盲試官, 之乎者也應個故事而已. 他的題目好難哩! 第一題, 是絕句一首, 要新郎也做一首, 合了出題之意, 方爲中式. 第二題四句詩, 藏着四個古人, 猜得一個也不差, 方爲中式. 到第三題, 就容易了, 止要做個七字對兒, 對得好便得飮美酒進香房了.” 少游道: “請第一題.” 丫鬟取第一個紙封拆開, 請新郎自看. 少游看時, 封着花箋一幅, 寫詩四句道:

> 銅鐵投洪冶, 螻蟻上粉牆. 陰陽無二義, 天地我中央.

少游想道: “這個題目, 別人必定猜不着. 則我曾假扮做雲游道人, 在岳廟化緣, 去相那蘇小姐. 此四句乃含着「化緣道人」四字, 明明嘲我.” 遂於月下取筆寫詩一首於題後云:

> 化工何意把春催? 緣到名園花自開. 道是東風原有主, 人人不敢上花臺.

丫鬟見詩完, 將第一幅花箋摺做三疊, 從窗隙中塞進, 高叫道: “新郎交卷, 第一場完.” 小妹覽詩, 每句頂上一字, 合之乃“化緣道人” 四字, 微微而笑. 少游又開第二封看之, 也是花箋一幅, 題詩四句:

> 強爺勝祖有施爲, 鑿壁偷光夜讀書. 縫線路中常憶母, 老翁終日倚門閭.

少游見了, 略不凝思, 一一注明. 第一句是孫權, 第二句是孔明, 第三句是子思, 第四句是太公望. 丫鬟又從窗隙遞進. 少游口雖不語, 心下想道: “兩個題目, 眼見難我不倒, 第三題是個對兒, 我五六歲時便會對句, 不足爲難.” 再拆開第三幅花箋, 內出對云:

....

62) 靑錢萬選(청전만선): ‘靑錢’은 당나라 때 주조한 開元通寶 동전 가운데 白銅으로 만든 일부 동전을 이른다. 그런 동전은 윤곽이 뚜렷하고 精美하며 청백색 빛이 났기에 사람들이 특히 좋아했다. 당나라 張鷟(약660~740)은 문장이 훌륭했는데 員外郞이었던 員半千이 그의 글을 칭찬해 “마치 푸른 동전과 같이 만 번을 뽑아도 만 번이 다 뽑힌다.(鷟文辭猶靑銅錢, 萬選萬中.)”라고 했다 한다. 이 이야기는 《新唐書·張鷟傳》에 보인다. 나중에 ‘靑錢萬選’이란 말로 문재가 뛰어난 것을 비유적으로 이르게 되었다.

閉門推出窗前月.

　初看時覺道容易, 仔細想來, 這對出得儘巧. 若對得平常了, 不見本事. 左思右想, 不得其對. 聽得譙樓三鼓將闌, 構思不就, 愈加慌迫. 却說東坡此時尙未曾睡, 且來打聽妹夫消息. 望見少游在庭中團團而步, 口裏只管吟哦"閉門推出窗前月"七個字, 右手做推窗之勢. 東坡想道: "此必小妹以此對難之. 少游爲其所困矣! 我不解圍, 誰爲撮合?" 急切思之, 亦未有好對. 庭中有花缸一隻, 滿滿的貯着一缸淸水, 少游步了一回, 偶然倚缸看水. 東坡望見. 觸動靈機[63], 欲待敎他對了, 誠恐小妹知覺, 連累妹夫體面, 不好看相. 東坡遠遠站着咳嗽一聲, 就地下取小小磚片, 投向缸中. 那水爲磚片所激, 躍起幾點, 撲在少游面上. 水中天光月影, 紛紛淆亂. 少游當下曉悟, 遂援筆對云:

　　投石冲開水底天.

　丫鬟交了第三遍試卷, 只聽呀的一聲, 房門大開, 內又走出一個侍兒, 手捧銀壺, 將美酒斟於玉盞之內, 獻上新郎, 口稱: "才子請滿飮三杯, 權當花紅賞勞." 少游此時意氣揚揚, 連進三杯, 丫鬟擁入香房. 這一夜, 佳人才子, 好不稱意. 正是:

　　歡娛嫌夜短, 寂寞恨更長.

　自此夫妻和美, 不在話下. 後少游宦遊浙中, 東坡學士在京, 小妹思想哥哥, 到京省視. 東坡有個禪友, 叫作佛印禪師, 嘗勸東坡急流勇退. 一日寄長歌一篇, 東坡看時, 却也寫得怪異, 每二字一連, 共一百三十對字. 你道寫的是甚字?

　　野野 鳥鳥 啼啼 時時 有有 思思 春春 氣氣 桃桃 花花 發發 滿滿 枝枝

....

63) 【校】觸動靈機(촉동령기):《今古奇觀》각 판본에는 "觸動靈機"로 되어 있고,《醒世恆言》각 판본에는 "觸動了他靈機 道有了"로 되어 있다.

鶯鶯 雀雀 相相 呼呼 喚喚 岩岩 畔畔 花花 紅紅 似似 錦錦 屏屏 堪堪

看看 山山 秀秀 麗麗 山山 前前 煙煙 霧霧 起起 淸淸 浮浮 浪浪 促促

潺潺 湲湲 水水 景景 幽幽 深深 處處 好好 追追 遊遊 傍傍 水水 花花

似似 雪雪 梨梨 花花 光光 皎皎 潔潔 玲玲 瓏瓏 似似 墜墜 銀銀 花花

折折 最最 好好 柔柔 茸茸 溪溪 畔畔 草草 靑靑 雙雙 蝴蝴 蝶蝶 飛飛

來來 到到 落落 花花 林林 裏裏 鳥鳥 啼啼 叫叫 不不 休休 爲爲 憶憶

春春 光光 好好 楊楊 柳柳 枝枝 頭頭 春春 色色 秀秀 時時 常常 共共

飮飮 春春 濃濃 酒酒 似似 醉醉 閒閒 行行 春春 色色 裏裏 相相 逢逢

競競 憶憶 遊遊 山山 水水 心心 息息 悠悠 歸歸 去去 來來 休休 役役

東坡看了兩三遍, 一時念將不出, 只是沉吟. 小妹取過, 一覽了然, 便道: "哥哥, 此歌有何難解! 待妹子念與你聽." 卽時朗誦云:

野鳥啼, 野鳥啼時時有思. 有思春氣桃花發, 春氣桃花發滿枝. 滿枝鶯雀相呼喚, 鶯雀相呼喚岩畔. 岩畔花紅似錦屛, 花紅似錦屛堪看. 堪看山, 山秀麗, 秀麗山前煙霧起. 山前煙霧起淸浮, 淸浮浪促潺湲水. 浪促潺湲水景幽, 景幽深處好, 深處好追遊. 追遊傍水花, 傍水花似雪, 似雪梨花光皎潔. 梨花光皎潔玲瓏, 玲瓏似墜銀花折. 似墜銀花折最好, 最好柔茸溪畔草. 柔茸溪畔草靑靑, 雙雙蝴蝶飛來到. 蝴蝶飛來到落花, 落花林裏鳥啼叫. 林裏鳥啼叫不休, 不休爲憶春光好. 爲憶春光好楊柳, 楊柳枝頭春色秀. 枝頭春色秀時常共飮, 時常共飮春濃酒. 春濃酒似醉, 似醉閒行春色裏. 閒行春色裏相逢, 相逢競憶遊山水. 競憶遊山水心息, 心息悠悠歸去來, 歸去來休休役役.

東坡聽念, 大驚道: "吾妹敏悟, 吾所不及! 若爲男子, 官位必遠勝於我矣." 遂將佛印原寫長歌, 并小妹所定句讀, 都寫出來, 做一封兒寄與少游. 因述自己再讀不解, 小妹一覽而知之故. 少游初看佛印所書, 亦不能解. 後讀小妹之句, 如夢初覺, 深加愧歎. 答以短歌云:

未及梵僧歌, 詞重而意複. 字字如聯珠, 行行如貫玉. 想汝惟一覽, 顧我
勞三復. 裁詩思遠寄, 因以眞類觸. 汝其審思之, 可表予心曲.

短歌後製成疊字詩一首, 却又寫得古怪:

```
    別離時聞漏轉
憶                靜
    期歸阻久伊思
```

少游書信到時, 正值東坡與小妹在湖上看採蓮. 東坡先拆書看了, 遞與
小妹, 問道: "汝能解否?" 小妹道: "此詩乃彷彿印禪師之體也." 即念云: "靜
思伊久阻歸期, 久阻歸期憶別離. 憶別離時聞漏轉, 時聞漏轉靜思伊." 東
坡歎道: "吾妹眞絶世聰明人也! 今日採蓮勝會, 可即事各和一首, 寄與少
游, 使知你我今日之游." 東坡詩成, 小妹亦就. 小妹詩云:

```
    閑新歌聲嗽玉
一                采
    津楊綠在人蓮
```

東坡詩云:

```
    力微醒時已暮
酒                賞
    飛如馬去歸花
```

照少游詩念出, 小妹疊字詩, 道是:

採蓮人在綠楊津, 在綠楊津一閑新. 一閑新歌聲嗽玉, 歌聲嗽玉採蓮人.

東坡疊字詩, 道是:

賞花歸去馬如飛, 去馬如飛酒力微. 酒力微醒時已暮, 醒時已暮賞花歸.

二詩寄去, 少游讀罷, 歎賞不已. 其夫婦酬和之詩甚多, 不能詳述. 後來
少游以才名被徵爲翰林學士, 與二蘇同官. 一時郎舅三人, 並居史職, 古所

希有. 於是宣仁太后亦聞蘇小妹之才, 每每遣內官賜以絹帛或飮饌之類, 索他題詠. 每得一篇, 宮中傳誦, 聲播京都. 其後小妹先少游而卒, 少游思念不置, 終身不復娶云. 有詩爲證:

文章自古說三蘇, 小妹聰明勝丈夫. 三難新郞眞異事, 一門秀氣世間無.

유원보(劉元普)가 귀한 자식 둘을 두다[劉元普雙生貴子]

▌작품 해설

이 이야기는 《초각박안경기(初刻拍案驚奇)》 권20의 〈이극양이 빈 서신을 보내고 유원보가 귀한 자식 둘을 두다(李克讓竟達空函 劉元普雙生貴子)〉이다. 입화(入話) 부분에 나오는 신령이 담장을 쌓아 달라고 하는 이야기의 본사(本事)는 송나라 홍매(洪邁)의 《이견지(夷堅志)·병지(丙志)》 권1에 〈신걸렴(神乞簾)〉이란 제목으로 나온다. 〈신걸렴(神乞簾)〉은 영주(永州) 성문 맞은편에 있는 묘(廟)의 묘신(廟神)이 그 고을 군수(郡守)가 그 앞을 매일 지나가기에 이를 피해야 하는 불편이 있으므로 보이지 않게 발[簾]을 걸어 달라는 내용이다. 입화(入話) 부분에 있는, 어떤 선비가 수세를 써줘 부부를 갈라서게 한 일로 인해 음덕이 훼손되었다는 이야기의 본사는 명나라 서함(徐咸)의 《서원잡기(西園雜記)》 권하(卷下)에 보이는데 주인공은 명나라 때 명신(名臣)이었던 왕경(王瓊)[자는 덕화(德華), 호는 진계(晉溪)]으로 되어 있다. 《서원잡기》에 의하면, 왕경이 급제하기 전에 절간에서 공부하다가 남을 위해 퇴혼서(退

婚書)를 써준 일로 인해 음덕이 훼손되자 그가 다시 퇴혼서를 되찾아 없애버려 음덕을 되살렸다고 한다. 이로써 볼 때, 〈유원보쌍생귀자(劉元普雙生貴子)〉의 입화는 이 두 이야기를 결합시킨 것으로 보인다.

　정화(正話)의 이야기는 《태평광기(太平廣記)》 권117에 〈유홍경(劉弘敬)〉이란 제목으로 나오는데 주인공의 이름은 유홍경(劉弘敬)〔자는 원부(元溥)〕으로 되어 있고 《음덕전(陰德傳)》에서 나왔다고 했다. 〈유홍경(劉弘敬)〉을 보면, 유홍경이 고아가 된 벼슬아치 집안의 딸 난손(蘭蓀)을 자기 딸보다 먼저 시집보낸 일만 기술되어 있고 이손의 빈 편지를 받고 처자식을 보살펴주는 내용은 없다. 같은 이야기가 풍몽룡의 《태평광기초(太平廣記鈔)》 권16에도 수록되어 있고 《신편분문고금유서(新編分門古今類事)》 권19에 〈명부가비(明府嫁婢)〉라는 제목으로 간략하게 보이는데 주인공의 이름은 범(范) 아무개로 되어 있고 출처는 《성도집기(成都集記)》라고 되어 있다. 명나라 오경소(吳敬所)의 《국색천향(國色天香)》 권5에도 간략하게 수록되어 있다. 이 이야기를 바탕으로 한 원나라 무명씨의 원곡(元曲) 작품으로는 〈유홍가비(劉弘嫁婢)〉〔일명 〈시인의유홍가비(施仁義劉弘嫁婢)〉〕가 있는데 《고본원명잡극제요(孤本元明雜劇提要)》 33조에 소개되어 있으며 여기에는 유홍이 이손의 편지를 받고 그의 처자식을 거둬준 이야기가 추가되어 있다. 전기(傳奇) 희곡 작품으로는 〈척소서(尺素書)〉〔일명 〈공간기(空柬記)〉〕가 있는데 《곡해총목제요(曲海總目提要)》 권43에 소개되어 있다. 조선시대 무명씨가 〈유원보쌍생귀자(劉元普雙生貴子)〉를 문언으로 개사하고자 한 작품이 《담자(啖蔗)》에 〈유홍경전(劉弘敬傳)〉이란 제목으로 수록되어 있다.

　《음덕전》이란 문헌은 지금 실전되어 두 편의 일문만 《태평광기》에 보인다. 일문으로 봐서 당나라 장경(長慶), 회창(會昌) 연간의 일을 기재했으므로 아마도 당대(唐代) 문헌일 것으로 추측된다. 두 편의 일문 가운데 하나는 음덕을 쌓아 복보(福報)를 받은 유홍경의 이야기이고, 다른 하나는 약속을 어겨 앙보(殃報)를 받은 이야기이다.

《회남자(淮南子)·인간훈(人間訓)》에서 이르기를 "대저 음덕이 있는 자는 반드시 양보(陽報; 이승에서 받는 응보)가 있고, 음행(陰行; 남에게 알려지지 않은 선행)이 있는 자는 그 이름이 반드시 드러날 것이다.〔夫 有陰德者, 必有陽報, 有陰行者, 必有昭名.〕"라고 했다. 《수서(隋書)·은 일전(隱逸傳)·이사겸(李士謙)》을 보면 이런 내용도 있다.

> 어떤 자가 이사겸에게 이르기를 "그대는 음덕이 많소이다."라고 했다. 이사겸이 말했다. "이른바 음덕이란 것이 무엇입니까? 이명(耳鳴)과 같이 오직 자기에게만 들리고 남이 아무도 알지 못한 것이오이다. 지금 내가 한 일은 그대도 다 알고 있는데 무슨 음덕이 있단 말입니까?"〔或謂士 謙曰:"子多陰德." 士謙曰: "所謂陰德者何? 猶耳鳴, 己獨聞之, 人無知 者. 今吾所作, 吾子皆知, 何陰德之有!"〕

'음덕'이란 것은 남몰래 덕을 베푸는 행위를 이른다. 이런 음덕의 의미로 놓고 볼 때 유원보가 이극양의 처자식을 거둬준 일도, 고아가 된 배난손을 시집 보내준 일도 모두 다 그 부인들에게조차 알려 주지 않고 덕을 베푼 일이니 진정한 음덕이 아닐 수 없다. 이 작품은 이런 점에서 독자에게 깊은 감동을 준다.

'음덕'이란 관념의 핵심은 인과응보 사상이다. 인과응보 사상은 선진시대 문헌에서부터 그 남상을 찾을 수 있다. 유가의 초기 경전이라고 할 수 있는 《상서(尚書)·탕고(湯誥)》를 보면 "천도는 선한 자에게 복을 내리고 악한 자에게 화를 내린다.〔天道福善禍淫.〕"라고 했고, 《상서·이 훈(伊訓)》을 보면 "선을 행하면 온갖 복이 내리고 불선을 행하면 온갖 재앙이 내린다.〔作善, 降之百祥; 作不善, 降之百殃.〕"고 했다. 《주역(周 易)·곤괘(坤卦)·문언(文言)》에서도 "선행을 많이 하는 집안에는 반드시 남는 경사가 있고 불선을 많이 하는 집안에는 반드시 남는 재앙이 있다. 〔積善之家, 必有餘慶; 積不善之家, 必有餘殃.〕"고 했다. 이런 유교 경전에서뿐만 아니라 도교 경전에서도 인과응보에 대한 내용을 어렵지 않게 찾아볼 수 있다. 노자 《도덕경(道德經)》에서 "천도는 편애함이 없으면서도 항상 착한 사람과 함께한다.[天道無親, 常與善人.]"고 했다. 《설원(說苑)·경신(敬愼)》에서는 노자의 말을 인용하면서 "선행을 하는 자는 하늘이 복으로 보답할 것이며, 불선을 행하는 자는 하늘이 화로서 보답할 것이다.[人爲善者, 天報以福; 人爲不善者, 天報以禍也.]"라고 했다. 전한(前漢) 때에 이르러 이런 선진 시대의 인과응보 사상을 바탕으로 '음덕'이란 관념이 《회남자(淮南子)》를 비롯한 《한서(漢書)》 등의 문헌에 보이기 시작한다. 《한서(漢書)·우정국전(于定國傳)》에서 우정국의 부친이 한 말 가운데 "내 옥사를 다스릴 때 음덕을 많이 쌓으며 남을 억울하게 한 적은 없었으니 자손들 중에 반드시 흥하는 자가 있을 것이다.[我治獄多陰德, 未嘗有所冤, 子孫必有興者.]"라고 말한 내용이 보인다. 〈우정국전(于定國傳)〉에 보이는 바와 같이, 음덕이란 결국 인과응보 사상에 바탕을 둔 관념으로 세속적 차원에서 자신이 공덕을 쌓아 자신은 물론이고 후손까지 복을 받게 하는 수단이었던 셈이다. 이 작품에서도 유원보는 음덕을 쌓아 수명이 연장되었을 뿐만 아니라 팔자에 없던 아들도 둘을 얻고 그 아들들도 모두 급제해 출세하는 것으로 마무리되고 있다.

　인과응보나 음덕에 대한 관념은 민중의 교화를 강조하는 고전소설에서 권선징악의 주제를 드러내는 한 패턴이 되어 긍정적인 결과와 부정적인 결과를 모두 낳았다. 한자문화권 소설사에 끼친 그 긍정적인 측면은 항상 소설에서 악에 대해 응징하는 결과를 보여줌으로써 소설 향유자들로 하여금 대리만족과 함께 소설이 인간의 삶에 대해 일종의 규범서 역할을 할 수 있게 했다는 점이다. 그 부정적 측면은 이런 정전화된 관념들로 말미암아 소설이 인간의 부조리를 비롯한 삶의 다양한 주제를 구현해내는 데 있어 일정한 걸림돌이 되었다는 점이다.

본문 역주

혼인을 보전케 한 일로 옛적에 배도(裵度)[1]가 　　全婚昔日稱裵相
　칭송되었고
장례에 도움을 준 일로 범식(范式)[2]은 천추에 　　助殯千秋慕范君
　추앙을 받는다네
개탄스럽게도 기인(奇人)들은 자주 보기가 　　　慨奇人難屢見
　힘드노니
조신(朝紳)들에게 의리를 바라지 말라 　　　　　休將仗義望朝紳

　이 시는 세상 사람들 중에서 궁한 사람들을 도와주는 자들은 적고 부유한 사람들을 보태주는 자는 많다는 것을 말하고 있다. 이런 까닭으로 속언에 이르기를 "비단 위에 꽃을 더해 주는 일[錦上添花]은 있어도 풍설 속에 숯을 보내주는 일[雪中送炭][3]은 없다."고 했으니 이 말 두 마디

....

1) 배도(裵度, 765~839): 당나라 정원 연간에 진사 급제했고 憲宗 원화 연간에 재상이 되었으며 淮西 할거세력이었던 吳元濟를 토벌한 공으로 晉國公으로 봉해져 裵 晉公이라고 불리었다. 그 후 文宗을 옹립한 공으로 中書令이 되었으며 사후에 太傅로 추봉되었다. 문학에도 조예가 있어서 그의 작품은 《全唐文》에 2권, 《全唐詩》에 1권이 수록되어 있기도 하다. 지위가 높아 아래 관원들이 모두 그에게 아부하려고 미인을 진상하였는데 그 가운데 어떤 여자가 원래 혼약한 지아비가 있다는 사실을 우연히 알게 되어 배도가 여자를 바로 돌려주고 후하게 혼수를 보내준 이야기가 《今古奇觀》 제4권 〈裵晉公義還原配〉에 자세히 나와 있다.

2) 범식(范式): 동한 때 사람으로 자는 巨卿이며 荊州刺史, 廬江太守 등의 벼슬을 역임했다. 범식이 젊었을 때 태학에서 공부하면서 張劭와 친한 친구가 되었는데 장소가 죽은 뒤 범식의 꿈에 나타나 자신이 죽은 날과 장례를 치르는 시일을 알려 주었다. 범식은 백마에 흰색 수레를 타고 바로 달려갔으며, 그가 장지에 도착하기 전까지 장소의 영구는 무덤 옆에서 더 이상 움직이지 않다가 범식이 도착하여 장소와 작별한 뒤에야 비로소 영구를 움직일 수 있어 묻을 수 있었다. 범식은 그의 무덤에 남아 나무를 심어준 뒤에 떠났다고 한다. 자세한 내용은 《後漢書·獨行列傳》에 보인다. 元나라 때 이를 바탕으로 한 雜劇인 〈死生交范張雞黍〉가 있었으며, 소설로는 馮夢龍의 《喩世明言》 권16에 실린 〈范巨卿雞黍死生交〉도 있다.

가 인정과 세태를 다 말해 주고 있다. 예를 들어 어느 쪽에 재력과 권세가 있으면 재력과 권세를 좇는 사람들은 모두 그 쪽으로만 간다는 것이다. 이는 바로 속어에서 이르는 "돛에 바람이 실린다.[一帆風.]4)"는 것이요, "비둘기도 북적거리는 데로 날아간다[鵓鴿子旺邊飛.]"는 것이니 만약 재리(財利)와 관련된다면 절로 얘기할 필요도 없겠다. 혼인대사(婚姻大事)와 남녀애정에 이르러서도 부를 탐내는 자라면 설사 왕공과 귀척(貴戚)이라 해도 부를 위해서라면 단두(團頭)5)와도 기꺼이 짝지으려할 테고, 가난을 혐오하는 자라면 비록 갑장(甲長)6)이라 해도 가난한 세가거족(世家巨族)과는 혼사를 맺지 않을 것이다. 스스로에게 약간의 세력과 단돈 두 관(貫)7)만 있어도 사람을 눈에 두지도 않는다. 하늘만큼 높은 자리에 있으면서도 진흙탕 속에 빠져 있는 사람들을 꺼내주고 자신의 돈을 내어 정성을 다해 혼인을 맺게 해 주는 그런 사람은 실로 이전에도 보기 드물었으며 근세(近世)에도 듣기 어렵다. 은연중에 하늘이 그런 사람들을 절로 살펴주실 것이다. 원래 '부부(夫婦)'라는 두 글자는 지극히 신중하고도 엄숙한 것이며, 마땅히 잘 헤아려야 하는 것이고, 응보가 너무나 분명한 것이어서 장난으로 보고 함부로 하면 절대 안 되는 것이다. 혹은 한마디 말로 한 쌍의 부부를 맺게 할 수도 있고, 혹은 문서 한 장으로 일생의 인연을 끊게 할 수도 있는 것이다. 설사 그렇게 한 사람은 모르고 있었다 해도 결국 인과응보가 빗나가지는 않는다.

차설(且說), 남직예(南直隸)8) 장주(長洲)에 촌농(村農) 하나가 있었는

---

3) 雪中送炭(설중송탄): 풍설 속에 숯을 보내준다는 뜻으로 위급한 상황에서 사람을 도와준다는 말이다.
4) 一帆風(일범풍): 돛에 바람이 가득하다는 뜻으로 매우 순조로운 상황을 비유적으로 이르는 말이다.
5) 단두(團頭): 거지의 수령을 이른다.
6) 갑장(甲長): 송나라 이래의 호적 編制로 열 가호가 한 甲이 되고 그 우두머리를 甲長 또는 甲首라고 했다.
7) 관(貫): 옛날에 동전을 실로 꿰어서 들었는데 동전 천 개를 한 貫이라고 했다.

데 성은 손(孫) 씨로 나이 오십 세 때 젊은 후처를 맞아들였다. 전처에게서 남겨진 아들 하나와 며느리가 있었는데 매우 효성스러워 부모의 말이라면 좋고 나쁨을 따지지 않고 모두 뼛속까지 믿고 따랐다. 그 영감과 아들은 매일 나가서 밭을 갈고 김을 매 집안을 먹여 살리며 생계를 꾸려나갔고, 시어미와 며느리 둘은 집에서 삼을 삼고 모시를 꼬며 스스로의 일들을 했다. 그런데 한 가지 이상한 일이 있었다. 그 시어미는 비록 오십 여 살을 먹었어도 전혀 나잇값을 못해 "부인네들은 땅에 묻혀서야 비로소 남정네 밝히는 짓이 끝난다.〔婦人家入土方休.〕"는 말이 있듯이, 영감이 집안을 먹여 살리며 생계를 꾸려가는 사람으로 그런 짓에 크게 관심이 없는 것을 보고서, 평소에 외간남자들과 떳떳치 못한 짓을 했던 것이었다. 몇 번이나 며느리 눈에 띠었지만 며느리는 얌전하고 부지런한 여자여서 효성스런 마음을 우선으로 생각해 조심하며 시부모를 모셨는데 시어미의 그런 허점을 잡으려는 마음이 어디 있겠는가? 뜻밖에도 "무심한 사람은 유심한 사람과 마주하게 된다.〔無心人對著有心人.〕"는 말처럼, 그 시어미는 이런 구설에 오르내릴 짓을 한 뒤 여러 번 며느리에게 들켜 속으로 마음이 켕기고 남부끄러운데다가 말이 나서 영감과 아들의 귀에 들어갈까 두려워, 되레 자기가 먼저 영감 앞에서 며느리의 험담을 했다. "베갯머리송사를 하면 다 된다.〔枕邊告狀, 一說便准.〕"는 말도 있듯이 영감은 마누라의 말을 믿고서 욕설을 섞어가며 몇 번 아들을 욕했다. 그 아들은 효심이 있는 사람이었기에 이런 연고도 없는 말들을 듣고 부부 둘이 온종일 말싸움을 하며 화목하게 지내지 못했다.

관객 여러분, 내 말을 들어보시오. 이 세상에 죽을 때까지 단지 일부일

---

8) 남직예(南直隸): 명나라 초기의 수도인 應天府(지금의 南京市)에 직접 예속된 지역을 直隸라고 했다. 나중에 明 成祖가 南京 應天府에서 北京으로 천도한 뒤, 南京의 관할 지역을 南直隸라고 했으며, 北京의 관할 지역을 北直隸라고 했다. 南直隸은 대략 지금의 上海市, 江蘇省, 安徽省 등의 지역에 해당한다.

처로만 사는 사람은 시종 어느 정도 정기(正氣)[9]가 있지만 '느지막이 둔 마누라'는 가장 악독하고 가장 교활하며 가장 생각이 짧소이다. 그런 마누라는 대개 한두 번 혼인을 했던 여자거나 아니면 남들이 다 고르고 남은 낮은 집안 출신의 여자거나 그도 아니면 행실이 좋지 않아 남편에게 버림받은 여자들일 것이외다. 이 몇 부류의 여자들은 매우 약아서 사람을 기쁘게 할 수도 있고 화나게 할 수도 있으며, 사람으로 하여금 마음을 변치 않게 하여 감히 자신들을 어길 수 없게 만들지요. 원래 세상의 부녀자들은 매우 지조가 굳은 여자를 제외하고는 남녀 간의 일을 얘기하면 중요하게 생각하지 않는 여자가 없소이다. 사내들은 중년에 이르면 근력이 점차 쇠해지는데 느지막이 마누라를 둔 자들은 대부분 중년에 이르렀기에 왕왕 남편은 나이가 많고 처는 젊기 마련이오이다. 만약 늙은 남자가 물같이 여린 여인을 맞이했으면 설령 수천만의 재산을 다 누리게 해줄 수 있다 해도 오직 남녀 간의 그 일만은 얼버무릴 수 없어 스스로 미안하게 생각하지요. 그리되면 마누라가 아무리 잘못이 많다 해도 하자는 대로 따를 수밖에 없어 집안이 항상 이런 여자들에 의해 혼란에 빠지곤 하오이다. 곁가지 말은 일단 이만하고 이제 이어서 앞서 했던 얘기를 계속하겠소이다.

화설(話說), 오강(吳江)에 소왕빈(蕭王賓)이라는 한 수재(秀才)가 있었는데 가슴속에 문재(文才)를 품고 있었으며 필력이 자유분방했다. 집이 가난하여 근처에 있는 집안에서 훈장을 하며 일찍 나갔다가 늦게 돌아오곤 했다. 주인집 옆에는 술집 하나가 있었는데 주인은 웅경계(熊敬溪)라고 불리었다. 주점 앞에는 작은 신당(神堂) 하나가 있었는데 그 안에는 오현영관(五顯靈官)[10]이 모셔져 있었다. 소왕빈은 주인집을 출입

---

9) 정기(正氣): 올바르고 떳떳한 좋은 기운을 이른다.

10) 오현영관(五顯靈官): 唐宋 때부터 江南 지역의 민간에서 供奉했던 邪神을 이른

하다 보니 술집 주인인 옹씨와 친숙하게 되었다. 홀연 어느 날 밤, 옹씨가 꿈 하나를 꾸었는데 꿈에서 그 다섯 신령이 이렇게 말하는 것이었다.

"소 장원(狀元)이 종일 여기를 드나들어 우리들이 그를 보고서 안절부절못하고 있다. 우리들을 위해서 신당 앞에 짧은 담장 하나를 쌓아 가려 주거라."

술집 주인 옹씨가 꿈에서 깨어나 생각하기를 "꿈이 아주 희한하네. 무슨 소 장원이라 했는데 설마하니 이웃집에서 훈장을 하는 소 수재를 말하는 겐가? 그런 궁상맞은 가난뱅이가 어찌 장원을 할 수 있겠어?"라고 하며 마음속으로 의심을 품었다. 하지만 다시 이런 생각이 들었다.

"그 소씨 빼고는 다른 소 씨 성을 가진 사람은 알지도 못하는데다가 '무릇 사람은 겉모습만으로 판단할 수 없으며 바닷물은 되로 셀 수 없다. [凡人不可貌相, 海水不可斗量.]11)'고 하잖나. 하물며 신령의 말씀이니 차라리 그럴 일이 있을 거라 믿을지언정 없을 거라 생각하면 안 될 게야. [寧可信其有, 不可信其無.]12)"

다음 날 옹씨는 잠자리에서 일어나 정말로 신당 앞에 짧은 담장 하나를 쌓아 신상(神像)을 가려준 뒤, 그 일을 마음속에 담아둔 채 얘기하지 않았다.

며칠이 지나고 나서 소 수재는 친척을 보러 장주(長洲)로 가게 되었다. 한 마을의 인가를 지나는데 한 무리의 사람들이 한데 모여서 시끄럽게 떠들어대고 있는 것이 보였다. 소 수재가 사람들 무리를 파고들어가 보

....

다. 전설에 의하면, 오현영관은 형제 다섯 명이며 五通, 五聖, 五顯靈公, 五郎神, 五猖神 등으로 불리기도 했다 한다.

11) 凡人不可貌相 海水不可斗量(범인불가모상 해수불가두량): 雜劇이나 백화소설에 많이 나오는 속어이다. 바닷물을 되로 잴 수 없듯이 사람을 외모로 판단하면 안 된다는 뜻이다.

12) 寧可信其有 不可信其無(영가신기유 불가신기무): 雜劇이나 백화소설에 많이 나오는 속어이다. 어떤 소문을 들었을 때 그것을 가짜라고 생각하기보다는 진짜라고 생각하고 대비할 수 있도록 미리 준비하는 것이 좋다는 뜻이다.

앉더니 사람들은 바로 그를 가리키며 이렇게 말하는 것이었다.

"여기 나리 한 분이 오시지 않았소. 마침 잘 오셨습니다. 이 나리한테 부탁을 드려야겠구먼. 그러면 우리 마을에서 글방 선생을 찾으러 가지 않아도 되겠어."

그러고 나서 사람들은 재빨리 소 수재에게 앉으라고 한 뒤 종이와 붓을 가져다가 말하기를 "번거로우시겠지만 나리께서 글 좀 써 주십시오. 당연히 사례해 드릴 겁니다."라고 했다. 소 수재가 말하기를 "무엇을 쓰라는 것인지요? 일단 연고를 말씀해 보십시오."라고 하자, 한 노인과 한 총각이 다가와서 이렇게 말했다.

"나리, 제 말을 들어보십시오. 저희는 이 마을에 사는 사람들로 성은 손(孫) 씨입니다. 아비와 아들 그리고 시어미와 며느리가 살고 있는데 괘씸하게도 며느리가 좋은 것은 배우지 않고 종일 시어미와 다툼만 합니다. 우리 두 부자는 식구를 부양하는 상인으로 일 년 내내 집에 머무는 시간이 얼마 되지 않아 이런 여자를 남겨두면 결국 시비덩어리가 될 겁니다. 이런 연유로 말미암아 오늘 그를 친정집으로 돌려보내 마음대로 개가를 하게 하고자 합니다. 여기 있는 분들은 모두 마을의 증인들로 수세13) 하나를 쓰려고 하는데 이 마을에서 글을 쓸 줄 아는 사람은 하나도 없습니다. 나리께서 지나가는 것을 보고 필시 재학이 있는 분일 거란 생각이 들어 써 달라고 부탁드리는 것입니다."

소 수재는 "그렇군요. 어려울 게 뭐 있겠습니까?"라고 말한 뒤, 한때 재주를 뽐내기 위해 붓을 들어 수세 한 장을 써서 그 부자에게 주었다. 두 부자는 소 수재에게 은자 오 전(錢)14)을 윤필료로 주려 했지만 소 수재는 웃으며 말하기를 "이 글자 몇 줄이 무슨 값이 있다고 은을 받겠습니까?"라고 한 뒤, 끝내 받지 않은 채 소매를 떨치며 사람들을 제치고

....

13) 수세: 休書 즉 옛날에 남편이 아내에게 주던 이혼증명서를 이른다.
14) 전(錢): 무게 단위로 1兩은 10錢이고 1錢은 10分이다.

서 제 갈 길을 갔다.

그 사람들은 수세를 며느리에게 건네주었다. 여인은 부지런하고 조심스럽게 삼사 년을 며느리 노릇을 해오다가 불쌍하게도 이유 없이 쫓겨나게 되자 원한을 품은 채 남편을 붙잡고서 울고 또 울면서 하늘을 부르고 땅을 치며 손을 놓지 않았다. 그리고 입으로는 이렇게 말했다.

"내 정말로 악심을 품고서 당신을 저버린 적이 없는데 당신은 한쪽 말만 듣고서 나를 버리는군요. 내 생전에는 변명할 데가 없지만 귀신이 된 후에는 이 일을 명백히 밝힐 겁니다. 이번 생에서 당신과 만날 수는 없지만 죽어서도 당신을 잊지 않을 것입니다!"

이 몇 마디 말로 옆에 있던 사람들도 제각기 얼굴을 가리고서 눈물을 흘렸다. 남편도 상심하여 참다못해 울기 시작하자 시어미는 그것을 보고서 아들의 마음이 변할까 두려워 곧바로 영감과 함께 며느리의 손을 뿌리치고 문밖으로 밀어냈다. 여인은 어쩔 수 없이 눈물을 머금은 채 가버렸으며 그 자세히 얘기는 하지 않겠다.

재설(再說), 술집 주인인 옹씨가 다시 꿈을 꿨는데 오현영관이 그에게 말하기를 "어서 우리들을 위해 앞에 있는 짧은 담장을 허물어버리도록 하라. 가리고 있으려니 매우 답답하구나."라고 하는 것이었다. 술집 주인이 꿈에서 말하기를 "신령님께서 전에 소인으로 하여금 그것을 쌓게 하셨는데 어찌 또 허물어버리라고 하시는 것인지요?"라고 하자, 오현영관이 이렇게 말하는 것이었다.

"전에는 소 수재가 항상 여기를 드나들어, 그 사람이 나중에 장원급제할 것이기에 우리들이 그를 보고서 안절부절못해 담장을 쌓아 가려달라고 했던 것이었다. 하지만 이제는 그가 모월 모일에 아무개를 위해 수세한 장을 써서 부부 한 쌍을 갈라놓았기에 상천(上天)에서 이 일을 알아 그의 작록(爵祿)을 감하였다. 그리하여 지금은 직책이 우리 아래가 되었기에 그를 만나도 무방하니 담장을 허물어도 된다."

술집 주인은 오현영관에게 다시 물으려던 차에 깜짝 놀라 꿈에서 깨어나 이렇게 생각했다.

"참 이상도 하구나! 설마하니 이런 일이 있을라고? 내일 내가 소 수재에게 과연 수세를 써준 일이 있었는지 물어보면 도대체 어찌된 것인지 곧바로 알 수 있을 게야."

다음 날 정말로 그는 담장을 일단 허물었다. 공교롭게도 그때 소 수재가 걸어왔다. 술집 주인이 소 수재를 부르며 말하기를 "나리, 드릴 말씀이 있으니 가게 안으로 들어오셔서 앉으시지요."라고 했다. 소 수재는 가게 안으로 들어가 앉아서 차를 마셨다. 술집 주인이 묻기를 "나리께서는 모월 모일에 남을 대신해 수세를 써준 적이 있으신지요?"라고 하자, 소 수재가 잠깐 생각을 한 뒤 말하기를 "써준 적이 있는데 어떻게 그것을 알았습니까?"라고 했다. 술집 주인은 앞뒤로 꾸었던 꿈에서 오현영관이 했던 말들을 곧바로 하나하나 그에게 일러주었다. 소 수재는 이를 듣고서 눈을 크게 뜨고 입을 벌리며 끊임없이 후회했다. 나중에 그는 과연 효렴(孝廉)으로 천거되었으며 벼슬은 단지 지주(知州)의 자리까지만 올랐다. 소 수재는 한때의 무심한 실수로 괜히 장원을 놓쳤던 것이다. 세상 사람들은 일을 할 때 결코 신중하지 않으면 안 된다. 일찍이 이를 잘 얘기한 시가 있다.

사람이 살아가며 늘 일 벌리기를 좋아하노니	人生常好事
그리한 사람은 스스로 그걸 모른다네	作者不自知
생각이 일고 뿌리가 묻힐 때	起念埋根際
마땅히 종국을 생각해야 한다오	須思決局時
행동거지는 비록 미묘하지만	動止雖微渺
이미 관련되게 되어 있다네	干連已彌滋
어리석게도 천망(天網)[15]에 걸린 뒤에야	昏昏罹天網

....

15) 천망(天網): 하늘이 친 그물이란 뜻으로 《道德經》 제73장에 있는 "하늘의 그물은 넓고 넓어 그물눈이 성긴듯하지만 놓치는 것이 없다.(天網恢恢, 疎而不失.)"라는 구절에서 나온 말이다. 악을 저지른 자는 결코 징치를 피할 수 없다는 뜻이다.

후회해도 늦었다는 것을 비로소 알게 된다오   方知悔是遲

남의 부부를 갈라놓아 받은 화가 얕지 않은 것을 보면, 남의 부부를
이루도록 해줘 얻는 복이 가볍지 않다는 것을 알 수 있다. 이제 전대(前
代)에 살았던 공경(公卿)16) 한 사람에 대해 얘기하기로 한다. 그는 다른
지역에서 온 외족(外族) 몇몇 사람들을 지친한 혈육으로 삼아 재자와
가인을 짝지어 주었고, 고아와 과부를 보전해 주었으며, 또한 썩은 해골
을 안장시켜 주기도 했다. 이 같은 음덕은 단지 부부를 보전해 준 것만이
아니었기 때문에 나중에 받은 하늘의 선보(善報)가 작지 않았다.

이 화문(話文)17)은 송(宋)나라 진종(眞宗)18) 때의 일이다. 서경(西
京)19) 낙양현(洛陽縣)에 벼슬아치 하나가 있었는데 성은 유(劉) 씨이고
이름은 홍경(弘敬)이며 자는 원보(元普)였다. 일찍이 청주자사(靑州刺
史)를 역임한 적이 있었으며, 육십 세 때 연로하여 관직을 그만두고 고향
으로 돌아와 부인 왕씨를 재취로 맞이하였는데 그녀의 나이는 아직 사십
이 안 되었다. 집안에는 재산이 많았지만 자식이 없었다. 그는 전답과
전당포들을 모두 아내의 조카인 왕문용(王文用)에게 관리하도록 맡겨둔
채, 자기는 그저 집에 있으면서 널리 선행을 베풀고 의(義)를 숭상해 재
물을 하찮게 여기며 돈을 마치 흙처럼 썼다. 이렇게 이전부터 얼마나

....

16) 공경(公卿): 고대 중앙정부의 고위관직이었던 '三公九卿'을 줄여 이르는 말로
     널리 고위관직을 이른다.
17) 화문(話文): '話'는 이야기라는 뜻이다. '話文'은 '話本'과 같은 의미로 說話人이
     說唱하는 이야기를 이른다.
18) 진종(眞宗): 宋 眞宗 趙恒(968~1022)을 이른다. 송나라 세 번째 황재로 997년부
     터 1022년까지 재위했다.
19) 서경(西京): 북송 때에는 동경, 서경, 남경, 북경 등 사경(四京)을 설치했는데
     서경은 낙양현(지금의 河南省 洛陽市)이었고 東京은 수도 汴京 즉 開封府(지금
     의 河南省 開封市)였으며, 남경은 應天府(지금의 河南省 商丘市)였고 北京은
     大名府(지금의 河北省 大名縣 일대)였다.

많은 사람들을 도와주었는지 모를 정도여서 사방에서 그의 이름을 들어보지 못한 사람이 없었다. 다만 자식이 없어 그는 밤낮으로 근심하고 있었다. 청명절을 맞이하여 유원보는 왕문용을 시켜 제품(祭品)과 술을 마련하게 한 뒤, 선영에 성묘를 하러 갔다. 부인과 각기 작은 가마에 타고 노복들은 뒤에 따르게 하고서 얼마 되지 않아 묘에 이르렀다. 술을 뿌리고 제사를 마친 뒤, 유원보는 묘 앞에 엎드려 입으로 몇 마디 말을 했다.

가엾게도 홍경은 나이가 연로한데	堪憐弘敬年垂邁
세 가지 불효 가운데 후사가 없는 것이 가장 크도다	不孝有三無後大
칠십이 된 사람은 자고로 드물다 하니	七十人稱自古稀
진세(塵世)에 남은 생, 오래 머물 수 없을 것이네	殘生不久留塵界
오늘은 부부가 선영에 절을 올리지만	今朝夫婦拜墳塋
나중엔 누가 선영에 절을 하겠나	他年誰向墳塋拜
슬하에 자식이 없는 것은 족히 슬퍼할 필요는 없지만	膝下蕭條未足悲
전부터 올렸던 제품(祭品)을 어찌 끊을 수 있으랴	從前血食何容艾
하늘은 높고 멀어 진실로 의지하기 어렵지만	天高聽遠實難憑
한 핏줄 종친께선 가엾게 여겨주소서	一脈宗親須憫愛
속마음 다 털어놓으니 눈물이 마를 듯한데	訴罷中心淚欲枯
훌륭하신 선영들께선 어디에 계신가	先靈英爽知何在

말이 이쯤에 이르렀을 때 유원보가 목 놓아 크게 울자 옆에 있던 사람들도 모두 슬퍼했다. 왕 부인은 매우 현덕한지라 눈물을 닦으면서 그의 앞으로 가서 타이르며 이렇게 말했다.

"서방님께서는 근심하지 마십시오. 비록 연세는 만년이시지만 근력이 아직 쇠하지 않으셨습니다. 첩이 설사 아이를 생육할 수 없다 해도 따로 젊은 여자를 첩으로 들이면 후사는 아직 가망이 있으니 공연히 슬퍼하시는 것은 무익합니다.”

유원보는 부인이 이렇게 말하는 것을 듣고 간신히 눈물을 거두고서 하인을 시켜 부인을 먼저 가마에 태우고 집으로 돌아가도록 했다. 그리고 자신은 남아서 시동 한 명을 데리고 한가로이 울적한 마음을 풀면서 천천히 걸어왔다. 막 집에 당도할 즈음에 이르러 손에 간판을 들고 있는 한 도사를 만났는데 그 간판에는 “풍감통신〔風鑑通神; 관상술이 신통함〕”이라고 쓰여 있었다. 유원보는 관상가인 것을 보고는 마침 후사에 대해 점을 치려하고 있었기에 곧 그를 집으로 맞이했다. 차를 마신 뒤 유원보는 단정히 앉고서 도사에게 관상을 자세히 봐달라고 청했다. 도사가 유원보의 관상을 한 차례 자세히 보고 나서 조금도 거리낌 없이 말하기를 “사군(使君)[20]의 기색을 보니 후사가 없을 뿐만 아니라 수명 또한 짧은 시일 안에 끊길 것입니다.”라고 하자, 유원보가 말했다.

“제 나이가 고희에 가까우니 죽어도 요절은 아닐 테며, 후사를 잇는 일도 이 늦은 나이에 이르렀으니 그 또한 물속에 비친 달을 건지는 것과 같습니다. 다만 제 스스로 생각할 때 평생 동안 비록 큰 덕은 쌓지 못했다 해도 약하고 위난에 빠진 자들을 도와주겠노라 마음먹은 지 이미 오래되었는데 제가 어떤 죄업을 지었기에 조상님께 대한 제사가 끊길 지경까지 이르게 되었을까요?”

도사가 미소를 지으며 말했다.

“사군의 말씀이 틀렸습니다. 예부터 이르기를 ‘부자에게 원한이 모인다.〔富者怨之叢〕’고 했듯이 사군께서 널리 가산을 가지고 계신 것을 어찌 일일이 다 다스리셨겠습니까? 그 일을 맡은 사람들은 자기 집 가산을 늘리는 것만 생각하고 공도(公道)를 지키지 않아 큰 말로 받아 작은 저울로 팔면서 갖은 방법으로 벗겨먹어 백성들의 원한을 샀습니다. 사군께서 비록 선행을 베푸신다고 하더라도 공과(功過)가 상쇄될 뿐이니 아마

....

20) 사군(使君): 州郡의 장관인 太守나 刺史에 대한 존칭이다.

복을 받으시지는 못할 겁니다. 다만 상군께서 그런 폐단들을 모두 막아 버리시고 더욱 널리 인자함을 베푸시면 다복(多福)과 다수(多壽)와 다남 (多男)은 아주 쉬운 일입니다.”

유원보는 그의 말을 묵묵히 듣기만 했다. 도사는 자리에서 일어나 작별을 한 뒤, 사례금을 받지도 않고서 표연히 가버리는 것이었다. 유원보는 그가 이인(異人)인 것을 알고 깊이 그의 말을 믿었다. 이에 전원(田園)과 전당포의 장부들을 가져다가 일일이 조사했으며 또한 암암리에 저잣거리와 향촌에 가서 여기저기 수소문을 하여 그 실정들을 모두 다 알아냈다. 그리하여 일을 관리하는 사람 여러 명을 일일이 꾸짖었으며 아내의 조카 왕문용에게조차도 한바탕 책망을 했다. 그 뒤로 더욱더 좋은 일을 베풀었는데 그 자세히 얘기는 하지 않겠다.

각설(却說), 변경(汴京)에 이손(李遜)이라는 거자(擧子)가 있었는데 자는 극양(克讓)이며 나이는 서른여섯 살이었다. 그의 아내 장씨(張氏)는 아들 이언청(李彦靑)을 낳았는데 그의 아명은 춘랑(春郞)이며 나이는 열일곱 살이었다. 이손은 본래 서월(西粵) 사람으로 경도가 멀고 의지할데 없이 너무 가난하여 과거에 응시하러 가기가 어려웠으므로 수년 전에 처자식을 이끌고 경도에 와서 우거하게 되었다. 그러다가 운 좋게도 그해에 진사 급제하여 전당현(錢塘縣) 현령을 제수받은 뒤, 길일을 택해 온가족이 함께 임지로 왔다. 이극양은 산수의 아름다운 승경이 마치 선경인 듯한 것을 보고서 자기도 모르게 마음이 상쾌했다. 하지만 가난한 선비가 박명하여 임지로 온 지 한 달도 안 되어 불치병에 걸릴 줄을 누군들 알았겠는가? 그것은 바로 이런 말로 대변된다.

| 된서리는 유독 뿌리 없는 풀에 내리고 | 濃霜偏打無根草 |
| 화는 오직 박복한 사람에게만 간다네 | 禍來只奔福輕人 |

장씨와 춘랑이 의원을 모셔다가 치료하게 했지만 온갖 방법을 다 써도

효험이 없자 이극양은 곧 죽기만을 기다리게 되었다.

하루는 이극양이 아내를 침상 앞으로 불러놓고 이렇게 말했다

"나는 평생 진력을 다해 급제를 하였으니 죽어도 여한이 없소. 하지만 돌아갈 집도 없고 의지할 친족도 없어 처자식을 과부와 고아로 내팽개치게 되니 어찌하면 좋은가? 마음이 아프고 가엾구먼!"

말을 마친 뒤, 그가 눈물을 비 오듯이 흘리자 장씨와 춘랑은 옆에서 그를 타일렀다. 이극양은 이렇게 생각했다.

"오래전부터 듣기로, 낙양의 유원보는 의리를 숭상하고 재물을 하찮게 여겨 이름이 천하에 전하는데 알든 알지 못하든 간에 실정(實情)으로 청하기만 하면 응낙하지 않는 것이 없다고 한다지. 이 사람이면 처자식을 부탁할 수 있겠다."

이에 곧 아내를 불러 말하기를 "임자, 앉을 수 있게 나를 좀 부축해 주시오."라고 한 뒤, 또한 아들 춘랑을 불러 문방사우를 가져오도록 했다. 그는 붓을 들으려던 참에 갑자기 또 멈추고서 마음속으로 매우 망설이며 생각하기를 "내 종래로 그 사람과 교분이 없어 안부를 묻기가 어려운데 이 서신을 어떻게 써야 하나?"라고 하며 한참을 생각했다. 방법 하나가 떠올라 아내와 아들에게 각각 탕(湯)과 물을 가져오라고 하여 두 사람을 모두 따돌려 내보냈다. 그들이 국과 물을 가져왔을 때에는 이미 스스로 서신을 단단히 봉하고서 그 위에 열다섯 글자를 썼는데 그것은 바로 이러했다.

> "못난 아우 이손이 낙양의 은형(恩兄) 유원보에게 서신을 올리니 친히 뜯어보십시오.〔辱弟李遜, 書呈洛陽恩兄劉元普親拆.〕

그는 그것을 처자식에게 건네며 잘 거둬두라고 한 뒤, 이렇게 말했다.

"내게 의형제를 맺은 친구가 있는데 그는 청주(靑州) 자사(刺史) 유원보로 본관은 낙양 사람이다. 그 사람은 의기(義氣)가 하늘만큼 높으니

반드시 너희 모자를 도와줄 게다. 내 서신을 가져가 그에게 의탁하면 거절하지 않을 게야. 유 백부에게 성심껏 절을 올리고 내가 살아서는 뵙지 못한다고 전해 드리도록 해라.”

이어서 장씨에게 당부하며 말했다.

“20년을 금슬 좋게 지냈는데 이제 영별하게 되었네! 형님께서 받아주시거든 조심스럽게 지내고, 반드시 아이를 가르쳐 과거에 급제하게 하여 내가 이루지 못한 뜻을 보완하도록 하오. 당신은 애를 갖은 지 두 달이 되었으니 만약 아들을 낳거든 다시 이 아비의 책을 읽게 하고, 만약 딸을 낳거든 나중에 좋은 사람에게 시집보내구려. 그러면 내 비록 죽어도 눈을 감을 수 있을 것이오.”

또 춘량에게도 이렇게 당부했다.

“너는 마땅히 유 백부를 아버지처럼 섬겨야 하고, 유 백모를 어머니처럼 모셔야 한다. 그리고 또 어머니에게 효도하고 학업에 힘써 영현(榮顯)하기를 도모한다면 내 죽어도 살아 있는 듯할 것이다. 만약 내 말을 어기면 구천에서도 편안치 못할 게야.”

두 사람은 눈물을 흘리며 가르침을 받았다.

그가 또 당부하며 말했다.

“내가 죽은 뒤에 일단 관을 부구사(浮丘寺)에 맡기고 나서 유 백부에게 의탁하기를 기다렸다가 천천히 장사를 치르도록 도모하라. 편안한 곳에 묻힐 수만 있으면 되고 다시 서월로 옮겨갈 필요는 없다.”

말을 마치고 나서 그는 가슴이 미어져 큰 소리로 외치기를 “하늘이시어! 하늘이시어! 저 이손은 이리도 청빈한데 설마 현령의 임기도 채우지 못하는 것입니까?”라고 하고는 이때 갑자기 침상 위로 쓰러져 불러도 깨어나지 못했다. 그것은 바로 이런 시로 대변된다.

새로이 황은을 입어 기쁨이 따랐건만　　　　皇恩新荷喜相隨
천수가 이미 따를 수 없다는 걸 뉘들 알았으리오　　誰料天年已莫追

이군(李君)이 일찍 죽은 것을 슬퍼하지 말라	休爲李君傷夭逝
사순이 되었으니 이미 안회(顔回)[21]보다 많이 살았지	四齡已可傲顔回

유원보(劉元普)가 귀한 자식 둘을 두다〔劉元普雙生貴子〕

　　장씨와 춘랑은 죽다 살아날 정도로 통곡했다. 장씨가 말하기를 "고아와 과부가 된 우리 두 사람을 버리고 가시다니 너무도 고통스럽구나! 만약 유군(劉君)께서 받아주지 않으시면 어떻게 해야 하나?"라고 하자, 춘랑이 말하기를 "지금은 어찌할 방법도 없으니 그저 유명(遺命)을 따를 수밖에요. 아버님께서 사람을 가장 잘 보셨으니 그 분은 정말 좋은 사람일지도 모릅니다."라고 했다. 장씨가 곧바로 짐보따리를 뒤져보니 돈 한 푼도 남아있지 않았다. 원래 이극양은 전혀 의지할 데가 없고 매우 가난한 사람이었으며, 사람됨이 몹시 청렴하고 방정한 사람인데다가 임지로 온 지 한 달도 안 되었으니 비록 재산이 조금 있었다 해도 이미 병을 고치는 데 모두 써버린 터였다. 동료들이 도와준 덕에 관을 사서 시신을 입관시킨 뒤, 그것을 관아에 놓았다. 모자 두 사람은 조석으로 곡을 하고 제사를 지냈으며, 사십구 일이 지나고 나서 유언대로 영구를 부구사에 맡겼다. 짐과 여비를 조금 챙겨서 유서를 가지고 배가 고프면 밥을 먹고 목이 마르면 물을 마시며 밤에는 투숙을 하고 날이 밝으면 길을 가 낙양현으로 향했다.

　　각설(却說), 유원보가 하루는 시재에서 한가로이 고서를 감상하고 있었는데 문지기가 와서 보고하기를 "밖에 어떤 모자(母子) 두 사람이 서월지방 사람이라 자칭하면서 나리와 교분이 두터운 사람의 친척이라고 하며 드릴 서신이 있다고 합니다."라고 했다. 유원보는 마음속으로 의심

....

21) 안회(顔回, 기원전 521~기원전 481): 자는 子淵이며 春秋 말기 魯나라 사람으로 孔子의 애제자였다. 박학하고 현명했지만 29살에 죽었다. 顔子 또는 顔淵이라고 불리었고 공자에게 올린 제사에 배향하기도 했으며 역대 제왕으로부터 많은 봉호를 받았다.

을 하며 생각하기를 "내게 그런 원친(遠親)이 어디 있나?"라고 하며 일단 들여보내라고 했다. 모자 두 사람이 면전으로 걸어와 절을 올리자, 유원보가 말하기를 "이 늙은이가 두 분 모자와 어디에서 안면이 있었는지 정말 생각이 안 나니 청컨대 자세히 알려 주십시오."라고 했다. 이춘랑이 답하기를 "저희 어머니와 저는 사실 백부님을 뵌 적이 없습니다만 선친께서는 백부님과 교분이 두텁습니다."라고 했다. 유원보가 곧 그 성명을 묻자, 춘랑이 이렇게 말했다.

"선친이신 이손은 자가 극양이고 어머니는 장씨입니다. 저의 이름은 언청이고 자는 춘랑이며 본관은 서월인(西粤人)입니다. 선친께서는 과거에 응시하시기 위해 경도에서 유락하셨습니다. 나중에 급제하여 전당현 현윤을 제수받으셨으나 부임하신 지 한 달 만에 돌아가셨습니다. 임종하실 때 저희 모자가 의지할 데가 없는 것을 가엾게 여기셔서 낙양에 계신 유 백부님과 유년시절에 맺은 의형제로 교분이 두텁다고 하시며 당신께서 돌아가신 뒤, 친필 서신을 가지고 임지를 떠나 백부님을 찾아가서 배알하고 간청을 드리라 특별히 명하셨습니다. 그리하여 저희 모자가 댁으로 찾아온 것입니다. 놀라게 해 드려 죄송합니다."

유원보는 그 말을 듣고서 망연히 속사정을 알 수 없었다. 춘랑이 곧 서신을 올리자 유원보는 봉인지에 쓰여 있는 열다섯 글자를 보고 매우 의아하게 여겼다. 그리고 그것을 뜯어보니 한 장의 백지였기에 그는 깜짝 놀라며 묵묵히 아무 말도 하지 않았다. 한동안 이리저리 생각하다가 갑자기 마음속으로 깨닫기를 "필시 그런 연고임이 틀림없다. 내 지금은 밝히지 않고 그저 저들 모자를 편히 있을 수 있게만 하면 된다."라고 했다. 장씨 모자는 그가 생각에 잠긴 것을 보고 용납하지 않을 줄로만 알았지 하늘만큼 큰 호의를 베풀 줄 어찌 알았겠는가?

유원보는 서신을 거두고서 곧바로 모자 두 사람에게 말했다.

"이형은 정말로 나와 교분이 두터운 의형제였지요. 다시 만나기를 기대했지만 이미 작고하셨을 줄 어찌 알았겠습니까? 안됐습니다, 안됐어!

오늘부터 모자 두 사람은 바로 우리 집 혈육이니 여기에서 사시면 됩니다.”

그리고 곧바로 왕 부인을 불러내 그들의 내력을 말해 주자 왕 부인은 장씨를 동서로 삼았으며 춘량은 조카의 예를 갖추었다. 당장에 잔치를 베풀어 두 사람을 대접했는데 술을 마시는 사이에 이손의 영구가 임지의 사찰에 있다는 말이 나오자 유원보는 장례를 치르는 일도 모두 떠맡았다. 왕 부인은 다시 장씨와 자세한 이야기를 나누면서 그녀가 임신을 한 지 두 달이 되었다는 것을 알게 되었다. 술자리가 끝난 뒤 그들 모자가 남쪽 누각으로 가서 편히 쉬도록 보내주었는데 그곳에는 세간과 그릇들이 하나라도 갖춰지지 않은 것이 없었다. 또한 동복(童僕) 몇 명을 보내 시중을 들도록 했기에 매일 세 끼가 매우 풍성했다. 장씨 모자는 유원보가 거둬준 것만으로도 이미 바라던 것 이상이었는데다가 이렇게 은근할 줄을 누구도 알지 못했기에 마음속으로 감사하기 그지없었다. 어느 정도의 시간이 지나 유원보는, 장씨의 성품이 온화하며 춘량은 재화(才華)가 영민한데다가 겸근(謙謹)하고 어른스러운 것을 보고서 더욱더 그들을 경중(敬重)했다. 그리고 또 그는 한편으로 사람을 보내 전당(錢塘)으로 가서 영구를 모셔오도록 했다.

하루는 유원보가 왕 부인과 함께 한가로이 앉아 있다가 저도 모르게 홀연 눈물을 흘렸다. 부인이 급히 그 연고를 묻자, 유원보가 말했다.

“내 이씨네 아들의 의용과 지기(志氣)를 보아하니 나중에 반드시 대성을 할 것이오. 내게 이런 아들 하나가 있으면 정말 죽어도 여한이 없겠소. 이제 나이가 들었어도 자식이 전혀 없으니 이 때문에 나도 모르게 슬퍼지는구려.”

이에 부인이 말했다.

“제가 누차 상공에게 첩을 들이시라고 권했으나 그저 응낙하지 않으셨지요. 이제라도 상공을 위해 측실 하나를 반드시 찾아 드리겠습니다. 꼭 아들을 낳을 수 있을 겁니다.”

유원보가 말했다.

"부인, 그런 말 하지 마시오. 내 비록 연로하지만 당신은 아직 중년이오. 만약 하늘이 유씨 집안의 후사를 끊게 하는 것이 아니라면 설마하니 당신이 아이를 낳지 못하겠소? 만약 끊어질 운명이라면 설사 희첩들이 눈앞에 가득히 있다 해도 소용이 없을 것이오."

말을 마치고 나서 그는 혼자 나가버렸다. 왕 부인은 이번에는 남편을 위해 첩을 들이기로 마음먹고서, 남편과 상의를 하면 반드시 거절할 것을 알았기에 곧 은밀히 하인을 시켜 중매를 하는 설(薛) 노파를 불러오게 해 사정을 알려 주었다. 그리고 설 노파에게 이렇게 당부했다.

"일이 성사된 뒤에야 비로소 나리께 알릴 수 있소. 반드시 용심(用心)하여 덕과 용모를 겸비한 사람을 찾아야 하오. 그러면 혹여 나리께서 받아들이실지도 모르오."

설 노파는 일일이 응낙을 하고 갔다. 얼마 지나지 않아 설 노파는 여자 몇 명을 찾았다고 와서 얘기한 뒤, 그들을 데려다가 부인에게 살펴보도록 했지만 부인의 마음에 드는 자는 하나도 없었다. 설 노파가 말하기를 "이곳의 여자들은 이 정도밖에 안 됩니다. 수도인 변량(汴梁) 같이 사방 사람들이 모두 다 모이는 곳이어야만 출중한 여자가 비로소 있을 겁니다."라고 했다. 공교롭게도 왕문용이 다른 일로 경도에 가려고 하기에 왕 부인은 은밀히 그에게 백금(百金)을 맡기며 설 노파에게 부탁해 같이 가서 여자를 찾아보라고 했다. 설 노파도 다른 중매가 있어 경도에 갈 것이었기에 양쪽이 모두 편했다. 이에 대해서는 자세히 이야기하지 않겠다.

차설(且說), 변경(汴京) 개봉부(開封府) 상부현(祥符縣)에 진사 하나가 있었는데 성은 배(裴) 씨이고 이름은 습(習)이며 자는 안경(安卿)으로 나이가 오십이었다. 부인 정씨(鄭氏)는 일찍 죽고 딸 하나만 있었는데 이름은 난손(蘭孫)이라고 했으며 나이는 열여섯 살로 의용(儀容)이 세상에 둘도 없었다. 배안경은 몇 년 동안 낭관(郎官)[22]의 벼슬을 하다가 양양(襄陽) 자사(刺史)[23]로 승직을 했다. 어떤 사람이 그에게 말하기를 "나리께서는 전부터 청빈하셨는데 이제 이런 좋은 자리를 얻으셨으니 이후로는 그저 부귀를 누릴 걱정이나 하실 뿐 가난 걱정은 하지 않으시겠습니다."라고 하자, 배안경이 웃으며 말했다.

"부(富)가 어디로부터 나온답니까? 탐욕스럽고 잔혹한 소인배들이 오직 이익만 꾀하는 것을 매번 보면, 치하(治下)에 있는 몇 가호의 백성으로 하여금 아이와 아내를 팔게 하여 자기 주머니를 채울 뿐이지요. 이들은 정말 늑대 같은 마음을 품고 개 같은 행실을 하는 놈들이오이다. 천자께서 나로 하여금 백성의 부모가 되게끔 하신 것이 어찌 내게 자민(子民)을 해치라고 하신 것이겠소? 내 이번에 가면 오직 양양의 맹물 한 잔만을 마실 것이외다. 가난은 사람에게 예사로운 일이어서 조정의 녹을 받아 추위와 굶주림을 면할 수 있으면 족하거늘 부유함을 구해서 무엇하겠소이까?"

배안경은 좋은 관원이 되겠다고 마음을 먹고는 길일을 택해 딸을 데리고 부임길에 올라 며칠도 안 되어 양양부에 이르렀다. 부임한 지 반 년만에 그곳을 다스려 물산이 풍성해지고 백성들이 편안하게 되었으며 소송이 줄고 정무가 한가하게 되었다. 민간에서 가요 몇 마디를 지었는데 거기에서 이렇게 말했다.

| 양양부 앞에 한길 하나 있는데 | 襄陽府前一條街 |
| 하루아침에 배(裴) 천대(天臺)24)가 이르렀다네 | 一朝到了裴天臺 |

....

22) 낭관(郎官): 侍郎, 中郎, 郎中 등을 통틀어 이르는 말이다. 가까이에서 황제를 侍奉하며 호위하고 간언하는 일을 담당했다. 秦나라 때부터 郎中令이 있었으며, 隋나라에 이르러 郎官은 侍郎과 郎으로 분리되었다. 당나라 때에는 六部의 郎官과 郎中 이외에도 員外郎을 두었으며 그 이후로는 제도의 변화가 거의 없었다.

23) 자사(刺史): 漢代에 전국을 13개 州로 나눈 뒤 설치한 지방관직으로 원래 조정에서 파견해 지방을 감독하는 관원이었으나 후에는 지방 장관의 관직명으로 쓰였다. 청나라 顧炎武의 《日知錄·隋以後刺史》에서 이르기를 "한나라 때의 자사는 지금의 巡按御史와 같고 魏晉 이후의 자사는 지금의 總督과 같으며 수나라 이후의 자사는 지금의 知府나 直隷知州와 같다."고 했다.

할 일 없어 육방(六房)25)의 서리들은 졸고 있고	六房吏書去打盹
문지기와 아역들은 땔감이나 하러 간다네	門子皂隷去砍柴

세월이 덧없이 흘러 또 유월 염천(炎天)이 되었다. 하루는 배안경이 난손과 함께 점심을 먹은 뒤 무더위를 감당하기 어렵기에 우물물을 길어 오게 해 더위를 식히려 했다. 잠시 후 우물물을 길어오자 배안경은 물 두 사발을 마신 뒤 딸에게 마시라고 했다. 난손이 몇 모금을 마시고 나서 말하기를 "아버지, 이렇게 밍밍한 물을 아버지께서는 어찌 그리 많이 드십니까?"라고 했다. 그러자 배안경이 말하기를 "그런 복을 차버리는 말은 하지 말거라. 너와 내가 이런 물을 마실 수 있는 것은 곧 신선과 다름없는 것인데 어찌 밍밍하다고 불평할 수 있겠느냐?"라고 했다. 이에 난손이 말했다.

"아버지, 어째서 복을 차버린다고 하시는 거예요? 이 시절에 얼마나 많은 왕손공자들이 얼음을 얹힌 연근과 물에 담가 놓은 참외와 자두를 먹는다고요. 그것도 지나친 일이 아니죠. 아버지께서는 군수로 계시면서 이런 맹물 한 잔을 마셔도 호강을 한다고 하시니 너무 우활(迂闊)하십니 다."

그러자 배안경이 말했다.

"내 딸이 아직 세상일을 모르니 내가 하는 말을 들어 보거라. 왕손공 자들은 설령 조상의 지위와 성망(聲望)을 믿고 선조들이 모아 둔 재산을 물려받아 농사도 모르고 사업도 별로 없으면서 단지 쾌락을 도모하며 호강을 누린다 해도, 즐거운 일이 다하면 슬픈 일이 생기며 결국 말도 죽고 황금도 다 떨어지는26) 시절이 오리라는 것을 모른다. 그렇게 되지

---

24) 천대(天臺): 지방 행정장관에 대한 존칭이다.

25) 육방(六房): 元, 明, 淸 때 州縣의 아문에서 吏, 戶, 禮, 兵, 刑, 工 등 六房으로 나누어 공무를 처리했다.

26) '말도 죽고 황금도 다 떨어졌다(馬死黃金盡)'는 말은 雜劇이나 백화소설에서

않더라도 그 또한 그 사람들이 타고난 복인 게다. 이 아비는 가난한 집 출신인데다가 조정과 백성에 대한 책임을 맡고 있어 그런 사람들과 비교할 수가 없지. 또 어떤 사람들은 이런 날씨에도 변경지역에서 장수로 있으면서 몸에는 무거운 갑옷을 걸치고 손에는 병기를 들고서 밤낮으로 편안히 쉬지를 못할 뿐만 아니라 생사가 조석에 달려있기도 하지. 또한 삽을 든 농부와 장사꾼과 공역(工役)을 하는 사람들은 전답에서 고생스럽게 일을 하거나 진흙길을 분주히 다니거나 땀을 비 오듯이 흘려도 땡볕을 감당해 낼 수 없으니 네 아비는 그런 사람들에 비하면 신선이 아니겠느냐? 또 그보다 하등에 있는 사람들은 한때의 과오로 죄목을 받아 감옥에 갇혀 온갖 형벌을 받는데다가 수족에 형틀을 차고 이런 시절에 햇빛도 볼 수 없는 곳에 갇혀있으면서 찬물은커녕 흙탕물도 마실 수 없고 살려고 해도 살 수도 없으며 죽으려 해도 죽지도 못하지. 누구나 부모에게서 받은 피부와 살이 아프고 간지럼을 느끼는 것은 매일반인데 설마 하니 그 사람들만 그런 고생을 견딜만해서 그리할까? 이 아비는 그들에 비하면 어찌 신선이 아니겠느냐? 지금 사옥사(司獄司)[27]에 일이백 명의 죄수가 있는데 내 그들을 감옥 안에서 형틀을 풀어준 뒤, 매일 한 차례씩 찬물을 주며 가을이 될 때까지 기다렸다가 다시 처리하려고 한다.”

난손이 말하기를 “아버지, 경솔하게 하시면 안 돼요. 옥중의 죄수들은 모두 불량배들인데 편하게 해 주시다가 혹시라도 무슨 일이 생기면 깊이 연루되실 겁니다.”라고 하자, 배안경이 말하기를 “내가 호의로 저 사람들을 대하는데 저 사람들이 어찌 나를 저버리겠느냐? 옥졸에게 분부해 감옥 문을 단단히 지키라고 하면 된다.”라고 했다. 또 일이 마땅히 생기려니까 이것 때문에 다음과 같이 되어버렸다.

....

많이 나오는 표현으로 ‘재물이 모두 소진되었다’는 뜻이다.

27) 사옥사(司獄司): 府衙 밑에 설치되어 있던 감옥의 사무를 주관하는 기구이다.

| 죽어야 할 죄수들이 모두 그물에서 벗어나 | 應死囚徒俱脫網 |
| 인정(仁政)을 베푼 군수가 오히려 화를 당하게 되었네 | 施仁郡守反遭殃 |

　다음 날 배안경은 관아에 나가서 옥졸들에게 명하여 죄수들을 감옥 안에서 형틀을 풀어주고 매일 찬물을 주되 조심해서 옥을 지켜야 한다고 했다. 옥졸들은 알았다고 하고서 당일로 곧장 감옥으로 가서 죄수들을 풀어주고 그들 하나하나에게 찬물을 주었다. 옥졸들은 단단히 감옥을 지키며 소홀하지 않았지만 십여 일이 지나서는 모두 해이해지게 되었다. 어느새 칠월 초하룻날이 되었다. 감옥에서 예전부터 전해 오는 관례로 매달 초하루에는 제사를 올렸기에 이 날 지전을 태우고 나서 옥졸들은 모두 가서 음복을 했는데 오후부터 먹기 시작해 해가 질 무렵까지 먹다보니 하나씩 모두 곤드레가 되도록 취하게 되었다. 처음부터 죄수들은 감옥 안에서 너그럽게 풀어주는 것을 보고서 이미 탈옥할 마음이 생겼다. 그들 가운데 몇몇 식견이 있는 자들이 비밀리에 사람들로 하여금 날카로운 무기를 준비해 신변에 몰래 숨겨두라고 했다. 그날 옥졸들이 이미 취해 있는 것을 보고 곧 기회를 타 탈옥을 감행했다. 약 이경(二更)[28]이 되었을 즈음에 옥중에서 함성소리가 들리더니 일이백 명의 죄수들이 일제히 착수해 감옥을 지키고 있던 옥졸을 먼저 죽인 뒤, 옥문 밖으로 치고나가 나머지 옥졸들을 하나씩 모두 베어 죽여 마주치는 자들을 모두 단칼에 한 명씩 쓰러뜨렸다. 어떤 자가 어둠속에 숨어서 듣자하니, "나리께서는 평소에 인덕을 베푸셨으니 나리를 우리 죽이지 맙시다!"라고 외치는 소리가 들렸다. 죄수들은 곧장 각 관서까지 쳐들어가 몇몇 보좌 관원들을 죽였다. 당시는 바야흐로 태평시절이었기에 성문이 아직 닫혀있지 않았으므로 죄수들은 함성을 지르며 한꺼번에 성밖으로 도망쳤다. 그것은

---

28) 이경(二更): 밤 9시부터 11시 사이를 이른다.

바로 이런 말로 대변된다.

> 오어(鰲魚)²⁹⁾가 갈고리에서 벗어나 가더니   鰲魚脫却金鉤去
> 머리와 꼬리를 흔들며 다시는 돌아오지 않는구나   擺尾搖頭再不來

  이때 배안경이 소란한 소리를 듣고 잠을 자다가 놀라서 깨어나 황급히 일어나서보니 이미 사람이 와서 보고를 하는 것이었다. 배안경은 보고를 듣고서, 마치 정수리에서 삼혼(三魂)³⁰⁾이 빠져나가고 발밑에서 칠백(七魄)이 흩어진 것과 같았으므로 연거푸 괴로워하는 소리만 하며 말하기를 "후회스럽게도 난손의 말을 듣지 않아 이 지경에 이르렀구나! 인덕으로 남을 대했는데 남에게 불인(不仁)함을 당할 줄 누가 알겠는가?"라고 했다. 그러면서 그는 한 편으로는 장정들을 모아서 각각 나눠 추격하게 했지만 '바다 밑에서 바늘을 건지는 것[海底撈針]'과 같으니 죄수 하나라도 어찌 찾을 수 있었겠는가? 다음 날 이 일은 일찌감치 상관에게 보고되어 어쩔 수 없이 상관도 상주문을 올리게 되었다. 반달도 안 되어서 상주문은 이미 변경(汴京)에 이르렀다. 상주문이 천자의 귀에 일찌감치 들어가자 천자는 군신들과 더불어 그 처리방법을 의론했다. 만약 배안경이 탐오(貪汚)하고 아부를 잘하는 사람이었다면 조정에 그를 좋아하는 사람이 혹시 있을 수도 있었겠지만, 평소 심성이 강직해 권문귀족들에게 알랑거리지 않으려 한데다가 물같이 청렴해 봉록 이외로는 조금도 재물을 함부로 취하지 않았기에 권문귀족들의 환심을 살 돈이 어디

----

29) 오어(鰲魚): 전설 속에 등장하는 바다에 사는 동물로 산을 등에 질 수 있다는 큰 거북이나 자라를 이른다.
30) 삼혼(三魂): 도교에서는 사람에게 三魂과 七魄이 있다고 믿는다. 사람의 형체에 붙어 존재하는 精氣를 일러 魄이라 하고, 사람의 형체에서 이탈해 존재할 수 있는 精氣를 이르러 魂이라고 한다. 《雲笈七籤》 권54의 기록에 의하면, 三魂은 爽靈, 胎元, 幽精을 가리키며, 七魄은 尸狗, 伏矢, 雀陰, 吞賊, 非毒, 除穢, 臭肺를 말한다.

있겠는가? 그러기에 그를 위해 억울함을 변명해 줄 사람이 하나도 없었다. 그 권문귀족들은 모두들 이렇게 말했다.

"죄수들이 탈옥하도록 내버려두었으니 주관 관리는 그 책임을 피할 수 없사옵니다. 게다가 보좌하는 관리는 죽이고 오직 자사만 남겨둔 것도 의심할 만한 일이니 붙잡아다가 심문하는 것이 마땅하옵니다."

천자는 그 진언을 받아들여 곧 상소문에 비답(批答)을 적어서 법사(法司)[31]로 하여금 관원을 보내 배안경을 경도로 잡아오도록 했다. 이때에 이르러 배안경은, 설령 환생한 소부(召父)와 두모(杜母)[32]라고 해도 머리를 숙이며 포박을 받을 수밖에 없었다. 그럼에도 자기는 평소 민정을 잘 다스려 명성이 있었기에 아직 변명할 여지가 있을 것이라고 생각하고 난손으로 하여금 짐을 꾸리게 하여 부녀 두 사람은 압송을 하는 사람과 함께 길을 나섰다. 며칠도 안 되어 경도에 이르렀지만 그가 예전에 살던 집은 이미 어명에 따라 몰수되고 노복 몇 명도 제각기 도망해 흩어졌기에 몸 둘 곳이 없었다. 정씨 부인이 살아있을 적에 청진관(淸眞觀)의 여도사와 왕래한 덕분에 그에게서 방 한 칸을 빌려 난손과 함께 묵었다. 다음 날 평민의 옷차림을 하고 압송하는 사람과 함께 조정으로 가서 어명을 기다렸다. 그리고 대리사(大理寺)[33]의 감옥에 투옥하여 심문하라는 성지를 받아 즉각 감옥으로 들어가게 되었다. 난손은 어쩔 수 없이 돈을 좀 가지고 위아래에 있는 자들을 매수해 감옥으로 가서 말을 전하

....

31) 법사(法司): 司法 刑獄을 주관하는 관서를 이른다.
32) 소부(召父) 두모(杜母): 召父는 西漢 때의 召信臣을 가리키고 杜母는 東漢 때의 杜詩를 가리킨다. 두 사람 모두 南陽太守로 있으면서 善政을 베풀었으므로 南陽 백성들은 그들이 높이 평가하여 "앞에는 아버지와 같은 召信臣이 있고, 뒤에는 어머니와 같은 杜詩가 있네.(前有召父, 後有杜母.)"라고 했다. 자세한 내용은 《漢書·循吏傳·召信臣》, 《後漢書·杜詩傳》에 보인다. 여기에서는 召父와 杜母를 현명한 지방관의 대칭으로 쓰고 있다.
33) 대리사(大理寺): 刑獄을 주관하는 관서로 北齊부터 淸나라까지 역대에 모두 있었다. 그 장관을 大理寺卿이라고 했다.

게 하고 음식을 건네주도록 했다. 원래 배안경은 나이가 들고 힘이 쇠약해져 놀란데다가 또한 고초를 겪으며 밤낮으로 근심을 했기에 음식이 입에 들어가지 않았다. 난손이 안배를 해서 음식을 보냈지만 괜히 돈만 허비했던 것이다.

하루는 배안경이 마침 난손이 옥문 앞으로 온 것을 보고 딸을 부르며 말했다.

"내 숨이 막혀 견디기가 힘드니 아마도 오늘은 필시 죽을 것 같구나. 남에게 자선(慈善)을 베푼 것만으로 화를 초래하여 내 딸을 연루시켰어. 죄가 네게 미치지는 않겠지만 내가 죽은 뒤엔 어디 의탁할 곳이 없어 노비가 되는 것을 필시 면치 못할 게야."

배안경은 여기까지 말하고는 정말 천만 개의 화살이 가슴을 뚫은 듯이 아파하며 길게 몇 번 소리를 내다가 숨이 끊겼다. 그나마 좋은 것은 회심(會審)을 거치지 않아 고문의 고통을 당하지 않았다는 것이었다. 난손은 발을 동동 구르고 손으로 가슴을 치며 아주 기절할 정도로 통곡했다. 그는 아비의 시신을 넘겨받으려고 했지만 아비가 조정의 죄인이라서 마음대로 할 수 없었다. 이때 난손은 생사와 이해를 돌보지 않고 대리사 관아로 뛰어 들어가 죄수들이 탈옥한 이유를 통곡하며 하소연하자 그 슬픔이 옆에 있던 사람들을 감동시켰다. 다행히 대리사경(大理寺卿)이 공도(公道)가 있는 사람이라 그 상황을 보고서 측은한 마음이 생겨 곧 상소문을 올렸는데 거기에 이렇게 쓰여 있었다.

대리사경(大理寺卿)인 신 아무개가 양양 자사였던 배습을 조사하니 그는 백성을 가호(加護)하는 데 애를 썼으며 민정에 서툴까 봐 경계를 하였사옵니다. 비록 형법과 금령에는 많이 소홀하여 성상의 책벌을 자초하였으나 거역한 정황으로 보기에 근거가 없고 신하로서의 충심을 표했다고 할만 하옵니다. 지금은 이미 옥중에서 죽었으니 너그러이 용서하심이 마땅하옵니다. 엎드려 청컨대 조속히 천은을 내리시어 그의 시신이 돌아가 매장될 수 있게 하시옵고 조정이 신하를 우대하는 마음을 드러내 주시옵소서. 신 아무개가 황공하옵게도 진언하옵나이다.

진종(眞宗) 황제도 인군(仁君)이었기에 배습이 이미 죽은 것을 보고서 지나치게 요구하지 않고 곧 주청을 비준하였다.

난손은 그 소식을 듣고, 황련(黃連) 나무 밑에서 거문고를 타듯[黃連樹下彈琴.]34) 그나마 고통 속에서 기쁨을 찾았다. 그는 신변에 남아 있던 은으로 관을 사고 사람을 고용하여 시신을 옮겨낸 뒤, 입관시켜 청진관에 안치했다. 밥과 국을 조금 만들고 술을 뿌려 한 차례 제사를 올리고는 다시 또 한참을 울었다.

배안경이 가지고온 여비는 원래도 얼마 안 되었지만 이때에 이르러 이미 깨끗이 다 써버린 뒤였다. 비록 관은 이미 있긴 했지만 장례 치를 밑천이 나올 데가 전혀 없었다. 난손은 이리저리 궁리하다가 이렇게 생각했다.

"오로지 외삼촌인 정공(鄭公)만이 계신데 지금은 서천절도사(西川節度使)로 있으면서 가솔들을 데리고 거기에 사시지. 하지만 가는 길이 위험하고 멀어 결코 도움을 받을 수 없구나! 정말 어찌할 계책이 없네."

일이 닥쳤을 때에는 마음대로 할 수 없는 법[事到頭來不自由]35)이

----

34) 黃連樹下彈琴(황연수하탄금): 黃連은 다년생 초본식물로 그 뿌리와 줄기는 中
藥材로 쓰이며 맛이 매우 쓰다. 이로 인해 黃連은 쓴 맛의 대명사로 많이 쓰이며,
고된 환경이나 상황을 비유적으로 이르기도 한다. "黃連樹下彈琴"이란 말은
"황연나무 밑에서 거문고를 타다"는 뜻으로 보통 이 말 뒤에 "苦中作樂" 또는
"苦中取樂"과 같이 쓰여 歇後語를 이루며, "黃連樹下" 즉 "황연 나무 밑에서"라
는 것은 "고통스런 상황 속에서(苦中)"라는 뜻이고 "彈琴" 즉 "거문고를 타다"
는 것은 "음악을 연주하다(作樂)"는 뜻을 나타낸다. 동시에 "作樂"은 또한 "즐거
움을 만들다"는 뜻도 될 수도 있기에 "黃連樹下彈琴"이 "苦中作樂" 또는 "苦中
取樂"과 이어서 같이 쓰여 "고통스런 상황 속에서 즐거움을 만들다" 또는 "고통
스런 상황 속에서 즐거움을 찾다"는 뜻을 나타낸다.
35) 事到頭來不自由(사도두래부자유):《增廣賢文》에서 나온 말로, 일이 닥쳤을 때는
상황의 제한으로 인해 제 마음대로 자유롭게 할 수 없다는 뜻이다. 앞에 "길이
험한 데 이르렀을 때는 돌아가기 어렵다.(路逢險處難迴避)"는 말을 붙여 함께

듯이, 난손은 어쩔 수 없이 손에 초표(草標)³⁶⁾를 들고서 종이 한 장에 "賣身葬父〔매신장부; 아비를 매장하려고 몸을 팝니다〕"라고 네 글자를 쓴 뒤, 영구 앞에 가서 네 번의 큰절을 올리고서 기도하기를 "아버님의 혼령이 멀지 않은 곳에 계시다면 제가 가서 좋은 사람을 만나도록 가호해 주십시오."라고 했다. 절을 마치고 일어나 눈물을 머금은 채 가슴에 원한을 품고 온몸으로 느끼는 수치를 참으면서 길거리를 따라가며 큰 소리로 외쳤다. 가엾게도 난손은 가녀린 규방의 처녀여서 낯선 사람을 하나 만나도 얼굴이 빨갛게 달아오르는데 오늘에 이르러 이리 나서서 얼굴을 드러내게 될 줄을 어찌 예상이나 했겠는가? 부친이 임종할 때 한 말을 떠오르자 저도 모르게 간장이 끊어지는 듯했다. 그것은 바로 이런 말로 대변된다.

하늘엔 예측할 수 없는 풍운이 일고	天有不測風雲
사람에겐 조석 간으로 화복이 있다네	人有旦夕禍福
타고난 운수가 순탄치 못해	生來運蹇時乖
굴욕을 참을 수밖에 없다네	只得含羞忍辱
아비는 감옥에서 죽고	父兮桎梏亡身
딸은 대로에서 통곡을 하는구나	女兒街衢痛哭
피로 붉게 물들여도	縱教血染鵑紅
저 하늘은 홀로된 이를 생각지도 않네	彼蒼不念煢獨

정말이지 하늘이 무너져도 솟아날 구멍은 있다더니〔天無絶人之路〕³⁷⁾

....

쓰기도 한다.

36) 초표(草標): 풀포기로 하는 표식을 말한다. 옛날에 장에서 물건에 풀을 꽂아서 파는 물건임을 표시한 것에서 비롯되어 인신매매를 할 때에도 몸을 팔겠다는 의미로 사람에게 풀을 꽂았다.

37) 天無絶人之路(천무절인지로): '上天은 사람을 죽이는 길을 내지 않는다'는 뜻으로 비록 일시적으로 어려운 처지에 있다고 해도 반드시 그 상황에서 빠져나갈 길이 있다는 것을 비유적으로 이르는 말이다.

난손이 길거리에서 자신의 몸을 팔려고 하고 있을 때 어떤 노파가 앞으로 다가와서 몸을 굽혀 절을 하며 이렇게 묻는 것이었다.

"아가씨는 무슨 일로 몸을 팔려는 겝니까? 게다가 어찌해 그토록 얼굴에 우수가 가득 차 있는 건지요?"

그러고는 자세히 살펴보더니 깜짝 놀라며 말하기를 "저, 배 씨 아가씨 아니세요? 어쩌다가 이 지경에 이르신 겁니까?"라고 했다. 원래 그 할미는 낙양의 설 노파로 정 부인이 살아있을 적에 그가 일이 있어 경도에 가면 항상 배씨 집을 드나들었기 때문에 그 딸을 알아본 것이었다. 난손이 고개를 들어 설 노파인 것을 보고 그와 함께 외진 곳으로 가서 눈물을 머금은 채 전에 있었던 일을 이야기했다. 할미들은 매우 쉽게 눈물을 흘리기에, 가슴 아픈 데까지 얘기를 듣다가 설 노파는 자기도 모르게 울기 시작하면서 이렇게 말했다.

"댁의 나리께서 그리 큰 화를 당하셨군요. 아가씨는 벼슬아치 집안의 여식인데 어떻게 아랫사람이 될 수 있겠습니까? 만약 몸을 팔고자 하신다면 비록 이리 아리따운 용모이긴 하지만, 노비는 되지 않더라도 소실이 되는 것은 모면하시기 어려울 겁니다."

난손이 말하기를 "오늘, 부친을 위해서 설사 죽는다 하더라도 말할 게 없는데 다른 것을 어찌 아까워하겠습니까?"라고 하자, 설 노파가 말했다.

"그러시다면, 아가씨 우려하지 마세요. 낙양현에 유 자사 나리가 있는데 연세가 드시도록 아이가 없어서 부인 왕씨가 측실을 맞이해 주려고 한답니다. 일전에 제게 분부를 하셔서 제가 거기서 한참을 찾아다녔는데도 마음에 들어 하는 사람이 하나도 없었지요. 지금 낙양의 큰 집안에서 제게 부탁해 경도에 있는 재상 댁으로 가서 청혼해 달라고 한 일이 있는데 그 결에 왕 부인이 조카 왕문용을 시켜 몸값을 가지고서 저와 함께 여기로 와 마땅한 사람을 찾아보도록 했답니다. 인연이 있으려니까 아가씨를 만나게 되었네요. 왕 부인은 원래부터 덕행과 용모를 겸비한 사람을 원한다고 하셨는데 아가씨의 용모는 세상에 둘도 없는데다가 몸을 팔아 아버님의 장례를 치르려는 것은 또한 지극히 효성스런 일이니 이 일은 열의 아홉은 성사될 것 같습니다. 유 자사는 의리를 숭상해 재물을 하찮게 여기며, 왕 부인은 매우 현덕하니 아가씨가 그 집으로 가시면 비록 잠시는 손아래에 있겠지만 평생 동안 즐기면서 사실 수 있을 것입니다. 아가씨 생각은 어떠신지 모르겠습니다."

난손이 이렇게 말했다.

"그저 아주머니께서 정하시는 대로 따르겠습니다. 다만 몸을 팔아 첩이 되는 것은 가문을 욕보이는 일이니 부디 실정대로 말씀하시지 마시고 그저 평민 집의 딸이라고만 해 주십시오."

설 노파는 머리를 끄덕이며 "예"라고 말했다. 그리고 난손 아가씨를 데리고서 왕문용의 거처로 함께 가서 그에게 자세한 상황을 말했다. 왕문용은 멀리서 아가씨를 힐끗 보고서 경국지색이라고 생각하며 말하기를 "저런 절색미인이라면 고모부의 마음에 들지 않을까 걱정할 필요가 뭐 있겠는가?"라고 했다. 그것은 바로 이런 말로 대변된다.

<table>
<tr><td>쇠로 된 신발이 닳도록 찾아다녀도 찾지
못했던 것을</td><td>踏破鐵鞋無覓處</td></tr>
<tr><td>전혀 힘을 들이지 않고서 얻게 되었네</td><td>得來全不費工夫</td></tr>
</table>

그 당시 한쪽은 곤경에 빠져 있을 때고, 한쪽은 부유한 집이라 서로 흥정할 필요도 없이 이미 절로 들어맞았기에 새하얀 은 백냥을 넉넉히 달아서 난손 아가씨에게 건네주고 그녀를 맞이해 길을 떠나려 했다. 난손이 말하기를 "본래 아버지를 장사지내기 위해 이렇게 몸을 판 것이니 장사를 치르고 나야 갈 수 있습니다."라고 하자, 설 노파가 말했다.

"아가씨, 홀몸으로 어찌 장사를 다 치를 수 있겠습니까? 낙양에 가서서 성혼하신 뒤에 그때 유 나리께 부탁드려 사람을 보내 장례를 치르게 하면 얼마나 쉽겠습니까?"

난손은 이 말에 따를 수밖에 없었다.

왕문용은 노숙하고 재간이 있는 사람이었으므로 난손이 고모부의 첩이 될 사람인 것을 보고서 감히 태만하지 않고 설 노파로 하여금 그와 짝하게 하여 동행케 하고서 자신은 항상 그들의 앞뒤에 있었다. 동경(東京)에서 낙양까지는 사백 리 길밖에 안 되었기에 며칠도 안 돼서 이미 유씨 집에 당도하게 되었다. 왕문용은 전당포로 가고, 설 노파는 곧장 은밀히 난손을 데리고서 유씨 집으로 들어가 왕 부인을 뵙도록 했다. 왕 부인이 고개를 들어 난손을 보니 역시나 이러했다.

연지와 향분을 바르지 않아도	脂粉不施
타고난 풍격이 있었으며	有天然風格
살짝 단장한 모습이	梳妝略試,
조금도 속되지 않네	無半點塵氛
행동할 때에는	擧止處
태도가 종용하고	態度從容
말할 때에는	語言時
목소리가 슬프고 완곡하네	聲音凄婉
두 눈썹은 살짝 찌푸려 있어	雙蛾顰蹙
서시(西施)38)가 오나라에 들어갔을 때와 흡사하고	渾如西子入吳時
두 뺨은 근심을 머금고 있어	兩頰含愁
왕장(王嬙)39)이 한나라를 떠났을 때와 똑같네	正似王嬙辭漢日
가엾게도 규방의 아리따운 여자가	可憐嫵媚淸閨女

....

38) 서시(西施): 춘추시대 越王 句踐이 미인계를 쓰기 위해 그를 훈련시켜 吳王 夫差에게 바쳤던 미인이다. 중국 古代 四大美人 가운데 하나로 손꼽히며 西子라 고도 한다.

39) 왕장(王嬙): 한나라 元帝 劉奭의 궁녀로 王昭君이라고도 불린다. 흉노가 성하여 한나라에 혼인을 청하자 원제가 後宮에 있던 왕장을 보내 흉노 單于의 배필로 삼게 하여 평생을 흉노에서 살다 죽었다. 중국 古代 四大美人 가운데 하나로 손꼽힌다.

벼슬아치 집안의 권속을 따르는 사람이 되었구나   權作追隨宦室人

그때 왕 부인은 마음속으로 매우 기뻐하며 난손에게 성명을 묻고는 곧 방 한 칸을 정리하게 한 뒤, 편안히 있게 하고서 시녀 하나를 보내 그의 시중을 들도록 했다.

다음 날 곧바로 유원보를 오게 하여 차분하게 말하기를 “제가 오늘 드릴 말씀이 있는데 상공께서는 나무라지 마셨으면 합니다.”라고 하자, 유원보가 말하기를 “부인은 할 말이 있으면 말을 하면 되지 어찌 꺼릴 필요가 있소?”라고 했다. 왕 부인이 말했다.

“상공께서는 ‘사람이 일흔 살을 살기란 예로부터 드문 일[人生七十古來稀]’40)이라는 말을 들어보지 못하셨습니까? 지금 당신의 연세가 일흔에 가까우니 앞날이 얼마나 남아 있겠어요? 그런데 자식이 하나도 없습니다. 속담에 ‘병이 없으면 온 몸이 홀가분하고 자식이 있으면 모든 일이 다 만족스럽다.[無病一身輕, 有子萬事足.]’41)고 하잖습니까? 오래전부터 상공을 위해 측실 하나를 들이려 했는데 첫째는 상공께서 바르시기에 함부로 말씀을 드리지도 못했고, 둘째로는 적당한 사람을 찾지 못해 마음에 두고만 있었습니다. 지금 변경의 배씨 딸을 맞이했는데 묘령(妙齡)일 뿐만 아니라 재색(才色)도 모두 뛰어납니다. 원컨대 상공께서 그를 측실로 삼으셨으면 합니다. 혹시나 아들딸을 낳게 되면 그 또한 유씨 집안의 후사이지요.”

유원보가 말했다.

“내 천명으로 후사가 없을 것 같기에 남의 집 어린 딸을 그르치려 하

---

40) 人生七十古來稀(인생칠십고래희): 당나라 杜甫의 《曲江二首》 두 번째 수의 두 번째 聯에 있는 “술빚이야 가는 곳마다 늘 있는 것이지만 인생 칠십은 예로부터 드물다네.(酒債尋常行處有, 人生七十古來稀.)”에서 나온 말이다.

41) 無病一身輕 有子萬事足(무병일신경 유자만사족): 蘇東坡의 〈借前韻賀子由生第四孫斗老〉에 “관직이 없으니 온몸이 홀가분하고, 자식이 있으니 모든 일이 다 만족스럽네.(無官一身輕, 有子萬事足.)”라는 구절이 있다.

지 않았소만 부인이 이렇게까지 마음을 쓸 줄을 어찌 알았겠소. 일단 내가 볼 수 있게 그를 불러내시오."

이때 난손 아가씨가 걸음을 옮겨 방에서 나와 몸을 엎드려 큰절을 올렸다. 유원보가 그를 보자 마음속으로 생각하기를 "내 이 처자의 의용과 행동거지를 보니 절대 아랫사람은 아니구나."라고 한 뒤, 입을 떼 묻기를 "네 성명은 무엇이며 어떤 집안의 딸이더냐? 무슨 일로 몸을 파는 게냐?"라고 했다.

난손이 말했다.

"소첩은 변경 평민의 딸로 성은 배 씨이고 아명은 난손이라 하옵니다. 아비께서 돌아가신 뒤에 장례 밑천이 없어서 몸을 팔아 아비를 장사지내려 했습니다."

이렇게 말하면서 저도 모르게 눈물을 흘리는 것이었다.

유원보는 난손을 살피고 또 살피며 말했다.

"너는 필시 평민의 딸이 아니다. 나를 속이지 말거라. 네 얼굴에 수심이 가득한 것을 보니 반드시 속사정이 있는 게야. 나한테 일일이 그대로 말하면 네 대신 처리해서 근심을 덜어주면 되지 않겠느냐."

처음에 난손은 숨기려고 했지만 유원보가 계속 캐묻는 것을 견디지 못해 어쩔 수 없이 아버지가 죄수를 풀어주었다가 죄를 받은 연유를 처음부터 끝까지 자세히 한차례 얘기한 뒤, 저도 모르게 눈물을 샘솟듯이 흘렸다. 유원보가 대경실색하며 그 또한 눈물을 흘리면서 이렇게 말했다.

"내 말하길 평민 집 딸 같지 않다고 했는데 부인이 나를 그르치게 할 뻔했구려! 안타깝게도 좋은 관원이 억울하게 이런 화를 당했네!"

그러고는 서둘러 난손 아가씨에게 연거푸 "실례를 했구려."라고 말했다. 또 이어 이렇게 말했다.

"아가씨는 이미 몸을 의지할 곳이 없으니 우리 집에서 사시오. 이 늙은이가 묘지를 골라 아버님을 장사 치러드리겠소."

난손이 말했다.

"만약 그렇게 도와주신다면 그 큰 은혜는 하늘과 같습니다. 상공께서는 먼저 소첩의 큰 절을 한 번 받으십시오."

유원보는 황급히 난손을 부축해 일어나게 한 뒤, 시녀에게 분부하기를 "배씨 집 아가씨를 잘 모셔드리고 어긋남이 없도록 하거라."라고 했다. 그리고 바로 대청으로 걸어가서 즉시 사람을 시켜 변경으로 가 배 사군의 영구를 모셔오도록 했다. 며칠이 안 되어 영구를 모셔 왔는데 공교롭게도 전당현 이 현령의 영구도 동시에 도착했다. 유원보는 두 영구를 모두 한 대청에 모시게 하고는 제사상을 두 개 마련하여 제사를 올렸다. 장씨는 아들을 데리고서 죽은 남편에게 절을 올렸으며, 유원보도 난손을 데리고서 그녀의 죽은 아버지에게 절을 올렸다. 그리고 이름난 풍수쟁이를 데려다가 좋은 터를 찾아 섣달 길일을 기다렸다가 안장을 하려 했다.

하루는 왕 부인이 유원보에게 다시 말했다.

"그 배씨 집 딸은 비록 귀한 집안 출신이지만 어려움에 빠져 있을 때 상공께서 구해 주셨지요. 만약 다른 곳으로 유락했다면 어떤 비천한 지경이 되었을지 모릅니다. 상공께서 또 묘지 골라 그의 부친을 장사지내 주셨으니 그 은혜가 작지 않기에 필시 그도 기꺼이 상공의 첩이 되려 할 겁니다. 명문가의 딸이면 혹시 복이 있어 자식을 낳을 수 있을지도 모르지요. 만약 그렇게 된다면 상공께 후사가 생길 뿐만 아니라 그도 평생토록 의지할 데가 생기니 안 될 게 없잖습니까? 상공께서 생각해 보십시오."

부인이 말을 안 했으면 그만이었겠지만 이런 말을 하자 유원보는 얼굴색이 변하고 벌컥 성을 내며 말했다.

"부인, 무슨 말을 하는 거요! 천하에 예쁜 여자가 많거늘 내가 첩을 들이려고 한다면 따로 찾으면 되지 어찌 감히 배 사군의 딸을 더럽힐 수 있겠소? 나 유홍경에게 만약 이런 마음이 있다면 천신이 아실 거요!"

왕 부인은 그 말을 듣고 스스로 실언한 것을 알고서 입을 다문 채 말을 하지 않았다.

유원보는 마음속으로 즐겁지 않아 한참을 생각하다가 이런 생각이 들었다.

"나도 참 미련하구나! 내 자식이 없는 이상, 차라리 그를 딸로 삼아 부인의 저런 생각을 끊어버리는 게 좋지 않겠나?"

이에 곧바로 시녀를 시켜 배 씨 아가씨를 모셔오라 한 뒤, 이렇게 말했다.

"나는 아가씨의 부친보다 외람되이 나이를 더 먹은데다가 또한 같은 자사의 직책에 있소만 나이가 들도록 전혀 자식이 없구려. 아가씨가 싫어하지 않는다면 양녀로 삼고 싶은데 어떻게 생각하나요?"

난손이 말하기를 "첩이 상공과 부인께서 거둬주신 덕을 입어 기꺼이 노비가 되어 조석으로 시중을 들고자 하온데 이 같은 후대를 어찌 감당하겠습니까?"라고 하자, 유원보가 말했다.

"그런 법이 어디 있나! 아가씨는 벼슬아치 집안의 딸로 어쩌다가 좌절을 당한 것이거늘 어찌 비천하게 하류(下流)에 머물 수 있겠는가? 이 늙은이에게 생각이 있으니 과한 겸손은 하지 말아요."

난손이 말했다.

"상공과 부인은 제 목숨을 다시 살리신 부모님과 같으니 비록 분골쇄신한다 해도 보답할 길이 없습니다. 미천한 저를 꺼리지 않으시고 친딸로 삼으려 하시니 어찌 감히 거역하겠습니까? 오늘 바로 부모님께 절을 올리겠습니다."

유원보가 기쁨을 이기지 못하며 곧 부인에게 말하기를 "오늘 내가 난손을 딸로 삼았으니 전례(全禮)⁴²)를 받으시게나."라고 하자, 난손은 즉시로 초를 꽂듯이 큰절을 연달아 여덟 번 올렸다. 이로부터 난손은 유상공과 왕 부인을 "아버님", "어머님"이라고 불렀고 효도를 다하며 더욱 다정스럽게 대했다.

왕 부인은 유원보에게 또 이렇게 말했다.

....

42) 전례(全禮): 처음부터 끝까지 모두 갖춘 절을 뜻한다.

"상공께서 이미 난손을 딸로 삼으셨으니 마땅히 그 애에게 남편을 골라주셔야지요. 조카 왕문용은 젊은 나이에 짝을 잃었으며, 오랫동안 가업을 관리해왔기에 재간이 있고 정민(精敏)하여 딸애를 욕보이지 않을 겁니다. 상공께서는 그를 위해 혼사를 이루어 주시는 것이 어떻습니까?"

유원보가 살짝 웃으며 말하기를 "조카가 후처를 맞이하는 일은 당연히 내가 책임질 거요. 오늘 내게 떠오르는 생각이 하나 있으니 당신은 혼수만 마련하시오."라고 하자, 왕 부인은 그의 말을 따랐다. 유원보는 당장 혼인할 길일을 잡았으며, 그 날이 되자 돼지와 양을 잡아 크게 연회를 베풀고 향신(鄉紳)과 친우(親友)들을 두루 초대하니 이씨 모자와 조카 왕문용도 다 함께 축하 연회에 왔다. 사람들은 유공이 첩을 들이는 줄로만 알고 있었으며, 왕 부인도 조카를 성혼시킨다고만 생각하고 있었다. 그것은 바로 이런 말로 대변된다.

> 만 길 하늘의 광한궁(廣寒宮)은 이르기 힘들거늘 萬丈廣寒難得到
> 항아는 오늘 밤 뉘 집으로 들까나   嫦娥今夜落誰家

점차 길시(吉時)가 다가오자 유원보는 사람을 시켜 신랑이 입는 옷 한 벌을 들고 오게 한 뒤, 그것을 대청 가운데에 놓도록 했다. 그리고 공수를 하며 사람들에게 말했다.

"여기에 계신 친지 여러분, 제 말씀을 한마디 들어주십시오. 듣기로 '남의 용모를 이용하는 것은 어질지 못하고 남의 위난을 틈타는 것은 의롭지 못하다.[利人之色不仁, 乘人之危不義.]'고 합니다. 양양의 배 사군께서는 공무로 투옥되어 돌아가셨는데 난손이란 딸이 있고 나이는 막 열다섯이 되어 형처(荊妻)가 첩으로 들이고자 했습니다. 제게 자식이 없을지언정 결코 사군의 청렴하고 고결한 덕행을 감히 욕보일 수 없습니다. 처조카 왕문용은 비록 사무를 관리하는 재주는 있으나 벼슬길로 나아가는 자가 아니기에 그도 공후의 여식과 짝하기는 어렵습니다. 제 옛 친구인 이 현령의 아들 언청은 명망이 있는 집안 출신인데다가 나이가 젊고 용모가 반안(潘安)43)에 비견되며 재능이 자건(子建)44)을 넘어서니 진실로 이는 '요조숙녀는 군자의 좋은 짝이다.[窈窕淑女, 君子好逑.]'45) 라는 말과 같습니다. 오늘 특별히 두 사람을 위해 좋은 배필이 되도록 맺어주려 하는데 여러분의 생각은 어떻습니까?"

사람들은 이구동성으로 유공의 훌륭한 덕을 찬탄했다. 이춘랑은 예상하지 못한 일이라 사양하려 했지만 유원보가 어찌 그의 말을 따르겠는가? 유원보는 손수 신랑 옷을 춘랑에게 입혔다. 그 뒤 풍악이 요란하게 울리고 등불이 휘황찬란하게 비치며 멀리서 옷가지의 장신구들이 부딪치는 소리가 들리더니 설 노파가 희낭(喜娘)46)이 되어 시녀 몇 명과 함께 난손 아가씨를 에워싼 채 나오는 것이었다. 신랑과 신부 두 사람이 꽃무늬 융단 위에서 서로 배례를 했으니 부귀하며 호화스러움은 정말 이루 다 말할 수 없었다. 그 광경은 이러했다.

분 바른 아이들 짝짝이 등불을 밝혀들고　　　"粉孩兒"對對挑燈

....

43) 반안(潘安): 美男으로 유명한 西晉 때 문인 潘嶽을 가리킨다. 자가 安仁이었기에 潘安이라고도 불리었으며 虎賁中郞將 등의 벼슬을 지냈다. 그가 수레를 타고 나가면 길거리에 있던 부녀자들은 과일을 던져줘 수레에 가득 찼다는 이야기가 《晉書·潘嶽傳》에 보인다. 후세의 시문에서 美男子의 대칭으로 항상 쓰인다.

44) 자건(子建): 삼국시대 魏나라의 시인이었던 曹植(192~232)을 가리킨다. 자는 子建이고 建安文學의 대표적 인물로 그의 아버지인 曹操, 형인 曹丕와 더불어 '三曹'로 칭해졌다. 생전에 陳王으로 봉해졌으며 시호가 '思'였으므로 陳思王으로도 불린다. 宋나라 無名氏의 《釋常談·八斗之才》에 이런 내용이 보인다. "문장에 있어서 '八斗之才'라는 말을 많이 쓴다. 謝靈運이 일찍이 말하기를 '천하의 문재가 한 石(즉 10斗)이 된다고 할 때 曹子建 혼자 그 중의 여덟 斗를 차지하고, 내가 한 斗를 차지하며, 천하 사람들이 나머지 한 斗를 나눠 차지한다.'고 했다. (文章多謂之八斗之才, 謝靈運嘗曰: '天下才有一石, 曹子建獨占八斗, 我得一斗, 天下共分一斗.')"

45) 窈窕淑女 君子好逑(요조숙녀 군자호구): 《詩經·周南》의 〈關雎〉 편에 있는 구절이다.

46) 희낭(喜娘): 옛날 혼례를 할 때 신부 옆에서 도와주던 부녀를 이른다.

일곱 낭자들은 쌍쌍이 부채를 들었네	"七娘子"雙雙執扇
지켜보는 자는 영감과 아주머니	觀看的是"風檢才"、"麻婆子"
칭찬해 이르길 부부가 오작교에서 만나 봉래로 들어온 듯하다 하네	誇稱道"鵲橋仙"並進"小蓬萊"

시중드는 좋은 언니 젊은 시녀들	伏侍的是"好姐姐"、"柳青娘"
도와주며 이르길 신랑을 축하한다며 금무늬 휘장 안으로 함께 들라 하네	幫襯道"賀新郎"同入"銷金帳"
사위 될 사람은	做嬌客的
창을 갈고 화살을 준비하니	磨槍備箭
어찌 뒤뜰의 꽃을 다시 찾겠나	豈宜重問"後庭花"
신부 될 사람은	做新婦的
기쁨 반 걱정 반으로	半喜還憂
오늘밤엔 반드시 개천에서 노 저을 것이라네	此夜定然"川撥棹"
저고리 벗을 때 즐거움은 아직 다하지 않아	"脫布衫"時歡未艾
꽃술이 움직일 때 기쁨은 보통이 아니로다	"花心動"處喜非常[47]

이때 장씨와 춘랑은 꿈에서도 생각지 못했던 일이라 정말 하늘에서 그것이 떨어진 양 기뻐했다. 난손 아가씨도 등촉 아래에서 신랑의 용모가 비범한 것을 흘깃 보고는 남몰래 절로 기뻤다. 노인성(老人星)[48]에 시집갈 것이라고만 생각했는데 문곡성(文曲星)[49]에 시집갈 줄이야 어찌

....

47) 이 운문은 춘랑과 난손이 혼례를 올리고 신방에 들어 잠자리를 나누는 장면을 내용으로 삼고 있다. 《粉孩兒》,《七娘子》,《風檢才》,《麻婆子》,《鵲橋仙》,《小蓬萊》,《好姐姐》,《柳青娘》,《賀新郎》,《銷金帳》,《後庭花》,《川撥棹》,《脫布衫》,《花心動》 등은 모두 전통 戲曲이나 散曲 등에서 자주 쓰이는 曲牌들이다. 하지만 여기에서는 曲牌로서의 의미가 아닌 문자적 의미를 활용해 운문으로 이어 만들어 일종의 언어유희 효과를 거두고 있다.

48) 노인성(老人星): 남쪽 하늘에 있는 별로 옛날 사람들은 이 별을 장수의 상징이라고 생각했기에 壽星이라고 부르기도 했다. 여기서는 노인을 의미한다.

49) 문곡성(文曲星): 별 이름으로 文昌星 또는 文星이라고도 한다. 이 별이 文運을 주관한다고 여겼으므로 주요한 文職 관원이나 문재가 뛰어난 사람의 대칭으로

알았겠는가? 예를 마치고 난 뒤, 곧 신랑신부를 가마에 태웠다. 유원보는 친히 남쪽 누각까지 바래다주고 결촉(結燭)50)과 합근(合卺)의 예를 올리 도록 했으며 천금이 되는 혼수도 함께 가져다주었다. 그러고는 스스로 돌아와서 손님들을 대접하고 크게 풍악을 울리며 오경(五更)51)까지 술 을 마시다가 자리를 파했다. 신방에서 한 쌍의 신랑신부는 진정 가인이 재자를 만난 격이었으니 그날 밤의 즐거움과 사랑은 마치 아교풀로 붙인 듯했고 물고기가 물을 만난 듯했다. 베개 옆에서 얘기 끝에 유공의 큰 은덕을 말하면서 두 사람은 유공에게 뼈 속까지 감사함을 느꼈다.

다음 날 날이 밝아 신랑신부가 장씨를 뵙자 장씨는 다시 이들 부부를 데리고서 유공을 뵙고 절을 올리며 끊임없이 감사하다고 말했다. 그러고 난 뒤, 장씨는 제사음식을 조금 마련해 영구 앞에 가서 며느리는 시아버 지께, 아들은 장인께 절을 올리도록 했다. 장씨가 관을 어루만지며 울면 서 말했다.

"서방님은 생전에 사람됨이 정직하셨으니 돌아가신 뒤에도 반드시 영 령(英靈)이 있을 겁니다. 유 백부께서는 과부와 고아를 구제해 주셨을 뿐만 아니라 명문의 귀한 딸을 당신의 며느리로 삼게 해 주셨으니 그 은덕이 하늘과 같아 예삿일이 아닙니다. 저승에서도, 유 백부께서 빨리 귀한 아들을 얻으시고 백세가 넘게 장수하시도록 가호해 주십시오."

춘량 부부도 각자가 스스로 묵묵히 기도를 올렸다. 이로부터 위아래가 화목하고 부창부수(夫唱婦隨)하며, 밤낮으로 향을 피우고 유공의 명복 을 빌었다.

어느덧 세월이 흘러 다시 섣달 중순이 되어 택일한 장례일이 다가왔다.

....

도 많이 쓰인다.

50) 결촉(結燭): 혼례 올리기 전에 신랑 집에서 행하는 혼례 습속의 일종으로, 아들딸 을 모두 갖추고 집안을 잘 꾸리는 부녀자 두 명으로 하여금 동시에 붉은 촛불을 밝히게 하는데 이를 結燭이라 했다.

51) 오경(五更): 밤 3시부터 5시 사이를 뜻한다.

유원보가 꿈에서 배습과 이극양을 만나는 장면, 민국 10년, 상해광아서국(上海廣雅書局), 《신증전도족본금고기관(新增全圖足本今古奇觀)》 삽도

유원보는 곧 장인(匠人)과 일꾼들을 모아서 대청에 있는 영구 한 쌍을 묘지로 모셔가도록 했다. 장씨와 춘랑 부부는 각각 참최(斬衰)를 입고서 영구를 따라갔다. 관을 묻고 봉분을 쌓아올린 뒤 각각 신도비(神道碑)52) 하나씩을 세웠는데 그 하나에는 "송고양양자사안경배공지묘(宋故襄陽刺史安卿裴公之墓)〔송나라 양양자사 고(故) 배안경 공의 묘〕"라고 썼으며 다른 하나에는 "송고전당현윤극양이공지묘(宋故錢塘縣尹克讓李公

....

52) 신도비(神道碑): 무덤 앞에 세우는 死者의 생평 사적을 기록한 비석으로 漢나라 楊宸이 쓴 〈太尉楊公神道碑銘〉이 최초였다. 宋나라 高承의 《事物紀原‧吉凶典制‧神道碑》의 기록에 의하면, 秦漢 이래 공업이나 德政이 있는 자는 모두 비석을 세울 수 있었다. 晉宋 때부터 천자와 제후가 神道碑를 세우는 것이 성행하기 시작했다고 한다.

之墓)[송나라 전당현윤 고(故) 이극양 공의 묘]"라고 썼다. 소나무와 잣나무들이 들쭉날쭉하게 있고 산수가 주위를 에워 싸 완연히 두 무덤은 서로 이어져 있는 것처럼 보였다. 유원보는 삼생(三牲)의 제례를 마련하고 몸소 곡을 하며 제사를 올렸다. 장씨 등 세 사람이 목 놓아 곡을 하고 곡을 마친 뒤, 일제히 유원보를 향해 야초지에서 절을 올린 뒤 엎드려 일어나려 하지 않자, 유원보는 황망히 답례를 하고 능력이 없다 겸양하며 자긍하는 기색이 전혀 없었다. 이들은 곧 집으로 돌아와 제각기 흩어졌다.

이날 밤, 유원보는 잠을 자다가 삼경에 이르러 두 사람을 보았는데 그들은 복두(襆頭)[53]를 쓰고 상홀을 들고서 자주색 두루마기를 입고 금대(金帶)를 차고 있었다. 두 사람은 유원보를 향해 땅에 엎드려 절을 하며 "큰 은인"이라고 부르는 것이었다. 유원보가 크게 놀라 황급히 일어나서 그들을 부축하며 말하기를 "두 신령님께서는 어떤 연고로 강림하신 것입니까? 이 늙은이가 정말 황송하옵니다."라고 하자, 왼쪽에 있는 자가 말했다.

"저는 양양 자사 배습이라고 하며, 이 분은 전당 현령 이극양입니다. 상제께서 저희 두 사람이 청렴하고 충직한 것을 가엾게 여기시어 저를 천하도성황(天下都城隍)[54]으로 봉하시었고 이공을 천조부판관(天曹府判官)[55]의 직으로 삼으셨습니다. 제가 투옥되어 죽은 뒤 어린 딸이 의지할 데가 없었는데 공의 큰 은혜를 입고 훌륭한 남편도 얻었습니다. 또한 좋은 묘지도 마련해 주셨으며 우리 두 사람이 저승에서 사돈이 되게 해

....

53) 복두(襆頭): 옛날에 남자들이 머리를 쌌던 軟巾으로 띠 네 개가 달려있었는데 두 개의 띠는 머리 뒤에서 묶은 뒤 아래로 드리우게 했고, 나머진 두 개의 띠는 머리 위로 묶었기에 四脚巾 또는 折上巾이라고도 했다. 幞頭라고 쓰기도 한다.
54) 천하도성황(天下都城隍): 城隍은 중국 민간신앙과 도교에서 모시는 城池를 지키는 신을 이른다. 대부분 생전에 현지에서 살던 유명한 인물이나 영웅을 城隍神으로 모시고 제사를 올리며 가호를 빈다.
55) 천조부판관(天曹府判官): 天曹는 天上의 官署이고 判官은 장관을 보좌하는 속관이다.

주셨으니 그 은혜가 하늘과 땅과 같아 조금이라도 보답하기가 어렵습니다. 이미 우리 두 사람이 함께 천정(天庭)에 상주문을 올렸는데 상제께서 공의 훌륭한 덕을 살피시고 특별히 공의 관직을 한 품계 올리셨으며 수명을 삼십 년 더 늘리셨고 귀한 두 아들을 낳을 수 있도록 해 주셨습니다. 저승과 이승은 비록 갈라져 있지만 어찌 감히 알려드리지 않을 수 있겠습니까?"

오른쪽에 있는 자가 또 말했다.

"저는 공과 교분이 없어 속마음을 털어놓기가 어렵기에 빈 서신에 뜻을 담았지만 뜻밖에도 공께서 보시자마자 곧장 아시고는 아낌없이 의형제라고 인정해 주셨습니다. 그리고 산 자를 부양해 주시고 죽은 자를 장송해 주셨으니 이미 지극한 은혜입니다. 숙녀와 혼인시켜 후사를 잇게 해 주신 일은 더욱이 예상하지 못했습니다. 수명을 늘려드리고 후사를 보게 해드린다 해도 그 큰 은혜에 만의 하나도 보답하지 못하는 것입니다. 지금 제 아내의 뱃속에 봉명(鳳鳴)이라는 유복녀가 있는데 내일 아침이면 태어날 것이니 외람되지만 제 이 딸을 큰 아드님께 보내 건즐을 받들도록 하겠습니다. 공께서 제게 며느리를 주셨으니 저도 공께 며느리를 드려 은덕에 조금이나마 보답하려고 합니다."

두 사람은 말을 마치고는 공수를 한 뒤, 가버렸다. 유원보가 황급히 배웅하러 나가다가 두 사람의 손에 떠밀려 갑자기 놀라 깨어나 보니 자신은 왕 부인과 침대에 누워 있는 것이었다. 곧 꿈에서 보고들은 것들을 일일이 말해 주자 왕 부인이 이렇게 말했다.

"첩도 상공의 큰 덕을 흠모하거니와 이는 고금에 보기 드문 일이니 당연히 큰 복을 받으실 겁니다. 신명의 말이 아마도 허망하지 않을 것입니다."

유원보가 말했다.

"배공(裴公)과 이공(李公) 두 분께서는 생전에 정직하셨기에 사후에 신령이 되신 게요. 내가 배공의 딸을 시집보내주고 이공의 아들을 장가

보내준 일로 그 분들이 감동해 꿈에 나타나신 것은 도리에도 맞는 일이
지. 하지만 내 수명이 삼십 년 더 늘어날 것이라 했는데 세상에 백 살까
지 사는 사람 어디 있단 말인가? 또한 내게 아들 둘을 내려주겠다고 했
는데 내 나이가 이미 칠십이야. 비록 기력이 젊었을 때보다 못하진 않지
만 칠십에 아들을 낳는 것도 어려운 일이지. 아마 반드시 그렇게 되지는
않을 거요."

다음 날 이른 아침에 유원보는 꿈에서 들은 말들을 떠올리며 의관을
가지런히 하고서 남쪽 누각으로 걸어갔다. 마침 그들 세 사람에게 말해
주려던 참에 이춘랑 부부가 그를 맞이하러 나오는 것이 보였다.

춘랑이 말했다.

"어머니께서 여동생을 낳으시고 지금 한창 산후에 있습니다. 어젯밤
에 저희 모자와 아내 이 세 명이 각기 특이한 꿈을 꾸었기에 백부님께
알려드려 축하를 드리러 가려던 참이었는데 백부님께서 이리 먼저 와
계셨을 줄 어찌 알았겠습니까?"

유원보는 장씨가 딸을 낳았다는 말을 듣고 꿈에서 이 현령이 한 말을
떠올리며 정말 딱 들어맞았다고 생각했다. 다만 자기에게 아직 아들이
없기에 그 말을 꺼내기가 어려웠다. 유원보는 즉시 장씨의 안부를 묻고
는 꿈에서 본 것이 무엇이냐고 다시 물었다.

이춘랑이 말했다.

"꿈에서 부친과 장인어른을 뵈었는데 모두 신이 되셨더군요. 말씀하
시기를 백부의 큰 덕행이 천정(天庭)을 감동시켜 이미 백부님의 수명을
연장해 드렸으며 아들도 보낼 것이라고 하셨습니다. 저희 세 사람의 꿈
이 모두 똑같습니다."

유원보는 마음속으로 특이하다고 생각하면서 곧바로 자신의 꿈속에
서 있었던 광경을 하나하나 두 사람에게 말해 주었다. 춘랑이 말하기를
"이는 모두 백부님께서 덕을 쌓으신 소치로 하늘의 당연한 이치이지 허
망한 일은 아닙니다."라고 했다. 유원보는 곧장 집으로 돌아가서 이를

왕 부인에게 말했다. 이들은 모두 놀라 감탄을 하며 사람을 시켜 이씨 집으로 가서 축하해 주도록 했다. 얼마 지나지 않아 아이가 한 달이 되자 장씨는 어린 딸을 안고 찾아와서 백부와 백모를 만났다. 유원보가 묻기를 "따님의 이름이 무엇입니까?"라고 하자, 장씨가 말하기를 "아명이 봉명인데 돌아가신 남편이 꿈에서 당부한 이름이지요."라고 했다. 유원보는 자신의 꿈과 들어맞은 것을 보고 더욱더 놀라며 기이하게 여겼다.

자질구레한 이야기들은 자세히 얘기하지 않겠다. 차설(且說), 왕 부인은 그때 나이가 이미 사십이었는데 짜고 신 것들만 먹고 싶다는 느낌이 들면서 자꾸 헛구역질이 나는 것이었다. 유원보는 단지 그가 중년이 되어 병이 난 줄로만 생각하고 의원을 모셔다가 진맥하게 했지만 누구 하나 그 까닭을 말하지 못했다. 재간 있는 몇몇만이 "애를 갖은 맥 같다."고 짐작했지만 유원보의 나이가 이미 칠십이 되었고 왕 부인의 나이가 이미 사십이 되도록 일찍이 애를 낳은 적이 없는 것을 알고서 감히 약을 쓰지도 못한 채 그저 얘기하기를 "부인의 이 병은 약을 드실 필요가 없어 머지않아 저절로 나으실 것입니다."라고만 했다. 유원보도 "이런 사소한 병은 무방할 게야."라고 생각하고는 그 뒤로 의원을 데려오지도 않고서 마음을 놓고 있었다. 조금 더 시간이 지나자 왕 부인은 정말로 병이 다 나았다. 다만 허리와 사지가 날로 무거워져 치마 띠가 점차 짧아지고 눈꺼풀이 처지며 젖가슴이 부풀어 올랐고 배가 불러오르는 것이 느껴졌다. 유원보는 반신반의하며 생각하기를, "꿈에서 있었던 말들이 정말 헛것이 아니었나?"라고 했다. 세월이 빨리 지나 어느덧 아이를 낳을 때가 되었다. 유원보는 이때에 이르러 왕 부인이 아이를 밴 것을 믿지 않을 수가 없어 해산을 준비했다. 한편으로는 산파를 불러오게 하고 다른 한편으로는 유모도 하나 구했다. 갑자기 어느 날 밤, 왕 부인은 막 잠이 들려는 차에 특이한 향이 코를 찌르고 선악(仙樂)이 쟁쟁하게 들리더니 곧 배가 아프기 시작했다. 사람들이 일제히 와서 해산하는 것을 시중들었으며 반 시진(時辰)도 안 되어서 아들 하나를 낳았다. 향기로운 물로 그 아이를 목욕을 시키고 보니 미목(眉目)이 수려하고 코가 오뚝했으며 입이 크고 우람하게 생긴 것이었다. 부부 두 사람은 끝없이 기뻐했다. 유원보가 부인에게 말하기를 "꿈자리 하나의 영험함이 이와 같구려! 배공과 이공의 말대로 모두 하늘이 내려주신 것이네."라고 했다. 이에 이름을 유천우(劉天祐)라고 했으며 자를 몽정(夢禎)이라 했다. 이 일은 곧 낙양성에 두루 소문이 났으며 새로운 얘깃거리가 되어 전해졌다. 향리에서 이런 구호(口號)[56] 네 구를 지었다.

자사는 타고난 기골(奇骨)이 있어　　　　　　　刺史生來有奇骨
사람됨이 오로지 음덕을 쌓는 것을 좋아하네　　爲人專好積陰騭
배공의 딸을 시집보내고 유공의 아들을 얻었으며　嫁了裴女換劉兒
나이 칠십에 첫째 아이를 낳았다네　　　　　　　養得頭生做七十

눈 깜박할 사이에 또 한 달이 다 되어 당연히 탕병회(湯餅會)[57]를 열게 되었다. 향신들과 친우들이 일제히 와서 축하하여 정말 문전성시를 이루었으며 너댓새 동안 잔치가 열렸다. 춘랑과 난손도 자기 주머니에서 돈을 내어 축하연을 마련했으니 이에 대해서는 자세히 이야기하지 않겠다.

차설(且說), 이춘랑은 성혼을 하고서 부친을 장사지낸 뒤 더욱 분발해 경사(經史)에 몰두하여 과거 급제를 해서 유공의 큰 은덕에 보답하고자

....

56) 구호(口號): 본래 南朝 梁나라 簡文帝의 〈仰和衛尉新渝侯巡城口號〉나 당나라 李白의 〈口號吳王美人半醉〉 등과 같이, 古詩 제목에서 쓰는 말인데 입에서 나오는 대로 읊어댔다는 의미로 '口占'과 유사하다. 元·明·淸代 소설에서는 대체적으로 구어로 엮어낸 打油詩나 속담 따위를 이른다.

57) 탕병회(湯餅會): 국수 같이 물에 넣어 끓여서 먹는 밀가루 음식을 가리킨다. 송나라 黃朝英의 《緗素雜記·湯餅》에 이런 내용이 보인다. "내 생각에 밀가루로 만든 음식을 모두 餅이라고 이르는 것으로 보인다. 그러므로 불로 구워서 먹는 것은 燒餅이라 하고, 물로 끓여서 먹는 것은 湯餅이라 하며, 찜통으로 쪄서 먹는 것은 蒸餅이라 하는 것이다." 옛날 풍속에 생일이나 아이가 태어난 지 3일째 혹은 한 달이 되는 날, 아니면 돌에 경축하는 연회를 베풀고 잔치에서 장수를 상징하는 국수를 먹었는데 이를 湯餅會라고 불렀다.

했다. 그리하여 또 유원보의 도움을 받아서 국자감(國子監)에 들어가게
되었다. 경도로 가서 공부하면서 과거시험을 기다리려고 백부와 모친
그리고 아내와 바야흐로 상의를 하고 있던 차였는데 변경에서 아역(衙
役) 하나가 와서 정(鄭) 추밀(樞密) 댁에서 보냈다고 하며 배씨 아가씨
일가를 맞이하러 왔다고 했다. 알고 보니, 난손의 외삼촌인 정공은 몇
달 사이에 이미 어명으로 서천 절도사에서 추밀원부사(樞密院副使)[58]가
되었던 것이었다. 정공은 경도로 돌아온 날에 매형이 재앙을 당해 죽었다
는 것을 알고 곧 청진관(淸眞觀)으로 가서 조카딸의 소식을 물었더니
낙양으로 팔려갔다고 했다. 다시 사람을 보내 낙양으로 가서 탐문을 하게
하다가 유공이 의로운 마음으로 성혼시킨 것을 알고는 끊임없이 찬탄했
다. 그는 조카딸인 난손이 보고 싶어 난손의 시어머니와 남편을 맞이해
함께 경도로 오게 하여 만나려 했던 것이었다. 춘랑은 이 소식을 듣고
마침 자신과 아내 양쪽에게 모두 잘된 일이라 여겼으며, 난손도 외삼촌이
경도로 돌아갔다는 소식을 듣고는 매우 기뻐했다. 이들 부부는 즉시 유공
부부에게 아뢴 뒤, 길일을 택해 장씨와 봉명과 함께 길을 떠나려 했다.
그 날이 되자 유원보는 술자리를 마련해 전송했는데 그 자리에서 꿈속에
서 있었던 일을 이야기하게 되었다. 유원보가 곧 장씨에게 말했다.

　"작년에 제가 꿈에서 돌아가신 부군을 뵈었을 때, 따님과 제 아들이
혼인할 연분이 있다고 하셨지요. 전에는 아들이 아직 태어나지 않았던지
라 감히 말을 꺼내지 못했습니다. 지금 꺼리지 않으신다면 원컨대 사돈
을 맺고 싶습니다."

　장씨가 몸을 굽히며 답했다.

....

58) 추밀원부사(樞密院副使): 중앙관서 중에 樞密院이 있는데 그 주관 관원을 樞密
　　使라고 했으며 그 부직을 副使라고 했다. 後唐 때부터 있었으며 文事는 中書省
　　에서 주관했고 武事는 樞密院에서 주관했다. 宋나라 때에는 樞密院과 中書省이
　　함께 군사와 정무를 나눠 주관했으며 이 두 기관을 '二府'라고 불렀다. 자세한
　　내용은 《文獻通考·職官十二》,《續文獻通考·職官六》 등에 보인다.

"망부(亡夫)께서 일찍이 꿈에서 말씀한 적이 있는데다가 백부님으로부터 저희를 버리시지 않은 큰 은덕을 입고서도 아직 갚지 못하고 있는데 어찌 감히 딸 하나를 아까워하겠습니까? 다만 저희 모자는 여전히 가난하고 의지할 데가 없기에 높은 집안과 감히 인척을 맺기가 어렵습니다. 만약 제 아들이 급제를 한다면 마땅히 제 딸로 하여금 아드님의 건즐을 받들도록 하겠습니다."

술자리를 파하고 유공은 다시 난손에게 이렇게 당부했다.

"네 서방은 이번에 가면 전도가 유망할 게다. 우리 두 사람은 집에서 안락하게 있을 것이니 우리 딸은 걱정할 필요가 없다."

사람들은 저마다 눈물을 흘리며 연연하면서 이별을 아쉬워했다. 그들은 길을 떠나기에 앞서 다시 또 몇 번 엎드려 절을 올리면서 유공 부부의 큰 덕에 감사했고 그런 뒤 눈물을 떨구며 길을 나섰다. 낙양과 경도는 그리 멀지 않아 자주 음신(音信)을 주고받았는데 그 자세한 이야기는 할 필요가 없겠다.

재표(再表)[59], 유천우 공자(公子)가 태어난 뒤로 날이 가고 달이 지나 그의 나이는 이미 돌이 지나 있었다. 하루는 유모가 어린 도련님을 안고서 시녀 조운(朝雲)과 함께 밖으로 놀러 나갔다. 조운은 나이가 막 열여덟 살이 되었으며 자못 자색이 있었다. 유모를 따라 나와 한참을 놀고 있었는데 유모가 조운에게 말하기를 "언니, 내대신 도련님 좀 안아줘. 바람이 크게 불어 도련님한테 입힐 옷을 가지러 갔다 올게."라고 하자, 조운은 어린 공자를 받아서 안았다. 유모가 잠깐 안에 들어갔다가 다시 나와 애 울음소리를 듣고는 두 걸음 걸을 것을 한 걸음으로 황급히 내달아 달려가 보니 조운이 한 손으로는 공자를 안고서 다른 한 손으로는

---

59) 재표(再表): 再는 '다시'라는 의미이고 表는 '表述' 즉 '이야기하다'는 뜻이다. 再表는 再說과 같은 의미로 앞에서 서술하다가 그만 둔 이야기를 다시 제기하는 역할을 한다.

공자의 머리를 문지르고 있는 것이 보였다. 유모가 급히 가까이 가서 보니 머리가 어디에 부딪쳐 커다랗게 멍울이 부풀어 올랐기에 곧바로 조운에게 크게 화를 내면서 이렇게 나무랐다.

"내가 등을 좀 돌렸더니 바로 도련님을 넘어지게 했네! 도련님이 나리와 마님의 목숨인 것을 몰라? 아시게 되면 나까지 연루되어 골탕을 먹잖아? 내가 바로 가서 나리와 마님께 말씀 드릴 테다. 너 이 천한 계집, 이번 책벌을 피할 수 있는지 좀 보자!"

그러고 말을 마치고는 공자를 안고서 화가 뻗친 채 가는 것이었다. 조운은 유모의 기세가 험악한 것을 보고 일시에 성질이 나서 그도 대꾸해 말했다.

"이 늙은 개돼지 같으니라고 도련님의 세력을 믿고 사람을 괴롭히며 내게 욕을 퍼붓네. 혼자 잘난 척 다하지 마! 너는 유모일뿐이고, 도련님만 해도 내가 아직까지 칠십 세에 첫 아이를 낳은 걸 못 봤어. 어디서 끌고 온 애인지, 안고 온 애인지 누가 알아? 한 번 부딪쳤다고 나를 능욕하는 거냐!"

조운은 비록 입은 세게 놀렸지만 마음속으로 당황하여 감히 곧바로 그를 따라 들어가지 못했다. 생각지도 않게 유모는 하나도 빠짐없이 조운이 한 말을 유원보에게 말해 버렸다. 유원보는 이를 다 듣고 나서 태연스럽게 말했다.

"이 일은 그 애를 탓할 수도 없다. 칠십에 자식을 낳은 일은 원래가 드문 일이거니와 그 애가 한때 망령된 말을 한 것을 가지고 어찌 따지기에 족하겠느냐?"

당시 유모는 고자질로 한바탕 시비를 붙여 놓으면 조운이 적어도 반은 죽도록 맞을 것이라고 생각했는데 유원보가 이렇게 너그럽게 할 것이라고는 생각지 못했던지라 불같이 끓어오른 성질은 반잔의 얼음물이 되어 공자를 안고서 안으로 들어가 버렸다.

각설, 그날 밤 유원보는 부인과 함께 저녁밥을 먹은 뒤 편안히 휴식을 취하러 혼자 서재로 갔다. 그리고는 여종에게 분부하기를 "조운을 불러 내 서재로 오게 하라."라고 말했다. 여종들은 낮에 있었던 일이 터져 조운에게 벌을 내릴 것이라고만 생각하여, 도리어 자신들에게 책임이 넘어올까 봐, 매가 제비를 낚아채듯 황급히 조운을 잡아왔다. 가련하게도 조운은 떳떳치 못해 전전긍긍하며 유원보의 면전에 서서 책벌을 받을 생각만 하고 있었다. 유원보가 사람들에게 명하기를 "너희들은 다 물러가고 조운만 여기 남기거라."라고 하기에 사람들은 명을 받고 모두 일제히 흩어져 한 사람도 남지 않았다. 유원보는 곧 조운으로 하여금 문을 닫도록 했는데 조운은 그가 무슨 궁리를 하고 있는지 알 수 없었다. 유원보는 조운을 가까이 불러놓고 말했다.

"사람이 생육하지 못하는 것은 대부분 교합할 때 정력이 쇠약해서 들떠 있기만 하고 부실하여 씨를 뿌리기 어렵기 때문이다. 만약 정력이 왕성하다면 비록 나이가 들었어도 젊은이와 같지! 너는 연로한 사람은 아이를 낳을 수 없어 다른 성씨의 아이를 데려오거나 다른 사람의 씨를 빌린다는 사설(邪說)을 해대며 나를 의심하는데 내 오늘밤 너를 여기에 남긴 것은 바로 너와 정력을 한번 시험함으로써 너의 의심을 없애고자 함이다."

원래 유원보는 처음에 자신이 아이를 낳을 수 없다고만 생각해서 젊은 여자를 쉽사리 들이려 하지 않았던 것인데 이제 이미 첫째를 낳았으니 스스로가 곧 대담해진 것이었다. 게다가 꿈에서 아들 하나가 더 있다고 하였기에 일시에 자신도 모르게 생각이 바뀌게 되었다. 조운도 우연히 실언을 한 것으로 이런 상황에 이르게 될 줄은 생각지도 못했다. 그렇다고 감히 거역할 수도 없었기에 그녀는 어쩔 수 없이 유원보가 옷을 벗는 것을 시중들고 동침을 했다. 그 광경은 이러했다.

하나는 팔백 년을 산 팽조(彭祖)60)의 큰 형님 같고	一個似八百年彭祖的長兄

다른 하나는 서른 살에 죽은 안회(顔回)의 　　一個似三十歲顔回的少女
　　작은 딸 같다네
운우지정을 나누며 　　　　　　　　　　　尤雲殢雨[61]
복비(宓妃)가 낙하(洛河)의 물을 기울여 　　宓妃[62]傾洛水
수성(壽星)[63]의 머리에 부으니 　　　　　　澆着壽星頭
물고기와 물처럼 서로 잘 어울리누나 　　　似水如魚
여망(呂望)[64]이 낚싯대를 들고 　　　　　　呂望持釣竿
양 귀비의 혀를 돌리네 　　　　　　　　　　撥動楊妃舌
소를 탄 노자(老子)[65]가 　　　　　　　　　乘牛老子

....

60) 팽조(彭祖): 漢나라 劉向의 《列仙傳·彭祖》에 나오는 인물로 封地가 彭 지방에 있어 彭祖라고 불리었다. 전하는 바에 의하면, 그는 養生을 잘했고 '導引之術(導引는 導氣引體의 줄임말로 고대 醫家와 道家에서 행하는 호흡과 운동을 결합시키는 양생술이다.)'에 통달해 팔백 세까지 살았다고 한다.

61) 尤雲殢雨(우운체우): 殢雨尤雲으로 쓰이기도 하며 남녀 간의 운우지정을 비유적으로 이르는 말이다. '尤'와 '殢'는 모두 '서로 얽매이고 연연해하다'는 뜻이고, '雲'과 '雨'는 남녀가 정을 나누는 것을 비유적으로 이르는 말로 宋玉의 〈高唐賦〉序에 보이는 楚襄王이 巫山神女를 만난 이야기에서 나왔다.

62) 宓妃(복비): 전설 속에 나오는 洛水의 여신이다. 《文選》에 실린 司馬相如의 〈上林賦〉에 달린 李善의 注에서 如淳의 말을 인용하며 "宓妃는 伏羲氏의 딸인데 洛水에서 익사하여 洛水의 神이 되었다."라고 했다. 삼국 시대 魏나라의 曹植이 지은 〈洛神賦〉에서는 복비의 이미지를 매우 아름답게 묘사하고 있다.

63) 수성(壽星): 본래 남쪽 하늘에 있는 별로 《史記·封禪書》에 달린 司馬貞의 索隱에서는, "壽星은 南極老人星이다. 이 별이 보이면 천하가 안정되기에 사당으로 모셔 받들어 福壽를 빌었다."라고 했다. 예로부터 장수의 상징으로 여기며 민간에서는 이를 의인화하여 대머리에 이마가 넓고 흰 수염을 길게 드리우고서 지팡이를 짚고 있는 노인의 이미지로 형상화했다. 이로 인해 장수하는 노인을 壽星이라고 부르기도 한다.

64) 여망(呂望): 周나라 초기 사람으로 姓은 姜이고 氏는 呂이며 이름은 尙이다. 연로해 낚시를 하면서 은거했는데 周 文王이 사냥을 하러가다가 渭水의 물가에서 그를 만났다. 여망이 문왕과 이야기를 나눈 뒤, 매우 기뻐하며 "이 늙은이가 그대를 오랫동안 기다렸습니다.(吾太公望子久矣.)"라고 했으므로 그를 '太公望' 또는 '呂望', '姜太公' 등으로 부르게 되었다. 자세한 내용은 《史記·齊太公世家》에 보인다.

65) 노자(老子): 道敎에서 老子를 敎祖로 받들어 그를 太上老君이라 불렀다. 《老子內傳》에 따르면, "太上老君은 성이 李 씨이고 이름은 '耳'였으며, 字는 伯陽이고

구슬 담는 접시를 받들고 있는	摟住捧珠盤的龍女
용녀(龍女)[66]를 껴안고	
나귀를 탄 과로(果老)[67]가	騎驢古老
조리를 쥔 선고(仙姑)[68]와 정을 통하네	搭著執笊籬的仙姑
횅뎅그렁한 덩굴이 모란꽃을 감고	胥靡[69]藤纏定牡丹花
녹색 털 거북이가 부용 꽃술을 따는구나	綠毛龜[70]採取芙蕖蕊
태백금성(太白金星)[71]이 음성(淫性)을 발하니	太白金星淫性發
상청옥녀(上靑玉女)[72]는 욕정이 올라오네	上靑玉女慾情來

....

일명 '重耳'라고도 했다. 태어날 때부터 머리가 하얬기에 老子라고 불리었다."고
했다. 《史記·老子韓非列傳》에 달린 司馬貞의 索隱에서는, 漢나라 劉向의 《列仙
傳》을 인용하면서 노자는 靑牛를 타고 다녔으며 그가 지나가는 곳에는 紫氣가
서렸다는 언급이 보인다. 역대로 老子는 소를 타는 이미지로 많이 그려져 왔다.

66) 용녀(龍女): 전설 속에 나오는 용왕의 딸이다. 《法華經》에 여덟 살 먹은 한 龍女
가 값진 寶珠를 받들고서 부처에게 바치는 이야기가 보인다.

67) 과로(果老): 당나라 때 張果라는 方士가 있었는데 나이가 많았으므로 張果老
또는 果老라고 불리었다. 나중에 등선하여 민간에서 도교의 八仙 가운데 하나로
자리잡았으며 보통 당나귀를 거꾸로 탄 채 사방을 돌아다니면서 단약으로 사람
을 구제하는 이미지로 그려진다.

68) 선고(仙姑): 민간에서 신앙하는 도교 八仙 중의 유일한 女仙이다. 아름다운 젊은
여성으로 손에 笊籬를 들고서 이 조리로 속세의 번민과 고뇌를 건져낼 수 있다고
한다. 나중에 조리의 이미지는 연꽃(荷)으로 대체되어 지금은 보통 손에 연꽃을
들고 있는 여성의 이미지로 그려진다.

69) 胥靡(서미): 아무것도 없이 텅 비어 있는 것을 이른다. '胥'는 '疏'와 같이 '空(비
다)'의 뜻이고, '靡'는 '無(없다)'의 뜻이다.

70) 綠毛龜(녹모귀): 등 껍데기에 綠藻가 자라서 마치 녹색 털이 나 있는 것처럼
보이는 거북이를 이른다. 옛날에는 이런 거북이를 상서로움의 상징으로 여겨
관상용으로 많이 길렀다.

71) 태백금성(太白金星): 도교에서는 星系에 따라 신선 체계를 만들고 각 별의 神
즉 '星君'은 그 별과 함께 그 별이 대표하는 인간사도 관장을 한다고 믿었다.
金星을 太白星이라고도 불렀으므로 金星의 星君도 '太白金星' 또는 '金德太白
星君'이라고 칭하게 되었다. 민간에서는 보통 머리와 수염이 모두 하얗고 흰
옷을 입은 노인의 이미지로 그려지며 옥황상제 측근에서 모시는 특사 역할을
한다고 믿는다.

72) 상청옥녀(上靑玉女): '靑'자는 '淸'자와 통하여 上靑은 곧 上淸과 같은 뜻으로
하늘나라를 이른다. 玉女는 선녀를 뜻한다.

유원보는 비록 연로했지만 정기가 강건했기에 조운은 아픔을 참으면서 받아들일 수밖에 없었다. 그는 대략 두어 시간 동안 교접을 하다가 양기를 배출하고서야 그만두었다. 그날 밤 곧 유원보는 조운과 함께 잠을 잤으며, 날이 밝자 조운은 스스로 제 방으로 돌아갔다. 유원보가 잠자리에서 일어나 부인에게 이 일을 말해 주었더니 부인은 그저 웃기만 했다. 여종들과 유모가 모두 말하기를 "나리께서는 한결같이 아주 점잖으셨는데 이제 나이가 드시고 나서 이렇게까지 되레 지조가 없어지셨네."라고 했다. 유원보와 조운은 이렇게 하룻밤만을 보냈는데 곧바로 수태가 될 줄 누가 생각이나 했겠는가? 유원보도 한때 조운으로 하여금 의심하지 못하게 하려고 능력을 자랑한 것이었는데 금방 이렇게 될 줄은 생각하지도 못했던 것이었다. 왕 부인이 곧 아래채 방 하나를 정리하고서 조운을 첩으로 들이라고 남편에게 권했다. 유원보는 응낙을 하고서 바로 조운의 머리를 올리고 첩으로 들인 뒤, 불시로 그의 처소로 가서 묵었다. 조운은 당초 한때 실언한 것으로 인해 오히려 이렇게 좋은 자리를 얻게 되었다. 유원보가 조운에게 농담으로 말하기를 "이제 공자는 어디서 끌고 오거나 안고 온 아이가 아니라는 것을 믿을 수 있겠느냐?"라고 하자, 조운은 얼굴과 귀가 붉어지면서 감히 말을 하지 못했다. 눈 깜박할 사이에 다시 열 달이 다 찼다. 어느 날 조운은 참을 수 없을 정도로 배가 아프고 특이한 향이 방안에 가득 차더니 아들 하나를 낳았다. 아이가 막 나왔을 때 밖에서 떠들썩하는 소리가 들렸다. 유원보가 나가서 보니 이춘랑이 장원급제를 했다는 소식을 알리러 온 것이었다. 유원보는 조카가 급제한 것을 보고 이전에 자신이 의형제라고 인정했던 마음이 헛되지 않았는데다가 또한 아들을 낳은 때와 막 겹쳐서 크나큰 길조이기도 했기에 마음속으로 기쁨을 이길 수 없었다. 그때 희소식을 알리러 온 사람이 곧바로 이 장원이 보낸 가서(家書)를 올렸는데 유원보가 뜯어서 보니 이렇게 쓰여져 있었다.

저와 어머니는 고아와 과부로 목숨을 이을 수 있으면 족하다고 여겼는데 백부님께서 시종(始終)을 보전해 주신 덕에 드디어 과거에 급제했으니이는 모두 백부님 덕분입니다. 근래 두 분의 기거(起居)가 편안하실 줄로믿습니다. 본래 휴가를 내어 배알하러 가려고 했지만 동궁(東宮)73)에서시강(侍講)74)을 하여 조석 간으로도 자리를 뜰 수 없는 까닭에 뜻대로하지 못했습니다. 우선 어주(御酒) 두 병을 보내니 백부님께서 양로(養老)하시는 데 보탬으로 삼으시고, 또 궁화(宮花)75) 두 송이도 보내니 아우가정원(鼎元)76)으로 급제할 징조로 삼으십시오. 바람을 맞이해 마음은 가려 하지만 저의 정성을 다할 수가 없습니다.

유원보는 서신을 다 보고 어주와 궁화를 받은 뒤, 방으로 들어가 왕부인에게 이를 알려 주려고 했다. 마침 아들 천우가 걸어오는 것이 보이기에 그를 불러다가 궁화를 건네주며 말하기를 "네 형이 경도에서 급제를 하여 특별히 네게 궁화를 보냈구나. 우리 아들도 나중에 경림연(瓊林宴)77)에 참석해 오늘의 형처럼 되었으면 한다."라고 했다. 공자는 흔연히그것을 받아서 머리 위에 마구 꽂고 아버지와 어머니께 두 번 깊이 절을올리자 두 노인은 기쁘기 그지없었다. 유원보는 즉시 서신을 써서 축하하면서 둘째 아들을 낳은 일도 더불어 얘기했다. 경도에서 온 사람을돌려보낸 뒤, 황제가 내린 어주를 배공과 이공에게 제물로 바쳤으며 그

....

73) 동궁(東宮): 태자가 사는 궁전을 말한다.
74) 시강(侍講): 漢나라 때부터 있었지만 관직으로 된 것은 魏 明帝 때부터였다.
   당나라 때부터 侍講學士가 있었으며 그 직책은 君王에게 文史를 강론하는 것이
   었고, 宋나라 때에는 侍講과 더불어 侍讀도 있었는데 모두 文才가 있는 관원이
   겸임하도록 했다. 南北朝와 唐宋 때에는 제후왕의 집에서도 侍講이 있었다.
75) 궁화(宮花): 과거 시험에서 급제한 선비가 御筵에 참가할 때 머리에 꽂았던 견직
   물로 만든 꽃을 이른다.
76) 정원(鼎元): 과거에서 급제한 狀元과 榜眼 그리고 探花를 아울러 이르는 말이다.
   鼎에 다리가 세 개 달려 있어 이렇게 칭하게 된 것이다.
77) 경림연(瓊林宴): 송나라 太平興國 9년(984)부터 政和 2년(1112)까지 천자가 황가
   원림인 瓊林苑에서 연회를 베풀어 새로 급제한 進士를 초대했는데 후세에도,
   비록 瓊林苑은 아니지만, 이런 연회를 일러 경림연이라고 했다.

런 연후에 부인과 함께 마셨다. 이로부터 차남의 이름을 천석(天錫)이라고 했으며 자를 몽부(夢符)라고 했다. 형제가 날로 자라 매우 똑똑했기에 유원보는 훈장을 모시고 가르치면서 장성하기를 기다렸다. 또한 하늘이 보우해 주신 것에 감사하여 사람들을 위해 더욱더 좋은 일을 하며 널리 음덕을 쌓았다. 배공과 이공의 묘지에 매년 봄가을마다 제사를 올리고 성묘한 일들은 이야기하지 않겠다.

다시 돌아가 이 장원이 경도에서 있었던 일을 이야기해 보기로 한다. 정 추밀과 부인 위씨(魏氏)에게는 어린 딸 하나만이 있었는데 이름은 소연(素娟)이라고 했으며 아직 강보(襁褓)에 있었다. 정 추밀은 누님와 매형이 일찍 죽은 까닭에 조카딸을 매우 애지중지했으므로 이씨 일가는 그의 집에서 매우 잘 지낼 수 있었다. 이 장원은 급제한 뒤 동궁시강(東宮侍講)의 직책을 받았으며 황태자는 그를 매우 마음에 들어 했다. 그 뒤 십여 년이 지나 진종 황제가 붕어하고 인종(仁宗) 황제가 등극하여 그의 스승들을 예우했기에, 등급을 건너뛰어 이언청을 승직시켜 예부상서(禮部尙書)로 삼았으며 품계를 일품으로 올렸다. 이언청은 유원보가 의를 숭상한 일에 대해서 인종이 태자로 있을 때부터 이미 몇 차례 상주하여 알렸었다. 그는 당일에 곧바로 상주문을 올려 고향으로 돌아가 성묘할 수 있도록 윤허해 달라고 청했으며, 또한 유원보에게 봉호를 내려 달라고 청했다. 인종은 이런 성지를 내렸다.

> 전당현 현령이었던 이손에게 예부상서를 추증하고, 양양 자사였던 배습은 원래의 벼슬로 복직시키며 각각 어제(御祭)[78] 한 상씩을 하사도록 한다. 청주 자사였던 유홍경은 원래의 벼슬에서 삼급(三級)을 승진시킨다. 예부상서 이언청에게 반년의 휴가를 주고 조정으로 돌아오는 대로 원래의 관직에 복직하게 한다.

....

78) 어제(御祭): 황제가 하사한 제사상을 이른다.

이(李) 상서(尙書)는 성지를 받고서 곧 장 부인과 배 부인, 봉명 아가씨 등과 함께 정 추밀에게 감사하며 이별한 뒤, 역마를 타고 낙양으로 돌아갔다. 가는 길 내내 거마와 깃발이 몇 리가량 훤히 빛났으며 부현(府縣)의 관원들이 성곽 밖까지 나와 영접했다. 이 상서는 떠날 적엔 아직 약관의 나이였는데 다시 돌아왔을 땐 이미 대신이 되어 있었다. 그럼에도 그는 나이가 삼십밖에 안 되었다. 낙양의 백성들은 마치 담장이 에워싼 것처럼 구경하는 자들이 많았으며 모두들 유공은 덕이 있을 뿐만이 아니라 좋은 사람을 알아볼 줄 안다고 찬탄했다. 이때 이 상서의 가솔들이 먼저 유씨 집에 도착해 말에서 내렸다. 유원보 부부는 이 소식을 듣고 황급히 향안(香案)을 준비해 놓고는 황제의 성지를 영접하며 머리를 조아리면서 만세를 세 번 외쳤다. 장 노부인(老夫人), 이 상서, 배 부인 등은 모두 홍포(紅袍)에 옥대(玉帶)를 하고서 봉명 아가씨를 데리고 일제히 땅에 엎드려 절을 올리며 홍은에 감사하다고 했다. 유원보는 이 상서를 부축해 일으켰으며 왕 부인은 부인과 아가씨를 부축한 뒤, 바로 두 아들을 불러내 숙모와 형과 형수를 뵙도록 했다. 사람들은 형제 두 사람의 용모가 우람하면서도 유원보의 모습을 빼닮은 것을 보고 기뻐하지 않는 자가 없었다. 모두가 찬탄하며 말하기를 "큰 은인께서 이런 벽옥 같은 두 아들은 낳으실 수 있었던 것은 다름 아니라 덕을 쌓으신 결과입니다."라고 했다. 이어서 어제(御祭)을 들고 배공과 이공의 무덤으로 가서 향을 피우고 제를 올렸다. 장씨 등 네 사람은 각기 한바탕씩 통곡을 하고 제사상을 거둔 뒤, 돌아왔다. 유원보는 축하하는 잔치를 베풀었는데 음식이 세 차례 나오고 술잔이 몇 순배 돌고나자 자리에서 일어나서 상서 모자에게 이렇게 말했다.

"이 늙은이에게 마음속에 담아둔 말이 있는데 숨겨온 지 십여 년이 되었지만 오늘은 말씀을 안 드릴 수가 없소이다. 실은 선친과 저는 평생 안면이 한 번도 없었습니다. 부인과 이 상서가 그때 제게 의탁하러 왔을 때 저는 속사정을 몰라서 망연스러웠지요. 서신을 뜯어서 보니 한 글자도 없었기에 그때는 그 뜻을 알 수 없었습니다. 자세히 생각해 보니 선친께서는 필시 이 늙은이의 허명을 듣고서 처자식을 맡기려고 했지만 안면이 없는지라 속마음을 털어놓기가 어려워 빈 편지지를 수수께끼로 삼았던 것 같았습니다. 제가 그날 그 거짓말을 참말이라고 인정한 뒤, 처자식 앞에서도 감히 설파를 하지 않았는데 사실은 의형제를 맺었다고 한 것은 모두 허언(虛言)이었지요. 오늘 기쁘게도 조카가 공명을 이뤄 조상과 가문을 빛냈으니 더 이상 제가 말을 하지 않으면 선친께서 고심하셨던 바가 묻힐 것 같았습니다.”

말을 마치고는 예전에 받았던 서신을 곧 상서 모자에게 건네주면서 펴보도록 했다. 상서 모자는 통곡을 하며 감사했다. 사람들은 그때가 돼서야 비로소 빈 편지로 의형제를 인정한 일을 깨닫고서 끊임없이 찬탄했다. 그것은 바로 이런 시로 대변된다.

오랜 친구에게 고아를 맡기는 일들은 천하에 있었지만	故舊託孤天下有
없던 의형제를 인정한 일은 자고로 없었다네	虛空認義古來無
세상 사람들 모두 유원보를 본받는다면	世人盡效劉元普
처음부터 교분이 있어야 할 필요가 뭐 있겠나	何必相交在始初

이때 유원보가 다시 큰아들의 혼사에 관해 얘기를 꺼내자 장 부인은 이를 흔연히 응낙했다. 배 부인이 자리에서 일어나서 말했다.

“제가 아버님의 후은(厚恩)을 입고도 아직까지 만의 하나도 보답하지 못했습니다. 지금 외삼촌인 정 추밀에게 사촌 여동생 하나가 태어났는데 마침 둘째 동생과 동갑입니다. 제가 중매를 서서 짝을 맺어주고 싶습니다.”

유원보가 감사하다고 했으며 이날 더 이상의 얘기는 없었다.

유원보는 잇따라 천우를 위해 이봉명 아가씨와 약혼을 맺어주었다. 이 상서는 한편으로는 상주문을 써서 빈 편지로 의형제를 인정한 일을 아뢰었으며, 다른 한편으로는 정공에게 서신을 써서 중매를 섰다. 얼마 지나지 않아 인종은 상주문을 보고 크게 기뻐하며 유홍경의 훌륭한 덕에 경탄한 뒤, 곧바로 조서를 내려서 패방(牌坊)[79]을 세우고 표창했을 뿐만 아니라 특별한 은전으로 그에게도 이언청과 동일한 관직을 내렸다. 정공은 평소 유공의 고의(高義)를 흠모했었기에 청혼한 일에 대해 따르지 않은 것이 없었다. 이 상서는 곧 천우의 매형이 되기도 했으며 또한 천석의 외사촌 동서가 되기도 했으니 이들의 관계는 친척 간에 또 인척을 맺은 경우로 매우 아름답고 원만했다. 이후 천우는 장원급제를 했으며 천석은 진사 급제를 했다. 형제 두 사람이 젊은 나이에 함께 급제를 한 것이었다. 유원보는 두 아들이 혼인을 하고 각각 자식을 낳는 것까지 줄곧 지켜봐오다가 어느 날 밤 꿈을 꾸었는데 배 사군(使君)이 찾아와 절을 하며 이렇게 말하는 것이었다.

"제가 맡은 도성황(都城隍)의 임기가 이미 찼으니 공께서 부임하러 일찍 오셨으면 합니다. 상제께서는 이미 명을 내리셨습니다."

다음 날 유원보는 병 없이 세상을 떠났는데 나이가 딱 백세였다. 왕 부인도 팔십이 넘도록 살았다. 이 상서 부부는 유난히 통곡을 했으며 친부모로 삼아 육 년 동안 심상(心喪)을 했다. 비록 유씨에게 자손은 있었지만 이 상서는 해마다 스스로 제사를 올렸는데 이는 "은혜를 알아 그 은혜에 보답한다."는 것이었다. 오직 배공에게만 아들이 없었기에 이씨 자손들이 또한 세세대대로 제사를 올리며 성묘를 했다. 그 뒤로 이들은 대대로 낙양에 살면서 선영을 지키며 서월(西粤)로 돌아가지 않았다. 배 부인은 아들을 낳았는데 이후로 그 또한 출사하여 현귀해졌다. 유천우는 동평장사(同平章事)[80]의 벼슬까지 올랐으며 유천석은 어사대부(御

---

79) 패방(牌坊): 정절패방이나 공덕패방 등과 같이, 누군가의 덕행을 표창하기 위해 세우는 기념적 성격의 건축물을 이른다. 양쪽 기둥 위에 가로로 된 편액이 있고 그 위에 표창이나 기념의 문자를 새긴다.

80) 동평장사(同平章事): 당나라 때 尙書省, 中書省, 門下省 등 세 부서의 장관을

史大夫)까지 지냈다. 유원보는 누차 봉호를 받았으며 자손이 끊임없이 번창했으니 이는 음덕(陰德)을 쌓은 응보였다. 증거가 되는 시가 있다.

이승과 저승은 결국 같은 이치이며	陰陽總一理
화복은 오직 스스로가 구한 것이라네	福禍唯自求
천공(天公)이 멀다 말하지 말고	莫道天公遠
모름지기 유 자사를 봐야할 것이네	須看刺史劉

....

재상으로 삼았는데 관직이 높고 권력이 막대하기에 상설은 하지 않고 다른 관원을 뽑아 同中書門下平章事라는 명칭을 주었으며, 이를 줄여서 同平章事라고 하고 국사에 함께 참여하도록 했다. '平章'은 '評處'와 '商議'의 뜻이다.

第十八卷 劉元普雙生貴子

全婚昔日稱裴相, 助殯千秋慕范君. 慷慨奇人難屢見, 休將仗義望朝紳!81)

這一首詩, 單道世間人周急者少, 繼富者多. 爲此, 常言說道82): "只有錦上添花, 那得雪中送炭?" 只這兩句話, 道盡世人情態. 比如一邊有財有勢, 那趨財慕勢的多只向一邊去. 這便是俗語叫做"一帆風", 又叫做"鵓鴿子旺邊飛". 若是財利交關, 自不必說. 至於婚姻大事, 兒女親情, 有貪得富的, 便是王公貴戚, 自甘與團頭作對; 有嫌着貧的, 便是世家巨族, 不得與甲長聯親. 自道有了一分勢要, 兩貫浮財, 便不把人看在眼裏. 若說83)那身在青雲之上, 拔人84)淤泥之中, 重捐己資, 曲全婚配, 恁般樣人, 實是從前寡見, 近世罕聞. 冥冥之中, 天公自然照察. 元來那"夫妻"二字, 極是鄭重, 極宜斟酌, 報應極是昭彰, 世人決不可視同兒戲85), 胡作亂爲. 或者因一句話上, 成就了一家兒夫婦; 或者因一紙字中, 拆散了一世的姻緣. 就是陷於不知, 因果到底不爽.

且說南直長洲有一村農, 姓孫, 年五十歲, 娶下一箇後生繼妻. 前妻留下

---

81) 【校】詩曰(시왈):《拍案驚奇》각 판본에는 시 앞에 "詩曰" 두 글자가 있고,《今古奇觀》각 판본에는 "詩曰" 두 글자가 없다.

82) 【校】常言說道(상언설도):《今古奇觀》각 판본에는 "常言說道"로 되어 있고,《拍案驚奇》각 판본에는 "達者便說"로 되어 있다.

83) 【校】若說(약설):《今古奇觀》각 판본에는 "若說"로 되어 있고,《拍案驚奇》각 판본에는 "況有"로 되어 있다.

84)《拍案驚奇》각 판본에는 여기에 "於" 자가 있고,《今古奇觀》각 판본에는 "於" 자가 없다.

85) 【校】視同兒戲(시동아희):《今古奇觀》각 판본에는 "視同兒戲"로 되어 있고,《拍案驚奇》각 판본에는 "戲而不戲"로 되어 있다.

一箇兒子, 一房媳婦, 且是孝順. 但是爹娘的說話, 不論好歹眞假, 多應在骨裏的信從. 那老兒和兒子, 每日只是鋤田耙地, 出去養家過活; 婆媳兩箇, 在家績麻拈苧, 自做生理. 却有一件奇怪: 元來那婆子雖數上了五[86]十多箇年頭, 十分的不長進; 又道是"婦人家入土方休", 見那老子是箇養家經紀之人, 不恁地理會這些勾當, 所以閒常也與人做了些不伶俐的身分; 幾番幾次, 漏在媳婦眼裏. 那媳婦自是箇老實勤謹的女娘[87], 只以孝情爲上, 小心奉事翁姑, 那裏有甚心去捉他破綻? 誰知道"無心人對著有心人", 那婆子自做了這些話把, 被媳婦每每衝著, 虛心病了, 自沒意思, 却恐怕有甚風聲, 吹在老子和兒子耳朵裏, 顚倒在老子面前搬鬪. 又道是: "枕邊告狀, 一說便准." 那老子信了婆子的言語, 帶水帶漿的羞辱毁罵了兒子幾次. 那兒子是箇孝心的人, 聽了這些話頭, 沒箇來歷, 直擺佈得夫妻兩口終日合嘴合舌, 甚不相安. 看官聽說: 世上只有一夫一妻, 一竹竿到底的, 始終有些正氣[88]; 獨有最狠毒, 最狡猾, 最短見的, 是那"晚老婆[89]". 大槪不是一婚兩婚人, 便是那低門小戶撿剩貨, 與那不學好爲夫所棄的. 這幾項人, 極是"老唧溜", 也會得使人喜, 也會得使人怒, 弄得人死心塌地, 不敢不從.

　元來世上婦人除了那十分貞烈的, 說著那話兒[90], 無不着緊. 男子漢到中年筋力漸衰, 那娶晚老婆的, 大半是中年人做的事, 往往男大妻[91]小, 假

----

86) 【校】五(오):《今古奇觀》각 판본에는 "五"로 되어 있고,《拍案驚奇》각 판본에는 "三"으로 되어 있다.《拍案驚奇》에서 시어미의 나이가 삼십 여 살로 되어 있던 것을 바로 뒤에 나오는 "婦人家入土方休"라는 속담에 더 부합하도록 편집자가 오십 여 살로 바꾼 것으로 보이지만 後文에 나오는 '老夫少妻'에 대한 내용 등 이야기의 전체적인 측면에서 볼 때 삼십 여 살이 더 적절하다고 판단된다.

87) 【校】女娘(여낭):《今古奇觀》각 판본에는 "女娘" 두 글자가 있고,《拍案驚奇》각 판본에는 "女娘" 두 글자가 없다.

88) 【校】女娘(여낭):《拍案驚奇》각 판본에는 "始終有些正氣" 뒤에 "自不甘學那小家腔派"라는 구절이 있고,《今古奇觀》각 판본에는 이 구절이 없다.

89) 【校】晚老婆(만노파):《今古奇觀》각 판본에는 "晚老婆"로 되어 있고,《拍案驚奇》각 판본에는 "晚婆"로 되어 있다. 下文에 나오는 "晚老婆"도 이와 같다.

90) 那話兒(나화아): 밝혀 말하기 어려운 사물을 지칭하는 은어로 우리말의 '거시기'와 비슷한 말이다. 여기에서는 남녀의 성행위를 뜻한다.

91) 【校】妻(처): 人民文學本·繪圖本《今古奇觀》에는 "妻"로 되어 있고, 古本小說集成本《今古奇觀》및《拍案驚奇》각 판본에는 "女"로 되어 있다.

如一箇老蒼男子, 娶了水也似的一個嬌嫩婦人, 縱是千箱萬斛, 儘你受用, 却是那話兒有些支吾不過, 自覺得過意不去. 隨你有萬分不是處, 也只得依順92). 所以那家庭間, 每每被這等人吵得十淸九濁.

這閒話且放過, 如今再接前因. 話說吳江有箇秀才蕭王賓, 胸藏錦繡, 筆走龍蛇, 因家貧, 在近處人家處館, 早出晚歸. 主家間壁是一座酒肆, 店主喚做熊敬溪, 店前一箇小小堂子, 供著五顯靈官. 那王賓因在主家出入, 與熊店主廝熟. 忽一夜, 熊店主得其一夢, 夢見那五位尊神對他說道: "蕭狀元終日在此來往, 吾等見了, 坐立不安, 可爲吾等築一堵短壁兒, 在堂子前遮蔽遮蔽." 店主醒來, 想道: "這夢甚是蹺蹊! 說甚麼蕭狀元, 難道便是在間壁處館的那箇蕭秀才? 我想恁般一個寒酸措大, 如何便得做狀元?" 心下疑惑, 却又道: "除了那箇姓蕭的, 却又不曾與第二箇姓蕭的熟識. '凡人不可貌相, 海水不可斗量.' 況是神道的言語, 寧可信其有, 不可信其無." 次日起來, 當眞在堂子前面堆起一堵短牆, 遮了神聖, 却自放在心裏不題.

隔了幾日, 蕭秀才往長洲探親. 經過一箇村落人家, 只見一夥人聚做一塊, 在那裏喧嚷. 蕭秀才挨入人叢裏看一看, 只見眾人指著道: "這不是一位官人? 來得湊巧, 是必央及這官人則箇. 省得我們村裏去尋門館先生." 連忙請蕭秀才坐著, 取93)過紙筆道: "有煩官人寫一寫, 自當相謝." 蕭秀才道: "寫個甚麼? 且說箇緣故." 只見一箇老者與一箇小後生走過來道: "官人聽說: 我們是這村裏人, 姓孫. 爺兒兩箇, 一箇阿婆, 一房媳婦. 吋耐媳婦十分不學好, 到終日與阿婆鬪氣, 我兩箇又是養家經紀人, 一年到頭, 沒幾時住在家裏. 這樣婦人, 若留著他, 到底是箇是非堆'. 爲此, 今日將他發還娘家, 任從別嫁. 他每眾位多是地方中見. 爲是要寫一紙休書, 這村裏人沒一箇通得文墨. 見官人經過, 想必是箇有才學的, 因此相煩官人, 替寫一寫." 蕭秀才道: "原來如此, 有何94)難處?" 便逞著一時見識, 擧筆一揮, 寫了一紙休

---

92) 【校】《拍案驚奇》각 판본에는 "依順" 뒤에 "了他" 두 글자가 있고, 《今古奇觀》각 판본에는 "了他" 두 글자가 없다.

93) 【校】取(취): 人民文學本·繪圖本《今古奇觀》에는 "取"로 되어 있고, 古本小說集成本《今古奇觀》및 《拍案驚奇》각 판본에는 "將"으로 되어 있다.

94) 【校】何(하):《今古奇觀》각 판본에는 "何"로 되어 있고,《拍案驚奇》각 판본에는

書, 交與他兩箇. 他兩箇便將五錢銀子送秀才作潤筆之資. 秀才笑道: "這幾行字值得甚麼? 我却受你銀子!" 再三不接, 拂著袖子, 撇開眾人, 徑自去了. 這裏自將休書付與婦人. 那婦人可憐勤勤謹謹做了三四年媳婦, 沒緣沒故的休了他, 咽著這一口怨氣, 扯住了丈夫, 哭了又哭, 號天拍地的, 不肯放手. 口裏說道: "我委實不曾有甚乄心負了你, 你聽著一面之詞, 離異了我. 我生前無分辯處, 做鬼也要明白此事! 今世不能和你相見了, 便死也不忘記你!" 這幾句話, 說得旁人俱各掩淚. 他丈夫也覺得傷心, 忍不住哭起來. 却只有那婆子看着, 恐怕兒子有甚變卦, 流水和老兒兩箇拆開了手, 推出門外. 那婦人只得含淚去了, 不題.

再說那熊店主, 重夢見五顯靈官對他說道: "快與我等拆了面前短壁, 攔著十分鬱悶." 店主夢中道: "神聖前日吩咐小人起造, 如何又要拆毀?" 靈官道: "前日爲蕭秀才時常此間來往, 他後日當中狀元, 我等見了他坐立不便, 所以敎你築牆遮蔽. 今他于某月某日, 替某人寫了一紙休書, 拆散了一家夫婦, 上天鑒知, 減其爵祿. 今職在吾等之下, 相見無礙, 以此可拆." 那店主正要再問時, 一跳驚醒. 想道: "好生奇異! 難道有這等事? 明日待我問蕭秀才, 果有寫休書一事否, 便知端的." 明日當眞先拆去了壁, 却好那蕭秀才踱將來, 店主邀住道: "官人, 有句說話, 請店裏坐地." 入到裏面坐定吃茶. 店主動問道: "官人曾于某月某日, 與別人代寫休書麼?" 秀才想了一會道: "是曾寫來, 你怎地曉得?" 店主逐將前後夢中靈官的說話, 一一告訴了一遍. 秀才聽罷目睜口呆, 懊悔不迭. 後來果然舉到孝廉, 只做到一箇知州地位. 那蕭秀才因一時無心失誤上, 白送了一箇狀元. 世人做事, 決不可不檢點. 曾有詩道得好:

> 人生常好事, 作者不自知. 起念埋根際, 須思決局時.
> 動止雖微渺, 干連已彌滋. 昏昏羅天網, 方知悔是遲.

試看那拆人夫婦的受禍不淺, 便曉得那完人夫婦的獲福非輕. 如今單說前代一個公卿, 把幾個他州外族之人, 認做至親骨肉, 撮合了才子佳人, 保

....

"甚"으로 되어 있다.

全了孤兒寡婦, 又安葬了朽骨枯骸. 如此陰德, 又不只是完人夫婦了. 所以後來受天之報, 非同小可.

這話文出在宋眞宗時, 西京洛陽縣有一官人, 姓劉, 名弘敬, 字元普, 曾任過靑州刺史, 六十歲上告老還鄕, 繼娶夫人王氏, 年尙未滿四十. 廣有家財, 並無子女. 一應田園典鋪, 俱托內姪王文用管理. 自己只是在家中廣行善事, 仗義疎財, 揮金如土. 從前至後, 已不知濟過多少人了, 四方無人不聞其名. 只是並無子息, 日夜憂心. 時遇淸明節屆, 劉元普吩咐王文用整備了牲牷酒醴, 往墳塋祭掃. 與夫人各乘小轎, 僕從在後相隨. 不踰時, 到了墳上, 澆奠95)已畢, 元普拜伏墳前, 口中說著幾句道:

> 堪憐弘敬年垂邁, 不孝有三無後大. 七十人稱自古稀, 殘生不久留塵界.
> 今朝夫婦拜墳塋, 他年誰向墳塋拜? 膝下蕭條未足悲, 從前血食何容艾?
> 天高聽遠實難憑, 一脈宗親須憫愛. 訴罷中心淚欲枯, 先靈英爽知何在!

當下劉元普說到此處, 放聲大哭. 旁人俱各悲悽. 那王夫人極是賢德的, 拭著着淚上前勸道: "相公請免愁煩, 雖是年紀將暮, 筋力未衰, 妾身縱不能生育, 當別娶少年爲妾, 子嗣尙有可望, 徒悲無益." 劉元普見說, 只得勉强收淚, 吩咐家人送夫人乘轎先回, 自己留一箇家僮相隨, 閒行散悶, 徐步回來. 將及到家之際, 遇見一箇全眞96)先生, 手執招牌, 上寫著"風鑑97)通神". 元普見是相土, 正要卜問子嗣, 便延他到家中來坐. 吃茶已畢, 元普端坐, 求先生細相. 先生仔細相了一回, 略無忌諱, 說道: "觀使君氣色, 非但無嗣, 壽亦在旦夕矣." 元普道: "學生年近古稀, 死亦非夭. 子嗣之事, 至此暮年, 亦是水中撈月了. 但學生自想, 生平雖無大德, 濟弱扶傾, 矢心已久. 不知

---

95) 【校】澆奠(요전): 古本小說集成本《今古奇觀》과 《拍案驚奇》 각 판본에는 "澆奠"으로 되어 있고, 人民文學本·繪圖本《今古奇觀》에는 "燒奠"으로 되어 있다. '澆奠'은 술을 뿌려 제사를 올린다는 뜻이다.

96) 全眞(전진): 道敎에 全眞敎라고 불리는 一派가 있어 道士를 일러 全眞이라고도 한다.

97) 【校】風鑑(풍감): 古本小說集成本·人民文學本《今古奇觀》과 古本小說集成本《拍案驚奇》에는 "風鑑"으로 되어 있고, 繪圖本《今古奇觀》 및 上海古籍本《拍案驚奇》에는 "風鑒"으로 되어 있다. '風鑑'과 '風鑒'은 같은 뜻으로 관상술을 이른다.

如何罪業, 遂至殄絕祖宗之祀?" 先生微笑道: "使君差矣! 自古道: '富者怨之叢.' 使君廣有家私, 豈能一一綜理? 彼任事者只顧肥家, 不存公道, 大斗小秤, 侵剝百端, 以致小民愁怨. 使君縱然行善, 只好功過相酬耳, 恐不能獲福也. 使君但當悉杜其弊, 益廣仁慈; 多福·多壽·多男, 特易易耳." 元普聞言, 默然聽受. 先生起身作別, 不受謝金, 飄然去了. 元普知是異人, 深信其言. 遂取田園典鋪帳目, 一一稽查; 又潛往街市鄉間, 各處探聽, 盡知其實; 遂將眾管事人一一申飭, 並妻姪王文用, 也受了一番呵叱. 自此益修善事, 不題.

却說汴京有箇擧子李遜, 字克讓, 年三十六歲. 娘子[98]張氏, 生子李彥靑, 小字春郎, 年方十七. 本是西粵人氏, 只爲與京師窵遠, 十分孤貧, 不便赴試; 數年前挈妻攜子, 流寓京師. 却喜中了新科進士, 除授錢塘縣尹, 擇箇吉日, 一同到了仕所. 李克讓看見湖山佳勝, 宛然神仙境界, 不覺心中爽然. 誰想貧儒命薄, 到任未及一月, 犯了箇不起之症. 正是:

> 濃霜偏打無根草, 禍來只奔福輕人.

那張氏與春郎請醫調治, 百般無效, 看看待死. 一日, 李克讓喚妻子到床前, 說道: "我苦志一生, 得登黃甲, 死亦無恨. 但只是無家可奔, 無族可依, 撇下寡婦孤兒, 如何是了? 可痛! 可憐!" 說罷, 淚如雨下. 張氏與春郎在旁勸住. 克讓想道: "久聞洛陽劉元普仗義疎財, 名傳天下, 不論識認不識認, 但是以情相求, 無有不應. 除是此人, 可以託妻寄子." 便叫: "娘子, 扶我起來坐了." 又叫兒子春郎取過文房四寶, 正待擧筆, 忽又停止. 心中好生躊躇, 道: "我與他從來無交, 難敍寒溫. 這書如何寫得?" 想了一回, 心生一計, 分付妻兒取湯取水, 把兩個人都遣開了. 及至取得湯水來時, 已自把書重重封固, 上面寫十五字, 乃是"辱弟李遜, 書呈洛陽恩兄劉元普親拆". 把來遞與妻兒收好, 說道: "我有箇八拜爲交[99]的故人, 乃靑州刺史劉元普, 本貫

······························

98) 【校】娘子(낭자): 《今古奇觀》 각 판본에는 "娘子"로 되어 있고, 《拍案驚奇》 각 판본에는 "親妻"로 되어 있다.

99) 八拜爲交(팔배위교): 본래 '八拜'는 예전부터 대대로 교분이 있는 집안의 어른에게 행하는 절을 이르는데 그런 집안의 친구는 異姓의 형제와 마찬가지라는 의미

洛陽人氏. 此人義氣干霄, 必能濟汝母子. 將我書前去投他, 料無阻拒. 可多多拜上劉伯父, 說我生前不及相見了." 隨分付張氏道: "二十載恩情, 今長別矣. 倘蒙伯父收留, 全賴小心相處. 必須敎子成名, 補我未逮之志. 你已有遺腹兩月, 倘得生子, 使其仍讀父書; 若生女時, 將來許配良人. 我雖死而瞑目." 又吩咐春郎道: "汝當事劉伯父如父, 事劉伯母如母. 又當孝敬母親, 勵精學業, 以圖榮顯, 我死猶生. 如違我言, 九原之下, 亦不安也!" 兩人垂淚受敎. 又囑咐道: "我[100]死之後, 權寄棺木浮邱寺[101]中, 俟投過劉伯父, 徐圖殯葬. 但得安土埋藏, 不須重到西粤." 說罷, 心中哽咽, 大叫道: "老天! 老天! 我李遜如此淸貧, 難道要做滿一個縣令, 也不能勾!" 當時蕘然倒在床上, 已自叫喚不醒了. 正是:

君恩新荷喜相隨, 誰料天年已莫追! 休爲李君傷夭逝, 四齡已可傲顏回.

張氏, 春郎各各哭得死而復甦. 張氏道: "撇得我孤孀二人好苦! 倘劉君不肯相容, 如何處置?" 春郎道: "如今無計可施, 只得依從遺命. 我爹爹最是識人, 或者果是好人, 也不見得." 張氏即將囊橐檢點, 那曾還剩得分文? 原來李克讓本是極孤極貧的, 做人甚是淸正. 到任又不上一月, 雖有些少, 已爲醫藥廢盡了. 還虧得同僚相助, 將來買具棺材盛殮, 停在衙中. 母子二人朝夕哭奠, 過了七七之期, 依著遺言寄, 柩浮邱寺內. 收拾些小行李盤纏, 帶了遺書, 饑餐渴飲, 夜宿曉行, 取路投洛陽縣來.

却說劉元普一日正在書齋閒玩古典, 只見門上人報道: "外有母子二人, 口稱西粤人氏, 是老爺至交親戚, 有書拜謁." 元普心下生[102]疑, 想道: "我

에서 의형제를 맺는 것을 '八拜'라고도 했다. 이로 인해 의형제를 '八拜之交'라고 칭하기도 한다.

100) 【校】我(아): 人民文學本·繪圖本《今古奇觀》에는 "我"로 되어 있고, 古本小說集成本《今古奇觀》및《拍案驚奇》각 판본에는 "身"으로 되어 있다.

101) 【校】浮邱寺(부구사): 人民文學本·繪圖本《今古奇觀》에는 "浮邱寺"로 되어 있고, 古本小說集成本《今古奇觀》및《拍案驚奇》각 판본에는 "浮丘寺"로 되어 있다. 下文에 나오는 "浮邱寺"도 이와 같다.

102) 【校】生(생): 人民文學本《今古奇觀》에는 "生"으로 되어 있고, 古本小說集成本·繪圖本《今古奇觀》과《拍案驚奇》각 판본에는 "着"으로 되어 있다.

那裏有[103]這樣遠親?” 便且敎[104]請進. 母子二人, 走到跟前, 施禮已畢. 元普道: “老夫與賢母子在何處識面? 實有遺忘, 伏乞詳示.” 李春郞答道: “家母、小姪, 其實不曾得會. 先君却是伯父至交.” 元普便請姓名. 春郞道: “先君李遜, 字克讓, 母親張氏. 小姪名彦靑, 字春郞. 本貫西粤人氏. 先君因赴試, 流落京師, 以後得第, 除授錢塘縣尹. 一月身亡, 臨終時憐我母子無依, 說有洛陽劉伯父, 是幼年八拜至交, 特命亡後齎[105]手書白任所前來拜懇. 故此母子造宅, 多有驚動.” 元普聞言, 茫然不知就裏. 春郞便將書呈上, 元普看了封簽上面十五字, 好生詫異. 及至拆封看時, 却是一張白紙. 吃了一驚, 默然不語, 左右想了一回, 猛可裏心中省悟道: “必是這箇緣故無疑, 我如今不要說破, 只使[106]他母子得所便了.” 張氏母子見他沈吟, 只道不肯容納, 豈知他却是天大一場美意! 元普收過了書, 便對二人說道: “李兄果是我八拜至交, 指望再得相會, 誰知已作古人? 可憐! 可憐! 今你母子就是我自家骨肉, 在此居住便了.” 即[107]請出王夫人來說知來歷, 認爲妯娌. 春郞以子姪之禮自居. 當時擺設筵席款待二人. 酒間說起李君靈柩在任所寺中, 元普一力應承殯葬之事. 王夫人又與張氏細談, 已知他有遺腹兩月了. 酒散後, 送他母子到南樓安歇. 家伙器皿, 無一不備, 又撥幾箇[108]僮僕服侍. 每日三餐, 十分豐美. 張氏母子得他收留, 已自過望, 誰知如此慇勤, 心中感激不盡. 過了幾時, 元普見張氏德性溫存, 春郞才華英敏, 更兼謙謹老成, 愈加敬重. 又一面打發人往錢塘扶柩.

....

103) 【校】有(유):《今古奇觀》각 판본에는 “有”로 되어 있고,《拍案驚奇》각 판본에는 “來”로 되어 있다.

104) 【校】敎(교):《今古奇觀》각 판본에는 “敎”로 되어 있고,《拍案驚奇》각 판본에는 “叫〔叫〕”로 되어 있다.

105) 【校】《拍案驚奇》각 판본에는 “齎” 자 뒤에 “了” 자가 있고,《今古奇觀》각 판본에는 “了” 자가 없다.

106) 【校】使(사): 人民文學本·繪圖本《今古奇觀》에는 “使”로 되어 있고, 古本小說集成本《今古奇觀》및《拍案驚奇》각 판본에는 “敎”로 되어 있다.

107) 【校】即(즉):《今古奇觀》각 판본에는 “即”으로 되어 있고,《拍案驚奇》각 판본에는 “便叫〔叫〕”로 되어 있다.

108) 【校】箇(개):《今古奇觀》각 판본에는 “箇〔個〕”로 되어 있고,《拍案驚奇》각 판본에는 “對”로 되어 있다.

忽一日, 正與王夫人閒坐, 不覺掉下淚來. 夫人忙問其故, 元普道: "我觀李氏子, 儀容志氣, 後來必然大成. 我若得這般一箇兒子, 眞可死而無恨. 今年華已去, 子息杳然, 爲此不覺傷感." 夫人道: "我屢次勸相公娶妾, 只是不允. 如今定爲相公覓一側室, 管取宜男." 元普道: "夫人休說這話, 我雖垂暮, 你却尙是中年. 若是天不絶我劉門, 難道你不能生育? 若是命中該絶, 縱使姬妾盈前, 也是無幹." 說罷, 自出去了. 夫人這番却立意要與丈夫娶妾, 曉得與他商量, 定然推阻. 便私下叫家人喚將做媒的薛婆來, 說知就裏. 又囑付道: "直待事成之後, 方可與老爺得知. 必用心訪箇德容兼備的, 或者老爺才肯相受." 薛婆一一應諾而去. 過不多日, 薛婆尋了幾頭來說, 領與夫人觀看, 沒一箇中意.[109] 薛婆道: "此間女子只好恁樣. 除非汴梁帝京, 五方會聚去處, 纔有出色女子." 恰好王文用有別事要進京, 夫人把百金密託與[110]他, 央薛婆[111]同去尋覓. 薛婆也有一頭媒事要進京, 兩得其便, 不在話下[112].

且說[113]汴京開封府祥符縣有一進士, 姓裴, 名習, 字安卿, 年登五十, 夫人鄭氏早亡. 單生一女, 名喚蘭孫, 年方二八, 儀容絶世. 裴安卿做了郎官幾年, 陞任襄陽刺史. 有人對他說道: "官人向來淸苦, 今得此美任, 此後只愁富貴不愁貧了." 安卿笑道: "富自何來? 每見貪酷小人, 惟利是圖, 不過使這幾家治下百姓賣兒貼婦, 充其囊橐, 此眞狼心狗行之徒! 天子敎我爲民父母, 豈是敎我殘害子民? 我今此去, 惟吃襄陽一杯淡水而已. 貧者人之常, 叨朝廷之祿, 不至凍餒足矣, 何求富爲?" 裴安卿立心要作箇好官, 選了吉

---

109) 【校】《今古奇觀》각 판본에는 이 문장이 "領與夫人觀看 沒一箇中意"로 되어 있고, 《拍案驚奇》각 판본에는 "領來看了 沒一個中夫人的意"로 되어 있다.

110) 【校】與(여):《今古奇觀》각 판본에는 "與"로 되어 있고, 《拍案驚奇》각 판본에는 "了"로 되어 있다.

111) 【校】《拍案驚奇》각 판본에는 "薛婆" 뒤에 "與他" 두 글자가 있고, 《今古奇觀》각 판본에는 "與他" 두 글자가 없다.

112) 【校】不在話下(부재화하):《今古奇觀》각 판본에는 "不在話下"로 되어 있고, 《拍案驚奇》각 판본에는 "就此起程不題"로 되어 있다.

113) 【校】且說(차설):《今古奇觀》각 판본에는 "且說"로 되어 있고, 《拍案驚奇》각 판본에는 "如今再表一段緣因 話說"로 되어 있다.

日, 帶着[114]女兒起程赴任. 不則一日, 到了襄陽. 涖任半年, 治得那一府物
阜民安, 詞淸訟簡. 民間造成幾句謠詞, 說道:

　　　襄陽府前一條街, 一朝到了裴天臺. 六房吏書去打盹, 門子皀隷去砍柴.

　　光陰荏苒, 又是[115]六月炎天. 一日, 裴安卿與蘭孫吃過午飯, 暴暑難當.
安卿命汲井水解熱, 霎時, 井水將到. 安卿吃了兩甌[116], 隨後叫女兒吃. 蘭
孫飮了數口, 說道: “爹爹, 恁樣淡水, 虧爹爹怎生吃下許[117]多!” 安卿道:
“休說這般折福的話! 你我有得這水吃時, 也便是仙家[118]了, 豈可嫌淡!” 蘭
孫道: “爹爹, 如何便見得折福? 這樣時候, 多少王孫公子雪藕調冰, 浮瓜沉
李, 也不爲過. 爹爹身爲郡侯, 飮此一杯淡水, 還道受用, 也太迂闊了!” 安
卿道: “我兒未[119]諳事務, 聽我道來. 假如那王孫公子, 倚傍著祖宗的勢耀,
頂戴着先人積攢下的浮財, 不知稼穡, 又無甚事業, 只圖快樂, 落得受用;
却不知樂極悲生, 也終有‘馬死黃金盡’的時節. 縱不然, 也是他生來有這些
福氣. 你爹爹貧寒出身, 又叨朝廷民社之責, 須不能勾比他. 還有那一等人,
假如當此天道, 爲將邊庭, 身披重鎧, 手執戈矛, 日夜不能安息, 又且死生
朝不保暮; 更有那荷鋤農夫, 經商工役, 辛勤隴陌, 奔走泥途, 雨汗通流, 還
禁不住那當空日曬. 你爹爹比他, 不已是神仙了? 又有那下一等人, 一時過
誤, 問成罪案, 囚在囹圄, 受盡鞭笞, 還要扭[120]手鐐足, 這般時節, 拘于那

──────────

114) 【校】着(착): 《今古奇觀》각 판본에는 “着”으로 되어 있고,《拍案驚奇》각 판본
　　에는 “了”로 되어 있다.

115) 【校】是(시): 古本小說集成本《今古奇觀》에는 “是”로 되어 있고, 人民文學本·
　　繪圖本《今古奇觀》및 《拍案驚奇》각 판본에는 “早”로 되어 있다.

116) 【校】甌(구): 《今古奇觀》각 판본에는 “甌”로 되어 있고,《拍案驚奇》각 판본에
　　는 “鍾”으로 되어 있다.

117) 【校】許(허): 《今古奇觀》각 판본에는 “許”로 되어 있고,《拍案驚奇》각 판본에
　　는 “偌”로 되어 있다.

118) 【校】仙家(선가): 《今古奇觀》각 판본에는 “仙家”로 되어 있고,《拍案驚奇》각
　　판본에는 “神仙”으로 되어 있다.

119) 【校】未(미): 人民文學本·繪圖本《今古奇觀》에는 “未”로 되어 있고, 古本小說
　　集成本《今古奇觀》및 《拍案驚奇》각 판본에는 “不”로 되어 있다.

120) 【校】扭(뉴): 人民文學本·繪圖本《今古奇觀》에는 “扭”로 되어 있고, 古本小說

不見天日之處, 休說冷水, 便是泥汁也不能勾, 求生不得生, 求死不得死, 父母[121]皮肉, 痛癢一般, 難道偏他們受得苦起? 你爹爹比他, 豈不是神仙? 今司獄司中見有一二百名罪人, 吾意欲散禁他每在獄, 日給冷水一次, 待交秋再作理會." 蘭孫道: "爹爹未可造次. 獄中罪人, 皆不良之輩, 若輕鬆了他, 倘有不測, 受累不淺." 安卿道: "我以好心待人, 人豈負我? 我但分付牢子, 緊守監門便了." 也是合當有事. 只因這一節, 有分教:

應死囚徒俱脫網, 施仁郡守反遭殃.

次日, 安卿升堂, 分付獄吏將囚人散禁在牢, 日給涼水與他, 須要小心看守. 獄卒應諾了, 當日便去牢裏鬆放眾囚, 各給涼水. 牢子們緊緊看守, 不致疎虞. 過了十來日, 牢子們就懈怠了.

忽又是七月初一日, 獄中舊例, 每逢月朔, 便獻一番利市[122]. 那日燒過了紙, 眾牢子們都去吃酒散福. 從下午吃起, 直吃到黃昏時候, 一箇箇酩酊爛醉. 那一干囚犯, 初時見獄中寬縱, 已自起心越牢. 內中有幾箇有見識的, 密地教對付些利器, 暗藏在身邊. 當日見眾人已醉, 就便乘機發作. 約莫到二更時分, 獄中一片聲喊起, 一二百罪囚[123], 一齊動手. 先將那當牢的禁子殺了, 打出牢門, 將那獄吏牢子一箇箇砍翻, 撞見的多是一刀一箇. 有的躲在黑暗裏聽時, 只聽得喊道: "太爺平時仁德, 我每不要殺他!" 直反到各衙門, 殺了幾個佐貳官. 那時正是清平時節, 城門還未曾閉, 眾人吶聲喊, 一鬨逃走出城. 正是:

鰲魚脫却金鉤去, 擺尾搖頭再不來.

....

集成本《今古奇觀》및 《拍案驚奇》각 판본에는 "肘"로 되어 있다.

121) 【校】母(모): 《今古奇觀》각 판본에는 "母"로 되어 있고, 《拍案驚奇》각 판본에는 "娘"으로 되어 있다.

122) 利市(리시): 본래는 '장사가 잘 되다'는 뜻이다. 중국 민간에서 지전을 태워서 신에게 제사를 올려 장사나 다른 일이 잘 되기를 기도하거나 가호를 비는데 이를 '燒利市'라고 한다.

123) 【校】囚(수): 人民文學本·繪圖本《今古奇觀》에는 "囚"로 되어 있고, 古本小說集成本《今古奇觀》및 《拍案驚奇》각 판본에는 "人"으로 되어 있다.

　　那時裴安卿聽得喧嚷, 在睡夢中驚覺, 連忙起來, 早已有人報知. 裴安卿聽說, 却正似頂門上失了三魂, 脚底下蕩了七魄, 連聲只叫得苦道: "悔[124]不聽蘭孫之言, 以至于此! 誰知道將仁待人, 被人不仁!" 一面點起民壯, 分頭追捕. 多應是'海底撈針', 那尋一箇? 次日, 這椿事早報與上司知道, 少不得動了一本. 不上半月, 已到汴京. 奏章早達天聰, 天子與羣臣議處. 若是裴安卿是個貪贓刻剝, 阿諛諂佞的, 朝中也還有人喜他. 只爲平素心性剛直, 不肯趨奉權貴; 況且一清如水, 俸資之外, 毫不苟取, 那有錢財夤緣勢要? 所以無一人與他辨冤. 多道: "縱囚越獄, 典守者不得辭其責. 又且殺了佐貳, 獨留刺史, 事屬可疑, 合當拿問." 天子准奏, 即便批下本來, 着法司差官, 扭解到京. 那時裴安卿便是重出世的召父, 再生來的杜母, 也只得低頭受縛. 却也道自己素有政聲, 還有辯白之處, 叫蘭孫收拾了行李, 父女兩個同了押解人起程.

　　不則一日, 來到東京. 那裴安卿舊日住居, 已奉聖旨抄沒了. 僮僕數人, 分頭逃散, 無地可以安身. 還虧得鄭夫人在時, 與淸眞觀女道往來, 只得借他一間房子與蘭孫住下了. 次日, 靑衣小帽, 同押解人到朝候旨. 奉聖旨: 下大理獄鞫審. 即刻便自進牢. 蘭孫只得將了些錢鈔, 買上告下, 去獄中傳言寄語, 擔茶送飯. 元來裴安卿年衰力邁, 受了驚惶, 又受了苦楚, 日夜憂虞, 飲食不進. 蘭孫設[125]處送飯, 枉自費了銀子. 一日, 見蘭孫正到獄門首來, 便喚住女兒, 說道: "我氣塞難當, 今日大分必死. 只爲爲人慈善, 以致招禍, 累了我兒. 雖然罪不及孥, 只是我死之後, 無路可投; 作婢爲奴, 定然不免!" 那安卿說到此處, 好如萬箭鑽[126]心, 長號數聲而絶. 還喜未曾[127]會審, 不受那三木囊頭[128]之苦. 蘭孫跌脚捶胸, 哭得個"發昏章第十一"[129].

....

124) 【校】道悔(도회): 人民文學本·繪圖本《今古奇觀》에는 "道悔"로 되어 있고, 古本小說集成本《今古奇觀》및《拍案驚奇》각 판본에는 "道悔"로 되어 있다.

125) 【校】設(설): 古本小說集成本·繪圖本《今古奇觀》및《拍案驚奇》각 판본에는 "設"로 되어 있고, 人民文學本《今古奇觀》에는 "沒"로 되어 있다.

126) 【校】鑽(찬): 古本小說集成本《今古奇觀》및《拍案驚奇》각 판본에는 "鑽"으로 되어 있고, 人民文學本·繪圖本《今古奇觀》에는 "攢"으로 되어 있다.

127) 【校】曾(증): 人民文學本·繪圖本《今古奇觀》에는 "曾"으로 되어 있고, 古本小說集成本《今古奇觀》및《拍案驚奇》각 판본에는 "及"으로 되어 있다.

欲要領取父親屍首, 又道是朝廷罪人, 不得擅便. 當時蘭孫不顧死生利害, 闖進大理寺衙門, 哭訴越獄根由, 哀感旁人. 幸得那大理寺卿, 還是個有公道的人, 見了這般情狀, 惻然不忍. 隨即進一道表章, 上寫着:

> 大理寺卿臣某, 勘得襄陽刺史裴習, 撫字心勞, 提防政拙. 雖法禁多疎,
> 自干天譴; 而反情無據, 可表臣心. 今已斃囹圄, 宜從寬貸. 伏乞速降天恩,
> 赦其遺屍歸葬, 以彰朝廷優待臣下之心. 臣某惶恐上言.

那眞宗也是箇仁君, 見裴習已死, 便自不欲苛求, 即批准了表章. 蘭孫得了這個消息, 還算是黃連樹下彈琴, 苦中取樂. 將身邊所剩餘銀, 買口棺木, 雇人擡出屍首, 盛殮好了, 停在淸眞觀中, 做些羹飯澆奠了一番, 又哭得一佛出世[130]. 那裴安卿所帶盤費, 原無幾何, 到此已用得乾乾淨淨了. 雖是已有棺木, 殯葬之資, 毫無所出. 蘭孫左思右想, 道: "只有箇舅舅鄭公, 現任西川節度使, 帶了家眷在彼. 却是路途險遠, 萬萬不能搭救. 眞正無計可施." 事到頭來不自由, 只得手中拿箇草標, 將一張紙寫著"賣身葬父"四字, 到靈柩前拜了四拜, 禱告道: "爹爹陰靈不遠, 保奴前去, 得遇好人!" 拜罷起身, 嚥著一把眼淚, 抱著一腔冤恨, 忍著一身羞恥, 沿街喊叫.

可憐裴蘭孫是個嬌滴滴的閨中處子, 見了一箇鶖生人, 也要面紅耳熱的, 不想今日出頭露面! 思念父親臨死言詞, 不覺寸腸俱裂. 正是:

....

128) 三木囊頭(삼목낭두): '三木'은 죄수의 목과 손, 발 등에 채우는 나무로 된 형구를 아울러 이르는 말이며, '囊頭'는 죄수의 머리에 주머니 등과 같은 것을 씌우는 형벌을 이른다. 이로 인해 三木囊頭는 혹형과 고문을 가리키는 말로 쓰인다.

129) 發昏章第十一(발혼장제십일): 《論語·述而篇第一》과 같이, 古籍에서 篇章의 순서를 나타내기 위해 보통의 경우 "某篇/某章第一" "某篇/某章第二" 등으로 표기를 했는데 《水滸傳》 등을 비롯한 고전소설에서 이런 격식을 모방하여 "發昏(어지럽다, 기절하다)"을 익살스럽게 표현해 "發昏章第十一"이라고 한 것이다. "發昏"을 '제11章'으로 순서를 매긴 이유에 대해서는, 일설에 따르면 朱熹의 《大學章句》가 十章으로 되어 있으므로 해학적인 효과를 내기 위해 "發昏"을 그것의 續章인 제11章으로 놓았다고 한다.

130) 一佛出世(일불출세): 불교에서 세상에 한 小劫(아주 긴 시간)이 지날 때마다 한 부처(佛)가 出世한다고 생각한다. 고전소설에서 매우 긴 시간이나 어떤 일을 매우 어렵게 한 것을 형용할 때 '一佛出世'라는 말을 자주 사용한다. 이 뒤를 이어 "二佛升天"이나 "二佛涅槃" 등을 연이어 쓰기도 한다.

天有不測風雲, 人有旦夕禍福. 生來運蹇時乖, 只得¹³¹⁾含羞忍辱.
父兮桎梏亡身, 女兮街衢痛哭. 縱敎血染鵑紅, 彼蒼不念煢獨!

　　眞箇¹³²⁾是天無絶人之路. 正在街上賣身, 只見一箇老媽媽走近前來, 欠
身施禮, 問道: "小娘子爲著甚事賣身? 又怎般愁容可掬?" 仔細認認, 吃了
一驚道: "這不是裴小姐? 如何到此地位?" 原來那媽媽, 就¹³³⁾是洛陽的薛
婆. 鄭夫人在時, 薛婆有事到京, 常在裴家往來的, 故此認得. 蘭孫擡頭見
是薛婆, 就同他走到一箇僻靜所在, 含淚把上項事說了一遍. 那婆子家最
易眼淚出的, 聽到傷心之處, 不覺也哭起來, 道: "原來尊府老爺遭此大難!
你是箇宦家之女, 如何做得以下之人? 若要賣身, 雖然如此嬌姿, 不到得便
爲奴作婢, 也免不得是箇偏房了." 蘭孫道: "今日爲了父親, 就是殺身, 也說
不得, 何惜其他?" 薛婆道: "旣如此, 小姐請免愁煩. 洛陽縣劉刺史老爺, 年
老無兒, 夫人王氏, 要與他娶箇偏房. 前日曾囑付我, 在本處尋了多時, 並
無一箇中意的. 如今因爲洛陽一箇大姓, 央我到京中相求一頭親事, 夫
人乘便囑付親姪王文用帶了身價, 同我前來遍訪. 也是有緣, 遇著小姐. 王
夫人原說要箇德容兩全的, 今小姐之貌, 絶世無雙; 賣身葬父, 又是大孝之
事. 這事十有九分了. 那劉刺史仗義疏財, 王夫人大賢大德, 小姐到彼, 雖
則權時落後, 儘可快活終身. 未知尊意若¹³⁴⁾如?" 蘭孫道: "但憑媽媽主張,
只是賣身爲妾, 玷辱門庭, 千萬莫說出眞情, 只認做民家之女罷了." 薛婆點
頭道"是". 隨引了蘭孫小姐一同到王文用寓所來. 薛婆就對他說知備細. 王
文用遠遠地瞟去, 看那小姐已覺得傾國傾城, 便道: "有如此絶色佳人, 何怕
不中姑夫¹³⁵⁾之意!" 正是:

....

131) 【校】得(득): 古本小說集成本《今古奇觀》및《拍案驚奇》각 판본에는 "得"으로
되어 있고, 人民文學本·繪圖本《今古奇觀》에는 "是"로 되어 있다.

132) 【校】眞箇(진개): 人民文學本·繪圖本《今古奇觀》에는 "眞箇"로 되어 있고, 古
本小說集成本《今古奇觀》및《拍案驚奇》각 판본에는 "又道"로 되어 있다.

133) 【校】就(취): 人民文學本·繪圖本《今古奇觀》에는 "就"로 되어 있고, 古本小說
集成本《今古奇觀》및《拍案驚奇》각 판본에는 "正"으로 되어 있다.

134) 【校】若(약): 人民文學本·繪圖本《今古奇觀》에는 "若"으로 되어 있고, 古本小
說集成本《今古奇觀》및《拍案驚奇》각 판본에는 "如"로 되어 있다.

135) 【校】夫(부):《今古奇觀》각 판본에는 "夫"로 되어 있고,《拍案驚奇》각 판본에

踏破鐵鞋無覓處, 得來全不費工夫.

當下一邊是落難之際, 一邊是富厚之家, 並不消爭短論長, 已自一說一中. 整整兌足了一百兩雪花銀子, 遞與蘭孫小姐收了, 就要接他起程. 蘭孫道: "我本爲葬父, 故此賣身. 須是完葬事過, 纔好去得." 薛婆道: "小娘子, 你孑然一身, 如何完得葬事? 何不到洛陽成親之後, 那時凂劉老爺差人埋葬, 何等容易!" 蘭孫只得依從.

那王文用是箇老成才幹的人, 見是要與姑夫爲妾的, 不敢怠慢. 敎薛婆與他作伴同行, 自己常在前後. 東京到洛陽只有四百里之程, 不上數日, 早已到了劉家. 王文用自往解庫中去了. 薛婆便悄悄地領他進去, 叩見了王夫人. 夫人擡頭看蘭孫時, 果然是:

脂粉不施, 有天然風[136]格; 梳妝略試, 無半點塵氛[137]. 擧止處, 態度從容; 語言時, 聲音淒婉. 雙蛾顰蹙, 渾如西子入吳時; 兩頰含愁, 正似王嬙辭漢日. 可憐嫵媚淸閨女, 權作追隨宦室人!

當時王夫人滿心歡喜, 問了姓名, 便收拾一間房子, 安頓蘭孫, 撥一個養娘服事他. 次日, 便請劉元普來, 從容說道: "老身今有一言, 相公幸勿嗔怪!" 劉元普道: "夫人有話即說, 何必諱言?" 夫人道: "相公, 你豈不聞'人生七十古來稀'? 今你壽近七十, 前路幾何? 並無子息. 常言道: '無病一身輕, 有子萬事足.' 久欲與相公納一側室, 一來爲相公持正, 不好妄言; 二來未得其人, 姑且隱忍. 今娶得汴京裴氏之女, 正在妙齡, 抑且才色兩絶, 願相公立他做箇偏房, 或者生得一男半女, 也是劉門後代." 劉元普道: "老夫只恐命裏無嗣, 不欲耽誤人家幼女. 誰知夫人如此用心, 而今且喚他出來見我." 當下蘭孫小姐移步出房, 倒身下拜[138]. 劉元普看見, 心中想道: "我觀此女

....

는 "娘"으로 되어 있다.

136) 【校】風(풍): 人民文學本·繪圖本《今古奇觀》에는 "風"으로 되어 있고, 古本小說集成本《今古奇觀》 및 《拍案驚奇》 각 판본에는 "姿"로 되어 있다.

137) 【校】氛(분): 人民文學本·繪圖本《今古奇觀》에는 "氛"으로 되어 있고, 古本小說集成本《今古奇觀》 및 《拍案驚奇》 각 판본에는 "紛"으로 되어 있다.

138) 【校】下拜(하배): 《今古奇觀》 각 판본에는 "下拜"로 되어 있고, 《拍案驚奇》 각

儀容動止, 決不是個以下之人." 便開口問道: "你姓甚名誰? 是何等樣人家
之女? 爲甚事賣身?" 蘭孫道: "賤妾乃汴京小民之女, 姓裴, 小名蘭孫. 父死
無資, 故此賣身葬父." 口中如此說, 不覺暗地裏偸彈珠淚. 劉元普相了又
相道: "你定不是民家之女, 不要哄我! 我看你愁容可掬, 必有隱情. 可對我
一一直言, 與你作主分憂便了." 蘭孫初時隱諱, 怎當得劉元普再三盤問, 只
得將那放囚得罪緣由, 從前至後, 細細說了一遍, 不覺淚如湧泉. 劉元普大
驚失色, 也不覺淚下, 道: "我說不像民家之女, 夫人幾乎誤了老夫! 可惜一
箇好官, 遭此屈禍!" 忙向蘭孫小姐連稱 "得罪". 又道: "小姐身旣無依, 便住
在我這裏, 待老夫選擇地基, 殯葬尊翁便了." 蘭孫道: "若得如此周全, 此恩
惟天可表! 相公先受賤妾一拜." 劉元普慌忙扶起, 吩咐養娘: "好生服事裴
家小姐, 不得有違!" 當時走到廳堂, 卽刻差人往汴京迎取裴使君靈柩. 不多
日, 扶柩到來, 却與錢塘李縣令靈柩一齊到了. 劉元普將來共停在一個莊
廳之上, 備了兩個祭筵拜奠. 張氏自領了兒子拜了亡夫, 元普也領蘭孫拜
了亡父, 又延一箇有名的地理先生[139], 揀尋了兩塊好地基, 等待臘月吉日
安葬.

　一日, 王夫人又對元普說道: "那裴氏女雖然貴家出身, 却是落難之中, 得
相公救拔他的. 若是流落他方, 不知如何下賤去了. 相公又與他擇地葬親,
此恩非小, 他必甘心與相公爲妾的. 旣是名門之女, 或者有些福氣, 誕育子
嗣, 也不見得. 若得如此, 非但相公有後, 他也終身有靠, 未爲不可. 望相公
思之." 夫人不說猶可, 說罷, 只見劉元普勃然作色道: "夫人說那裏話! 天下
多美婦人, 我欲娶妾, 自可別圖, 豈敢汚裴使君之女! 劉弘敬若有此心, 神
天鑒察!" 夫人聽說, 自道失言, 頓口不語. 劉元普心裏不樂, 想了一回道:
"我也太呆了. 我旣無子嗣, 何不索性認他爲女, 斷了夫人這點念頭?" 便叫
丫鬟請出裴小姐來, 道: "我叨長尊翁多年, 又同爲刺史之職. 年華高邁, 子
息全無, 小姐若不棄嫌, 欲待螟蛉[140]爲女. 意下何如?" 蘭孫道: "妾蒙相公、

유원보(劉元普)가 귀한 자식 둘을 두다(劉元普雙生貴子)

....

판본에는 "拜了"로 되어 있다.

139) 【校】先生(선생): 《今古奇觀》 각 판본에는 "先生"으로 되어 있고, 《拍案驚奇》
　　각 판본에는 "師"로 되어 있다.

140) 螟蛉(명령): 뽕나무벌레를 이르는 말로 담배벌레, 배추흰나비 등과 같은 나방

夫人收養, 願爲奴婢, 早晩服事; 如此厚待, 如何敢當?" 劉元普道: "豈有此理! 你乃宦家之女, 偶遭挫折, 焉可賤居下流? 老夫自有主意, 不必過謙." 蘭孫道: "相公, 夫人正是重生父母, 雖粉骨碎身, 無可報答. 旣蒙不鄙微賤, 認爲親女, 焉敢有違? 今日就拜了爹媽." 劉元普歡喜不勝, 便對夫人道: "今日我以蘭孫爲女, 可受他全禮." 當下蘭孫揷燭也似的拜了八拜. 自此便叫劉相公, 夫人爲"父親"141)、"母親", 十分孝敬, 倍加親熱. 夫人又說與劉元普道: "相公旣認蘭孫爲女, 須當與他擇婿. 姪兒王文用靑年喪偶, 管理多年, 才幹精敏, 也不屈辱142)了女兒. 相公何不與他成就了這頭親事?" 劉元普微微笑道: "內姪繼娶之事, 少不得在老夫身上. 今日自有箇主意, 你只管打點妝奩便了." 夫人依言. 元普當時便揀下了一個成親吉日. 到期, 宰殺豬羊, 大排筵會, 遍請鄉紳親友, 並李氏母子, 內姪王文用, 一同來赴慶喜華筵. 衆人還只道是劉公納寵, 王夫人也還只道是與姪兒成婚. 正是:

方丈廣寒難得到, 嫦娥今夜落誰家?

看看吉時將及. 只見劉元普敎人捧出一套新郎衣飾, 擺在堂中. 劉元普拱手向衆人說道: "列位高親在此, 聽弘敬一言: 敬聞'利人之色不仁, 乘人之危不義.' 襄陽裴使君以王143)事繫獄身死, 有女蘭孫, 年方及笄. 荊妻欲納爲妾, 弘敬甯乏子嗣, 決不敢污使君之淸德. 內姪王文用雖有綜理之才, 却非仕宦中人, 亦難以配公侯之女. 惟我故人李縣令之子彦靑者, 旣出望

....

류 벌레의 애벌레를 널리 가리킨다. '蜾蠃(나나니벌)'가 항상 '螟蛉(뽕나무벌레)'을 잡아서 벌집 속으로 끌고 들어가 자기 새끼에게 먹이로 주었기 때문에 옛날 사람들은 이를 보고 '蜾蠃'가 자식이 없어서 '螟蛉'을 양자로 키우는 것이라고 오인하여 '螟蛉'을 '養子'의 대명사로 사용했다. 《詩經·小雅·小宛》에 "뽕나무 벌레 새끼를 낳으니 나나니벌이 업고 가네.(螟蛉有子, 蜾蠃負之.)"라는 구절이 보인다.

141) 【校】父親(부친): 《今古奇觀》각 판본에는 "父親"으로 되어 있고, 《拍案驚奇》각 판본에는 "爹爹"로 되어 있다.

142) 【校】屈辱(굴욕): 人民文學本·繪圖本《今古奇觀》에는 "屈辱"으로 되어 있고, 古本小說集成本《今古奇觀》및 《拍案驚奇》각 판본에는 "辱莫"으로 되어 있다.

143) 【校】王(왕): 《今古奇觀》각 판본에는 "王"으로 되어 있고, 《拍案驚奇》각 판본에는 "枉"으로 되어 있다.

族, 又係[144]靑年, 貌比潘安, 才過子建, 誠所謂'窈窕淑女, 君子好逑'者也,
今日特爲兩人成其佳耦. 諸公以爲何如?" 衆人異口同聲, 讚嘆劉公盛德.
李春郎出其不意, 却待推遜, 劉元普那裏肯從? 便親手將新郎衣飾[145]與他
穿帶了. 次後笙歌鼎沸, 燈火輝[146]煌, 遠遠聽得環珮之聲, 却是薛婆做了
喜娘, 幾個丫鬟一同簇擁着蘭孫小姐出來. 二位新人立在花氈之上, 交拜
成禮. 眞是說不盡那奢華富貴! 但見:

> "粉孩兒"對對挑燈, "七娘子"雙雙執扇. 觀看的是"風檢才", "麻婆子", 誇
> 稱道"鵲橋仙"並進"小蓬萊"; 伏侍的是"好姐姐", "柳靑娘", 幫襯道"賀新郎"
> 同入"銷金帳". 做嬌客的, 磨槍備箭, 豈宜重問"後庭花"? 做新婦的, 半喜還
> 憂, 此夜定然"川撥棹". "脫布衫"時歡未艾, "花心動"處喜非常.[147]

　　當時張氏和春郎, 魂夢之中也不想得到此, 眞正喜自天來. 蘭孫小姐燈
燭之下, 覷見新郎容貌不凡, 也自暗暗地歡喜. 只道嫁簡老人星, 誰知却嫁
了簡文曲星! 行禮已畢, 便伏侍新人上轎. 劉元普親自送到南樓, 結燭合卺;
又把那千金妝奩, 一齊送將過來. 劉元普自回去陪賓, 大吹大搖, 直飮至五
更而散. 這里洞房中一對新人, 眞正佳人遇著才子, 那一宵歡愛, 端的是如
膠似漆, 似水如魚. 枕邊說到劉公大德, 兩下裏感激, 深入骨髓. 次日天明
起來, 見了張氏. 張氏又同他夫婦拜見劉公, 千[148]萬分稱謝. 隨後張氏就

144) 【校】屈辱(굴욕): 人民文學本·繪圖本《今古奇觀》에는 "屈辱"으로 되어 있고,
　　古本小說集成本《今古奇觀》및《拍案驚奇》각 판본에는 "辱莫"으로 되어 있다.

145) 【校】係(계): 人民文學本·繪圖本《今古奇觀》에는 "係"로 되어 있고, 古本小說
　　集成本《今古奇觀》및《拍案驚奇》각 판본에는 "値"로 되어 있다.

146) 【校】輝(휘): 人民文學本·繪圖本《今古奇觀》에는 "輝"로 되어 있고, 古本小說
　　集成本《今古奇觀》및《拍案驚奇》각 판본에는 "瑩"으로 되어 있다.

147) 【校】人民文學本《今古奇觀》에는 "但見"부터 "喜非常"까지의 내용이 삭제되어
　　있어 古本小說集成本·繪圖本《今古奇觀》및《拍案驚奇》각 판본에 따라 보완
　　한다. 단, 古本小說集成本《今古奇觀》에는 마지막에 "喜非當"으로 되어 있다.
　　人民文學本《今古奇觀》에서 이 부분이 빠져 있는 이유는 외설적 내용이 주를
　　이루고 있기 때문일 것으로 짐작된다.

148) 【校】千(천):《今古奇觀》각 판본에는 "千"으로 되어 있고,《拍案驚奇》각 판본
　　에는 "十"으로 되어 있다.

辦些祭物, 到靈柩前, 叫媳婦拜了公公, 兒子拜了岳父. 張氏撫棺哭道: "丈夫生前爲人正直, 死後必有英靈. 劉伯父周濟了寡婦孤兒, 又把名門貴女做你媳婦, 恩德如天, 非同小可. 幽冥之中, 乞保佑劉伯父早生貴子, 壽過百齡." 春郎夫妻也各自默默地禱祝. 自此上和下睦, 夫唱婦隨, 日夜焚香, 保劉公冥福.

不覺光陰荏苒, 又是臘月中旬, 營[149]葬吉期到了. 劉元普便自聚起匠役人工, 在莊廳上擡取一對靈柩, 到墳塋上來. 張氏與春郎夫妻, 各各帶了重孝相送. 當下埋棺封土已畢, 各立一箇神道碑. 一書"宋故襄陽刺史安卿裴公之墓", 一書"宋故錢塘縣尹克讓李公之墓". 只見松柏參差, 山水環繞, 宛然二家相連. 劉元普設三牲禮儀, 親自擧哀拜奠. 張氏三人放聲大哭, 哭罷, 一齊望著劉元普拜倒在荒草地上不起. 劉元普連忙答拜, 只是謙讓無能, 略無一毫自矜之色. 隨即回來, 各自散訖.

是夜, 劉元普睡到三更, 只見兩箇人, 幞頭象簡, 金帶紫袍, 向劉元普撲地倒身拜下, 口稱"大恩人". 劉元普吃了一驚, 慌忙起身扶住道: "二位尊神, 何故降臨? 折殺老夫也!" 那左手的一位說道: "某乃襄陽刺史裴習, 此位即錢塘縣令李公克讓也. 上帝憐我兩人清忠, 封某爲天下都城隍, 李公爲天曹府判官之職. 某繫獄身死之後, 幼女無投, 承公大恩, 賜之佳婿, 又賜佳城, 使我兩人冥冥之中, 遂爲兒女姻眷. 恩同天地, 難效涓埃[150]. 已曾合表上奏天庭, 上帝鑒公盛德, 特爲官加一品, 壽益三旬, 子生雙貴, 幽明雖隔, 敢不報知?" 那右首的一位, 又說道: "某只爲與公無交, 難訴衷曲. 故此空函寓意, 不想公一見即明, 慨然認義, 養生送死, 已出殊恩. 淑女承祧, 尤爲望外. 雖益壽添嗣, 未足報洪恩之萬一. 今有遺腹小女鳳鳴, 明早已當出世, 敢以此女奉長郎君箕箒. 公與我媳, 我亦與公媳, 略盡報效之私." 言訖, 拱手而別. 劉元普慌忙出送, 被兩人用手一推, 瞥然驚覺. 却正與王夫人睡在

---

149) 【校】營(영): 人民文學本·繪圖本《今古奇觀》에는 "營"으로 되어 있고, 古本小說集成本《今古奇觀》및《拍案驚奇》각 판본에는 "塋"으로 되어 있다.

150) 【校】涓埃(연애): 人民文學本·繪圖本《今古奇觀》에는 "涓埃"로 되어 있고, 古本小說集成本《今古奇觀》및《拍案驚奇》각 판본에는 "涓淚"로 되어 있다. '涓埃'는 가는 물줄기와 미세한 먼지를 아울러 이르는 말로 아주 작다는 뜻이다.

牀上, 便將夢中所見所聞, 一一說了. 夫人道: "妾身亦慕相公大德, 古今罕有, 自然得福非輕, 神明之言, 諒非虛謬." 劉元普道: "裴、李二公, 生前正直, 死後爲神. 他感我嫁女婚男, 故來託夢, 理之所有. 但說我壽增三十, 世間那有百歲之人? 又說賜我二子, 我今年已七十, 雖然精力不減少時, 那七十歲生子, 却也難得, 恐未必然." 次日早晨, 劉元普思憶夢中言語, 整了衣冠, 步到南樓, 正要說與他三人知道. 只見李春郎夫婦出來相迎, 春郎道: "母親生下小妹, 方在坐草之際. 昨夜我母子三人各有異夢, 正要到伯父處報知賀喜, 豈知伯父已先來了." 劉元普見說張氏生女, 思想夢中李君之言, 好生有驗; 只是自己不曾有子, 不好說得. 當下問了張氏平安, 就問夢中所見如何. 李春郎道: "夢見父親、岳父, 俱已爲神. 口稱伯父大德, 感動天庭, 已爲延壽添子. 三人所夢, 總只一樣." 劉元普暗暗稱奇, 便將自己夢中光景, 一一對兩人說了. 春郎道: "此皆伯父積德所致, 天理自然, 非虛幻也." 劉元普隨卽回家, 與夫人說知, 各各駭歎; 又差人到李家賀喜. 不踰時, 又及滿月. 張氏抱了幼女, 來見伯父、伯母. 元普便問: "令愛何名?" 張氏道: "小名鳳鳴, 是亡夫夢中所囑." 劉元普見與己夢相符, 愈加驚異.

話休絮煩. 且說王夫人當時年已四十歲了, 只覺得喜食鹹酸, 時常作嘔. 劉元普只道中年人病發, 延醫看脈, 沒一箇解說得出. 就有箇把有手段的, 忖道: "像是有喜的脈氣." 却曉得劉元普年已七十, 王夫人年已四十, 從不曾生育的, 爲此都不敢下藥. 只說道: "夫人此病不消服藥, 不久自瘳." 劉元普也道: "這樣小病, 料是不妨." 自此也不延醫, 放下了心. 只見王夫人又過了幾時, 當眞病好. 但覺得腰肢日重, 裙帶漸短, 眉低眼慢, 乳脹腹高. 劉元普半信半疑道: "夢中之言, 果然不虛麽?" 日月易過, 不覺已及產期. 劉元普此時不由得[151]不信是有孕, 提防分娩; 一面喚了收生婆進來, 又雇了一箇奶子. 忽一夜, 夫人方睡, 只聞得異香撲鼻, 仙音嘹喨. 夫人便覺腹痛, 衆人齊來服侍分娩. 不上半箇時辰, 生下一箇孩兒. 香湯沐浴過了, 看時, 只見眉清目秀, 鼻直口方, 十分魁偉. 夫妻兩人歡喜無限. 元普對夫人道: "一夢之靈驗如此. 若如裴、李二公之言, 皆上天之賜也." 就取名劉天祐, 字夢禎.

....

151)【校】得(득): 人民文學本·繪圖本《今古奇觀》에는 "得"으로 되어 있고, 古本小說集成本《今古奇觀》및《拍案驚奇》各 판본에는 "你"로 되어 있다.

此事便傳遍洛陽一城, 把做新聞傳說. 鄉里中[152]編出四句口號道:

刺史生來有奇骨, 爲人專好積陰騭. 嫁了裴女換劉兒, 養得頭生做七十.

轉眼間, 又是滿月, 少不得做湯餅會. 衆鄉紳親友齊來慶賀, 眞是賓客塡門. 吃了三五日筵席. 春郎與蘭孫自梯已設宴賀喜, 自不必說.

且說李春郎自從成婚葬父之後, 一發潛心經史, 希圖上進, 以報大恩. 又得劉元普扶持, 入了國子學. 正與伯父母妻商量, 到京赴學, 以待試期. 只見汴京有箇公差到來, 說是鄭樞密府中所差, 前來接取裴小姐一家的. 元來那蘭孫的舅舅鄭公, 數月之內, 已自西川節度內召爲樞密院副使. 還京之日, 已知姊夫被難而亡, 遂到淸眞觀問取甥女消息. 說是賣在洛陽. 又遣人到洛陽探問, 曉得劉公仗義全婚, 稱歎不盡. 因爲思念甥女, 故此欲接取他姑嬸夫壻, 一同赴京相會. 春郎得知此信, 正是兩便. 蘭孫見說舅舅回京, 也自十分歡喜. 當下稟過劉公夫婦, 就要擇箇吉日, 同張氏和鳳鳴起程. 到期劉元普治酒餞別, 中間說起夢中之事, 劉元普便對張氏說道: "舊歲老夫夢中得見令先君, 說令愛與小兒有婚姻之分. 前日小兒未生, 不敢啓齒. 如今倘蒙不鄙, 願結葭莩[153]." 張氏欠身答應: "先夫夢中曾言, 又蒙伯伯不棄, 大恩未報, 敢惜一女? 只是母子孤寒如故, 未敢仰攀. 倘得犬子成名, 當以小女奉郎君箕箒." 當下酒散, 劉公又囑付蘭孫道: "你丈夫此去, 前程萬里. 我兩人在家安樂, 孩兒不必掛懷." 諸人各各流涕, 戀戀不捨. 臨行, 又自再三下拜, 感謝劉公夫婦盛德. 然後垂淚登程去了. 洛陽與京師却不甚遠, 不時常有音信往來, 不必細說.

再表公子劉天祐, 自從生育, 日往月來, 又早週歲過頭. 一日, 奶子抱了小官人, 同了養娘朝雲往外邊耍子. 那朝雲年方[154]十八歲, 頗有姿色. 隨

....

152) 【校】鄉里中(향리중):《今古奇觀》각 판본에는 "鄉里中"으로 되어 있고,《拍案驚奇》각 판본에는 "百姓們"으로 되어 있다.

153) 葭莩(가부): 본래 갈대줄기에 있는 얇은 막을 이르는 말로 그다지 친하지 않은 먼 친척이나 새로 맺는 친척을 비유적으로 이른다.

154) 【校】方(방): 人民文學本·繪圖本《今古奇觀》에는 "方" 자가 있고, 古本小說集成本《今古奇觀》및《拍案驚奇》각 판본에는 "方" 자가 없다.

了奶子出來, 玩耍了一晌, 奶子道: "姐姐, 你與我略抱一抱, 怕風大, 我去將衣服來與他穿." 朝雲接過抱了, 奶子進去了一回出來, 只聽得公子啼哭之聲, 著了忙, 兩步當一步, 走到面前, 只見朝雲一手抱了, 一手伸在公子頭上揉著. 奶子疾忙近前看時, 只見跌起老大一箇跧路. 便大怒發話道: "我略轉得一轉背, 便把他跌了. 你豈不曉得他是老爺, 夫人的性命? 若是知道, 須連累我吃苦! 我便去告訴老爺, 夫人, 看你這小賤人逃得過這一頓責罰也不!" 說罷, 抱了公子, 氣憤憤的便走. 朝雲見他勢頭不好, 一時性發, 也接應道: "你這樣老豬狗! 倚仗公子勢利, 便欺負人, 破口罵我! 不要使盡了英雄! 莫說你是奶子, 便是公子, 我也從不曾見有七十歲的養頭生. 知他是拖來的[155], 是抱來的人? 却爲這一跌, 便凌辱我!" 朝雲雖是口强, 却也心慌, 不敢便走進來. 不想那奶子一五一十竟將朝雲說話對劉元普說了. 元普聽罷, 坦[156]然說道: "這也怪他不得. 七十生子, 原是罕有, 他一時妄言, 何足計較?" 當時奶子只道搬鬥朝雲一場, 少也敲箇半死. 不想元普如此寬容, 把一片火性做半盃冰水, 抱了公子自進去了.

却說元普當夜與夫人吃夜飯罷, 自到書房裏去安歇. 吩咐女婢道: "喚朝雲到我書房裏來." 眾女婢只道爲日裏事發, 要難爲他, 倒替他擔着一把干係, 疾忙鷹拿燕雀的, 把朝雲拿到. 可憐朝雲懷著鬼胎, 戰兢兢的立在劉元普面前, 只打點領責. 元普吩咐眾人道: "你們多退去, 只留朝雲在此." 眾人領命, 一齊都散, 不留一人. 元普便叫朝雲閉上了門, 朝雲正不知劉元普葫蘆裏取[157]出甚麼藥來[158]. 只見劉元普叫他近前, 說道: "人之不能生育, 多

---

155) 【校】的(적):《今古奇觀》각 판본에는 "的"으로 되어 있고,《拍案驚奇》각 판본에는 "也"로 되어 있다.

156) 【校】坦(탄): 人民文學本・繪圖本《今古奇觀》에는 "坦"으로 되어 있고, 古本小說集成本《今古奇觀》및《拍案驚奇》각 판본에는 "忻"으로 되어 있다.

157) 【校】取(취):《今古奇觀》각 판본에는 "取"로 되어 있고,《拍案驚奇》각 판본에는 "賣"로 되어 있다.

158) 不知葫蘆裏取出甚麼藥來(부지호려리취출심마약래): 葫蘆는 조롱박의 뜻으로 옛날 의원이나 약방에서는 항상 조롱박에 약을 담았다. '不知葫蘆裏取出甚麼藥'이라는 속어는 "조롱박 속에서 어떤 약을 꺼낼지 알 수 없다"는 뜻으로 어떤 사람이 "속으로 어떤 계획을 하거나 생각을 하고 있는지 겉으로는 알 수 없다"는 것을 비유적으로 이르는 말이다. 또한 "取(꺼내다)"자 대신 "賣(팔

因交會之際, 精力衰微, 浮而不實, 故艱于種子. 若精力健旺, 雖老猶少. 你却道老年人不能生産, 便把那抱別姓, 借異種這樣邪說疑我. 我今夜留你在此, 正要與你試試精力, 消你這點疑心."159) 原來劉元普初時只道自己不能生兒, 所以不肯輕納少年女子. 如今已得過頭生, 便自放膽大了. 又見夢中說"尙有一子", 一時間不覺通融起來. 那朝雲也是偶然失言, 不想到此分際, 却也不敢違拗, 只得伏侍元普解衣同寢. 但見:

> 一個似八百年彭祖的長兄, 一個似三十歲顏回的少女. 尤雲殢雨, 宓妃傾洛水, 澆著壽星頭; 似水如魚, 呂望持釣竿, 撥動楊妃舌. 乘牛老子, 摟住捧珠盤的龍女; 騎驢古老, 搭著執笊籬的仙姑. 胥靡藤纏定牡丹花, 綠毛龜採取芙蕖蕊. 太白金星淫性發, 上靑玉女慾情來.

劉元普雖則年老, 精神强悍, 朝雲只得忍著痛苦承受, 約莫弄了一個更次, 陽泄而止.160) 是夜劉元普便與朝雲同睡, 天明, 朝雲自進去了. 劉元普起身對夫人說知此事, 夫人只是笑. 衆女婢和奶子多道: "老爺一向極有正經, 而今到恁般老沒志氣." 誰想劉元普和朝雲只此一宵, 便受了娠. 劉元普也是一時要他不疑, 賣弄本事, 也不道如此快當161) 夫人便鋪個下房,

....

다)"자도 많이 써 "不知葫蘆裏賣的什麼藥"이라고도 한다.

159) 【校】人民文學本《今古奇觀》에는 "只見"부터 "消你這點疑心"까지의 내용이 삭제되어 있어 古本小說集成本·繪圖本《今古奇觀》및《拍案驚奇》각 판본에 따라 보완한다.

160) 【校】人民文學本《今古奇觀》과 上海古籍本《拍案驚奇》에는 "但見"부터 "陽泄而止"까지의 내용이 삭제되어 있어 古本小說集成本·繪圖本《今古奇觀》및 古本小說集成本《拍案驚奇》에 따라 보완한다. 단, 繪圖本《今古奇觀》에서 詞 부분은 "一個似八百年彭祖的長兄, 一個似三十歲顏回的少女. 翻雲帶雨, 宓妃使洛水澆著壽星頭; 似水如魚, 呂望持釣竿撥動楊妃舌. 乘牛老子, 抱住捧珠盤的龍女; 騎驢古老, 搭著執麻姑的仙骨. 靡藤纏定牡丹花, 綠毛龜採取芙蕖. 蓋太白金星淫興發, 上靑玉女慾情來."로 되어 있어 다른 판본과 약간의 문자출입이 보이며 또한 마지막의 "約莫弄了一個更次, 陽泄而止."라는 구절이 삭제되어 있다. 이런 내용들이 삭제된 이유는 그 내용이 외설적이기 때문일 것으로 보인다.

161) 【校】當(당):《今古奇觀》각 판본에는 "當"으로 되어 있고,《拍案驚奇》각 판본에는 "殺"로 되어 있다.

勸相公冊立朝雲爲妾. 劉元普應允了, 便與朝雲戴笄, 納爲後房, 不時往朝
雲處歇宿. 朝雲想起當初一時失言, 倒得這箇好地位. 劉元普與朝雲戲
言162)道: "你如今方信公子不是拖來抱來的了麽?" 朝雲耳紅面赤, 不敢言
語. 轉眼之間, 又已十月滿了. 一日, 朝雲腹痛難禁, 也覺得異香滿室, 生下
一箇兒子, 方纔落地, 只聽得外面喧嚷. 劉元普出來看時, 却是報李春郎狀
元及第的. 劉元普見姪兒登第, 不辜負了從前認義之心; 又且正値生子之
時, 也是箇大大吉兆. 心下不勝快樂. 當時報喜人就呈上李狀元家書. 劉元
普拆開看道:

> 姪子母孤孀, 得延殘息足矣, 賴伯父保全終始, 遂得成名, 皆伯父之賜
> 也. 邇來二尊人起居, 想當佳勝. 本欲請163)假, 一候尊顔, 緣侍講東宮, 不
> 離朝夕, 未得如心. 姑寄御酒二瓶, 爲伯父頤老之資; 宮花二朵, 爲賢弟鼎
> 元之兆. 臨風神往, 不盡鄙忱.

劉元普看畢, 收了御酒宮花, 正進來與夫人說知. 只見公子天祐走將過
來, 劉元普喚住, 遞宮花與他道: "哥哥在京得第, 特寄宮花與你, 願我兒他
年瓊林賜宴, 與哥哥今日一般." 公子欣然接了, 向頭上亂插, 望著爹媽唱了
兩個深喏, 引得那兩個老人家, 歡喜無限. 劉元普隨即修書賀喜, 並說生次
子之事. 打發京中人去訖, 便把皇封御酒, 祭獻裴李二公, 然後與夫人同飲.
從此又將次子取名天錫, 表字夢符. 兄弟日漸長成, 十分乖覺. 劉元普延師
訓誨, 以待成人. 又感上天祐庇, 一發修橋補164)路, 廣行陰德, 裴李二公墳
塋165), 每年春秋祭掃不題.

....

162) 【校】言(언):《今古奇觀》각 판본에는 "言"으로 되어 있고,《拍案驚奇》각 판본
에는 "語"로 되어 있다.

163) 【校】請(청): 人民文學本·繪圖本《今古奇觀》에는 "請"으로 되어 있고, 古本小
說集成本《今古奇觀》및《拍案驚奇》각 판본에는 "給"으로 되어 있다.

164) 【校】補(보): 人民文學本·繪圖本《今古奇觀》에는 "補"로 되어 있고, 古本小說
集成本《今古奇觀》및《拍案驚奇》각 판본에는 "砌"로 되어 있다.

165) 【校】裴李二公墳塋(배리이공분영): 人民文學本·繪圖本《今古奇觀》에는 "裴
李二公墳塋"으로 되어 있고, 古本小說集成本《今古奇觀》에는 "裴李二公墓"로
되어 있으며《拍案驚奇》각 판본에는 "裴李二墓"로 되어 있다.

　　再表李狀元在京之事. 那鄭樞密院夫人魏氏止生一幼女, 名曰素娟, 尙在襁褓. 他只爲姐大姐姐早亡, 甚是愛重甥女, 故此李氏一門在他府中, 十分相得. 李狀元自成名之後, 授了東宮侍講之職, 深得皇太子之心. 自此十年有餘, 眞宗皇帝崩了, 仁宗皇帝登極, 優禮師傅, 便超陞李彦靑爲禮部尙書, 進階一品. 那劉元普仗義之事, 自仁宗爲太子時, 已自幾次奏知. 當日便進上一本, 懇賜還鄕祭掃, 並乞褒封. 仁宗頒下詔旨: "錢塘縣尹李遜追贈禮部尙書, 襄陽刺史裴習追復原官, 各賜御祭一筵. 靑州刺史劉弘敬以原官加陞三級. 禮部尙書李彦靑給假半年, 還朝復職." 李尙書得了聖旨, 便同張老夫人、裴夫人、鳳鳴小姐, 謝別了鄭樞密, 馳驛回洛陽來. 一路上車馬旌旗, 炫耀數里, 府縣官員出郭迎接. 那李尙書去時尙是弱冠, 來時已作大臣, 却又年止三十. 洛陽父老, 觀者如堵, 都稱歎劉公不但有德, 抑且能識好人. 當下李尙書家眷, 先到劉家下馬. 劉元普夫婦聞知, 忙排香案迎接聖旨. 山呼166)已畢. 張老夫人、李尙書、裴夫人俱各紅袍玉帶, 率了鳳鳴小姐, 齊齊拜倒在地, 稱謝洪恩. 劉元普扶起尙書, 王夫人扶起夫人、小姐, 就喚兩位公子出來拜167)見嬸嬸、兄嫂. 衆人看見兄弟二人, 相貌魁梧, 又酷似劉元普模樣, 無不歡喜. 都稱歎道: "大恩人生此雙璧, 無非積德所招." 隨卽排着御祭, 到裴李二公墳塋焚香168)奠酒. 張氏等四人, 各各痛哭一場, 撤祭而回. 劉元普開筵賀喜. 食供三套, 酒行數巡. 劉元普起身對尙書母子說道: "老夫有一衷腸之話, 含藏十餘年矣, 今日不敢不說. 令先君與老夫, 生平實無一面之交. 當賢母子來投, 老夫茫然不知就裏. 及至拆書看時, 並無半字, 當169)時不解其意. 仔細想將起來, 必是聞得老夫虛名, 欲待託妻寄子, 却是從無一面, 難敍衷情, 故把空書藏着啞謎. 老夫當日認假爲眞, 雖妻子跟

---

166) 山呼(산호): 황제에 대한 祝頌의 의식으로 머리를 조아리면서 큰 소리로 '만세'를 세 번 외치는 것을 이른다.

167) 【校】拜(배): 人民文學本·繪圖本《今古奇觀》에는 "拜"로 되어 있고, 古本小說集成本《今古奇觀》및《拍案驚奇》각 판본에는 "相"으로 되어 있다.

168) 【校】香(향): 人民文學本·繪圖本《今古奇觀》에는 "香"으로 되어 있고, 古本小說集成本《今古奇觀》및《拍案驚奇》각 판본에는 "黃"으로 되어 있다.

169) 【校】當(당): 人民文學本·繪圖本《今古奇觀》에는 "當"으로 되어 있고, 古本小說集成本《今古奇觀》및《拍案驚奇》각 판본에는 "初"로 되어 있다.

前, 不敢說破. 其實所稱八拜爲交, 皆虛言耳. 今日喜得賢姪功成名遂, 耀祖榮宗. 老夫若再不言, 是埋沒令先君一段苦心也." 言畢, 即將原書遞與尚書母子展看. 尚書母子號慟感謝. 衆人直至今日, 纔曉得空函認義之事, 十分稱歎不止. 正是:

故舊託孤天下有, 虛空認義古來無. 世人盡效劉元普, 何必相交在始初?

當下劉元普又說起長公子求親之事, 張老夫人欣然允諾. 裴夫人起身說道: "奴受爹爹厚恩, 未報萬一. 今舅舅鄭樞密生一表妹, 名曰素娟, 正與次弟同庚, 奴家願爲作伐, 成其配偶." 劉元普稱謝了. 當日無話. 劉元普隨後就與天祐聘了李鳳鳴小姐. 李尚書一面寫表轉達朝廷, 奏聞空函認義之事, 一面修書與鄭公說親170). 不蹂時, 仁宗看了表章, 龍顏大喜, 驚歎劉弘敬盛德, 隨頒恩詔, 除建坊旌表外, 特以李彦靑之官封之, 以彰殊典. 那鄭公素慕劉公高義, 求婚之事, 無有不從. 李尚書旣做了天祐舅舅, 又做了天錫之表連襟171), 親上加親, 十分美滿. 以後天祐狀元及第, 天錫進士出身, 兄弟兩人, 靑年同榜. 劉元普直看二子成婚, 各各生子之後172), 一夜夢見裴使君來拜道: "某任都城隍已滿, 乞公早赴瓜期, 上帝已有旨矣." 次日無疾而終, 恰好百歲. 王夫人也自壽過八十. 李尚書夫婦痛哭倍常, 認作親生父母, 心喪六年. 雖然劉氏自有子孫, 李尚書却自年年致祭, 這叫做"知恩報恩". 惟有裴公無後, 也是李氏子孫世世拜掃. 自此世居洛陽, 看守先塋, 不

....

170) 【校】親(친): 人民文學本·繪圖本《今古奇觀》에는 "親"으로 되어 있고, 古本小說集成本《今古奇觀》및《拍案驚奇》각 판본에는 "合"으로 되어 있다.

171) 【校】之表連襟(지표련금): 人民文學本·繪圖本《今古奇觀》에는 "之表連襟"으로 되어 있고, 古本小說集成本《今古奇觀》및《拍案驚奇》각 판본에는 "中表聯襟"으로 되어 있다. '表'나 '中表'는 같은 의미로 조부나 조모 혹은 부친이나 모친의 형제자매의 자녀와의 친척 관계를 이른다. '連襟' 또는 '聯襟'은 같은 뜻으로 姊妹의 남편들끼리 서로를 칭하거나 자매의 남편들을 통틀어 이르는 말이다.

172) 【校】之後(지후): 人民文學本·繪圖本《今古奇觀》에는 "之後"로 되어 있고, 古本小說集成本《今古奇觀》에는 "忽然"으로 되어 있으며《拍案驚奇》각 판본에는 "然後忽"로 되어 있다.

回西粵. 裴夫人生子, 後來也出仕貴顯. 那劉天祐直做到同平章事, 劉天錫直做到御史大夫. 劉元普屢受襃封, 子孫蕃衍不絕. 此陰德之報也.173) 有詩爲證:

陰陽總一理, 禍福唯自求174). 莫道天公遠, 須看刺史劉.

---

173) 【校】《拍案驚奇》각 판본에는 "此陰德之報也"와 "有詩爲證" 사이에 "這本話文, 出在《空緘記》, 如今依傳編成演義一回, 所以奉勸世人爲善."이라는 구절이 있고, 《今古奇觀》각 판본에는 이 내용이 없다.

174) 【校】求(구): 人民文學本·繪圖本《今古奇觀》과 《拍案驚奇》각 판본에는 "求"로 되어 있고, 古本小說集成本《今古奇觀》에는 "來"로 되어 있다.

제19권

유백아(俞伯牙)가 거문고를 부수고
지음(知音)과 사별하다[俞伯牙捧琴謝知音]

▌작품 해설

이 작품은 《경세통언(警世通言)》 권1의 〈유백아가 거문고를 부수고 지음과 사별하다(俞伯牙捧琴謝知音)〉이다. 입화(入話)에 있는 관중(管仲)과 포숙아(鮑叔牙)의 이야기는 《금고기관》 권12[《고금소설(古今小說)》 권7] 〈양각애사명전교(羊角哀捨命全交)〉의 입화에 나오는 관중과 포숙아의 이야기와 거의 같으므로 여기에서는 그 출처와 원류에 대해 재차 기술하지 않겠다. 백아가 거문고를 잘 탔다는 기록은 《순자(荀子)·권학편(勸學篇)》에 있는 "백아가 거문고를 타면 천자의 수레를 끄는 여섯 마리의 말들이 고개를 들고서 꼴을 먹으며 그 소리에 귀 기울였다.[伯牙鼓琴而六馬仰秣]"는 구절에 보인다. 종자기(鍾子期)가 백아의 거문고 소리를 잘 이해했다는 내용은 《열자(列子)》 권5 〈탕문(湯問)〉에 보이며, 종자기가 죽자 백아가 거문고를 부수고 현을 끊어버린 뒤 종신토록 거문고를 타지 않았다는 이야기는 《여씨춘추(呂氏春秋)》 권14 《효행람(孝行覽)》 제2 《본미(本味)》와 《한시외전(韓詩外傳)》 권9, 《설원(說苑)》

권16《담총(談叢)》 등에 보인다. 유백아는 초나라로 가는 도중, 배를 정박했을 때 나무꾼이었던 종자기를 만나 지음이 되고 헤어지기 전에 다시 만나기로 약속을 한다. 그가 다시 왔을 때 종자기는 이미 죽은 뒤였으므로 종자기의 무덤 앞에서 거문고를 연주한 뒤 거문고를 부수었다는 내용이 청나라 장귀승(張貴勝)의 《견수집(遣愁集)》 권3《탁식(卓識)》에 보인다. 유백아와 종자기의 이야기를 다룬 희곡 작품으로는 〈마안산(馬鞍山)〉이 있으며《평극희목회고(平劇戲目匯考)》 525조에 소개되어 있다.

본 작품에서는 '금(琴)'을 '거문고'로 번역했다. 이것은 독자들에게 이해의 편의를 주기 위한 것일 뿐, 사실 중국의 '금(琴)'은 한국의 거문고와 똑같은 악기는 아니다. 거문고는 육현(六絃)으로 되어있지만 중국의 금(琴)은 일반적으로 칠현금이며 오현금이나 구현금 혹은 십현금도 있었다. 작품에서 종자기의 말을 빌려 금의 내력을 소개하고 있듯이 금은 복희씨(伏羲氏)가 처음으로 만들었다고 전해진다. 후한(後漢) 허신(許愼)의 《설문해자(說文解字)》나 환담(桓譚)의 《신론(新論)·금도편(琴道篇)》에서는 신농씨(神農氏)가 만들었다고도 하지만 복희씨가 만들었다는 설이 더 널리 받아들여지고 있다. 실질적인 유물로는 호북성(湖北省) 수현(隨縣)의 전국 시대 증호을(曾侯乙)의 묘지에서 십현금이 발굴된 바가 있는데 그 연대는 대략 기원전 433년으로 추정된다. 호남성(湖南省) 전한 초기의 마왕퇴(馬王堆) 한묘(漢墓)에서도 칠현금이 발굴된 것으로 봐서 복희씨나 신농씨는 비록 신화적 인물들이기는 하지만 상고시대부터 고금(古琴)이 존재했었다는 것은 부인할 수 없는 사실이다.

환담의 《신론·금도편》을 보면 팔음(八音) 가운데 현악기가 최고이며 그 가운데서도 금(琴)이 으뜸이라 하고 있다. 금은 고대 중국의 문인 사대부들에게 있어 단순히 악기로서만 인식되었던 것은 아니었다. 《좌전(左傳)·소공(昭公) 원년(元年)》 기사에 군자가 금슬(琴瑟)을 가까이 하는 것은 예의범절을 위함이지 마음을 즐겁게 하기 위해서가 아니라는 말이 보인다. 금은 악기 그 자체보다 훨씬 더 큰 이상적 의미와 가치를 지니고 있던 것이다. 본 작품의 결말 부분에서도 보면, 백아가 종자기의 무덤 앞에서 애도의 마음을 금으로 연주하자 구경을 하고 있던 시골 사람들이 박수를 치고 크게 웃으며 자리를 파하는 내용이 보인다.

(백아가) 절을 마친 뒤, 그가 다시 목 놓아 통곡을 하자 산의 앞뒤와 좌우에 있던 백성들이 놀라 길을 가던 사람이든 거기에 가만히 있던 사람이든, 멀리에 있는 사람이든 가까이에 있는 사람이든 울음소리가 애절한 것을 듣고 모두 찾아왔다. 그들은 조정의 대신이 종자기에게 제사를 지내러 온 것을 알고서 무덤 앞을 빙 둘러싸고 앞다투어 구경을 했다. 백아는 제수(祭需)를 준비하지 않아 정을 표현할 길이 없었기에 시동으로 하여금 거문고를 주머니에서 꺼내 제수를 놓는 돌 위에 놓게 했다. 그리고 무덤 앞에서 가부좌를 하고 두 줄기 눈물을 흘리면서 거문고 한 가락을 탔다. 구경을 하던 사람들은 거문고 소리가 낭랑한 것을 듣고서 박수를 치고 크게 웃으며 자리에서 흩어졌다. 백아가 "백부님, 제가 거문고를 타며 아드님을 애도하느라 슬픔을 주체할 수 없는데 사람들은 왜 웃는 것입니까?"라고 묻자, 종공이 말하기를 "시골 사람들은 음률을 몰라 거문고 소리를 듣고 즐기는 도구로 생각하기에 이리 크게 웃은 겁니다."라고 했다.

이는 금(琴)을 악기로만 생각하는 일반인과 그렇지 않은 문인사대부 간의 인식적 차이를 극명하게 보여줌으로써 백아가 거문고를 부수게 되는 이유를 단적으로 설명해 주는 내용이다. 백아는 금을 연주해 자신의 정신적 세계와 경지를 표현하고자 했고 그것을 이해해 줄 수 있는 자는 종자기밖에 없었던 것이다.

"군자가 앉는 자리 왼쪽에는 금이 있고 오른쪽에는 서책이 있다.[君子之座, 左琴右書.]"는 말이 있듯이 고대 중국인들에게 있어 서책은 학문 연마의 상징이었다면, 금은 성정(性情) 도야의 필수품과 같은 존재였다. 《예기(禮記)·곡례하(曲禮下)》에 있는 "선비는 까닭 없이 금슬을 그만두지 않는다.[士無故不徹琴瑟]"라는 말도 이런 맥락에서 이해할 수 있다. 《신자(愼子)·내편(內篇)》에서 추기(鄒忌)가 제선왕(齊宣王)을 만났을 때 금(琴)은 마치 정치와 같다고 하면서 정무를 다스리는 것을 금을 연주하는 것에 비유해 설명하기도 한다. 한(漢)나라 반고(班固)는 《백호통(白虎通)》에서 "금(琴)이란 것은 '금(禁)'이다. 사악한 것을 금지하고 사람의 마음을 바로 잡는 것이다.[琴者禁也, 禁止於邪, 以正人心也.]"라고도 했다. 금의 상징적인 의미가 정신적 수양과 정치철학적 의미로 확대되기도 했던 것이다.

금에 부여되는 이런 상징적인 의미가 확장되고 강화되다 보니 악기 자체로서의 이미지가 약화되어 '무현금(無絃琴)'이 등장하기까지도 했다. 무현금은 도연명(陶淵明)으로부터 비롯된 것이다. 《진서(晉書)·도연명전(陶淵明傳)》에 의하면, 도연명은 "천성적으로는 음악을 알지 못했지만 그럼에도 소금(素琴) 한 대를 가지고 있었는데 그 금에는 현도 없고 금휘(琴徽)도 없었다. 매번 친구들과의 술자리 모임에서 그것을 타며 화답하기를 '금의 의취를 알기만 하면 되지 현의 소리를 낼 필요가 뭐 있겠는가?'라고 했다.[性不解音, 而畜素琴一張, 絃徽不具, 每朋酒之會, 則撫而和之曰: '但識琴中趣, 何勞絃上聲.']" 한다. 중국문화에 있어 '금'이라는 악기의 가치는 음악소리를 내는 악기 본연의 의미는 상쇄되고 문인들과 귀족들의 상징적 귀중품의 하나로 여겨지기도 했던 것이다. 본 작품에서 '금'이 갖는 의미는 정신세계를 교류하는 악기이자 비속과 탈속을 구분하게 해 주는 상징적 도구라고 할 수 있을 것이다.

▌본문 역주

관중이 포숙의 돈을 더 나눠가졌다고 함부로 얘기하지만	浪說曾分鮑叔金
누군들 백아의 거문고 소리를 알아들을 수 있겠는가	誰人辨得伯牙琴
지금의 우도(友道)는 귀신같이 간사하여	於今交道奸如鬼

천지사방에 일편심(一片心)만 공연스레　　　　　　湖海空懸一片心
걸려있구나

　예로부터 교분이 가장 두터운 사람을 논한다면 관포(管鮑) 만한 사람
이 없었다. 관(管)은 관이오(管夷吾)[1]요, 포(鮑)는 포숙아(鮑叔牙)이다.
두 사람은 함께 장사를 하면서 얻은 이문을 고르게 나눠 갖기로 했는데
그때가 되어 관이오가 이문을 더 많이 가져갔어도 포숙아는 그를 욕심이
많다고 여기지 않았으니 그가 가난한 것을 알았기 때문이었다. 나중에
관이오가 감옥에 갇혀 있을 때 포숙아는 그를 탈출시켜 제(齊)나라의
재상(宰相)으로 천거했다. 이런 친구가 진정한 상지(相知)이다. 상지에
는 몇 가지가 있는데 은덕(恩德)으로 서로 맺어진 자를 지기(知己)라고
하며, 서로의 속마음을 털어놓는 자를 지심(知心)이라고 하고, 뜻이 서로
투합하는 자를 지음(知音)이라고 하여 통틀어 상지(相知)라고 부른다.
오늘 얘기할 유백아(俞伯牙)의 이야기를 들어보시라. 관객 여러분들, 들

．．．．．．．．．．．．．．．．．．．．．．．．．．．．
1) 관이오(管夷吾): 춘추시대 齊나라 재상을 지낸 管仲(기원전 723~645)을 이른다.
　그와 鮑叔牙는 모두 제나라의 대신으로 교분이 매우 두터웠다. 제나라 僖公은
　기원전 698년에 죽은 뒤 諸兒와 公子糾, 公子小白 등의 아들 세 명을 남겼다.
　태자인 諸兒가 즉위해 齊襄公이 되었으며, 당시 管仲과 鮑叔牙가 각각 公子糾와
　公子小白을 보좌하고 있었다. 제양공이 무도하여 공자규와 공자소백이 해를
　당할까 염려되어 관중은 공자규를 모시고 魯나라로 도망갔으며, 포숙아도 공자
　소백을 모시고 莒나라로 도망했다. 이후 제양공이 피살되고 제나라에서 내란이
　일어나자 공자규와 공자소백이 모두 왕위를 차지하기 위해 제나라에 돌아가려
　했다. 관중이 먼저 가서 공자소백을 활을 쏴 죽이려 했으나 화살이 그의 관대
　고리에 맞아 죽이지 못했다. 결국 공자소백가 먼저 제나라로 돌아가 왕으로
　옹립되고 포숙아를 재상으로 삼으려 했지만 포숙아는 반드시 관중이 재상이
　되어야 한다고 했다. 공자규와 관중은 다시 노나라로 피신을 했지만 이미 즉위한
　공자소백(齊桓公)이 노나라에 서신을 보내 공자규를 죽이고 관중을 내놓으라고
　했다. 魯莊公의 謀士가 관중은 재능이 뛰어나서 제나라에서 쓰이게 되면 노나라
　에 불리할 것이라고 하며 관중을 죽이라고 했다. 포숙아는 제환공이 직접 관중을
　죽이려 한다고 거짓으로 말하여 관중을 구해 주었으며, 이후 관중은 제환공을
　보좌해 패주가 되게 했다. 자세한 기록은《史記·齊世家》,《管子》 등에 보인다.

으시려거든 귀 기울여 들으시고 듣지 않으시려거든 편한 대로 하시라. 이것은 바로 이런 말로 대변된다.

지음 얘기를 지음에게 들려주려하니   知音說與知音聽
지음이 아니면 말해 주지 않으리라   不是知音不與談

화설(話說), 춘추전국시대에 어떤 명신(名臣)이 있었는데 그는 성은 유(俞) 씨요, 이름은 서(瑞)이며 자는 백아(伯牙)로 초(楚)나라 영도(郢都) 사람이었다. 영도는 곧 지금의 호광(湖廣) 형주부(荊州府) 지방이다. 유백아는 비록 초나라 사람이었지만 관운이 진(晉)나라에 있어 그곳에서 벼슬이 상대부(上大夫)까지 올랐다. 진나라 임금의 명을 받들어 초나라를 방문하러 가게 되었는데 백아가 그 임무를 맡겠다고 한 것은 첫째, 뛰어난 재주가 있어 임금의 명을 완수할 수 있다고 여겼기 때문이고 둘째, 초나라로 가는 김에 고향을 방문할 수 있어 일거양득이 될 수 있었기 때문이었다. 그때 그는 육로로 영도에 가서 초왕(楚王)을 배알하고 진나라 임금의 말을 전했다. 초왕은 잔치를 베풀어 대접하며 그를 매우 존경했다. 영도는 백아의 고향이라서 그는 당연히 선영에도 가보고 친척과 친구들을 만나기도 했다. 비록 이리하기는 했으나 자신은 자신의 주군을 모시고 있고 그 주군에게 받은 명이 있었기에 감히 오랫동안 머물 수 없었다. 공무를 끝낸 뒤 초왕에게 사별(辭別)을 고하자, 초왕은 그에게 황금과 채색비단, 그리고 높다란 수레와 수레를 끄는 준마 네 필을 하사했다. 유백아는 초나라를 떠나 있었던 지 십이 년이 되었기에 고국 강산의 아름다움이 그리워 마음껏 유람하고 싶었다. 그리하여 수로를 따라 길을 돌아서가려고 초왕에게 이렇게 거짓으로 아뢰었다.

"소신은 불행하게도 몸에 병이 있어 거마가 빨리 달리는 것을 견디지 못하옵니다. 청컨대 치료를 할 수 있도록 신에게 배를 빌려주시옵소서."

초왕이 그의 주청을 허락해 수군에게 명하여 큰 배 두 척을 보내게 했으니 하나는 정선(正船)이고 하나는 부선(副船)이었다. 정선(正船)에는 진나라에서 온 사신만 탔으며, 부선(副船)에는 종자와 노복들을 태우고 짐을 실었다. 두 배는 모두 상앗대가 화려했고 비단 휘장이 쳐져 있었으며 돛이 높이 달려있어 매우 정연해 보였다. 초나라 신하들은 그를 강기슭까지 바래다준 뒤 작별을 했다.

오직 승경을 유람하기 위해	只因攬勝探奇
먼 길을 마다치 않았다네	不顧山遙水遠

백아는 풍류재자(風流才子)였기에 강산의 승경이 그의 회포와 딱 들어맞았다. 한 조각 돛을 올리고 천만 겹의 벽랑을 겪었으며 저 멀리 겹겹의 푸른 산과 맑은 물을 이루 다 볼 수 없었다. 며칠 안 되어 한양(漢陽)의 강어귀에 이르렀다. 이때는 팔월 십오일 추석 밤이었는데 우연히 거센 바람이 불고 파도가 일며 큰비가 억수로 쏟아져 배가 나갈 수 없기에 절벽 아래에 정박하게 되었다. 얼마 지나지 않아서 바람이 가라앉고 파도가 잔잔해지며 비가 그치고 구름이 흩어지더니 휘영청 밝은 달이 드러났다. 비 온 뒤 달은 평상시보다 그 빛이 더욱 밝았다. 백아는 선실 안에서 혼자 앉아있는 것이 무료해 시동을 시켜 향로에 향을 피우게 한 뒤, "내 거문고 한 가락을 타 회포를 풀겠노라."라고 했다. 시동은 향을 피운 뒤 거문고가 담겨 있는 주머니를 받들고 와서 탁자 위에 놓았다. 백아는 거문고 주머니를 벌려 거문고를 꺼낸 뒤 현의 음을 고르고 나서 한 가락을 탔다. 곡이 아직 끝나기도 전인데 손가락 아래에서 "탁"하는 소리가 나더니 거문고 줄 하나가 끊어지는 것이었다. 백아가 크게 놀라 시동으로 하여금 선부(船夫)들의 우두머리에게 "배를 댄 이곳은 어떤 곳인가?" 묻게 했더니 우두머리가 대답하기를 "우연히 비바람으로 인해 산자락 아래에 정박했는데 초목은 좀 있지만 인가는 없습니다."라고 했다. 백아는 크게 놀라 이렇게 생각했다.

"황량한 산이로구나. 만약 이곳이 성곽이나 마을이라면 혹여 총명하고 배우기를 좋아하는 사람이 내 거문고 소리를 훔쳐들어 거문고 소리가 갑자기 변하고 현이 끊어지는 변이 생길 수도 있겠지만, 이런 황량한 산 아래에 거문고를 들을 사람이 어디 있겠나? 아, 알겠다. 원수가 자객을 보내왔을 수도 있겠고 그렇지 않으면 도적이 밤이 깊어지기를 기다리고 있다가 배에 올라와서 내 재물을 강탈하려는 것일 수도 있다."

그리하여 옆에 있던 시종들을 불러서 말하기를 "나를 위해 강기슭으로 올라가서 한번 수색해 보거라. 버들나무 그늘의 깊숙한 곳에 없으면 필시 갈대숲 속에 있을 게다."라고 했다.

시종들은 명을 받고서 사람들을 모두 불러 디딤판을 놓고 강기슭으로 막 올라가려는 참에 갑자기 강기슭에서 어떤 사람이 응답을 하며 말하는 소리가 들렸다.

"배 안에 계신 나리께서는 의심하지 마십시오. 저는 결코 도적 따위가 아니라 나무꾼일 뿐입니다. 나무를 하고 늦게 돌아오다가 거센 비바람을 맞아 우구(雨具)로 가릴 수 없기에 바위 옆에 몸을 숨기고 있었습니다. 그러다가 나리의 고아한 곡조가 들려 잠시 멈춰서 거문고 소리를 듣고 있었던 것입니다."

백아가 크게 웃으며 말했다.

"산 속에서 나무를 하는 사람도 '거문고 소리를 듣는다'고 감히 말하는구나! 이 말의 진위는 모르겠다만 내 따지지 않겠다. 종자들아, 그가 가도록 내버려두거라."

하지만 그 사람은 가지 않고 강기슭에서 큰 소리로 이렇게 말하는 것이었다.

"나리께서 하신 말씀은 틀리셨습니다. '열 가호쯤 되는 마을이라 해도 그 안에는 반드시 충신(忠信)한 사람이 있다.〔十室之邑, 必有忠信.〕'[2])는

---

2) 十室之邑, 必有忠信(십실지읍 필유충신):《論語·公冶長》에 보이는 "공자께서 말씀하셨다. 열 가호쯤 되는 마을에도 반드시 나처럼 충신한 자는 있겠지만 그가 나처럼 배우기를 좋아하지는 않을 것이다.(子曰: 十室之邑, 必有忠信如丘者焉, 不如丘之好學也.)"라는 구절에서 나온 말이다.

말과 '문안에 군자가 있으면 문밖에 군자가 이른다.[門內有君子, 門外君子至.]'는 말을 못 들어보셨습니까? 나리께서 만약에 산야에서는 거문고를 들을 사람이 없다고 무시하신다면 이토록 고요하고 깊은 밤에 황량한 강기슭 아래에서 거문고를 타는 사람도 없어야 했습니다."

백아는 그가 말하는 것이 속되지 않은 것을 보고 혹시나 정말 거문고를 들을 줄 아는 사람일지도 모른다고 생각했다. 그는 시종들에게 떠들지 말라고 한 뒤, 선창 문 가까이로 가서 화를 내리던 마음이 바뀌어 기뻐하며 묻기를 "강기슭 위에 계신 군자여! 거문고를 듣느라 한참을 서 계셨는데 내가 방금 전에 탔던 곡이 무슨 곡인지 아십니까?"라고 하자, 그 사람이 말했다.

"제가 모르면 거문고 소리를 들으러 오지도 않았겠지요. 방금 나리께서 타신 곡은 중니(仲尼)께서 안회(顏回)³⁾의 요절을 한탄하신 것을 거문고 곡으로 만든 것입니다. 그 가사에서 이르기를 '안타깝게도 안회가 일찍 죽어 그리움으로 인해 귀밑머리가 서리처럼 하얘지게 하는구나. 누항에 살며 소박한 음식을 먹는 즐거움만으로….[可惜顏回命早亡, 敎人思想鬢如霜. 只因陋巷簞瓢樂, ….]'라고 했지요. 이 구절까지 타시다가 줄이 끊어져 네 번째 구는 연주하지 못하셨는데 그것은 제가 기억하기로는 '어질다는 명성을 만세까지 드날리네.[留得賢名萬古揚.]'입니다."

백아가 이 말을 듣고 크게 기뻐하며 말하기를 "선생께서는 과연 속된 사람이 아니군요. 강기슭을 사이에 두고 있다 보니 너무 멀어서 대화하기가 어렵습니다."라고 한 뒤, 시종들에게 명하기를 "디딤판을 놓아드리고 손잡이막대를 드려 저 분을 배 안으로 모셔서 자세히 말씀을 나누실 수 있도록 하라."라고 했다.

....

3) 안회(顏回, 기원전 521~기원전 481): 춘추시대 말기 魯나라 사람이며 자는 子淵이고 孔子의 애제자였다. 박학하고 현명했지만 29세에 요절했다. 顏子 또는 顏淵이라고도 불리며 공자에게 올리는 제사에 배향되기도 했고 역대 제왕들로부터 많은 봉호를 받았다.

시종들이 디딤판을 놓아주자 그 사람은 배로 올라왔는데 정말로 나무꾼이었다. 머리에는 대삿갓을 쓰고 몸에는 도롱이를 걸치고 있었으며 손에는 멜대를 들고 허리에는 도끼를 차고서 발에는 짚신을 신고 있었다. 백아의 수하들이 말의 좋고 나쁨을 어찌 알겠는가? 그리하여 그들은 나무꾼인 것을 보고 깔보며 말하기를 "어이, 거기 나무꾼! 선창으로 내려가서 우리 나리를 뵐 때에는 머리를 조아려야 되고 나리께서 무슨 말을 물으시거든 조심스레 응답을 해야 하네. 벼슬이 아주 높으시다는 말이야."라고 했다. 나무꾼도 재미있는 사람이었기에 이렇게 말했다.

"여러분들, 나를 거칠게 대하실 필요는 없소이다. 내가 비옷을 벗고 뵈오리다."

그리고 나서 삿갓을 벗자 머리 위로는 청포(靑布) 두건이 드러났고, 도롱이를 벗자 몸에 걸치고 있던 남포(藍布) 적삼이 드러났으며, 허리에 긴 전대(纏帶)를 두르고 있어 바지의 아랫부분이 드러났다. 이때 그는 차분하게 도롱이와 삿갓과 멜대와 도끼 등을 모두 선창 문밖에 내려놓은 뒤, 짚신을 벗어서 흙탕물을 빼 다시 신고는 선창 안으로 들어갔다. 선창 안 좌석 위에는 등촉이 눈부시게 번쩍이고 있었다. 나무꾼은 장읍(長揖)을 하고 무릎 꿇지도 않고서 "나리께 절을 올립니다."라고 말했다. 유백아는 진(晉)나라의 대신인데 아래위 바지저고리를 입고 있는 평민이 어찌 눈에 들어오겠는가? 내려와서 답례를 하자니 관원으로서의 체통을 잃게 될까 걱정이 되었고, 배로 내려오라고 초청한 이상 다시 돌아가라고 하기도 어려웠다. 백아는 어쩔 수 없이 손을 살짝 들면서 말하기를 "현우(賢友)께서는 예를 안 차려도 괜찮소이다."라고 한 뒤, 시동을 불러 앉을 자리를 가져오도록 했다. 시동은 등받이가 없는 의자 하나를 가져다가 그것을 아랫자리에 놓았다. 백아는 손님 대하는 예를 전혀 차리지 않고서 나무꾼을 향해 입을 삐죽 내밀며 말하기를 "그대는 일단 앉으시오."라고 했다. '그대[你]와 나[我]'로 호칭한 것으로 봐서 푸대접을 하는 것을 알만 했지만 그 나무꾼은 사양하지도 않고서 장중하게 앉는 것

이었다. 백아는 그가 말도 없이 그냥 앉는 것을 보고 조금 못마땅한 마음
이 들었다. 그리하여 그에게 성명을 묻지도 않고 하인을 불러 차를 가져
오라고도 하지 않았다. 묵묵히 한참을 앉아 있다가 이상하다 여겨 그
사람에게 묻기를 "방금 기슭에서 거문고를 들은 사람이 바로 그대요?"
라고 하자, 나무꾼이 답하기를 "황송하지만 그렇습니다."라고 했다. 백아
가 말했다.

"내 일단 그대에게 물어보리다. 그대가 거문고를 들으러 온 이상, 필시
거문고의 출처를 알고 있을 것이오. 거문고는 누가 만든 것이며 거문고
를 타면 좋은 점이 무엇이오?"

막 묻고 있는 사이에 선부들의 우두머리가 와서 풍향이 순조롭고 달빛
이 대낮 같이 밝아 출범을 할 수가 있다고 아뢰었다. 백아가 "일단 출발
하지 말거라!"라고 분부를 하자, 나무꾼이 말하기를 "나리께서 하문하신
것에 대해 제가 만약 번다하게 말을 하면 순풍에 배를 출발시킬 때를
놓치게 할까 두렵습니다."라고 했다. 백아가 웃으며 말했다.

"오로지 그대가 거문고의 이치를 모를까 걱정할 뿐이오. 만약 그대가
일리 있게 말할 수 있다면 내 벼슬을 그만둬도 큰일이 아니거늘 하물며
가는 길이 빠르고 더딤에 있어서랴!"

나무꾼이 말했다.

"그렇다면 제가 감히 분수에 넘치지만 얘기해 보겠습니다. 거문고는
복희씨(伏羲氏)[4]가 만든 것입니다. 복희씨는 오성(五星)[5]의 정기가 날
아들어 오동나무에 떨어지고 봉황이 날아와 춤추는 것을 보았는데 그

---

4) 복희씨(伏羲氏): 중국 고대신화에 나오는 三皇 가운데 첫째로 문헌 기록에 보이
   는 최초의 창세신이다. 전하는 바에 의하면, 그가 八卦를 처음으로 만들었고
   또 백성들에게 그물로 고기 잡는 것을 가르쳐주었다고 한다.
5) 오성(五星): 火星, 水星, 木星, 金星, 土星 등 5대 行星을 통틀어 이르는 말이다.
   즉 東方歲星(木星), 南方熒惑(火星), 中央鎭星(土星), 西方太白(金星), 北方辰星
   (水星)이다. 《史記·天官書》에 따르면, 이 오성은 하늘의 五佐로 하늘이 덕을
   베푸는 것을 보좌한다고 한다.

봉황은 온갖 새들의 왕으로 대나무 열매가 아니면 먹지 않고 오동나무가 아니면 깃들지 않으며 달콤한 샘물이 아니면 마시지 않습니다. 복희씨가 오동(梧桐)이 나무 중의 양재(良材)로서 조화(造化)의 정기(精氣)를 모으고 아악(雅樂)을 연주할 만한 재목이 된다는 것을 알고서 사람을 시켜 그 나무를 베게 했습니다. 그 오동나무는 높이가 삼 장(丈) 삼 척(尺)으로 삼십삼천(三十三天)의 수(數)에 들어맞았기에 그것을 삼단(三段)으로 잘라서 천(天), 지(地), 인(人) 삼재(三才)로 나누었습니다. 위쪽의 한 토막을 가져다가 두드려보니 그 소리가 너무 맑아 지나치게 가볍기에 폐기했으며, 아래쪽의 한 토막을 가져다가 두드려보니 그 소리가 너무 탁해 지나치게 무겁기에 폐기하고서 가운데 한 토막을 가져다가 두드려보았더니 그 소리는 청탁(淸濁)이 서로 조화를 이뤄 경중(輕重)이 모두 갖춰져 있었습니다. 흐르는 물속에 칠십이일 동안을 담가 칠십이후(七十二候)6)의 수(數)에 맞추었으며, 그것을 꺼내서 그늘에서 말려 길시(吉時) 길일(吉日)을 택해 고수(高手) 장인(匠人)인 유자기(劉子奇)로 하여금 악기로 깎아 만들도록 했습니다. 이것이 요지(瑤池)7)의 악기였기에 '요금(瑤琴)'이라고 불리게 되었지요. 길이는 삼 척(尺) 육 촌(寸) 일 분(分)으로 이는 주천(周天) 삼백육십일 도(度)에 맞춘 것입니다. 앞의 너비는 팔 촌(寸)으로 이는 팔절(八節)8)에 맞춘 것이며, 뒤의 너비는 사 촌(寸)으로 이는 사시(四時)에 맞춘 것이고, 두께는 이 촌(寸)으로 이는 양의(兩儀)9)에 맞춘 것입니다. 각 부분으로는 금동두(金童頭), 옥녀요(玉女

---

6) 칠십이후(七十二候): 고대 曆法에서 五日을 一候로 삼고 三候를 一氣로 삼으며, 六氣를 一時로 삼고 四時를 한 해로 삼았으니 1년은 24節氣로 모두 72候였다. 각 候에는 모두 해당하는 자연 현상이 있으니 그 구체적인 내용은 《逸周書 · 時訓解》에 보인다.

7) 요지(瑤池): 전설에서 崑崙山에 있다는 연못으로 서왕모가 사는 곳이다.

8) 팔절(八節): 24절기 가운데 기준점이 되는 입춘, 춘분, 입하, 하지, 입추, 추분, 입동, 동지 등을 이르는 말이다.

9) 양의(兩儀): 天地를 가리킨다. 《周易 · 繫辭上》에 "그러므로 역에 태극이 있으니

腰), 선인배(仙人背), 용지(龍池)10), 봉소(鳳沼), 옥진(玉軫)11), 금휘(金徽)12) 등이 있습니다. 휘(徽)는 열두 개가 있는데 이는 열두 달에 맞춘 것이며, 가운데에 있는 휘가 또 하나 있는데 이는 윤월(閏月)에 맞춘 것입니다. 처음에는 거문고 위에 다섯 줄이 있었으니 밖으로는 오행인 금(金), 목(木), 수(水), 화(火), 토(土)에 맞춘 것이었으며, 안으로는 오음(五音)인 궁(宮), 상(商), 각(角), 치(徵), 우(羽)에 맞춘 것이었습니다. 요순(堯舜) 때에는 오현금을 타면서 〈남풍(南風)〉13)이라는 시를 노래했으며 천하가 잘 다스려졌습니다. 후에 주문왕(周文王)이 유리(羑里)14)에 구금되어 아들 백읍고(伯邑考)를 애조(哀弔)할 때 줄 하나를 더했는데 소리가 맑고 애달팠으며 이를 일러 '문현(文絃)'이라고 불렀습니다. 그 후 무왕(武王)이 주(紂)를 토벌할 때 군대가 앞뒤에서 가무를 했기에15) 거문고 줄 하나를 더 했는데 그 소리가 높고 우렁차 이를 일러 '무현(武絃)'이

....

태극이 양의를 낳고 양의가 사상을 낳는다.(是故易有太極, 是生兩儀, 兩儀生四象.)"라는 구절에 대한 孔穎達의 疏에서 "天地라고 하지 않고 兩儀라고 하는 것은 그 본체를 이르는 것이다. 아래로 四象(金, 木, 水, 火)과 상대하기에 兩儀라고 하는 것으로 兩儀는 兩體의 모습이다."고 했다.

10) 용지(龍池): 거문고 바닥에 있는 두 구멍 중의 하나로 위쪽에 있는 구멍은 龍池라 하고 아래쪽에 있는 구멍은 鳳沼라고 한다.

11) 옥진(玉軫): 옥으로 만든 軫을 이른다. 軫은 琴에 부착해 현을 묶고 돌려서 조율하는 둥근 도장 모양의 작은 부품이다.

12) 금휘(金徽): 거문고 등의 현악기에서 줄을 묶는 끈이나 음 자리를 금속으로 상감하여 표시한 표지를 이르는 말이다.

13) 남풍(南風): 옛날 악곡의 이름으로 전하는 바에 의하면 舜 임금이 지었다고 한다. 《禮記·樂記》에 "옛날에 舜이 오현금을 만들어 〈南風〉을 노래했다.(昔者舜作五弦之琴, 以歌南風.)"라는 기록이 보인다.

14) 유리(羑里): 殷나라 때 감옥의 이름이다. 商紂가 문왕을 여기에 가두었다고 한다. 《史記·殷本紀》 등에 보인다.

15) 《尙書大傳》 권3의 "군대가 기뻐하여 앞뒤에서 노래하고 춤을 췄다.(師乃慆, 前歌後舞.)"라는 구절에서 나온 말로 武王이 商紂를 토벌할 때 군대의 士氣가 높은 것을 형용하고 있다. 나중에 백성을 위로하고 죄인을 토벌하는 군대를 찬미하는 말로 쓰였다.

라고 불렀습니다. 먼저 궁, 상, 각, 치, 우 오현이 있었는데 나중에 두 줄이 더해져 '문무칠현금(文武七絃琴)'이라고 불리게 되었지요. 이러한 거문고는 '육기[六忌 : 여섯 가지 꺼리는 것]'와 '칠불탄[七不彈 : 연주를 하지 않는 일곱 가지 경우]'과 팔절(八絶)이 있습니다. 육기(六忌)가 무엇이냐면, 첫째로는 대한(大寒)을 꺼리고, 둘째로는 대서(大暑)를 꺼리고, 셋째로는 대풍(大風)을 꺼리고, 넷째로는 대우(大雨)를 꺼리며, 다섯째로 신뢰(迅雷)를 꺼리고, 여섯째로 대설(大雪)을 꺼리는 것입니다. 칠불탄(七不彈)이 무엇이냐면, 휘음(諱音)을 들으면 타지 않고[聞喪者不彈] 음악 연주를 위해 타지 않으며[奏樂不彈], 일이 번잡할 때는 타지 않고[事宂不彈] 몸을 깨끗이 하지 않고는 타지 않으며[不淨身不彈], 의관이 단정하지 않으면 타지 않고[衣冠不整不彈] 향을 태우지 않고는 타지 않으며[不焚香不彈], 지음을 만나지 않고서는 타지 않는다[不遇知音者不彈]는 것입니다. 팔절(八絶)이 무엇이냐면, 맑고[淸] 기묘하고[奇] 그윽하며[幽] 고아하고[雅] 슬프고[悲] 웅장하고[壯] 느리고[悠] 여운이 있는 것[長] 들을 통틀어 이르는 것입니다. 거문고 타는 것이 진미진선(盡美盡善)의 경지에 다다르면, 으르렁대는 호랑이가 듣게 되면 울부짖지 않게 되고 슬피 우는 원숭이가 듣게 되면 울지 않게 되니 이는 아악(雅樂)의 장점입니다."

백아는 그가 술술 대답하는 것을 보고도 기문지학(記問之學)[16]일까 의심을 하다가 다시 또 이렇게 생각했다.

"설사 기문지학이라 해도 저 정도면 쉽지 않을 텐데 한 번 더 시험해 보자."

이때는 이미 전처럼 '그대'와 '나'로 호칭하지 않으면서 다시 이렇게 물었다.

....

16) 기문지학(記問之學):《禮記·學記》에서 나온 말로 참된 깨달음이 있는 학문이 아니라 남의 질문에 답하기 위해 미리 익히고 암기해둔 학문을 이른다.

"족하께서는 악리(樂理)를 아시는군요. 당시 중니께서는 방 안에서 거문고를 타고 계셨는데 안회가 밖에서 들어오면서 거문고에서 음침한 소리가 나는 것을 듣고 살육의 뜻이 있다고 의심이 되기에 괴상하게 여겨 중니께 여쭸더니 중니께서 이렇게 말씀하셨지요. '내 방금 거문고를 타면서 고양이가 쥐를 잡으려 하는 것을 보고 잡았으면 좋겠다고 여기면서 놓칠까 걱정하기도 했는데 이런 살육의 뜻이 거문고 소리에 드러났구나!' 이를 통해 공문(孔門)에서 음악의 이치가 미묘한 경지에 들어있었다는 것을 알 수 있습니다. 만약 하관이 거문고를 타면 마음속에 생각하고 있는 바를 족하께서는 소리를 듣고서 아실 수 있겠습니까?"

나무꾼이 말했다.

"《모시(毛詩)》에서 이르기를 '다른 사람의 마음을 내가 헤아리니.〔他人有心, 予忖度之.〕17)'라고 했는데 나리께서 한번 타시면 제 마음대로 맞춰보겠습니다. 설령 맞추지 못한다 해도 나무라지 마십시오."

백아는 끊어진 줄을 다시 정리하고 나서 한참 동안 깊이 생각하다가 고산(高山)에 뜻을 두고 한 가락을 탔다. 나무꾼이 찬탄하며 말하기를 "아름답고 드넓도다! 나리의 뜻은 고산에 있습니다."라고 했다. 백아는 답을 하지 않고 또 잠시 정신을 집중해 다시 한 곡을 탔는데 그 뜻은 유수(流水)에 있었다. 나무꾼이 다시 찬탄하며 말하기를 "아름답고 세차도다! 뜻이 유수에 있습니다!"라고 했다. 두 마디만으로 자신의 마음속 생각을 맞췄기에 백아는 크게 놀라 거문고를 옆으로 밀어두고 일어나서 나무꾼과 주빈의 예를 나누며 연거푸 말하기를 "실례를 했습니다. 실례했어요! 돌 가운데 아름다운 옥이 감춰져있었군요. 옷차림과 용모로 사람을 가렸다면 천하의 현사를 놓칠 뻔했습니다! 선생의 성함은 어떻게 되시는지요?"라고 했다. 나무꾼이 몸을 살짝 굽히고 답하기를 "저는 성은 종(鐘) 씨이고 이름은 휘(徽)이며 자는 자기(子期)입니다."라고 했다.

유백아(俞伯牙)가 거문고를 부수고 지음(知音)과 사별하다〔俞伯牙摔琴謝知音〕

---

17) 他人有心 予忖度之(타인유심 여촌탁지):《詩經·小雅·巧言》에 보인다.

백아가 공수하며 말하기를 "종자기 선생이시군요."라고 하자, 종자기가 돌려 묻기를 "나리께서는 존함이 어떻게 되십니까? 임지는 어디시구요?"라고 했다. 백아가 말하기를 "저는 유서(俞瑞)라고 하온데 진나라에서 벼슬을 하고 있으며 사신으로 귀국을 방문하러 왔습니다."라고 하니 종자기가 말하기를 "백아 나리이시군요."라고 했다. 백아는 종자기를 손님자리에 앉힌 뒤, 자신은 주인자리에 앉고는 시동에게 명하여 차를 달여 오라고 했다. 차를 마시고 나서 그는 다시 시동에게 명하여 술을 가져오게 한 뒤, 종자기와 함께 마셨다. 백아가 말하기를 "이를 빌려 이야기를 나누려는 것이니 푸대접을 한다고 탓하지는 마십시오."라고 하자, 종자기가 말하기를 "감히 그렇게 생각할 수 없습니다."라고 했다.

시동이 거문고를 가져간 뒤 두 사람은 술자리에 앉아 술을 마셨다. 백아가 말문을 열어 다시 물었다.

"선생의 말투로 봐서 초나라 사람인데 존택이 어디신지 모르겠군요?"

종자기가 답했다.

"여기에서 멀지 않습니다. 지명이 마안산(馬安山) 집현촌(集賢村)이라는 곳이 바로 제가 사는 곳이지요."

백아가 머리를 끄덕이며 말하기를 "정말로 현사가 모여 사는 동네군요!"라고 한 뒤, 또 묻기를 "무슨 일을 하시는지요?"라고 했다. 종자기가 답하기를 "그냥 땔나무를 하면서 먹고 삽니다."라고 하자, 백아가 미소를 지으며 말했다.

"종자기 선생! 제가 분수에 넘는 소리를 함부로 하지 말아야하지만 선생 같은 포부를 갖으시고서 어찌하여 공명을 구하고 조정에 입신하여 사적에 이름을 남기려 하지 않으시고, 오히려 임천(林泉)에 뜻을 두고 초동목수(樵童牧豎)와 어울리며 초목과 함께 썩어 가시는지요? 좁은 소견으로 선생의 뜻에 찬성하지 못하겠습니다."

종자기가 말했다.

"남김없이 솔직히 말씀드리자면 저희 집은 위로는 연로하신 양친부모님이 계시고 아래로는 도와줄 형제가 없습니다. 땔나무를 하며 날을 보내면서 부모님의 여생을 모시고 싶습니다. 비록 삼공(三公)의 존귀한 자리일지라도 하루 부모님을 봉양하는 것과 차마 바꾸지는 못하겠습니다."

백아가 말하기를 "그런 지극한 효성은 더더욱 흔한 것이 아닙니다."라고 했다. 두 사람은 한동안 술잔을 주고받았는데 종자기가 총욕(寵辱)에 놀라지 않은 것을 보고 백아는 더욱더 그를 좋아하며 존중했다. 다시 종자기에게 "나이는 어떻게 되십니까?"라고 묻자, 종자기가 답하기를 "헛되이 이십칠 년을 보냈습니다."라고 했다. 백아가 말하기를 "제 나이가 열 살 더 많군요. 만약 꺼리지 않으신다면 지음의 벗인 것을 저버리지 않도록 의형제를 맺어 서로 부릅시다."라고 했다. 종자기가 웃으며 말했다.

"나리께서 잘못 생각하셨습니다. 나리께서는 상국(上國)[18]의 명공(名公)이시고 저 종휘는 벽촌의 미천한 사람인데 어찌 감히 넘볼 수 있겠으며 나리를 욕보이게 할 수 있겠습니까?"

백아가 말했다.

"아는 사람이 천하에 두루 있다 해도 마음을 아는 사람이 몇이나 되겠습니까? 저는 속세의 평범한 사람인데 고상한 현사(賢士)와 교분을 맺을 수 있다면 진실로 평생 다행이겠습니다. 만약 부귀와 빈천(貧賤)의 차이로 제가 꺼릴 것이라 생각하신다면 저 유서를 어떤 사람으로 보시는 겝니까?"

백아는 곧 시동에게 명하여 화로에 거듭 불을 더 넣게 하고 이름난 향을 다시 태우게 하고는 선창 안에서 종자기와 정례(頂禮)[19]를 하고 의형제를 맺었다. 백아가 나이가 더 많으므로 형이 되었고 종자기는 아우가 되었다. 그 후로 형 아우라 서로 칭하며 죽어서든 살아서든 서로

....

18) 상국(上國): 춘추시대 때 中原 지역에 있는 諸侯國을 上國이라고 칭했다.
19) 정례(頂禮): 무릎을 꿇고 두 손으로 땅을 짚은 채, 尊者의 발에 머리를 조아리는 의례로써 불교도가 행하는 가장 공경스러운 예법이다.

저버리지 않겠노라 약속했다. 배례를 마치고 나서 다시 명하여 따뜻한 술을 가져오게 한 뒤, 재차 마셨다. 종자기가 백아로 하여금 상좌에 앉게 하자 백아도 그의 말에 따랐다. 술잔과 젓가락을 바꿔 놓은 뒤 종자기는 하석에 앉았으며, 두 사람은 서로 형 아우라고 칭하며 마음을 터놓고 이야기를 나눴다. 그것은 바로 이런 말로 대변된다.

> 뜻이 맞는 손님이 오면 마음속에 싫증이　　　合意客來心不厭
> 　나지 않고
> 지음의 친구가 들어주면 그 말이 길어지네　　知音人聽話偏長

　이야기에 한참 빠져있다 보니 어느새 달빛이 희미해지고 별들이 사라지더니 동쪽이 허옇게 밝아왔다. 선상의 선원들은 모두 일어나서 돛을 묶는 밧줄을 정리하고 출범할 준비를 했다. 종자기가 일어나서 작별을 고하자 백아는 술 한 잔을 받들어 그에게 건네주며 손을 잡고서 한탄해 말하기를 "아우님, 내 아우님과 만난 것이 너무 늦고 이별을 하게 된 것이 너무 빠르네!"라고 했다. 종자기는 이 말을 듣고 자신도 모르게 술잔에 눈물을 떨구었다. 그는 그것을 단숨에 마신 뒤, 다시 술을 따라 백아에게 올렸다. 두 사람 모두 헤어지는 것을 못내 아쉬워하는 마음이 있었다. 백아가 말하기를 "내가 남은 정이 다하지 않아 아우님에게 며칠을 동행하자 청하고 싶은데 가할지 모르겠네?"라고 하자, 종자기가 말하기를 "제가 따라가고 싶지 않은 것은 아니지만 양친께서 연로하십니다. '부모께서 생존해 계시거든 멀리 떠나지 않는다[父母在, 不遠遊.]'고 하지 않습니까?"라고 했다. 백아가 말하기를 "양친부모님께서 살아 계시니 집에 돌아가서 아뢴 뒤 진양(晉陽)으로 나를 한번 보러오면 그것이 '떠나게 되면 반드시 일정한 방소가 있어야 한다[遊必有方]'[20]는 것이지."

....

20) 遊必有方(유필유방):《論語 · 里仁》에 보이는 "父母在, 不遠遊, 遊必有方."에서 나온 말이다.

라고 하자, 종자기가 말했다.

"쉽게 응낙했다가 지키지 못할 일을 저는 감히 하지 않겠습니다. 형님께 약속했다면 약속을 이행해야하지요. 양친께 아뢰었지만 만에 하나 양친께서 허락하지 않으셔서 형님으로 하여금 수천 리 밖에서 기다리시게 한다면 이 동생의 죄가 더욱 커집니다."

백아가 말하기를 "정말로 아우님은 이른바 지성군자(至誠君子)로군. 좋아, 내년에도 내가 아우님을 보러오겠네."라고 하자, 종자기가 말하기를 "형님, 내년 언제 이곳에 오실 겁니까? 제가 형님이 오시는 것을 기다리고 있겠습니다."라고 했다. 백아가 손가락을 꼽으며 말했다.

"어젯밤이 추석이었고 오늘은 날이 밝아 팔월 십육일이지! 아우님, 내가 올해 같이 팔월 십오륙 일쯤에 다시 찾아오겠네. 만약 중순을 넘기고 구월까지 늦어지면 약속을 어긴 것이니 군자가 아니지."

그러고 나서 시동을 불러 말하기를 "기실(記室)[21]에게 일러 종자기 아우님의 거소의 지명과 다시 만날 날짜를 일기장에 적어 놓도록 하거라."라고 하자, 종자기가 말했다.

"그러면 제가 내년 팔월 십오륙 일에 강가에서 공손히 서서 조금도 차질 없이 형님을 기다리겠습니다. 날이 이미 밝았으니 제가 먼저 작별의 말씀을 올리겠습니다."

백아는 "아우님, 잠깐만 기다리시게."라고 말한 한 뒤, 시동을 시켜 황금 두 덩이를 가져오게 했다. 그리고 봉지에 넣지 않고 두 손으로 받들고서 말하기를 "아우님, 약소한 선물이네만 그럭저럭 부모님을 봉양하는 비용으로 삼으시게. 내가 선비의 몸이니 선물이 가볍다 마다하지 말게나."라고 했다. 종자기는 감히 사양하지 못하고 즉시 받아들이고 나서 재배를 하고 이별을 고한 뒤, 눈물을 머금은 채 선창에서 나왔다. 그리고

....

21) 기실(記室): 동한 때부터 있었던 관직으로 주로 章表, 書記, 文檄 등을 관장했다. 후대에 이르러 記室督, 記室參軍 등으로도 칭했다.

멜대를 가져다가 도롱이와 삿갓을 걸어 어깨에 지고 도끼를 허리춤에 꽂은 뒤, 디딤판을 밟고 손잡이를 잡고서 기슭으로 올라갔다. 백아는 그를 뱃머리까지 바래다주었으며, 두 사람은 각각 눈물을 흘리며 헤어졌다. 종자기가 집으로 돌아가는 얘기는 자세히 이야기하지 않겠다.

재설(再說), 유백아는 북을 치며 출항을 했으나 가는 길 내내 산수의 승경도 볼 마음이 없어 앙앙불락하며 지음을 그리워했다. 또 며칠을 간 뒤 배에서 내려 뭍으로 올라갔는데 지나는 곳마다 그가 진나라의 상대부(上大夫)인 것을 알고서 감히 푸대접을 하지 못하고 거마를 마련해 바래다주었다. 곧장 진양에 이르러 진나라 임금에게 복명한 얘기는 자세히 이야기하지 않겠다.

세월은 쏜살같이 흘러 가을 겨울이 지나고 어느덧 봄이 가고 여름이 왔다. 백아는 마음속으로 종자기를 그리워하며 하루도 잊은 날이 없었다. 추석이 다가오는 것을 떠올리고서 고향에 돌아가 볼 수 있도록 휴가를 내고 싶다고 진나라 임금에게 아뢰었더니 진나라 임금이 이를 응낙했다. 이에 백아는 행장을 꾸리고서 이전과 같이 수로로 돌아서갔다. 그는 배를 탄 뒤 정박할 곳마다 곧장 지명을 통보하라고 선원에게 분부했다. 공교롭게도 팔월십오일 저녁이 되자 선원이 와서 보고하기를 여기서 마안산과는 거리가 멀지 않다고 하는 것이었다. 백아가 작년에 종자기와 만난 곳을 흐릿하게 기억하고 있었기에 선원에게 분부하여 배를 대고 닻을 내린 뒤, 강기슭에 말뚝을 박아놓도록 했다. 그날 밤은 맑아 한 줄기 달빛이 붉은색 발을 통해 선창 안으로 비추었다.

백아는 시동에게 명하여 발을 걷어 올리게 하고서 선창 문밖으로 나가 뱃머리에 서서 두병(斗柄)[22]을 우러러보았다. 하늘이 물에 담긴 양 만경(萬頃)이 아득하여 대낮과 같이 밝았다. 작년에 지기와 만났을 때도 비가 그치고 달이 밝았고, 오늘밤에 다시 와서 또한 좋은 밤을 만났는데

....

22) 두병(斗柄): 북두칠성 가운데 자루 모양 쪽에 있는 세 개의 별을 이른다.

강변에서 기다리겠다고 약속하고서 어찌해 전혀 종적이 없으니 설마 약속을 저버린 것이 아닌가 하는 생각이 들었다. 백아는 다시 잠시 기다리다가 이렇게 생각했다.

"알겠다! 강변에 오가는 배들이 자못 많고 내가 오늘 타고 있는 배가 작년의 배가 아니니 아우가 갑자기 어찌 알아볼 수 있겠는가? 작년에 내가 거문고를 타 지음을 놀라게 했으니 오늘밤에도 거문고 한 곡을 타야겠다. 아우가 들으면 필시 나를 만나러 올 것이다."

이에 그는 시동에게 명하여 거문고를 가져다가 뱃머리에 놓게 한 뒤, 향을 피우고 자리를 마련하도록 했다. 그리고 거문고 주머니를 벗겨내고 줄을 조율하여 막 타기 시작했는데 상조(商調)23)의 소리를 내는 줄에서 애원하는 소리가 나는 것이었다. 백아는 거문고 타는 것을 멈추고 생각했다.

"아! 상조의 소리를 내는 줄에서 애절한 소리가 난 것으로 보아 아우가 필시 부모상을 당해 집에 있는 게야. 작년에 부모님께서 연로하시다 했으니 부친상이 아니면 반드시 모친상일 것이다. 그의 사람됨이 효성이 지극하기에, 일에 경중(輕重)이 있으니, 차라리 나와의 약속을 어기더라도 부모님께 실례를 범하지 않으려고 오지 않은 게로구나. 내일 날이 밝으면 내가 직접 강기슭으로 올라가서 그를 보러가야겠다."

그는 시동으로 하여금 거문고를 놓는 탁자를 수습하게 한 뒤, 선창으로 들어가 잠을 청했으나 밤새 잠을 이루지 못하고 날이 밝기를 꼬박 기다렸다. 점차 달이 발[簾] 그림자를 옮기더니 산꼭대기 위로 해가 떴다. 백아는 잠자리에서 일어나 세수를 하고 옷매무새를 가지런히 한 뒤, 두건에 평복을 입은 채 시동 단 한 명에게 거문고를 들고 그를 따라오도록 했다. 그리고 황금 십 일(鎰)24)을 가져가면서 "만약 아우가 상중에

---

23) 상조(商調): 곡조의 일종으로 소리가 슬프고 애처롭다.
24) 일(鎰): 고대 무게 단위로 20兩에 해당한다. 일설에 의하면 24兩에 해당한다고도

있으면 이것을 부의(賻儀)로 삼을 수 있을 게야."라고 생각했다. 그는 디딤판을 밟고 기슭으로 올라 천천히 마안산을 향해 갔다. 십여 리쯤 가서 한 골짜기로부터 나와 백아가 멈추자, 시동이 말하기를 "나리, 어찌 가시지 않으십니까?"라고 하니 백아가 말했다.

"산이 남북으로 나뉘어져 있고 길이 동서로 펼쳐져 있는데 골짜기에서 나오니까 양쪽으로 모두 큰길이 나있어 다 갈 수 있으니 어느 길이 집현촌으로 가는 길인지 알 수가 있어야지? 길을 아는 사람을 기다렸다가 확실히 물어본 뒤에야 갈 수가 있겠다."

백아가 바위 위에서 잠시 쉬자 시동은 물러나 그의 뒤에 서 있었다. 잠시 후, 왼쪽 큰길에서 어떤 노인이 왔는데 수염과 머리가 모두 하얗게 세어 있었으며 대나무 갓에 평민 옷을 입고서 왼손에는 등나무 지팡이를 짚고 오른손에는 대바구니를 든 채 천천히 걸어오고 있는 것이었다. 백아는 자리에서 일어나 옷매무새를 단정히 하고 앞으로 가서 예를 올렸다. 노인은 느긋하게 오른손에 있던 대바구니를 가볍게 내려놓고는 두 손으로 등나무 지팡이를 들어 답례하며 말하기를 "선생께서는 제게 무슨 볼 일이라도 있으십니까?"라고 했다. 백아가 말하기를 "여쭤볼 것이 있는데 이 양쪽 길에서 어느 쪽 길이 집현촌으로 가는 길입니까?"라고 하니 노인이 말했다.

"이 양쪽 길로 두 집현촌에 갈 수 있습니다. 왼쪽으로 가면 상집현촌이고 오른쪽으로 가면 하집현촌이죠. 큰길은 모두 삼십 리 길인데 선생께서 골짜기에서 나오신 곳이 딱 그 중간입니다. 동쪽으로 가도 십오 리이고, 서쪽으로 가도 십오 리입니다. 선생께서는 어느 집현촌으로 가시려는지 모르겠군요?"

백아는 잠자코 답을 하지 않고서 마음속으로 이렇게 생각했다.

"아우는 총명한 사람인데 말한 것이 어찌 이리 흐리터분한가! 만났던

한다.

날에 이곳에 집현촌이 상하 두 곳이 있다는 것을 알고 있었으면 분명하게 말을 했어야지.”

백아가 망설이고 있는 사이에 그 노인이 말했다.

“선생께서 그렇게 깊이 생각하는 것으로 봐서 필시 길을 말해 준 사람이 집현촌의 상하를 나누지 않고 그저 집현촌이라고만 말해 선생으로 하여금 찾을 길이 없도록 만들었나 봅니다.”

백아가 말하기를 “바로 그렇습니다.”라고 하자, 노인이 말했다.

“이 두 집현촌에는 일이십 가호(家戶)가 있는데 대개 속세를 피해 은거하는 사람들입니다. 이 늙은이는 이 산속에서 적잖이 몇 년을 살았기에 그야말로 ‘삼십 년을 토박이로 살면 친하지 않은 사람이 없다.〔土居三十載, 無有不親人.〕’는 말 그대로이지요. 이 사람들은 저희 친척이 아니면 친구들입니다. 선생께서는 집현촌에 필시 친구를 방문하러 오셨을 겁니다. 선생께서 방문하려는 친구의 성함이 어떻게 되는지만 말씀해 주시면 그가 사는 곳을 이 늙은이가 알 수 있을 겁니다.”

백아가 말하기를 “저는 종가장(鐘家莊)으로 가려 합니다.”라고 하자, 노인이 묻기를 “선생께서는 종가장에 가서 누구를 찾으시려는 겁니까?”라고 했다. 백아가 “‘자기(子期)’를 찾으려는 것입니다.”라고 했더니 노인은 ‘자기’라는 두 글자를 듣자마자 흐릿한 눈에서 눈물을 줄줄 흘리더니 참지 못하고 대성통곡하며 이렇게 말했다.

“종자기는 바로 제 아들입니다. 작년 팔월 십오일에 땔나무를 하고 늦은 시간에 돌아오다가 진나라 상대부이신 유백아 선생을 만나 이야기를 나누는 사이에 의기투합하게 되었답니다. 선생께서 떠나시기 전에 황금 두 덩이를 주셨는데 제 아들은 그것으로 책을 사서 전력으로 공부를 했지요. 이 늙은이는 생각이 짧아 그것을 말리지 않았습니다. 해가 뜨면 나무를 해 무거운 것을 지고 해가 저물면 부지런히 책을 읽다가 마음과 몸이 모두 소진되어 겁질(怯疾)[25]에 걸려서 몇 달 사이에 이미 죽었답니다.”

백아는 이 말을 듣자 오장이 터지는 듯 눈물을 샘솟듯 흘리며 큰 소리를 한 번 지르더니 절벽 가에 쓰러져 기절을 했다. 종공(鍾公)은 놀라며 눈물을 머금은 채 그를 부축하면서 뒤돌아 시동을 보고 묻기를 "이 분이 누구시오?"라고 했다. 시동이 낮은 소리로 그의 귀에 대고 말하기를 "바로 유백아 나리십니다."라고 하자, 종공이 말하기를 "바로 내 아들의 그 친한 친구였군요."라고 하며 백아를 부축해 일으키고는 정신이 들도록 했다. 백아가 땅에 앉아 입에서 침을 흘린 채 두 손으로 가슴을 두드리면서 끊임없이 통곡하며 이렇게 말했다.

"아우야! 내 어젯밤에 배를 대고서 아우가 약속을 어겼다 했는데 이미 황천의 귀신이 되어 있을 줄 어찌 알았겠는가? 아우는 재능만 있었지 오래 살지를 못했구나!"

종공은 눈물을 닦으며 그를 달랬다. 백아는 다 울고 일어나서 다시 종공에게 절을 올렸다. 의형제를 맺은 뜻을 드러내기 위해 감히 노인장이라 부르지 못하고 백부님이라고 칭했다. 백아가 묻기를 "백부님, 아드님의 영구는 아직 집에 있습니까? 아니면 교외에 묻혀 있습니까?"라고 하자, 종공이 말했다.

"한마디로 다 말하기는 어렵습니다. 아들이 임종할 때 이 늙은이는 집사람과 함께 그의 침상 앞에 앉아있었지요. 아들이 유언으로 당부하기를 '수명이 길고 짧은 것은 하늘에 달려있는 것입니다. 제가 생전에 자식으로서 부모님을 모시는 도리를 다하지 못했습니다. 죽은 뒤에는 마안산 강변에 묻어 주십시오. 진나라 대부 유백아와 약속한 바가 있기에 전에 한 말을 실천하려는 것입니다.'라고 했습니다. 이 늙은이는 죽은 아들이 임종할 때 한 말을 저버리지 않았지요. 방금 선생께서 오신 좁은 길 오른쪽에 있는 새 무덤이 바로 제 아들 종휘의 산소입니다. 오늘이 백 일째

---

25) 겁질(怯疾): 怯症과 같은 말로 中醫學에서 혈기가 쇠하여 마음이 항상 두렵고 불안감을 느끼는 병을 이른다. 虛勞病이라고 불리기도 한다.

되는 기일(忌日)이기에 이 늙은이가 지전(紙錢) 한 꾸러미를 들고 무덤 앞에 가서 태우려 했는데 선생을 만나게 될 줄을 어찌 예상이나 했겠습니까?"

백아는 "그러면 저도 백부님을 모시고 무덤으로 가서 절을 하겠습니다."라고 말한 뒤, 시동으로 하여금 종공의 대바구니를 들어주도록 했다.

종공이 지팡이를 짚고 길을 안내하자 백아는 그 뒤를 따랐으며 시동은 백아를 쫓아갔다. 다시 골짜기 어귀로 들어가니 과연 길 왼쪽에 새 무덤 하나가 있는 것이 보였다. 백아는 옷매무새를 단정히 하고 무릎을 꿇고 이렇게 말했다.

유백아가 거문고를 제석(祭石) 위에 올려놓는 장면, 민국 10년, 상해광아서국(上海廣雅書局), 《신증전도족본금고기관(新增全圖足本今古奇觀)》 삽도

"아우님은 살아서 사람 됨됨이가 총명했으니 죽은 뒤에는 영험 있는 신령이 될 거요. 내가 이리 절 한 번 올리는 것으로 정말 영원히 이별을 하게 되는구려!"

절을 마친 뒤, 그가 다시 목 놓아 통곡을 하자 산의 앞뒤와 좌우에 있던 백성들이 놀라 길을 가던 사람이든 거기에 가만히 있던 사람이든, 멀리에 있는 사람이든 가까이에 있는 사람이든 울음소리가 애절한 것을 듣고 모두 찾아왔다. 그들은 조정의 대신이 종자기에게 제사를 지내러 온 것을 알고서 무덤 앞을 빙 둘러싸고 앞다투어 구경을 했다. 백아는 제수(祭需)를 준비하지 않아 정을 표현할 길이 없었기에 시동으로 하여 금 거문고를 주머니에서 꺼내 제수를 놓는 상돌 위에 놓게 했다. 그리고 무덤 앞에서 가부좌를 하고 두 줄기 눈물을 흘리면서 거문고 한 가락을 탔다. 구경을 하던 사람들은 거문고 소리가 낭랑한 것을 듣고서 박수를 치고 크게 웃으며 자리에서 흩어졌다. 백아가 "백부님, 제가 거문고를 타며 아드님을 애도하느라 슬픔을 주체할 수 없는데 사람들은 왜 웃는 것입니까?"라고 묻자, 종공이 말하기를 "시골 사람들은 음률을 몰라 거문고 소리를 듣고 즐기는 도구로 생각하기에 이리 크게 웃은 겁니다."라고 했다. 백아가 말하기를 "그렇군요. 백부님께서는 제가 탄 곡이 무슨 곡인지 아시는지요?"라고 하자, 종공이 말하기를 "이 늙은이도 어렸을 때는 거문고를 꽤나 익혔지요. 이제 나이가 들어 오관(五官)이 반은 쓸모 없게 되었기에 헷갈리고 못 알아듣게 된 지 오래되었습니다."라고 했다. 백아가 말하기를 "이는 제가 아드님을 애도하기 위해 마음 가는 대로 탄 짧은 노래입니다. 입으로 낭독해 백부님께 들려드리겠습니다."라고 하니 종공이 이르기를 "이 늙은이도 듣고 싶습니다."라고 했다. 백아가 이렇게 낭송했다.

작년 봄에　　　　　　　　　　　　　　　憶昔去年春
강가에서 그대를 만난 것을 떠올리며　　　　江邊曾會君

오늘 다시 방문하러 왔는데	今日重來訪
지음은 보이지 않고	不見知音人
그저 무덤 하나만 보여	但見一坏土
내 마음을 슬프게 하는구나	慘然傷我心
슬프고 슬프고 또 슬퍼라	傷心傷心復傷心
참다못해 눈물이 뚝뚝 떨어지네	不忍淚珠紛
올 때는 기뻤는데 갈 때는 얼마나 고통스런지	來歡去何苦
강가에는 우수에 잠기게 하는 안개가 이는구나	江畔起愁雲
자기여, 자기여	子期子期兮
그대와 나의 천금 같은 정의(情誼)는	你我千金義
하늘 끝까지 다 겪어도 족한 말이 없다네	歷盡天涯無足語
이 곡을 마치면 다시는 거문고를 타지 않으리니	此曲終兮不復彈
삼척(三尺) 요금(瑤琴)이 그대를 위해 죽는도다	三尺瑤琴爲君死

　백아가 겹옷에서 주머니칼을 꺼내 거문고 줄을 끊어버린 뒤, 두 손으로 거문고를 들어 제품을 차려놓는 석대(石臺) 위로 힘껏 내던지자 거문고는 옥진(玉軫)이 부서지고 금휘(琴徽)가 망가지게 되었다. 종공이 크게 놀라며 묻기를 "선생께서는 어찌하여 이 거문고를 부수시는 겁니까?"라고 하자, 백아가 이렇게 말했다.

요금을 부수니 거문고 꼬리가 망가졌구나	摔碎瑤琴鳳尾寒
종자기가 없으니 누구를 마주하고 거문고를 타리오	子期不在對誰彈
만면에 웃음 띤 자는 모두 친구라지만	春風滿面皆朋友
지음을 찾으려면 어렵고도 어렵다네	欲覓知音難上難

　종공이 말하기를 "그렇군요. 안타깝습니다, 안타까워!"라고 했다. 백아가 묻기를 "백부님께서 사시는 곳은 도대체 상집현촌이십니까? 아니면, 하집현촌이십니까?"라고 하자, 종공이 답하기를 "저희 집은 상집현촌의 여덟 번째 집입니다. 선생께서는 지금 또 그것을 뭐하시려고 물으

시는 겝니까?"라고 했다. 백아가 말했다.

"저는 상심해서 감히 백부님을 따라 댁으로 가지 못하겠습니다. 몸에 지니고 온 황금 십 일(鎰)이 있는데 반은 아드님을 대신해 양친을 봉양하는 비용으로, 나머진 반은 제전(祭田) 몇 묘(畝)를 사셔서 아드님을 위해 봄가을에 성묘하시는 비용으로 쓰십시오. 저는 조정으로 돌아가 상주문을 올려 관직을 그만두고 산림(山林)으로 돌아가겠다고 아뢸 것입니다. 그때 다시 상집현촌으로 와서 백부님과 백모님을 모시고 저희 집으로 함께 가서 천수를 다하시도록 하겠습니다. 제가 바로 자기이고 자기가 바로 저이오니 백부님께서는 저를 외인(外人)이라고 꺼리지 마십시오."

말을 마치고 그는 시동으로 하여금 황금을 꺼내게 하여 직접 종공에게 건네준 뒤 울면서 땅에 엎드려 절을 했다. 종공은 감읍하여 답례를 했으며, 두 사람은 거기서 한참을 있다가 이별을 했다.

이 이야기는 제목이 〈유백아가 거문고를 부수고 지음과 사별하다(俞伯牙捧琴謝知音)〉이며 후인들이 시를 지어 이렇게 찬미했다.

세리로 교제하고 세리를 쫓는 마음을 품으니	勢利交懷勢利心
선비 가운데 더 이상 누가 지음을 생각하리오	斯文誰復念知音
백아는 거문고를 타지 않고 종자기도 죽어	伯牙不作鐘期逝
천고에 사람들로 하여금 거문고 부순 얘기를 하게 하네	千古令人說破琴

第一九卷 俞伯牙摔琴謝知音

浪說曾分鮑叔金, 誰人辨得伯牙琴! 於今交道奸如鬼, 湖海空懸一片心.

古來論交情至厚, 莫如管鮑. 管是管夷吾, 鮑是鮑叔牙. 他兩個同爲商賈, 得利均分. 時管夷吾多取其利, 叔牙不以爲貪, 知其貧也, 後來管夷吾被囚, 叔牙脫之, 薦爲齊相. 這樣朋友, 纔是個眞正相知. 這相知有幾樣名色: 恩德相結者, 謂之知己; 腹心相照者, 謂之知心; 聲氣相求者, 謂之知音: 總來叫做相知. 今日聽在下說一椿俞伯牙的故事. 列位看官們, 要聽者, 洗耳而聽; 不要聽者, 各隨尊便. 正是:

知音說與知音聽, 不是知音不與談.

話說春秋戰國時, 有一名公, 姓俞名瑞, 字伯牙, 楚國郢都人氏, 即今猢廣荊州府之地也. 那俞伯牙身雖楚人, 官星却落於晉國, 仕至上大夫之位. 因奉晉主之命, 來楚國修聘. 伯牙討這個差使, 一來, 是個大才, 不辱君命; 二來, 就便省視鄉里, 一擧兩得. 當時從陸路至於郢都, 朝見了楚王, 致了晉主之命. 楚王設宴款待, 十分相敬. 那郢都乃是桑梓[26]之地, 少不得去看

----

26) 桑梓(상재): '桑'은 뽕나무이고 '梓'는 가래나무이다. 뽕나무의 잎은 누에를 기르는 데에 쓰이고 가래나무는 가볍고 잘 썩지 않아 가구를 만들거나 집을 짓는 데 많이 쓰였다. 《詩經·小雅·小弁》에 "(부모님이 심어준) 뽕나무와 가래나무를 보면 반드시 공경하여 멈춰 섰다.(維桑與梓, 必恭敬止.)"라는 구절에서 나온 말이다. 朱熹의 集傳에서 "桑梓는 두 나무이니 옛날에 다섯 畝 되는 집 담장 밑에 그것을 심어 자손에서 물려줘 누에의 먹이를 주고 器物을 만드는 데 쓰도록 한 것이다.……桑梓는 부모가 심은 것이다.(桑, 梓二木. 古者五畝之宅, 樹之墙下, 以遺子孫給蠶食, 具器用者也.……桑梓父母所植.)"라고 했다. 東漢 이래 줄곧 '桑梓'라는 말로 고향 또는 고향 사람들을 가리켰다.

一看墳墓, 會一會親友. 然雖如此, 各事其主, 君命在身, 不敢遲留. 公事已畢, 拜辭楚王. 楚王贈以黃金采緞, 高車駟馬, 伯牙離楚一十二年, 思想故國江山之勝, 欲得恣情觀覽, 要打從水路大寬轉而回. 乃假奏楚王道: "臣不幸有犬馬[27]之疾, 不勝車馬馳驟. 乞假臣舟楫, 以便醫藥." 楚王准奏, 命水師撥大船二隻, 一正一副. 正船單坐晉國來使, 副船安頓僕從行李. 都是蘭橈畫槳, 錦帳高帆, 甚是齊整. 羣臣直送至江頭而別.

　　　　只因覽勝探奇, 不顧山遙水遠.

　　伯牙是個風流才子, 那江山之勝, 正投其懷. 張一片風帆, 凌千層碧浪, 看不盡遙山疊翠, 遠水澄淸. 不一日, 行至漢陽江口. 時當八月十五日, 中秋之夜. 偶然風狂浪湧, 大雨如注, 舟楫不能前進, 泊於山崖之下. 不多時, 風恬浪靜, 雨止雲開, 現出一輪明月. 那雨後之月, 其光倍常. 伯牙在船艙中, 獨坐無聊, 命童子焚香爐內, "待我撫琴一操, 以遣情懷." 童子焚香罷, 捧琴囊置於案間. 伯牙開囊取琴, 調絃轉軫, 彈出一曲, 曲猶未終, 指下"刮喇[28]"的一聲響, 那[29]琴絃絕[30]了一根. 伯牙大驚, 叫童子去問船頭: "這住船所在是甚麼去處?" 船頭答道: "偶因風雨, 停泊於山脚之下, 雖然有些草樹, 並無人家." 伯牙驚訝, 想道: "是荒山了. 若是城郭村莊, 或有聰明好學之人, 盜聽吾琴, 所以琴聲忽變, 有絃斷之異. 這荒山下, 那得有聽琴之人?

....

27) 犬馬(견마): 犬馬는 옛날에 大夫가 병이 난 것을 완곡하게 이르는 말이다. 《公羊傳·桓公十六年》에 달린 漢나라 何休의 注에서 "天子에게 질병이 있는 것을 '不豫'라 하고 諸侯는 '負玆'라 하며, 大夫는 '犬馬'라 하고 士는 '負薪'이라 한다."고 했다. 이에 대한 徐彥의 疏에서 "大夫에게 병이 있는 것을 '犬馬'라고 하는 것은 남을 대신해 노고를 하며 먼 곳까지 가는 것으로 인해 병이 났기 때문이다.(大夫言犬馬者, 代人勞苦, 行役遠方, 故致疾.)"고 했다. 이로 인해 자신의 질병을 '犬馬之疾'이라 겸칭하기도 한다.

28) 刮喇(괄라): 줄 따위가 끊어지는 소리를 형용하는 의성어이다.

29) 【校】那(나): 人民文學本·古本小說集成本《今古奇觀》에는 "那"자가 있고 繪圖本《今古奇觀》과 《警世通言》 각 판본에는 "那"자가 없다.

30) 【校】絶(절): 人民文學本·繪圖本 《今古奇觀》과 人民文學本《警世通言》에는 "絶"로 되어 있고 古本小說集成本《今古奇觀》과 古本小說集成本《警世通言》에는 "斷"으로 되어 있다.

哦, 我知道了, 想是有仇家差來刺客; 不然, 或是賊盜, 伺候更深, 登舟劫我財物." 叫左右: "與我上崖搜檢一番. 不在柳陰深處, 定在蘆葦叢中!" 左右領命, 喚齊眾人, 正欲搭跳上崖. 忽聽岸上有人答應道: "舟中大人, 不必見疑. 小子並非奸盜之流, 乃樵夫也. 因打柴歸晚, 值驟雨狂風, 雨具不能遮蔽, 潛身巖畔. 聞君雅操, 少住聽琴." 伯牙大笑道: "山中打柴之人, 也敢稱 '聽琴'二字! 此言未知眞僞, 我也不計較了. 左右的, 叫他去罷." 那人不去, 在崖上高聲說道: "大人出言謬矣! 豈不聞 '十室之邑, 必有忠信.' '門內有君子, 門外君子至.' 大人若欺負山野中沒有聽琴之人, 這夜靜更深, 荒崖下也不該有撫琴之客了." 伯牙見他出言不俗, 或者眞是個聽琴的, 亦未可知. 止住左右不要囉唣, 走近艙門, 回嗔作喜的問道: "崖上那位君子, 旣是聽琴, 站立多時, 可知道我適纔所彈何曲?" 那人道: "小子若不知, 却也不來聽琴了. 方纔大人所彈, 乃孔仲尼歎顏回, 譜入琴聲. 其詞云: '可惜顏回命蚤亡, 敎人思想鬢如霜. 只因陋巷簞瓢樂⋯⋯' 到這一句, 就絕[31]了琴絃, 不曾撫出第四句來, 小子也還記得: '留得賢名萬古揚.'"

伯牙聞言, 大喜道: "先生果非俗士, 隔崖窵遠, 難以問答." 命左右: "掌跳, 看扶手, 請那位先生登舟細講." 左右掌跳, 此人上船, 果然是個樵夫. 頭戴箬笠, 身披草衣, 手持尖擔, 腰插板斧, 脚踏芒鞋. 手下人那知言談好歹, 見是樵夫, 下眼相看. "咄, 那樵夫! 下艙去, 見我老爺叩頭, 問你甚麽言語, 小心答應. 官尊著哩." 樵夫却是個有意思的, 道: "列位不須粗魯, 待我解衣相見." 除了斗笠, 頭上是靑布包巾; 脫了蓑衣, 身上是藍布衫兒; 搭膊拴腰, 露出布裩下截. 那時不慌不忙, 將蓑衣, 斗笠, 尖擔, 板斧, 俱安放艙門之外. 脫下芒鞋, 躧去泥水, 重復穿上, 步入艙來. 官艙內公座上燈燭輝煌. 樵夫長揖而不跪, 道: "大人, 施禮了." 俞伯牙是晉國大臣, 眼界中那有兩接的布衣. 下來還禮, 恐失了官體, 旣請下船, 又不好叱他回去. 伯牙沒奈何, 微微擧手道: "賢友免禮罷." 叫童子看坐的. 童子取一張机坐兒置於下席. 伯牙全無客禮, 把嘴向樵夫一弩, 道: "你且坐了." "你我"之稱, 怠慢可知. 那樵

---

31) 【校】絶(절): 人民文學本·繪圖本 《今古奇觀》과 人民文學本《警世通言》에는 "絶"로 되어 있고 古本小說集成本《今古奇觀》과 古本小說集成本《警世通言》에 는 "斷"으로 되어 있다.

夫亦不謙讓, 儼然坐下. 伯牙見他不告而坐, 微有嗔怪之意, 因此不問姓名, 亦不呼手下人看茶. 默坐多時, 怪而問之: "適纔崖上聽琴的, 就是你么?" 樵夫答言: "不敢." 伯牙道: "我且問你, 旣來聽琴, 必知琴之出處. 此琴何人所造? 撫琴[32]有甚好處?" 正問之時, 船頭來稟話, 風色順了, 月明如晝, 可以開船. 伯牙分付: "且慢些!" 樵夫道, "承大人下問, 小子若講話絮煩, 恐擔誤順風行舟." 伯牙笑道: "惟恐你不知琴理. 若講得有理, 就不做官, 亦非大事, 何況行路之遲速乎!" 樵夫道: "旣如此, 小子方敢僭談. 此琴乃伏羲氏所琢, 見五星之精, 飛隆梧桐, 鳳皇來儀. 鳳乃百鳥之王, 非竹實不食, 非梧桐不棲, 非醴泉不飲. 伏羲氏知梧桐乃樹中之良材, 奪造化之精氣, 堪爲雅樂, 令人伐之. 其樹高三丈三尺, 按三十三天之數, 截爲三段, 分天, 地, 人三才. 取上一段叩之, 其聲太淸, 以其過輕而廢之; 取下一段叩之, 其聲太濁, 以其過重而廢之; 取中一段叩之, 其聲淸濁相濟, 輕重相兼. 送長流水中, 浸七十二日, 按七十二候之數. 取起陰乾, 選良時吉日, 用高手匠人劉子奇斲成樂器. 此乃瑤池之樂, 故名"瑤琴". 長三尺六寸一分, 按周天三百六十一度; 前闊八寸, 按八節; 後闊四寸, 按四時; 厚二寸, 按兩儀. 有金童頭, 玉女腰, 仙人背, 龍池, 鳳沼, 玉軫, 金徽. 那徽有十二, 按十二月; 又有一中徽, 按閏月. 先是五條絃在上, 外按五行金木水火土, 內按五音宮商角徵羽. 堯舜時操五絃琴, 歌'南風'詩, 天下大治. 後因周文王被囚於羑里, 弔子伯邑考, 添絃一根, 淸幽哀怨, 謂之"文絃". 後武王伐紂, 前歌後舞, 添絃一根, 激烈發揚, 謂之"武絃". 先是宮商角徵羽五絃, 後加二絃, 稱爲'文武七絃琴'. 此琴有六忌, 七不彈, 八絶. 何爲六忌?

　　一忌大寒, 二忌大暑, 三忌大風, 四忌大雨, 五忌迅雷, 六忌大雪.

何爲七不彈?

　　聞喪者不彈, 奏樂不彈, 事冗不彈, 不淨身不彈, 衣冠不整不彈, 不焚香

....

32) 【校】琴(금):《今古奇觀》각 판본에는 "琴"으로 되어 있고《警世通言》각 판본에는 "他"로 되어 있다.

不彈, 不遇知音者不彈."

何爲八絶? 總之淸奇幽雅, 悲壯悠長. 此琴撫到盡美盡善之處, 嘯虎聞而不吼, 哀猿聽而不啼. 乃雅樂之好處也." 伯牙聽見他對答如流, 猶恐是記問之學. 又想道: "就是記問之學, 也虧了他了. 我再試他一試." 此時已不似在先"你我"之稱了, 又問道: "足下旣知樂理, 當時孔仲尼鼓琴於室中, 顔回自外入, 聞琴中有幽沉之聲, 疑有貪殺之意, 怪而問之. 仲尼曰: '吾適鼓琴, 見貓方捕鼠, 欲其得之, 又恐其失之. 此貪殺之意, 遂露於絲桐.' 始知聖門音樂之理, 入於微妙. 假如下官撫琴, 心中有所思念, 足下能聞而知之否?" 樵夫道: "《毛詩》云: '他人有心, 予忖度之.' 大人試撫弄一過, 小子任心猜度. 若猜不着時, 大人休得見罪." 伯牙將斷絃重整, 沉思半晌. 其意在於高山, 撫琴一弄. 樵夫贊道: "美哉洋洋乎! 大人之意, 在高山也!" 伯牙不答. 又凝神一會, 將琴再鼓, 其意在於流水. 樵夫又贊道: "美哉湯湯乎! 志在流水!" 只兩句, 道着了伯牙的心事. 伯牙大驚, 推琴而起, 與子期施賓主之禮. 連呼: "失敬失敬! 石中有美玉之藏. 若以衣貌取人, 豈不惧了天下賢士! 先生高名雅姓?" 樵夫欠身而答: "小子姓鍾, 名徽, 賤字子期." 伯牙拱手道: "是鍾子期先生." 子期轉問: "大人高姓, 榮任何所?" 伯牙道: "下官俞瑞, 仕於晉朝, 因修聘上國而來." 子期道: "原來是伯牙大人." 伯牙推子期坐於客位, 自己主席相陪, 命童子點茶. 茶罷, 又命童子取酒共酌. 伯牙道: "借此攀話, 休嫌簡褻." 子期稱: "不敢." 童子取過瑤琴, 二人入席飮酒. 伯牙開言又問: "先生聲口是楚人了, 但不知尊居何處?" 子期道: "離此不遠, 地名馬安山集賢村, 便是荒居." 伯牙點頭道: "好個集賢村!" 又問: "道藝何爲?" 子期道: "也就是打柴爲生." 伯牙微笑道: "子期先生, 下官也不該僭言, 似先生這等抱負, 何不求取功名, 立身於廊廟, 垂名於竹帛; 却乃賣志林泉, 混跡樵牧, 與草木同朽? 竊爲先生不取也." 子期道: "實不相瞞, 舍間上有年邁二親, 下無手足相輔. 採樵度日, 以盡父母之餘年. 雖位爲三公之尊, 不忍易我一日之養也." 伯牙道: "如此大孝, 一發難得." 二人杯酒酬酢了一會. 子期寵辱無驚, 伯牙愈加愛重. 又問子期: "靑春多少?" 子期道: "虛度二十有七." 伯牙道: "下官年長一旬. 子期若不見棄, 結爲兄弟相稱, 不負知音契友." 子期笑道: "大人差矣! 大人乃上國名公, 鍾徽乃窮鄕賤子, 怎敢仰扳, 有辱俯就." 伯牙道: "相識滿天下, 知心能幾人? 下官碌碌風塵, 得與高賢結契, 實乃生平之萬幸. 若以富貴貧賤爲嫌, 虧兪瑞爲何等人乎!" 遂命童子重添爐火, 再爇名香, 就船艙中與子期頂禮八拜[33]. 伯牙年長爲兄, 子期爲弟. 今後兄弟相稱, 生死不負. 拜罷, 復命取煖酒再酌. 子期讓伯牙上坐, 伯牙從其言. 換了杯筯, 子期下席. 兄弟相稱, 彼此談心敘話. 正是:

合意客來心不厭, 知音人聽話偏長.

談論正濃, 不覺月淡星稀, 東方發白. 船上水手都起身收拾篷索, 整備開船. 子期起身告辭, 伯牙捧一杯酒遞與子期, 把子期之手, 歎道: "賢弟, 我與你相見何太遲, 相別何太早!" 子期聞言, 不覺淚珠滴於杯中. 子期一飮而盡, 斟酒回敬伯牙. 二人各有眷戀不舍之意. 伯牙道: "愚兄餘情不盡, 意欲曲延賢弟同行數日, 未知可否?" 子期道: "小弟非不欲相從. 怎奈二親年老, '父母在, 不遠遊.'" 伯牙道: "旣是二位尊人在堂, 回去告過二親, 到晉陽來看愚兄一看, 這就是'遊必有方'了." 子期道: "小弟不敢輕諾而寡信. 許了賢兄, 就當踐約. 萬一稟命於二親, 二親不允, 使仁兄懸望於數千里之外, 小弟之罪更大矣." 伯牙道: "賢弟眞所謂至誠君子. 也罷, 明年還是我來看賢弟." 子期道: "仁兄明歲何時到此? 小弟好伺候尊駕." 伯牙屈指道: "昨夜是中秋節, 今日天明, 是八月十六日了. 賢弟, 我來仍在仲秋中五六日奉訪. 若過了中旬, 遲到季秋月分, 就是爽信, 不爲君子." 叫童子: "分付記室將鍾賢弟所居地名及相會的日期, 登寫在日記簿上." 子期道: "旣如此, 小弟來年仲秋中五六日, 准在江邊侍立拱候, 不敢有誤. 天色已明, 小弟告辭了." 伯牙道: "賢弟且住." 命童子取黃金二笏, 不用封帖, 雙手捧定, 道: "賢弟, 些須薄禮, 權爲二位尊人甘旨之費. 斯文骨肉, 勿得嫌輕." 子期不敢謙讓, 卽時收下. 再拜告別, 含淚出艙, 取尖擔挑了蓑衣斗笠, 插板斧於腰間, 掌

....

33) 八拜(팔배): 본래 '八拜'는 예전부터 대대로 교분이 있는 집안의 어른들에게 행하는 절을 이르는데 그런 집안 친구는 異姓의 형제와 마찬가지라는 의미에서 비롯되어 의형제를 맺는 것을 일러 '八拜'라고도 했다. 이로 인해 의형제를 '八拜之交'라고 칭하기도 한다.

跳搭扶手上崖. 伯牙直送至船頭, 各各灑淚而別.

不題子期回家之事. 再說俞伯牙點鼓開船, 一路江山之勝, 無心觀覽, 心心悒怏, 相念知音[34]. 又行了幾日, 舍舟登岸. 經過之地, 知是晉國上大夫, 不敢輕慢, 安排車馬相送. 直至晉陽, 回復了晉主, 不在話下.

光陰迅速, 過了秋冬, 不覺春去夏來. 伯牙心懷子期, 無日忘之. 想着中秋節近, 奏過晉主, 給假還鄉. 晉主依允. 伯牙收拾行裝, 仍打大寬轉, 從水路而行. 下船之後, 分付水手, 但是灣泊所在, 就來通報地名. 事有偶然, 剛剛八月十五夜, 水手稟復, 此去馬安山不遠. 伯牙依稀還認得去年泊船相會子期之處. 分付水手, 將船灣泊, 水底抛錨, 崖邊釘橛. 其夜晴明, 船艙內一線月光, 射進朱簾. 伯牙命童子將簾捲起, 步出艙門, 立於船頭之上, 仰觀斗柄. 水底天心, 萬頃茫然, 照如白晝. 思想去歲與知己相逢, 雨止月明. 今夜重來, 又值良夜. 他約定江邊相候, 如何全無蹤影? 莫非爽信! 又等了一會, 想道: "我理會得了. 江邊來往船隻頗多. 我今日所駕的, 不是去年之船了. 吾弟急切如何認得? 去歲我原爲撫琴驚動知音. 今夜仍將瑤琴撫弄一曲, 吾弟聞之, 必來相見." 命童子取琴桌安放船頭, 焚香設座. 伯牙開囊, 調絃轉軫, 纔汎音律, 商絃中有哀怨之聲. 伯牙停琴不操: "呀! 商絃哀聲凄切, 吾弟必遭憂在家. 去歲曾言父母年高. 若非父喪, 必是母亡. 他爲人至孝, 事有輕重, 寧失信於我, 不肯失禮於親, 所以不來也. 來日天明, 我親上崖探望." 叫童子收拾琴桌, 下艙就寢. 伯牙一夜不睡, 眞個巴明不明, 盼曉不曉. 看看月移簾影, 日出山頭, 伯牙起來梳洗整衣, 巾幘便服[35], 止命一童子[36]攜琴相隨, 又取黃金十鎰帶去, "儻吾弟居喪, 可爲賻禮." 踹跳登崖, 迤邐望馬安山而行[37], 約莫十數里, 出一谷口. 伯牙站住. 童子稟道: "老爺

....

34)【校】心心悒怏 相念知音(심심읍앙 상념지음): 人民文學本《今古奇觀》에는 "心心悒怏 相念知音"으로 되어 있고 古本小說集成本《今古奇觀》에는 "中心悒怏 相念知音"으로 되어 있으며, 繪圖本《今古奇觀》에는 "心中悒怏 想念知音"으로 되어 있고《警世通言》각 판본에는 "心心念念 只想著知音之人"으로 되어 있다.

35)【校】巾幘便服(건책편복):《今古奇觀》각 판본에는 "巾幘便服" 네 글자가 있고《警世通言》각 판본에는 없다.

36)【校】止命一童子(지명일동자):《今古奇觀》각 판본에는 "止命一童子"로 되어 있고《警世通言》각 판본에는 "命童子"로 되어 있다.

爲何不行?" 伯牙道: "山分南北, 路列東西. 從山谷出來, 兩頭都是大路, 都去得. 知道那一路往集賢村去? 等個識路之人, 問明了他, 方纔可行." 伯牙就石上少憩, 童兒退立於後. 不多時, 左手官路上有一老叟, 髯垂玉線, 髮挽銀絲, 箬冠野服, 左手舉藤杖, 右手攜竹籃, 徐步而來. 伯牙起身整衣, 向前施禮. 那老者不慌不忙, 將右手竹籃輕輕放下, 雙手舉藤杖還禮, 道: "先生有何見敎?" 伯牙道: "請問兩頭路, 那一條路往集賢村去的?" 老者道: "那兩頭路, 就是兩個集賢村. 左手是上集賢村, 右手是下集賢村, 通衢三十里官道. 先生從谷出來, 正當其半. 東去十五里, 西去也是十五里. 不知先生要往那個集賢村去38)?" 伯牙默默無言, 暗想道: "吾弟是個聰明人, 怎麼說話這等糊塗! 相會之日, 你知道此問有兩個集賢村, 或上或下, 就該說個明白了." 伯牙却纔沈吟, 那老者道: "先生這等吟想, 一定那說路的不曾分上下, 總說了個集賢村, 敎先生沒處抓尋了." 伯牙道: "便是." 老者道: "兩個集賢村中, 有一二十家莊戶, 大抵都是隱遁避世之輩. 老夫在這山裏, 多住了幾年, 正是'土居三十載, 無有不親人'. 這些莊戶, 不是舍親, 就是敝友. 先生到集賢村必是訪友, 只說先生所訪之友, 姓甚名誰, 老夫就知他住處了." 伯牙道: "學生要往鍾家莊去." 老者道: "先生到鍾家莊, 要訪何人?" 伯牙道: "要訪子期." 老者聞 "子期" 二字, 一雙昏花眼內, 撲簌簌掉下淚來, 不覺大聲哭道39): "子期鍾徽, 乃吾兒也. 去年八月十五採樵歸晚, 遇晉國上大

---

37) 【校】迤邐望馬安山而行(이리망마안산이행): 《今古奇觀》각 판본에는 "迤邐望馬安山而行"으로 되어 있고 《警世通言》각 판본에는 "行於樵徑"으로 되어 있다.

38) 【校】那個集賢村去(나개집현촌거): 人民文學本·古本小說集成本《今古奇觀》에는 "那個集賢村去"로 되어 있고 繪圖本《今古奇觀》에는 "那個集賢村去"로 되어 있으며, 《警世通言》각 판본에는 "那一個集賢村"으로 되어 있다.

39) 【校】人民文學本《今古奇觀》에는 "學生要往鍾家莊去" 뒤부터 "子期鍾徽" 앞까지의 부분이 "老者道: '先生到鍾家莊, 要訪何人?' 伯牙道: '要訪子期.' 老者聞'子期'二字, 一雙昏花眼內, 撲簌簌掉下淚來, 不覺大聲哭道"로 되어 있고 繪圖本·古本小說集成本《今古奇觀》에는 "老者道: '先生到鍾家(莊), 要訪何人?' 伯牙道: '要訪子期.' 老者聞'子期'二字, 一雙昏花眼內, 撲簌簌掉下淚來, 嗚嗚咽咽, 不覺大聲哭道"로 되어 있으며, 《警世通言》각 판본에는 "老者聞'鍾家莊'三字, 一雙昏花眼內, 撲簌簌掉下淚來, 道: '先生別家可去, 若說鍾家莊, 不必去了.' 伯牙驚問: '却是爲何?' 老者道: '先生到鍾家莊, 要訪何人?' 伯牙道: '要訪子期.' 老

夫俞伯牙先生. 講論之間, 意氣相投. 臨行贈黃金二笏. 吾兒買書攻讀, 老拙無才, 不曾禁止. 旦則採樵負重, 暮則誦讀辛勤, 心力耗廢, 染成怯疾, 數月之間, 已亡故了." 伯牙聞言, 五內崩裂, 淚如湧泉, 大叫一聲, 傍山崖跌倒, 昏絕於地. 鍾公驚愕, 含淚攙扶⁴⁰⁾, 回顧小童道, "此位先生是誰?" 小童低低附耳道: "就是俞伯牙老爺." 鍾公道: "元來是吾兒好友." 扶起伯牙甦醒. 伯牙坐於地下, 口吐痰涎, 雙手捶胸, 慟哭不已. 道: "賢弟呵! 我昨夜泊舟, 還說你爽信; 豈知已爲泉下之鬼! 你有才無壽了!" 鍾公拭淚相勸. 伯牙哭罷起來, 重與鍾公施禮, 不敢呼老丈, 稱爲老伯, 以見通家兄弟之意. 伯牙道: "老伯, 令郎還是停柩在家, 還是出瘞郊外了?" 鍾公道: "一言難盡. 亡兒臨終, 老夫與拙荊坐於臥榻之前. 亡兒遺語囑付道: '修短由天, 兒生前不能盡人子事親之道, 死後乞葬於馬安山江邊, 與晉大夫俞伯牙有約, 欲踐前言耳.' 老夫不負亡兒臨終之言. 適纔先生來的小路之右, 一丘新土, 即吾兒鍾徽之冢. 今日是百日之忌, 老夫提一陌紙錢, 往墳前燒化, 何期與先生相遇!" 伯牙道: "既如此, 奉陪老伯, 就墳前一拜." 命小童代太公提了竹藍. 鍾公策杖引路, 伯牙隨後, 小童跟定, 復進谷口. 果見一丘新土, 在於路左. 伯牙整衣下拜: "賢弟在世, 爲人聰明, 死後爲神靈應. 愚兄此一拜, 誠永別矣!" 拜罷, 放聲又哭. 驚動山前山後, 山左山右, 黎民百姓, 不問行的住的, 遠的近的, 哭聲悲切, 都來物色. 知是朝中大臣來祭鍾子期⁴¹⁾, 迴繞墳前, 爭先觀看. 伯牙却不曾擺得祭禮, 無以爲情. 命童子把瑤琴取出囊來, 放於祭石臺上, 盤膝坐於墳前, 揮淚兩行, 撫琴一操. 那些看者, 聞琴韻鏗鏘, 鼓掌大笑而散. 伯牙問: "老伯, 下官撫琴, 弔令郎賢弟, 悲不能已, 眾人爲何而笑?" 鍾公道: "鄉野之人, 不知音律. 聞琴聲以爲取樂之具, 故此長笑." 伯牙道: "原來如此. 老伯可知所奏何曲?" 鍾公道: "老夫幼年也頗習.

....

者聞言, 放聲大哭道"로 되어 있다.

40) 【校】繪圖本·古本小說集成本《今古奇觀》에는 "鍾公驚愕(愣), 含淚攙扶."로 되어 있고 人民文學本《今古奇觀》에는 "鍾公驚悸, 含淚攙扶"로 되어 있으며,《警世通言》각 판본에는 "鍾公用手攙扶"로 되어 있다.

41) 【校】《今古奇觀》각 판본에는 "都來物色. 知是朝中大臣來祭鍾子期"로 되어 있고《警世通言》각 판본에는 "聞得朝中大臣來祭鍾子期"로 되어 있다.

如今年邁, 五官半廢, 模糊不懂久矣." 伯牙道: "這就是下官隨心應手, 一曲短歌, 以弔令郎者, 口誦於老伯聽之." 鍾公道: "老夫願聞." 伯牙誦云:

> 憶昔去年春, 江邊曾會君. 今日重來訪, 不見知音人; 但見一杯土, 慘然傷我心. 傷心傷心復傷心, 不忍淚珠紛! 來歡去何苦, 江畔起愁雲. 子期子期兮, 你我千金義, 歷盡天涯無足語, 此曲終兮不復彈, 三尺瑤琴爲君死!

伯牙於衣袂間取出解手刀, 割斷琴絃, 雙手舉琴, 向祭石臺上, 用力一摔, 摔得玉軫抛殘, 金徽零亂. 鍾公大驚, 問道: "先生爲何摔碎此琴?" 伯牙道:

> 摔碎瑤琴鳳尾寒, 子期不在對誰彈! 春風滿面皆朋友, 欲覓知音難上難.

鍾公道: "原來如此, 可憐可憐!" 伯牙道: "老伯高居, 端的在上集賢村, 還是下集賢村?" 鍾公道: "荒居在上集賢村第八家就是. 先生如今又問他怎的?" 伯牙道: "下官傷感在心, 不敢隨老伯登堂了. 隨身帶得有黃金十[42]鎰, 一半代令郎甘旨之奉, 一半買幾畝祭田, 爲令郎春秋掃墓之費. 待下官回本朝時, 上表告歸林下. 那時却到上集賢村, 迎接老伯與老伯母, 同到寒家, 以盡天年. 吾即子期, 子期即吾也. 老伯勿以下官爲外人相嫌." 說罷, 命小僮取出黃金, 親手遞與鍾公, 哭拜於地. 鍾公感泣答拜, 盤桓半晌而別.

這回書, 題作《俞伯牙摔琴謝知音》. 後人有詩贊云:

> 勢利交懷勢利心, 斯文誰復念知音! 伯牙不作鍾期逝, 千古令人說破琴.

---

42) 【校】十(십): 《今古奇觀》 각 판본에는 "十"으로 되어 있고 《警世通言》 각 판본에는 "二"로 되어 있다.

제**20**권

장자휴가 질동이를 두드리며
대도(大道)를 깨닫다[莊子休鼓盆成大道]

▌작품 해설

이 이야기는《경세통언(警世通言)》권2의〈장자휴가 질동이를 두드리 며 대도를 깨닫다(莊子休鼓盆成大道)〉이다. 장자가 꿈에서 나비가 된 이 야기는《장자(莊子)·내편(內篇)·제물론(齊物論)》에 보이고, 그의 아내 가 죽자 그가 질동이를 두드리며 노래를 불렀다는 이야기는《장자·내편 ·지락(至樂)》,《태평어람(太平御覽)》 권561《예의부(禮儀部)·조(弔)》, 《고금사문유취후집(古今事文類聚後集)》 권15 〈고분이가(鼓盆而歌)〉, 《견수집(遣愁集)》권11《경오(警悟)》등에 보인다. 장자의 이런 이야기들 을 바탕으로 개작한 희곡 작품도 적잖은데 원나라 무명씨가 지은〈화간 사우(花間四友)〉가《곡해총목제요습유(曲海總目提要拾遺)》권10에 소 개되어 있고, 원나라 관한경(關漢卿)이 지은 잡극〈포대제삼감호접몽(包 待制三勘蝴蝶夢)〉이《원곡선(元曲選)》에 소개되어 있으며, 명나라 사홍 의(謝弘儀)가 지은 전기(傳奇) 희곡 작품인〈호접몽(蝴蝶夢)〉이《원산당 명곡품(遠山堂明曲品)》에 소개되어 있다. 본편을 바탕으로 한 작품인

〈호접몽(蝴蝶夢)〉이 《곡해총목제요(曲海總目提要)》 권30에 소개되어 있으며, 《소설종고(小說從考)》 권상(卷上)에 실린 〈호접몽극본고(蝴蝶夢劇本考)〉와 《소설고증속편(小說考證續編)》 권2 〈호접몽(蝴蝶夢)〉 조(條)에서 이 작품에 대해 논급한 바 있다. 또한 명말청초(明末淸初) 때의 사람인 이봉시(李逢時)가 창작한 전기(傳奇) 희곡 작품인 〈사대치(四大癡)〉도 있는데 주(酒), 색(色), 재(財), 기(氣) 등 네 부분으로 구성되어 있고, 색(色) 부분에서 장자와 그의 아내의 일을 다루고 있으며 이것은 《곡해총목제요(曲海總目提要)》 권11에 소개되어 있다. 경극(京劇)의 극목(劇目)으로 〈대벽관(大劈棺)〉도 있는데 이것은 《평극희목회고(平劇戲目匯考)》 83조에 소개되어 있으며 지금도 공연되고 있다. 장자의 이런 이야기를 바탕으로 한 각 시대의 극작품에 대해서는 담정벽(譚正璧)의 〈철경록소록금원본명목내용고(輟耕錄所錄金院本名目內容考)〉〔담정벽, 《화본여고극(話本與古劇)》, 고전문학출판사(古典文學出版社), 1956.〕에 있는 〈장주몽(莊周夢)〉 조(條)에서 소개하고 있다. 조선시대 무명씨가 본 작품을 문언으로 개사하고자 한 작품이 《담자(啖蔗)》에 〈고분기(叩盆記)〉라는 제목으로 수록되어 있기도 하다.

  본 작품에서는 남편이 죽은 뒤 빨리 개가(改嫁)하려고 하는 두 여인의 이야기를 해학적으로 풍자하고 있다. 역대 문헌에 보이는 개가에 대한 언급은 《예기(禮記)·교특성(郊特性)》에 처음 보이는데 여기서 이르기를 "한번 시집을 가면 평생 지아비를 바꾸지 않는 까닭에 지아비가 죽어도 개가를 하지 않는다.〔一與之齊, 終身不改, 故夫死不嫁.〕"고 했다. 진시황(秦始皇) 37년(기원전 210)에 세워진 회계각석(會稽刻石)에 자식이 있는데도 개가를 하면 그 부정함에 대해 사형을 가해도 좋다는 내용이 보이지만 이는 법률적인 규정이 아니라 사회도덕적인 규범이었던 것으로 보인다. 호북성(湖北省) 강릉현(江陵縣) 장가산(張家山)에서 출토된 한(漢)나라 초기에 있었던 사건 판결문인 《주얼서(奏讞書)》에 남편이 죽어서 처가 스스로 재가할 경우 그 처를 맞이해도 죄가 아니라고 한 언급이 이를 증명해 준다.

유향(劉向)의 《열녀전(列女傳)》에서는 여성에게 정순(貞順)함을 고취하는 의미로 "끝까지 두 지아비를 섬기지 않는다.[終不更二]"고 했고, 반소(班昭)의 《여계(女誡)》에서는 "지아비는 재취할 수 있어도 지어미는 재가할 수는 없다.[夫有再娶之義, 婦無二適之文.]"고 하면서 부녀의 재가를 금지했지만 실제로 한나라 때 사적(史籍)을 보면 재가한 실례가 적잖이 보인다. 한무제(漢武帝)의 누나였던 관도공주(館陶公主)가 과부가 된 후, 동안(董偃)과 동거했으며 무제가 동안에게 주인옹(主人翁)이라고 존칭하기까지 한 기록이 그것이다. 한나라 말기 실권을 쥐고 있던 조조(曹操)의 〈술지령(述志令)〉을 보면, 처첩에게 이르기를 자기가 죽은 뒤엔 모두 개가를 하라고 한 언급도 보인다. 후한 말년 문장가인 채옹(蔡邕)의 딸 채문희(蔡文姬)의 경우는 평생 세 번 시집을 갔는데도 그것이 인생의 오점이 되지 않았으며 뛰어난 문재로 말미암아 《후한서(後漢書)·열녀전(列女傳)》에 실리기까지 했다. 후한 건안(建安) 연간에 있었던 일을 읊은 고시(古詩) 〈공작동남비(孔雀東南飛)〉를 보면, 여주인공 유난지(劉蘭芝)가 시어머니에게 받아들여지지 못해 친정으로 쫓겨난 뒤 태수와 현령이 와서 청혼을 했다는 내용도 보인다. 과부가 재가하는 것은 물론이고 시집에서 쫓겨난 부녀자에게도 금방 청혼자가 찾아올 정도로 개가는 부끄럽게 여겨지거나 심각하게 받아들여질 만한 일이 아니었던 것이다.

《태평어람(太平御覽)》 권640에는 거유(巨儒) 동중서(董仲舒)가 부녀의 재가사건에 대해 판결한 내용을 기록하고 있다. 여자 '갑(甲)'은 남편 '을(乙)'이 항해를 하다가 배가 침몰하여 바다에 익사해 장사를 치를 수 없었다. 넉 달이 되어 갑의 어머니인 '병(丙)'이 갑을 재가시키자 혹자가 의론하기를 "갑의 남편은 장사를 치르지도 않았기에 법으로는 재가를 허용할 수 없으니 이는 몰래 남에게 시집간 것이어서 기시(棄市)를 해야 한다."고 했다. 하지만 동중서는 이 사건에 대해 《춘추(春秋)》를 인용하면서, "남편이 죽고 아들도 없으면 재가를 할 수 있다.〔夫死無男, 有更嫁之道.〕"고 하면서 갑의 재가는 제멋대로 한 것이 아니고 존자(尊者)가 시킨 것으로 음행(淫行)을 하고자 한 마음이 없으니 '사위인처(私爲人妻)'의 죄가 되지 않아 무죄로 판결한다 했다. 이를 통해서 볼 때, 당시 법적으로 남편이 죽은 뒤 홀로된 부녀자가 재가를 할 수 있는 것은 장례를 치른 뒤에야 비로소 가능했던 것으로 보인다.

후대로도 법적으로 부녀의 재가를 금지하는 규정이 있었지만 지속적이며 보편적으로 강요되지는 않았다. 대개 사족(士族)이나 종실, 관원의 처첩, 또는 봉호를 받은 여성들에게 한정된 것이었지 일반 평민 여성에게 강요된 것은 아니었던 것이다.

본 작품에서는 남편이 죽은 두 명의 부녀자가 등장한다. 그 여성 인물 가운데 하나는 아직 흙이 마르지도 않은 무덤에 흙을 말리기 위해 부채질을 하는 젊은 부인이다. 주인공인 장생이 그 부인에게 부채질을 하는 연유를 묻자 이렇게 말한다.

> 무덤 속에 있는 이는 저의 남편인데 불행히도 세상을 떠나 여기에 묻혔지요. 생전에 저와 사랑하였기에 죽은 뒤에도 버릴 수가 없습니다. 제게 유언하기를, 만약 다른 사람에게 개가하려거든 장사를 치른 뒤 봉분의 흙이 마를 때까지 기다리고 나서야 시집을 갈 수 있다고 했습니다. 제 생각에 새로 쌓은 흙이 어떻게 바로 마르겠나 싶어 부채를 들고 부채질을 하는 것이지요.

이 여인의 언행은 부끄러움을 넘어 해학적이기까지 하다. 또 다른 여성 등장인물은 장생의 아내 전씨이다. 전씨는 장생으로부터 죽은 남편의 무덤에 부채질을 하고 있던 한 여인의 얘기를 듣고 그 여인의 행실에 대해 분개한다. 장생이 사람의 마음을 알 수 없는 것이라고 하자, 전씨는 장생에게도 크게 화를 내다못해 얼굴에 침까지 뱉으면서 이렇게 말한다.

"사람은 같은 사람이지만 현우(賢愚)가 다르거늘 당신은 어찌 그리 쉽게 그런 말을 하면서 천하의 부녀자들을 똑같이 보는 것이오? 못된 사람들이 좋은 사람들까지 연루시키는 것을 생각지도 않는데 죄과가 두렵지도 않소?"…(중략)…"충신은 두 임금을 모시지 않고 열녀는 두 지아비를 섬기지 않는다고 하잖습니까? 좋은 집안의 여자가 두 집의 차를 마시고 두 집의 침상에서 잘 일이 어디 있답니까? 만약 불행히 내게 그런 일이 닥치면 삼 년 오 년은 물론이고 한평생이라도 그런 몰염치한 일은 하지 않을 겁니다. 꿈속에서조차도 웬만한 지조는 지니고 있답니다."

이렇듯 전씨는 절대 개가를 하지 않겠다고 맹세하고도 장생이 죽자 준수한 외모와 풍류가 있는 왕손에게 마음을 빼앗겨 남편의 관을 헐어진 방에 내팽개치고 왕손과 혼례를 올리려 한다. 심지어는 남편의 관을 부수고 시신을 꺼내 머리를 깨트려 뇌를 꺼내려고까지 하는 위선적인 행태를 서슴지 않는다. 본 작품은 인간의 이런 위선과 허위를 조롱하고 풍자하는 것이지 부녀자들의 개가 그 자체를 비난하는 것은 아니다. 이 작품에서 주인공 장생은 무언가에 구애 받지 않고 소요하기에 아내의 죽음에도 질동이를 두드리며 노래를 부를 수 있었던 것이다.

▌본문 역주

부귀는 오경(五更)[1]의 춘몽이요	富貴五更春夢
공명은 한 조각 뜬구름이라네	功名一片浮雲
눈앞의 혈육도 진짜가 아닐 수 있고	眼前骨肉亦非眞
사랑이 뒤집혀 원수가 될 수도 있다네	恩愛翻成讎恨
금으로 된 칼을 목에 씌우지 말고	莫把金枷套頸
옥으로 된 사슬로 몸을 옭아매지 말라	休將玉鎖纏身

....

1) 오경(五更): 새벽 3시부터 5시까지의 시간이다.

마음을 깨끗이 하고 욕심을 줄여 속진에서 벗어나 　　淸心寡慾脫凡塵

즐겁고 본때 있게 분수에 맞추어 살라 　　　　　　快樂風光本分

이 〈서강월(西江月)〉[2] 사(詞)는 세상을 권계하는 말로 사람들로 하여금 속세에 대한 미련을 끊어버리고 구속을 받지 말며 자유자재로 살라는 것이다. 부자지간의 타고난 정이나 수족과 같은 형제는 한 줄기에서 나온 가지라서 끊을 수 없으니 유(儒), 석(釋), 도(道) 삼교(三敎)는 비록 달라도 결국 '효제(孝悌)' 두 글자는 없앨 수 없다. 하지만 아들을 두고 손자를 두는 일에 이르러서는 다음 세대들의 일이기에 이루 다 보살필 수가 없는 것이다. 속담에서 이를 잘 말해 주고 있다.

자손들에게는 자손들대로의 제 복이 있으니 　　兒孫自有兒孫福

자손들을 위해 소나 말이 되어주지 말라 　　　　莫與兒孫作馬牛

부부 같은 경우는 비록 붉은 실을 허리에 감거나[3] 붉은 실을 발에 묶는다[4] 해도 결국은 살을 도려내 붙인 사이라서 떨어질 수도 있고 함께 할 수도 있는 것이다. 속담에서 이를 또 잘 말해 주고 있다.

부부는 본래 같은 숲의 새들인데 　　　　　夫妻本是同林鳥

....

2) 서강월(西江月): 본래 당나라 敎坊의 곡이었는데 나중에 詞牌로 쓰였으며 〈江月令〉, 〈白蘋香〉, 〈步虛詞〉 등이라고도 했다. '서강월'이라는 명칭은 이백의 시 〈蘇臺覽古〉에 있는 구절인 "只今唯有西江月"에서 비롯되었다.

3) 당나라 명장이었던 郭元振이 젊었을 때 재능이 있고 풍채가 아름다웠기에 당시 재상인 張嘉貞이 그를 사위로 삼으려고 딸 다섯 명에게 휘장 안에서 각각 붉은 실 가닥 끝을 하나씩 잡게 하고서 곽원진으로 하여금 휘장 밖에서 실의 다른 쪽 끝을 뽑아 끌어당기게 한 결과, 셋째 딸을 얻게 되었다고 한다. 이 이야기는 五代 王仁裕의 《開元天寶遺事·牽紅絲娶婦》에 보인다. 여기서 "(붉은 실을) 허리에 감는다(纏腰)"는 말은 원래 없는 얘기로 후대 와전된 것이 아닌가 싶다.

4) 중국 민간에서 혼사를 주관하는 신인 月下老人이 赤繩으로 남녀의 발목에 묶어 부부로 맺어 준다고 한다. 자세한 이야기는 당나라 李復言의 《續玄怪錄·定婚店》에 보인다.

날 밝을 때가 되면 제각기 날아간다네　　　　　巴到天明各自飛

　근세에는 인정이 야박해 부자나 형제간의 관계도 그냥저냥 하며 자손들은 아끼고 사랑한다고는 하지만 이것도 부부간의 정(情)에는 비할 수 없다. 이리하여 규중(閨中)의 사랑에 빠지고 베갯머리송사를 들어 얼마나 많은 사람들이 여자에게 미혹되어 효제에 맞지 않은 일을 했던가? 이런 이들은 절대 고명(高明)한 사람들이 아니다.

　장생(莊生)이 질동이를 두드린 이야기를 지금 얘기하려는 까닭은 사람들에게 부부간에 불화를 일으키도록 부추기려는 것이 아니라 현우(賢愚)를 구별해내고 참과 거짓을 간파하라고 하는 것이다. 가장 미혹되기 쉬운 곳에서 그런 생각을 버리면 점차 육근(六根)⁵⁾이 청정(淸淨)해지고 수도(修道)할 마음이 생기며 저절로 이득을 보게 될 것이다. 옛날에 어떤 사람이 농부가 모내기하는 것을 보고서 시 네 구를 읊었는데 거기에는 깊은 견해가 담겨있다. 그 시는 이러하다.

손에 파릇한 모를 쥐고서 논에 심는데　　　　　手把青秧插野田
고개를 숙이니 곧 물에 비친 하늘이 보이네　　　低頭便見水中天
육근이 청정해야 벼를 심을 수 있고　　　　　　六根清淨方爲稻⁶⁾
뒷걸음질하는 것이 실제로는 앞으로 가는　　　　退步原來是向前
　　것이라네

　화설(話說), 주(周)나라 말년에 한 고현(高賢)이 있었는데 성은 장(莊)씨요, 이름은 주(周)이며 자는 자휴(子休)로 송(宋)나라 몽읍(蒙邑) 사람이었다. 일찍이 주(周)나라에서 벼슬해 칠원리(漆園吏)⁷⁾를 지낸 적이 있

5) 육근(六根): 불교에서 눈(視根)·귀(聽根)·코(嗅根)·혀(味根)·몸(觸根)·뜻(念慮의 根) 등을 모든 의식의 근원이라고 여겨 이를 六根이라고 한다.
6) 稻(도): 중국어로 '稻(벼)'와 '道(길)'는 발음이 모두 'dào'이기에 '벼를 심는 일'에 빗대어 '도(道)를 닦는 것'을 말하고 있다.
7) 칠원리(漆園吏): 莊子가 蒙 지방 사람으로 그곳의 漆園吏를 한 적 있었다는

청대(淸代), 고원(顧沅), 《고성현상전략(古聖賢像傳略)》, 〈장자상(莊子像)〉

었다. 대성인(大聖人)을 스승으로 모셨는데 그는 도교(道敎)의 시조로 성은 이(李)씨요 이름이 이(耳)이며 자는 백양(伯陽)이었다. 백양은 태어났을 때부터 백발이었기에 사람들은 모두 그를 노자(老子)라고 불렀다. 장생은 일찍이 낮잠을 자다가 나비로 변한 꿈을 꾸었는데 원림의 화초 사이를 즐거이 날아다녀 매우 유쾌했다. 깨어났을 때에도 아직 두 팔이 마치 나비같이 날고 있는 것처럼 느껴져 마음속으로 매

우 이상하게 여겼으며 이후에도 때때로 이 꿈을 꾸었다. 하루는 노자가 《주역(周易)》을 풀이하는 강석(講席) 간에 장생이 틈을 타서 그 꿈을 스승에게 이야기했다. 노자는 대성인이라서 삼생(三生)의 내력을 알고 있었기에 장생에게 전생의 인유(因由)를 일러주었는데 장생은 본래 천지가 처음

기록이 《史記·老子韓非列傳》에 보인다. '漆園'의 뜻에 대해서는 지명이라는 설과 옻나무 밭을 이른다는 설 등이 있다. 《史記正義》에서는 지명으로 보고 《括地志》를 인용하면서 漆園 故城이 曹州 冤句縣 북쪽 17里에 있다고 했다. 그곳이 지금의 河南省 商丘市 북쪽이라는 설과 山東省 菏澤市 북쪽이라는 설 그리고 安徽省 定遠縣 동쪽이라는 설 등이 있다. 또한 《中國歷代官制大詞典》(廣東敎育出版社, 2002.)에 따르면, 漆園吏는 전국시대 때 漆園을 주관하던 小吏라고 한다. 秦漢 때에는 지방의 옻나무 재배와 옻칠 생산을 주관했던 관리를 '漆園嗇夫'라고 했으며, 한나라 이후에는 '漆園司馬'라고 했는데 모두 비슷한 직책이었다고 한다.

으로 개벽했을 때 흰나비였다는 것이었다. 그때 천일(天一)이 물을 낳고 천삼(天三)이 나무를 낳았는데〔天一生水, 天三生木.〕8) 나무가 무성하고 꽃이 활짝 피니 흰나비가 백화(百花)의 정기를 취하여 일월(日月)의 빼어난 기운을 빼앗아 그 성과로 장생불사(長生不死)하게 되었고 날개가 수레바퀴 만하게 되었다고 했다. 그 후 그는 요지(瑤池)9)에서 노닐다가 반도(蟠桃)10) 꽃술을 몰래 따 서왕모(西王母)의 수하에서 꽃을 지키던 청란(靑鸞)11)의 부리에 쪼여 죽게 되었지만 그 정신(精神)은 흩어지지 않고 인간 세상에 환생하여 장주로 태어났다는 것이었다. 그의 기질이 비범하고 도심(道心)이 견고했기에 노자를 스승으로 모시고 청정무위(淸淨無爲)의 교의(敎義)를 배우게 되었다고 했다.

이 날 노자에 의해서 전생(前生)이 설파되자 장생은 마치 꿈에서 막 깨어난 듯했으며, 스스로 양쪽 겨드랑이에서 바람이 이는 것처럼 느껴지고 즐겁게 나는 나비가 된 듯했다. 그는 세정(世情)의 영고(榮枯)와 득실(得失)을 행운(行雲)과 유수(流水)로 보고 거기에 전혀 구속 받지 않게

....

8) 天一生水 天三生木(천일생수 천삼생목):《周易·繫辭》에서 "天이 一이고 地가 二이며, 天이 三이고 地가 四이며, 天이 五이고 地가 六이며, 天이 七이고 地가 八이며, 天이 九이고 地가 十이다.(天一, 地二 ; 天三, 地四 ; 天五, 地六 ; 天七, 地八 ; 天九, 地十.)"라고 했다. "天一生水, 天三生木."은《尙書大傳·五行傳》에 있는 "天一生水, 地二生火, 天三生木, 地四生金. 地六成水, 天七成火, 地八成木, 天九成金, 天五生土."에서 나온 말로 '天一'이 '水'를 낳고 '天三'이 '木'을 낳았다는 '水木'의 생성 근원을 말하고 있는 것이다.

9) 요지(瑤池): 전설에서 昆侖山에 있다는 연못으로 서왕모가 사는 곳이라고 한다.

10) 반도(蟠桃): 신화에 나오는 仙桃이다.《太平廣記》권3에서《漢武內傳》을 인용하면서 "7월 7일에 서왕모가 내려와 仙桃 네 개를 武帝에게 주었다. 무제가 그것을 먹은 뒤 씨를 거두어 두기에 서왕모가 무제에게 그 이유를 묻자, 무제는 '심으려 합니다.'라고 했다. 서왕모가 말하기를 '이 복숭아는 삼천 년에 한 번 열매를 맺는데 중원의 땅은 척박하여 심어도 나지를 않습니다.'라고 하자, 무제는 비로소 그만두었다."고 했다.

11) 청란(靑鸞): 전설 속에 나오는 鳳凰 부류의 神鳥로 붉은색 깃털이 대부분인 것들을 '鳳'이라고 하고, 푸른색깃털이 대부분인 것들을 '鸞'이라고 한다. 신선들이 이 청란을 타고 다녔다고 한다.

되었다. 노자는 그가 마음속으로 크게 깨달은 것을 알고서《도덕경(道德經)》오천 자의 비결을 남김없이 전수시켜 주었다. 장생은 묵묵히 그것을 외우고 익히며 수련하여 분신(分身)과 은형(隱形)을 하고 영혼을 몸 밖으로 나오게 하며 모습을 변하게 할 수 있게 되었다. 그 뒤로 그는 칠원리의 벼슬을 그만두고 노자와 작별한 후, 두루 노닐며 도사(道士)들을 찾아다녔다.

장생은 비록 도교를 신봉했지만 본래 부부의 인륜을 끊지는 않았다. 연이어서 세 번을 장가갔는데 첫 번째 아내는 병을 앓아 일찍 죽었고, 두 번째 아내는 과오가 있어 내쫓겼으며, 지금 이야기하려는 아내는 세 번째 아내로 성은 전(田) 씨이고 전제(田齊)[12] 가문의 딸이었다. 장생이 제나라에서 노닐 때 전 씨 종친이 그의 인품을 아껴 딸을 그에게 시집보냈다. 전씨는 앞선 두 아내들보다 자색이 더 있었으니 피부가 빙설(冰雪) 같이 하얘 아름답기가 선녀와 같았다. 장생은 호색꾼은 아니었지만 그 또한 그녀에게 아주 예의를 갖춰 대했으며, 그들은 정말 물과 물고기처럼 사이가 좋았다. 초(楚)나라 위왕(威王)[13]이 장생의 현명함을 듣고 사자를 보내 황금 백 일(鎰)[14]과 채색비단 천 단(端)[15], 그리고 사마(駟馬) 안거(安車)를 가지고서 그를 재상으로 초빙하자, 장생이 탄식하며 이렇

....

12) 전제(田齊): 주나라 초기에 齊나라는 본래 姜姓이었는데 春秋 말년에 이르러 田氏가 정권을 탈취했기에 田齊라고 하게 되었다. 그 조상인 陳完은 陳나라 厲公의 아들로 陳나라에서 변란이 발생하여 齊나라로 피난을 갔다가 성을 '田'으로 바꾸었다. 이후 田氏의 후손은 대대로 齊나라의 卿이 되어 점차 정권을 잡다가 周安王 때 제후의 가문이 되었다. 자세한 내용이《史記·田敬仲完世家》에 보인다.

13) 위왕(威王): 楚나라 威王 熊商(?~기원전 329)을 이른다. 楚宣王의 아들로 기원전 340년부터 기원전 329년까지 재위했다. 재위 기간에 초나라의 강역을 크게 확장시켜 楚나라의 '中興之主'라고 불리었다.

14) 일(鎰): 고대의 중량 단위로 20兩에 해당한다. 일설에는 24兩이라고도 한다.

15) 단(端): 당나라 제도로 모든 布帛은 폭이 1尺 8寸에 길이가 4丈이면 1匹이 되고 5丈이면 1端이 된다.

게 말했다.

"희우(犧牛)16)가 몸에 수놓은 비단을 걸치고 입으로 꼴과 콩을 먹으면서 경우(耕牛)가 고생스럽게 힘을 다해 밭갈이하는 것을 보고 영달을 했다고 스스로 자랑을 하는데 태묘(太廟)로 들어가 칼과 도마 앞에 이르렀을 때에는 경우(耕牛)가 되고 싶어도 될 수가 없지!"

그러고는 곧 거절해 받아들이지 않고서 아내를 데리고 송나라로 돌아가 조주(曹州)의 남화산(南華山)17)에 은거했다.

하루는 장생이 산 아래로 노닐러 나갔다가 수많은 황폐한 무덤을 보고 탄식하며 말했다.

"죽으면 늙은이와 젊은이를 모두 다 구별할 수 없게 되고, 현명한 자와 어리석은 자가 같은 곳으로 돌아간다 했던가! 사람은 무덤 속으로 돌아가지만 무덤 속에서 어찌 다시 사람으로 되살아나겠는가?"

이렇게 한바탕 개탄한 뒤, 몇 걸음을 더 갔더니 홀연 새 무덤 하나가 보였는데 봉분에는 흙이 아직 마르지도 않은 상태였다. 거기에서 젊은 부인이 온몸에 흰옷을 입고 그 무덤가에 앉아서 손에 흰 부채를 들고 무덤을 향해 계속 부채질을 하고 있는 것이었다. 장생이 괴이하게 여겨 그 부인에게 물었다.

"낭자, 무덤 속에 묻힌 사람이 누굽니까? 어찌하여 부채를 들어 흙에 대고 부채질을 하시는 것인지요? 필시 연고가 있을 겁니다."

그 부인은 일어나지도 않은 채 계속 부채질만 하면서 입에서 꾀꼬리 같은 목소리로 도리에 맞지 않은 이상한 말 몇 마디를 했는데 그것은 이런 말로 대변된다.

이 말을 들었을 땐 천 명의 사람이 입이　　　　　　聽時笑破千人口

....

16) 희우(犧牛): 祭品으로 쓰일 소를 이른다.
17) 남화산(南華山): 지금의 山東省 東明縣에 있던 산이다.

찢어지도록 웃을 것이요

이 말을 할 때에는 부끄러움이 한층 더할 　　　　說出加添一段羞
것이라네

그 여인이 말했다.

"무덤 속에 있는 이는 저의 남편인데 불행히도 세상을 떠나 여기에 묻혔지요. 생전에 저와 사랑하였기에 죽은 뒤에도 버릴 수가 없습니다. 제게 유언하기를, 만약 다른 사람에게 개가하려거든 장사를 치른 뒤 봉분의 흙이 마를 때까지 기다리고 나서야 시집을 갈 수 있다고 했습니다. 제 생각에 새로 쌓은 흙이 어떻게 바로 마르겠나 싶어 부채를 들고 부채질을 하는 것이지요."

장생이 웃음을 띠며 이렇게 생각했다.

"이 부인네 정말 성질이 급하기도 하네. 생전에 서로 사랑했다고 하면서도 저런데 만약 서로 사랑하지 않았다면 더 어떻게 할지 모르겠구먼!"

장생이 곧 그 부인에게 물었다.

"낭자께서 새 흙을 말리려고 하신다면 그것은 매우 쉽습니다. 낭자의 손목이 연약해 부채질할 힘이 없으니 제가 낭자를 대신해 팔 힘 좀 써 봐도 될런지요?"

부인은 그제야 일어나서 깊이 허리를 굽혀 만복(萬福)[18] 절을 올리며 "정말 감사합니다!"라고 말한 뒤, 두 손으로 흰 명주부채를 장생에게 건네주었다. 장생이 도술을 부리며 손을 들고 무덤 위를 향해 몇 번 연달아 부채질을 하니 봉분의 물기가 모두 없어져 흙이 금방 마르는 것이었다. 부인이 얼굴에 웃음을 가득 머금은 채 감사하며 말하기를 "수고롭게도

....

18) 만복(萬福): 옛날에 부녀자들이 서로 만나 절을 할 때에는 대개 '萬福'이라고 말을 했으므로 나중에 부녀자들이 행하는 절을 '萬福'이라고 부르게 되었다. 만복 절을 할 때에는 한 손으로 주먹을 가볍게 쥐고 다른 한 손으로 그것을 가볍게 감싸 모은 뒤, 오른쪽 가슴 아래에서 상하로 움직이면서 허리를 조금 굽히는 자세를 취한다.

나리께서 힘써 주셨습니다."라고 한 뒤, 섬섬옥수로 귀밑머리 옆에서 은비녀 하나를 뽑아 그 무명부채와 함께 장생에게 사례로 주었다. 장생이 은비녀는 사절하고 무명부채를 받자 부인은 흔연히 가버리는 것이었다.

장자(莊子)는 편치 않은 마음으로 집으로 돌아와 초당(草堂)에 앉아 무명부채를 보며 입에서 한숨을 내쉬면서 시 네 구를 읊었다.

원가(冤家)19)가 아니면 만나게 되지 않으니	不是冤家不聚頭
원가가 모이는 것이 언제야 그치랴	冤家相聚幾時休
죽은 뒤엔 정의(情義)가 없단 것을 일찍이 알게 된다면	早知死後無情義
차라리 생전에 사랑을 지울 것이라네	索把生前恩愛勾

전씨가 그의 뒤에서 장생이 탄식하는 말을 듣고 앞으로 가서 그에게 물었다. 장생은 도를 닦는 사람이었기에 부부 사이에서도 아내는 그를 일러 "선생님"이라고 부르고 있었다. 전씨가 말하기를 "선생님께서는 무슨 일로 탄식을 하고 계십니까? 그 부채는 어디서 나신 건지요?"라고 하자, 장생은 한 여인이 무덤에 대고 부채질을 해서 흙을 말린 뒤 개가하려던 일을 한바탕 얘기해 주고 나서 "이 부채가 흙에 대고 부채질한 바로 그 물건이오. 내가 도와주었다고 이것을 준 것이오."라고 말했다. 그러자 전씨는 얘기를 다 듣고 나서 갑자기 성난 얼굴빛으로 허공에 향해 그 부인더러 "부덕(不德)하기 이를 데 없는 이 같으니!"라고 한바탕 욕을 해대는 것이었다. 그리고 장생에게 말하기를 "그런 매정한 부인네는 세상에 드물어요."라고 하자, 장생이 다시 시 네 구를 읊었다.

생전에 저마다 사랑이 깊다 말은 하지만	生前個個說恩深
죽은 뒤엔 모두들 무덤에 대고 부채질을 한다네	死後人人欲搧墳

....

19) 원가(冤家): 원래 원수라는 뜻으로 미워하는 듯하지만 실제로는 사랑하며, 자신에게 고뇌를 주는 것 같으나 차마 버릴 수 없는 애인을 뜻한다.

용과 호랑이를 그릴 수는 있어도 그 속에 있는 뼈를 그리긴 어렵고	畫龍畫虎難畫骨
사람을 알고 얼굴을 알아도 마음은 알 수가 없다네	知人知面不知心

전씨는 이 말을 듣고 크게 화를 내는 것이었다. 예로부터 이르기를 "원망을 하게 되면 친애함을 버리게 되고, 화가 나게 되면 예의를 버리게 된다[怨廢親, 怒廢禮.]"고 했듯이 전씨는 홧김에 하는 말이라서 체면을 차리지도 않고 장생의 얼굴에 침을 한차례 뱉으면서 이렇게 말했다.

장생이 부채를 얻게 된 내력을 전씨에게 이야기하는 장면, 《경세통언》 삽도, 인민문학출판사, 1956년

"사람은 같은 사람이지만 현우(賢愚)가 다르거늘 당신은 어찌 그리 쉽게 그런 말을 하면서 천하의 부녀자들을 똑같이 보는 것이오? 못된 사람들이 좋은 사람들까지 연루시키는 것을 생각지도 않는데 죄과가 두렵지도 않소?"

이에 장생이 말하기를 "공연한 말 하지 마시오. 가령 불행히도 나 장주가 죽는다면 당신은 꽃다운 나이에 설마하니 삼 년이나 오 년을 견딜 수 있겠소?"라고 하자, 전씨가 말했다.

"충신은 두 임금을 모시지 않고 열녀는 두 지아비를 섬기지 않는다〔忠臣不事二君, 烈女不更二夫.〕고 하잖습니까? 좋은 집안의 여자가 두 집의 차를 마시고[20] 두 집의 침상에서 잘 일이 어디 있답니까? 만약 불행히 내게 그런 일이 닥치면 삼 년 오 년은 물론이고 한생이라도 그런 몰염치한 일은 하지 않을 겁니다. 꿈속에서조차도 웬만한 지조는 지니고 있답니다."

장생이 말하기를 "단언키 어렵소! 단언키 어려워!"라고 하니 전씨가 입에서 욕을 내뱉으며 말했다.

"지조 있는 부인이 남자보다 낫소. 당신같이 그렇게 인의(仁義)가 없는 이들은 하나가 죽으면 또 하나를 얻고, 하나를 쫓아내고는 다시 하나를 들이기에 다른 사람들도 그리할 거라고 생각하는 거요. 우리 부녀자들은, 한 필의 말에는 안장 하나만 없듯이, 똑바로 서서 발을 쉽게 떼지를 않소. 어찌 남의 구설에 오르내리게 해 후세에 비웃음을 자초하겠소? 당신 지금 죽을 것도 아니면서 괜히 사람을 억울하게 만드는구려."

그러고는 곧바로 장생의 손에서 무명부채를 빼앗아 갈기갈기 찢어버리는 것이었다. 장생은 "화낼 필요 없소. 그렇게 지조가 있다면야 너무 좋지!"라고 말하고 나서 그 뒤로 더 이상 말이 없었다.

....

20) 옛날 습속으로 차는 빙례 가운데 대표적인 물건이라서 두 집의 차를 마신다는 것은 두 집의 빙례를 받는다는 의미로 개가한다는 뜻이다.

며칠이 지난 뒤 장생은 갑자기 병에 걸려 병세가 날로 심해졌다. 전씨가 침상 머리맡에서 울고불고하자 장생이 말했다.

"내 병세가 이같이 심하니 조만간에 영원한 이별이 있을 것이오. 안타깝게도 전에 있던 무명부채를 찢어버렸는데 아직 여기에 있다면 무덤에 대고 부채질을 할 수 있도록 당신한테 주면 좋겠구려!"

전씨가 말했다.

"선생님께서는 의심하지 마십시오. 첩은 책을 읽어 예를 알기에 일부종사하여 두 마음을 품지 않기로 맹세합니다. 선생님께서 믿지 않으신다면 제 마음을 드러내기 위해 선생님보다 먼저 첩이 죽겠습니다."

장생이 말하기를 "낭자의 높은 지조를 족히 볼 수 있으니 이 장주가 눈을 감고 죽을 수가 있겠소."라고 했다. 그는 이 말을 마치자마자 숨이 끊어졌다. 전씨는 시신을 붙잡고서 크게 울었으며 이웃들에게 부탁해 수의와 이불과 관곽(棺槨) 등을 마련해 염을 할 수밖에 없었다. 그는 위아래를 흰옷으로 입고 정말 매일같이 아침저녁으로 근심하며 슬피 울었다. 장생이 살아 있을 때 사랑해 주던 일들이 매양 떠올라 미친 것 같기도 했고 술에 취한 것 같기도 했으며 자고 먹는 일들을 모두 잊게 되었다. 남화산(南華山) 앞뒤에 살던 농민들 가운데 장생이 명성을 피하고 사는 은사였다는 것을 알고 조문하러 온 자들도 있었지만 아무래도 도시에서만큼 떠들썩하지는 않았다.

칠일 째 되는 날, 홀연 어떤 젊은 수사(秀士)가 왔는데 그는 생김새가 얼굴에는 분을 바른 것 같았고 입술에는 연지를 칠한 것 같았다. 그리고 비길 데 없는 준수한 외모에 풍류가 제일이었으며, 자주색 옷에 현관(玄冠)[21]을 쓰고서 수놓은 요대를 차고 붉은 신을 신고 있었다. 그는 늙은 노복 하나를 데리고 와서 자칭 초나라 왕손(王孫)이라고 하면서 이전에 장자휴(莊子休) 선생과 일찍이 언약한 바가 있어 문하생으로 들어오고

----

21) 현관(玄冠): 朝服에 쓰는 검은색 冠을 이른다.

싶다며 그날 일부러 찾아왔다고 했다. 그리고 장생이 죽은 것을 보고 "안타깝습니다!"라고 말하면서 황급히 채색 옷을 벗고는 노복을 시켜 행낭에서 소복을 꺼내달라고 한 뒤, 그것으로 갈아입고 영구 앞에서 네 번 절을 한 후에 이렇게 말하는 것이었다.

"장 선생님, 이 제자는 인연이 없어 직접 만나 뵙고 가르침을 받을 수 없지만 원컨대 선생님을 위해 백일 동안 거상(居喪)을 하면서 사숙(私淑) 제자로서의 마음을 다하고 싶습니다."

말을 마치고 그는 또 절을 네 번 한 뒤 눈물을 흘리며 일어나더니 곧 청을 넣어 전씨를 만나보려 했다. 전씨는 처음에는 사양했지만 왕손이 말하기를 "고례(古禮)에 통가(通家) 친구들은 처첩들도 모두 피하지 않는다 했는데 하물며 저와 장 선생님과는 사제의 연을 맺기로 한 약속이 있었으니 그리할 필요가 있겠습니까?"라고 하기에 전씨는 어쩔 수 없이 영당(靈堂)으로 나와 초나라 왕손과 만나 인사를 나누게 되었다. 전씨는 왕손의 인물이 반듯한 것을 보고 좋아하는 마음을 생겼지만 가까이할 길이 없음을 한스럽게 여겼다. 초나라 왕손이 말했다.

"선생님께서는 비록 돌아가셨지만 이 제자는 선생님을 사모하여 잊기가 어렵습니다. 귀댁을 빌려 잠시 백일 동안 머물면서 첫째로는 돌아가신 스승님을 위해 거상을 하고, 둘째로는 스승님께서 남기신 어떤 저술이 있으면 제가 좀 빌려 보면서 유훈을 받들고자 합니다."

전씨는 "통가의 정의(情誼)가 있는데 오래 머무신다고 한들 무슨 방애가 되겠습니까?"라고 말한 뒤, 당장 밥을 지어 그를 대접했다. 왕손이 밥을 다 먹자 전씨는 장자가 저술한 《남화진경(南華眞經)》과 노자 《도덕경(道德經)》 오천 자를 모두 꺼내서 왕손에게 바쳤으며 왕손은 심히 감사했다. 초당 한가운데에 신위가 모셔져있었으며 초나라 왕손은 왼쪽 행랑채에 묵게 되었다. 전씨는 매일 영위 앞에서 곡을 한다는 핑계로 왼쪽 행랑채로 가서 왕손에게 말을 걸었다. 날로 점차 친숙해져 추파가 오가며 정을 억제할 수가 없게 되었으니 왕손이 오할(五割)의 마음만 있었다고 하면 전씨는 도리어 십할(十割)의 마음이 있었다. 좋은 것은 거처가 깊은 산 속의 외진 곳에 있는지라 어긋나는 일을 조금 저지른다 해도 소문낼 사람이 없다는 것이었으며, 한스러운 것은 상을 당한 지 얼마 되지도 않은데다가 여자가 남자에게 구애를 하는 것이라 입을 떼기가 어렵다는 것이었다.

　며칠 더 참다가 대략 반달 쯤 되자 그 아낙네의 마음이 원숭이나 말이 날뛰듯이 산란해져 억누를 수가 없게 되었다. 그리하여 그는 왕손의 늙은 노복을 몰래 방으로 불러들여 미주(美酒)를 내면서 좋은 말로 위로를 하며 조용히 묻기를 "댁의 주인께서는 혼인을 하지 않으셨지요?"라고 하자, 늙은 노복이 말하기를 "아직 안 하셨습니다."라고 했다. 또 묻기를 "댁의 주인께서는 어떤 사람을 골라야 결혼하실는지요?"라고 하자, 늙은 노복이 술기운에 말하기를 "우리 왕손께서 일찍이 말씀하시기를 낭자같이 운치가 많은 여인을 얻을 수 있다면 마음에 드실 거라고 말씀하셨지요."라고 했다. 전씨가 말하기를 "정말 그런 말씀을 하셨습니까? 설마 거짓말을 하시는 것은 아니시죠?"라고 하자, 늙은 노복이 말하기를 "이 늙은이가 나이가 이리 많은데 어찌 거짓말을 하겠습니까?"라고 했다. 전씨가 말하기를 "청컨대 어르신께서 중매를 서주십시오. 꺼리지 않으신다면 제가 어르신의 주인을 모시겠습니다."라고 했다. 늙은 노복이 말하기를 "저희 집 주인께서도 일찍이 이 늙은이에게 말씀하신 적이 있는데 이 좋은 인연이 단지 '사제(師弟)'라는 두 글자가 장애가 되어 남들에게 구설거리가 될까 봐 걱정을 하신다고 하셨습니다."라고 하자, 그 아낙이 이렇게 말했다.

　"어르신의 주인과 망부는 본래 생전에 약속만 했을 뿐이지 정식으로 사제 간의 예를 올리고 가르친 일이 없었으므로 사제라고는 볼 수 없는 셈이지요. 게다가 외진 산속 떨어져 있는 곳에 거처하고 있어 이웃들도 드물게 있는데 누가 그것을 구설거리로 삼겠습니까? 어르신께서 주선해 반드시 이루게 해 주신다면 희주(喜酒)[22] 한 잔을 대접해 드리겠습니다.”

늙은 노복은 응낙을 했으며 그가 나갈 즈음에 전씨는 다시 그를 불러서 당부하기를 “만약 주인께서 응낙을 하시면 이른 아침이건 늦은 밤이건 간에 곧바로 제 방으로 다시 오셔서 소식을 좀 전해 주세요. 저는 여기서 기다리고만 있겠습니다.”라고 했다. 늙은 노복이 간 뒤, 그 아낙은 기다리며 안절부절못하고 영당 가에서 수십 번을 바라보며 노끈으로 그 잘생긴 총각의 발을 묶어 끌어들여서 품에 안지 못하는 것을 한스럽게 여겼다. 해질 무렵이 되자 이 아낙은 기다림에 짜증이 나 어둠 속에서 영당으로 들어와 왼쪽 행랑채의 동정을 엿들으려고 했다. 홀연 신위를 모셔 놓은 자리에서 소리가 나기에 그 아낙은 깜짝 놀라 망령이 나타난 줄로만 알았다. 황급히 내실로 돌아가 등불을 가져다가 비춰봤더니 늙은 노복이 술에 취해 신위를 모셔 놓은 탁자 위에 뻗어있는 것이었다. 그 아낙네는 감히 그에게 성내 꾸짖지도 못하고 그렇다고 소리 내 부를 수도 없기에 방으로 돌아갈 수밖에 없었다. 시간이 가기만을 기다리다가 또 하룻밤이 지났다.

다음 날 늙은 노복이 오가는 것이 보였지만 회답을 주러 오지는 않았다. 이 아낙네는 마음속으로 안달이 나서 다시 그를 방으로 불러들여 전에 얘기한 일을 물었다. 늙은 노복이 말하기를 “안 됩니다. 안 돼요!”라고 하니 아낙이 말하기를 “어찌해 아니 된다 하십니까? 혹시 어젯밤에 얘기한 그 말을 확실히 말씀드리지 못하신 건 아닌가요?”라고 했다. 늙은 노복이 말했다.

“이 늙은이가 전부 다 말씀드렸는데 저희 집 왕손께서 말씀하신 것도 일리가 있었습니다. 왕손께서는 ‘낭자의 용모는 당연히 말할 필요도 없고, 아직 사제의 예를 올리지 않은 것도 논하지 않을 수 있겠으나 다만 세 가지 일이 타당치 못하기에 낭자에게 회답하기가 어렵다.’고 말씀하

────────────────────

22) 희주(喜酒): 혼례를 할 때 손님을 대접하는 술이나 술잔치를 이른다.

셨습니다."

그 아낙네가 말하기를 "무슨 세 가지 일이요?"라고 하자, 늙은 노복이
말했다.

"저희 집 왕손께서 말씀하시기를 '대청 가운데 흉기(凶器)23)가 놓여
있는데 오히려 내가 낭자와 길례(吉禮)를 어찌 차마 올릴 수 있겠으며
또한 보기에도 안 좋을 것이요, 둘째로 선생님께서는 낭자와 사랑이 깊
었던 부부 사이셨고 도덕이 있는 명현(名賢)이셨는데 나의 재학은 선생
님에 비해 만의 하나도 미치지 못하기에 낭자에게 경박스럽게 보일까
걱정스러우며, 셋째로 집에서 가져온 짐이 아직 뒤에 따라오고 있어 이
르지 않았기에 빈손으로 여기에 왔으므로 빙례와 잔치에 쓸 돈을 하나도
조달할 수 없다고 하시면서 이 세 가지 일로 인해 아니 된다.'고 하셨습
니다."

아낙네가 말했다.

"그 세 가지 일은 모두 염려하실 필요가 없습니다. 흉기에 뿌리가 나
있는 것이 아니니, 집 뒤에 헐어진 빈방 한 칸이 있으므로 장객(莊客)24)
몇 명을 불러 영구를 내가게 하면 됩니다. 그러면 하나는 해결된 것이지
요. 둘째, 죽은 제 남편이 무슨 도덕을 갖춘 명현인가요? 당초 집안을
똑바로 다스리지 못해 아내가 쫓겨나는 일까지 생겨 사람들이 그를 박덕
(薄德)하다고 했지요. 초나라 위왕(威王)이 그의 허명을 흠모하여 후한
예물을 가지고 재상으로 초빙했지만 그의 재능으로 감당할 수 없다는
것을 스스로 알고서 이곳으로 도망 온 것입니다. 지난달에 남편이 혼자
산 밑을 가다가 한 과부를 만났는데 무덤에 대고 부채질을 하면서 봉분
의 흙이 마르기를 기다렸다가 시집을 가려했답니다. 제 남편은 곧 그녀

---

23) 흉기(凶器): 장사를 지낼 때 사용하는 도구를 뜻한다.
24) 장객(莊客): 佃農(소작농)과 雇農(고용농)에 대한 통칭이다. 장객은 경작 이외에
　　다른 노역도 맡았으며 田莊을 보호하는 책임도 있었다.

를 희롱하고 부채를 빼앗아 대신 흙에 대고 부채질을 하고서 그 명주 부채를 집으로 가져왔기에 제가 찢어버렸지요. 죽기 며칠 전에도 그 사람 때문에 한바탕 화를 냈었는데 무슨 사랑이 깊습니까? 어르신 댁의 주인께서는 젊고 호학(好學)하셔서 헤아릴 수 없을 정도로 진보하실 겁니다. 게다가 그분은 왕손의 귀한 신분이시고 저 또한 전 씨 종친의 딸이어서 집안도 대등합니다. 오늘 여기에 이르시게 된 것은 하늘이 맺어준 인연이지요. 셋째, 빙례와 잔치에 쓸 돈은 제가 정하는 것인데 누가 빙례를 요구하겠습니까? 잔치도 작은 일일 뿐입니다. 제게 사사로이 모아둔 은 이십 냥이 있으니 어르신의 주인께 드려 새 옷 한 벌을 짓도록 할 수 있습니다. 만약 성사가 되면 오늘 밤이 혼인하기에 좋은 날이니 곧바로 성혼을 하고자 한다고 어르신께서는 다시 가서 전달해 주십시오."

늙은 노복은 은 이십 냥을 받고 초나라 왕손에게로 가서 복명을 했으며 왕손은 따를 수밖에 없었다. 늙은 노복이 그 아낙에게 이를 알려 주자 그 아낙은 하늘땅만큼 기뻐하며 당장 상복을 벗고서 얼굴에는 분칠을 하고 입술에는 연지를 바른 뒤 화려한 채색 옷을 입었다. 그 노복을 시켜 산 부근에 사는 장객을 불러 장생의 영구를 메어다가 집 뒤에 있는 헐어진 방에 놓도록 했으며, 초당을 청소하고 혼인잔치를 준비했다. 증거가되는 시가 있다.

어여쁜 과부가 유난히 아리따워	俊俏孤孀別樣嬌
왕손이 맘에 있어 하자 그를 더 꾀었다네	王孫有意更相挑
한 필의 말엔 안장 하나만 없다던 말은 뉘 말이었던가	一鞍一馬誰人語
오늘밤 마음에 드는 서방을 맞이할 생각을 하는구나	今夜思將快婿招

이날 밤 그 아낙은 안방을 정리하고 초당 안에 등촉을 세우고서 휘황찬란하게 불을 밝혔다. 초나라 왕손은 잠영(簪纓)을 하고 관복을 입었으

며, 전씨는 비단 웃옷에 수놓은 치마를 입고서 두 사람이 쌍을 이뤄 화촉 아래에 서 있었다. 한 쌍의 남녀는 마치 옥으로 꾸미고 금으로 장식한 듯이 말할 수 없이 아름다웠다. 교배(交拜)를 마친 뒤 이들은 아주 애틋하게 손을 잡고서 신방(新房)으로 들어갔다. 합근주(合졸酒)25)를 마신 뒤, 막 침상으로 올라가 옷을 벗고 잠자리에 들려는 차에 갑자기 초나라 왕손이 두 눈썹을 찌푸리며 한 걸음도 옮길 수 없게 되더니 즉시 땅에 쓰러져 두 손으로 가슴을 문지르면서 아파 참을 수 없다고 외치기만 하는 것이었다. 전씨는 왕손을 매우 사랑하여 신혼임에도 염치 불고하고 가까이 가서 그를 안고 가슴을 어루만지며 그 까닭을 물었다. 왕손은 고통이 심해 말을 하지 못하고 입에 거품을 물고서 숨이 간들간들해져 있었다. 늙은 노복은 허둥대며 어찌할 바를 몰랐다. 전씨가 묻기를 "왕손께서 평상시 이런 증세를 보인 적이 있습니까?"라고 물으니 늙은 노복이 대신해 말해기를 "이 증세는 평상시 자주 있었지요. 혹 일이 년에 한 차례씩 발병했는데 치료할 수 있는 약은 없었습니다. 다만 한 물건이 있는데 그것을 쓰면 바로 효과가 있습니다."라고 했다. 전씨가 급히 묻기를 "어떤 물건을 쓰나요?"라고 하자, 늙은 노복이 말했다.

"태의께서 기이한 처방 하나를 알려 주셨는데 반드시 산사람의 뇌수를 얻어다가 따뜻한 술에 삼기면 통증이 즉시 멈추더군요. 평소 이 병이 나면 노전하(老殿下)26)께서 초왕에게 상주를 하시어 사형수 한 명을 보내게 하고 그 사형수를 포박하여 죽인 뒤 뇌수를 취하시곤 하셨습니다. 지금은 산속인데 어떻게 그것을 얻을 수 있겠습니까? 명이 다하실 것

....

25) 합근주(合졸酒): 옛날 혼례 의식의 일종으로 한 호리병박을 두 바가지가 되도록 쪼개 이를 신혼부부가 각각 하나씩 들고서 거기에 술을 따라 마셨는데 이를 합근주라고 한다.
26) 노전하(老殿下): 殿下는 漢魏時代 이후로 諸侯王이나 太子 등에 대한 존칭이다. "老殿下"는 "연로하신 殿下"라는 의미로 여기서는 王孫의 아버지나 할아버지를 이른다.

같습니다.”

전씨가 말하기를 “산사람의 뇌수는 필시 얻을 수 없을 테고 죽은 사람의 것은 쓸 수 있는지 모르겠습니다.”라고 하자, 늙은 노복이 말하기를 “태의께서 말씀하시길 무릇 죽은 지 사십구일이 안 된 자는 뇌수가 아직 마르지 않아 그 또한 쓸 수 있다고 하셨습니다.”라고 했다. 전씨가 말하기를 “내 남편은 죽은 지 막 이십여 일밖에 안 되었으니 관을 쪼개서 뇌수를 취하면 어떻겠습니까?”라고 하니 늙은 노복이 말하기를 “낭자께서 그리하려 하시지 않을 것 같습니다.”라고 했다. 전씨가 말했다.

“제가 왕손과 부부가 되었으니, 부인은 몸으로 지아비를 모시는 것이기에 제 스스로의 몸도 아까워하지 않는데 장차 썩어갈 해골을 어찌 아까워하겠습니까?”

그런 뒤 그는 즉시 늙은 노복으로 하여금 왕손을 모시고 있으라 한 뒤, 자기는 나무할 때 쓰는 도끼를 찾아 오른손에 들고 왼손에는 등불을 들고서 집 뒤에 있는 헐어진 방으로 갔다. 등불을 관 두껑 위에 올려놓고는 양쪽 소매를 걷어 올린 뒤 이를 악물고 온힘을 다해서 관머리를 도끼로 찍었다. 부인네가 힘이 달린 텐데 어떻게 관을 쪼개 열 수 있었냐하면, 거기에는 연고가 있었으니 장주는 달생(達生)한 사람이라서 죽거든 두꺼운 관을 쓰지 말라고 했던 것이었다. 두께가 삼 촌(寸)밖에 안 되는 오동나무 관은 도끼로 한 번 찍자 곧바로 목판 한 조각이 떨어져나갔으며, 연달아 수차례를 찍자 곧 관 뚜껑이 쪼개져나갔다. 아낙네가 막 헐떡거리고 있던 차에 장생이 관 안에서 한숨을 내쉬며 관 뚜껑을 밀쳐 열고서 윗몸을 세우고 일어나 앉는 것이었다. 전씨는 비록 마음이 악독했지만 그래도 아낙네라서 겁이 나 다리가 풀리고 심장이 마구 뛰어 자기도 모르게 도끼를 땅에 떨어뜨렸다. 장생이 그를 부르며 말하기를 “낭자, 나를 좀 부축해 주시오.”라고 하기에 그 아낙은 어쩔 수 없이 장생을 부축해 관 밖으로 나오게 했다. 장생은 등불을 들고, 아낙은 그 뒤를 따라 함께 방으로 들어갔다. 아낙은 방 안에 초나라 왕손과 노복 두 사람이 있다는 것을 알고 있었기에 양손에 땀을 쥐며 한 걸음을 가면 두 걸음을 물러서듯이 그렇게 들어갔다. 방안에 이르러서 보니 꾸며 놓았던 것은 여전히 휘황찬란하게 있었지만 주인과 노복 두 사람은 사라지고 보이지 않았다. 아낙은 마음속으로 비록 의아하게 여겼지만 용기를 내어 좋은 말로 꾸며대면서 장생에게 이렇게 말했다.

"제가 당신이 죽은 뒤, 밤낮으로 그리워하다가 방금 전에 관 속에서 소리가 나는 것을 듣고 옛날 사람들 가운데 혼백이 다시 돌아왔던 일이 많았다는 것을 떠올리고는 당신이 다시 살아나기를 바라면서 도끼로 관을 열었지요. 천지에 감사하게도 과연 다시 살아나셨네요. 정말 저에게는 천만다행한 일입니다."

장생이 말하기를 "낭자의 후의에 대단히 감사하오만 한 가지, 낭자는 상을 당한 지 얼마 안 되었는데 어찌 비단저고리에 수놓은 치마를 입고 있는 거요?"라고 하자, 아낙이 또 변명하며 말하기를 "관이 열릴 때 좋은 것을 보시라고, 감히 흉복을 입어 충격을 드리고 싶지 않기에 잠시 비단옷을 입어 길조(吉兆)를 취하려 했지요."라고 했다. 장생이 말하기를 "됐소! 또 한 가지는, 어찌 관이 대청에 놓여있지 않고 도리어 헐어진 방에 내팽개쳐져 있는 거요? 설마하니 이것도 길조인가?"라고 하자, 아낙은 대답할 말이 없었다. 장생은 또한 술잔과 접시가 벌려져 있는 것을 보았으나 그 연고는 묻지도 않은 채 그에게 술을 마시게 데워 오라고 한 뒤, 한껏 여러 잔을 가뜩 따라 마셨다. 그 아낙은 상황을 눈치 채지 못하고 남편을 따뜻이 대해 다시 부부가 되려고 했다. 그래서 술 주전자를 가까이 당겨 애교를 부리며 달콤한 말로 장생을 달래 침상으로 가 동침하고자 했다. 장생은 대취하도록 술을 마시고는 지필묵을 달라고 하여 시 네 구절을 적어내려 갔다.

전에 원가(冤家)에게 진 빚을 갚아   從前了却冤家債
당신이 날 사랑할 땐 내가 당신을 사랑하지   你愛之時我不愛

않는구려

만약 당신과 다시 부부가 되면 　　　　　　　若重與你做夫妻

큰 도끼로 정수리를 쪼갤까 두렵네 　　　　　怕你巨斧劈開天靈蓋

　전씨는 이 네 구의 시를 보고 얼굴에 부끄러운 기색이 가득하더니 말문이 막혀서 말을 하지 못했다. 장생이 다시 또 시 네 구를 적었다.

부부가 백날 밤을 지낸들 무슨 사랑이 　　　夫妻百夜有何恩[27]

　있겠는가

새 사람을 만나면 옛 사람을 잊는다오 　　見了新人忘舊人

관 뚜껑 막 덮더니 도끼로 쪼갰거늘 　　　甫得蓋棺遭斧劈

부채질해 봉분의 흙이 마르길 어떻게 　　如何等待搧乾墳

　기다리겠나

　장생이 다시 말하기를 "내가 당신한테 두 사람을 보여주겠소."라고 한 뒤, 손으로 밖을 가리켰다. 아낙이 고개를 돌려서 보니 초나라 왕손과 늙은 노복이 천천히 걸어 들어오는 것이었다. 아낙이 놀라서 몸을 다시 돌렸더니 장생이 보이지 않았다. 다시 또 머리를 돌려서 보니 초나라 왕손과 노복도 모두 보이지 않는 것이었다. 초나라 왕손과 늙은 노복이 어디 있겠는가? 이는 모두 장생이 분신해 형체를 감춘 술법이었던 것이다. 그 아낙은 정신이 황홀해지며 면목이 없다고 생각하여 허리에 묶었던 수놓은 허리띠를 풀어 대들보에 스스로 목을 매달았으니, 오호애재(嗚呼哀哉)[28]라. 이 아낙이야 말로 정말로 죽은 것이었다. 장생은 전씨가

....

27) 부처백야유하은(夫妻百夜有何恩): 중국 속담에 "一日夫妻百日恩, 百日夫妻似海深.(하루를 지낸 부부는 백날을 함께한 듯한 사랑이 있고 백날을 지낸 부부는 사랑이 바다처럼 깊다.)"는 말이 있는데 이는 부부간의 정이 그 무엇보다 깊다는 뜻이다. "夫妻百夜有何恩"이라는 말은 이 속담을 역으로 변용해 "백날을 부부로 지낸들 무슨 사랑이 있겠는가?"라고 한 것이다.

28) 오호애재(嗚呼哀哉): 본래, 사자에 대한 애도와 비통함을 나타내는 표현으로

이미 죽은 것을 보고 그를 풀어 내려놓은 뒤, 쪼개진 관에 담고 질동이를 악기 삼아 그것을 곡조가 되도록 두드리며 관에 기대 노래를 했다. 그 노래는 이러하다.

대자연은 무심히	大塊[29]無心兮
나와 그대를 낳았도다	生我與伊
나는 그대의 지아비도 아니요	我非伊夫兮
그대도 나의 지어미가 아니도다	伊非我妻
우연히 만나	偶然邂逅兮
한 집에서 함께 살았지만	一室同居
수명이 다했으니	大限既終兮
이별이 있다네	有合有離
사람은 양심이 없어	人之無良兮
생사에 따라 사랑이 바뀌는구나	生死情移
본심이 이미 드러났으니	眞情既見兮
죽지 않으면 무엇을 하리오	不死何爲
그대가 살아 있으면 버릴까 취할까 고르게 될 텐데	伊生兮揀擇去取
그대는 죽었으니 다시 공허 속으로 돌아간다네	伊死兮還返空虛
그대가 나를 조문할 때에는	伊弔我兮
내게 큰 도끼를 선물했고	贈我以巨斧
내가 그대를 조문할 때에는	我弔伊兮
노래로 그대를 위로한다네	慰伊以歌詞
도끼 소리가 나자 내가 다시 살아났고	斧聲起兮我復活
노래 소리가 나니 그대도 이를 알 수 있을	歌聲發兮伊可知

祭文 등에서 많이 쓰인다. 여기에서 비롯되어 사람이 사망하거나 일이 끝장 난 것을 가리키는 표현으로 사용되기도 했으며 어떤 때는 해학적이거나 풍자적 인 의미를 지니기도 한다.

29) 大塊(대괴): 대자연 또는 대지를 이르는 말이다. 《莊子 · 齊物論》에 보이는 "夫大 塊噫氣, 其名爲風."에 달린 成玄英의 疏에서 "大塊란 것은 조물주 또는 자연의 명칭이다.(大塊者, 造物之名, 亦自然之稱也.)"라고 했다.

것이라
아아   噫嘻
질동이를 깨부수고 다시는 두드리지 않으리로다   敲碎瓦盆不再鼓
그대는 누구이며 나는 누구인가   伊是何人我是誰

장생은 노래를 마친 뒤 다시 시 네 구를 읊었다.

당신이 죽으면 나는 반드시 당신을 묻어 주지만   你死我必埋
내가 죽으면 당신은 반드시 개가를 할 것이네   我死你必嫁
내가 만약 정말로 죽었더라면   我若眞個死
한바탕 큰 웃음거리가 되었을 것이라네   一場大笑話

　장생은 크게 한 번 웃더니 질동이를 부숴버렸다. 그가 불을 붙여 초당에서부터 불을 놓자 집채는 다 타버리고 관까지 모두 재가 되었다. 오직 《도덕경》과 《남화경》만이 타지 않아 산속에 사는 어떤 사람이 그것을 주워 가 지금까지 유전하게 되었다. 장생은 사방을 떠돌면서 죽을 때까지 장가를 가지 않았다. 어떤 사람이 말하기를 그는 함곡관(函谷關)에서 노자를 만난 뒤 노자를 따라가 이미 대도(大道)를 얻어 신선이 되었다고 한다. 이런 시가 있다.

아내를 죽인 오기(吳起)[30]는 너무 무지했으며   殺妻吳起太無知
순찬(荀粲)[31]이 상처한 뒤 상심한 일도   荀令傷神亦可嗤

....

30) 오기(吳起): 戰國 초기의 명장으로 衛나라 左氏(지금의 山東省 定陶縣) 사람이었다. 兵家, 法家, 儒家 등 諸家에 통달했으며 魯, 魏, 楚 二國에서 벼슬하여 정치와 군사 방면에서 큰 업적을 이뤘다. 그가 저술한 兵書로 《吳子》가 있는데 孫臏의 《孫子兵法》과 아울러 '孫吳兵法'이라 불린다. 周나라 威烈王 14년(기원전 412년)에 齊나라가 魯나라를 공격하자 노나라의 國君이 오기를 장수로 등용시키려고 했으나 오기의 아내가 제나라 사람이었으므로 그를 꺼렸다. 이에 오기는 장수가 되어 공명을 이루기 위해 아내를 죽였는데 이 일을 '殺妻求將'이라 한다. 자세한 내용이 《史記·孫子吳起列傳》에 보인다.

31) 순찬(荀粲, 약 209~238): 삼국시대 魏나라 玄學家로 자가 奉倩이다. 驃騎將軍

　　가소롭도다

장생이 질동이를 두드리며 노래한 일을 보시오　　　請看莊生鼓盆事

소요(逍遙)하며 구애 받지 않았으니 우리의　　　　　逍遙無礙是吾師

　　스승이라네

. . . .

　　曹洪의 딸을 아내로 맞이했는데 매우 아름다웠으며 부부의 금슬이 좋았다. 뜻밖
에 아내가 병사하자 순찬은 지나치게 비통해하다가 29세에 죽었다. 자세한 내용
은 南朝 宋나라 劉義慶의 《世說新語·惑溺》에 보인다.

第二十卷 莊子休鼓盆成大道

富貴五更春夢, 功名一片浮雲. 眼前骨肉亦非眞, 恩愛翻成讎恨. 莫把金枷套頸, 休將玉鎖纏身. 淸心寡慾脫凡塵, 快樂風光本分.

這首《西江月》詞, 是個勸世之言. 要人割斷迷情, 逍遙自在. 且如父子天性, 兄弟手足, 這是一本連枝, 割不斷的. 儒、釋、道三敎雖殊, 總抹不得"孝"、"弟"二字. 至於生子生孫, 就是下一輩事, 十分周全不得了. 常言道得好:

兒孫自有兒孫福, 莫與兒孫作馬牛.

若論到夫婦, 雖說是紅線纏腰、赤繩繫足, 到底是剜肉黏膚, 可離可合. 常言又說得好:

夫妻本是同林鳥, 巴到天明各自飛.

近世人情惡薄, 父子兄弟到也平常, 兒孫雖是疼痛, 總比不得夫婦之情. 他溺的是閨中之愛, 聽的是枕上之言. 多少人被婦人迷惑, 做出不孝不弟的事來. 這斷不是高明之輩. 如今說這莊生鼓盆的故事, 不是唆人夫妻不睦, 只要人辨出賢愚、參破眞假. 從第一着迷處, 把這念頭放淡下來. 漸漸六根淸淨、道念滋生, 自有受用. 昔人看田夫揷秧, 詠詩四句, 大有見解. 詩曰:

手把靑秧揷野田, 低頭便見水中天. 六根淸淨方爲稻, 退步原來是向前.

話說周末時, 有一高賢, 姓莊名周, 字子休, 宋國蒙邑人也. 曾仕周爲漆園吏. 師事一個大聖人, 是道敎之祖, 姓李名耳, 字伯陽. 伯陽生而白髮, 人都呼爲老子. 莊生常晝寢, 夢爲蝴蝶, 栩栩然於園林花草之間, 其意甚適.

醒來時, 尙覺臂膊如兩翅飛動, 心甚異之, 以後不時有此夢. 莊生一日在老子座間, 講《易》之暇, 將此夢訴之於師. 他[32]是個大聖人, 曉得三生來歷, 向莊生指出夙世因由, 那莊生原是混沌初分時一個白蝴蝶. 天一生水, 天三生木[33], 木榮花茂. 那白蝴蝶採百花之精, 奪日月之秀, 得了氣候, 長生不死, 翅如車輪. 後遊於瑤池, 偸採蟠桃花蕊, 被王母娘娘位下守花的靑鸞啄死. 其神不散, 托生於世, 做了莊周. 因他根器不凡, 道心堅固, 師事老子, 學淸淨無爲之敎. 今日被老子點破了前生, 如夢初醒. 自覺兩腋風生, 有栩栩然蝴蝶之意. 把世情榮枯得喪, 看做行雲流水, 一絲不掛. 老子知他心下了悟, 把《道德》五千字的秘訣, 傾囊而授. 莊生嘿嘿誦習修煉, 遂能分身隱形, 出神變化. 從此棄了漆園吏的前程, 辭別老子, 周游訪道. 他雖宗淸淨之敎, 原不絶夫婦之倫, 一連娶過三遍妻房. 第一妻, 得疾歿亡; 第二妻, 有過被出; 如今說的是第三妻, 姓田, 乃田齊族中之女. 莊生游於齊國, 田宗重其人品, 以女妻之. 那田氏比先前二妻更有姿色: 肌膚若冰雪, 綽約似神仙. 莊生不是好色之徒, 却也十分相敬, 眞個如魚似水. 楚威王聞莊生之賢, 遣使持黃金百鎰, 文錦千端, 安車駟馬, 聘爲上相. 莊生歎道: "犧牛身被文繡, 口食芻菽, 見耕牛力作辛苦, 自誇其榮. 及其迎入太廟, 刀俎在前, 欲爲耕牛而不可得也!" 遂却之不受, 挈妻歸宋, 隱於曹州之南華山.

一日, 莊生出遊山下, 見荒塚纍纍, 歎道: "'老少俱無辨, 賢愚同所歸.' 人歸塚中, 塚中豈能復爲人乎?" 嗟咨了一回. 再行幾步, 忽見一新墳, 封土未乾. 一年少婦人渾身縞素, 坐於此塚之傍, 手運齊紈素扇, 向塚連搧不已, 莊生怪而問之: "娘子, 塚中所葬何人? 爲何擧扇搧土? 必有其故." 那婦人並不起身, 運扇如故, 口中鶯啼燕語, 說出幾句不通道理的話來. 正是:

> 聽時笑破千人口, 說出加添一段羞.

32) 【校】他(타):《今古奇觀》각 판본에는 "他"로 되어 있고《警世通言》각 판본에는 "却行於樵逕"으로 되어 있다.

33) 【校】天三生木(천삼생목):《今古奇觀》각 판본과《警世通言》각 판본에는 모두 "二生木"으로 되어 있으나《尙書大傳·五行傳》에는 이 부분이 "天一生水, 地二生火, 天三生木, 地四生金."으로 되어 있어《尙書大傳》에 따라 교감한다.

那婦人道: "塚中乃妾之拙夫, 不幸身亡, 埋骨於此. 生時與妾相愛, 死不能捨. 遺言敎妾如要改適他人, 直待葬事畢後, 墳土乾了, 方纔可嫁. 妾思新築之土, 如何得就乾, 因此擧扇搧之." 莊生含笑, 想道: "這婦人好性急! 虧他還說生前相愛. 若不相愛的, 還要怎麽?" 乃問道: "娘子, 要這新土乾燥極易. 因娘子手腕嬌軟, 擧扇無力. 不才願替娘子代一臂之勞." 那婦人方纔起身, 深深道個萬福: "多謝官人!" 雙手將素白紈扇遞與莊生. 莊生行起道法, 擧手照塚頂連搧數搧, 水氣都盡, 其土頓乾. 婦人笑容可掬, 謝道: "有勞官人用力." 將纖手向鬢傍拔下一股銀釵, 連那紈扇送莊生, 權爲相謝. 莊生却其銀釵, 受其紈扇, 婦人欣然而去. 莊子心下不平, 回到家中, 坐於草堂, 看了紈扇, 口中歎出四句:

不是冤家不聚頭, 冤家相聚幾時休. 早知死後無情義, 索把生前恩愛勾.

田氏在背後, 聞得莊生嗟歎之語, 上前相問. ——那莊生是個有道之士, 夫妻之間亦稱爲"先生". ——田氏道: "先生有何事嗟[34]歎? 此扇從何而得?" 莊生將婦人搧塚, 要土乾改嫁之言, 述了一遍. "此扇即搧土之物. 因我助力, 以此相贈." 田氏聽罷, 忽發忿然之色, 向空中把那婦人"千不賢, 萬不賢"罵了一頓. 對莊生道: "如此薄情之婦, 世間少有!" 莊生又道出四句:

生前個個說恩深, 死後人人欲搧墳. 畫龍畫虎難畫骨, 知人知面不知心.

田氏聞言大怒. 自古道: "怨廢親, 怒廢禮." 那田氏怒中之言, 不顧體面. 向莊生面上一啐, 說道: "人類雖同, 賢愚不等. 你何得輕出此語, 將天下婦道家看做一例? 却不道歉人帶累好人. 你却也不怕罪過!" 莊生道: "莫要彈空說嘴. 假如不幸, 我莊周死後, 你這般如花似玉的年紀, 難道捱得過三年五載?" 田氏道: "'忠臣不事二君, 烈女不更二夫.' 那見好人家婦女喫兩家茶, 睡兩家牀! 若不幸輪到我身上, 這樣沒廉恥的事, 莫說三年五載, 就是一世也成不得, 夢兒裏也還有三分的志氣." 莊生道: "難說! 難說!" 田氏口出詈

34)【校】嗟(차):《今古奇觀》각 판본에는 "嗟"로 되어 있고《警世通言》각 판본에는 "感"으로 되어 있다.

語道: "有志婦人, 勝如男子. 似你這般沒仁沒義的, 死了一個, 又討一個. 出了一個, 又納一個, 只道別人也是一般見識. 我們婦道家一鞍一馬, 到是站得脚頭定的. 怎麽肯把話與他人說, 惹後世恥笑. 你如今又不死, 直恁枉殺了人!" 就莊生手中奪過執扇, 扯得粉碎. 莊生道: "不必發怒, 只願得如此爭氣甚好!" 自此無話.

過了幾日, 莊生忽然得病, 日加沉重. 田氏在牀頭, 哭哭啼啼. 莊生道: "我病勢如此, 永別只在早晚. 可惜前日執扇扯碎了, 留得在此, 好把與你搧墳!" 田氏道: "先生休要多心! 妾讀書知禮, 從一而終, 誓無二志. 先生若不見信, 妾願死於先生之前, 以明心迹." 莊生道: "足見娘子高志, 我莊某死亦瞑目." 說罷, 氣就絶了. 田氏撫屍大哭. 少不得央及東鄰西舍, 製備衣衾棺槨殯殮. 田氏穿了一身素縞, 眞個朝朝憂悶, 夜夜悲啼. 每想著莊生生前恩愛, 如癡如醉, 寢食俱廢. 山前山後莊戶, 也有曉得莊生是個逃名的隱士, 來弔孝的, 到底不比城市熱鬧. 到了第七日, 忽有一少年秀士, 生得面如傅粉, 脣若塗朱, 俊俏無雙, 風流第一. 穿扮的紫衣玄冠, 繡帶朱履. 帶著一個老蒼頭, 自稱楚國王孫, 向年曾與莊子休先生有約, 欲拜在門下, 今日特來相訪. 見莊生已死, 口稱: "可惜!" 慌忙脫下色衣, 叫蒼頭於行囊內取出素服穿了. 向靈前四拜道: "莊先生, 弟子無緣, 不得面會侍教. 願爲先生執百日之喪, 以盡私淑之情." 說罷, 又拜了四拜, 洒淚而起, 便請田氏相見. 田氏初次推辭. 王孫道: "古禮, 通家朋友, 妻妾都不相避, 何況小子與莊先生有師弟之約!" 田氏只得步出孝堂, 與楚王孫相見, 敍了寒溫. 田氏一見楚王孫人才標致, 就動了憐愛之心, 只恨無由厮近. 楚王孫道: "先生雖死, 弟子難忘思慕. 欲借尊居, 暫住百日. 一來守先師之喪, 二者先師留下有什麽著述, 小子告借一觀, 以領遺訓." 田氏道: "通家之誼, 久住何妨." 當下治飯相款. 飯罷, 田氏將莊子所著《南華眞經》及《老子道德》五千言, 和盤托出, 獻與王孫. 王孫慇懃感謝. 草堂中間占了靈位, 楚王孫在左邊廂安頓. 田氏每日假以哭靈爲由, 就左邊廂, 與王孫攀話, 日漸情熟, 眉來眼去, 情不能已. 楚王孫只有五分, 那田氏倒有十分. 所喜者深山隱僻, 就做差了些事, 沒人傳說; 所恨者新喪未久, 況且女求於男, 難以啓齒. 又捱了幾日, 約莫有半月了. 那婆娘心猿意馬, 按捺不住. 悄地喚老蒼頭進房, 賞以美酒, 將好言撫慰. 從容問: "你家主人曾婚配否?" 老蒼頭道: "未曾婚配." 婆娘又問道: "你家主人要揀什麼樣人物, 纔肯婚配?" 老蒼頭帶醉道: "我家王孫曾有言, 若得像娘子一般丰韻的, 他就心滿意足." 婆娘道: "果有此話? 莫非你說謊?" 老蒼頭道: "老漢一把年紀, 怎麼說謊?" 婆娘道: "我央你老人家爲媒說合, 若不棄嫌, 奴家情願服事你主人." 老蒼頭道: "我家主人也曾與老漢說來, 道一段好姻緣, 只礙'師弟'二字, 恐惹人議論." 婆娘道: "你主人與先夫, 原是生前空約, 沒有北面聽教的事, 算不得師弟. 又且山僻荒居, 鄰舍罕有, 誰人議論! 你老人家是必委曲成就, 教你喫杯喜酒." 老蒼頭應允. 臨去時, 婆娘又喚轉來囑付道: "若是說得允時, 不論早晚, 便來房中, 回復奴家一聲. 奴家在此專等." 老蒼頭去後, 婆娘懸懸而望. 孝堂邊張了數十遍, 恨不能一條細繩縛了那俊俏後生脚[35], 扯將入來, 摟做一處. 將及黃昏, 那婆娘等得個不耐煩, 黑暗裏走入孝堂, 聽左邊廂聲息. 忽然靈座上作響, 婆娘嚇了一跳, 只道亡靈出現. 急急走轉內室, 取燈火來照, 原來是老蒼頭吃醉了, 直挺挺的臥於靈座桌上. 婆娘又不敢嗔責他, 又不敢聲喚他, 只得回房. 捱更捱點, 又過了一夜. 次日, 見老蒼頭行來步去, 並不來回復那話兒. 婆娘心下發癢, 再喚他進房, 問其前事. 老蒼頭道: "不成! 不成!" 婆娘道: "爲何不成? 莫非不曾將昨夜這些話剖說[36]明白?" 老蒼頭道: "老漢都說了, 我家王孫也說得有理. 他道: '娘子容貌, 自不必言. 未拜師徒, 亦可不論. 但有三件事未妥, 不好回復得娘子.'" 婆娘道: "那三件事?" 老蒼頭道: "我家王孫道: '堂中見擺著個凶器, 我却與娘子行吉禮, 心中何忍, 且不雅相. 二來莊先生與娘子是恩愛夫妻, 況且他是個有道德的名賢, 我的才學萬分不及, 恐被娘子輕薄. 三來我家行李尙在後邊未到, 空手來此, 聘禮筵席之費, 一無所措. 爲此三件, 所以不成.'" 婆娘道: "這三件都不必慮. 凶器不是生根的, 屋後還有一間破空房, 喚幾個莊客擡他出去就是, 這是一件了. 第二件, 我先夫那裏就是個有道德的名賢! 當初不能正家, 致有出妻之事, 人稱其

....

35) 【校】俊俏後生脚(준초후생각): 人民文學本·繪圖本《今古奇觀》에는 "俊俏後生脚"으로 되어 있고 古本小說集成本《今古奇觀》과《警世通言》각 판본에는 "俏後生俊脚"으로 되어 있다.

36) 【校】說(설):《今古奇觀》각 판본에는 "說"로 되어 있고《警世通言》각 판본에는 "豁"로 되어 있다.

薄德. 楚威王慕其虛名, 以厚禮聘他爲相. 他自知才力不勝, 逃走在此. 前月獨行山下, 遇一寡婦, 將扇搧墳, 待墳土乾燥, 方才嫁人. 拙夫就與他調戲, 奪他紈扇, 替他搧土. 將那把紈扇帶回, 是我扯碎了. 臨死時幾日, 還爲他淘了一場氣, 有37)什麼恩愛! 你家主人靑年好學, 進不可量. 況他乃是王孫之貴, 奴家亦是田宗之女, 門第相當. 今日到此, 姻緣天合. 第三件, 聘禮筵席之費, 奴家做主, 誰人要得聘禮? 筵席也是小事, 奴家更積得私房白金二十兩, 贈與你主人, 做一套新衣服. 你再去道達, 若成就時, 今夜是合婚吉日, 便要成親." 老蒼頭收了二十兩銀子, 回復楚王孫. 楚王孫只得願38)從. 老蒼頭回復了婆娘, 那婆娘當時歡天喜地, 把孝服除下, 重勾粉面, 再點朱脣, 穿了一套新鮮色衣. 叫蒼頭顧喚近山莊客, 扛擡莊生尸柩, 停於後面破屋之內. 打掃草堂, 準備做合婚筵席. 有詩爲證:

> 俊俏孤孀別樣嬌, 王孫有意更相挑. '一鞍一馬'誰人語? 今夜思將快壻招.

是夜, 那婆娘收拾香房, 草堂內擺得燈燭輝煌. 楚王孫簪纓袍服, 田氏錦襖繡裙, 雙雙立於花燭之下. 一對男女, 如玉琢金裝, 美不可說. 交拜已畢, 千恩萬愛的, 攜手入於洞房. 喫了合卺杯, 正欲上牀解衣就寢. 忽然楚王孫眉頭雙縐, 寸步難移, 登時倒於地下, 雙手磨胸, 只叫心疼難忍. 田氏心愛王孫, 顧不得新婚廉恥, 近前抱住, 替他撫摩, 問其所以. 王孫痛極不語, 口吐涎沫, 奄奄欲絕. 老蒼頭慌做一堆. 田氏道: "王孫平日曾有此症候否?" 老蒼頭代言: "此症平日常有. 或一二年發一次, 無藥可治. 只有一物, 用之立效." 田氏急問: "所用何物?" 老蒼頭道: "太醫傳一奇方, 必得生人腦髓, 熱酒吞之, 其痛立止. 平日此病擧發, 老殿下奏過楚王, 撥一名死囚來, 縛而殺之, 取其腦髓. 今山中如何可得? 其命合休矣!" 田氏道: "生人腦髓, 必不可致. 第不知死人的可用得麼?" 老蒼頭道: "太醫說, 凡死未滿四十九日者, 其腦

---

37) 【校】有(유):《今古奇觀》각 판본에는 "有"로 되어 있고《警世通言》각 판본에는 "又"로 되어 있다.

38) 【校】願(원): 人民文學本·古本小說集成本《今古奇觀》에는 "願"으로 되어 있고 繪圖本《今古奇觀》과《警世通言》각 판본에는 "順"으로 되어 있다.

尙未乾枯, 亦可取用." 田氏道: "吾夫死方二十餘日, 何不斲棺而取之?" 老蒼頭道: "只怕娘子不肯." 田氏道: "我與王孫成其夫婦, 婦人以身事夫, 自身尙且不惜, 何有於將朽之骨乎?" 即命老蒼頭伏侍王孫, 自己尋了砍柴板斧, 右手提斧, 左手攜燈, 往後邊破屋中, 將燈檠放於棺蓋之上, 扎起兩袖, 雙手擧斧, 覷定棺頭, 咬牙努力, 一斧劈去.³⁹⁾ 婦人家氣力單微, 如何劈得棺開? 有個緣故, 那莊周是達生之人, 分付不得厚殮⁴⁰⁾. 桐棺三寸, 一斧就劈去了一塊木頭. 一連數斧⁴¹⁾, 棺蓋便裂開了. 婆娘正在吁氣喘息⁴²⁾, 只見莊生從棺內歎口氣, 推開棺蓋, 挺身坐起. 田氏雖然心狠, 終是女流. 嚇得腿軟筋麻, 心頭亂跳, 斧頭不覺墜地. 莊生叫: "娘子扶起我來." 那婆娘不得已, 只得扶莊生出棺. 莊生攜燈, 婆娘隨後, 同進房來. 婆娘心知房中有楚王孫主僕二人, 捏兩把汗. 行一步, 反退兩步. 比及到房中看時, 鋪設依然燦爛, 那主僕二人, 闃然不見. 婆娘心下雖然暗暗驚疑, 却也放下了膽, 巧言抵飾. 向莊生道: "奴家自你死後, 日夕思念. 方纔聽得棺中有聲響, 想古人中多有還魂之事, 望你復活, 所以用斧開棺, 謝天謝地, 果然重生! 實乃奴家之萬幸也!" 莊生道: "多謝娘子厚意. 只是一件, 娘子守孝未久, 爲何錦襖繡裙?" 婆娘又解釋道: "開棺見喜, 不敢將凶服衝動, 權用錦繡, 以取吉兆." 莊生道: "罷了! 還有一節: 棺木何不放在正寢, 却撤在破屋之內, 難道也是吉兆?" 婆娘無言可答. 莊生又見杯盤羅列, 也不問其故, 敎煖酒來飮. 莊生放開大量, 滿飮數觥. 那婆娘不達時務, 指望煖熱老公, 重做夫妻. 緊挨著酒壺, 撒嬌撒癡, 甜言美語, 要哄莊生上牀同寢. 莊生飮得酒大醉, 索紙筆寫出四句:

....

39) 【校】《今古奇觀》각 판본에는 "扎起兩袖, 雙手擧斧, 覷定棺頭, 咬牙努力, 一斧劈去."로 되어 있고 《警世通言》각 판본에는 "覷定棺頭, 雙手擧斧, 用力劈去."로 되어 있다.

40) 【校】分付不得厚殮(분부불득후렴):《今古奇觀》각 판본에는 "分付不得厚殮"으로 되어 있고 《警世通言》각 판본에는 "不肯厚殮"으로 되어 있다.

41) 【校】一連數斧(일련수부):《今古奇觀》각 판본에는 "一連數斧"로 되어 있고 《警世通言》각 판본에는 "再一斧去"로 되어 있다.

42) 【校】婆娘正在吁氣喘息(파낭정재우기천식):《今古奇觀》각 판본에는 "婆娘正在吁氣喘息"이라는 구절이 있고 《警世通言》각 판본에는 이 구절이 없다.

從前了却冤家債, 你愛之時我不愛. 若重與你做夫妻, 怕你巨斧劈開天
靈蓋.

那婆娘看了這四句詩, 羞慚滿面, 頓口無言. 莊生又寫出四句:

夫妻百夜有何恩? 見了新人忘舊人. 甫得蓋棺遭斧劈, 如何等待搧乾墳!

莊生又道: "我則教你看兩個人." 莊生用手將外面一指, 婆娘回頭而看,
只見楚王孫和老蒼頭蹩將進來. 婆娘喫了一驚, 轉身不見了莊生; 再回頭
時, 連楚王孫主僕都不見了. ——那裏有什麽楚王孫、老蒼頭, 此皆莊生分
身隱形之法也. ——那婆娘精神恍惚, 自覺無顏. 解腰間繡帶, 懸梁自縊.
嗚呼哀哉! 這到是眞死了. 莊生見田氏已死, 解將下來. 就將劈破棺木盛放
了他. 把瓦盆爲樂器, 鼓之成韻, 倚棺而作歌. 歌曰:

大塊無心兮, 生我與伊. 我非伊夫兮, 伊非我妻. 偶然邂逅兮, 一室同居.
大限旣終兮, 有合有離. 人之無良兮, 生死情移. 眞情旣見兮, 不死何爲!
伊生兮揀擇去取, 伊死兮還返空虛. 伊弔我兮, 贈我以巨斧; 我弔伊兮, 慰
伊以歌詞. 斧聲起兮我復活, 歌聲發兮伊可知! 噫嘻, 敲碎瓦盆不再鼓, 伊
是何人我是誰!

莊生歌罷, 又吟詩四句:

你死我必埋, 我死你必嫁. 我若眞個死, 一場大笑話!

莊生大笑一聲, 將瓦盆打碎. 取火從草堂放起, 屋宇俱焚, 連棺木化爲灰
燼. 只有《道德經》、《南華經》不燬, 山中有人檢取, 傳流至今. 莊生遨遊四
方, 終身不娶. 或云: 遇老子於函谷關, 相隨而去, 已得大道成仙矣. 詩云:

殺妻吳起太無知, 荀令傷神亦可嗤. 請看莊生鼓盆事, 逍遙無礙是吾師.

| 옮긴이 소개 |

유정일 柳正一

문학박사(동국대), 南開大學 Post-Doc.
북경제2외대 객원교수, 동국대·연세대 외 강사 역임
주요 역주서와 저서로는《情史》(상·중·하),《企齋記異 研究》,《한국 서사문학과 불교적 시각》
(공저),《문학지리·한국인의 심상공간》(공저) 등이 있고, 주요 논문으로는〈馮夢龍의《情史》에
드러난 評語의 존재 양상과 情教思想〉,《《虞初廣志》의 문헌적 성격과《虞初廣志》소재 안중근
전 연구〉,〈漫談의 계승적 차원에서 본 侯寶林의 삶과 그의 相聲 세계〉,《《情史》의 評輯者와
成書年代 考證〉,〈相聲의 起源論的 檢討와 인접 장르와의 辨別的 距離〉,《《殊異傳》逸文
〈崔致遠〉의 장르적 성격과 小說史的 意味〉외 다수가 있다.

금고기관今古奇觀 역주 ❷

초판 인쇄   2023년 11월 17일
초판 발행   2023년 11월 30일

집輯 | 포옹노인抱甕老人
옮 긴 이 | 유정일柳正一
펴 낸 이 | 하운근
펴 낸 곳 | 學古房

주   소 | 경기도 고양시 덕양구 통일로 140 삼송테크노밸리 A동 B224
전   화 | (02)353-9908 편집부(02)356-9903
팩   스 | (02)6959-8234
홈페이지 | http://hakgobang.co.kr/
전자우편 | hakgobang@naver.com, hakgobang@chol.com
등록번호 | 제311-1994-000001호

ISBN 979-11-6995-466-2 94820
      979-11-6995-464-8 (세트)

값 : 58,000원

■ 파본은 교환해 드립니다.